Selfies

Los casos del
DEPARTAMENTO
Q

Si tienes un club de lectura o quieres organizar uno, en nuestra web encontrarás guías de lectura de algunos de nuestros libros. www.maeva.es/guias-lectura

10

JUSSI ADLER-OLSEN

Selfies

Los casos del
DEPARTAMENTO
Q

Traducción:
JUAN MARI MENDIZABAL

MAEVA

Título original:
SELFIES

© Jussi Adler-Olsen y JP/Politikens Hus A/S, 2016
© de la traducción: Juan Mari Mendizabal, 2017
© MAEVA EDICIONES, 2017
  Benito Castro, 6
  28028 MADRID
  emaeva@maeva.es
  www.maeva.es

ISBN: 978-84-17108-14-4
Depósito legal: M-21.099-2017

Diseño e imagen de cubierta: Opalworks
Fotografía del autor: Robin Skjoldborg
Preimpresión: Gráficas 4, S.A.
Impresión y encuadernación: CPi BLACK PRINT
Impreso en España / Printed in Spain

Dedicado a nuestra maravillosa «familia» de Barcelona:
Olaf Slott-Petersen, Annette Merrild, Arne Merrild Bertelsen
y Michael Kirkegaard

Prólogo

Sábado 18 de noviembre de 1995

No sabía cuánto tiempo llevaba pateando las pegajosas hojas marchitas, solo que sentía frío en los brazos desnudos y que los gritos de la casa se habían convertido en chillidos y sonaban con tal dureza y furia que le causaban una opresión en el pecho. Había estado a punto de echarse a llorar, pero no quería hacerlo.

«Te saldrán arrugas en la cara y te pondrás fea, Dorrit», era lo que iba a decirle su madre. Se le daban muy bien esa clase de comentarios.

Dorrit observó el rastro ancho y oscuro que había abierto entre la hojarasca del jardín y contó otra vez las puertas y ventanas de la casa. Sabía de sobra cuántas había, era solo por pasar el tiempo. Dos puertas dobles, catorce ventanas amplias y cuatro apaisadas en el sótano; si contaba todas las lunas, había ciento cuarenta y dos.

Sé contar hasta más de cien, pensó, orgullosa. Era la única de la clase capaz de hacerlo.

Entonces oyó el chirrido de las bisagras de la puerta del sótano del ala lateral; raras veces era una buena señal.

—No voy a entrar —cuchicheó para sí cuando vio a la sirvienta de la casa salir de la entrada del sótano y dirigirse hacia ella.

En la parte trasera del jardín había arbustos y penumbra, y era allí donde solía esconderse cuando deseaba estar sola, a veces durante horas, si era necesario; pero aquella vez la sirvienta fue más rápida y la asió de la muñeca con fuerza.

—¿Estás loca, o qué? ¿Cómo se te ocurre andar por el jardín con tus zapatos finos, Dorrit? La señora Zimmermann va a ponerse furiosa cuando vea lo manchados que están. Bien que lo sabes.

Se colocó frente a los sofás en calcetines y se sintió rara, porque las dos mujeres se quedaron mirándola, como si no comprendieran qué hacía en el salón.

El rostro de su abuela materna se mostraba duro y presagiaba un ataque de ira, y el de su madre, lloroso y feo. Tan arrugado como le había asegurado a ella que se pondría el suyo.

—Ahora no, querida Dorrit, estamos hablando —la reconvino su madre.

Dorrit miró alrededor.

—¿Dónde está padre? —preguntó.

Las dos mujeres se miraron. Por un instante, su madre le pareció un animalito asustado, apretujada en un rincón, y no era la primera vez.

—Anda, ve al comedor, Dorrit. Puedes hojear alguna revista —ordenó su abuela materna.

—¿Dónde está padre? —volvió a preguntar.

—Luego hablaremos de eso. Se ha marchado —respondió la abuela.

Dorrit retrocedió un paso con cuidado y siguió con la mirada los movimientos de la mano que le hacía su abuela materna. «¡VETE!», decían.

Para eso podía haberse quedado en el jardín.

En el comedor, los platos permanecían en la mesa maciza, con la salsa de bechamel de la coliflor reseca y las albóndigas fritas a medio comer. Había cuchillos y tenedores sobre el mantel, que estaba manchado del vino de dos copas de cristal derribadas. Nada era como siempre, y desde luego Dorrit no tenía ninguna gana de estar allí.

Se volvió hacia la entrada y sus numerosas puertas, lúgubres y elevadas, con pomos gastados. La enorme casa estaba dividida en varias partes, y Dorrit creía conocer todos sus rincones. En la primera planta había un olor tan intenso a los polvos y perfumes de su abuela materna que se le quedaba pegado a la ropa cuando regresaba a casa. Allá en lo alto, bajo la fluctuante luz de las ventanas, no había nada que pudiera hacer.

Por el contrario, se sentía muy a gusto en el ala más alejada de la planta baja, donde había un olor a la vez agrio y dulce de tabaco procedente de las cortinas corridas y los pesados muebles de los que no se veían en otros lugares del mundo de Dorrit. Grandes sillones mullidos en los que podías acurrucarte con los pies recogidos, y sofás tapizados con terciopelo marrón y respaldos de madera negra trabajada. Aquella zona de la casa pertenecía a su abuelo materno.

Una hora antes, es decir, antes de que su padre empezara a discutir con la abuela, los cinco habían compartido la mesa en un ambiente entrañable, y Dorrit pensó que aquel día iba a arroparla como un edredón suave.

Pero entonces su padre dijo algo de lo más inapropiado, que hizo que la abuela arquease las cejas al instante y que el abuelo se levantara de la mesa.

—Arreglaos entre vosotros —dijo, mientras se subía los pantalones y se escabullía. Fue entonces cuando la enviaron al jardín.

Dorrit empujó con cuidado la puerta del estudio de su abuelo. En una de las paredes había un par de cómodas marrones con muestras de zapatos en cajas abiertas, y en la pared opuesta estaba el escritorio labrado del abuelo, rebosante de papeles llenos de rayas rojas y azules.

Allí el olor a tabaco era aún más fuerte, aunque el abuelo no estaba presente. De hecho, parecía que el humo de tabaco procedía de un rincón desde donde una estrecha franja de luz se deslizaba entre dos estanterías y atravesaba la silla del escritorio.

Dorrit avanzó para ver de dónde venía la luz. Era algo emocionante, porque el estrecho hueco entre las estanterías desvelaba un territorio desconocido.

—Qué, ¿ya se han marchado? —oyó gruñir a su abuelo en algún lugar más allá de las estanterías.

Dorrit atravesó el hueco y entró en un cuarto en el que nunca había estado. Allí, en una vieja silla de cuero con brazos junto a una mesa larga, se encontraba su abuelo inclinado con atención sobre algo que ella no veía.

—¿Eres tú, Rigmor? —se oyó su voz peculiar. Era por su alemán, que se negaba a desaparecer, solía decir su madre irritada, pero a Dorrit le gustaba.

La disposición del cuarto era muy diferente a la del resto de la casa. Las paredes no estaban desnudas, sino repletas de fotografías grandes y pequeñas, y, si te fijabas, en todas ellas aparecía el mismo hombre de uniforme, en diversas situaciones.

A pesar de la densa niebla del tabaco, la estancia parecía más luminosa que el estudio. Allí estaba su abuelo entretenido, con la camisa remangada, y Dorrit se fijó en las gruesas venas que serpenteaban por los antebrazos desnudos. Sus movimientos eran pausados y relajados. Con manos cuidadosas daba la vuelta a fotografías de las que no despegaba una mirada escrutadora. Parecía estar muy a gusto allí sentado, de modo que Dorrit sonrió. Pero cuando él giró la silla de despacho hacia ella, Dorrit se dio cuenta de que la sonrisa tan habitual en él se había retorcido y congelado, como si hubiera masticado algo amargo.

—¡¿Dorrit?! —exclamó su abuelo, medio levantándose con los brazos abiertos, como si quisiera tapar las cosas con las que se entretenía.

—Perdona, abuelo. No sabía dónde meterme.

Luego se volvió hacia las fotografías de la pared.

—El hombre de las fotos se parece a ti, ¿no?

Él la miró un buen rato, como si estuviera pensando qué decir; luego la tomó de pronto de la mano, la llevó hasta la silla y la sentó sobre sus rodillas.

—No deberías estar aquí, porque este es el cuarto secreto del abuelo. Pero ya que estás, lo dejaremos así. —Hizo un gesto hacia la pared—. *Och ja,* Dorrit, tienes razón. El de las fotografías soy yo. En la época en la que era un joven soldado que luchaba por Alemania en la guerra.

Dorrit asintió en silencio. Estaba guapo de uniforme. Gorra negra, chaqueta negra y pantalones de montar negros. Todo era negro. Cinturón, botas, pistolera al cinto, guantes. Solo la calavera de la gorra y la sonrisa de dientes blanquísimos lucían en medio de la negrura.

—Entonces, ¿fuiste soldado, abuelo?

—*Jawohl.* Puedes ver mi pistola en el estante. Parabellum 08, llamada también Luger. Mi mejor amiga durante muchos años.

Dorrit alzó la mirada asombrada a lo alto del estante. La pistola era negra grisácea, y la pistolera que había al lado, marrón. Había también un cuchillo estrecho en su funda junto a algo que no sabía lo que era, pero que parecía un bate de béisbol, solo que con una lata negra encajada en un extremo.

—¿La pistola dispara de verdad? —preguntó.

—Lo ha hecho muchas veces, Dorrit.

—Así que ¿fuiste un soldado de verdad, abuelo?

El hombre sonrió.

—Sí, tu abuelo fue un soldado muy valiente y hábil que hizo muchas cosas en la Segunda Guerra Mundial, y puedes estar orgullosa de él.

—¿Guerra mundial?

El abuelo asintió en silencio. Por lo que sabía Dorrit, la guerra no podía ser nada bueno. No era algo que te hiciera sonreír.

Dorrit estiró el cuello por encima del hombro de su abuelo, para poder ver en qué estaba ocupado.

—*Nein,* esas fotos no puedes verlas, Dorritchen —dijo el abuelo; la agarró del cuello y la llevó hacia atrás—. Tal vez cuando seas mayor, pero esas imágenes no son para niños.

Dorrit asintió, pero de todas formas se estiró otro par de centímetros, y esta vez no se lo impidieron.

Cuando su mirada recayó en una serie de fotos en blanco y negro en las que un hombre de hombros caídos en la primera foto era arrastrado hacia su abuelo, que en la siguiente alzaba la pistola y después pegaba al hombre un tiro en la nuca, preguntó con el mismo cuidado:

—Era un juego al que jugabais, ¿verdad?

El abuelo atrajo con suavidad el rostro de Dorrit hacia el suyo, y la miró a los ojos.

—La guerra no es ningún juego, Dorrit. Matas a los enemigos porque si no ellos te matan a ti, lo entiendes, ¿verdad? Si tu abuelo no se hubiera defendido entonces con todas sus fuerzas, tú y yo no estaríamos hoy aquí, ¿verdad?

Dorrit sacudió lentamente la cabeza y luego se acercó más a la mesa.

—¿Y todas esas personas querían matarte?

11

Su mirada se deslizó por fotos de todos los tamaños, fotografías que no sabía qué representaban. Eran unas imágenes macabras. Se veía a gente desplomándose. Hombres y mujeres colgados de sogas. Un hombre al que daban un mazazo en la nuca. Y en todas las imágenes aparecía su abuelo al lado.

—Sí, eran gente mala y repugnante. Pero no debes preocuparte por ello, querida. La guerra ha terminado y no va a haber más guerras, el abuelo te lo promete. Todo terminó aquella vez. *Alles ist vorbei.*

Se volvió hacia las fotografías de la mesa y esbozó una sonrisa, como si le gustara verlas. A lo mejor era porque ya no tenía que pasar miedo y defenderse de sus enemigos, pensó Dorrit.

—Menos mal —respondió.

Los dos oyeron más o menos a la vez el ruido de pasos de la habitación contigua y tuvieron tiempo de levantarse de la silla antes de que apareciera la abuela en el hueco entre las estanterías y se quedara mirándolos.

—¿Qué ocurre aquí? —preguntó con dureza, e intentó asir a Dorrit mientras los reñía a base de bien—. A Dorrit no se le ha perdido nada aquí, Fritzl, ¿no estábamos de acuerdo?

—*Alles in Ordnung, Liebling.* Dorrit acaba de entrar y se iba a marchar ya. ¿Verdad que sí, pequeña? —Le habló con voz suave, pero su mirada era mucho más fría. «Si no quieres problemas, calla», le pareció que decía, de modo que hizo un gesto afirmativo y siguió obediente a su abuela cuando la llevó hacia el estudio. En el momento en que salieron de la estancia, lanzó una breve mirada a la pared junto a la puerta. También estaba decorada. A un lado de la puerta colgaba una gran bandera roja con un círculo blanco en el centro, ocupado casi en su totalidad por una extraña cruz negra; y, al otro lado de la puerta, una foto en color de su abuelo, con la cabeza bien erguida, levantando hacia el cielo su brazo derecho.

Esto no lo olvidaré nunca, pensó por primera vez en su vida.

—No te preocupes por lo que te diga la abuela ni por lo que viste en el cuarto del abuelo, Dorrit, ¿me lo prometes? Todo eso son tonterías.

12

Su madre le metió los brazos en las mangas del abrigo y se puso en cuclillas frente a ella.

—Ahora nos vamos a casa y tú vas a olvidarlo todo, ¿verdad que sí, pequeñita?

—Pero madre, ¿por qué os habéis puesto a gritar en el comedor? ¿Por eso se ha ido padre? ¿Dónde está? ¿Está en casa?

Su madre sacudió la cabeza y la miró seria.

—No, padre y yo llevamos una temporada que no nos entendemos bien, así que está en otro sitio.

—¿Cuándo va a volver?

—No sé si va a volver, Dorrit. Pero no te pongas triste. No necesitamos a padre, porque los abuelos se encargan de nosotras, ya lo sabes, ¿verdad?

Sonrió y la acarició con suavidad en la mejilla. Su boca olía a algo fuerte. Como el líquido transparente que su abuelo se servía a veces en pequeños vasitos.

—Escucha, Dorrit. Eres una niña guapísima. Mucho más fina, lista y capaz que cualquier otra niña del mundo, así que ya nos las arreglaremos sin padre, ¿no crees?

Dorrit trató de asentir con la cabeza, pero no pudo moverla.

—Venga, vamos a casa y ponemos la televisión para ver los preciosos vestidos que llevarán las damas a la boda del príncipe con esa chica china tan guapa. ¿Vale, Dorrit?

—Esa Alexandra va a convertirse en princesa, ¿verdad?

—Pues sí, en cuanto se casen. Pero hasta entonces es una chica normal que ha cazado a un príncipe auténtico. También tú podrás hacerlo un día, cielo. Cuando seas mayor serás rica y famosa, porque eres más fina y guapa que Alexandra, y puedes conseguir lo que desees en el mundo. Mira tu pelo rubio y tus hermosos rasgos. ¿Acaso Alexandra es tan guapa?

Dorrit sonrió.

—Y tú estarás siempre conmigo, ¿verdad, madre?

Le encantaba hacer que su madre se conmoviera como en aquel momento.

—Claro que sí, tesoro. Haré cualquier cosa por ti.

1

Martes 26 de abril de 2016

Como siempre, la noche anterior había dejado huella en su rostro. La piel estaba algo reseca y sus ojeras parecían más oscuras que al acostarse.

Denise hizo una mueca a su imagen en el espejo. Llevaba una hora reparando los desperfectos, pero era una tarea imposible.

—Pareces una puta, hueles como una puta —imitó la voz de su abuela, y volvió a aplicarse el lápiz de ojos.

El ruido de los cuartos cercanos anunciaba que los demás inquilinos se habían levantado por fin para hacer sus cosas y que pronto anochecería otra vez. Era un mosaico de sonidos bien conocido: el tintineo de botellas, los golpes en la puerta de los demás para pedir pitillos, un ir y venir al baño destartalado con ducha que el contrato calificaba de elegante.

La minisociedad de los lumpen daneses en una de las calles más oscuras del centro de Copenhague se había puesto en marcha ante otra noche más sin objetivo fijo.

Tras mirarse un rato desde distintos ángulos, avanzó hacia el espejo y observó su rostro más de cerca.

—Espejito, espejito, ¿quién es la más guapa de aquí? —preguntó con una sonrisa condescendiente, y acarició la imagen del espejo con las yemas de los dedos. Frunció los labios, deslizó sus dedos por las caderas y los pechos, subió hacia el cuello y ahuecó su cabello. Después retiró unas pelusas de la blusa de angora, aplicó un poco de corrector a un par de manchas de su rostro que no estaban lo bastante cubiertas, y retrocedió, satisfecha. Las cejas depiladas y marcadas, junto con las pestañas reforzadas con Neulash, habían mejorado bastante lo que ella denominaba *appearance*. Aquello daba más profundidad a su mirada y más intensidad al brillo del iris, aportando con medios humildes aquel extra de inaccesibilidad.

En otras palabras, estaba preparada para magnetizar al mundo.

—Me llamo Denise —practicó, con los músculos de la garganta contraídos.

Era imposible decirlo con voz más grave.

—¡Denise! —susurró, abriendo los labios poco a poco y dejando caer la barbilla contra el pecho. El efecto era fabuloso cuando adoptaba esa actitud. Alguien podría quizá interpretar la expresión como sumisa, pero era justo lo contrario, porque bajo aquel ángulo las mujeres captaban mejor la atención de quienes las rodeaban.

Control total, pensó, y asintió en silencio mientras cerraba la tapa de rosca de la crema facial y empujaba el arsenal de maquillaje al interior del armario con espejo. Miró alrededor en el diminuto cuarto y se dio cuenta de que la esperaban unas horas de trabajo desagradable: recoger la ropa de lavar desperdigada, hacer la cama, lavar los vasos, sacar la basura y ordenar las botellas. Mierda, pensó, mientras asía el edredón, lo sacudía, ahuecaba la almohada y se convencía de que cuando tuviera allí a uno de sus *sugardaddies,* lo demás no importaría. Luego se sentó en el borde de la cama y realizó una inspección rápida del bolso para comprobar que contenía los artículos y accesorios precisos.

Asintió para sí, satisfecha: estaba lista. Preparada para el mundo y sus tentaciones. Entonces un ruido no deseado hizo que mirase hacia la puerta. Clic clac, clic clac, sonaba, cojeante y odioso.

Vienes demasiado pronto, madre, pensó, mientras la puerta entre el descansillo de la escalera y el pasillo se abría de repente. Eran casi las ocho, ¿por qué venía ahora? Hacía tiempo que había pasado su hora de cenar.

Contó los segundos y se puso en pie, irritada, cuando llamaron a la puerta.

—¡Cariño! —gritó su madre desde fuera—. ¡Vamos, abre!

Denise aspiró. Controlada, callada. Si no respondía, tal vez se marchara.

—Denise, sé que estás ahí. Venga, abre un momento, tengo que decirte algo importante.

Denise dejó caer los hombros.

—¿Por qué habría de abrirte? ¿Acaso has subido algo de comida? —gritó.

—No, hoy no. Venga, Denise, haz el favor de bajar a cenar. Solo esta vez. ¡Ha venido la abuela!

Denise dirigió la mirada al techo. De modo que la abuela estaba abajo, y no le hizo falta nada más para sentir una fría humedad en las axilas y un acelerón en el pulso.

—La abuela me la suda. Detesto a esa vieja.

—Oh, Denise, no digas eso. ¿Por qué no me dejas entrar un rato? Es que tengo que hablar contigo.

—Ahora no. Limítate a dejar la comida fuera, como de costumbre.

Aparte del hombre de piel trémula que vivía un par de puertas más allá pasillo abajo y ya había consumido su «birra matutina» y ahora sollozaba por su miserable vida, de pronto se hizo el silencio en el pasillo. No le extrañaría que estuvieran todos aguzando el oído, pero ¿a ella qué le importaba? No tenían más que pasar de su madre, como hacía ella.

Denise borró los ruegos de su madre de la imagen sonora y se concentró en los sollozos del paliducho. Todos los hombres divorciados que, como él, vivían en los cuartos de alquiler de la buhardilla eran unos desgraciados ridículos. ¿Cómo podían creer en un futuro mejor con aquella facha? Apestaban a ropa sin lavar y se empapaban de alcohol sin pensar, en medio de su patética soledad. ¿Cómo podían conformarse aquellos payasos desagradables con vivir una vida tan miserable?

Soltó un bufido. ¿Cuántas veces habían estado ante su puerta, tratando de tentarla con su verborrea y su vino barato de Aldi mientras sus ojos expresaban la esperanza de algo diferente, y de mucho más? Como si ella fuera a relacionarse jamás con hombres que vivían de alquiler en cuartos de buhardilla.

—Nos ha traído dinero, Denise —insistió su madre al otro lado.

Esta vez Denise aguzó los oídos.

—De manera que vas a tener que bajar conmigo, porque de lo contrario no va a darnos nada para este mes.

Se produjo una breve pausa antes de la frase siguiente.

—Y no tenemos nada, ¡¿verdad, Denise?! —continuó con vehemencia.

—¿Por qué no gritas más alto, para que te oigan en la casa de al lado? —replicó Denise.

—¡Denise! —La voz de su madre tembló—. Te lo advierto. Si la abuela no nos da ese dinero, tendrás que ir a Servicios Sociales, porque este mes no he pagado el alquiler de tu habitación. ¿Creías que sí?

Denise aspiró hondo, avanzó hacia el espejo y volvió a pasarse el pintalabios una última vez. Iba a estar con aquella arpía diez minutos, y luego se largaría. Al fin y al cabo, no le esperaba otra cosa que estupideces y enfrentamiento. La vieja no iba a dejarla en paz ni un segundo. Iba a exigir y exigir, y si había algo que Denise no soportaba eran las exigencias que le planteaba la gente. Aquello le chupaba toda la energía y la fuerza.

La debilitaba.

En el piso de su madre, en la planta baja, apestaba, como era de esperar, a albóndigas en lata. Alguna vez podía haber chuletas de cerdo un poco pasadas de fecha, o arroz con leche en estuches de plástico con forma de salchichón, así que cuando su madre la invitaba a cenar no solía haber precisamente entrecot en el menú, lo que agudizaba aún más el contraste entre la comida del plato y los candelabros plateados con velas chisporroteantes que recordaban épocas mejores.

En aquel ambiente de apariencias, el buitre estaba ya sentado en medio de la mesa, con las comisuras hacia abajo, dispuesta para el ataque. A Denise casi la derribó el tufo de su perfume y de los polvos baratos que ninguna tienda con un mínimo respeto por sí misma se rebajaría a vender.

Su abuela separó los pálidos labios agrietados cubiertos de carmín. Aquella mueca tal vez quisiera pasar por una sonrisa, pero no era tan fácil engañar a Denise. Trató de contar hasta diez, pero para cuando había llegado a tres ya había dado comienzo la agresión verbal de la mujer.

—¡Vaya! Al final la princesita ha condescendido a bajar a saludar.

Tras una inspección rápida del vientre apenas cubierto de Denise, en el rabillo del ojo de la abuela se instaló una expresión sombría y desaprobadora.

—Ya preparada con pinturas de guerra y toda la pesca. Nadie podrá evitar mirarte... Claro que eso sería una catástrofe, ¿verdad, Dorrit?

—¿Quieres dejar de llamarme así? Hace casi diez años que me cambié de nombre.

—Ya que lo pides con tanta cortesía, lo haré, porque una no está acostumbrada. Pero ¿crees que ese nombre, Denise, te va mejor? Bueno, suena algo francés. Casi te hace pensar en las mujeres de falda corta que hacen la carrera en los bulevares, de modo que sí, puede que te vaya mejor.

Recorrió con la mirada el cuerpo de Denise de arriba abajo.

—Pero enhorabuena por el esfuerzo por camuflarte. Ya estás preparada para abatir nuevas presas, me imagino —continuó.

Denise observó que su madre trataba de atemperar el tono con una mano cuidadosa sobre el brazo de la abuela, como si eso hubiera funcionado alguna vez. Su madre siempre había sido débil, también en ese frente.

—¿Y qué has hecho desde la última vez, si puede saberse? —siguió su abuela—. Había algo de un nuevo cursillo, ¿o era quizá un puesto de aprendiz?

Entornó la mirada.

—¿No era un empleo de manicura lo que ibas a probar esta vez? Me pierdo entre tantas cosas interesantes que haces, de modo que ayúdame. Claro que igual no estás haciendo nada en este momento. ¿Es así?

Denise no respondió. Se limitó a tratar de mantener la boca cerrada. La abuela arqueó las cejas.

—Ah, claro, es que eres demasiado fina para trabajar, ¿no es eso?

¿Por qué se molestaba en preguntar si tenía respuesta para todo? ¿Por qué se ocultaba tras su recio pelo gris y aquella expresión de

18

repugnancia? Daban ganas de escupirle a la cara. La verdad, ¿qué era lo que la retenía?

—Denise ha pensado apuntarse a un cursillo para aprender a hacer *coaching* —interrumpió su madre con valentía.

La metamorfosis fue enorme. Su abuela se quedó con la boca abierta, se le alisaron las arrugas de la nariz y, tras un breve instante, soltó una carcajada que llegó desde lo más profundo de su alma pútrida e hizo erizarse la pelusa de la nuca de Denise.

—Vaya, ¿eso es lo que tiene en mente? Debe de ser emocionante imaginar a Denise aconsejando a otros. Pero ¿sobre qué?, si se me permite. ¿Puede existir alguien en este mundo demencial que pudiera pensar obtener consejo de una persona que solo sabe acicalarse? Eso sería el mundo al revés.

—Madre... —se esforzó la madre de Denise.

—Cállate, Birgit, déjame terminar.

Se volvió hacia Denise.

—No voy a andarme con rodeos. No conozco a nadie tan perezoso, tan falto de talento y de sentido de la realidad como tú, Denise. Lo cierto es que no sabes hacer nada, más vale que lo aceptemos. Tal vez haya llegado el momento de buscar un empleo adecuado a tus escasas habilidades.

Esperaba una respuesta, pero no la obtuvo. Sacudió la cabeza, y Denise supo qué venía después.

—Ya lo he dicho antes, te he advertido, Denise. ¿Crees acaso que es aceptable contentarse con abrirse de piernas? Es horrible. Pero tampoco eres tan guapa, amiguita, y me temo que lo serás todavía menos dentro de cinco años.

Denise respiró por la nariz. Dos minutos más y se largaba.

Entonces su abuela se giró hacia su hija con la misma expresión fría y desdeñosa.

—Y tú eras igual, Birgit. Solo pensabas en ti misma, nunca hiciste nada por progresar. ¿Qué habrías hecho sin tu padre y sin mí? ¿Sin que te lo pagáramos todo, mientras holgazaneabas con tu egocéntrica megalomanía?

—Yo trabajé, madre. —El tono era lastimero. Hacía años que su batería de protestas se quedaba en nada.

La abuela sacudió la cabeza y se volvió hacia Denise.

—¡Y tú! Ni siquiera serías capaz de hacer bien el trabajo de una dobladora de ropa, ni eso.

Denise giró sobre sus talones y se metió en la cocina con el veneno de la abuela rezumando tras ella.

Si alguien pudiera describir su alma, los ingredientes podrían dividirse a partes iguales entre odio obstinado, sentimientos de venganza e imágenes incontroladas de cómo había sido todo, según la abuela. Porque Denise llevaba mucho tiempo oyendo las mismas falsedades una y otra vez, y, para su irritación, seguían causándole dolor. Que si la buena familia de la que procedían ella y su madre. Que si los años dorados en los que su abuelo tuvo su negocio de zapatos en el suburbio de Rødovre y ganó sus buenos dineros...

¡Todo mentira! ¿Acaso las mujeres de aquella familia no estaban siempre en casa, ocupadas en sus asuntos? ¿Acaso no habían vivido únicamente gracias a sus maridos, mientras ellas cuidaban su belleza, mantenían la casa en orden y se ocupaban de los hijos?

¡Pues claro!

—¡Madre! —se oyó desde el comedor—. No seas tan dura con ella, solo...

—Denise tiene veintisiete años y no sabe hacer nada, Birgit. ¡NADA! —gritó la bruja—. ¿Cómo pensáis arreglároslas cuando no esté yo? ¿Lo sabes? Porque, desde luego, no esperéis que os deje una gran herencia. También yo tengo mis necesidades.

Aquello también lo habían oído cientos de veces. Dentro de poco retomaría el ataque contra la madre de Denise. La llamaría señoritinga fracasada y la acusaría de haber pasado todos sus rasgos negativos a su nieta.

La repugnancia y el odio que sentía Denise se localizaron en su diafragma. Detestaba aquella voz chillona, los ataques y las exigencias. Detestaba a su madre por su debilidad, y porque no había sabido conservar un marido que pudiera proveer por ellas. Detestaba a su abuela porque ella sí había sabido hacerlo.

¿Por qué no se moría de una vez?

—Me largo —hizo saber con frialdad cuando regresó al comedor.

–¿Ah, sí? Pues entonces no os daré esto.

Su abuela sacó un fajo de billetes del bolso y se los enseño. Billetes de mil coronas.

–Vamos, siéntate, Denise –imploró su madre.

–Sí, siéntate un rato antes de ir a ponerte en venta –fue lo siguiente que dijo su abuela–. Come la pésima cena de tu madre antes de salir en busca de hombres que paguen la priva. Pero cuidado, Denise, porque, siendo como eres, ¡nunca vas a conseguir un hombre como Dios manda! Una chica barata de pelo teñido, pechos falsos, joyas falsas y cutis pintarrajeado. ¿No crees que van a calarte al segundo, mi bien? ¿Acaso piensas que un hombre como es debido no sabe ver la diferencia entre la elegancia y tu aspecto barato? ¿No crees que en cuanto abras tu boca pintada de rojo va a descubrir que no sabes absolutamente nada y que no tienes nada que decir? ¿Que eres una nulidad?

–No tienes ni puta idea –dijo Denise entre dientes. ¿Por qué no la dejaba en paz?

–¡Ajá! Pero cuéntame qué piensas hacer con eso antes de largarte, como has dicho con tal finura. Cuéntame para que lo sepa, tengo ganas de saberlo. ¿Cuál es tu verdadero plan? ¿Tal vez has pensado en convertirte en una gran estrella de cine, como solías fantasear cuando eras pequeña y bastante más simpática que ahora? ¿O tal vez prefieres ser una pintora de fama mundial? Dime, es por satisfacer mi curiosidad, ¿cuál va a ser tu próxima chifladura? ¿Qué le has hecho creer a tu asistenta social esta vez? ¿Le has dicho...?

–¡CÁLLATE! –gritó Denise, a la vez que se inclinaba sobre la mesa–. Cierra el pico, vieja fea. Tú no eres mejor que yo en nada. ¿Qué diablos sabes hacer, aparte de soltar veneno?

Si hubiera servido para algo. Si su abuela se hubiera retirado caminando hacia atrás, entonces quizá, por una vez, Denise habría podido comer en paz aquella cosa marrón repugnante, pero las cosas no eran tan fáciles.

Su madre estaba conmocionada, con las uñas hundidas en el asiento de la silla. La abuela seguía en sus trece.

–¿Me dices que cierre el pico? ¿Eso es todo lo que se te ocurre? ¿Crees acaso que tus mentiras y tus palabras soeces van a impresionarme? Pues mira, en este momento creo que para recibir mi subsidio trendréis que esperar hasta que vengas expresamente a mi casa a pedirme perdón en condiciones.

Denise se apartó de la mesa con un empujón tan fuerte que los cubiertos tintinearon. ¿Iba a darle a su abuela la satisfacción de dejarlas avergonzadas y con los bolsillos vacíos?

–Dale el dinero a mi madre o te lo quito yo –dijo con un bufido–. Suelta la pasta o te arrepentirás.

–¿Vas a amenazarme? ¿Es eso? –dijo la abuela entre dientes, mientras se levantaba.

–¿Queréis callaros las dos? Sentaos –imploró la madre.

Pero ninguna de las dos se sentó.

Denise veía la perspectiva con claridad meridiana. Su abuela nunca iba a dejarla en paz. El verano pasado había cumplido sesenta y siete y, con lo bien que estaba, podía llegar fácilmente a los noventa. El futuro se presentaba lleno de reproches y discusiones sin fin.

Denise achicó los ojos.

–Escúchame bien, abuela. Yo no veo una diferencia enorme entre tú y nosotras. Tú te casaste con un nazi repugnante y arrugado que era treinta años mayor que tú y dejaste que te mantuviera. ¿Eso es acaso mejor?

Su abuela se sobresaltó. Se retiró hacia atrás, como si le hubieran echado encima algo corrosivo.

–¿Qué pasa, no es verdad, o qué? –gritó Denise mientras su madre se lamentaba y la abuela avanzaba a por su abrigo–. Dime, ¿cuál debe ser nuestro modelo? ¡¿Tú?! Joder, danos el dinero ya.

Se abalanzó sobre los billetes, pero la abuela se los metió bajo la axila.

Entonces Denise giró sobre los talones y antes de salir dando un portazo oyó el jaleo que había dejado atrás.

Permaneció un rato con la espalda apoyada contra la pared del pasillo, boqueando en busca de aire mientras dentro su madre lloraba y suplicaba. Pero no iba a servir de nada, lo sabía por experiencia. El dinero no iba a llegar hasta el día que Denise fuera al suburbio de mala muerte con mirada suplicante, y no tenía ganas de esperar tanto.

Ya no.

Había una botella de Lambrusco en el congelador de su minifrigorífico, lo sabía. En los cuartos de buhardilla no solía haber comodidades, aparte de un lavabo, un espejo, la cama y un armario ropero de aglomerado chapado, pero ella no podía prescindir del frigorífico. ¿Acaso sus *sugardaddies,* después de un par de vasos de vino frío, no se volvían más generosos?

Sacó la botella del congelador y la sopesó. Como cabía esperar, el Lambrusco estaba congelado, pero el corcho había aguantado, como debía; además, una botella tan bonita como aquella ocultaba muchísimas posibilidades interesantes.

2

Viernes 13 de mayo de 2016

·

Rose frenó el *scooter* doscientos metros antes del semáforo en rojo.

De pronto, se le había olvidado el camino. Pese a llevar muchos años haciendo el mismo trayecto, hoy estaba todo muy cambiado.

Miró alrededor. Diez minutos antes le había pasado lo mismo, y ahora le ocurría otra vez. La coordinación entre los sentidos y el cerebro le fallaba por momentos. La memoria le jugaba malas pasadas. Por supuesto que sabía que no podía ir por el viaducto y después por la autopista en una motocicleta que no podía correr a más de treinta kilómetros por hora. Pero ¿dónde exactamente debía tomar la desviación? ¿Había algo más allá, una calle que llevaba a Borups Allé? ¿Tal vez a la derecha?

Impotente, plantó la punta del zapato en el asfalto y apretó los labios.

—¿Qué te pasa, Rose? —dijo en voz alta, lo que hizo que un transeúnte con quien se cruzó sacudiera la cabeza y apretara el paso.

Tosió de frustración un par de veces y estuvo a punto de vomitar. Observaba, extrañada, el tráfico, que le parecía un caos interminable de piezas de rompecabezas. El apagado ronroneo de decenas de motores y aquella confusión de colores de los vehículos le producían un sudor frío.

Cerró los ojos y trató de recordar lo que no acudía a su mente de manera automática. Por un instante sopesó dar la vuelta y regresar a casa, pero para eso tendría que cambiar de sentido, y ¿cómo iba a hacerlo? Además, en última instancia, ¿recordaría el camino a casa? Sacudió la cabeza. ¿Por qué iba a dar la vuelta, cuando en aquel momento estaba más cerca de la Jefatura de Policía que de casa? No tenía ninguna lógica.

Llevaba varios días sintiéndose en un estado nebuloso y, en aquel momento, le parecía que su cuerpo era demasiado pequeño para todo lo que contenía. Como si las ideas que pululaban por su cabeza, sobre las que no tenía control, no tuvieran cabida ni en varios cerebros. Cuando se sentía así, si no desconectaba e inventaba todo tipo de cosas extraordinarias para evitar que se le cruzaran los cables, su mente podía dejar de funcionar en cualquier momento. Se mordió la mejilla hasta hacerse sangre. ¿A lo mejor le dieron el alta demasiado pronto en el hospital de Glostrup la última vez? Al menos, era lo que había dado a entender una de sus hermanas, y el semblante preocupado de Assad tampoco dejaba resquicio a la duda. ¿Podía, pues, descartarse que su hermana tuviera razón? ¿No sería la causa de su colapso una mala mezcla de depresión y trastorno de personalidad? ¿No sería que estaba simplemente loc...?

—¡Déjate de elucubraciones, Rose! —gritó en voz alta. Otro viandante se dio la vuelta y se quedó mirándola.

Lo miró como pidiendo perdón. Le habían recomendado que telefoneara al psiquiatra si ocurría algo que sugiriese una recaída. Pero ¿qué era lo que estaba pasando? ¿No sería que estaba muy sobrecargada de trabajo y dormía demasiado poco? ¿No sería el estrés, sin más?

Rose dirigió la mirada hacia delante y reconoció enseguida las amplias escaleras de acceso a la piscina de Bellahøj y las casas altas al fondo. El ligero alivio por no haber perdido del todo el control hizo que diera un suspiro y pusiera la moto en marcha.

Todo parecía haber encajado bien, pero al cabo de unos minutos la adelantó una bici que rodaba lento. Rose miró el velocímetro: iba a diecinueve kilómetros por hora, ni siquiera había tenido la presencia de ánimo suficiente para girar el acelerador hasta el fondo. De modo que no había recuperado tanto el control.

Hoy tengo que andar con cuidado, pensó. Estar sola y tratar de tranquilizarme.

Se secó la frente con manos temblorosas y miró con atención alrededor. Lo más importante era no desmayarse en medio de la calzada y que un camión zigzagueante la hiciera fosfatina.

Los días buenos, la Jefatura de Policía parecía de lo más atrayente, con sus fachadas claras y su imponente arquitectura, pero justo hoy aquella blancura inocente había virado al gris, y los vanos de los arcos del pórtico eran más negros e intimidatorios de lo normal, casi como si fueran a absorberla y a borrarla de la faz de la Tierra.

No saludó al agente de guardia, como acostumbraba, y apenas registró la dulce mirada que Lis, la secretaria, le dirigió en la escalinata de entrada. Era un día de esos.

En el sótano del Departamento Q reinaba el silencio. Ningún tufo del té a la menta de Assad, ningún parloteo de TV2 News en la ostentosa pantalla plana de Carl, ningún Gordon confuso.

Menos mal que todavía no han llegado, pensó, y entró tambaleante en su despacho.

Se dejó caer sobre la silla ante el escritorio y apretó con fuerza el diafragma contra el borde de la mesa. En situaciones así, a veces le venía bien. Entonces su malestar amortiguaba la sensación de no tener control sobre sí misma y a veces, si apretaba el puño cerrado contra el plexo solar, podía tener un efecto positivo.

En aquel momento no funcionó. Viernes y 13, ¿qué otra cosa podía esperarse?

Se levantó y cerró la puerta del pasillo. Al verla cerrada, los demás creerían que aún no había llegado.

Entonces la dejarían en paz.

Al menos un rato más.

3

Lunes 2 de mayo de 2016

Desde el momento en el que entró en la Oficina de Servicios Sociales, el pulso de Michelle se había acelerado en quince latidos. El propio nombre, «Oficina de Servicios Sociales», tenía ese efecto en ella, y eso que era bastante neutro. En su opinión, habrían sido más apropiados nombres como Oficina de Tortura, Institución para Mendigos o Centro de Humillación, pero en la esfera pública nunca se llamaba a las cosas por su nombre.

Michelle llevaba muchos años empantanada en aquel sistema degradante. Primero en Matthæusgade, después en el quinto pino, en Gammel Køge, y ahora estaba de vuelta en Copenhague, en Vesterbro. En todos los sitios encontraba las mismas exigencias y el mismo ambiente miserable, y nada podía borrar esas impresiones. Por ella ya podían hacer cuantas ventanillas nuevas y relucientes quisieran, con números grandes escritos, y colocar encima otros tantos ordenadores que debías usar para hacer el trabajo de los empleados, eso si eras capaz de saber cómo hacerlo.

La mayoría de la gente que acudía al centro le caía mal. Gente que la miraba como si fuera una de ellos. Como si tuviera algo que ver con ellos, vestidos con esa ropa fea y andrajosa. Ni siquiera sabían combinar las prendas de manera adecuada. ¿Ella había salido alguna vez a la calle sin arreglarse? ¿Sin lavarse la cabeza o pensar qué pendientes le quedaban mejor? No, nunca. Jamás se le habría ocurrido, bajo ninguna circunstancia.

Si hoy no hubiera tenido al lado a Patrick, habría dado media vuelta frente a la entrada, aunque se daba buena cuenta de que tenía que entrar, entre otras cosas porque debía pedir permiso para tomarse las vacaciones. Eso también se lo había recordado Patrick.

Patrick era electricista, su mejor trofeo. Si alguien dudaba de la categoría de Michelle, bastaba con mirarlo a él, porque le daba un cierto estatus. Había pocos que fueran más altos, más anchos, más musculosos que Patrick, que tuvieran tatuajes más bonitos que él. Michelle no conocía a nadie que tuviera el pelo más negro y más brillante. Y le sentaban bien las camisas ajustadas. Aquello recalcaba lo satisfecho que estaba con su cuerpo, y cuánta razón tenía de estarlo.

Ahora se encontraba sentada junto a él frente a la imbécil de la asistenta social, que se desplazaba a su lado como un fantasma, estuviera donde estuviese la Oficina de Servicios Sociales que le correspondía a Michelle. Alguien dijo una vez de ella en la sala de espera que había ganado una gran suma de dinero. Pero si ese era el caso, ¿por qué no desaparecía sin más de la vida de Michelle?

Se llamaba Anne-Line. Un nombre idiota que solo tenían las que eran como ella. Por eso ponía «Anne-Line Svendsen» en una de esas tarjetas que parecen metálicas que había en el borde del escritorio, y que era lo que Michelle llevaba veinte minutos mirando absorta. Durante los últimos cinco no había atendido a lo que se estaba diciendo.

—¿Estás de acuerdo con lo que Patrick acaba de decir, Michelle? —le preguntaba Anne-Line Svendsen de vez en cuando.

Y Michelle asentía en silencio, de forma mecánica. ¿Había acaso razón para otra cosa? Ella y Patrick estaban de acuerdo en casi todo.

—Muy bien, Michelle. De manera que ¿te parece bien que te asignen un trabajo en Berendsen?

Michelle arrugó la frente. Porque no era a eso a lo que habían ido. Estaban allí para hacer comprender a aquella tipa que no podía soportar la presión del mercado laboral y para pedir un permiso de dos semanas de vacaciones. ¿Cuántas veces le habían explicado Patrick y ella lo de la presión laboral? ¿Es que no entendía lo que le decían? Porque no todos habían tenido la misma suerte que la imbécil de la asistenta social. Si ella hubiera ganado la lotería, o lo que fuera, ¿iba a estar allí? No, ¿verdad?

—¿En Berendsen? Eh..., no, no creo —respondió en consecuencia.

Miró implorante a Patrick, que se limitaba a dirigirle miradas penetrantes.

—En realidad, ¿qué es Berendsen? —preguntó entonces—. ¿Una tienda de ropa?

Anne-Line sonrió; los dientes manchados de vino tinto no la favorecían. ¿No había oído hablar de los blanqueadores dentales?

—Bueno, sí. De alguna forma, trabajan con ropa —respondió.

¿Aquello era una sonrisa condescendiente?

—Berendsen es una empresa de prestigio especializada en lavar sábanas y ropa para grandes instituciones y empresas públicas.

Michelle sacudió la cabeza. Ella y Patrick no habían acordado nada parecido, él lo sabía perfectamente.

Anne-Line Svendsen arqueó las cejas sin depilar.

—Por lo visto, no comprendes la gravedad de la situación, ¿verdad, Michelle?

La mujer dirigió la mirada hacia Patrick.

—Los dos vivís juntos, de modo que supongo, Patrick, que te habrás dado cuenta de que Michelle lleva casi medio año recibiendo el subsidio para el alquiler sin tener derecho a él. Es lo que llamamos fraude social, y es algo grave. ¿Habéis pensado en eso?

Patrick se remangó la camisa. La inflamación de los últimos tatuajes aún no había remitido, sería por eso que tenía un aspecto tan irritable.

—Debe de haber alguna confusión, porque no vivimos juntos. No de verdad. Michelle vive en una habitación de Vanløse.

Aquella información no frenó en absoluto a la asistenta social.

—Esta mañana he hablado con la familia que le alquila la habitación. Dicen que Michelle lleva cinco meses sin pagar el alquiler; de manera que vive contigo, ¿o me equivoco? Por eso tenemos que deducir de tu salario todo ese período, debes tenerlo en cuenta, Patrick, y es probable que haya otras consecuencias. Pero supongo que conoces las nuevas reglas.

Patrick giró con lentitud el rostro sombrío hacia Michelle. Tras su mirada había rayos, ideas sobre las que ella no quería saber nada.

—Pero bueno... —Michelle frunció el ceño, cosa que no la favorecía—. Habíamos venido a pedir permiso para irnos de vacaciones. Hemos visto unos billetes baratísimos para dentro de dos semanas, y Patrick puede pedir días libres, por tanto...

Michelle se interrumpió y se mordió el labio.

Lo de dejar la habitación había sido un error. O al menos fue un error no habérselo dicho a Patrick. Ahora iba a oír sus reproches, de eso no cabía duda. Hasta entonces, Patrick nunca le había puesto la mano encima; era la razón, entre otras, de que siguiera con él, aunque en aquel momento parecía que la situación bien pudiera cambiar.

—Ya; pero no creo que sea realista, Michelle. Veo que quizá hayas olvidado mencionar a Patrick lo de la habitación. ¿No es así? —insistió la bruja.

Michelle asintió de manera casi imperceptible. Patrick se levantó de pronto ante la ventana, absorbiendo casi toda la luz de la estancia.

—Debe de tratarse de un error —apeló con la frente arrugada—. Voy a ir a la casa de la familia para saber por qué dicen eso.

Se volvió hacia Michelle. Lo que iba a decirle no debía considerarse un deseo, sino una orden, eso estaba claro.

—Tú quédate aquí, Michelle. Tu asistenta social te ha ofrecido un trabajo, y, la verdad, creo que deberías hablar con ella sobre eso, ¿vale?

Estaba cabreado.

Michelle apretó los labios cuando Patrick salió dando un portazo. Fue mezquino por su parte dejarla en aquellas circunstancias. Si hubiera tenido la menor sospecha de que la mujer iba a controlar hasta ese punto dónde vivía, habría mantenido el alquiler. ¿Qué diablos iba a hacer ahora? No podían permitirse prescindir del dinero, menos aún si, encima, le ponían una multa.

Ojalá Patrick pudiera convencer a la familia; entonces tal vez le dejaran volver a alquilar la habitación, no creía que tuvieran nada en contra. A lo mejor incluso le bajaban algo el alquiler para que fuera menor que el subsidio, así le quedaría una especie de beneficio, mil ochocientas coronas por ese cuartucho no era moco de pavo. De hecho, pensó que aquel dinero podía guardarlo para sí, por eso lo hizo. ¿Acaso Patrick no se ponía contento cuando la veía llegar después de haber estado en la peluquería arreglándose el pelo? ¿Se quejaba acaso cuando ella se ponía ropa interior nueva y atrayente?

Diez minutos después, Michelle tomaba un respiro en la sala de espera y pensaba sobre la cuestión. Seguro que iban a investigar lo del fraude social; la mujer de la oficina no lo había ocultado, e iban a tener que devolver mucho dinero. No se vio con fuerzas para escuchar de cuánto se trataba. Se ponía mala de solo pensarlo. Pero aquella Anne-Line Svendsen ¿por qué tenía que ponerse así? ¿Era porque no había querido aceptar el trabajo de la lavandería?

¡Pues no! Michelle sacudió la cabeza, eso era deprimente. Desde luego que no iba a levantarse a las cuatro de la mañana y tomar el tren hasta Helsingør para trajinar con las sábanas llenas de mierda de otras personas. Muchas veces venían directamente de hospitales, y la gente que se había envuelto en ellas eran enfermos. A saber qué enfermedades tenían. Podría ser contagioso, tal vez incluso mortal. Hepatitis, ébola o cosas así. Le entraban náuseas de solo pensarlo.

No, no podían exigirle eso. Una cosa así, no.

«¿Qué te imaginas entonces, Michelle? —le había preguntado la mujer con voz desagradable—. No has sido capaz de conservar ninguno de los empleos que te hemos ofrecido. Tampoco has terminado ninguno de los cursillos a los que te hemos enviado. ¿Te das cuenta de lo que una chica como tú, que no aporta nada en absoluto, cuesta a nuestra sociedad? Y ahora quieres irte de vacaciones con un dinero que has obtenido de forma indebida, ¿no es así? Esto no puede continuar, ¿te das cuenta, Michelle?»

Pero ¿por qué la trataba así? ¿Qué le había hecho ella? ¿Es que no entendía cómo funcionaba la gente como Michelle?

Cuidaba muy bien el piso de Patrick y de ella, para que siempre estuviera limpio y ordenado. Lavaba su ropa y la de Patrick, e incluso sabía cocinar un poco; y también era ella quien se ocupaba de las compras. ¿Acaso eso no valía nada?

«La Administración pasa de pagarte por algo así», le había dicho Patrick; como si ella no se hubiera dado cuenta. Pero si su madre y su tía materna siempre habían estado en casa, tratando de agradar a sus maridos, ¿por qué ella no?

Bajó la mirada hacia las botas de ante tan chulas que había comprado para la ocasión; ¿de qué le habían servido? Hizo una aspiración profunda. Todo eso era demasiado para ella.

Con sus uñas bien esmaltadas, se quitó una manchita de los pantalones y alisó las mangas de la blusa. Era lo que solía hacer cuando los acontecimientos se desarrollaban demasiado rápido.

Lo de la cabeza hueca de Anne-Line Svendsen era una putada. Ojalá aquella bruja cruzara delante de un coche y la palmara.

Michelle miró alrededor con las comisuras caídas. Malditos fueran todos los que ocupaban la mayor parte de los asientos en torno a ella, con sus zapatos gastados, sus capuchas caladas hasta las orejas y su aspecto cochambroso. Eran los culpables de que no hubiera dinero para ofrecer asistencia pública a gente como ella. Gente legal, que no causaba daño a nadie, que no bebía ni engordaba para terminar en el hospital y que tampoco se inyectaba o entraba a robar en casas ajenas. ¿Quién de los que esperaban ahí podía decir eso de sí mismo? Sonrió al pensarlo, de puro ridículo. ¿Quién de entre ellos se limitaba a dedicarse a lo suyo y era gente como era debido? Desde luego, no muchos.

Miró hacia un par de chicas jóvenes en la cola de los números, que parecían tener su misma edad, y comprobó que, al contrario de los demás, eran legales. Al menos se identificaba mucho más con ellas, porque llevaban ropa superguay y un maquillaje fantástico.

Cuando las chicas sacaron su número, miraron alrededor, luego enfilaron hacia los asientos libres de la esquina, junto a Michelle, y se sentaron. Intercambiaron un par de miradas respetuosas de reconocimiento.

–¿Tú también estás esperando? –preguntó una de ellas, y cinco minutos más tarde las tres estaban hablando como si se conocieran de siempre.

Era divertido ver cuántas cosas tenían en común, y el rincón de la recepción donde se encontraban se convirtió de pronto en el centro del buen gusto. Vaqueros claros prietos y tops de Føtex o de H&M, pendientes, collares, anillos y brazaletes de Tiger o de las tiendecitas guay de las transversales de Strøget. Las tres llevaban extensiones colocadas con esmero y botines de tacón alto; pero, como dijo una de ellas, de vez en cuando también podía calzarse unas Moon Boots con algo de piel de imitación. Era como para echarse a reír, de lo parecidas que eran.

Aparte de eso, tenían algo más en común, cosa que pilló por sorpresa a Michelle: las tres estaban hartas de que el sistema las mangoneara y les pusiera todo tipo de trabas para cualquier cosa. Y, para colmo, todas tenían como asistenta social a Anne-Line Svendsen.

Michelle rio y dirigió la mirada hacia arriba. Frente a ellas había una chica sentada. Tenía un rostro de líneas marcadas, llevaba el pelo al estilo punk y demasiado kohl en torno a los ojos, fea toda ella. Les dirigía una mirada dura, desagradable, casi como si sintiera envidia. Michelle sonrió para sus adentros porque, con su mal estilo y aquellas extrañas maneras, la chica tenía razones para ello. Sus piernas se movían como si estuviera pisando el pedal de un bombo. Daba la impresión de estar bajo la influencia del *speed* o algo así, y poco a poco su mirada iba endureciéndose más y más. A lo mejor era que echaba de menos un cigarrillo, a ella solía pasarle también.

–Joder, qué raro que atiendan aquí a unas tipas chungas como vosotras –surgió de pronto de la boca de la punki, comentario dirigido a Michelle y a las otras dos–. La mierda es oro comparada con gentuza como vosotras.

La chica sentada junto a Michelle tuvo un sobresalto cuando giró la cabeza hacia la punki. Era la que había dicho que se llamaba Jazmine, y por lo demás era maja, aunque no en aquellas circunstancias. Pero la otra de las chicas, la que se llamaba

Denise, reaccionó con frialdad y le hizo una peineta a la punki, aunque Jazmine trató de detenerla.

—¡En el sitio de donde vienes no han aprendido la diferencia! —dijo Denise entre dientes—. Pero dicen que la mierda es lo más parecido a la mierda, y el primer país que invadieron los alemanes fue el suyo propio; ¿lo sabías, idiota punki?

Michelle sacudió la cabeza. Vaya manera rara de hablar.

En una fracción de segundo, el aire entre ellas tres y la inútil de enfrente se electrificó, se congeló. La chica punki apretó los puños. En aquel momento parecía capaz de todo. A Michelle no le gustaba nada aquello.

Entonces llamaron un número, y Jazmine respiró aliviada cuando la punki cedió y se levantó. Pero la mirada que les lanzó mientras se dirigía al despacho de la asistenta social no anunciaba nada bueno.

—¿Quién diablos era esa? Parecías conocerla —le preguntó Denise a Jazmine.

—No es alguien a quien hacer una peineta, te lo digo yo. Vive a un par de manzanas de mi casa y es islandesa. Se llama Birna y está mal de la cabeza. Pero muy, muy mal.

4

Viernes 13 de mayo de 2016

—Sí, fui yo quien lo hizo. Le pegué en la cabeza con una barra de hierro, y ella chilló y chilló, pero a mí me daba igual, le seguí pegando.

Carl golpeó el cigarrillo contra el dorso de la mano y se lo llevó a los labios un par de veces antes de volver a dejarlo.

Con ojos entornados miró la documentación que el hombre que tenía enfrente le había dado sin que se la pidiera. Cuarenta y dos años, pero parecía por lo menos quince años mayor.

—Le pegaste y ella gritó, dices. Pero ¿con cuánta fuerza le pegaste, Mogens? ¿Puedes enseñármelo? Levántate y enséñamelo.

El hombre flaco se enderezó.

—¿Quiere decir que tengo que pegar al aire y hacer como si llevara una barra de hierro en la mano?

Carl asintió en silencio y reprimió un bostezo mientras el tipo se levantaba.

—Vamos, Mogens, pega como hiciste entonces.

El hombre abrió la boca y contrajo el rostro por la concentración, un espectáculo bastante triste. Piel lívida, la camisa mal abrochada, los pantalones que le colgaban de las caderas cuando asió bien su arma imaginaria y levantó los brazos para golpear.

Cuando por fin llegaron la descarga de energía y el golpe, abrió los ojos como platos, como si se imaginara con regocijo enfermizo el cuerpo cayendo. Por un momento se estremeció, como si acabara de correrse en los pantalones.

—Así fue como sucedió —dijo con una sonrisa de alivio.

—Gracias, Mogens. De modo que ¿fue así como mataste a la profesora de la escuela privada Bolmans Friskole en el parque de Østre Anlæg? ¿Y ella cayó hacia delante y boca abajo?

El hombre asintió y lo miró arrepentido, como un niño travieso.

—¡Assad, ¿te importa venir un momento?! —gritó Carl hacia el pasillo del sótano.

Se oyeron unos sonoros jadeos y suspiros.

—¡Y tráete tu café mexicano, Assad! —gritó Carl—. Creo que Mogens Iversen está algo sediento.

Miró al hombre, cuya expresión facial oscilaba entre el compañerismo y cierto agradecimiento.

—Pero ¡antes mira de qué información disponemos en torno al asesinato de una tal Stephanie Gundersen en 2004! —volvió a gritar.

Hizo un gesto al hombre, que sonrió y achicó los ojos, confiado. En aquel momento, su mirada dejaba entrever que los dos eran de alguna manera colegas. Dos almas en fructífera colaboración para esclarecer un enigmático asesinato. Casi nada.

—Y luego volviste a golpearle mientras yacía en la hierba, ¿fue así, Mogens?

—Sí. Ella gritaba, pero le golpeé otras tres o cuatro veces, y debió de callarse. No recuerdo tanto los detalles, al fin y al cabo han pasado doce años.

—Dime, Mogens, ¿cuál es el verdadero motivo de que confieses esto? ¿Por qué no antes?

La mirada del hombre vaciló. El labio inferior colgaba, trémulo, mostrando una dentadura estremecedora, lo que, para su irritación, hizo recordar a Carl que su dentista le había dado cita tres veces, en vano, para la revisión anual.

Era evidente, por cómo se estremecía su pecho, que el tipo luchaba con ardor contra sí mismo. A Carl no le habría extrañado nada si de pronto se hubiera echado a llorar.

—Es que ya no podía soportar más estar siempre pensando en ello —dijo con la parte inferior de la cara temblando.

Carl asintió con la cabeza mientras tecleaba el número de registro civil del hombre en su ordenador.

—Te comprendo, Mogens. Un asesinato así es un secreto horrible si no se comparte, ¿no?

El hombre movió la cabeza arriba y abajo, agradecido.

−Veo que vives en Næstved. Diría que eso está bastante lejos de Copenhague; y del lugar del crimen, el parque de Østre Anlæg.

−No he vivido siempre en Næstved −dijo a la defensiva−. Antes vivía en Copenhague.

−Pero ¿por qué has venido hasta aquí? No tenías más que notificar tu horrible agresión en la comisaría local.

−Porque ustedes se encargan de los casos antiguos. He leído sobre el Departamento Q en los periódicos, aunque hace tiempo de eso. Así que son ustedes, ¿verdad?

Carl arrugó el entrecejo.

−¿Lees mucho el periódico, Mogens?

El hombre trató de parecer más serio de lo que era.

−¿No es acaso un deber social estar informado y proteger nuestra libertad de prensa? −preguntó.

−La mujer que mataste... ¿Por qué lo hiciste? ¿La conocías? No creo que hayas tenido ninguna relación con la escuela de Bolmans Friskole.

El hombre se secó las lágrimas.

−Ella pasaba por allí cuando me sobrevino el impulso.

−¿Te sobrevino? ¿Suele pasarte a menudo, Mogens? Porque si has matado a más personas, este es el momento de aligerar tu conciencia.

El hombre sacudió la cabeza sin siquiera pestañear.

Carl bajó la vista a un lado de la pantalla. Tenían multitud de información elocuente sobre aquel tipo, de modo que no había duda de lo que podía esperarse que les ofreciera a continuación.

Assad entró y dejó ante él una carpeta bastante fina. No parecía contento.

−Se han caído otros cuatro estantes en el pasillo, Carl. Hay que liberar más espacio de la estantería, el material pesa demasiado.

Carl asintió. Papeles por aquí, papeles por allá. Por él, podían llevar la mayor parte a la incineradora.

Abrió la carpeta. No tenían gran cosa allá abajo sobre el caso de Stephanie Gundersen. Señal de que seguiría siendo objeto de atención en el Departamento de Homicidios.

Miró la última página, leyó las últimas líneas y asintió para sí.

—Se te ha olvidado el café, Assad —advirtió, con la mirada en la hoja del expediente.

Assad hizo un gesto.

—¿Para este?

Carl guiñó el ojo.

—Y hazlo bien, que esté bien bueno, va a hacerle falta.

Se volvió hacia el hombre, mientras Assad desaparecía por el pasillo.

—Veo que has estado en varias ocasiones en Jefatura prestando declaración en otros casos, Mogens.

El hombre asintió, avergonzado.

—Y todas las veces tenías un conocimiento tan pobre de los detalles de los crímenes que te mandaban de vuelta a casa y te pedían que buscaras un psicólogo y no volvieras más.

—Sí, así es. Pero esta vez soy yo el autor, no le quepa la menor duda.

—Y no podías ir a Homicidios a contarlo, porque iban a mandarte a casa con las mismas recomendaciones de las otras veces, ¿verdad?

El hombre pareció entusiasmado por la empatía que mostraba Carl.

—Sí, era por eso.

—Y mientras tanto ¿te has acordado de ir al psicólogo, Mogens?

—Sí, muchas veces. Y me han ingresado en Dronninglund con toda la pesca.

—¿Con toda la pesca?

—Sí, pastillas para los nervios y esas cosas. —Casi parecía enorgullecerse.

—Ya. Pues voy a decirte que vas a recibir de mí la misma respuesta que te han dado en el Departamento de Homicidios. Estás enfermo, Mogens, y si vienes con más confesiones falsas de esas, tendremos que arrestarte. Estoy seguro de que otro ingreso podría ayudarte, pero depende de ti, por supuesto.

El hombre frunció el ceño. Ideas descabelladas parecieron atravesar su mente. Patrañas aderezadas con sincero arrepentimiento,

38

con el añadido de una pizca de los datos que había podido conseguir de modo irregular, se mezclaban con la desesperación. Pero ¿por qué? Carl nunca había entendido a la gente como Mogens.

—No digas más, Mogens. Tal vez pensaras que aquí en el sótano no íbamos a saber esas cosas, pero estabas equivocado. Además, ya sé que todo lo que nos has contado sobre el ataque a la pobre mujer es falso de arriba abajo: la dirección del golpe en la cabeza, de qué lado llegó el impacto, en qué postura quedó tras el ataque, cuántos golpes recibió. No tuviste nada que ver con ese asesinato, así que puedes volver a tu casa a Næstved, ¿vale?

—Hola, hola, aquí llega un poco de café mexicano en una elegante taza de las del *señor* Assad —canturreó el testa rizada mientras se lo ponía delante—. ¿Azúcar?

Mogens asintió en silencio; parecía un hombre a quien le hubieran impedido la liberación justo cuando estaba a punto de alcanzar el orgasmo.

—Te vendrá bien para el viaje, pero has de tomarlo de un trago —lo instó Assad, sonriente—. Va a hacerte mucho bien.

Un breve gesto de desconfianza atravesó el rostro del hombre.

—Si no lo tomas, voy a detenerte por falso testimonio, Mogens, de manera que bebe —se oyó la voz, más dura, de Carl.

Ambos se inclinaron sobre él y siguieron con la vista la mano vacilante hacia la taza y su viaje hacia la boca.

—¡De un trago! —Esta vez Assad sonó amenazador.

La nuez saltó un par de veces arriba y abajo mientras el café desaparecía garganta abajo.

Ahora era cuestión de esperar. Pobre hombre.

—¿Cuánto chile le has puesto en la taza, Assad? —preguntó Carl cuando terminó de limpiar la última vomitona de la mesa.

Assad se encogió de hombros.

—No mucho, pero era un Segador de Carolina fresco.

—¿Y eso es fuerte?

—Sí, Carl. Ya lo has visto.

—¿Se puede morir por eso?

—Qué va.

Carl sonrió. Mogens Iversen no volvería a molestar al Departamento Q con sus historias.

—¿Apunto la «confesión» en el informe, Carl?

Carl sacudió la cabeza mientras hojeaba los documentos.

—Veo que el caso lo llevó Marcus Jacobsen. Es una pena que nunca lo esclareciera.

Assad asintió.

—¿Descubrieron con qué arma fue asesinada la mujer?

—Por lo que veo, no. Pone que fue un objeto romo. Eso lo hemos oído muchas veces.

Carl cerró la carpeta. Cuando el Departamento de Homicidios considerase que había llegado la hora de arrinconar el caso, seguro que les tocaría a ellos resolverlo.

Cada cosa a su tiempo.

5

Lunes 2 de mayo de 2016

No podía decirse que Anne-Line Svendsen fuera una de las personas más alegres del mundo, y había diversas razones para ello. Por lo demás, la mano de la naturaleza la había provisto de las dotes necesarias para llevar una vida digamos que normal. Una buena cabeza, rasgos más o menos bonitos y un cuerpo que en tiempos pasados hizo que muchos hombres girasen la cabeza a su paso. Pero no supo administrar esas ventajas para su propio provecho, y, con el paso del tiempo, había empezado a dudar que pudieran servirle de algo.

Anne-Line, o Anneli, como le gustaba llamarse, en el fondo no había sido capaz de leer la brújula de la vida, como solía decir su padre. Cuando llegaron los hombres, ella miraba a la izquierda, aunque los mejores estuvieran a la derecha. Si necesitaba comprar ropa, escuchaba siempre su voz interior, en lugar de la del espejo. Cuando eligió estudios, miró más el beneficio a corto plazo que el de largo plazo. Y con el tiempo desembocó en una situación que no podía prever y, desde luego, no deseaba.

Tras una larga serie de infaustas relaciones, pertenecía a ese treinta y siete por ciento de daneses adultos que hacían vida de solteros, y por eso durante los últimos años había comido por regla general demasiado, y cosas inadecuadas, y ahora se encontraba abocada a una permanente situación de decepción por su cuerpo fofo y un cansancio apenas soportable. Pero lo peor de todas aquellas decisiones equivocadas de su vida fue el empleo en el que terminó. De joven, una especie de idealismo la convenció de que el trabajo social era provechoso e iba a proporcionarle una gran satisfacción personal. ¿Cómo podía saber entonces que después del cambio de milenio iban a adoptarse una oleada de decisiones políticas imprudentes que implicaban que estuviera atrapada en el callejón sin salida de una supuesta colaboración entre mandos intermedios incompetentes y políticos igual de irrealistas e insolidarios? Durante aquellos años, ni ella ni sus colegas tuvieron la menor oportunidad de marchar al compás de todos los aparatos analíticos, circulares y directivas que les habían pasado de arriba, y al final estaba inmersa en un sistema social que funcionaba sin ningún tipo de regulación, administrado a menudo en pugna con la legislación, y con un mecanismo de distribución de prestaciones sociales que nunca jamás había podido funcionar. Muchos de sus colegas habían caído por el estrés, y Anneli fue una de ellos. Pasó dos meses en casa debajo del edredón, con la cabeza llena de ideas sombrías y deprimentes y una falta total de capacidad para concentrarse en las tareas más sencillas. Cuando por fin regresó al trabajo, casi fue peor que antes.

En aquel atolladero de desamparo político, la habían puesto, más o menos al azar, a gestionar lo que ella describía como una bomba de relojería bajo el sistema, es decir, un grupo de mujeres, sobre todo jóvenes, que nunca habían estudiado nada y que tampoco iban a poder hacerlo jamás, además de los habituales clientes necesitados.

Anneli regresaba a casa del trabajo enfadada y con un cansancio mortal. No porque hubiera hecho una labor provechosa, sino justo por lo contrario. Y aquel día no había sido ninguna excepción a la regla: en suma, un día chungo más.

Dentro de poco debía acudir al Hospital Central a hacerse una mamografía rutinaria; después iba a llevar un par de pasteles a casa, poner las piernas sobre un taburete y envolverse bien en una manta, antes de reunirse con las chicas de la Oficina de Servicios Sociales para la sesión semanal de yoga a las ocho.

En realidad, Anneli detestaba los ejercicios corporales, y de manera especial el yoga. Después le dolía todo el cuerpo; entonces, ¿por qué diablos lo hacía? En el fondo, tampoco aguantaba a las compañeras y sabía que el sentimiento era sin duda mutuo. La única razón de que no le hicieran el vacío era su eficacia en el trabajo.

Porque Anneli era muy eficiente.

—Dime, Anne-Line, ¿has sentido últimamente molestias en la zona? —preguntó la doctora mientras examinaba la radiografía.

Anneli trató de sonreír. Llevaba diez años participando en aquel proyecto de investigación y la pregunta, igual que la respuesta, nunca cambiaba.

—Solo cuando me aplastáis el pecho como una crep para hacer la mamografía —respondió con voz seca.

La doctora se dio la vuelta. El habitual rostro inexpresivo estaba surcado de arrugas, lo que hizo que una sensación fría y repulsiva atravesara el cuerpo de Anneli.

—Tienes un bulto en el pecho derecho, Anne-Line.

Anneli contuvo el aliento. Una broma de mal gusto, pensó durante un segundo demencial.

Entonces la doctora giró el rostro hacia la imagen de la pantalla.

—Mira.

Rodeó una gran mancha con la punta de su lápiz, tecleó un rato en el ordenador y apareció una nueva imagen.

—Esta mamografía es del año pasado, entonces no había nada. Me temo que vamos a tener que decidir hacer una intervención rápida.

No lo comprendía. Fue como si la palabra «cáncer» pasara al lado de ella. Una repugnante palabra de mierda.

—¿Por qué no has venido hasta ahora?

Las cuatro mujeres sonrieron algo burlonas, pero estaba acostumbrada.

—Las demás hemos estado moviendo el cuerpo hasta descoyuntarnos. ¿Qué diablos has hecho mientras tanto?

Anneli se sentó en la mesa que solían ocupar en el bar y trató de sonreír.

—Tenía demasiado trabajo, estoy rendida.

—Cómete un pastel, seguro que recuperas la sonrisa —le aconsejó Ruth. Era la que trabajó veintidós años en Servicios Sociales antes de tirar la toalla, ahora llevaba seis meses trabajando de oficinista en una compañía de taxis. Era curiosa en muchos aspectos, y, desde luego, más competente que la mayoría.

Anneli vaciló un instante. ¿Debía confiar a esas personas tan indiferentes en aquellas cuestiones por qué no se había sentido capaz de hacer el saludo al sol ni de poner la mente en blanco? Si lo revelaba ahora, ¿iba a poder controlar sus sentimientos? No pensaba ponerse a berrear con ellas delante.

—Vaya por Dios, tienes un aspecto malísimo. ¿Ocurre algo, Anne-Line? —preguntó Klara, la más tratable.

Miró a sus colegas, que iban sin maquillar y atacaban los pasteles con ganas. ¿De qué le valía soltar la cruda realidad en aquella encantadora armonía? Ni siquiera sabía qué era el maldito bulto.

—Es por esas chicas idiotas —respondió por fin.

—¡Vaya, otra vez ellas! —asintió una de las otras, cansada. Como si Anneli no supiera que era un tema en el que nadie deseaba malgastar su energía. Pero ¿de qué diablos iba a hablar si no? No tenía a un marido en casa de quien quejarse. Ni hijos de los que alardear. Ni un sofá exclusivo de color mostaza del que poder mostrar una foto y contar la fortuna que había pagado por él.

—Ya sé que es mi problema, pero es que me dan náuseas, ¿sabéis? Hay personas que pasan necesidades y después están esas cabezas huecas bien provistas de encajes, botas, maquillaje y extensiones en el pelo. Es que esas chicas van impecables. Todo lo llevan a juego: bolso, calzado, ropa... ¡Ding, ding, ding!

La descripción hizo que la más joven sonriera, pero las otras se alzaron de hombros. Claro que también eran el polo opuesto de aquellas chicas: unas funcionarias grises que, si un día había que dar la campanada, a lo sumo se teñían con henna el pelo o se ponían unos botines negros con remaches. Claro que mostraban indiferencia, ¿qué, si no? En esta sociedad todos eran indiferentes y hacían como si nada cuando había que intervenir. ¿Cómo diablos podía funcionar todo tan mal?

—No te dejes influir por ellas, Anne-Line —advirtió Ruth.

¿No dejarse influir? Era fácil decirlo cuando te habías escapado de aquel infierno.

Anneli se llevó con calma la mano hacia el pecho. Le parecía que el bulto lo ocupaba todo. ¿Por qué no lo había notado antes? Confiaba en que solo fueran efectos secundarios del examen.

Pero habla, di algo que te haga pensar en otras cosas, pensó mientras el pulso se le aceleraba poco a poco.

—Jeanette, mi sobrina, es exactamente así —la salvó Klara—. Cuántas veces habré oído decir a mi hermano y a mi cuñada lo guapa y fantástica que era y los muchos talentos que tenía. —Esbozó una sonrisa irónica—. ¿Qué talentos? Si tenía alguno, lo cierto es que nunca lo desarrolló. La trataron durante años como a una princesa y ahora es justo como lo que estás describiendo, Anne-Line.

La sensación de su pecho remitió un poco, para dejar paso al extraño calor que provocaba su cólera. ¿Por qué no atacaba aquella enfermedad a una de esas niñatas de mierda, en vez de cebarse en ella?

—Entonces, ¿Jeanette está recibiendo la renta mínima y le han llegado una serie de ofertas de empleo y plazas de aprendiz? —se obligó a preguntar Anneli.

Klara hizo un gesto afirmativo.

—Pasó años implorando un empleo de aprendiz en una peluquería, y cuando por fin lo encontró no aguantó más de medio día.

Dos de las otras levantaron la cabeza. Era evidente que a Klara la escuchaban con ganas.

—Le dijeron a Jeanette que pusiera en orden la peluquería durante la pausa del almuerzo; ella protestó y dijo que era duro de cojones, pero ¡no fue esa la excusa que dio en casa!

—¿Qué dijo? —preguntó una.

—Dijo que le había deprimido muchísimo oír los problemas de las clientas. ¡No podía soportarlo!

Anneli miró alrededor. Todas tenían el ceño fruncido, pero aquella historia era el pan de cada día para ella. ¿Cuántas veces había tenido que colaborar con la Oficina de Empleo para buscar puestos de aprendiz o trabajos para los que, a fin de cuentas, chicas como la tal Jeanette no estaban capacitadas?

¿Por qué no estudió Económicas, como le aconsejaba su padre? Entonces habría podido estar con todos los bandidos del Parlamento, acaparando beneficios adicionales en lugar de cargar con aquellos despojos de chicas y mujeres disfuncionales. Eran como el agua sucia de una bañera, lo que más deseaba Anneli era quitar el tapón, si podía.

Por la mañana había tenido cita con cuatro de esas chicas que llevaban mucho tiempo desempleadas. Y en lugar de adoptar una postura humilde o sugerir alguna solución para mejorar su situación, todas ellas habían alargado la mano sin asomo de vergüenza y chupado fondos de la caja social. Era una faena, pero Anneli intentó, como siempre, pararles los pies a las cuatro. Si no querían aprender nada y no eran capaces de conservar un empleo, tendrían que aceptar las consecuencias. Porque en eso tenía a la legislación de su lado.

No obstante, la experiencia le decía que las cuatro tipas iban a volver pronto con partes de baja que decían que estaban incapacitadas para trabajar. Las razones serían muchas, porque en esas cuestiones la inventiva no conocía límites: depresión enfermiza, lesiones de rodilla, caídas brutales contra el radiador con consecuencia de conmoción cerebral, colon irritable y una larga serie de afecciones que no podían medirse ni pesarse. Había tratado de que sus superiores hicieran algo ante los exagerados diagnósticos de los médicos, pero el tema, aunque pareciera extraño, era demasiado delicado, así que los médicos seguían repartiendo partes de baja sin documentar, como si no supieran hacer otra cosa.

Hoy, una de las chicas se había presentado sin haber prolongado su baja porque había llegado tarde a la consulta del médico. Y cuando Anneli le preguntó la razón e hizo hincapié en lo importante que era acudir a las citas, la mema le respondió que estaba en un café con unas amigas y que no miró el reloj. Tenían tan poco talento para vivir en sociedad que ni siquiera sabían mentir.

Anneli debería haberse escandalizado por la respuesta, pero estaba curtida. Lo peor era pensar que eran chicas como Amalie, Jazmine o como se llamaran las que al final iban a tener que prestarle servicio a ella cuando ingresara en una residencia de ancianos.

Santo cielo.

Anneli miró ante sí con expresión vacía.

«Cuando ingresara en una residencia», había pensado, pero ¿quién decía que fuera a vivir tanto tiempo? ¿La doctora no había dejado entrever que un cáncer de mama como ese había que tomarlo muy en serio? ¿Que aunque le extirparan el pecho, podía haberse extendido y no tener cura? ¿Que todavía no lo sabían?

—¿Por qué no dejas el trabajo de asistenta social? —Ruth la sacó de sus elucubraciones—. Tienes un dinerillo ahorrado.

Era una pregunta muy difícil de responder. Desde hacía casi diez años, los conocidos de Anneli vivían en la idea errónea de que había ganado un montón de dinero en un rasca y gana, y ella no hizo nada por desmentirlo. De pronto había conseguido una especie de estatus que jamás habría logrado de otro modo. La gente seguía considerándola un ratoncito gris, aburrido e irritado, esa era la realidad. Pero ahora la consideraban un ratón gris envuelto en misterio.

Entonces, ¿por qué no gastaba algo de su fortuna en sí misma?, preguntaban. ¿Por qué seguía vistiendo aquellos trapos baratos? ¿Por qué no llevaba perfume caro? ¿Por qué no hacía viajes exóticos? ¿Por qué, por qué, por qué?

El día que raspó la cartulina en medio de la jornada de trabajo, sintió una alegría espontánea, porque quinientas coronas era su récord absoluto. Pero su grito triunfal atrajo a Ruth, del despacho contiguo, para oír qué pasaba.

—¡He ganado quinientas, ¿te das cuenta?! ¡Quinientas! —se alborozó Anneli.

Ruth se quedó sin habla: era quizá la primera vez que veía sonreír a Anneli.

—¿Habéis oído? ¡Anne-Line ha ganado quinientas mil coronas! —gritó de repente, y la noticia se extendió por las oficinas como un reguero de pólvora. Después Anneli llevó pasteles y pensó que no tenía nada en contra de que siguieran viviendo en el error. Parecía como si aquello aumentara su estatus, como si la hiciera algo más visible. Otra cosa era que no pudo rectificar la mentira, y que después le tomaban el pelo por su tacañería.

Anneli imaginó los platos de la balanza, y el plato del prestigio pesaba, por extraño que pareciera, mucho más que el de la presunta tacañería.

Y Ruth le preguntaba por qué no dejaba el trabajo. ¿Qué iba a responder a eso? En realidad, tal vez fuera cuestión de tiempo que la pregunta se respondiera por sí misma. Que ella ya no se encontrara entre los vivos.

—¿Dejar el trabajo? ¿Y quién iba a relevarme? —respondió toda seria—. ¿Una chica de la edad de Jeanette? Menudo consuelo.

—¡La primera generación que está peor educada que sus padres! —aseguró una de las otras, que aún seguía creyendo que la melena corta con flequillo estaba de moda—. ¿Y quién va a emplear a alguien que no sabe nada?

—¡*Paradise Hotel, Bikini Island, Gran Hermano* y *Supervivientes!* —respondió una de las risueñas.

Pero era difícil verle la gracia.

Los gintonics y los pensamientos sombríos de aquella tarde fueron tantos que no pudo pegar ojo.

Si iba a abandonar este mundo, no iba a ser la única, ni hablar. La idea de que Michelle, Jazmine, Denise o la violenta punki Birna siguieran paseándose risueñas mientras ella se pudría en su tumba era demasiado deprimente. Y lo peor era que mientras trataba de ayudarles lo mejor que podía, sabía que se burlaban de ella a sus espaldas. Hoy mismo había salido a la sala de espera en busca de uno de sus clientes favoritos, un hombre mayor que tenía dificultades para caminar y llevaba casi seis meses sin poder trabajar, y allí estaban tan encantadoras como siempre, denigrándola, mientras los demás clientes les reían las gracias. La llamaban avinagrada y decían que lo único que podía ayudar a una bruja como ella eran dos botes de somníferos. Se callaron cuando alguien les dijo que estaba en la sala de espera, pero sus sonrisas irónicas permanecieron. Fue suficiente para que Anneli temblara de furia en su interior.

—Hay que exterminar a esos malditos parásitos —dijo con voz nasal, abotargada.

Un día iba a acercarse al barrio de Vesterbro para agenciarse una buena pistola. Y cuando memas como las que había tenido hoy en el despacho estuvieran en la sala de espera, se acercaría y, una a una, les pegaría un tiro en medio de la frente embadurnada de afeites.

Rio ante la idea, se dirigió tambaleándose a la vitrina y sacó la botella de oporto. Y cuando las cuatro chiquitas se debatieran entre estertores en su propia sangre, imprimiría la lista de clientes y luego saldría a liquidar al resto de niñatas, hasta que no quedara una sola de esas chicas en la ciudad.

Anneli sonrió y tomó un sorbo. Desde luego, ahorraría a la pequeña Dinamarca más de lo que fuera a costar tenerla a pan y agua el resto de su vida. Sobre todo si iba a ser tan corta como parecía ahora.

Se partía de risa al pensarlo. Ostras, las amigas de yoga iban a abrir los ojos como platos cuando lo leyeran en el periódico.

La cuestión era cuántas de ellas irían a visitarla a prisión.

Casi ninguna.

Por un instante vio ante sí la silla vacía en el locutorio de la cárcel. No era ningún escenario tentador. A fin de cuentas, tal vez fuera mejor que buscara otro método más discreto de eliminar a esas memas que pegándoles un tiro.

Anneli ahuecó el cojín del sofá y se acomodó, con la copa descansando sobre el pecho.

6

Viernes 13 de mayo de 2016

−¡Rose!

Carl evaluó un momento su mirada velada. Llevaba tiempo con aspecto cansado, pero ¿aquello era cansancio o puro espíritu contradictorio?

−Bueno, seguro que pasas de oír esto, pero al final ha llegado la hora en la que ya no puedo rogarte con humildad y buenos modos que termines el informe del caso Habersaat. Te lo he pedido al menos veinticinco veces, y paso de retrasarlo más, ¿vale? Mañana se cumplirán dos años desde que se dio carpetazo al caso con la muerte de June Habersat. ¡Dos años, Rose! ¡Vuelve a la realidad!

Rose se alzó de hombros, indiferente. De modo que era uno de esos días en los que deambulaba por su propio mundo y solo se ocupaba de sus quehaceres.

−Si tanta prisa tiene, ¿por qué no lo escribe usted mismo, señor Mørck? −lo provocó.

Carl dejó caer la cabeza.

−Sabes perfectamente que en el Departamento Q quien empieza un informe es quien lo termina. ¿Cuántas veces tenemos que discutirlo? Tienes todos los apuntes en tu despacho, así que termínalo de una vez, Rose.

−Porque si no ¿qué, Carl? ¿Vas a despedirme, acaso?

Sus miradas se cruzaron.

−¡Escucha, jovencita! Informes como ese son los que justifican la existencia del Departamento Q. Pero ¿acaso tu objetivo es desmantelar el departamento, si es que puede saberse?

Otra vez el provocador alzarse de hombros.

−¿Para qué queremos ese informe? No lo entiendo. La asesina confesó y ahora está muerta y enterrada. Además, nadie lee esos informes.

—Es muy posible, Rose, pero quedan registrados. Y aparte de eso, por desgracia, aunque June Habersaat confesó a Assad y al menda el asesinato de Alberte justo antes de expirar, tampoco está documentado, ¿verdad? Era su palabra contra el hecho evidente de que nunca puso por escrito su confesión. Por supuesto que la asesina fue ella, pero no tenemos pruebas seguras para sostenerlo, de manera que el caso sigue abierto, en principio. Así es el sistema, por muy estúpido que parezca.

—¡Ajá! Bueno, entonces quizá pueda informar de que el caso está sin concluir.

—Joder, Rose. Venga, hazlo ya, si no voy a cabrearme de verdad. Paso de seguir hablando de esto. Termina el informe, para que adorne nuestras estadísticas internas. Es lo único que falta, ahora que en la sala de emergencias, el pasillo y el archivo ya no hay documentos sobre el caso. Así podremos dejarlo atrás y seguir con alguna de las aburridas investigaciones que hemos tenido entre las manos las últimas semanas.

—¿Dejarlo atrás? Tú podrás hacerlo, pero ¿y yo?

—¡Basta, Rose! Quiero el informe encima de mi escritorio mañana por la mañana, ¡¿entendido?! —Pegó con la palma abierta contra la mesa y se hizo daño. Cosa del todo innecesaria.

Rose se quedó irradiando furia y luego partió veloz para su despacho, soltando juramentos y maldiciones en voz alta.

Como cabía esperar, antes de que pasaran treinta segundos Assad estaba frente a él con los ojos como canicas y un signo de interrogación en el rostro.

—Lo sé, lo sé —dijo Carl, cansado—. Es una putada lo de Rose, pero todo el tiempo surgen nuevos casos que esperan a ser resueltos y registrados. Es algo con lo que Rose nos ha taladrado siempre los oídos. De manera que hay que mantenerlo bajo control, tratar de tener actualizados los casos antiguos y puestos al día los nuevos. Es una parte importante del trabajo, así que no me mires de ese modo. Rose tiene que hacer lo que tiene que hacer.

—Ya. De todas formas, no ha sido muy inteligente, Carl. Se lo recibo con toda claridad.

Carl lo miró, desorientado.

—¡Percibo! Quieres decir percibo, ¿no, Assad? Recibo es otra cosa.

—Vale, como quieras. Pero recuerda que se tomó muy a pecho el caso Habersaat. Fue a causa de aquel caso que tuviera un colapso y debieran ingresarla en el psiquiátrico, y que siga yendo a pasar controles. ¿Por qué, si no, iba a costarle tanto tiempo escribir ese informe?

Carl dio un suspiro.

—Como si no lo supiera. El enorme parecido que tenía Christian Habersaat con el padre de Rose desencadenó algo en ella.

—Y luego la hipnosis, Carl. Fue después cuando recordó lo de su padre, tal vez con demasiados detalles. Es que murió delante de ella.

Carl asintió. La hipnosis a la que se sometieron no les había hecho ningún bien. Recuerdos de cosas que preferirían reprimir habían resurgido del lodo. Carl durmió mal y tuvo sueños macabros durante mucho tiempo después, a Assad le ocurrió lo mismo. Por tanto, era razonable pensar que el espantoso accidente de la acería de Stålvalseværket que le costó la vida al padre de Rose había emergido a la superficie bajo la hipnosis y la había atormentado desde entonces, aunque ella no quisiera reconocerlo.

—Creo que con ese informe va a sumergirse de nuevo en la oscuridad, Carl. ¿Crees, entonces, que es prudente? ¿No puedo escribirlo yo en su lugar?

Las cejas de Carl brincaron. Ya se imaginaba el resultado. Nadie, aparte del propio Assad, pudo descifrar jamás sus informes.

—Assad, es muy amable por tu parte, y por supuesto que vamos a cuidar de Rose, pero ese trabajo debe hacerlo ella. Lo siento, no tengo tiempo de discutirlo más.

Miró el reloj. La declaración de testigos en el juzgado de instrucción estaba fijada para dentro de veinte minutos, así que tenía que salir pitando. Era el último trámite judicial antes de que se dictara sentencia, y después ¿quién iba a escribir el informe final sobre el caso? Pues él, ¿quién si no? Él, que odiaba todo tipo de rutinas, aparte de fumar cigarrillos y echarse una buena siesta con los pies encima de la mesa.

Acababa de salir al pasillo cuando Rose, con la cara blanca como la nieve, se le plantó delante y anunció que si la presionaba para que hiciera algo con aquel informe, iba a tomarse la baja.

Tal vez Carl dijera algunas cosas sin pensarlas, pero lo del chantaje era inaceptable, de modo que se marchó.

Lo último que oyó mientras subía las escaleras fue la voz temblorosa de Rose gritando que entonces haría lo que él le pedía, pero que, por sus muertos, Carl tendría que cargar con las consecuencias.

7

Miércoles 11 de mayo de 2016

—¿No tienes nada en el frigorífico, Denise?

El hombre se estiró sobre el colchón, en cueros. Su piel relucía, sus ojos estaban húmedos y brillantes, su respiración todavía agitada.

—Me muero de hambre. Es que me dejas desfallecido, cielo.

Denise se arrebujó en el quimono. Rolf era de entre sus *sugardaddies* el que más se acercaba a darle una sensación de intimidad. Lo habitual era que los hombres la dejaran casi antes de desahogarse, pero él no tenía una esposa a la que volver ni un trabajo que exigiera su presencia. Lo conoció en un viaje chárter a Alanya, en la costa turca, y fueron las vacaciones más baratas de su vida.

—Rolf, ya sabes que no. Puedes comerte lo que queda en esa bolsa.

Señaló la bolsa arrugada de *snacks* y se dirigió al espejo.

¿Le habría dejado marcas cuando la agarró del cuello? Eso no iba a gustarles a los demás *sugardaddies*.

—¿No puedes bajar al piso de tu madre y ver si tiene algo? Te pagaré bien por ello, encanto.

Se rio. En ese aspecto era bastante legal.

Denise alisó la piel bajo el mentón. Había un ligero enrojecimiento, nada que fuera a llamar la atención.

—Vale, pero no cuentes con servicio de habitación para otra vez. Ostras, esto no es ningún hotel.

El hombre dio unas palmadas indolentes en la sábana y le dirigió una mirada imperativa. Un poco de oposición lo excitaba siempre, pero entonces la tarifa subía.

En el piso reinaba un olor acre y todas las luces estaban encendidas. La calle estaba oscura, pero allí dentro parecían estar en pleno día, y su madre seguía igual desde que murió la abuela. Se había quedado atascada.

Denise reparó primero en el brazo que colgaba del borde del sofá con un cigarrillo consumido en la mano y un montón de ceniza sobre la alfombra, y después en el resto de la lamentable decadencia de su madre. La boca abierta, el rostro con arrugas, sin maquillar, el cabello enredado en plena simbiosis con la manta de lana sobre la que estaba tendida. ¿Qué otra cosa podía esperarse en una visita sin anunciar?

La cocina era un caos. No solo como de costumbre, cuando los platos sin fregar, las botellas de licor, los embalajes y restos de comida desperdigados daban testimonio de la chapucería y falta de disciplina cotidianas; ahora, un infierno surrealista con los colores que adopta la comida pasada cubría todas las paredes y superficies lisas. Por lo visto, su madre había enloquecido, era lo que ocurría después de beber y no pensar en las consecuencias.

El frigorífico estaba casi vacío, claro. Si había que dar de comer a Rolf, tendría que ser a base de yogur y huevos de vete a saber cuándo. No correspondía a lo que había pagado, claro que no creía que fuera a importarle cuando se despertara.

—¿Eres tú, Denise? —chirrió una voz áspera procedente de la sala.

Denise sacudió la cabeza. No tenía ni puta gana de gastar energías oyendo los cuentos de borracha de su madre a aquellas horas de la noche.

—¿No vienes a verme? Estoy despierta.

Justo lo que temía.

Se miraron un rato, ninguna de ellas con especial simpatía.

—¿Dónde has estado los últimos días? —preguntó su madre, con saliva seca en las comisuras.

Denise desvió la mirada.

—Por ahí.

—Los forenses han terminado, pronto nos entregarán su ca-dáver. ¿Vendrás conmigo a la funeraria?

Denise se alzó de hombros. Debería ser respuesta suficiente, de momento, si quería evitar la discusión. Al fin y al cabo, en la buhardilla tenía a un hombre en la cama.

8

Jueves 12 de mayo de 2016

Había un periódico arrugado sobre la mesa de la cocina que le recordaba lo que se había perdido. En solo cuatro años había pasado de ser un hombre felizmente casado y con un trabajo que exigía respeto y ofrecía retos interesantes, a aquel abismo de soledad. En aquellos cuatro años, su caída en estatus y autoestima fue imprevisible, acentuada y profunda. Pasó por la terrible enfermedad de la persona que más quería. Vio a su amada esposa marchitarse y alejarse del mundo, y durante meses la tomó de la mano cuando lloraba por sus intensos dolores, igual que la tomó de la mano cuando las punzadas por fin soltaron su presa y la dejaron en paz. Desde entonces, fumaba tres paquetes al día, no hacía casi nada más. Todo el piso apestaba a tabaco, sus dedos parecían cuero momificado, sus pulmones silbaban como si estuvieran pinchados.

Su hija mayor le advirtió cuatro veces de que si no ponía fin a aquel tren de vida nefasto pronto seguiría a su esposa a la tumba, y aquella frase flotaba ahora en las volutas de humo de su cigarrillo, esperando a que tomara una decisión. Tal vez fuera eso lo que deseaba. Fumar hasta morirse y conseguir algo de paz para su alma atormentada. Hartarse de comer hasta reventar, y pasar de todo. ¿Qué otra cosa podía hacer?

Pero entonces surgió de la nada aquel periódico. Ya la primera página lo sacó de su letargo. Alerta y despierto, dejó el cigarrillo en el cenicero y tomó el periódico del montón que había en el suelo, debajo de la ranura del correo. A pesar de lo imposible del cometido, lo mantuvo a medio metro de distancia y pudo leer la noticia sin gafas.

A Marcus Jacobsen se le agitó la respiración mientras leía. De pronto, se le hizo muy presente la época anterior a las

57

catástrofes de su vida. Sin previo aviso, impulsos que llevaban años en desuso atravesaban sus sinapsis cerebrales. Abstracciones reprimidas se entretejían para formar nuevas posibilidades e imágenes que él no podía detener.

Todos aquellos pensamientos le daban dolor de cabeza; ¿de qué le valían? En otros tiempos, antes de jubilarse, tenía poder para insistir en sus ocurrencias; ahora ni siquiera sabía si había alguien que quisiera escucharlo. De todas formas, en algún lugar de aquella existencia rutinaria, una parte de él seguía pensando y trabajando como inspector de Homicidios. Varias décadas en la Policía le habían otorgado muchas victorias, y, como jefe del difunto Departamento A, tenía unos porcentajes de resolución de casos que ninguno de sus predecesores era capaz de igualar, de modo que podía mirar atrás con orgullo. Pero, como sabe cualquier policía que haya tenido que ver con casos de asesinato, no son los casos resueltos en lo que se piensa durante las silenciosas horas de penumbra, sino en los no resueltos. Eran ese tipo de casos los que continuaban despertándolo por la noche, los que le hacían ver malhechores por todas partes. Las sombrías ideas sobre las víctimas inocentes cuyos asesinos vivían como personas normales le producían escalofríos a diario. Los sentimientos hacia los allegados –que nunca podían salir de su incertidumbre– se expresaban en una vergüenza irracional por haberlos abandonado, y precisamente eso era lo que lo atormentaba. Lo atormentaba por los indicios que no podían probarse, así como por las huellas que habían sido pasadas por alto. Pero ¿de qué coño le servía?

Y así fue como literalmente tropezó con aquella noticia de primera plana en el montón de periódicos sin leer que yacían desparramados en la entrada y le recordaban que el tiempo nunca iba a detenerse mientras el hombre y su maldad anduvieran sueltos.

Echó otro vistazo al reportaje. Llevaba diez días sin saber qué hacer con él, pero tenía que actuar. Claro que sabía que Lars Bjørn y su gente de Jefatura debían de haber intentado vincular aquel asesinato con casos parecidos sin resolver, pero ¿se habrían fijado en lo mismo que él? ¿En que las coincidencias entre el caso nuevo y el antiguo, que era lo que más lo roía por dentro, eran demasiado evidentes para ser casuales?

Releyó el artículo y resumió los hechos referidos en él.

La asesinada fue identificada como Rigmor Zimmermann, de sesenta y siete años. Ocurrió en el parque de Kongens Have de Copenhague, detrás de un restaurante de moda, y era innegable que había sido un asesinato. Nadie habría podido darse un golpe tan brutal en su propia nuca.

La autopsia reveló que la víctima había recibido un único, aunque mortal, golpe con un objeto romo, redondo y bastante ancho. El comentario del diario describía a la víctima como una jubilada normal y corriente que llevaba una vida tranquila y bastante ordinaria. De su bolso habían desaparecido diez mil coronas, que la hija de la mujer afirmó sin ningún género de dudas que su madre llevaba encima cuando salió de su domicilio de Borgergade, poco antes de que la matasen. Por eso se pensó que era un delito contra la propiedad con consecuencia de muerte, lo que en lenguaje periodístico se llama «robo con homicidio». Seguía sin saberse cuál había sido el arma del crimen y, lo más seguro debido a la persistente lluvia y el frío de abril, nadie fue testigo del crimen; que un camarero del restaurante Orangeriet calculó que debió de cometerse entre las ocho y cuarto, cuando salió a fumar, y media hora más tarde, cuando volvió a salir para satisfacer su necesidad de fumar y encontró el cadáver.

Aparte de eso, no había muchas informaciones concretas, pero Marcus se imaginaba con nitidez tanto el cadáver como la escena del crimen. El rostro de la víctima quedó aplastado contra la tierra húmeda tras una caída pesada, y también el cuerpo dejó su huella en el barro. Fue un ataque sorpresa por detrás, del que la víctima no tuvo la menor posibilidad de defenderse. Y eran las mismas circunstancias que él había observado muchos años antes. Aquella vez, la asesinada fue una profesora suplente de la escuela Bolmans Friskole, una tal Stephanie Gundersen, que era bastante más joven que la víctima reciente, pero, por lo demás, la diferencia más evidente era que al primer cadáver no le orinaron encima.

Marcus se quedó un rato recordando las circunstancias del hallazgo de la primera víctima. ¿Cuántas veces habría pensado en ello? ¿Y cuántas veces había tenido, como ahora, la sensación de que ideas como aquellas no servían de nada?

Ahora, en su opinión, el asesino había golpeado de nuevo. En la misma zona de la ciudad, a una distancia de seiscientos o setecientos metros entre las escenas del crimen.

Sacudió la cabeza por la frustración y el disgusto. ¿Por qué no lo llamaron a él el otro día, para que pudiera ver la escena del crimen mientras estaba intacta?

Pasó un rato observando pasivo el móvil, que se dirigía a él a gritos desde el borde de la mesa de la cocina.

«Vamos, tómame, haz algo», le estaba diciendo.

Marcus desvió la mirada. Solo habían pasado diecisiete días, de manera que bien podía esperar un poco más.

Hizo un gesto afirmativo para sí y luego acercó el paquete de tabaco. Le haría falta otro par de cigarrillos antes de saber qué diablos quería hacer.

9

Jueves 12 de mayo de 2016

—Vaya, qué guay es todo esto.

Michelle se corrió hacia el rincón del sofá, tirando del bolso.

Denise bostezó por haber trasnochado y miró alrededor. Trató de verlo todo con los ojos de Michelle. El café estaba lleno a medias, y los clientes, una muestra reducida pero variopinta de desempleados, estudiantes y dos mujeres de baja por maternidad, parecían tan animados como un cortejo fúnebre en un día de lluvia. Denise conocía lugares más acogedores que aquel café destartalado, pero esta vez había sido Jazmine quien eligió el sitio.

—A mí también me ha venido bien escaparme de casa —continuó Michelle—. Patrick está insoportable estos días, ya no me atrevo a decirle nada. Teníamos que ir de vacaciones juntos y no vamos a poder.

—¿Por qué no lo echas, sin más? —preguntó Denise.

—No puedo, porque es su piso; de hecho, todo es suyo. —Michelle suspiró y asintió para sí. Al parecer, sabía lo atrapada que estaba—. He estado a punto de no venir, porque estoy sin blanca y Patrick no me da dinero.

Denise se inclinó hacia el suelo y apartó a un lado la botella de vino del bolso para llegar a la cartera.

—Menudo cabrón, ese Patrick. Pero pasa de él, Michelle, te lo daré yo —se ofreció, y sacó la cartera mientras sus dos amigas la miraban con los ojos bien abiertos cuando la abrió—. Toma, para ti —anunció, y depositó un billete del fajo de billetes de mil coronas delante de Michelle—. Así que Patrick puede irse a donde yo sé la próxima semana.

—Eh... Gracias. Es... —Michelle palpó el billete con las puntas de los dedos—. No sé... No creo que pueda devolverlo.

Denise agitó la mano, restándole importancia.

—Y si Patrick se entera... No sé...

—Había bastante dinero en esa cartera —se oyó la voz seca de Jazmine. Dentro de poco iban a preguntarle de dónde lo había sacado, estando como ellas en el paro.

Denise exploró el rostro de Jazmine. Solo habían salido juntas tres veces y, aunque se encontraba muy a gusto con ellas, la cuestión era si a ellas les pasaba lo mismo.

Sonrió.

—Digamos que soy una buena ahorradora.

Jazmine soltó una risa seca. Era evidente que había oído mejores mentiras que aquella. Entonces, de pronto, por instinto, giró la cabeza hacia la puerta, y Denise le siguió la mirada.

La primera chica que entró por la puerta del café provocó una mueca de inquietud en el rostro de Jazmine. Entornó los ojos, empezaron a vibrarle las mandíbulas y frunció el ceño. Como un animal de presa que se alza sobre sus cuartos traseros para reconocer el terreno, exploró los movimientos del exterior y, cuando entraron el resto de chicas, se inclinó hacia las otras dos.

—¿Recordáis a la punki que nos provocó donde la amargada el día que nos conocimos?

Las demás asintieron con la cabeza.

—Esas chicas se llaman Erika, Sugar y Fanny. Si están ellas, Birna estará al caer. Ya veréis.

—Entonces, ¿no es mejor que vayamos a otro sitio? —preguntó Michelle, apurada.

Denise se encogió de hombros. Le importaba un huevo aquella tipa de negro. No la intimidaba.

—Forman una banda, The Black Ladies —continuó Jazmine—, son conocidas en el barrio, y no por cosa buena.

—A saber por qué —ironizó Denise mientras inspeccionaba aquella ropa y aquel maquillaje a todas luces horribles. Black, quizá, pero de Ladies, nada de nada.

No fueron ni de lejos las únicas del local que medio minuto más tarde registraron la llegada de Birna y su retador desplome en la mesa junto al resto de la banda. Una de las mujeres, que estaba dando pecho, lo retiró debajo de la blusa y se levantó a la vez que hacía un gesto a su amiga. Dejaron un par de billetes en la mesa, recogieron sus cosas y se marcharon sin decir palabra y sin dirigir la mirada al grupo de chicas pintadas de negro que se removían en sus asientos, sosteniendo la mirada a todos los presentes.

Cuando la jefa divisó a Jazmine, se levantó de la mesa y estuvo un rato mirando hacia su grupo, para que entendiesen que aquello era territorio prohibido mientras ella estuviera allí.

Denise tomó un sorbo rápido de su taza y se levantó igual de desafiante, a pesar de que Jazmine le tiraba de la manga. Era bastante más alta que Birna, gracias a los zapatos de aguja, lo que solo consiguió que Birna apretase los puños con más fuerza.

—Vámonos —susurró Jazmine mientras se levantaba sin prisas—. Nos van a atizar como nos quedemos. Vamos.

El grupo de buscapeleas debió de interpretar mal la reacción de Jazmine, porque el resto de miembros de The Black Ladies se levantaron también.

Denise se percató de que había una inquietud creciente detrás de la barra. Las dos camareras se retiraron a la trasera del local mientras el camarero daba la espalda a los clientes y se llevaba el móvil a la oreja.

—Venga, Denise. —Jazmine la tomó del brazo, pero Denise se soltó de un tirón. ¿Creían que podían mangonearla así como así? ¿Creían que porque fuera femenina y estuviese buena tenía que ser también débil?

—Han estado en la cárcel por actos violentos, Denise. Fanny, la del pelo cortado a cepillo, lleva una navaja con la que ha atacado a gente —cuchicheó Jazmine.

Denise sonrió. ¿Acaso su abuelo no le había enseñado qué se hacía con los enemigos? Si alguien allí esperaba que se largara, era porque no conocía a Denise ni su historia.

—Una de ellas vive a tres manzanas de mi casa, saben dónde encontrarme, Denise —volvió a cuchichear—. Venga, larguémonos.

Denise se giró hacia Michelle, que no parecía intimidada como Jazmine, solo decidida.

Birna se había plantado en medio del local con la mirada centelleante, pero no impresionaba a Denise. Tal vez debiera haberla impresionado cuando sacó del bolsillo un llavero y, una a una, fue colocando las llaves entre los dedos de la mano, de manera que parecían un diabólico puño de hierro.

Denise esbozó una sonrisa irónica y se quitó los zapatos de tacón, los asió en la mano y dirigió los tacones de aguja, de acero, hacia su oponente.

—¡Birna, no olvides nuestro acuerdo! —gritó el hombre de detrás de la barra, amenazante, con el móvil tendido hacia ella.

Birna se giró con desgana, vaciló un momento al ver el teléfono encendido, y luego, sin alterar la expresión, metió de nuevo las llaves en el bolsillo.

—Están al llegar, tienes dos minutos —avisó el camarero.

El resto de miembros de la banda miró expectante a su líder, pero Birna no reaccionó. Se limitó a girarse hacia Denise con una mirada helada.

—Hala, ponte los zancos, muñeca —replicó con su fuerte acento islandés—. Ya te pillaremos en otro momento, tranquila. Entonces voy a meterte los putos zapatos por la garganta hasta que pidas perdón.

Luego se encaró con Jazmine.

—Y tú, payasa, sé dónde vives, ¿vale?

—Lárgate, Birna, están al caer —la conminó el camarero.

Ella lo miró y levantó el pulgar en el aire. Luego hizo una seña al grupo y se marcharon sin cerrar la puerta.

Antes de que Denise volviera a ponerse los zapatos, se oyó un ronroneo apagado en la calle y el camarero se dirigió hacia la puerta abierta.

Unos tipos musculosos con chalecos y muñequeras de cuero montados en tres motos enormes hablaron un momento con el hombre del café. Después se despidieron con un gesto, las motos salieron a la calzada y desaparecieron.

El camarero miró a Denise al pasar a su lado. Su rostro reflejaba respeto, pero no amabilidad, y cuando un par de los parroquianos empezaron a aplaudir, les lanzó una mirada que los hizo parar.

Denise estaba contenta consigo misma por haber tomado el mando, pero cuando vio el rostro de Jazmine también se dio cuenta de que podía desencadenarse entre ellas una lucha por el poder.

—Perdona, Jazmine —se disculpó—. No he podido evitarlo. ¿Crees que puede traerte problemas?

Jazmine apretó los labios. Por supuesto que iba a traerle problemas. Después aspiró hondo y dirigió a Denise una débil sonrisa. Al parecer, la disculpa estaba aceptada.

—Pagamos y nos vamos, ¿no? —propuso Denise, y sacó la cartera, pero Jazmine puso una mano encima de la suya.

—¿Estamos de acuerdo en que somos amigas? —preguntó.

Detrás, Michelle asintió con vehemencia.

—Claro, por supuesto —respondió Denise.

—Entonces, lo compartimos todo, ¿verdad? Decisiones, acciones y lo que queramos.

—Sí, estaría bien.

—Las tres tenemos secretos, pero no tiene por qué ser así siempre. ¿Estamos de acuerdo también en eso?

Denise vaciló.

—Sí —respondió por fin. La ratificación de Michelle fue más incondicional, claro que ¿qué secretos podía tener ella?

—Entonces, voy a desvelar uno de mis secretos. Y pago yo, ¿vale?

Esperó a que ambas asintieran antes de continuar.

—No tengo ni una puta corona —dijo riendo—. Pero eso no suele ser problema.

Señaló con la cabeza hacia un rincón.

—Mirad a ese tipo con pantalones de albañil. No nos quita el ojo de encima, lleva así desde que hemos entrado.

—Ya me he dado cuenta —repuso Michelle—. ¿Por qué cree que estamos interesadas en él y en sus pantalones sucios? ¿Y por qué no se ha levantado a ayudarnos cuando esa tiparraca nos ha amenazado?

—¿Has visto cómo nos desnudaba con la mirada?

Denise se volvió. Allí estaba el tío, con su cuello corto y grueso, detrás de una botella semivacía de cerveza, con una sonrisa torcida, mientras sus amigos se inclinaban sobre la mesa con los brazos cruzados. Era evidente que era el autodesignado jefe de la manada.

Jazmine miró al hombre a los ojos y le hizo señas para que se acercara. Por un momento pareció confuso, pero estaba claro que no le faltaba interés.

—Mirad y aprended —susurró Jazmine, mientras levantaba la cabeza hacia el hombre cuando este se plantó ante ellas, rodeado de vapores de loción para el afeitado barata.

—Hola —saludó Jazmine—. No estás mal. Y por eso vas a pagarnos la ronda.

El hombre frunció el entrecejo y se giró hacia sus amigos, que, considerados, se arrellanaron en sus sillas.

Miró de nuevo a Jazmine.

—¿Pagar? ¿Por qué habría de hacerlo?

—Porque nos has comido con los ojos. ¿Acaso no te has imaginado cómo tenemos el chocho?

El hombre echó la cabeza hacia atrás. Se disponía a protestar, pero Jazmine atacó rápido.

—Te dejaré ver el mío, pero para eso tienes que pagar. Tengo una foto que sacó mi novio.

El hombre sonrió. Estaba claro que de pronto entendía la propuesta, pese a no estar del todo de acuerdo con las condiciones.

—Vas a enseñarme cualquier cosa que has encontrado en internet.

Se giró hacia sus compañeros y rio. Como no oían, no entendían nada, pero le devolvieron las risas.

—¿Estás de acuerdo, o qué? —Jazmine sacó el móvil del bolso—. Solo tienes que pagar la ronda. No tenemos dinero.

El hombre se quedó un rato balanceándose sobre sus botas de seguridad.

Denise intentó no perder la compostura. Jazmine lo estaba haciendo de cine y el hombre empezaba a ablandarse, era guay ver aquello.

Entonces el albañil se giró hacia el mostrador.

—¡Camarero! ¿Cuánto deben las señoritas? —gritó.

El camarero lo miró en la caja.

—Ciento cuarenta y dos con cincuenta —respondió.

El tipo se volvió hacia Jazmine.

—No acostumbro a pagar por ver chochos, pero uno es un caballero y ayuda a las mujeres en apuros.

Sacó una billetera abultada y extrajo el dinero.

—Quédate con la vuelta —dijo, mientras dejaba los billetes sobre la barra. Qué generoso, siete coronas y media de propina.

Trabajo en negro, pensó Denise al ver la billetera. También ella tenía un *sugardaddy* albañil así.

Jazmine le puso el móvil delante y dejó que echara una prolongada mirada.

El hombre movía la cabeza arriba y abajo y respiraba más profundo por las ventanas de la nariz algo dilatadas mientras su mirada saltaba de los ojos de Jazmine a la pantalla del móvil. Su expresión decía «si quieres más, por mí de acuerdo». Denise estaba impresionada.

—Si quieres ver una foto sin depilar, son doscientos más —ofreció Jazmine.

El tipo parecía estar embelesado, mientras su cuello y orejas enrojecían por el aumento de flujo sanguíneo.

Dejó el billete de doscientas sobre la mesa.

—Pero entonces me la tienes que enviar a mi correo. —Deletreó la dirección mientras Jazmine tecleaba.

Cuando a los segundos se oyó el tono del correo, el hombre se giró hacia sus amigos, les envió un saludo de despedida y se fue.

—¿No creéis que va a ir zumbando a casa a cascársela? —rio Michelle.

Era dinero fácil. Denise asintió, aprobadora.

—¿Era ese tu secreto? —preguntó.

Jazmine sacudió la cabeza.

—No, mujer, era solo un truco. El secreto os lo contaré otro día.

Se metió el billete de doscientas coronas en el bolsillo trasero, cerró el bolso y propuso que se marcharan.

Entonces un tipo se levantó de una de las mesas junto a la barra y puso otro billete de doscientas encima de la mesa de ellas.

—He visto lo que has hecho. Yo también quiero mirar.

Jazmine sonrió y sacó el móvil del bolso.

Denise observó al hombre. Muchos factores explicaban su presencia allí. Aunque no tenía más de treinta y cinco años, su rostro había perdido su ardor juvenil. Ningún anillo en los dedos que atestiguase una relación estable. La ropa, bastante bien, pero mal combinada. Caspa en la chaqueta sin planchar. El típico tío con trabajo fijo y sin nadie que lo esperara en casa.

A Denise no le gustaba. Los hombres frustrados pueden explotar en cualquier momento, y fue lo que ocurrió.

Con un movimiento sorprendente, asió a Jazmine de la muñeca para poder ver la pequeña pantalla con paz y tranquilidad. Denise quiso intervenir, pero Jazmine le señaló con un gesto que no lo hiciera. Se bastaba ella sola.

—Quiero ver todo el cuerpo —dijo el tipo—. Doscientas es demasiado por cuatro pelos.

Qué creído, pensó Denise mientras sonaban las señales de alarma.

—Venga, zorra. Todo el cuerpo; si no, no te suelto.

Jazmine se deshizo de la presa y retiró el móvil hacia sí. Hasta Michelle demostró resolución cuando de un manotazo hizo desaparecer el billete de doscientas coronas de encima de la mesa.

Entonces el tipo se puso a gritar. Las llamó putas y ladronas y les dijo que se merecían un par de hostias.

Fue entonces cuando intervino el camarero, que demostró que sabía cómo actuar. Asió con autoridad al hombre y le preguntó si quería que llamase otra vez a los moteros o si prefería abandonar el local por su propio pie.

El hombre escupió sobre la mesa antes de abalanzarse hacia la puerta.

El camarero sacudió la cabeza y sacó un trapo del bolsillo del delantal.

—Sois unas chicas muy animadas —les dijo mientras limpiaba el escupitajo—. Demasiado animadas para ser un jueves por la tarde. Así que cuando el tipo haya llegado al extremo de la calle, os agradecería que buscarais otros territorios de caza.

Era difícil poner objeciones.

Cinco minutos más tarde estaban en la calle retorciéndose de la risa. Denise iba a decir que las tres tenían mucho que aprender una de otra, pero la interrumpió el inconfundible olor a loción de afeitado del albañil a quien había desplumado Jazmine. Denise se volvió hacia la entrada de la casa de al lado al tiempo que el albañil avanzaba.

Amenazante, con decisión y enorme rapidez, asió la bandolera del bolso de Jazmine y, aunque ella tiró de él, el tipo metió la mano dentro y sacó el móvil.

—Dame el pin o te estampo el teléfono contra los adoquines —advirtió, y lo levantó a la altura de la cabeza, dispuesto a cumplir su amenaza.

A Jazmine se le notaba que daba la batalla por perdida. Que aceptaba que el dinero ganado con facilidad iba a regresar a su dueño, pues al fin y al cabo el móvil valía más.

—4711 —respondió, y lo dejó teclear hasta que se abrió el programa de imágenes. El tipo movió el dedo arriba y abajo hasta que encontró la carpeta. Cuando accedió a su contenido, la mano de Jazmine ya estaba en el bolsillo trasero, buscando el dinero.

—Me cago en todo, ¡lo sabía! —gritó—. ¡Puta cerda, no eres tú! —Le enseñó una foto de la mujer a la que pertenecía el vientre. Parecía formar parte de una serie.

Jazmine se alzó de hombros.

—No teníamos para pagar y tú eras el que tenía más pinta de caballero. ¿No es esa la palabra que has usado para definirte?

El albañil borró de un puñetazo la sonrisa que acompañó aquella despreocupada confesión. Jazmine cayó directa sobre la acera.

Iba a patearla allí, en el suelo, pero se detuvo en medio del movimiento y se desplomó sin hacer ruido. La botella de vino que llevaba Denise para compartir con ellas era más de lo que podía soportar aquel cuello de toro.

Los adoquines de la acera que daba al canal en Gammel Strand estaban calientes por el sol cuando se sentaron bajo la barandilla, junto a un grupo de jóvenes que tenían las piernas colgando hacia el muelle y el agua. El sol de verano apretaba y la luz era intensa, de forma que la hinchazón de la mejilla de Jazmine era difícil de pasar por alto.

—Salud —propuso Denise, e hizo correr la botella de vino.

—Gracias. —Jazmine levantó la botella hacia Denise, se la llevó a la boca y le dio un buen trago—. Y gracias a ti también —dijo mirando la botella, antes de pasársela a Michelle.

—No lo debías haber pateado tan fuerte cuando estaba en el suelo, Jazmine —la regañó Michelle con voz queda—. No me ha gustado que sangrase por la sien. ¿Por qué lo has hecho? Si ya había perdido el conocimiento.

—Me han educado mal —repuso Jazmine.

Las dos se miraron un instante, y luego Michelle se echó a reír.

—¡*Selfie!* —gritó, y sacó el móvil.

Denise sonrió.

—Cuidado, que no se te caiga al agua —comentó mientras se apretaban un poco.

—La verdad es que las tres estamos buenas, ¿no os parece?

Michelle alargó el brazo de forma que el móvil las captara.

—No hay muchas aquí que puedan fardar como nosotras de piernas bonitas —dijo sonriendo.

Denise asintió.

—Has montado un buen numerito en el café, Jazmine. Creo que podemos formar un buen equipo.

—A lo mejor deberíamos llamarnos The White Ladies —dijo Michelle riendo. Solo dos tragos, y el tinto parecía haber hecho su efecto.

Denise sonrió.

—Ibas a contarnos tu secreto, Jazmine. ¿Ya se te ha olvidado?

—No. Pero luego no quiero escuchar sermones. Nada de reproches ni movidas por el estilo. De eso ya he tenido bastante, ¿de acuerdo?

Hicieron un juramento mudo con la mano levantada, y después se rieron. No sería para tanto.

—Cuando nos conocimos, era solo la tercera vez en seis años que iba a Servicios Sociales para mendigar, pero de hecho he tenido subsidio todo el tiempo.

—¿Y eso...? —Michelle parecía muy interesada. No era de extrañar, dada su situación.

—Me las apaño para quedarme embarazada y aguanto el embarazo hasta el final. Lo he hecho ya cuatro veces.

Denise alargó el cuello.

—¿Qué dices...?

—Ya habéis oído lo que he dicho. Te quedas feúcha de la tripa y las tetas y tal, pero me he recuperado bien todas las veces.

Se dio unas palmadas en el vientre plano. Madre de cuatro niños, y no se le notaba.

—¿Tienes un marido? —preguntó Michelle con ingenuidad.

Jazmine rio en silencio. Al parecer, allí estaba el quid de la cuestión.

—He dado a los cuatro en adopción. El sistema es sencillo. Te quedas embarazada de cualquiera, te quejas de dolores pélvicos o cualquier otra chorrada médica y la legislación te protege. Cuando van a volver a darte trabajo, te quedas otra vez embarazada. El niño te lo quitan al poco tiempo, vuelves a quedarte embarazada y vuelven a protegerte. Hace un par de meses de la última vez, y por eso iba a Servicios Sociales —dijo, y se rio.

Michelle alargó la mano hacia la botella.

—Yo no podría hacerlo —reconoció—. Sueño de verdad con tener hijos, aunque no creo que vaya a ser con Patrick.

Tomó otro trago y se giró hacia Jazmine.

—Así que ¿no sabes quién es el padre de los niños?

Jazmine se encogió de hombros.

—Tal vez alguno, pero me da igual.

Denise siguió con la mirada los rizos de la superficie del agua después de que otra motora de turistas pasara junto a ellas. Hasta entonces no había conocido a nadie como Jazmine. Era una mujer digna de atención.

—Y ahora ¿estás embarazada?

Jazmine sacudió la cabeza.

—Pero igual la semana que viene sí, ¿quién sabe?

71

Trató de sonreír. Era evidente que prefería transitar por otros escenarios.

¿Se referiría a que ya iba siendo hora de pensar en nuevas estrategias de supervivencia?

—¿Y la banda de chicas? ¿Si estás embarazada y te atacan? ¿Has pensado en eso? —preguntó Michelle.

Jazmine asintió en silencio.

—De todas formas, voy a largarme del barrio. —Se encogió de hombros con aire de disculpa—. Sí, vivo en casa con mi madre, ¿no os lo había dicho?

No le respondieron, pero tampoco ella parecía esperarlo.

—«La próxima vez que te quedes embarazada, ¡te pongo en la calle!», grita mi madre todo el tiempo. —Jazmine apretó los labios—. Solo tengo que encontrar un sitio, y me largo.

Denise asintió. Las tres estaban en una situación de vivienda insostenible.

—Si no sueñas con niños, entonces ¿con qué sueñas, Jazmine? —quiso saber Michelle. No parecía haber avanzado gran cosa.

Jazmine permanecía inexpresiva. Por lo visto, esas fantasías no constituían una ocupación diaria para ella.

—Di cualquier cosa. —Michelle trataba de ayudarle a seguir hablando.

—Vale. Sueño con cepillarme a la puta asistenta social Anne-Line Svendsen y librarme de Servicios Sociales.

Denise rio y Michelle asintió con la cabeza.

—Sí, liberarte de todo. A lo mejor algún reality en el que se pueda ganar dinero y luego poder hacer lo que quieras.

Entonces se giraron hacia Denise y la miraron, retadoras.

—Vaya, ¿me toca a mí? Pero si ya lo habéis dicho todo. Sacar un montón de pasta y luego darle una buena lección a esa bruja de asistenta social para que nos deje en paz.

Se miraron en silencio, como si de pronto comprendieran cómo podían poner fin a sus contratiempos.

10

Viernes 13 de mayo de 2016

«Frustración» era una palabra suave para describir el estado
mental en el que se encontraba Carl tras haber esperado en vano
durante media hora en la sala del tribunal. En aquella época
Copenhague parecía más que nunca un paisaje lunar, con
una coordinación pésima entre las obras viarias y los desvíos
debidos a la construcción del metro; pero si, a pesar de eso,
tanto él como los testigos habían llegado a la hora, el juez bien
podía haber hecho otro tanto, joder.

En suma, se trataba de una mierda de caso, y habían vuelto
a posponerlo. Para empeorar aún más las cosas, era un caso que
no caía en los dominios de Carl: él estaba haciendo una investigación rutinaria por el barrio cuando la mujer pidió ayuda a
gritos desde el interior de una casa.

Carl miró al acusado, que estaba ceñudo. Tres meses antes
se había enfrentado a Carl, amenazándolo con un martillo de
carpintero y diciendo que si no se largaba de su casa le clavaría
la punta del martillo en el cráneo. Fue una de las escasas veces
que Carl deseó haber llevado encima la pistola reglamentaria.
Por eso, hizo lo que le pedía el hombre y desapareció.

Cuando, veinte minutos más tarde, regresó con refuerzos y
echó la puerta abajo, el hombre ya le había roto la mandíbula a
su amante filipina y la había pisoteado a base de bien, hasta rom-
perle todas las costillas. Un espectáculo nada agradable.

Y Carl pensó otra vez que si solo hubiera seguido las pautas
básicas de la Academia de Policía y hubiera llevado la pistola en
su funda, debajo de la chaqueta, habría podido evitarlo.

No iba a volver a ocurrirle. Después de aquel episodio era
más concienzudo y siempre se colocaba la pistolera. Y ahora el
pavo con cara de neandertal le sonreía, como si fuera a poder

escapar del castigo porque el juez era un vago y no había llegado a la hora. Tampoco era que llevara escrita la palabra «idiota» en la frente, pero casi. Por lo menos iban a caerle cuatro años en la trena por aquel episodio violento, apostó Carl, porque desde luego que no era la primera vez. Podría esperarse que alguien le diera una paliza en chirona, para que el cabrón de él aprendiera lo que era ser maltratado con tal brutalidad.

—Que subas al despacho de Lars Bjørn —le informaron nada más entrar de vuelta en la Jefatura de Policía.

Carl arrugó la frente. ¿Acaso era un mocoso a quien dar órdenes sobre la dirección en la que debía moverse y cuándo? Acababa de perder hora y media sin hacer nada, ¿no era suficiente por un día?

—Y Bjørn nos ha pedido que lo avisáramos cuando subas; ya sabes, Carl, subes las escaleras y a la izquierda —se rieron a sus espaldas.

¿Y a él qué le importaba lo que les hubiera pedido?

Cuando Carl llegó al pasillo del sótano, Gordon se puso a agitar los brazos.

—Tenemos un problema —alcanzó a soltar antes de darse cuenta del sombrío estado de ánimo de Carl—. Vaya. Bueno, igual es mejor que lo explique Assad —se apresuró a añadir.

Carl se detuvo en seco.

—¿Explicar? ¿Qué?

Gordon se puso a observar el techo.

—Lars Bjørn tiene algo contra este departamento, algo sobre que no hemos resuelto suficientes casos.

Carl frunció el ceño. Hacía dos semanas que había calculado el porcentaje de casos resueltos por el Departamento Q, el sesenta y cinco por ciento en los dos últimos años, y no era inferior al de los años anteriores. Visto con realismo, y teniendo en cuenta que se trataba de casos que el resto del Cuerpo en realidad había tenido que archivar como no resueltos, era bastante más de lo que podía esperarse. Un éxito del sesenta y cinco por ciento, y sesenta y cinco por ciento de criminales que ya no podían campar a sus anchas. Entonces, ¿de qué coño hablaba Bjørn?

—Toma, déjalo encima de mi mesa.

Depositó en los brazos de Gordon los registros judiciales y se encaminó directo hacia la escalera y sus interminables escalones.

Ya le iba a enseñar él a Bjørn a leer estadísticas.

—Lo siento, Carl, pero es del todo correcto.

Lars Bjørn parecía casi apenado, pero Carl no caía rendido ante aquellas lágrimas de cocodrilo desde que una novia del instituto le contó entre lloros que estaba embarazada de su mejor amigo.

Como cabía esperar, Bjørn pronunció las siguientes frases con menos empatía.

—La Comisión de Justicia del Parlamento ha estudiado los porcentajes de casos resueltos de los diversos distritos judiciales para poder repartir mejor los medios y reforzar las guarniciones locales, y se han centrado más en las asignaciones especiales. Justo la figura en la que entra el Departamento Q. Os han dado el tijeretazo. El mensaje dice que, si no queréis que se desmantele el departamento, tendréis que despedir a un empleado y mudaros aquí arriba. Lo siento, Carl, pero no puedo remediarlo.

Carl lo miró sin expresión.

—No tengo ni idea de qué estás hablando. Nuestro porcentaje de casos resueltos es del sesenta y cinco por ciento, y los casos que todavía no hemos resuelto esperan algún avance. Son casos que los demás habéis abandonado, que estarían acumulando polvo de no ser por nosotros.

—Mmm. Sesenta y cinco por ciento, dices; ¿dónde pone eso? En mis papeles no lo tengo.

Revolvió un poco entre los objetos de la pulcra mesa.

—¡Aquí! —Bjørn agitó un papel y le indicó una cifra antes de pasárselo a Carl—. Estos son los informes que ha entregado el Departamento Q. Y este es el resultado al que ha llegado la Administración. Casos resueltos: quince por ciento, es lo que pone;

y eso no es un sesenta y cinco por ciento, ¿verdad, Carl? De modo que la conclusión es que sois ineficaces, y que el departamento le cuesta a la sociedad un montón de pasta que podría emplearse mejor aquí arriba.

—¿¿¡¡Quince por ciento!!?? —Carl abrió los ojos como platos—. Eso es un disparate. ¿Y qué saben esos idiotas mediocres del Parlamento sobre lo que costamos y lo que hacemos? Puede que se hayan traspapelado un par de informes, pero eso es todo.

—¿Un par de informes? Un cincuenta por ciento de diferencia no son un par de informes, Carl. Exageras, como siempre, pero eso no va a ayudarte en la actual situación.

Un cabreo repentino asoló el sistema nervioso de Carl. ¿Era acaso él el responsable de la situación?

—Para empezar, ese análisis son puras chorradas; además, sois vosotros quienes os lleváis la mayor parte de la asignación al Departamento Q, no lo olvides, Lars Bjørn. Así que, si nos disuelves, es para ahorrar menos de la cuarta parte de lo que la Comisión de Justicia cree que costamos. Este papel no vale ni para limpiarse el culo.

Lo agitó en el aire, enfadado.

—¿De dónde has sacado estas cifras, Lars?

Bjørn dejó caer los brazos.

—¿Y me lo preguntas a mí? Los informes son vuestros.

—Entonces, ¡no los habéis registrado como es debido, cojones!

—Bueno, como comprenderás, en eso también hay división de opiniones. Para resolver esta penosa situación, propongo que te deshagas de Rose Knudsen; yo absorbo a Gordon en mi administración, y tú y Assad os mudáis aquí arriba. Vamos a ver si podéis adaptaros a una disciplina de trabajo.

Sonrió, seguro que calculaba que en esa cuestión Carl no iba a obedecer las órdenes. Entonces, ¿qué se traía entre manos?

—Te repito que lo siento, Carl. Pero el director de la Policía ya ha informado a la Comisión de Justicia, de manera que a partir de ahí la decisión no es mía, ¿vale?

Carl miró a su superior con el ceño fruncido. ¿Ese tipo había estado en un cursillo de la Presidencia del Gobierno sobre volatilización de responsabilidad? Santo cielo, ¿Bjørn no sabía lo peligroso que era bailar agarrado con aquellos necios incompetentes que solo sabían rascar la laca, pero no tenían ni puta idea de lo que había debajo?

—Mira, Carl, si estás tan descontento, quéjate a los políticos —fue su descarga final.

Carl ardía de furia. Cuando cerró dando un portazo, todo el piso tembló. A la señora Sørensen, que se quedó muda y sorda, se le cayó el montón de papeles que acababa de recoger del mostrador.

—¡Vosotras dos! —gritó hacia ella y Lis, que estaba alimentando la trituradora de papel—. ¿Sois vosotras las que han comunicado datos erróneos? Ahora se van a cepillar el Departamento Q.

Menearon la cabeza, sin comprender.

Carl plantó el informe de Bjørn ante ellas.

—¿Habéis escrito esto?

Lis inclinó su encantador pecho sobre el mostrador.

—Sí, lo he escrito yo —reconoció, sin enfadarse.

—Pero lo que escribes no es cierto, Lis —replicó Carl, ofendido.

Lis se giró hacia su escritorio, se agachó y sacó una carpeta del archivador.

Carl trató de controlar su mirada. Lis estaba más voluminosa desde que había dado a luz a su cuarto hijo, con cuarenta y seis años. Todo estaba bastante bien, pero tal vez necesitase algo de ayuda para sudar la grasa adquirida durante el embarazo. A Carl se le aceleró la respiración. Siempre había sido su favorita cuando sintonizaba el canal de tórridos sueños nocturnos, y ahora iba y le hacía aquella auténtica putada.

—No —dijo a la vez que su mano recorría una columna de cifras—. Tampoco yo lo entendía; pero mira, lo que he escrito concuerda con esto. Lo siento, Carl, habéis entregado exactamente la cantidad de informes sobre casos terminados y resueltos que he escrito.

Señaló la cifra de la última línea. Aquella cifra no le sonaba a Carl.

—¡Incluso lo he adornado un poco, querido Carl! —Y apareció la sonrisa de paletas cruzadas, pero ¿para qué carajo le servía a él?

Se oyeron pasos detrás y Carl se giró. Era el director de la Policía, vestido de gala, camino del despacho de Lars Bjørn.

El gesto de saludo a Carl fue de lo más comedido. El experto en racionalizaciones nombrado por la Administración parecía estar en una de sus raras pero feroces rondas.

—¡¿Dónde está Rose?! —gritó Carl al llegar al último escalón de la escalera que llevaba al sótano.

El eco apenas había resonado de vuelta cuando Assad asomó su crin rizada por la puerta entreabierta de su minidespacho.

—No está aquí, Carl. Se ha ido.

—¿Cómo que se ha ido? ¿Cuándo?

—Justo después de que fueras al juzgado. Hace por lo menos dos horas, así que no esperes que vuelva hoy. Al menos, no por el momento.

—¿Sabes si Rose no ha entregado los informes de los casos que hemos resuelto? Aparte del caso Habersaat, por supuesto.

—¿Qué casos? ¿Cuándo?

—Nuestro hombre del segundo piso dice que durante los últimos veinticuatro meses Rose solo ha entregado en el Departamento de Homicidios más o menos la quinta parte de los informes.

Las cejas de Assad se fruncieron. Estaba claro que lo ignoraba.

—Ostras, Assad, se nos ha vuelto majara.

Carl avanzó decidido hacia su escritorio, tecleó el número del teléfono fijo de Rose y dejó que sonara hasta que saltó el contestador automático.

No era un mensaje que hubiera oído antes. Por lo general, el mensaje del contestador de Rose solía rayar lo histérico de lo chispeante que era, pero esta vez la voz sonaba ronca y triste como nunca.

«Soy Rose Knudsen —decía—. Si querías decirme algo, es una lástima. Deja un mensaje, pero no cuentes con que lo oiga, así soy yo.» Y luego venía el pitido.

—Venga, Rose, responde al teléfono, es importante —dijo Carl, aun así, por el receptor. Quizá estuviera al otro lado de la línea, gruñendo, tal vez riendo sin cortarse, pero pronto terminarían las risas cuando comunicase con ella. Porque si era Rose la que había hecho aquella chapuza tan enorme con los informes, el Departamento Q iba a prescindir de un miembro, dijeran lo que dijesen los de arriba.

–¿Qué dices, Gordon? ¿Has encontrado la documentación de Rose?

Gordon asintió y se inclinó sobre el ordenador de Carl.

–Te la he enviado para que la veas.

Abrió el documento y lo inspeccionó.

Carl apretó los labios. Línea tras línea, daba cuenta exacta de los casos en los que había trabajado el Departamento Q, de su número correspondiente, del tipo de caso y de las fechas de su apertura y cierre, así como de su resultado. Columnas verdes con casos resueltos, azules con los pendientes de resolución, lilas con los que se habían quitado de encima y rojas con los casos en los que habían desistido. Y también, al fin, la fecha en la que el informe se había concluido y enviado a la Administración. A decir verdad, los receptores iban a ver un montón de verde, y todos los informes, a excepción del correspondiente al caso Habersaat, llevaban la marca de visto bueno. Todo como debía ser.

–No sé qué ha ocurrido, Carl, pero desde luego nuestra Rose ha hecho lo que debía –indicó Gordon, fiel escudero.

–¿Y cómo los ha entregado? –dijo alguien desde la puerta.

Gordon se volvió hacia Assad, que llevaba en la mano una taza de té almibarado.

–Como documento adjunto enviado por la intranet.

Assad hizo un gesto afirmativo.

–¿A qué dirección? ¿Lo has comprobado, Gordon?

Gordon desplegó su cuerpo telescópico y se encaminó, desmañado, hacia el despacho de Rose, murmurando para sí. No lo había comprobado.

Carl aguzó el oído. El sonido de suelas de cuero sobre el piso de cemento no era habitual allí. Ese sonido de mal agüero, como el que los artistas de Hollywood producían cuando interpretaban a oficiales nazis en las películas malas de guerra, solo podía imitarlo la señora Sørensen. Los policías normales calzan suelas de goma, a menos que tengan sede permanente en los dominios del director de la Policía, y ella no era uno de ellos.

—Uf, vaya peste —fue el primer comentario de la señora Sørensen, que tenía el labio superior rebosante de gotitas de sudor. Unos días antes habían bromeado con que, cuando tenía sofocos, se sentaba en el mostrador con los pies metidos en un balde de agua fría. Siempre había historias acerca del comportamiento de la señora Sørensen, casi siempre ciertas.

—Este olor a zoco no os lo traigáis cuando os mudéis al segundo —continuó, y le puso delante una carpeta de plástico—. Estas son las estadísticas detalladas de vuestro departamento. Durante los últimos seis meses, más o menos, no hemos recibido un solo informe vuestro, así que la Dirección ha llegado a la conclusión de que durante ese período no habéis resuelto ningún caso importante. Pero Lis y yo hemos empezado a extrañarnos, porque por supuesto estamos al corriente de lo que ocurre en Jefatura. Sabemos que durante dicho período el Departamento Q ha proporcionado a la prensa hermosos titulares acerca de los casos que habéis investigado, de manera que hay algo que no encaja, debo admitirlo.

Intentó una débil sonrisa, pero debía de faltarle entrenamiento, porque no le salió.

—Mira esto, Carl —irrumpió Gordon. Dejó un folio encima de la mesa y señaló con el dedo—. Rose ha enviado los documentos a Lis y a Catarina.

La saludó con la cabeza.

—Al principio solo a Lis y, cuando estuvo de baja por maternidad, casi siempre a Catarina Sørensen.

La señora Sørensen encorvó su figura sudorosa sobre el folio.

—Vaya —comentó, e hizo un gesto afirmativo—. La dirección está bien, debería ser para mí. El problema es que hace más de veinte meses que no está activa, porque en el entretanto me he divorciado y he recuperado mi antiguo apellido. Ahora las iniciales ya no son CS, sino CUS.

Carl se llevó las manos a la cabeza. ¿Por qué no había un desvío automático de mensajes de una dirección vieja a la nueva? Santo cielo, ¿se trataba de un sabotaje, o simplemente de que el caos social reinante había llegado hasta ellos?

—¿Qué significa CUS? —quiso saber Gordon.

—Catarina Underberg Sørensen —respondió con cierta lástima.

—¿Por qué mantienes el Sørensen, si ahora tienes tu apellido de soltera?

—Querido Gordon: porque Underberg Sørensen era mi apellido de soltera.

—Ya. ¿Y luego te casaste con un Sørensen y volviste a llamarte igual, pero sin el apellido intermedio?

—Sí, mi marido lo prefirió así. Lo otro era demasiado fino para él. —Bajó el tono—. O puede que fuera porque era un alcohólico lastimoso y no quería que le pusieran motes.

Gordon frunció el ceño, estaba claro que no había entendido el último comentario.

—Underberg es el nombre de un aguardiente alemán, Gordon —le informó, sarcástica, como si eso pudiera aclararle algo a un hombre que raras veces bebía alcohol y era capaz de colocarse con los vapores de un *aftershave*.

Al terminar aquel informe que iba a poner contra la pared al director de la Policía y, dicho entre paréntesis, le iba a crear un enemigo de por vida, Carl se recostó en la silla y miró alrededor. Aquel humilde despacho del sótano era su base, hasta que lo sacaran con los pies por delante. Allí tenía todo lo que necesitaba. Un cenicero, una pantalla plana con todos los canales, un escritorio con cajones sobre los cuales podían plantarse los pies. ¿En qué otro lugar de la Jefatura de Policía podían encontrarse objetos tan vitales?

Carl se imaginó el aprieto del director de la Policía a la hora de dar explicaciones ante la Comisión de Justicia y se rio a carcajadas, hasta que sonó el teléfono.

—¿Eres tú, Carl? —preguntó una voz desanimada que le parecía que debía conocer, aunque no sabía de qué—. Soy Marcus, Marcus Jacobsen —continuó la voz cuando la pausa se hizo demasiado larga.

—¡Marcus, carajo! Casi no te he reconocido la voz —se le escapó.

Carl no pudo reprimir una sonrisa. ¡Marcus Jacobsen, su antiguo inspector jefe de Homicidios, en persona al otro lado de la línea! Un ejemplo vivo de que en otros tiempos Dinamarca fue gobernada por gente seria que sabía al dedillo lo que se traía entre manos.

—Sí, ya sé que tengo la voz algo ronca, pero soy yo, Carl. ¡Lo que pasa es que han caído muchos pitillos desde entonces!

Habían pasado unos tres o cuatro años desde la última vez que Carl habló con él, de modo que una especie de remordimiento se coló por el hilo. Porque Carl sabía de las duras batallas que había librado Jacobsen en tiempos pasados, pero no cómo habían terminado. Y allí estaba el error, debería haberlo sabido.

Cinco minutos más tarde, la magnitud de la catástrofe quedó desvelada. Marcus había enviudado, y aquello lo marcó de por vida.

—Lo siento muchísimo, Marcus —le dijo, mientras trataba de encontrar palabras de consuelo en un cerebro que por lo general no se ocupaba de ese tipo de cosas.

—Gracias, Carl, pero no te llamo por eso. Creo que en este momento nos necesitamos el uno al otro. Es que acabo de leer acerca de un caso del que creo que deberíamos hablar. No porque quiera azuzarte para que lo investigues a toda costa, la gente del segundo piso seguro que no lo permite, sino porque el caso me recuerda a otro que ha sido como una espina clavada durante demasiados años. Y puede que también porque así, un poco por descuido, he recordado lo agradecido que estoy por que todavía haya en Jefatura alguien que está alerta ante casos que de otro modo quedarían arrinconados.

El restaurante Café Gammel Torv era el lugar en el que acordaron encontrarse cincuenta minutos más tarde.

Marcus Jacobsen estaba ya sentado en su antigua mesa. Había envejecido y tenía un aspecto gastado, cosa no tan extraña después de los terribles años antes de que su esposa por fin tuviera que darse por vencida.

Ahora estaba solo, y Carl sabía por experiencia propia lo que la soledad y la sensación de haber sido abandonado podían provocar en un hombre.

Aunque sus experiencias no eran comparables.

Marcus le estrechó la mano como si hubieran sido viejos amigos, y no compañeros con niveles salariales diferentes.

Tal vez por cortesía, tal vez porque sentía la necesidad de hacer un aterrizaje suave en la realidad de la Jefatura de Policía, preguntó a Carl cómo le iba últimamente al Departamento Q.

La pregunta le vino como anillo al dedo para soltar sus frustraciones, con tal vehemencia que la gelatina del canapé de paté casi se estremeció.

Marcus Jacobsen asintió con la cabeza; nadie sabía mejor que él que las químicas del todo diferentes de Carl y Lars Bjørn bien podían producir algo explosivo.

—Pero Lars Bjørn es un tipo legal, Carl. No puedo imaginarme que sea una maquinación pensada por Bjørn. Aunque los mensajes a direcciones antiguas suelen reenviarse a las nuevas. ¿Puede ser cosa del director de la Policía?

Carl no le veía la lógica. ¿Qué diablos podía sacar de aquello el director?

—Bueno, ¿qué sabe un antiguo inspector jefe de Homicidios sobre política? De todas formas, yo que tú lo investigaría.

Hizo una seña al camarero para que sirviera otro *snaps,* se lo tomó de un trago y se aclaró la garganta.

—¿Qué sabes del asesinato de Rigmor Zimmermann?

Carl siguió el ejemplo de Marcus y vació su vasito de un trago. Era uno de esos *snaps* que cierran ambos extremos del tubo digestivo a la vez.

—El *snaps* ideal para mi suegra —dijo entre toses, mientras se secaba las lágrimas del rabillo del ojo—. ¿Que qué sé? Pues no gran cosa. En este momento lo investigan en el segundo piso, así que no entra en mi territorio. Pero a la mujer la asesinaron en el parque de Kongens Have, ¿no? ¿Hace unas tres semanas?

—Algo menos. Fue el martes veintiséis de abril, hacia las ocho y cuarto de la noche.

—Tenía unos sesenta y cinco años, si recuerdo bien, y fue robo con homicidio. ¿No faltaban un par de miles de coronas en su bolso?

—Según su hija, diez mil —concretó Marcus.

—No se ha encontrado el arma del crimen, pero fue un objeto romo. Eso es, a grandes rasgos, lo que sé. Bastante trabajo he tenido con mis propios casos, pero creo saber lo que piensas de todo esto. Cuando has llamado casi me han entrado escalofríos, porque hacía un par de horas que había hablado con un tal Mogens Iversen. ¿Te acuerdas de él? Era el que solía confesar todo tipo de crímenes.

Tras vacilar un momento, Marcus asintió en silencio. Nadie de la Jefatura de Policía, a excepción, tal vez, de Hardy, podía igualar su memoria fotográfica.

—Iversen confesó también el asesinato de la profesora suplente Stephanie Gundersen. Estoy seguro de que se le ocurrió al leer sobre la agresión a Rigmor Zimmermann, porque puedo imaginarme las comparaciones que habrán hecho los periódicos entre los dos ataques. Después mandé al payaso a freír espárragos, claro.

—¿Los periódicos, dices? No, que yo sepa, hasta ahora nadie ha vinculado los dos casos; claro que tampoco dimos tanta información sobre el asesinato de Stephanie en su momento.

—Vale. Pero tú y yo sabemos que hay bastantes aspectos comunes entre los dos casos. Aunque has de saber que el antiguo caso de Stephanie Gundersen no me lo han pasado aún. Creo que tengo una carpeta muy fina sobre él, pero todos los expedientes los tiene Bjørn.

—¿Sigues teniendo a Hardy viviendo en casa?

Carl sonrió ante el cambio de tema.

—Sí. No voy a librarme de él hasta que encuentre a una mujer a la que le exciten las sillas de ruedas y quitar babas y mocos.

Se arrepintió al momento del tono jocoso. No era nada justo.

—No, bromas aparte, Hardy sigue igual —continuó—. Sigue viviendo conmigo, y va muy bien. De hecho, está recuperando movilidad. Es casi milagroso lo que puede hacer con los dos dedos en los que ha ganado un poco de sensibilidad. Pero ¿por qué me preguntas por él?

—Cuando sucedió lo de Stephanie Gundersen, Hardy me hizo llegar algunas informaciones acerca de ella y de la escuela en la que hacía la sustitución. Por lo visto, Hardy la había conocido. Igual no sabías eso.

—Eh... No. Desde luego, no lo investigó, porque en 2004 estaba conmigo y con...

—Hardy nunca tuvo miedo de echar una mano a un compañero. Un hombre bueno. Fue muy triste lo que le pasó.

Carl sonrió y ladeó la cabeza.

—Creo que sé de qué hablas, Marcus. Ahora veo la jugada.

Marcus sonrió y se levantó.

—¿En serio? Pues me alegro mucho, subcomisario Carl Mørck. ¡De verdad que me alegro! —exclamó, y empujó hacia Carl unos folios con apuntes—. Bueno, que pases unas buenas vacaciones de Pentecostés.

11

Del miércoles 11 de mayo al viernes 20 de mayo de 2016

Lo que nadie en torno a Anneli sabía era que la Anne-Line Svendsen que creían conocer, para bien y para mal, en realidad hacía varios días que había dejado de existir.

Durante la última época, en la que a su vida cotidiana se habían añadido nuevas preocupaciones y una enorme rabia, Anneli había revisado varias veces su vida actual y su propia imagen. La que antes era una ciudadana y trabajadora concienciada cuyos ideales correspondían al espíritu cívico y la responsabilidad, ahora, como un mister Hyde cualquiera, había cedido a sus más bajos instintos y había encontrado el camino hacia lo que había decidido que sería su futura y seguramente corta vida.

Tras el diagnóstico de cáncer, pasó varios días con un miedo opresivo a la muerte que se reflejaba en forma de rabia pasiva que una vez más se volvía contra las puñeteras jovencitas, quienes, sin merecerlo, vivían a expensas de la sociedad y desperdiciaban su tiempo y el de los demás. Así que con eso y con sus comentarios de burla hacia ella en la mente, Anneli definía su sencillo mantra: «¿Por qué diablos deberían seguir viviendo cuando yo no puedo hacerlo?». Y funcionaba.

Anneli casi sonreía mientras se encaminaba al hospital para recibir la sentencia, porque la decisión que había tomado era definitiva.

Si ella iba a morir, ellas también, qué coño.

La consulta se convirtió en una larga charla a través de la bruma, porque Anneli no podía concentrarse en todas aquellas irreales palabras reales. Dejó pasar conceptos como ganglios centinela, gammagrafía, rayos X, electrocardiogramas y quimioterapia. Solo esperaba la sentencia final y definitiva.

–Su tumor cancerígeno es receptor de estrógeno negativo, de manera que no podemos tratarlo con antihormonas –le dijo la doctora, y se extendió explicando que el tumor tenía un grado tres de malignidad, que era el tipo más peligroso, pero que el bulto era pequeño, porque lo habían detectado pronto, y que con una operación seguramente todo saldría bien.

Una frase tan larga que terminaba con «seguramente todo saldría bien» era un mal augurio.

¡«Seguramente»! ¿Qué carajo significaba «seguramente»?

El día de la operación todo pasó rapidísimo. El miércoles a las ocho de la mañana llamó al trabajo diciendo que tenía gripe. La preparación para la intervención fue a las nueve, la operación en sí, un par de horas más tarde, y al atardecer estaba de vuelta en casa. Todo aquello suponía trastornos radicales en la vida tranquila que había llevado hasta entonces, y Anneli a duras penas podía seguir el ritmo.

Los resultados de los análisis celulares tuvieron que llegar en viernes y trece, unos días después de la operación.

–No había cáncer en el ganglio centinela –le hicieron saber mientras su corazón latía sin freno–. Todo indica que hay grandes posibilidades de que disfrute de una vida buena y larga, Anne-Line Svendsen.

La doctora se permitió una pequeña sonrisa.

–Hemos realizado una lumpectomía para salvar el pecho, y se puede esperar una rápida recuperación si sigue bien las instrucciones. Después habrá que decidir el tratamiento posterior.

–No, sigo sintiéndome muy rara, esta gripe me tiene hecha polvo. Desde luego, puedo ir a la oficina, pero temo contagiar a los demás. ¿No es mejor que espere a la semana que viene? Para entonces se me debería haber pasado.

La voz de la jefa de su departamento llegó un poco vacilante desde el otro lado de la línea: el peligro de contagio en el trabajo no convenía, así que era mejor que esperase hasta recuperarse. Por supuesto que les gustaría que se reincorporara después de Pentecostés.

Al colgar, Anneli sintió que le brotaba una sonrisa. Había estado marcada por la muerte, y por eso había decidido vengarse con las chicas que no aportaban nada a la sociedad; pero ahora era posible que no muriese. Tendría que ir a radioterapia, se le iba a secar la piel e iba a sentir un cansancio mortal, pero ¿eso qué tenía que ver con su sed de venganza hacia mujeres como Jazmine, Camilla y Michelle, o como diablos se llamaran aquellas? ¡Nada!

Un mantra era un mantra, y en su opinión no había que cambiarlo.

Aquella misma noche, en contra de las instrucciones de la doctora, vació la mayor parte de una botella de coñac que un alma compasiva había olvidado en su casa en la única velada que había celebrado allí en su vida.

En aquella borrachera de uva fermentada contenida en una botella polvorienta recuperó toda su indignación y rabia. A partir de entonces, se acabó el hacerse la víctima. Iba a acudir a sus siguientes tratamientos sin dar ninguna explicación en la oficina, y si alguien le preguntaba cuando llegara tarde una mañana después de una de las sesiones, iba a decir que había estado en el psicólogo para que le tratase el estrés. Desde luego, era algo que cualquier jefe de departamento podía comprender.

Rio de nuevo y mantuvo el vaso semivacío contra la luz de la lámpara del techo.

Nada, en adelante solo iba a pensar en sí misma y a cubrir sus propias necesidades. Se acabó lo de la chica formal que casi nunca mentía ni hacía nada antirreglamentario. Se acabó lo de la chica que pensaba que iba a morir y ya había empezado a pensar en una tumba. En lo sucesivo iba a vivir la vida y no aguantaría nada a nadie.

Oh, qué bellos escenarios danzaban ante ella en su embriaguez. Se las imaginó a todas. Las chicas y sus madres idiotas, que durante años y años habían descuidado a su descendencia hasta la ineptitud total, las que ahora iba a hacer que cayeran redondas por la conmoción.

—¡Se han convertido en LA NADA ABSOLUTA! —gritó, y los cristales de las ventanas vibraron.

Se tumbó de costado en el sofá, retorciéndose de la risa, y no cesó hasta que la herida de la operación empezó a emitir punzadas dolorosas. Se tomó otros dos calmantes y se envolvió en su viejo edredón.

Mañana pensaría con toda tranquilidad en cómo eliminar a aquellas mocosas, y a continuación conseguiría una lista de direcciones de las chicas más innecesarias e ineptas del Gran Copenhague.

Tenía delante cincuenta folios sacados de Google sobre las maneras más simples y seguras de robar un coche. Abundante información interesante, y muchas cosas que parecían de lo más lógicas cuando habías estudiado la lección y aprendido las reglas que todo ladrón de coches debía saber de memoria para que las cosas no se torcieran. Si te aprendías al dedillo aquellas frases básicas, sabías también lo que era esencial para poder tener acceso a un coche cerrado sin llave y ponerlo en marcha.

Lo único delictivo que recordaba haber cometido era no decir nada a las cajeras del súper cuando le devolvían dinero de más. A la mierda, se decía siempre, porque los empleados públicos como Anneli no podían hacer muchos derroches. Pero robar coches para matar gente con ellos era otra cosa. Estaba loca de alegría.

La idea le vino de un caso que tuvo un gran eco mediático. En la isla de Bornholm, un asesino arremetió contra una joven con su coche y la chica terminó en lo alto de un árbol. Se lo imaginó. Fue un crimen para cuyo esclarecimiento hizo falta que pasaran muchos años y un montón de suerte; además de la baja densidad de población de Bornholm. De modo que si hacía lo mismo en una gran ciudad como Copenhague y tomaba las necesarias precauciones, ¿quién diablos iba a deducir que había sido ella?

Si todo está bien preparado, con minuciosidad, saldrá bien, pensó. Y ella estaba preparada y era minuciosa en todos los sentidos.

Lo más importante era no utilizar un coche con el que pudieran relacionarte, por eso había que robarlo. Pero sobre eso ahora sabía mucho.

Fueras profesional o aficionada en el ramo, primero debías asegurarte de que el coche no tuviese alarma. La manera más simple de comprobarlo era darle un fuerte empujón al pasar al lado. Si se ponía a pitar, te saltabas los diez coches siguientes y empujabas el undécimo. Y no podías pasar al punto número dos hasta que encontrabas una vieja cafetera que no reaccionara a los empellones.

¿Había cámaras de vigilancia cerca? ¿Gente en las ventanas o en la calle, ciclistas que pasaban, moteros o coches que pudieran verla cuando lo hiciera? Todo ello era bastante lógico para un ladrón de coches joven y emprendedor, pero no para una supuesta mujer respetable en la flor de la edad.

Después debías elegir bien la marca y el estado del vehículo. Anneli no tenía intención de venderle el coche a un mecánico en Polonia, ni robar los airbags y el valioso GPS, así que los coches caros no le interesaban. Lo único que necesitaba era un coche que funcionara de manera fiable y que pudiera embestir a una persona y matarla con seguridad.

También era importante que después siguiera funcionando, para poder dejarlo abandonado en cualquier sitio, lejos del lugar del atropello.

Era importante que fuera un coche fácil de robar. Algún modelo viejo al que se le pudiera desbloquear el volante, si estaba bloqueado, o que quizá pudiera ponerse en marcha con un destornillador en vez de la llave de contacto. Desde luego, no debía tener sistema antiarranque, pero eso lo podía mirar en el *smartphone*. Otra cosa elemental era comprobar que las ruedas estaban hinchadas. Si había objetos dentro del coche que pudieran crear problemas. Un capazo con niño incluido, por ejemplo. Y si se podía sacar rápido el coche de donde estaba aparcado. ¿Había sitio para salir del aparcamiento? Anneli necesitaba por lo menos cuarenta centímetros por delante y otros tantos por detrás, como la mayoría de la gente.

Anneli sonrió y repasó el resto de cuestiones. ¿Adónde había que huir si te pillaban con las manos en la masa? Y, si no te daba tiempo, ¿qué cuento chino había que contar?

Se entrenó mentalmente. «Santo cielo, ¿no es mi coche? Ya decía yo que la llave no entraba. Oh, no. Y si no es mi coche, ¿dónde está el mío?» ¿La mayoría no pensarían que era una señora observante de la ley, pero muy despistada? ¿Que le había entrado el pánico, o que tal vez sufriera algún tipo de demencia?

Aquel sábado Anneli se olvidó de sus dolores. Se tomó las pastillas, vació el mueble bar y luego leyó y leyó hasta que se le puso la cabeza como un bombo. Hacía décadas que no se sentía tan entusiasmada, tan activa y vital. De modo que aquello no podía estar tan mal.

Al día siguiente hizo su primer intento.

En Google Street View eligió un enorme aparcamiento en Herlev, donde esperaba que la flota de coches no fuera tan distinguida e inalcanzable como en los suburbios ricos.

Mientras viajaba en el suburbano, empezó a sentir un cosquilleo por todo el cuerpo. De pronto, todos los pasajeros le parecían grises y anodinos. Los jóvenes que se besaban o reían no la irritaban como de costumbre, y las mujeres de su edad, que en algún momento tendrían que regresar a la familia y a los pucheros, casi le daban pena.

Después dio una palmada al bolso, donde el destornillador, el cojín neumático, la palanqueta, el martillo de emergencia y el fino y carísimo cordel de nailon esperaban para cumplir su cometido.

Era casi como volver a nacer.

Anneli miró alrededor. Era un domingo tranquilo, la víspera había sido el Festival de Eurovisión. Al parecer, el ambiente del suburbio no parecía afectado por la descalificación de Dinamarca a bombo y platillo. Resultaba deslucido y mustio, como de costumbre.

El objetivo de la misión de aquel día no era llevar a cabo un robo: solo deseaba llegar a entrar en el coche y sentarse al volante.

En aquel momento no tenía tanta prisa, porque la seguridad era lo primero. A los pocos días avanzaría en su programa e intentaría hacer el puente e incluso darse una vuelta. Era ella quien decidía el ritmo.

Encontró un tentador Suzuki Alto con manchas de óxido bajo las puertas que tenía toda la pinta de haber sido robado. La actividad en torno a ella era intensa; claro, era el momento en el que la gente normal se relajaba ante el desayuno o iba de la ceca a la meca para los preparativos del almuerzo de Pentecostés.

La cafetera gris estaba entre dos BMW de los viejos, que ni las anchas llantas de acero ni el ruidoso equipo de música podían modernizar. Allí podría dar un empujón al Suzuki en paz y tranquilidad.

El coche se balanceó silencioso sobre las ruedas; no tenía alarma.

Había tres posibilidades. La del cordel con lazo que había que meter por la rendija de la puerta del copiloto y dejarlo caer hasta que se enroscara en torno al seguro de la puerta. La complicada del cojín neumático, que se metía en la rendija de la puerta del maletero y la forzaba, de forma que abatías los asientos traseros y estabas dentro. Y, para terminar, la menos complicada, la de romper la luneta.

Aquel día Anneli se sentía más predispuesta a romper lunas.

Había leído en internet que lo mejor era dar un golpe seco en la esquina de la luneta, y eso fue lo que hizo. Primero con la parte plana del martillo, que no funcionó, y luego con un golpe con la punta.

No pegues demasiado fuerte, se recordó a sí misma. No podía arriesgarse a que la mano atravesara el cristal y se hiciera sangre.

Después del tercer golpe, decidió que aquella luna era anormal y no se podía romper.

Entonces asió el puño de la puerta. Era lo primero que debería haber hecho. Porque se abrió.

Pasadas un par de horas forzando coches en estado precario con diversos métodos, decidió con frialdad que, teniendo en cuenta su pronunciada torpeza manual, lo mejor iba a ser romper lunas. Todo aquello de los cordeles y los cojines neumáticos no estaba hecho para ella. Los cordeles se rompían, o el lazo que debería cerrarse en torno al seguro de la puerta se retorcía, y el cojín neumático se pinchó la primera vez que lo usó. Romper lunas era lo más sencillo. Después bastaba con recoger los pedazos de cristal restantes del borde de la ventanilla y echar al suelo los cascos rotos del asiento del conductor. Nadie iba a fijarse en una ventanilla abierta en un templado día de mayo como aquel mientras el tiempo siguiera portándose bien. Y si quería usar un coche varias veces y tratar de camuflar un poco el coche forzado, no era difícil conseguir plástico transparente y sólido.

Además, llegó a la conclusión de que sus herramientas, y sobre todo el martillo, no eran lo mejor para su objetivo. Por eso, la siguiente cosa que debía conseguir era un cachivache afilado de carbono que proponían en internet. Y luego estaba lo del encendido. Una vez trató de meter un destornillador en el contacto y girar, pero el coche no arrancó y aquello no sonó nada bien.

La próxima vez utilizaría un destornillador más pequeño y afilado, y un poco más de maña tampoco iría mal.

Debía seguir practicando.

Anneli siguió entrenándose hasta el viernes por la mañana, y entonces empezó a sentirse como una auténtica veterana. Había pasado la semana trabajando un poco durante el día y forzando coches en diversos barrios el resto de las horas, y al final había logrado poner varios coches en marcha con diversos métodos.

Cuando te sentabas en un coche así, que no habías comprado tú, y tomabas la curva de una esquina a toda velocidad, sentías un potente bombeo de adrenalina. Con el pulso acelerado y todos los mecanismos de defensa en estado de alerta, era una versión bastante más joven de Anne-Line Svendsen la que iba al volante, o al menos eso sentía. La vista y el oído se aguzaban, así como la capacidad de hacer un rápido análisis del entorno, y notaba su cuerpo más ágil que nunca.

De pronto, Anneli se sentía hábil y astuta. Como una persona que no había alcanzado aún la plena potencia, como una mujer que podía estar a la altura de los hombres en casi todo.

En suma, que Anneli, poco a poco, se estaba convirtiendo en otra persona.

Sobre la mesa de su cocina había ahora una larga lista de mujeres jóvenes con las que había tenido contacto profesional los últimos años.

Eran chicas y mujeres para quienes lo único que importaba en la vida eran sus propias necesidades. Pensaban que cuanto las rodeaba estaba hecho para ellas. Vivían de los sentimientos y limosnas del mundo exterior, y Anneli las odiaba a todas. Bueno, decir que las odiaba era quedarse corta.

No le resultó fácil agenciarse información pertinente de otras oficinas de Servicios Sociales en las que había trabajado los últimos años, porque se necesitaban razones supuestamente profesionales para acceder a ella, pero Anneli decidió pasar de eso. Ahora tenía cincuenta nombres para elegir, y estaba satisfecha por ello.

Había que liberar el mundo de aquellas gorronas.

Mediada la semana, ya había establecido prioridades. Primero vendrían las que más la habían irritado, un grupo mixto de tres oficinas, a fin de que no pudiera establecerse una pauta en los homicidios, y después las que llevaban más tiempo aprovechándose del sistema.

Anneli encendió un cigarrillo y se arrellanó en la silla de la cocina. Si la Policía la atrapaba, aceptaría el castigo con la frente alta. Nada en su casa la retenía y nadie de sus contactos sociales la echaría de menos, sus relaciones eran demasiado superficiales y triviales. En la cárcel, por el contrario, tendría lo más importante para la mayoría de la gente: seguridad, tres comidas al día, una rutina fija y muchísimo tiempo para leer buenos libros. Lejos del mediocre trabajo y del estrés. Incluso era posible que se sintiera más a gusto con algunas presas que con la gente de fuera, ¿por qué no?

Si la alternativa iba a ser esa, no estaba nada mal.

Imprimió de internet varios planos de diversos barrios de Copenhague en tamaño A3 y marcó a lápiz los domicilios de las chicas. No hay que mear en el propio patio trasero, pensó. Separó a las chicas que vivían cerca de ella, en Østerbro, y las puso al final de la lista.

Tras muchas consideraciones, eligió a Michelle Hansen como primera víctima. Por una parte, la chica no tenía muchas luces, por lo que sería más fácil pillarla desprevenida; por otra, era una pedigüeña de lo más irritante; a Anneli le salía sarpullido de solo pensar en ella.

Sabía que la chica vivía en casa de su novio, Patrick Pettersson, y que el bloque de viviendas se encontraba tan dentro del laberinto de calles estrechas del barrio del noroeste que cabía suponer que habría poco tráfico y que podría llevar a cabo el plan con tranquilidad. Nada iba a impedirle dar el siguiente paso.

Metió el paquete de tabaco en el bolso y salió al tráfico matinal. Ahora se trataba de encontrar un coche.

La caza había comenzado.

12

Viernes 20 de mayo de 2016

Cuando Michelle cumplió veintisiete años, se sintió de pronto vieja. Veintiséis era justo la frontera, pero ¡veintisiete! ¡Qué cerca estaba de los treinta! Entonces pensó en Amy Winehouse, Kurt Cobain y demás gente conocida que a su edad ya había muerto, y en todo lo que consiguieron antes de morir.

Y se murieron, sin más. Demasiado pronto, se decía.

Michelle, por el contrario, gozaba de perfecta salud, aunque no había conseguido otra cosa que vivir en el barrio del noroeste, en un apartamento unipersonal con Patrick, del que creía seguir estando un poco enamorada. Pero ¿eso era todo? Siempre la habían hecho creer que había nacido para ser alguien especial, y ahora tenía veintisiete años. ¿Qué había tenido su vida de especial?

Se sentía dolida por las apariciones en la tele que nunca le ofrecieron. Tampoco era que hubiera hecho gran cosa para llamar la atención, pero bueno. ¿Por qué nadie reparó en ella cuando caminaba por la calle, como le pasó a la Natalya Averina aquella de Roskilde? ¿O como Kate Moss, Charlize Theron, Jennifer Lawrence, Toni Braxton y Natalie Portman? Ella era más guapa que la mayoría de la gente, y también sabía cantar, decía su madre.

Tenía veintisiete años, debía ocurrir algo y pronto. Patrick había estado en un reality, y fue allí, en pantalla, donde se enamoró de él, pese a que lo mandaron a casa en el segundo programa. Consiguió a Patrick después de haberlo acechado durante semanas, así que algo había logrado. Y si él podía salir en la tele, ella, con lo buena que estaba, también podía. Empleaba casi media hora cada mañana en depilarse las piernas, las axilas y el sexo, media hora para el cabello y otra media hora para el rostro; y luego estaba el tiempo necesario para vestirse como es debido. ¿No conservaba acaso el vientre plano? ¿Sus pechos operados acaso no tenían un aspecto fantástico? ¿Su gusto con la ropa y su talento para combinar prendas no eran acaso tan buenos o mejores que los de las tipas que surgían de la nada?

Sí, debía ocurrir algo, y pronto. Y si no podía llegar a ser famosa, tendría que hacerse rica. Casarse con un millonario o algo por el estilo. Desde luego, no iba a enriquecerse en una floristería, ni haciendo la manicura o como maquilladora, y mucho menos como lavandera en Helsingør. ¿Es que no lo entendían? Patrick, su padrastro y su asistenta social iban a por ella, pero ¿por qué? Si estaba destinada a ser alguien grande. Un par de meses atrás estuvo de baja por estrés, todos le exigían demasiado, y ahora recibía un nuevo mazazo con ese follón del apartamento de Patrick, el fraude social y todo eso.

¿Significaba entonces que su futuro era aquel apartamento unipersonal? ¿Iba a tener que apresurarse para llegar al trabajo por las mañanas temprano y lucir unas arrugas horribles por la falta de sueño? ¿Iba a tener que oír las quejas de Patrick año va y año viene? Desde luego, él trabajaba duro, lo sabía, con mucho trabajo en negro por las noches cuando no estaba de gorila en Victoria, la discoteca donde se besaron por primera vez. Pero ¿por qué no podía ocurrírsele a Patrick una idea cojonuda que los pudiera hacer ricos? Así podrían conseguir una casa maravillosa con muebles bonitos, manteles recién planchados y un par de niños guapos.

De acuerdo, comprendía bien que cuando la acompañaba a Servicios Sociales era para que pudieran vivir con algo más de lujo. Ella tenía que llevar algo de pasta a casa, era lo que decía siempre Patrick, pero ¿de qué servía aquella calderilla? Patrick tenía necesidades materiales que el pequeño subsidio de ella nunca iba a poder cubrir. Gimnasio tres veces a la semana. Ropa guay y una colección de botas de punta. Y coches. Bueno, ya tenía uno, un Alfa Romeo con asientos claros, y ella disfrutaba de las contadas ocasiones en las que Patrick se dignaba sacarla de paseo en él. Pero ahora quería otro coche, más nuevo y más caro, y seguro que iba a necesitar para eso el dinero que ella pudiera ganar. No era justo.

Bajó la mirada a su mano izquierda. Un discreto tatuaje con el nombre de Patrick asomaba en la base de su pulgar. Patrick se había hecho uno con el nombre de ella en el tríceps, donde dos grupos de músculos se disputaban el poder, y quedaba de lo más chulo. Pero ¿bastaba con eso?

El año siguiente cumpliría veintiocho. Si para entonces no había ocurrido algo, iba a dejar a Patrick y a buscarse otro hombre que apreciara sus cualidades en su justa medida.

Michelle le dirigió una mirada mientras yacía enredado entre las sábanas y se estiraba, con la parte baja del cuerpo desnuda. Ahora que lo pensaba, de hecho solo estaba a gusto con él en la cama.

—Hola —la saludó y se frotó los ojos—. ¿Qué hora es?

—Te queda media hora para salir —respondió Michelle.

—¡Ostras! —Bostezó—. ¿Y tú qué vas a hacer hoy? ¿Vas a ir a Servicios Sociales a disculparte con la asistenta social?

—No, tengo otras cosas que hacer. Así que hoy no, Patrick.

Patrick se incorporó sobre los codos.

—¿Qué tienes que hacer? ¿Otras cosas? ¡Joder, no tienes otras cosas que hacer que sean más importantes, tonta del culo!

Michelle boqueó en busca de aire. ¡La había llamado tonta del culo! Desde luego, no iba a permitir que nadie la llamara eso.

—¡No permito que me llames tonta del culo! ¡Para que lo sepas!

—Bueno, pero ¿qué quieres que te diga, Michelle? Cuando hay cosas importantes que no entiendes, entonces debes de ser tonta del culo. Porque hace casi tres semanas que tu asistenta social descubrió que estábamos cometiendo fraude social, y encima de la mesa hay dos sobres de ventanilla y cartas selladas que no te has dignado abrir. ¿Y por qué recibes ahora cartas de ella? ¿Qué pasa, es que nunca consultas el correo electrónico? Podría ser importante, ¿no te has parado a pensar en ello? Seguro que te han llegado multas, citaciones o alguna otra cosa chunga.

—Si tienes tanta curiosidad, no tienes más que abrir las cartas.

–Joder, tía, te las mandan a ti, ¿no? ¡Tendrás que abrirlas tú! No quiero mezclarme más en tus historias. Venga, Michelle, ponte las pilas, porque si no vas a la calle, te lo advierto.

Michelle tragó saliva. Aquello era demasiado. Se levantó del tocador con la intención de gritarle algo a Patrick, pero sabía que si lo hacía se le volvería en contra.

Miró al suelo. Si no se controlaba, empezaría a llorar y su maquillaje perfecto se iría al carajo.

Dio quince pasos tambaleantes hasta el cuarto de baño y cerró tras de sí con un portazo. Desde luego, Patrick no iba a ver que conseguía achantarla.

–¡No tardes mucho! –gritó él desde la cama–. Luego tengo que entrar yo.

El espejo desvelaba con claridad lo que Patrick le estaba haciendo. De hecho, ya tenía una arruga en la frente. ¿Es que el tonto de él no sabía cuánto costaba quitarse algo así con bótox?

Se agarró al borde del lavabo. Se sentía muy extraña, la verdad. Como si todas las palabras feas se le hubieran quedado en el estómago y ahora quisieran subir todas a la vez.

Se mordió el labio inferior y sintió que un reflujo le quemaba la garganta. «Vas a la calle –había dicho–. ¡Vas a la calle!» ¡¿Ella?!

La vomitona llegó con fuerza y sin previo aviso, pero Michelle no emitió el menor sonido. Patrick no debía saber que le producía ese efecto, que podía humillarla hasta el extremo de vomitar. Le había pasado un par de veces antes, pero ahora, con la sensación de comezón en la garganta y los restos de la comida de la víspera en las comisuras, tomó la solemne decisión de que aquella vez sería la última.

Cuando por fin Patrick se fue, Michelle se puso a trabajar, de manera sistemática, y fisgó en las cosas de él. Encontró algún billete de cien coronas por aquí y por allá. Encontró cigarrillos en los bolsillos de la chaqueta, aunque decía haberlo dejado porque era demasiado caro, y que también ella debía dejarlo.

Encontró condones en estuches unitarios en los pequeños bolsillos de sus Levis.

¿Para qué quería los condones? Joder, ella tomaba la píldora, y además estaba cagada de miedo de que le provocara una embolia. Entonces, ¿para qué quería los condones?

Abrió un par de ellos y los arrojó sobre la cama. Así sabría por qué no la encontraba en casa cuando regresara.

Miró alrededor y estuvo un rato pensando qué cosas llevar consigo. Aunque fuera para poco tiempo, no tenía ninguna intención de volver con su familia, porque allí estaba Stephan, el payaso con el que su madre llevaba tres años, que estaba mal de la cabeza. Su supuesto padrastro ¿no pretendía que trabajara para él en su pringoso taller mecánico a cambio de la ridiculez de catorce mil coronas al mes? ¿Creía que iba a ensuciarse de aceite por catorce mil al mes?

Como si le estuviera haciendo un favor.

Pasó un rato mirando el papel pintado y trató de verlo todo desde fuera. ¿Por qué no valía para hacer cosas así? ¿Por qué no podía hacer cosas que mejorasen su situación? Le hacía buena falta encontrar algo de apoyo, algún consejo.

Entonces pensó en Denise y Jazmine, que eran tan diestras. ¿Qué harían ellas en su lugar?

Michelle bajó a la calle con una buena sensación en el cuerpo. Había telefoneado a sus amigas e iban a reunirse en el centro una hora más tarde; entonces pensaba poner las cartas sobre la mesa. Tal vez pudieran ayudarle, incluso era posible que una de ellas supiera de algún sitio decente donde dormir por un tiempo.

Sonrió y vio que un coche rojo salía de su aparcamiento calle abajo. Quien lo conducía era seguramente alguien como ella, alguien sin horarios fijos. Alguien que se tomaba a sí mismo en serio.

Movió la cabeza arriba y abajo. Dentro de pocos meses también ella tendría coche. Justo antes de salir había entrado en su página de Facebook y había visto que se convocaba otro casting para un programa de televisión, y desde luego ella encajaba mejor que la que le había pasado la información. Era un concepto nuevo, del que Michelle nunca había oído hablar, algo con chicas en una granja que debían arreglárselas con la comida y esas cosas que hacía la gente. Ella sabía hacerlo, sin duda, pero no era necesario que se lo dijera a los del programa. Debía hacerse la tonta y simular que no sabía cocer patatas y cosas así. Hacerse la tonta, estar como un tren y sacar culo y tetas. Entonces la contratarían, sin duda.

Cruzó la calle. Había también otro reality que buscaba participantes. *Cita perfecta,* creía que se llam...

Miró instintivamente por encima del hombro, pero era demasiado tarde. De pronto tenía el coche al lado, una mancha roja en medio de la calle, cada vez más cerca, con el motor revolucionado.

La conductora la miró a los ojos mientras se aferraba al volante y la embestía, y aquel rostro hizo que Michelle, presa del pánico, adelantara la mano para protegerse.

Pero la mano no detuvo el coche.

La despertaron unas punzadas de dolor en el brazo. Trató de abrir los ojos e incorporarse un poco, pero el cuerpo no le obedecía.

Estoy con la boca abierta, ¿no?, pensó mientras olores y sonidos que no lograba identificar la cubrían como un edredón.

—Michelle, escucha. —Notó una suave sacudida en el brazo bueno—. Te han atropellado, pero no es nada grave. ¿Puedes abrir los ojos?

Murmuró algo. No era más que un sueño estúpido.

Pero después alguien le dio unas palmadas en la mejilla.

—¿Puedes despertar ahora, Michelle? Hay alguien que quiere hablar contigo.

Aspiró dando un grito sofocado que la sacó de la modorra.

Sobre ella, una cegadora luz blanca rodeaba un rostro que la miraba.

—Estás en el hospital de Bispebjerg, Michelle, y estás bien. Has tenido una suerte enorme.

Vio que se trataba de una enfermera. Tenía pecas, igual que Michelle de niña.

Tras ella había un hombre que le sonreía, amable.

—Es de la Policía. Ha venido a hacerte un par de preguntas, Michelle.

El hombre se adelantó.

—Me llamo Preben Harbæk, soy agente de policía de la comisaría de Bellahøj. Me gustaría hacerte unas preguntas sobre lo que recuerdes del accidente.

Michelle arrugó la nariz. Había un olor penetrante y la luz era demasiado intensa.

—¿Dónde estoy? —preguntó—. ¿En el hospital?

El hombre asintió.

—Te han atropellado y el coche se ha dado a la fuga, ¿lo recuerdas?

—He quedado con Denise y Jazmine, así que ¿puedo irme? —Intentó de nuevo apoyarse en los codos, pero sintió punzadas dolorosas en la cabeza—. Tengo que hablar con ellas.

La enfermera la miró con firmeza.

—Debes seguir en la cama, Michelle. Tienes una herida profunda en la nuca, te han dado muchos puntos. Las amigas con quienes habías quedado están en la sala de espera. Han llamado a tu móvil para saber dónde estabas.

Parecía seria, pero ¿por qué, cuando Jazmine y Denise estaban fuera?

—Llevas tres horas aquí y vas a estar bajo observación por si hay conmoción cerebral, porque has recibido un golpe fuerte en la cabeza al impactar contra la acera. Estabas inconsciente cuando un vecino te ha encontrado, y has perdido mucha sangre.

Michelle no lo comprendía del todo, pero asintió en silencio. Menos mal que Jazmine y Denise estaban allí. Así podría decirles que acababa de dejar a Patrick.

—¿Te das cuenta de lo grave que es esto, Michelle? —preguntó el policía.

Ella asintió, y luego respondió a sus preguntas lo mejor que pudo. Sí, había visto un coche rojo, no muy grande. La embistió mientras cruzaba la calle. Aquello la asustó e intentó pararlo con la mano. ¿Por eso le dolía tanto?

El policía asintió con la cabeza.

—Pero es un milagro que no se haya roto —aseguró—. Debes de ser una chica fuerte.

A Michelle le gustó que lo dijera. Era un tío majo.

Por lo demás, no tenía nada que añadir.

—Dicen que vas a tener que pasar unos días aquí, Michelle.

Jazmine miró la estancia. Era evidente que no se encontraba a gusto, claro que en la habitación había un olor bastante desagradable. Un simple biombo separaba su cama de la de la vecina, que despedía una peste inaguantable. Junto al lavabo y el espejo había un soporte con la bacinilla que la enfermera acababa de retirarle, y tampoco aquello era agua de rosas.

—Vendremos todos los días a visitarte —prometió Denise, que no parecía afectada por el lugar y el mal olor.

—Íbamos a traer flores, pero hemos pensado que era mejor gastar el dinero en la cafetería —comentó Jazmine—. ¿Puedes levantarte?

Michelle no lo sabía, y se encogió de hombros.

—He dejado a Patrick —dijo con aire casual. Luego señaló un bulto—. ¿Os importa mirar si eso de ahí es mi bolso?

Las amigas asintieron, así que bien.

—No quiero que aparezca por aquí, ¿queréis decírselo a las enfermeras?

Hicieron un gesto afirmativo.

—Puede que tenga un sitio en el que puedas vivir sin que te cueste nada —avanzó Denise—. También hay sitio para ti, Jazmine.

Michelle la miró, agradecida. Huy, qué bien.

—Al menos por unos días —recalcó después.

Michelle apretó los labios. Era magnífico, claro que ella ya lo sabía. Sus amigas iban a sacarle las castañas del fuego.

—¿Qué ha ocurrido? Dicen que te han atropellado. ¿Qué le has dicho al policía? —preguntó Denise.

Michelle explicó lo del coche.

—Pero no era Patrick, ¿verdad? —insistió Denise.

—¡No! —Michelle soltó una carcajada, ¿qué pregunta era esa? ¿No acababa de decir que era un trasto pequeño y antiguo? Como si Patrick fuera a rebajarse a conducir algo así—. Patrick conduce un Alfa Romeo, que es más grande. Y negro.

—Los conductores están mal de la cabeza —comentó Jazmine.

Y llegó lo que creía que debía decir.

—Pero creo que he reconocido a la conductora.

Se hizo un silencio total, como si, además de una explicación detallada, esperasen también una identificación precisa.

—¿Se lo has dicho al policía? —quiso saber Denise.

—No.

Michelle retiró la colcha de una patada. Casi no la dejaba respirar.

Después movió la cabeza hacia el biombo de la vecina. Lo que iba a decir no le incumbía.

—He estado a punto de contárselo —susurró—, pero he preferido esperar a oír vuestra opinión.

Se llevó el índice a los labios, pidiendo silencio.

—¿A qué te refieres? —cuchicheó Denise.

—Creo que era Anne-Line Svendsen quien iba al volante.

Sus amigas reaccionaron tal como había esperado. Con gestos de conmoción, incredulidad y confusión.

—¡Santo cielo! ¿Estás segura? —preguntó Denise.

Michelle se alzó de hombros.

—Casi segura. Al menos, era alguien que se le parecía. También el jersey.

Denise y Jazmine se miraron. ¿Acaso no la creían?

—¿Creéis que debo denunciarlo? —continuó.

Permanecieron un rato mirando al frente. Las tres odiaban a Anne-Line Svendsen. Eran tres clientas de Servicios Sociales a quienes la bruja había hecho la vida imposible durante demasiados años.

Sí, Michelle pensaba lo mismo que ellas, estaba segura de ello. Si se trataba de verdad de Anne-Line Svendsen, ¿quién iba a creer a una chica como ella? ¿Por qué había de hacer algo así una asistenta social que, además, había ganado una buena suma de dinero? Se daba cuenta del problema.

¿No soy acaso yo quien ha cometido fraude social?, pensó. Sí, así era. ¿Y no era arriesgado, aparte de costar caro, hacer una falsa denuncia? Sí, eso lo sabía por las series de la tele.

—El lunes tengo cita con ella —anunció Jazmine pasado un momento—. Voy a preguntarle sin rodeos si fue ella quien lo hizo.

Denise asintió.

—Muy bien. «Duro y a la cabeza», como solía decir mi abuelo.

—Pero si ella lo niega, que por supuesto que va a negarlo, ¿qué hacemos? —preguntó Jazmine—. ¿Alguna sugerencia?

Denise sonrió, pero no dijo nada.

13

Viernes 13 de mayo y martes 17 de mayo de 2016

En Allerød hacía mucho que se había dado el pistoletazo de salida a la temporada de barbacoa, y lo que antes se elevaba en forma de humo suave del jardín del vecino cubría ahora el aparcamiento con una densa niebla de carne churruscada.

—¡Hola, hola, Morten y Hardy! —gritó Carl mientras se quitaba la gabardina en la entrada—. ¿Vais a hacer barbacoa?

La silla de ruedas eléctrica de Hardy emitió un débil zumbido al acercarse. Aquel día iba vestido de blanco de arriba abajo, en fuerte contraste con la sombría expresión de su rostro.

—¿Algo va mal? —preguntó Carl.

—Acaba de irse Mika.

—¡Vaya! ¿Ha empezado a darte tratamiento los viernes? Yo creía qu...

—Ha traído las cosas de Morten. Se han separado. Morten está sentado en un rincón de la sala, más triste que un funeral, créeme. Ahora le hacen falta los cuidados de los amigos, así que le he dicho que de momento podía volver aquí y vivir en el sótano, ¿vale?

Carl asintió en silencio.

—Pues vaya...

Puso la mano en el hombro de Hardy al pasar junto a él. Estaba bien que Morten y Hardy se tuvieran al menos el uno al otro.

El amante repudiado estaba hecho un ovillo en la esquina del sofá, con la mandíbula colgando; parecía alguien que acababa de escuchar su sentencia de muerte. Palidez cadavérica, deshecho en llanto y, al parecer, exhausto.

—¿Qué pasa, tronco, qué es lo que oigo? —preguntó Carl.

Tal vez debiera haber tratado el tema con más cuidado, porque la consecuencia fue que Morten se levantó de pronto y se le arrojó al cuello con un rugido gutural, derramando torrentes de lágrimas.

—Pero ¡hombre...! —fue lo único que se le ocurrió decir.

—No puedo ni pensar en ello —sollozó Morten al oído de Carl—. ¡Estoy hecho polvo! Y justo ahora, en Pentecostés, cuando nos íbamos de viaje a Suecia.

—Cuéntame, Morten, ¿qué ha ocurrido? —Se lo quitó de encima y lo miró a los ojos anegados en llanto.

—¡Mika quiere estudiar Medicina! —chilló, a la vez que se le caían los mocos.

Bueno, tampoco era para tanto.

—Y dice que ya no tiene tiempo para una relación estable. Pero estoy seguro de que hay algo más.

Carl suspiró. Iban a tener que hacer limpieza del sótano de nuevo para que Morten pudiera regresar a sus antiguos dominios. Entonces, había que sacar las cosas del hijo postizo. Que ya era hora. ¿Cuántos años hacía que se mudó Jesper?

—Puedes instalarte en el sótano, si quieres. —Fue al grano—. Quedan muchos trastos de Jesper, pero ya le voy a decir...

Morten hizo un gesto afirmativo y dio las gracias mientras se secaba las lágrimas con el dorso de la mano, como un niño. Carl no se había dado cuenta de que su cuerpo, antes tan rollizo, parecía enflaquecido. Morten estaba casi irreconocible.

—¿Estás enfermo, Morten? —preguntó con cuidado.

El rostro de Morten se contrajo.

—Sí. Tengo la enfermedad mortal de penas de amor. ¿Dónde voy a encontrar un tío tan divino como Mika? Va a ser imposible, porque es un sueño. Una gloria. Se cuida y es bueno, y tiene una fantasía desbordante en la cama. Perseverante, fuerte y dominante como un semental. Si tú supieras cómo...

Carl puso las palmas delante como para detenerlo.

—Muchas gracias, Morten. No es necesario que me cuentes más. Creo que me hago cargo.

Después de la cena, que sirvió Morten entre sonoros berreos regulares, aunque, por supuesto, no tenía ninguna gana de comer,

Hardy dirigió a Carl una mirada intensa y escudriñadora. Carl conocía aquella expresión. Era la mirada de un policía curtido.

—De acuerdo, Hardy. Sí, me has calado —reconoció. Después continuó—: De hecho, hay algo que debo decirte: he estado con Marcus.

Hardy asintió. La verdad es que no parecía sorprendido. ¿Habrían hablado entre ellos?

—Creo saber la razón, Carl —repuso Hardy—. Estaba esperando a que sucediera, pero confiaba en que fueras tú quien lo descubriera.

—Eh... ¡Paso! ¿Puedes ser más explícito? ¿A qué te refieres?

Hardy manejó con cuidado el panel de mandos y la silla de ruedas se alejó un poco de la mesa.

—A las coincidencias, Carl. Entre el ataque de Kongens Have de 2016 y el ataque de Østre Anlæg de 2004. ¿Estoy en lo cierto?

Carl asintió.

—Bien, de acuerdo. Pero la próxima vez que tengas ese tipo de presentimientos bien documentados, avísame enseguida, ¿vale?

Hardy dijo que llevaba casi tres semanas con ese presentimiento. Tres semanas con la evidente abundancia de tiempo de un discapacitado y nadie que interrumpiese los caminos inescrutables de sus procesos mentales. Con gran trabajo había analizado y enumerado los elementos del ataque contra Stephanie Gundersen doce años antes y contra Rigmor Zimmermann apenas tres semanas atrás, y las coincidencias le parecieron bastante significativas.

—Por supuesto que podría uno tomarse la molestia de centrarse en las diferencias entre los dos ataques, porque de hecho hay muy pocas. La más llamativa es que orinaron sobre el cadáver de Rigmor Zimmermann, y no en el de Gundersen. Y la orina era de un hombre, me lo ha dicho Tomas.

Carl asintió con la cabeza. Por supuesto que había hablado con el que llevaba la cantina de la Jefatura de Policía, Tomas Laursen, antiguo perito de la Policía y siempre bien informado.

—Bien. Entonces, ¿se piensa que fue un hombre quien mató a Rigmor Zimmermann? Pero ¿se pensó lo mismo en el caso de

Stephanie Gundersen? No sé gran cosa de ese caso, y Marcus Jacobsen decía que en su momento le dieron un perfil bajo.

—¿Que fuera un hombre quien mató a Stephanie Gundersen? No necesariamente. Desde luego que el golpe en la cabeza fue violento y lo asestaron con fuerza, pero como nunca se supo cuál había sido el arma homicida, tampoco pudo saberse nada acerca de su peso y posible efecto. Por tanto, de ninguna manera puede concluirse que hubiera nada especial en el golpe mortal que indicara el sexo del agresor.

—Hardy, te lo veo en la cara. Crees que el asesino es el mismo, ¿verdad?

Hardy sacudió de nuevo la cabeza.

—¿Quién sabe? Pero las coincidencias son llamativas.

Carl comprendió. Hardy no iba a dejar que se desentendiera de ninguno de los casos hasta conocer la respuesta a la pregunta.

—Pero había otra diferencia entre los dos asesinatos —añadió.

—¿Te refieres a la edad de las víctimas? Habría por lo menos treinta y cinco años entre ellas.

—No. Me refiero de nuevo al arma homicida. En el caso de Gundersen, la parte posterior de la cabeza estaba incrustada en el cerebro, mientras que el golpe que mató a Rigmor Zimmermann fue más preciso y equilibrado. Un golpe corto contra la nuca, algo más abajo, hacia las cervicales. La médula de la más cercana se cortó, pero el cráneo no resultó tan dañado.

Intercambiaron gestos afirmativos. Precisamente aquello podía tener muchas explicaciones. Otro asesino, armas homicidas de distintos pesos y superficies. O, sin más, que el asesino se había vuelto más diestro.

—Pero Hardy, lo sabes tan bien como yo. No creo que pueda hacer gran cosa con el caso Zimmermann, porque, como es natural, lo lleva el Departamento de Homicidios. Y en este momento no quiero estar a malas con Bjørn.

Después explicó la situación actual con el inspector jefe y los recortes del Departamento Q.

Morten, que estaba secando una olla, detuvo su quehacer.

—Entonces, ¡tienes que robarle a Lars Bjørn el caso Zimmermann! —gritó desde la cocina—. Levántate como un hombre y resuelve ambos casos, es lo que te digo yo.

Mira quién fue a hablar.

Carl sacudió la cabeza y miró a Hardy, que se limitó a sonreír. Era evidente que estaba de acuerdo con Morten.

Después de varios días festivos tranquilos sin más problema que las lloreras ocasionales de Morten, Assad y él volvieron a sentarse en el despacho para discutir si deberían llevar el caso Gundersen, a pesar de que aún no se lo habían pasado. Tanto Hardy como Marcus estaban ansiosos de que lo investigara, pero Carl se mantenía algo escéptico.

—¿Y si empezamos por el otro extremo, con el caso Zimmermann? —propuso Assad.

—Mmm. Ese caso va a estar, sin ningún género de dudas, en el segundo piso —insistió Carl, pero empezó a sentir un cosquilleo. Al menos, parecía más interesante que el que tenían entre manos.

—Podríamos dejar que nos ayude Laursen, Carl. Anda quejándose de lo aburrida que es la vida de la cantina.

Carl asintió en silencio. Claro, ¿por qué no?, pensaba, cuando apareció Rose ataviada como ninguno de ellos la había visto nunca.

Bajó casi a saltos hasta el pasillo, con sus zapatillas de deporte de colores y vaqueros superprietos, y se presentó sin más como Vicky Knudsen, hermana de Rose, mientras se arreglaba el pelo ultracorto.

Gordon, que había sacado la nariz del despacho donde estaba, dijo boquiabierto:

—¡Cómo has camb...!

Pero el tirón de brazo que le dio Assad lo hizo callar.

—Ven conmigo, Gordon. Mientras Carl habla con Vicky, a ti y a mí nos hace falta un buen café —insistió Assad.

Gordon iba a protestar, pero Assad ya le había clavado una de las puntas de sus afiladas botas en su espinilla lo que le arrancó un grito de dolor. Entonces pareció entender.

Carl suspiró ante lo barroco de la situación, pero hizo pasar a Vicky con amabilidad. Si iba a tener que acostumbrarse a otro más de aquellos disfraces, entonces quería antes que nada explicar a aquella especie de reencarnación de Rose que no podía irrumpir de la calle así, sin más, y pretender que le hicieran caso si no trabajaba allí.

—Ya sé qué va a decir —se le adelantó aquella mujer transformada. Quizá no fuera tan demencial como cuando Rose imitó a su hermana Yrsa—. Soy la hermana de Rose, la segunda de cuatro chicas.

Carl asintió. Rose, Vicky, Yrsa y Lise-Marie. Estaba aburrido de oír hablar de ellas, y Vicky era, según Rose, la más sanguínea y animada de todas. Aquello iba a ser divertido.

—Si cree que, como Rose, he venido para ser humillada con labores triviales en sus mohosas catacumbas, está muy equivocado. Solo he venido para decir que deben tratar a Rose como es debido. No deben gastarle bromas ni encomendarle cosas que la entristezcan, la bloqueen, la aburran o provoquen asociaciones improcedentes, ¿de acuerdo? Ha pasado las fiestas de Pentecostés hecha polvo a causa de ustedes.

—No...

—Ahora tiene la oportunidad, en nombre del Departamento Q, de pedir perdón por la presión que ejercen sobre Rose, y después iré a su casa y se lo transmitiré. Y espero de verdad por ustedes que Rose, la trabajadora más eficaz de este cenagal de apatía, encuentre consuelo en su mente maltratada.

Después se levantó y miró con fiereza a Carl, con los puños cerrados en las caderas y expresión mordaz. Le habría encantado a cualquier fan de películas de serie B.

—¡Bueno, pues pido perdón! —dijo Carl, sin tiempo para pensar.

—¿Qué ha pasado, Carl? ¿Se ha ido? —Las ansiosas cejas de Assad parecían casi entrechocarse.

—Sí. Me temo que Rose está peor que las veces anteriores —dijo con un suspiro—. No sé lo que piensa la persona que acaba de estar aquí, pero me da la impresión de que Rose tal vez estuviera convencida de que era Vicky. Ostras, no sé qué pensar, Assad. Tal vez fuera puro teatro.

Assad aspiró hondo y depositó un enorme montón de duplicados en la mesa de Carl. Era evidente lo que sufría cuando había algún problema con Rose. Llevaban siete años trabajando los dos juntos, y les había ido bastante bien, pero en los últimos tiempos se habían sucedido las hospitalizaciones de Rose y sus estados de ánimo cambiantes. Con ella nunca se sabía qué iba a pasar.

—Entonces, ¿crees que el Departamento Q se ha acabado? —preguntó Assad con los ojos entornados—. Porque si Rose no vuelve, podemos hacer lo que dice Bjørn. A menos que hayas pensado usar esto —dijo, y señaló el montón de duplicados.

Miró desafiante a Carl. Cosa extraña, no parecía un hombre resignado.

—En este momento está ocupado —comunicó Lis en vano cuando Carl pasó volando junto al mostrador y empujó la puerta de Bjørn como una excavadora desbocada. Y, mientras la puerta temblaba en sus bisagras, puso las copias de los informes de Rose que le había pasado Assad encima de la mesa, entre Bjørn y su interlocutor, fuera quien fuese.

—¡Ahora vas a leer por mis huevos unos papeles que no has manipulado, Bjørn! A mí no me embaucas tan fácilmente.

El inspector jefe se lo tomó con inusitada calma y miró a su invitado.

—Déjame presentarte a uno de nuestros investigadores más creativos —dijo con calma, y señaló a Carl—. Carl Mørck, jefe del Departamento Q, nuestro grupo subterráneo que investiga los casos cubiertos de telarañas.

El invitado de Bjørn saludó con la cabeza a Carl. Un tipo irritante. Barba pelirroja, barrigudo y con gafas, al estilo de décadas pasadas.

—Y Carl, te presento a Olaf Borg-Pedersen, que produce *La comisaría 3,* seguro que conoces ese magnífico programa de televisión.

El hombre estiró la mano, que estaba sudada y resbaladiza.

—Encantado de conocerte —respondió—. Sí, nosotros sabemos bien quién eres.

A Carl le importaba un pepino lo que supiera, y se volvió hacia su superior.

—Mira bien esto, Bjørn, y espero un buen informe que explique cómo diablos habéis podido meter tanto la pata.

Bjørn hizo un gesto aprobatorio.

—Es un auténtico sabueso, terco y mordedor, de los más fieros que tenemos en la manada —anunció, vuelto hacia su invitado. Giró la cabeza hacia Carl—. Pero si deseas quejarte de algo, creo que lo mejor será que hables con el director de la Policía. Seguro que apreciará la información.

Carl arrugó el entrecejo. ¿Qué puñetas se traía entre manos Bjørn?

Luego recogió el montón de folios de la mesa y abandonó la estancia sin cerrar la puerta al salir.

Y ahora ¿qué?, pensó, apoyado en la pared del pasillo mientras varios compañeros del Departamento de Homicidios pasaban a su lado y él no respondía a sus saludos forzados.

¿Cómo era posible que Bjørn no reaccionara con más energía cuando entró de forma tan agresiva? Por supuesto que se había contenido debido a su invitado, pero de todas formas le parecía diferente a otras veces. ¿Tendría que ver con la relación entre Bjørn y el director de la Policía? ¿Él se había convertido en una marioneta del inspector jefe, en un payaso inútil que estaba destinado a liderar una revuelta contra su jefe supremo para que no tuviera que hacerlo Bjørn?

Su mirada se deslizó por las baldosas con cruces gamadas y se dirigió hacia los dominios del director de la Policía.

Había que comprobarlo.

—No, no puedes entrar a hablar con él ahora, Mørck, el director de la Policía está reunido con la Comisión de Justicia en la sala de reuniones —le comunicó una de las bien esmaltadas secretarias—. Pero puedo darte hora. ¿Qué te parece el veintiséis de mayo a las trece quince?

¿El veintiséis, había dicho? Ya le iba a dar él trece quinces nada menos que nueve días después, pensó, y, sin más preámbulo, asió el pomo de la puerta de la sala y entró.

Un montón de rostros lo miraron extrañados desde la mesa de roble de ocho metros de largo. El inspector jefe de la Policía presidía la mesa, estirado en su silla de cuero y sin pestañear, el director de la Policía estaba de pie junto a la biblioteca con el ceño fruncido, y los políticos estaban sentados, como siempre, con expresión irritada porque no se los tomaba lo bastante en serio.

—Lo siento, no he podido detenerlo —se excusó la secretaria detrás de él, pero a Carl aquello le importaba un rábano.

—Bien —dijo con voz sombría, mientras miraba alrededor—. Ahora que están todos reunidos, quiero anunciarles que el Departamento Q ha resuelto ni más ni menos que el sesenta y cinco por ciento de los casos que ha llevado.

Depositó los informes de Rose en la mesa.

—No sé a quién de aquí arriba se le ha ocurrido sabotear nuestras cifras, pero si a alguno de ustedes tiene intención de votar a favor de la desaparición o reducción del Departamento Q, quiero hacerle saber que va a tener un eco enorme.

Carl observó la confusión del director de la Policía, pero entonces se levantó el inspector jefe, un hombre firme con un alargado rostro estoico y cejas muy pobladas, y se dirigió a los participantes en la reunión.

—Discúlpenme un momento mientras hablo con el subcomisario Carl Mørck.

Carl bajó riendo las escaleras al sótano. Menuda escena.

Evidentemente, la información que les había dado era desconocida para los altos miembros de la comisión. Habían estado a punto de desmantelar un departamento que realizaba buenas investigaciones y resolvía muchos casos, y alguien iba a tener que cargar con la responsabilidad de aquel error. Carl recordó la expresión del director de la Policía y se rio otra vez. El director tendría que comerse el marrón él solito. La gente bien lo llamaba pérdida de prestigio. Carl lo llamaba quedarse con el culo al aire.

—Tenemos invitados, Carl —fue lo primero que le dijo Assad en el pasillo.

—¿No vas a preguntarme cómo me ha ido?

—Sí, claro... O sea, entonces, ¿cómo te ha ido?

—Verás. Ahora que me lo preguntas, creo que Lars Bjørn le ha vacilado a nuestro director, porque estoy segurísimo de que Bjørn conocía de sobra el porcentaje real de casos resueltos, y que, a sabiendas, ha dejado filtrar la información equivocada a la secretaría del director de la Policía. Entonces, el superjefe se lo ha creído y ha ordenado a Bjørn que haga recortes en el Departamento Q, y después ha informado a los políticos de los cambios.

—Vale, entonces voy a hacer la pregunta tonta —indicó Assad—. ¿Por qué había de hacer Bjørn algo así?

—Estoy bastante seguro de que Lars Bjørn siempre ha defendido al Departamento Q ante el director, y ahora ha recalcado que la existencia del Departamento Q está justificada, a pesar de los grandes gastos que supone. Porque no creo que Bjørn le haya contado que su departamento se lleva más de la mitad de nuestro presupuesto. Pero ahora el director de la Policía ya sabe que debe andar con pies de plomo a la hora de dar esa clase de órdenes inequívocas a Bjørn. Es un motín contra el director de la Policía, Assad, y Bjørn me conoce. Sabe que reacciono cuando se me provoca lo suficiente, y era lo que esperaba.

Assad arqueó las cejas.

—No es muy elegante por parte de Bjørn utilizarnos de esa manera.

—No, pero ya he pensado en vengarme.

—¿Cómo? ¿Vas a ponerlo como un sapo?

—Se dice como un trapo, Assad. —Carl sonrió—. Sí, algo por el estilo. En cierto modo, podría decirse que Bjørn nos robó el porcentaje de resolución de casos para su propio beneficio, ¿no? Entonces, es justo que, como contrapartida, yo robe algún caso del Departamento de Homicidios para mi propio beneficio cada vez que me venga en gana.

Assad se preparó para un chócala. Estaba de acuerdo.

—¿Quién has dicho que estaba esperándome? —preguntó después Carl.

—No he hablado para nada de quién era.

Carl sacudió la cabeza. Assad estaba aprendiendo la profundidad de la sutileza del idioma danés, ya era hora; claro que nadie es perfecto.

Para cuando llegó a traspasar la puerta de su despacho, se había dado cuenta de la espantosa gravedad de la situación.

Allí estaba el célebre barbarroja de la televisión, Olaf Borg-Pedersen, sentado en la silla de Carl con aires de importancia.

—¿No te has equivocado de sitio? —preguntó Carl—. Los servicios están algo más allá, en el pasillo.

—Ja, ja. No, Lars Bjørn me ha dicho tantas cosas buenas de vosotros que hemos decidido que *La comisaría 3* haga un seguimiento del trabajo del Departamento Q durante varios días. Un pequeño equipo de tres personas. Yo, un cámara y un técnico de sonido. ¿A que va a ser divertido?

Carl abrió mucho los ojos y se dispuso a cantarle las cuarenta, pero se reprimió. Tal vez pudiera hacer un poco de sabotaje: a Lars Bjørn no iba a gustarle nada.

—Sí, parece bastante divertido —asintió, con la mirada clavada en los apuntes que le había dado Marcus Jacobsen, que estaban desparramados por la mesa, sin leer—. De hecho, estamos investigando un caso que tal vez te interese. Un caso de asesinato muy actual del que podríais hacer una buena presentación en vuestro programa y que, en mi opinión, guarda relación con uno de nuestros casos antiguos.

Había dado en el blanco.

—Ya te avisaré cuando empecemos con él.

—Estamos muy preocupados por Rose, Carl.

Allí estaba la pareja más peculiar de la Jefatura de Policía. El pequeño Assad, rechoncho y moreno, irradiando masculinidad por cada pelo crecido de su barba negra como el carbón, y la pálida jirafa de Gordon, que aún no se había dado el primer afeitado de verdad. Las arrugas de sus rostros, por el contrario, eran idénticas, de lo más enternecedoras.

—Estoy seguro de que os lo agradecerá, muchachos —replicó Carl.

—Hemos pensado ir a visitarla, ¿verdad, Assad? —informó Gordon.

Assad asintió en silencio.

—Sí, tenemos que ver qué tal está. Tal vez deban ingresarla de nuevo.

—Claro, claro —los tranquilizó Carl—. Tomadlo con calma, tampoco es tan grave. Dejad que Rose se desfogue, ya nos ha dicho lo que nos tenía que decir. Estoy seguro de que para mañana se le habrá pasado.

—Sí, puede que sí, Carl, pero puede que no —protestó Assad. No parecía convencido.

A decir verdad, Carl lo entendía bien.

—*Time will tell* —dijo después—. El tiempo lo dirá.

14

Martes 17 de mayo de 2016

Los perfumes estaban ordenados en fila en la estantería del cuarto de baño, apoyados unos en otros. Un frasco para Vicky, uno para Yrsa y uno para Lise-Marie, porque así lo había dispuesto Rose. Tres fragancias delicadas y muy diferentes, cada una de las cuales daba testimonio de un estilo personal y, en cierto modo, también de elegancia, cosa de la que no podía precisamente acusarse a Rose.

Cada uno de aquellos frascos llevaba pegada una etiqueta con el nombre de la hermana correspondiente, y si Rose se aplicaba uno de esos perfumes en la muñeca, a los pocos segundos era capaz de imitar la personalidad e identidad correspondientes hasta el mínimo detalle.

Rose siempre tuvo esa relación con los perfumes de las mujeres con las que creció. De niña, tras echarse Eau de Cologne y Chanel nº 5 en las muñecas, imitaba, respectivamente, a su abuela materna y a su madre; y, más tarde en la vida, a todas sus hermanas. Su propio perfume era casi anónimo, porque «la manera más sencilla de vestirse era ir desnuda», como decía siempre con cierta autoironía su pálida profesora de lengua.

Hoy se había rociado varias veces con el perfume de Vicky, y, transportada por el aroma, tomó el tren suburbano al centro para echarle una buena bronca a Carl. Antes fue a la peluquería y se cortó el pelo tan corto que incluso a Vicky le habría parecido atrevido. Se había comprado una blusa de Malene Birger y un par de vaqueros tan prietos en la ingle que a cualquier otra, excepto a Vicky, le habrían parecido obscenos. Cuando, vestida de Vicky, llegó a la Jefatura de Policía, enseñó al asombrado agente de guardia su identificación, y después, durante cinco minutos memorables, despotricó contra Carl por la dureza, injusticia y falta de sensibilidad con la que siempre trataba a su querida hermana Rose.

Rose sabía por experiencia que un disfraz tenía muchas veces la misma influencia en la gente que el alcohol, ya que ambos fortalecían el ánimo y hacían emerger aspectos de la personalidad que normalmente no soportaban la luz del día.

Sabía de sobra que Carl no se dejaba engañar por esas cosas, aunque una vez consiguió encarnar a su hermana Yrsa durante varios días; pero le daba igual. La gente escuchaba mejor tus gritos de socorro si los emitían otros o personas que hacían de otros.

Después pasó una hora eufórica, porque Carl se lo tenía merecido. Pero todo se torció de pronto.

Acababa de regresar a la estación de Stenløse, y entonces de repente se le quedó la mente en blanco. No recordaba lo que había pasado en las horas siguientes; de pronto estaba en la sala de su casa, se había hecho pis en las bragas y llevaba la blusa de diseño forzada por los hombros y hecha jirones hasta el ombligo.

Por eso estaba asustada. No solo desconcertada e inquieta, como se había sentido muchas otras veces en las que su lado oscuro se imponía, sino empantanada en una angustia enorme e irracional. Aquellos ataques eran poco frecuentes y superficiales, pero esta vez era diferente. Sentía casi como si un líquido venenoso se hubiera esparcido por su cerebro y le hubiera entumecido los sentidos.

—Una de dos: o me muero de esta, o estoy volviéndome loca de verdad —susurró.

Pero piensa un poco. Si es que apenas has bebido nada los últimos cuatro días, no has comido y casi no has dormido. Es normal que estés así, argumentó en su fuero interno.

Se abalanzó sobre los restos del frigorífico y bebió litros de agua para sentirse mejor, pero cada vez que tragaba se sentía como si un vacío interno la hiciera contraerse más aún. Le daba unas náuseas mayores que cuando le entraban ganas de vomitar.

Al anochecer, se movió como una zombi de habitación en habitación a la vez que escupía a las paredes desnudas. En el fondo de sí misma veía rostros que la miraban severos de todas partes: de los paneles, de las superficies de las paredes, de las baldosas del baño y de las puertas de los armarios de la cocina.

«¡Santíguate ante nosotras si quieres cerrar el paso al Mal!», gritaban las superficies. «Defiéndete ante los inevitables abismos, si puedes, pero date prisa, porque no tienes mucho tiempo.»

Y Rose sacó todos los utensilios para escribir que encontró en los cajones, y los puso ante sí. Con pausada minuciosidad, escogió un manojo de rotuladores gruesos negros y rojos y se puso a embadurnar las paredes con palabras que por un breve instante podían alejar las ideas malignas.

Después de largas horas en aquel estado nebuloso le dolían las muñecas y se le habían quedado rígidos los músculos del cuello, de modo que empuñó el rotulador con la otra mano y continuó. No se permitió un solo descanso durante toda la noche. Ni siquiera se detuvo cuando tuvo ganas de ir al baño. No era la primera vez aquel día que se orinaba encima, ¿por qué había de preocuparse por volver a hacerlo? La impulsaba el temor a que, si se detenía, una realidad más espantosa apareciera ante ella. Buscaba sin cesar superficies desnudas para cubrirlas con su mensaje, y al final solo quedaron los espejos, el frigorífico y los techos.

Para entonces, las manos de Rose temblaban de forma incontrolable y ella pestañeaba todo el tiempo. El reflejo de vomitar casi sustituyó su respiración, y meneaba la cabeza como el péndulo de un reloj.

Cuando terminó de escribir y las primeras luces desvelaron las paredes y demás superficies del piso con su repulsivo mensaje de impotencia, su cuerpo estaba casi fuera de control. Y cuando se observó en el espejo del pasillo entre la multitud de líneas rojas y negras y descubrió que la Rose que por lo demás conocía tan bien le recordaba sin remedio a los rostros desfigurados y almas perdidas de los hospitales psiquiátricos del país, por fin se dio cuenta de que, si no hacía algo de inmediato, iba a sucumbir.

Suplicante y con voz trémula, telefoneó al Departamento de Psiquiatría y pidió ayuda urgente. Entonces le recomendaron que tomara un taxi y se desplazara hasta allí. Trataban de sonar animados y optimistas, tal vez con la esperanza de que algo de ello se le contagiase y le infundiera un poco de energía.

Pero cuando empezó a gritar en el teléfono, se percataron de la gravedad del caso y de que iban a tener que enviar la ambulancia.

15

Miércoles 18 de mayo de 2016

Carl estaba pegado a la pantalla plana, asombrado. El programa policíaco *La comisaría 3,* con una audiencia de más de un millón de espectadores, se había convertido en el más popular y constante de la historia de la televisión danesa. Habían surgido otros programas parecidos que analizaban con esmero el trabajo policial y, en la medida de lo posible, trataban de echar una mano en el trabajo de esclarecimiento. El objetivo de *La comisaría 3,* sin embargo, era diferente, y hacía lo que podía para explicar la conducta criminal partiendo de la premisa de que todas las acciones criminales derivaban de un contexto social pernicioso, y, por eso, enaltecía muchas veces al criminal.

El programa que Carl acababa de ver no era ninguna excepción. Primero hubo un estudio que se suponía que iba hasta el fondo de los orígenes de Hitler y que concluía que de niño había sido maltratado en todos los sentidos, y que la Segunda Guerra Mundial podría haberse evitado si en su infancia hubiera habido algo más de armonía. Pues vaya novedad. Después se centraron en la conducta de quince asesinos en serie norteamericanos que, sin excepción, debían de haberse convertido en tales a causa de los castigos sufridos en sus primeros años. Y todas las veces quedaba claro que, en el fondo, el trabajo policial debía ser una especie de aportación social cuyo objetivo sería ayudar a esos delincuentes a alejarse de ese destino —por lo demás inevitable— en un momento temprano de su existencia.

Todo aquello era de una lógica facilísima de comprender hasta para analfabetos; aun así, los psicólogos profesionales y demás asesores del programa ganaban de lo lindo analizando a delincuentes violentos, asesinos, estafadores y demás como si fueran víctimas, mientras locuaces periodistas empleaban su frívola retórica para preguntar a los delincuentes acerca de las agresiones sufridas.

Carl sacudió la cabeza. ¿Por qué carajo los periodistas no les pedían nunca que explicasen las odiosas agresiones que habían cometido? La gravedad se convertía en entretenimiento, y los políticos podían arrellanarse y respirar aliviados, porque el programa televisivo más popular de Dinamarca transmitía la impresión de que se hacía algo por mejorar la situación.

Carl sacó el DVD que le había dado la productora y lo sopesó en la mano un momento antes de arrojarlo a la papelera. ¿Qué coño esperaba Bjørn que pudiera aportar él a aquel programa tan infantil? Que él mismo se hubiera subido al carro le parecía todavía más estúpido.

Se giró hacia Assad, que estaba detrás.

—¿Qué puede decirse ante tanta chorrada?

Assad meneó ligeramente la cabeza.

—Bueno, es como preguntar por qué los camellos tienen los pies tan grandes.

Carl notó que las arrugas de su frente se movían y acentuaban. Ya iba siendo hora de que los putos camellos se instalaran en otro sitio.

—¿Los pies grandes? —Aspiró hondo—. Pues supongo que para no hundirse en la arena. Pero ¿qué diablos tienen que ver los pies grandes de los camellos con un programa de televisión, Assad?

—La respuesta es que los camellos tienen los pies grandes para poder aplastar las serpientes venenosas, en caso de que sean tan estúpidos como para pasar junto a ellas.

—¿Y...?

—Al igual que los camellos, también nosotros dos tenemos los pies grandes. ¿No te habías fijado?

Carl bajó la vista a los piececillos de Assad e hizo una aspiración profunda.

—Así que ¿crees que Bjørn nos ha encomendado la misión para poner dificultades al equipo de *La comisaría 3?*

Assad levantó un pulgar plagado de cicatrices.

—Joder, no quiero hacer de camello para que Bjørn se sienta bien —protestó mientras alargaba la mano hacia el teléfono fijo. Si alguien tenía que hacer de camello, que lo hiciera Bjørn.

Acababa de tocar el receptor cuando sonó.

—¿Sí...? —masculló. Maldita sea, no te dejaban ni terminar lo que estabas haciendo.

—Hola, me llamo Vicky Knudsen —dijo una voz tímida—. Soy la hermana de Rose.

El rostro de Carl se reorganizó. Aquello iba a ser interesante.

Tomó el segundo receptor y se lo pasó a Assad.

—¡Vaya! Hola, Vicky, soy Carl Mørck —dijo con un toque de acritud—. ¿Cómo se encuentra Rose hoy? ¿Le has transmitido mis disculpas?

En el otro extremo de la línea se hizo el silencio. Ahora ya sabía que Carl la había calado.

—No comprendo. ¿Qué disculpas?

Assad le hizo unas señas para que se moderase. ¿Era tan evidente su agresividad?

—Llamo porque, por desgracia, Rose va de mal en peor —continuó la voz.

—Ya lo creo —susurró Carl tapando el receptor con la mano, pero Assad no lo escuchaba.

—Han vuelto a ingresarla de urgencia en el centro psiquiátrico de Glostrup, y llamo para decirles que no va a poder volver al trabajo durante un tiempo. Ya me encargaré de que les envíen el parte de baja.

Carl iba a protestar y a decir que el juego había ido demasiado lejos, pero las frases siguientes lo hicieron desistir.

—Unos amigos nuestros la vieron ayer presa de temblores incontrolados en lo que llaman El Banco Amarillo del centro comercial de Egedal. Quisieron llevarla a casa, pero ella les pidió que se largaran. Después me llamaron para decirme que iba a tener que ir allí, así que mi hermana pequeña Lise-Marie y yo tuvimos que buscarla por todo el centro comercial. Pero no la encontramos nosotras, sino un vigilante del aparcamiento, de eso nos enteramos más tarde. La vio sentada en un charco de orina, medio dormida, apoyada contra un coche al fondo del aparcamiento, vestida con una blusa que había rasgado en parte. Fue él quien la acompañó a casa.

»Esta mañana ha llamado mi madre para decir que el centro psiquiátrico se había puesto en contacto con ella, que Rose estaba ingresada otra vez. Los he llamado enseguida, por supuesto, y la jefa de enfermeras de Psiquiatría me ha dicho que, entre otras cosas, le habían encontrado un billete de suburbano en el bolsillo de los pantalones que había validado en la Estación Central. De modo que creemos que debió de caminar desde la estación de Stenløse, y que tal vez se detuviera para hacer compras, suele ir al supermercado Meny. Pero cuando el vigilante del aparcamiento la encontró no llevaba ninguna bolsa, así que no debió de comprar nada.

—Lo siento mucho, Vicky —se oyó a sí mismo decir Carl, mientras Assad asentía al compás de sus palabras. Aquello era triste de verdad—. ¿Hay algo que podamos hacer? ¿Crees que podremos visitarla?

Assad volvió a asentir con la cabeza, pero esta vez más lento y con una mirada severa, acusadora.

Carl captó el mensaje. Tenía razón. Ayer debió dejar a Gordon y Assad ir al piso de Rose.

—¿Visitarla? No, lo siento. Los médicos la han puesto bajo tratamiento, y no quieren que nada lo perturbe.

—No está ingresada a la fuerza, ¿verdad?

—No, pero dicen que no intentará salir del psiquiátrico en su estado actual. Está dispuesta a recibir tratamiento.

—Vale. Si hay algún cambio, avísanos.

Se produjo un silencio, como si estuviera concentrándose para decir algo más. Aunque seguro que no iba a poder suavizar las tristes noticias.

—En realidad, no llamo solo para eso —se oyó al fin—. Mis hermanas y yo quisiéramos pedirles que vengan a casa de Rose. Estoy llamando desde allí. Y recuerden que se ha mudado un piso más arriba.

—¿Quieres que vayamos ahora?

—Sí, por favor, se lo agradecería. Habíamos pensado recoger algo de ropa para llevársela a Rose, y no nos esperábamos el espectáculo que nos hemos encontrado. Hemos pensado que usted o alguno de su grupo tal vez pudiera venir a ayudarnos a entender qué es lo que le ocurre a nuestra hermana.

La Vespa de color rojo chillón de Rose estaba junto a las bicicletas aparcadas en el estacionamiento de Sandalsparken, bajo un par de árboles que acababan de echar brotes, y no expresaba otra cosa que armonía y normalidad. Rose llevaba más de diez años viviendo en aquel bloque de casas amarillas con pasillos exteriores, y en ningún momento había dejado entrever que no se encontrara a gusto allí. Y esa relación era difícil de entender tras el espectáculo que encontraron Carl y Assad cuando Vicky, muy parecida a la mujer que personificó Rose la víspera, abrió la puerta.

—¿Por qué se ha mudado Rose aquí arriba? ¿No es igual de grande que su antiguo piso? —preguntó Carl mientras miraba alrededor.

—Sí, pero desde aquí ve la iglesia, cosa que apenas podía desde la planta baja. No es porque sea religiosa, pero le pareció que era mejor —respondió Vicky, y los condujo a la sala—. ¿Qué les parece esto?

Carl tragó saliva dos veces. Menudo caos deprimente, de un desorden indescriptible. Ahora entendía mejor por qué el perfume de Rose era a veces tan penetrante, aunque de todas formas no lograba imponerse al hedor a cerrado. Cualquiera diría que en el piso vivía un coleccionista compulsivo a quien un ladrón le hubiera puesto la casa patas arriba. Embalajes de cartón por todas partes. Cajas de mudanzas medio llenas con el contenido de cajones. Montones de cubiertos y vajilla en la mesa baja. La mesa del comedor estaba llena de restos de comida y embalajes vacíos. Libros tirados de las estanterías, mantas y edredones desgarrados, sofás y sillas acuchillados. Nada se había librado del desbarajuste.

Aquello era muy diferente al piso que visitaron Carl y Assad un par de años antes.

Vicky señaló las paredes.

—Eso fue lo que más miedo nos dio.

Detrás de Carl, Assad murmuró unas palabras en árabe. Si Carl hubiera podido, seguro que habría hecho lo mismo, porque las palabras ordinarias no bastaban. En todas las paredes, arriba y abajo, y con todo tipo de tamaños, Rose había escrito una y otra vez la misma frase.

«LARGO DE AQUÍ», había garabateado con gran ímpetu. Carl entendía muy bien por qué habían llamado las hermanas.

—¿Habéis contado esto a los psiquiatras? —preguntó Assad.

Vicky asintió en silencio.

—Les hemos enviado fotos de la mayor parte del piso. En este momento, Lise-Marie está en el cuarto de Rose fotografiando el resto.

—¿Hay también algo allí?

—Por todas partes. En el baño, en la cocina. Ha escrito esa frase incluso en el interior del frigorífico.

—¿Tienes alguna idea de cuánto tiempo llevaba así? —preguntó Carl. Era incapaz de relacionar aquel desorden con la persona, por lo demás perfectamente estructurada, que mangoneaba a diario sobre todos ellos en el Departamento Q.

—No lo sé. No habíamos estado aquí desde que nuestra madre, que vive en España, nos visitó.

—Creo que Rose lo mencionó. Fue en Navidades, ¿no? Es decir, hace casi cinco meses.

Vicky asintió con las comisuras torcidas hacia abajo. Había sido sin duda un duro golpe para las hermanas no haber estado ahí cuando Rose las necesitó. No eran las únicas.

—¡Venid un momento! —gritó Lise-Marie desde el dormitorio. Había cierta desesperación en su voz.

La encontraron en un cuarto parecido al resto, llorando sentada sobre la cama, con la cámara fotográfica sobre el edredón. Tenía entre las piernas una caja plana de cartón repleta de cuadernos grises con lomo de tela oscuro.

—¡Oh, Vicky, es terrible! —exclamó Lise-Marie—. ¡Mira! Rose siguió escribiendo. También después de morir nuestro padre.

Vicky se sentó en el borde de la cama, tomó uno de los cuadernos y lo abrió. Al segundo, su expresión cambió, como si le hubieran propinado un golpe.

—No puede ser —susurró, mientras la hermana pequeña se tapaba el rostro con las manos y daba rienda suelta a las lágrimas.

Vicky asió un par de viejos cuadernos y alzó la vista hacia Carl.

—Esto lo hacía siempre cuando éramos pequeñas. Creíamos que había terminado cuando murió nuestro padre. Este es el primer cuaderno que escribió.

Le pasó a Carl uno de los cuadernos. En la portada, escrito a rotulador, ponía «1990».

Assad miró por encima del hombro de Carl cuando este lo abrió.

Si se hubiera tratado de un ejercicio de arte gráfico habría sido interesante, pero ver aquello era triste y conmovedor.

Hojeó el cuaderno. Era lo mismo una y otra vez; en todas las páginas estaba escrita aquella única frase, con las típicas mayúsculas características de una niña de diez años. Con letra prieta y desigual.

«CIERRA EL PICO CIERRA EL PICO CIERRA EL PICO», ponía arriba y abajo en la página.

Assad tomó otro de los cuadernos. Ponía «1995», en negro en la portada y en blanco en la contraportada.

Lo abrió para que Carl pudiera verlo.

«NO TE OIGO NO TE OIGO NO TE OIGO», se leía esta vez en una hoja tras otra.

Carl y Assad se miraron.

—Rose y nuestro padre no se llevaban muy bien —dijo Vicky.

—Joder, te has quedado bastante corta —se oyó una voz procedente de la cama. Por lo visto, la hermana menor se había repuesto y ya era capaz de hablar.

—Ya lo sé. —Vicky parecía cansada—. Nuestro padre murió en 1999, en un accidente laboral en la acería de Stålvalseværket. Desde entonces, no habíamos visto a Rose con sus cuadernos. Pero, mira por dónde, están aquí.

Lanzó uno de ellos hacia Carl, que lo asió al vuelo.

«2010», ponía en la portada, y el interior, como en los demás cuadernos, estaba lleno de otra frase, pero con letra más de adulta.

«DÉJAME EN PAZ DÉJAME EN PAZ DÉJAME EN PAZ.»

—¿Sería porque así se comunicaba con vuestro padre, estuviera vivo o muerto? —preguntó Assad.

Carl y las mujeres asintieron.

—Es una auténtica locura —sollozó la hermana más joven.

Vicky estaba más tranquila, nada que ver con la chica ingobernable y contestona de la que hablaba siempre Rose.

—Nuestro padre la acosaba —indicó con voz neutra—. No sabemos con exactitud cuáles eran las peores cosas que le decía, porque nunca nos lo ha contado, pero siempre hemos sabido que lo odiaba por ello. Era increíble cuánto lo odiaba.

Carl frunció el ceño.

—¿Decís que la acosaba? ¿Os referís a que la agredía? Quiero decir, sexualmente, ¿lo sabéis?

Ambas sacudieron la cabeza. Su padre no era así. Todo era de boca. Al menos, eso era lo que sostenían.

—No comprendo por qué no dejó de hacerlo cuando murió nuestro padre. Pero los cuadernos están aquí. Y ahora también en las paredes.

Vicky las señaló con un gesto. Estaban tan llenas de texto que apenas quedaban huecos.

—No tiene ninguna lógica —se quejó Lise-Marie entre sollozos.

—¡Ven a la entrada, Carl! —gritó Assad.

Estaba de pie frente al espejo, mirando la cómoda. Pese a la escasez de sitio, había una pila alta de libros encima. Grandes y finos, como los atlas, pero no eran atlas.

—He mirado el montón, Carl, y es increíble.

Tomó el primer libro, un ejemplar de tamaño medio y tapas duras. El título, breve, era «Jefatura», y Carl lo conocía bien. Era un recorrido por la Jefatura de Policía de Copenhague, expuesto con minuciosidad, a excepción de la llamativa ausencia del sótano donde estaba el Departamento Q.

Como para hacerse ilusiones.

—¡Mira! —Assad señaló el siguiente volumen del montón, apenas un centímetro y medio de grosor y el lomo encuadernado en tela, igual que los muchos otros que había más abajo, cada uno con su color.

Abrió la primera página.

—Mira el encabezamiento. Lo llama «La señora de las bolsas».

Assad pasó la página y señaló la foto de una joven.

—Hizo una ficha con los datos personales de todos los implicados en el caso —observó, y señaló el texto que había debajo.

«Kirsten-Marie Lassen, alias Kimmie», ponía.

Carl siguió leyendo.

«Resumen: domicilio en una casita de ladrillo junto a la vía férrea en Ingerslevsgade. Lleva once años viviendo en la calle. Tuvo un hijo que nació muerto hace unos años. El padre vive en Montecarlo; la madre, Kassandra Lassen, residente en Ordrup. No tiene hermanos.»

Inspeccionó la página. Allí estaba la información más importante del personaje principal del primer caso en el que participó Rose.

Pasó rápido las páginas siguientes. No había omitido a nadie, todos con fotos y descripciones de sus vidas, así como recortes de periódico referidos a los acontecimientos más importantes de la existencia de aquellas personas.

—Habrá como cuarenta casos en el montón, Carl. Son los casos del Departamento Q en los que ha intervenido, y les ha puesto nombres. Por ejemplo, «El mensaje de la botella», «El escándalo de Sprogø» y «Marcus», por nombrar tan solo unos cuantos.

Sacó un cuaderno de color ladrillo, el último del montón.

—Creo que este va a interesarte más que los demás, Carl.

Carl lo abrió. «Sin límites», lo había llamado.

—Es el caso Habersaat, Carl. Mira en la página siguiente.

Carl volvió la página y vio ante sí un rostro que no reconoció.

—Se parece a Habersaat, pero desde luego no es él —constató.

—No, pero lee el texto del pie, y luego continúa.

«Arne Knudsen, 12.12.1952-18.05.1999», decía.

—Bien —dijo Carl, y pasó a la página siguiente, en la que había una foto de Christian Habersaat.

—Pasa de una a otra para verlo.

Fue lo que hizo, y era verdad. Vistas una detrás de otra, el parecido era llamativo. Sobre todo la mirada, que era casi idéntica, aparte de que la de Arne Knudsen parecía muerta.

—Me da la impresión de que el padre de Rose era un hombre bastante desagradable —comentó Carl.

—Debía de estar bastante pirada, porque rajó los muebles y rompió las cosas —se oyó la voz de Assad, que había adoptado su postura habitual, con las piernas encima del salpicadero.

Llevaban diez minutos en el coche sin cruzar palabra, pero alguien tenía que romper el silencio.

—Sí, más pirada de lo que creíamos —reconoció Carl.

—Estoy pensando en lo que le hizo su padre —continuó Assad—. ¿Por qué a ella sí, y no a las otras hijas?

—Se lo he preguntado a Vicky, pero no lo habrás oído. Parece ser que si acosaba a las hermanas, Rose lo hacía parar al momento.

—¿Cómo? ¿Por qué no podía hacerlo parar cuando la acosaba a ella?

—Buena pregunta, Assad. Tampoco han sabido contestarla las hermanas.

—Pasa como con los camellos. Nadie entiende por qué hacen lo que hacen.

—No sé si me gusta la comparación, Assad.

—Es porque no sabes respetar a los camellos como es debido, Carl. Pero son ellos los que salvan a las personas en el desierto, no lo olvides.

¿Respetar a los camellos? Sacudió la cabeza. Pero tendría que esforzarse en hacerlo, aunque solo fuera por la paz doméstica.

Continuaron el viaje callados, cada uno luchando contra sus propios monólogos y autorreproches. ¿Por qué carajo no habían seguido más de cerca a Rose?

Carl dio un suspiro. Ahora había tres casos hacia los que debía dirigir su periscopio: el asesinato de una mujer ocurrido doce años antes; otro que solo tenía tres semanas, y luego el asesinato de lo que conocían como la personalidad de Rose.

Ya casi ni sabía cuál de aquellos casos tenía prioridad.

16

Del viernes 20 de mayo al lunes 23 de mayo de 2016

Anneli se desvistió en una neblina de embriaguez y se tendió en la cama, temblando por el cóctel de excitación y adrenalina que el asesinato de Michelle le había producido. Eran unos sentimientos del todo desconocidos para aquella mujer honrada que durante casi cincuenta años había sido un dechado de amabilidad y nunca había hecho daño a nada ni a nadie. ¿Cómo podía saber lo bien que iba a sentirse convirtiéndose en dueña y señora de la vida de otros? Era como el sexo desenfrenado que no podías prever que sucediera. Como manos ansiosas en tu cuerpo que encendían en tu interior cosas que parecían prohibidas. Una vez se abstuvo de rechazar a un hombre que estaba sentado junto a ella en el cine y que, sin más, le puso la mano en el muslo. Le dejó hacer lo que quisiera mientras ella se deslizaba en uno de los abrazos de la pantalla que de todas formas nunca serían para ella. Y ahora, mientras se acariciaba y su cuerpo se abría y cerraba por turnos ante lo inconcebible de haber matado a otra persona, recordaba el afecto que le transmitió el hombre cuando le metió la mano en el sexo, y cómo refrenó ella su orgasmo con gritos mudos.

Michelle Hansen fue una víctima tan fácil como Anneli había calculado. Atravesó la calzada sin mirar como es debido, y la ingenua de ella trató de protegerse con el brazo, pero para entonces era demasiado tarde.

Anneli se había imaginado de antemano que estaría nerviosa por lo que iba a ocurrir. Que reaccionaría con dolor de estómago y palpitaciones; pero, hasta el momento en el que pisó el acelerador, no hubo ninguna reacción de ese tipo. Una enorme inyección de adrenalina, eso fue todo, y para entonces ya había terminado.

Tal vez Anneli hubiera esperado sentir el choque de otra manera, pero el ruido sordo producido al golpear el cuerpo no podía compararse con el espectáculo del cuerpo de Michelle Hansen volando hacia atrás y de su cabeza golpeando las baldosas.

Se miraron a los ojos durante una décima de segundo antes del atropello, y aquello fue lo más liberador. Que la chica, con su último suspiro, tuviera que reconocer cuál era su destino. Que la conductora del coche era alguien a quien conocía y que estaba recibiendo su merecido.

Era sorprendente lo bueno y fácil de maniobrar que era el pequeño Peugeot que eligió, y Anneli estimó que, si atacaba a su próxima víctima el fin de semana, podría utilizarlo otra vez.

Con el rostro aterrorizado de Michelle Hansen iluminando con fuerza su interior, olvidó el cáncer, los dolores y el miedo, y apretó fuerte la nuca contra la almohada. En realidad, tal vez fuera una especie de gesto divino que aquella niña tonta pudiera dar con su última mirada una satisfacción sobrenatural a otra persona. Incluso era posible que la Providencia, de alguna manera, hubiera elegido tanto a la víctima como al verdugo en aquella liberación simbiótica. Una, entregando su vida, y la otra renovando la suya.

Anneli se despertó descansada y con la cabeza llena de proyectos. Dentro de veinticuatro horas habría expedido de este mundo a otra persona prescindible más, y eso le parecía algo fantástico. En términos sociales estaba mal, por supuesto, lo sabía perfectamente. Porque tomarse la justicia por su mano, por no hablar de asesinar, estaba prohibido. Pero cuando pensaba en las miles de horas que había empleado para que esas parásitas se burlaran de ella y del sistema, ¿no era momento ya de que alguien tomara cartas en el asunto, por el bien de todos? Y, puestos a pensar en la relajación de costumbres de la Dinamarca actual, había muchas otras cosas, además de su pequeña *vendetta*, que se podían criticar aún con más dureza. Los políticos se comportaban como unos cabrones y mareaban a la sociedad con soluciones improvisadas e ideologías disparatadas propias de dictaduras. ¿Qué importancia podían tener entonces un par de asesinatos, comparados con la injusticia hacia todo un país?

Se sentó en su pequeña cocina, con esos horribles armarios de interiores cubiertos de Aironfix, y sintió que, en medio de aquella imagen del mundo tan personal, crecían en ella una sensación de justa indignación y una energía desbordante. Que dentro de aquel humilde cuchitril ella representaba el poder ejecutivo del mundo, y que nadie podía discutírselo.

Su intención era festejar la aparición de la noticia en los medios con algún capricho. Comprar cosas que en otras circunstancias no se permitiría, regalarse algo bueno de comer, y solo después planificar los detalles de su próxima expedición punitiva.

Pero cuando zapeó por el teletexto y vio de pronto la noticia que había estado buscando, sintió una violenta puñalada en el pecho que hizo que su sensación de felicidad desapareciera de repente.

«Joven atropellada por un coche que se da a la fuga en el noroeste de Copenhague salva la vida de milagro», ponía.

Anneli se quedó helada. Leyó el texto una y otra vez hasta que se recompuso y, con movimientos convulsivos, entró en la página.

No mencionaban el nombre de la víctima, por supuesto que no, pero no cabía la menor duda de que era Michelle Hansen.

Desesperada, buscó en el texto las palabras «en peligro de muerte», pero no las encontró. Estaba conmocionada. No podía respirar.

Entonces perdió el sentido y cayó hacia atrás sobre el suelo de la cocina.

Cuando se despertó y, con gran esfuerzo, consiguió sentarse en un rincón junto al frigorífico, las preguntas odiosas hacían cola.

Entonces, ¿Michelle Hansen le habría visto la cara? Pero ¿cómo iba a hacerlo con el parabrisas tan mugriento, y durante una fracción de segundo? Y, si de todas formas la había visto, como ella misma había deseado, ¿qué importancia tenía? Anneli sabía bien que había un sinfín de mujeres de mediana edad parecidas a ella, de modo que podía limitarse a negarlo. Explicarlo diciendo que la chica debió de haberlo imaginado, o si no que la acusaba porque la detestaba. Que vivía a cuenta de la sociedad y que buscaba venganza de esa manera miserable porque Anneli le ponía las cosas difíciles.

Se convenció de que nadie más la había visto. La calle estaba desierta, y, aunque tal vez hubiera algún testigo en las ventanas, sería imposible que la identificase.

Pensativa, atrajo hacia sí una botella de vino tinto y aflojó la rosca. ¿Y si alguien había visto la matrícula? Aquello hizo que su mano se estremeciera un poco al servirse, porque entonces la Policía ya estaría buscando el coche.

Mientras pensaba, vació la copa de un par de tragos.

¿Cómo podía saber si estaban buscando el coche? Y, si lo estaban buscando, ¿estaba aparcado lo bastante lejos de su casa?

Analizó la situación desde diversas perspectivas. Los problemas eran muchos. Para empezar, que Michelle Hansen estuviera viva, pero también que aquel hecho pudiera suponer un obstáculo para su proyecto.

—¡No! —gritó para sí en voz alta después de la tercera copa. Por fin se sentía viva. Por fin sentía la alegría de vivir bullendo en sus venas, y no iba a renunciar a ello por nada. Ni tan siquiera pese al riesgo de que la descubrieran si continuaba.

De modo que se vistió sin haber pasado por la ducha, salió decidida a la calle soleada y enfiló hacia el lugar donde había dejado aparcado el Peugeot rojo.

Esperó hasta que nada se movió en el paisaje urbano, después despegó el plástico de la luneta rota y abrió la puerta, se metió dentro e introdujo el destornillador en el contacto.

Anneli tenía un plan, uno que, además de ser ingenioso, era sencillo. Necesitaba saber si la Policía había informado del número de matrícula del coche que se dio a la fuga, y para saberlo ¿qué cosa mejor que aparcar el coche en un lugar con abundante tráfico por donde circulara mucho la Policía? En tal caso, sería cuestión de tiempo saber si mostraban interés.

Durante las dos horas que estuvo observando a cierta distancia el automóvil aparcado, al menos cuatro coches patrulla pasaron a su lado circulando con normalidad. Y, como no ocurría nada, sacó un ticket de aparcamiento con unas monedas y dejó el coche en el mismo sitio. Si al día siguiente seguía allí, significaría que su arma estaba intacta.

Senta Berger adoptó el nombre de una conocida actriz alemana, cosa a la que a Anneli le costó acostumbrarse. Aquella Senta se llamaba antes Anja Olsen, después se cambió a Oline Anjou, para luego encontrar aquel nombre glamuroso a cuya altura no podía estar de ninguna manera. Anneli la tuvo de cliente el largo período en el que aquella chica irritante de dieciocho años, presuntuosa y exigente, fue convirtiéndose en una joven abominable de veintiocho años, en una tonta rutilante y engreída.

A Anneli le salían granos solo de pensar en aquella Senta, y por eso se alegró mucho cuando cambió de oficina y dejó a la niñata en manos de otros. Pero, aunque en términos profesionales se libró de ver a aquella singular imitación de Barbie, se la encontraba en la ciudad cada dos por tres.

Senta iba siempre cargada de bolsas de tiendas de ropa, solo vivía para consumir de manera obsesiva con dinero público, lo que en las horas siguientes a aquellos encuentros ocasionales hacía que la indignación y la rabia naturales de Anneli fueran acumulándose. Por eso, no fue ninguna casualidad que Anneli extrajera el número de Senta en aquella lotería especial de historiales de chicas gorronas que en última instancia terminaría con la muerte de Senta Berger.

Anneli se tomó su tiempo. Al día siguiente de la juerga del sábado, esa clase de chicas raras veces se atrevían a salir a la calle hasta que empezaba a caer la tarde, de modo que se arrellanó bien en el asiento del coche con su termo al lado y la mirada dirigida hacia el portal de donde podría esperarse que saliera la chica.

Si la acompañaba alguien, Anneli lo dejaría para otra ocasión, y lo mismo si no había vía libre.

Allí en Valby había tan poca actividad las tardes de domingo como en los restaurantes de Lyngby en Nochevieja. De vez en cuando salía alguien a comprar unos pasteles para el café, o un ciclista pasaba por el atajo, pero por lo demás no ocurría nada de nada. Justo como debía ser.

Poco antes de las cinco, hubo movimientos en el piso de Senta Berger. Se descorrieron las cortinas y el contorno de una figura proyectó su sombra sobre el cristal.

Anneli cerró el termo y se puso los guantes.

Al cabo de un cuarto de hora escaso se abrió el portal y Senta salió pavoneándose con un bolso de imitación, falda ultracorta, botas de cuero hasta los muslos y una estola rojo púrpura de piel falsa.

Murió atropellada cien metros más allá, en la acera. La muy idiota debía de haber subido a tope el volumen de sus auriculares, porque no llegó a reaccionar. Su cuerpo quedó aplastado contra la fachada de la casa.

Después de aquello, seguro que estaba muerta, pero Anneli sintió algo de frustración cuando dio marcha atrás, se incorporó a la calzada y abandonó el barrio. Joder, es que se suponía que la chica tenía que haberla mirado. Que debía fijarse en su asesina antes de que toda actividad mental cesara y su cerebro se espachurrara contra la pared. A fin de que en el mismo instante de morir reconociera una vida de errores y abusos; eso era lo hermoso del asunto.

Porque era eso lo que excitaba a Anneli. De manera que no, no estaba satisfecha. Tampoco esta vez había salido todo perfecto.

Llevó el coche al túnel de lavado de una gasolinera, y se quedó dentro mientras los cepillos intentaban despegar el plástico de la luneta lateral. Después aprovechó el agua jabonosa que se colaba en el interior y pasó un paño por los lugares que podía haber tocado con las manos.

Decidió que solo emplearía el coche una vez más. Porque no solo debía ser cuidadosa al elegir a la víctima de modo que no pudiera establecerse una pauta reconocible; también debía tener cuidado con el arma asesina.

Iba a aparcar el coche en el mismo sitio que la última vez, en Griffenfeldsgade. Que buscaran el coche porque habían denunciado su robo o porque había sido el que se dio a la fuga era irrelevante, la cuestión era si la Policía lo tenía vigilado. Únicamente se trataba de meter unas monedas en la máquina del aparcamiento y volver al coche todos los días para cambiar el ticket. Si mientras tanto la Policía no se fijaba en él, podía volver a usarlo.

Metió el termo, unos pocos cabellos, restos de galletas y un par de pañuelos de papel en una bolsa de plástico y cerró la puerta. Dentro de poco llevaría a cabo su próximo ataque, y esta vez cuidaría de que la víctima se girase a tiempo.

Aunque tuviera que tocar el claxon.

La sección de radioterapia, junto a la entrada principal del Hospital Central, era un laberinto de casetas de obra e intensa actividad. Anneli siguió los carteles a la entrada 39, y a continuación caminó varios pisos bajo tierra mientras sus pensamientos giraban en torno a los peligros de la radiación y los búnkeres de los años sesenta, que se suponía que resistirían un ataque nuclear. «Tranquila, Anneli, solo quieren lo mejor para ti», se tranquilizó, y entró en una sala de espera de grandes dimensiones con ventanilla de información, acuario, grupos de sofás, pantallas planas que emitían programas de televisión y abundantes y suaves rayos de sol que atravesaban el tragaluz y bañaban las numerosas plantas. Aquel lunes por la mañana temprano esperaban los pacientes que iban a recibir tratamiento de radioterapia, y, a pesar de las tristes razones para su presencia, reinaba un ambiente de confianza y amabilidad. Todos estaban en igualdad de condiciones, en una especie de comunidad de destino, cada uno con unos diminutos puntos tatuados sobre el cuerpo para que las enfermeras y los radiólogos pudieran saber dónde había que aplicar el tratamiento de radio. Estaban allí para dar una oportunidad a la vida, y eso era lo que iba a hacer Anneli cinco días a la semana durante las próximas cuatro o cinco semanas.

Si contra todo pronóstico resultase que ni la radioterapia ni la quimioterapia podían acabar con el cáncer, pensaba acelerar los asesinatos. Visto con frialdad, podría matar a docenas de aquellas mujeres si se esmeraba. Y si la Policía se acercaba demasiado, la solución adecuada podía ser matar a varias cada día, porque era bastante fácil. Matase a una mujer o a cincuenta, el resultado era el mismo en un país en el que la condena más grave era la cadena perpetua. Porque ya había visto lo bien que vivían en establecimientos psiquiátricos los asesinos que la sociedad no se atrevía a poner en libertad; si eso era lo peor que podía ocurrirle, lo aguantaría.

Anneli sonrió para sí cuando la llamaron para el tratamiento, y seguía sonriendo cuando, una hora más tarde, estaba en su despacho aconsejando a sus clientes.

Después de un par de las escasas consultas satisfactorias, por fin le llegó el turno a Jazmine Jørgensen.

Ya verás, ya, pensó Anneli con cierto placer cuando la chica se sentó y a los pocos segundos giró la cabeza hacia la ventana, despreocupada por completo del hecho de que fuera Anneli quien decidía el orden del día.

Debería saber qué pensaba Anneli sobre aquella actitud.

Durante varios años, Jazmine Jørgensen había salido del apuro a base de embarazos, con sus correspondientes molestias y bajas por maternidad, y no daba palo al agua. Ahora estaba apuntada en ayuda psicológica, y si no aceptaba medios preventivos más radicales tendrían que convocar una reunión para decidir qué hacer con ella.

Pero Anneli no creía que fueran a llegar a esos extremos. De todas formas, dentro de un par de meses Jazmine Jørgensen yacería en la tumba, llevara o no un hijo en su vientre.

Durante los minutos siguientes, Anneli trazó las líneas generales de su futura colaboración: cursillos de búsqueda de empleo, de prevención, de administración de presupuesto. Como era de esperar, Jazmine no apartó la vista de la ventana y del paisaje urbano del otro lado. Provocadora, sí, pero reforzó también la convicción de Anneli de luchar por una causa justa.

Pasó un papel al otro lado de la mesa para darle más información a la tía chula acerca de lo que acababa de contarle, y al final la chica alzó el rostro hacia ella.

Para una joven como aquella, que en cualquier situación siempre trataba de mostrarse lo más atractiva posible, su rostro lucía de pronto frío y sin encanto. Detrás de la fachada pintarrajeada con lápiz de ojos, crema de base y pintalabios, en aquel rostro de muñeca monísima había varios elementos en los que Anneli no había reparado antes. Una obstinación que rayaba en una agresividad acechante. Un ramalazo de firmeza que iba mucho más allá de las habituales exigencias de dinero y una terca negativa a realizar ningún trabajo en caso contrario.

—¿Has oído que Michelle Hansen va a salir de esta? —le preguntó la chica por sorpresa con voz seca. No hubo ningún cambio en su rostro, se limitaba a mirar a Anneli con odiosa frialdad, ante lo que esta, por reflejo, reaccionó con un casi imperceptible gesto de la cabeza y nada más. Pero en el fuero interno de Anneli rugía la tempestad. Las ideas caóticas y las maniobras defensivas se entremezclaban con reserva, frialdad y fingida incomprensión.

¿Qué carajo podía saber aquella niñata repulsiva?

—¿Michelle Hansen, dices? —preguntó, algo vacilante—. ¿Qué pasa con Michelle? ¿La conoces? —preguntó, como si no lo supiera. ¿No solían estar acaso las tres hablando mal de ella en la sala de espera? Esas cosas no se olvidaban.

Se miraron un rato. Anneli con las cejas algo arqueadas, Jazmine con el ceño un poco fruncido, como cuando un perro está a punto de retirar los belfos y descubrir sus afilados colmillos.

Me deja tomar la iniciativa, así que ¡piensa bien lo que vas a decir, Anneli!, se dijo para sí.

—No me respondes, Jazmine, y creo que no te sigo. ¿A qué te refieres con que va a salir de esta?

Jazmine siguió callada. Solo miraba a Anneli, como si esperase que el menor tic de un ojo o las venas de su cuello fueran a delatarla.

Anneli respiraba tranquila, aunque por dentro estaba gritando que aquello no podía estar sucediendo. En ese momento estaba arrinconada, y lo único que podía hacer era repetirse una y otra vez que nadie podía probar nada. Menos mal que, por lo que sabía, no había habido testigos del atropello de Michelle Hansen ni del de Senta Berger.

—A ti te van los coches rojos, ¿no? —preguntó la niñata con voz helada.

Anneli sonrió lo mejor que pudo.

—Dime, Jazmine, ¿te encuentras bien? Llévate este papel a casa y léelo con atención.

Empujó el folio unos centímetros hacia la chica.

—Y, por cierto, mi coche es azul y negro. Un pequeño Ford Ka, ¿los conoces?

Y cuando le indicó con señas a Jazmine Jørgensen que podía irse, pensó que no iba a poder volver a emplear el coche rojo y que no sería mala idea no perder de vista los movimientos de aquella chica y sus relaciones con otras personas.

Desde luego, esa reunión dejaba claro que había que poner a Jazmine en la cabeza de la lista, con efecto inmediato.

17

Jueves 19 de mayo de 2016

—Fue aquí donde encontraron a Rigmor Zimmermann.

Tomas Laursen señaló una silueta pintada en la hierba y casi borrada del todo.

Carl sonrió. Assad había tenido la fenomenal idea de convencer al encargado de la cantina de Jefatura para que los acompañara al parque de Kongens Have. Hacía tiempo que Tomas había dejado su puesto de perito policial, pero mantenía la vista en perfectas condiciones.

—¿Sabemos por cuál de las entradas accedió al parque? —preguntó Assad—. ¿Por esa de ahí?

Carl miró a lo largo de la verja de hierro forjado que daba a Kronprinsessegade y a la esquina del parque. Asintió para sí. Ya que la mujer abandonó el piso de su hija del barrio de Borgergade mientras jarreaba, lo más probable era que empleara la entrada de Sølvgade para poder atajar hasta la salida de Gothersgade.

—La verdad es que no lo entiendo —continuó Assad—. Ella vivía al norte, en Stenløse, y solía tomar el tren suburbano. ¿Sabemos por qué se dirigió a la estación de Nørreport en vez de hacia el metro? Habría sido más lógico.

Tomas Laursen hojeó el voluminoso informe policial. Fue magnífico que pudiera sacarlo del Departamento de Homicidios.

Sacudió la cabeza.

—No, no lo sabemos.

—Pero ¿qué dice la hija de la difunta? —preguntó Carl—. Podría ser que lo supiera.

Laursen lo desmintió.

—Tenemos un duplicado de su declaración a la Policía, y no es mucho. De manera que nuestros compañeros tampoco han profundizado en la cuestión.

Pues es una cuestión elemental. ¿Por qué coño no se lo preguntaron?, pensó Carl.

—¿Quién lleva la investigación? —preguntó después.

—Pasgård.

Carl suspiró. Había que buscar mucho para encontrar un payaso tan superficial y engreído.

—Sí, te comprendo —asintió Tomas—. Pero Pasgård es casi tan gruñón como tú, y no va a ponerse nada contento cuando oiga que estás investigando su caso.

—Entonces habrá que mantenerlo secreto, ¿no? —propuso Assad.

Laursen asintió y se arrodilló junto a la silueta mientras examinaba la hierba. El jardinero había seguido al detalle el requerimiento de la Policía de que no la cortaran en un radio de tres metros del lugar del hallazgo, y por eso había crecido un poco más que la hierba circundante.

—Mmm —dijo Laursen, y levantó con cuidado una hoja marchita que se encontraba a medio metro de la silueta pintada.

Carl se dio cuenta de que tanto Assad como Laursen fruncían el ceño y siguió su mirada, que se deslizó con lentitud por los macizos de flores y la verja de hierro forjado hacia Sølvgade. Sí, él también lo vio; desde luego, habían tenido buen ojo. Aquella hoja no procedía de ninguno de los arbustos o árboles cercanos.

—¿La hoja puede llevar tres semanas aquí? —preguntó Assad.

Laursen se encogió de hombros.

—Probablemente, sí. El lugar del hallazgo se encuentra algo apartado de los senderos, y llevamos semanas sin viento.

Luego meneó la cabeza.

—También puede haberse pegado a un zapato después del asesinato, o puede haberla traído un perro. ¿Qué tipo de hoja es? ¿Lo sabes, Carl?

¿Cómo carajo iba a saberlo? Joder, él no era ni jardinero ni botánico.

—Voy a darme una vuelta —anunció Assad, pero debió de ser un eufemismo, porque echó a correr; una mezcla de bulldog francés y alguien que se ha cagado en los pantalones, a juzgar por su modo de trotar por el sendero hacia la entrada de Sølvgade.

Carl estaba boquiabierto.

—Veo que la hoja está aplastada. Así que puede haber estado pegada a un zapato —observó Laursen, con medio culo al aire y la nariz apretada contra la hoja.

Carl estaba a punto de comentar que en aquel sitio no iban a encontrar gran cosa porque las huellas, por no hablar del cadáver, se habían evaporado.

—Por otra parte, veo que hay unas finas estrías en el anverso de la hoja. Y los zapatos no tienen unas estrías tan pequeñas, tampoco los perros —continuó Laursen entre risas. Siempre había tenido un peculiar sentido del humor.

—¿Entonces...?

Laursen hojeó otra vez el informe y señaló una foto del cadáver.

—Entonces podría ser de esto —declaró, y puso el dedo en los pantalones del cadáver. Después concluyó—: Pantalones de pana estrecha. Muy populares entre señoras mayores que no se cambian de ropa cada dos por tres.

Carl tomó la hoja y la examinó de cerca. Ostras, tenía razón.

—Tal vez sepamos más cuando el corredor de cien metros lisos llegue a la meta —comentó, y señaló a Assad, que llegaba a toda velocidad, como un ñu desbandado.

Estaba jadeante, pero orgulloso.

—Mirad —anunció, y les enseñó la hoja que llevaba—. Hay muchas hojas como esta en el arbusto que hay a la izquierda de la entrada, detrás del aparcamiento para bicis.

De pronto, el rostro de Tomas Laursen se convirtió en un emoticono sonriente. Hacía tiempo que Carl no lo veía tan entusiasmado.

—¡De puta madre! —exclamó el encargado de la cantina, exultante—. Entonces sabemos de dónde procedía el pis de hombre. Sí, de pronto sabemos mucho.

Assad asintió en silencio.

—He leído también que llevaba una cagada de perro en los zapatos.

—Sí, pero no tenía gravilla —replicó Laursen—. Lo más probable es que la pisara antes de entrar.

Carl no sabía adónde quería ir a parar.

–¿Creéis de verdad que los hechos transcurrieron como decís? Eso sería una auténtica revelación. –Carl no las tenía todas consigo.

Laursen rio.

–Sí, ya lo creo. Casi me dan ganas de pedir otra vez el ingreso en la Policía.

–¿Creéis que Rigmor Zimmermann atravesó el parque por atajar, pero que ya había empezado a correr antes de entrar? ¿Y por qué lo creéis?

–Era una señora elegante, ¿no? Zapatos de Scarosso cosidos a mano. Además, había estado casada con un comerciante de calzado, y seguro que sabía distinguir entre el polvo y la paja. Unos zapatos tan exclusivos como esos cuestan en la tienda más de dos mil coronas, te lo digo yo –aseguró Laursen.

–Propios del primer ministro –rio Assad.

–Y quieres decir que no los mancharía a posta con un cagarro de perro, ¿verdad? –dedujo Carl con una sonrisa por su sagacidad. Además, ¿quién diablos pisaría un cagarro a posta?

Laursen elevó el pulgar en el aire.

Assad asintió.

–Corría por la acera y no vio dónde pisaba. Aquella noche jarreaba, de manera que estoy de acuerdo con Laursen.

Era como ver una antigua película de Sherlock Holmes y Watson en plena forma.

–Y no miró al suelo y pisó un cagarro con sus zapatos finos y caros, no porque tuviera prisa por llegar a alguna parte, sino porque se sentía amenazada. ¿Es ahí adonde queréis llegar?

Dos pulgares se alzaron en el aire.

Los acompañó hasta el arbusto y lo observó un rato. Era un magnífico escondite, en caso de necesidad.

–Bien, vamos a ver: Rigmor Zimmermann corría porque se sentía amenazada. Entró al parque de Kongens Have.

–El parque de Rosenborg, Carl –observó Assad.

–Joder, es el mismo parque, Assad.

Dos cejas oscuras dieron un brinco en la frente de Assad.

–Entonces entró en *el parque de Rosenborg* –corrigió Carl para asegurar la paz doméstica, a la vez que miraba a Assad. Al parecer, aquel nombre le inspiraba más confianza–. Y luego se escondió tras este arbusto, donde la tierra está cubierta de unas hojas como la que encontramos en el lugar del hallazgo. Debe de ser un sitio donde se mea mucho.

–No hay más que oler, Carl. Apesta a metros de distancia. Claro que está cerca de la entrada al parque y es práctico si de pronto te entran ganas –concluyó Laursen.

–Mmm. Estáis diciendo que la orina que los forenses observaron en el cadáver estaba en la nalga y muslo derechos, y deducís que fue porque se escondió entre la hojarasca. –Carl asintió para sí–. Pero ¿por qué el agresor no la mató aquí mismo? ¿Fue porque no la vio y pasó de largo?

Laursen sonrió, entusiasmado. Al parecer, por fin estaban en la misma longitud de onda.

–Es lo más probable –dijo Laursen–. Luego Rigmor Zimmermann se quedó un rato, hasta estar segura de que había vía libre. Y a continuación siguió por el sendero. Pero no es más que una teoría, no lo sabemos con seguridad.

Desde luego, tenía razón.

–Entonces, ¿creéis también que entretanto el agresor se escondió en el restaurante y salió en el momento en el que Zimmermann pasó por allí?

Los dos puñeteros pulgares se alzaron en el aire una vez más.

Carl rio, meneando la cabeza.

–Vosotros dos podríais poneros a escribir novelas policíacas, ya que llegáis a vuestras conclusiones y teorías a base de cosas tan sutiles como cagadas de perro y hojas marchitas.

–No obstante, es bastante probable, Carl. –Laursen lo miró con una moderada autocomplacencia que le sentaba bien–. En los años que pasé en la Policía Científica, aprendí que los misterios se resuelven de repente partiendo de las ideas más disparatadas. ¿Me sigues?

Carl asintió: lo sabía mejor que nadie. Pero no podía dejar de sonreír. Si en aquella hipótesis había algo de fundamento, entonces cierto policía apellidado Pasgård en algún momento iba a agarrarse un buen rebote a causa del disgusto.

—¡VAAAYA, estáis aquí! —gritó una voz de hombre—. Así que Gordon tenía razón. ¿Os importaría volver al lugar donde encontraron a la mujer?

Eran tres. Un cámara, un técnico de sonido y luego el superirritante Olaf Borg-Pedersen de *La comisaría 3* en persona. ¿Qué cojones pintaban allí, y por qué les había dicho Gordon dónde estaban? Se iba a enterar.

Cuando llegaron al lugar del hallazgo, Borg-Pedersen hizo una seña al técnico de sonido, que sacó un objeto de la bolsa de accesorios.

—Tenemos un aerosol de pintura blanca para dibujar de nuevo la silueta del cadáver. ¿Lo hacéis vosotros o lo hago yo?

Carl arrugó el entrecejo.

—Como se te ocurra dibujar algo ahí, por mis huevos que te vacío el aerosol en el careto. ¿Estás de la olla, o qué? Es un lugar de hallazgo.

Olaf Borg-Pedersen tenía muchos años de experiencia en manejar a gente obstinada, era evidente; de modo que, infatigable, metió la mano en el bolsillo de la chaqueta y sacó tres barras de Mars.

—¿Para equilibrar el azúcar en la sangre? —invitó.

Solo Assad aceptó. De hecho, se llevó las tres barras.

En el portero automático había multitud de nombres entre los que aparecía dos veces el apellido Zimmermann. La persona con quien habían ido a hablar era Birgit F. Zimmermann, en la planta baja, y en el último piso, en el quinto, vivía una tal Denise F. Zimmermann, pero Carl no sabía quién era.

—¿Qué os parece? —dijo mientras pulsaba el timbre del portal—. Esos de la tele deben de estar locos; mira que pensar que iban a poder asistir a un interrogatorio...

—Ya, pero Carl, deberías haberlo pensado antes de darle la patada en la espinilla al productor ese. No estoy seguro de que se haya creído que había sido sin querer —advirtió Laursen.

Carl miró a Assad con una sonrisa irónica. ¿No eran acaso las formas de comunicación, alternativas pero bastante efectivas, con las que paró los pies a Gordon? Assad sonrió y se alzó de hombros. Si el truco funcionaba, estaba bien.

Tocaron el timbre varias veces más, hasta que por fin respondió una voz de mujer que arrastraba las palabras.

—Policía —anunció Laursen. Una introducción estúpida, claro que la comunicación tampoco había sido nunca su especialidad; al fin y al cabo, era perito.

—Buenos días, señora Zimmermann —Carl suavizó la voz—. Le agradeceríamos que nos dedicase cinco minutos de su tiempo.

Se oyó un gruñido acatarrado, y Carl le dirigió a Laursen una mirada elocuente cuando empujó la puerta del portal. «Mantente en un segundo plano», decía la mirada.

La mujer abrió la puerta de par en par. Llevaba un quimono casi tan abierto como la puerta que dejaba ver una piel blanca y unos pantis sin tensar. Su aliento alcohólico señalaba con qué entretenía el paso de los días.

—Perdone que no hayamos anunciado nuestra llegada, señora Zimmermann, lo siento. Es que andábamos por el vecindario —se disculpó Carl.

La mujer fijó la mirada en los tres hombres, mientras su figura se balanceaba un poco. Lo que más le costaba era despegar la mirada de Assad.

—Encantado de conocerla —la saludó Assad, y le tendió la mano como un niño con velitas de Navidad en los ojos. Había que reconocer que tenía buena mano con las mujeres, sobre todo si estaban un poco colocadas.

—Está algo desordenado, había tantas cosas por hacer... —se excusó, y trató de hacer algo de sitio en el sofá. Un par de objetos indefinibles cayeron al suelo, y allí se sentaron.

Carl empezó dando el pésame. Tuvo que ser duro perder a su madre de ese modo tan horrible.

La mujer asintió con un gesto apenas perceptible e hizo grandes esfuerzos por mantener los ojos lo bastante abiertos como para poder seguir la conversación.

Carl miró alrededor y contó por lo menos veinticinco botellas de vino vacías y una serie de botellas de licor de diversas clases esparcidas por el suelo, las cómodas y las estanterías de la sala. Desde luego, no se había aburrido.

—Birgit Zimmermann, queremos preguntarle si tiene alguna idea de por qué decidió su madre atravesar Kongens Hav... —Miró a Assad–. ... Me refiero *al parque de Rosenborg,* en vez de dirigirse a la parada de metro de Kongens Nytorv o a la estación de suburbano de Østerport. ¿Por qué?

La mujer hizo un movimiento de cuello.

—Le gustaba ir al parque.

—¿Siempre lo hacía?

La mujer descubrió una sonrisa de dientes manchados de carmín.

—Sí —afirmó, y asintió en silencio muchas veces hasta que reunió fuerzas para continuar–. Y hacía las compras en el súper Netto.

—¿Junto a la estación de Nørreport?

—¡Exacto! ¡Siempre!

Un cuarto de hora más tarde, debieron reconocer que no habían ido en buen momento para hacerle las preguntas más complicadas.

Carl hizo una seña a los demás, como diciendo que quizá fuera hora de marcharse, pero entonces Assad tomó el relevo.

—¿Por qué llevaba su madre tantísimo dinero encima? Ha dicho usted que se trataba de diez billetes de mil coronas, pero ¿cómo lo sabía usted, Birgit?

Assad la asió de la mano, lo que le hizo casi dar un respingo, pero no la soltó.

—Porque me lo enseñó. A madre le gustaba el dinero en metálico; solía alardear.

«Bien, Assad», decía la mirada de Carl.

—¿También alardeaba de su dinero delante de desconocidos? —preguntó después.

Birgit Zimmermann agachó la cabeza hacia el pecho varias veces. ¿Estaba riéndose en silencio?

—Mi madre alardeaba siempre, ja, ja. Delante de todos, siempre, en cualquier sitio. —Ahora reía a las claras–. No debería haberlo hecho.

Touché, pensó Carl.

—¿Su madre solía tener también dinero en casa? —preguntó Assad.

La mujer sacudió la cabeza.

—No mucho. Mi madre no era idiota. Otras cosas, sí, pero idiota, no.

Carl se giró hacia Laursen.

—¿Sabes si se ha hecho un registro en el domicilio de la difunta? —preguntó en voz baja.

Laursen hizo un gesto afirmativo.

—No encontraron nada que pudiera servir para esclarecer el caso.

—¿Pasgård?

Laursen asintió. Aparte de Børge Bak en los viejos tiempos, no había otro por quien sintiera menos respeto.

Carl se volvió hacia la mujer.

—No guardará usted por casualidad una copia de la llave del apartamento de su madre, ¿verdad, Birgit?

La mujer emitió unos bufidos, como si le estuviera pidiendo la luna. Tendrían que darse prisa antes de que se durmiera del todo.

Después enderezó de repente la cabeza y respondió con una claridad sorprendente que sí tenía una llave, y que si la tenía era porque su madre era una payasa que siempre perdía las llaves. De manera que un día hizo diez copias, de las que quedaban cuatro en el cajón.

Les entregó una, pero antes insistió en ver su acreditación policial. Tras haber examinado a conciencia la de Carl, este se la pasó a Laursen, para que la mujer viera una vez más lo mismo. De Assad se olvidó por completo.

—Un último detalle, señora Zimmermann —apuntó Carl a la altura del dintel—. ¿Denise Zimmermann es familiar de usted?

Ella asintió sin entusiasmo.

—¿Hija? —preguntó Assad.

La mujer se giró con cierta desmaña hacia él, como si Assad hubiera dado la respuesta correcta a la última pregunta en *Quién quiere ser millonario*.

—No está en casa —dijo después—. No he hablado con ella desde el funeral.

De vuelta en la Jefatura de Policía, Carl se sentó con pesadez en su escritorio y observó todos aquellos papeles. Dos montones correspondían a casos en curso que podían esperar, así que los apartó. Luego había un caso al que Rose quería que le echase un vistazo, de modo que lo dejó en un rincón. El resto de los papeles eran anotaciones y diversos folios, y, en general, lo que la gente pensaba que podría interesarle. La mayor parte solía terminar en la papelera, pero los apuntes de Marcus Jacobsen no podía tirarlos sin más. Estaba claro que el caso atormentaba a su antiguo jefe y, por supuesto, que debía de ver conexiones a las primeras de cambio. Era lo que pasaba con los policías jubilados, Carl ya lo había probado antes. ¿Era razonable meterse en el caso? ¿No se arriesgaba a terminar en un callejón sin salida como los que lo precedieron? ¿Y no había riesgo de que decepcionara a Marcus, con el resultado de que el hombre se quedara sin ninguna posibilidad de resolverlo y, en consecuencia, se replegara sobre sí mismo? Eso era lo que temía.

Atrajo hacia sí una fotocopia en color. Alguien había escrito abajo «Stephanie Gundersen» en mayúsculas.

Se fijó sobre todo en los ojos. Algo oblicuos, tal vez verdes, pero sin duda la clase de ojos que te dejaban clavado e hipnotizado.

¿Por qué podía matar nadie a una chica así?

¿Era por los ojos, que no es que hipnotizasen, sino que embrujaban?

Debía de ser eso.

18

Lunes 23 de mayo de 2016

En el vagón del suburbano reinaba el silencio, porque casi todos los pasajeros estaban con la mirada fija en sus *smartphones* o tabletas. Algunos con energía y concentración, mientras que otros, desesperados, deslizaban el pulgar por la pantalla con la esperanza de establecer algún tipo de contacto.

En principio no era contacto lo que buscaba Jazmine cuando miró el teléfono. Contaba los días en el calendario de Google desde su última menstruación, y todo indicaba que la ovulación estaba a la vuelta de la esquina; solo había que tomar una decisión.

Porque ¿qué iba a hacer? Si aceptaba otro embarazo, seguro que la echaban de casa, pero ¿qué importaba eso? El ayuntamiento tendría que ayudar también en ese caso.

Esbozó una sonrisa al pensarlo. Anne-Line Svendsen ya podía meterse sus sermones, planes, restricciones y lo que se le ocurriera en su culo gordo. Una vez que se quedara embarazada y se quejara de dolores de espalda, estaría protegida una vez más. Desde luego, no podían obligarla a abortar.

En los últimos embarazos apenas se había sentido mal, aunque al médico le dijera otra cosa. Nada de vómitos ni remordimientos cuando fueron en busca del recién nacido, así que era bastante fácil. De todas formas, por una vez, hacerlo no parecía una opción con mucho futuro. Porque cuando naciera el próximo niño y ella terminara una vez más en el subsidio mínimo, iba a cumplir treinta años ya. ¡Treinta años! Aunque no tenía esperanzas de que apareciera el príncipe en su caballo blanco, de pronto veía devaluada la divisa que siempre había protegido, su carta más segura para poder invocar el milagro: su juventud.

Porque ¿quién desea a una mujer de treinta años que ha tenido cinco hijos con vete a saber quién y los ha entregado todos en adopción? Bueno, o cuatro hijos, para el caso da igual, pensó con frialdad.

Alzó la mirada hacia el resto de pasajeros. ¿Había alguien allí con quien quisiera vivir, tal como le habían ido las cosas? Y al revés, ¿había alguien allí que quisiera vivir con ella? Aquel de la esquina, de unos treinta y cinco años, que se deslizaba sin gracia en el asiento como si le hubieran untado el trasero de vaselina, aquel seguro que querría. Pero ¿iba ella a malgastar su tiempo y su vida con uno como él? Sería absurdo.

Jazmine sacudió la cabeza y entró en la página de citas que daba los resultados más rápidos. Era cierto que Victoria Milan estaba destinado sobre todo a gente con relaciones fijas que buscaba una aventura, aunque no podía pretenderse que Jazmine se encontrara en aquel grupo, pero ¿qué le importaba a ella? Si podía echarse un polvo sin compromiso con un hombre con fuste que cuidara su higiene personal y no le causara dificultades, y a quien pudiera sacar algo de dinero cuando le enseñara la barriga, esa página web era perfecta. Además, el sitio disponía también de un botón de alarma que se podía pulsar si las novias o esposas del usuario entraban de pronto y miraban la pantalla. Le venía muy bien a Jazmine, sobre todo porque hasta entonces vivía en un pisito minúsculo en el que el único sitio para navegar por la red era la mesa de comer. Había pulsado varias veces aquel botón de alarma cuando entraba su madre a fisgar. ¡PAF! Y la cita quedaba oculta.

Se registró en su bien camuflado perfil y miró los temas. Si tuviera que elegir ella, buscaría un hombre que no fuera nada especial. Eso facilitaba las cosas a la hora de entregar al crío, ya que lo más probable era que no fuera una belleza; además, sabía por experiencia que los hombres corrientes eran mejores amantes que los guapos.

Sonrió al pensar en ello. Desde luego, los hombres poco atractivos a veces se esmeraban mucho.

–¿Qué ha dicho, entonces? –preguntó Michelle a la vez que tiraba impaciente de la manga de Jazmine. Pese a los rasponazos de la piel y el esparadrapo de la nuca, sin duda tenía mejor aspecto ahora que se había levantado de la cama y llevaba su propia ropa.

–Espera –le indicó Denise. Señaló a la enfermera de guardia, que había asomado la cabeza.

–Bueno, que te vaya bien, Michelle. Cuídate –dijo esta, mientras le entregaba un pequeño vaso de plástico–. Puedes tomar dos pastillas un par de veces al día si te duele la cabeza, pero si en un momento dado te encuentras mal, ven al hospital, ¿de acuerdo?

Michelle asintió con la cabeza y la enfermera le dio la mano, todo muy formal.

–Venga, Jazmine, cuéntanos –la apremió Michelle cuando se fue la enfermera.

Jazmine hizo un gesto interrogativo hacia la cama contigua.

–¿La mofeta que estaba ahí?

–Le han dado el alta por la mañana. –Michelle arrugó un poco la nariz, y después le devolvió la mirada de curiosidad–. ¿Has conseguido que Anne-Line desvelara algo? ¿Qué le has dicho?

–En medio del rollo de asistenta social que suele largar, le he dicho que estabas bien; y después le he preguntado si le gustaba conducir coches rojos.

–¡Hala! ¿Le has dicho eso? –Michelle se tapó la boca con la mano.

Jazmine hizo un gesto afirmativo.

–Pues sí. Y por supuesto que ha reaccionado, cualquiera lo habría hecho, pero no me ha parecido que se pusiera nerviosa.

–¿Crees que no fue ella la que vi?

Jazmine se alzó de hombros.

–No, en principio, no.

Por un momento Michelle pareció insegura ante el mensaje, pero asintió para sí, y, tras recoger sus bártulos, salieron a la recepción, que separaba las cuatro secciones de la planta y en la que había un mostrador de información, una sala de espera y ascensores. Desde el gran ventanal que se abría a gran parte del norte de Copenhague la luz irrumpía como en pleno verano, y casi todos los presentes en la sala de espera estaban vueltos hacia la panorámica de los tejados de la ciudad.

—Dios mío, está Patrick —susurró Michelle, inquieta, y señaló el sofá de aquella sección de la sala de espera, donde se repantingaba un tipo musculoso de brazos remangados y pinta de culturista.

Jazmine lo miró. Debía de acabar de llegar, porque cuando ella y Denise estuvieron esperando no estaba.

Denise actuó con rapidez y ocultó a Michelle, pero ya era demasiado tarde. Por lo visto, el tipo tenía un instinto perruno y había olfateado a su presa, porque se levantó en cuanto giró la cabeza hacia ellas. Seis pasos y se plantó a su lado, sin quitar ojo a Michelle, como si estuviera dispuesto a darle para otra estancia en la habitación 32, o la que fuera.

—¿Qué coño te traes entre manos, Michelle? ¿Por qué no podía visitarte?

Michelle asió el brazo de Denise y se ocultó tras ella. Estaba claro que la presencia de su novio la atemorizaba. Jazmine lo entendía bien.

—¿Quiénes son estas tiparracas? —preguntó, cabreado.

—Son Denise y Jazmine, y no es asunto tuyo —afirmó con calma.

—Lo que Michelle se trae entre manos es que se ha mudado —respondió Denise en su nombre—. No quiere seguir viviendo contigo.

Dos arrugas verticales surgieron sobre la nariz de Patrick. Aquel mensaje no le gustaba nada.

—Que te den, zorra. Hasta que Michelle termine de pagar lo que me debe, no creo que puedas meterte en eso, ¿vale? —la increpó, mientras separaba a Denise de Michelle y la empujaba contra la pared.

Varios de los que esperaban se removieron en sus asientos por el tumulto, y la enfermera del mostrador de información levantó la vista. Tal vez por eso Patrick bajó el brazo.

—¿Por qué te debe algo? ¿Por vivir en tu piso y cuidar de ti día y noche? —preguntó Denise sin mover un músculo—. ¿Qué creías? ¿Que iba a salirte gratis follarte a una chica como Michelle?

Michelle parecía preocupada, y Jazmine compartía la sensación. Tal vez fuera más sensato que Denise se contuviera un poco.

—Pareces bastante crecidito para entender las cosas básicas, colega. ¿Qué pasa? ¿No te has tirado a suficientes chicas? —continuó Denise, impasible.

El tipo sonrió. Por lo visto, era lo bastante listo para no dejarse provocar delante de tanta gente. En su lugar, se giró hacia Michelle.

—Me importa un huevo lo que hagas. Pero si te vas de mi piso vas a tener que pagarme tu parte del alquiler de febrero, marzo, abril y mayo, Michelle. Seis mil, era lo convenido, ¿de acuerdo? En cuanto hayas pagado, puedes largarte a donde quieras, pero no antes, ¿vale?

Michelle no dijo nada, pero su mano, apoyada en el brazo de Jazmine, tembló. «Pero ¿cómo voy a pagarte?», decía su rostro.

Entonces Denise se interpuso de nuevo. Durante un momento, ella y el hombretón estuvieron mirándose. De haber estado en cualquier otro lugar, habría pasado algo.

Denise le dio un par de toques en el pecho, sin miedo.

—Puedes cobrar la mitad ahora, nada más —le hizo saber—. O puedes irte a tomar por saco sin cobrar nada.

Luego metió la mano en el bolso y sacó tres billetes de mil coronas.

—No vayáis a esperar gran cosa —advirtió Denise mientras metía la llave en la cerradura—. Mi abuela era una vieja estúpida, así que los muebles son feos y apesta a perfume barato.

Jazmine asintió. Denise se lo había repetido diez veces por el camino; como si a ella le importase cómo era el piso o a qué olía dentro. Mientras hubiera una cama para dormir hasta encontrar otro sitio, estaba satisfecha, y también Michelle, era evidente.

—Joooder, ¡pero si hay fotos tuyas, Denise! ¿Y esa de ahí es tu madre? —exclamó Michelle, entusiasmada. Señaló con el dedo una foto en blanco y negro de una mujer guapa y con buen tipo, recortada de su fondo y colocada sobre la foto en color de un parque.

Denise asintió en silencio.

—Sí, pero es de hace mucho; ya no tiene ese aspecto.

—¿Por qué está recortada la foto?

—Porque salía mi padre al lado, y mis abuelos se encargaron de alejarlo rápido de nuestra vida.

—Oh. —Michelle parecía entristecida por haber preguntado—. Pero ¿dónde está ahora? ¿Lo ves?

—Era americano y había sido soldado. Mi abuela no lo aguantaba y mi madre no lo apoyaba, de modo que regresó a su país y se reenganchó en el Ejército.

—¿Y por qué llevas el apellido de tu madre y no el de él? ¿No estaban casados?

Denise soltó un bufido.

—¿Qué dices? Claro que estaban casados, también tengo el apellido de él. Denise Frank Zimmermann.

—Qué cosa más rara, pero si es un nombre de chico. No sabía que fuera también un apellido. ¿Sueles escribirle? —continuó Michelle.

Denise esbozó una sonrisa irónica.

—Me temo que es difícil que me escriba, porque lo hizo papilla una bomba junto a una carretera de Afganistán, justo antes de las Navidades de 2002. Un regalo de Navidad cojonudo, ¿verdad?

Aquella información no alteró la expresión inquisitiva del rostro de Michelle.

—¿Está muerto? Pues de alguna manera es culpa de tu abuela —aseguró Jazmine.

Denise apuntó con un dedo acusador a un retrato desvaído de su abuela.

—Así es, fue por su culpa.

Jazmine recorrió la sala con la mirada. Muebles bonitos, si es que te gustaban las mesas de roble y el cuero marrón brillante.

A ella le iba más el estilo de las revistas de interiorismo. No porque fuera a tener nunca dinero para comprar aquellas cosas, pero al menos sabía qué cosas eran buenas.

Comprobó con satisfacción que en el piso había suficientes cuartos para que cada una pudiera tener su propio dormitorio. Además, había un comedor y un gran salón con grandes ventanales que dejaban a la vista un amplio balcón cubierto, una zona de césped y, tras ella, otro bloque de viviendas idéntico al suyo. Mucho mejores condiciones que las que tenía en casa de su madre.

Atravesó la entrada, entró en el cuarto de baño y lo inspeccionó, porque era el espacio más importante de una casa. No era demasiado grande, pero tampoco estaba mal. Lavadora, secadora y un par de armarios que, una vez vaciados de los cachivaches de la vieja, iban a quedar perfectos. El espejo era enorme, ocupaba de hecho todo el frente del lavabo, de manera que no hacía falta esperar en el pasillo.

—¿Tu abuela era inválida, Denise? —preguntó cuando volvió a la sala.

—¿Por qué lo preguntas?

—Hay asideros en la pared y reposabrazos en el inodoro, de los de subir y bajar. ¿No podía caminar?

—¿La abuela? Andaba como un cohete cuando le hacía falta. No, creo que esos trastos los dejó el anterior propietario.

—¿Y tu abuelo? ¿Él tampoco los utilizaba?

—Ya había muerto cuando la abuela se mudó aquí, hacía mucho. Era mucho mayor que ella.

—Bueno, pero eso no importa —comentó Michelle. ¿Pensaría en los asideros o en el anciano? Nunca se podía saber qué le rondaba la cabeza.

—¿Quién paga el alquiler? —quiso saber Jazmine.

Denise encendió un cigarrillo y expulsó el humo hacia el techo.

—El piso es comprado, la hipoteca está pagada. Los gastos comunes se retiran de la cuenta de mi abuela, de eso se encarga el albacea, y hay fondos abundantes. Mi abuelo era dueño de una zapatería y tenía la exclusiva para Dinamarca de algunas buenas firmas, pero al morir él mi abuela vendió la mayoría de los bártulos. Espero heredar la mitad cuando se ejecute el testamento, y entonces vamos a mudarnos a otro sitio. Desde luego, no pienso vivir aquí ni borracha. Detesto esta casa.

—¿Cómo vamos a hacer lo de la comida y esas cosas? —preguntó Jazmine—. Michelle no tiene ingresos, y si me pongo a trabajar me quitarán el subsidio mínimo.

Se mordió el labio inferior y alcanzó un cigarrillo de encima de la mesa.

—Esta semana tengo la ovulación, así que estoy pensando en quedarme embarazada.

Sacó el *smartphone,* lo puso encima de la mesa, abrió su cuenta de citas y señaló una foto.

—Esta noche tengo una cita con este tío. En su casa, de hecho. Su esposa está de cena de aniversario con la clase de la escuela en algún lugar de la oscura Jutlandia, así que tenemos toda la casa para nosotros.

—¿Ese? —Michelle estaba boquiabierta, y Jazmine estaba de acuerdo con ella, porque, joder, no era nada guapo. Pero su esposa estaba embarazada, de modo que el semen del tío sería lo bastante bueno.

—Creo que no deberías hacerlo. —Por una vez, Michelle sonó como una adulta—. Y dentro de un año, ¿qué?

Denise la observaba también con aire inquisitivo.

La mirada de Jazmine se posó en el humo del cigarrillo, pero allí no encontró respuesta a nada.

—¿A qué te refieres con eso de «dentro de un año, ¿qué?»? —preguntó.

Denise dejó caer la colilla en un florero con tulipanes mustios que había en medio de la mesa.

—A ver, Jazmine. Si vas a prestarte a tener hijos, ¿por qué no sacas dinero de ello? Es una pena que te conformes con el puto subsidio mientras estés embarazada. Encuentra alguna pareja que no pueda tener hijos. Con tu aspecto, magnífico, por cierto, puedes sacar ciento cincuenta mil bajo mano como vientre de alquiler. ¿No has pensado en eso?

Jazmine asintió en silencio.

—Bien. ¿No es una solución mejor?

—Para mí, no. No quiero saber nada del bebé. Para mí no es más que un pedazo de carne que traigo al mundo, ¿vale?

Michelle parecía horrorizada, ya lo veía Jazmine, pero ¿qué carajo sabía ella sobre lo que te pasaba si mirabas al bebé a los ojos? Jazmine lo hizo una vez, y no pensaba repetirlo.

—Vale, te comprendo —razonó Denise—. Pero entonces deberías hacer como yo. Agénciate un par de *sugardaddies*. Puedes elegirlos tú, hay tíos de sobra. A lo mejor son un poco viejunos, pero suelen ser generosos. Si te acuestas una vez al mes con cada uno, puedes sacarles sin problemas cinco mil; si te tomas la molestia de hacer un esfuerzo. Uno o dos a la semana, y te forras. ¿De dónde crees, si no, que saco yo el dinero? Y no solo con veintiocho años, te lo aseguro. Puedes aguantar muchos años más.

Michelle comenzó a palpar su escote de encaje. Era evidente que no se sentía a gusto en esa situación.

—Eso es prostitución, Denise —protestó—. ¿Y lo que haces tú, Jazmine? Eso es todavía peor.

—Vale. Entonces, no sé cómo llamas a lo que hacías con Patrick —dijo Denise—. Lo que hemos visto en el Hospital Central no parecía ser precisamente amor. Pero de acuerdo, Michelle, si encuentras algo mejor para ganar tanto dinero, dímelo. Estoy preparada para lo peor.

—¿Y qué es lo peor? —preguntó Jazmine.

—Cualquier cosa. Con tal de que no me empapelen. Perdonad la expresión.

Jazmine rio y apagó su pitillo. Habría que ponerla a prueba.

—¿También asesinar?

La taza de Michelle se quedó colgando en el aire, pero Denise lució una amplia sonrisa.

—¿Asesinar? ¿A qué te refieres?

Jazmine se quedó un rato pensando.

—Pues a matar a alguien. A alguien que guarda un montón de dinero en casa.

—Ja, ja, mira que eres creativa, Jazmine. ¿Y con quién deberíamos empezar? ¿Con alguna de las reinas de la moda? ¿Con algún marchante de arte? —preguntó Denise.

Tal vez lo dijera en broma, Jazmine no estaba segura.

—No sé yo si esa gente guarda dinero en casa; pero podríamos empezar con Anne-Line.

—¡Pues claro! —exclamó Michelle, emocionada—. Dicen que hace tiempo que ganó un par de millones, así que ya tendrá algo guardado. Pero ¿hace falta matarla? Lo decís en broma, ¿verdad?

—¿Dices que Anne-Line tiene dinero? Pues no se le nota. —Los hoyuelos de Denise se acentuaron en ambas mejillas—. Es una apuesta bastante creativa, Michelle. Si nos la cargamos, matamos dos pájaros de un tiro: para empezar, el dinero, y luego, librarnos de ella. Una idea de lo más interesante, ja, ja, pero no muy realista.

—A lo mejor podríamos contentarnos con chantajearla; sería mejor, sobre todo si tiene el dinero en el banco —continuó Michelle—. Si tú y Jazmine le decís que vais a declarar que la visteis cuando trató de atropellarme, ¿no creéis que aflojará un poco de pasta?

Esta vez Jazmine captó de verdad la mirada de Denise.

19

Lunes 23 de mayo de 2016

Carl se quedó un momento mirando el tablón de aglomerado de la sala de emergencias; al parecer, Assad, Gordon y Laursen habían estado atareados, porque había gran riqueza de detalles.

Era la primera vez que veía muchos de los efectos colgados. Fotografías del cadáver de Rigmor Zimmermann, tendida en el suelo con la nuca destrozada. Una foto de un matrimonio orgulloso posando junto a varios empleados delante de una zapatería de Rødovre. Unos historiales médicos del hospital de Hvidovre con detalles de las hospitalizaciones de Rigmor Zimmermann: extirpación del útero, unos puntos en una pequeña herida en la cabeza, un hombro dislocado vuelto a encajar.

Había también un mapa con los movimientos de la mujer desde Borgergade hasta el lugar del hallazgo, varias fotos de los arbustos del parque de Kongens Have que Assad había sacado con su *smartphone,* una nueva lista de hechos que no concordaban con la investigación realizada por los del segundo piso y el informe forense de Rigmor Zimmermann. Colgaba también el certificado de defunción de Fritzl Zimmermann y otras cosas más o menos triviales que, en opinión de Carl, no deberían estar allí.

Poco a poco, el caso Zimmermann iba adquiriendo cuerpo. El problema era que no había ni sombra de un sospechoso, y que de hecho el caso ni era ni iba a ser suyo. Si continuaban con aquello, tendría que ser bajo su responsabilidad.

Lo que más deseaba era hacer partícipe de sus descubrimientos a Marcus Jacobsen, pero ¿no se arriesgaba a que el antiguo inspector jefe de Homicidios le pidiera que siguiera la cadena de mando? ¿A que no mostrase la necesaria comprensión ante el intento de Carl de entrometerse en el trabajo de sus compañeros del segundo piso?

—¿Habéis pensado informar a Bjørn de vuestros descubrimientos, Carl? —preguntó Tomas Laursen con un asombroso sentido de la oportunidad.

Assad y Carl se miraron. Carl le indicó a Assad con un gesto que respondiera. Así se cubría las espaldas, de momento.

—Seguro que ahí arriba no dan abasto con el otro caso —respondió Assad.

Le parecía bien que Assad velara por los intereses del Departamento Q, pero ¿de qué estaba hablando? ¿Qué caso?

—¿Qué pasa? ¿No habéis leído el periódico, o qué? —se le adelantó Assad—. Enséñanoslo, Gordon.

Un par de manos huesudas depositaron un periódico sobre la mesa. Aquel espectro alargado cada vez parecía más un palo ambulante. ¿Nunca comía nada?

Carl examinó la portada. El titular decía «¿Las víctimas del conductor fugado son accidentales?», y debajo aparecían las fotos de dos mujeres que habían sido atropelladas en los últimos días.

Leyó los pies de foto. «Michelle Hansen, desempleada de veintisiete años. Grandes contusiones por atropello el 20 de mayo.» «Senta Berger, desempleada de veintiocho años. Muerta por atropello el 22 de mayo.»

—El periódico ha apreciado similitudes entre las dos víctimas —dijo Gordon con vehemencia—. Bien mirado, no es de extrañar, ¿verdad?

Carl miró las fotos con escepticismo. Sí que habían nacido las dos el mismo año y eran guapas, pero... ¿y qué? En la Dinamarca actual se producían multitud de atropellos en los que los conductores eran demasiado cobardes para responsabilizarse, casi siempre porque estaban bajo los efectos de las drogas o el alcohol. Maldita basura.

—Fíjate en los pendientes, Carl, son casi idénticos. Y la blusa es igual, comprada en H&M, solo que con colores diferentes —continuó Gordon.

—Sí, y los maquillajes son como vivos retratos —terció Assad. La expresión no era ninguna maravilla, pero no le faltaba razón.

También en ese aspecto se parecían un poco, Carl se daba buena cuenta de ello.

—El colorete de las mejillas, los labios pintados, las cejas y el pelo con mechas algo más claras y recién salido de la peluquería —continuó Assad—. Si las hubiera tenido delante, seguro que no habría sabido distinguirlas.

Laursen asintió.

—Está claro que hay cierto parecido, pero aun así...

Una vez más, Laursen y Carl estaban en la misma longitud de onda. Coincidencias como aquellas se producían sin cesar.

Carl sonrió con ironía.

—Vale, Assad. De manera que ¿te imaginas que los compañeros del segundo piso tienen el periódico delante y han conectado los dos accidentes?

—Sé que lo han hecho —replicó Gordon—. He subido a donde Lis a preguntar una cosa, y me ha dicho que un grupo ya estaba en ello. Un ciclista había visto un Peugeot rojo salir zumbando de la calle donde atropellaron a Michelle Hansen, y alguien vio un coche parecido con el motor encendido durante más de una hora en la calle donde mataron a la otra chica. Lars Bjørn ha enviado a varios grupos a las dos zonas para interrogar a los vecinos. Creo que también está el grupo de Pasgård.

—Aleluya —dijo Assad.

Carl miró otra vez la portada del periódico.

—De todas formas, ¡manda huevos que den prioridad a esto! Pero, hagan lo que hagan, dudo mucho que esa investigación vaya a bloquear el Departamento de Homicidios. Se encargará la Policía de uniforme, hasta que haya pruebas de que ha sido un asesinato.

Se giró hacia Laursen.

—Pero... Tomas, si te olvidas de informar a Pasgård y a los que investigan el caso Zimmermann, bien podría ocurrir que también yo lo olvidara.

Laursen se puso en pie, y al salir dio una palmada en el hombro a Carl.

—Esperemos que llegues el primero a la meta, Carl.

—Claro. ¿Qué iba a detenerme?

Se giró hacia Assad y Gordon. Había que esclarecer varias cuestiones del caso. La hipótesis que tenían era que Rigmor Zimmermann se sintió perseguida justo antes de la agresión, y que por eso se escondió. Suponían que podía deberse a que tenía la mala costumbre de enseñar con demasiada facilidad su abundante dinero. La cuestión era cómo establecer sus idas y venidas desde el piso de su hija hasta el lugar de los hechos. ¿Había estado en algún sitio donde abrió la cartera ante las narices de gente inadecuada? ¿O era una casualidad que el ladrón homicida se llevara una tajada tan grande? Pero, si el agresor era una persona que estaba allí por casualidad, ¿por qué huía ella? ¿El atacante intentó quizá agredirla antes, en la calle? ¿Era eso verosímil en un lugar donde deambulaba y vivía tanta gente?

Desde luego, ya en aquella pequeña parte de la investigación había bastantes aspectos oscuros, de modo que Assad y Gordon iban a estar atareados visitando multitud de portales, quioscos, cafés y demás.

—Cuenta qué más has hecho, Gordon —dijo Assad con una sonrisa torcida.

Carl miró al chaval. ¿Qué había hecho esta vez, que ni se atrevía a decirlo?

Gordon hizo una aspiración profunda.

—Ya sé que no es nada que hayamos convenido, Carl, pero he ido en taxi a Stenløse.

Carl arrugó el entrecejo.

—¡A Stenløse! Supongo que con tu propio dinero.

Gordon no respondió. Así que había metido la mano en la caja de los vales para taxi.

—Lise-Marie me ha prestado todos los cuadernos de su hermana —anunció—. Estaba citado con ella en el piso.

—¡Vaaaya! ¿Y esa tal Lise-Marie te ha pedido de rodillas que fueras a buscarlos, o qué? ¿Por qué no los ha traído ella, si eran tan importantes?

—Bueno, no ha sido así.

¿Se estaba haciendo el tímido? Aquel tipo era de lo más irritante.

—De hecho, ha sido idea mía.

Carl sintió que el calor le subía a la cabeza, pero antes de que desbordara intervino Assad.

–Mira, Carl. Gordon lo ha sistematizado todo.

Un par de manos de gibón depositó en la mesa ante ellos un montón de cuadernos de Rose y un folio escrito.

Carl miró el papel, una serie cronológica de frases que ocupaba la mayor parte de la hoja, y cuyos mensajes parecían bastante intimidatorios a primera vista.

Esto era lo que ponía:

1990 CIERRA EL PICO
1991 TE ODIO
1992 TE ODIO A MUERTE
1993 TE ODIO A MUERTE – TENGO MIEDO
1994 MIEDO
1995 NO TE OIGO
1996 AYÚDAME MADRE – PUTA CERDA
1997 SOLA INFIERNO
1998 MUÉRETE
1999 MUÉRETE – AYÚDAME
2000 INFIERNO NEGRO
2001 OSCURIDAD
2002 SOLO GRIS – NO QUIERO PENSAR
2003 NO QUIERO PENSAR – NO SOY
2004 LUZ BLANCA
2005 LUZ AMARILLA
2006 SOY BUENA PERSONA
2007 SORDA
2008 SE ACABÓ LA RISA, ¿EH?
2009 ¡LARGO, PEDAZO DE MIERDA!
2010 DÉJAME EN PAZ
2011 ESTOY BIEN, ¿VALE?
2012 ¡MÍRAME AHORA, CERDO!
2013 SOY LIBRE
2014 SOY LIBRE – QUE NO OCURRA – FUERA
2015 ME AHOGO
2016 ME AHOGO AHORA

—Son las frases que escribió Rose en los cuadernos —informó Gordon, a la vez que señalaba las tapas. De 1990 a 2016. Allí estaba todo—. En cada cuaderno hay, como sabéis, una expresión que se repite una y otra vez, y son esas expresiones las que he sistematizado en ese folio. Hay en total noventa y seis páginas con esas frases en cada cuaderno, con la excepción de un par que Rose no llegó a completar.

Gordon abrió el primer cuaderno, el de 1990, donde había escrito de un tirón «CIERRA EL PICO CIERRA EL PICO».

—Cada día hacía un subrayado fino en la primera palabra —añadió—. Cuatro rayas por página señalan, por tanto, cuatro días, como podéis ver.

Señaló una página al azar. Era cierto, las rayas finas separaban los días, y cada día tenía el mismo número de líneas. Era evidente que con diez años Rose ya estaba predispuesta a sistematizar.

—He contado las rayas. De hecho, hay trescientas sesenta y cinco rayas, porque también subraya la primera palabra de la última frase el último día del año.

—¿Y los años bitiestos? —preguntó Assad.

—Se dice bisiestos, Assad —lo corrigió Carl.

Assad frunció el ceño.

—¡¿Bisiestos?! Pues no suena bien —respondió, cortante.

—Es una buena pregunta, Assad —reconoció Gordon—. Eso también lo tenía controlado. En los siete años bisiestos desde 1990 ha puesto un día más. Incluso rodeaba con un círculo la serie de palabras correspondientes al día extra.

—Por supuesto. Así es nuestra Rose —gruñó Carl.

Gordon asintió en silencio. Estaba muy orgulloso de Rose, pero ella tenía también en él a un fiel escudero y fan. Aparte de otro tipo de beneficios.

—¿Por qué siete? ¿No hay solo seis de esos... bisiestos?

—Estamos a veintitrés de mayo, Assad, ya ha pasado febrero. Y 2016 es año bisiesto.

Assad miró a Carl como si lo hubiera acusado de ser un imbécil.

—Pensaba en el año 2000, Carl. Los años divisibles por cien no son bisiestos, eso lo sé.

—Cierto, Assad; pero si es divisible por cuatrocientos, sí es bisiesto. ¿No te acuerdas de las discusiones del año 2000? Lo repitieron muchas veces.

—Vale.

Assad asintió en silencio; parecía pensativo, más que ofendido.

—Debe de ser porque por aquella época no estaba en Dinamarca.

—Y allá donde te encontrabas, ¿no se pensaba en años bisiestos?

—No mucho —respondió.

—¿Y dónde era eso? —preguntó Carl.

Assad evitó el contacto visual entre ellos.

—Bueno, por aquí y por allá.

Carl esperó. Estaba claro que de allí no iba a sacar más información.

—Al menos he decidido apuntar lo que escribió cada año —interrumpió Gordon—, lo que dice mucho acerca de cómo se ha sentido en los períodos correspondientes.

Carl echó un vistazo a la hoja.

—Desde luego, en el año 2000 no lo pasó muy bien. Pobre chica.

Después señaló el año 2002.

—Veo que en algunos años aparecen dos frases diferentes, e incluso tres, en 2014. ¿Por qué? ¿Has descubierto eso también, Gordon?

—Pues sí y no. No sé con exactitud qué ha cambiado, pero se pueden contar los días hasta llegar al lugar donde cambia la frase; y debemos suponer que esos días debió de suceder algo especial en su vida.

Carl siguió examinando la hoja. En cinco de los años había dos frases diferentes, solo en uno había tres.

—Ya sabemos, o sea, por qué se produjo el cambio en 2014, ¿verdad, Carl? —comentó Assad—. Empezó a escribir una frase nueva justo después de la hipnosis, ¿no es cierto, Gordon?

Gordon asintió, algo sorprendido.

—Sí, exacto. Y de hecho es el único año en el que hay un par de días sin llenar. Empieza escribiendo QUE NO OCURRA QUE NO OCURRA. Luego siguen tres días sin texto en los que solo marca las rayas de separación, y luego, para el resto del año, pone: FUERA FUERA FUERA.

—Todo eso es muy raro —constató Assad—. ¿Qué ocurre, entonces, cuando empieza otro año? ¿Escribe frases nuevas cada vez?

El rostro de Gordon se transformó. Era difícil ver cómo lo afectaba todo aquello. Por una parte, estaba tan serio como un voluntario que acude a auxiliar a un siniestrado en el último segundo; por otra, era como un chico que acabara de hacer su primera conquista, exaltado en grado sumo.

—La pregunta tiene miga, Assad. De hecho, empieza los veintisiete años con una nueva frase el uno de enero, con la salvedad de cuatro años.

Assad y Carl miraron los años, sobre todo 1998 y el año siguiente. «¡MUÉRETE!», ponía. Leer aquello te hacía sentirte mal. ¿Era de verdad su Rose la que tenía una mente tan agitada que las palabras MUÉRETE MUÉRETE MUÉRETE MUÉRETE se repetían todos los días durante año y medio?

—Esto es enfermizo —sentenció Carl—. ¿Cómo puede una joven escribir esas cosas horribles cada noche? Y de pronto cambia de parecer y pide ayuda a gritos sin cesar. ¿Qué ha ocurrido en su interior?

—Es espantoso —dijo Assad en voz baja.

—¿Has logrado saber en qué fecha de 1999 empieza a cambiar la frase, Gordon? —preguntó Carl.

—¡El dieciocho de mayo! —respondió al momento. Parecía orgulloso, y no le faltaban motivos para estarlo.

—Oh, no, por el amor de Dios. —Carl dio un suspiro.

Gordon lo miró sin comprender.

—¿Ocurrió algo especial ese día? —preguntó.

Carl asintió en silencio y señaló un delgado dosier amarillo de cartoné, oculto en la parte baja de la estantería de acero entre dos carpetas con etiquetas blancas en el lomo, con la leyenda «Reglamento». Así podía estar uno seguro de que nadie del Departamento Q iba a acercarse allí.

Gordon se agachó a por el dosier y se lo dio a Carl.

—Aquí tenéis la respuesta —anunció, mientras sacaba de su interior una hoja de periódico y la ponía encima de la mesa.

Señaló la fecha de la parte superior de la portada, 19 de mayo de 1999, luego deslizó el dedo por la página y lo plantó en una noticia de menor entidad.

«Hombre de cuarenta y siete años fallece en un terrible accidente laboral en la acería de Stålvalseværket», ponía.

Carl siguió deslizando el dedo por el texto del reportaje hasta llegar al nombre de la víctima.

—Como veis, el hombre se llamaba Arne Knudsen —dijo—. Y era el padre de Rose.

Se quedaron un rato petrificados, tratando de digerir la noticia, mientras sus miradas oscilaban del recorte de periódico a la hoja de Gordon.

—Creo que estaremos de acuerdo en que los cuadernos de Rose son como una declaración de su estado mental durante más de veintiséis años —declaró Carl mientras fijaba la hoja de Gordon en el tablón de aglomerado.

—Eso no tiene que colgar ahí cuando vuelva Rose —comentó Gordon.

Assad asintió.

—Por supuesto que no, no nos lo perdonaría nunca, y tampoco sus hermanas.

Carl estaba de acuerdo, pero de momento tenía que seguir allí.

—Sabemos por sus hermanas Vicky y Lise-Marie que el padre de Rose la atosigaba sin cesar, y que ella solía recurrir a estos cuadernos cuando estaba sola por la noche en su cuarto —indicó—. Al parecer, era una especie de terapia, pero por lo visto no le ayudó a largo plazo.

—¿Le pegaba? —Gordon apretó los puños, aunque la verdad era que no daba mucho miedo.

—Por lo que dicen sus hermanas, no. Y tampoco la agredía sexualmente —respondió Assad.

—Entonces, ¿a ese cabrón se le iba la fuerza por la boca? —Gordon se puso rojo como un tomate. En realidad, le sentaba bien.

–Por lo que dicen sus hermanas, sí –replicó Carl–. La tiranizaba sin cortarse; lo que no sabemos es cómo lo hacía, y es lo que debemos averiguar. Porque observamos que no ha habido un solo día durante más de veintiséis años en el que ese acoso sistemático no la haya afectado y dejado una huella profunda en su personalidad.

–No entiendo que pueda ser la misma Rose que conocemos –comentó Assad–. ¿Y vosotros?

Carl suspiró. Era difícil.

Los tres se quedaron observando con detalle la hoja de Gordon. La mirada de Carl, al igual que la de los demás, se detenía un minuto en cada línea antes de continuar con la siguiente.

Transcurrieron al menos veinte minutos hasta que alguien habló. Habían examinado la lista y cada uno registró en su mente lo que les sugería. Carl sintió por lo menos diez veces una punzada en el corazón por la autoimpuesta terapia solitaria de Rose. Aquellos gritos mudos pidiendo ayuda durante tantos años.

Dio un suspiro. Era duro y sorprendente pensar que aquella mujer que creían conocer tan bien hubiera tenido que vivir durante todos aquellos años con una enorme y profunda emoción, cosa que solo podía superar a base de duras expresiones y palabras.

Oh, Rose, pensó Carl. A pesar de sentirse así, a ella le quedaba energía para ayudarle y consolarlo cuando él estaba deprimido. Y, además, encontraba a diario la fuerza suficiente para meterse de cabeza, y muchas veces en contra de sus sentimientos, en los duros casos del Departamento Q. Mientras tuviera aquel método seguro al que recurrir, podía descargar todo lo negativo de su interior.

Rose, lista y eficiente. La Rose que consideraban irritante, maravillosa y martirizada. Y ahora estaba otra vez ingresada. Al final, su método le había resultado insuficiente.

–Escuchad un momento –propuso Carl.

Los otros dos alzaron la vista.

–No cabe la menor duda de que la relación con su padre ha condicionado su forma de expresarse. Pero estaremos de acuerdo en que cuando una frase cambia en medio de un año, debe de corresponderse a un acontecimiento concreto, y durante los primeros años, siempre a algo peor.

Ambos asintieron en silencio.

—Y luego puede interpretarse que también ha habido acontecimientos positivos. Una temporada infernal en el año 2000 va suavizándose poco a poco y termina con una frase que dice «Soy buena persona». Así que nuestro trabajo, si queremos entender lo que le ha ocurrido a Rose, y por supuesto que lo queremos, va a consistir en descubrir los sucesos que tienen consecuencias buenas o malas. Cuando muere su padre en el 99, se ve una clara evolución de una postura intransigente a casi lo opuesto.

—¿Vosotros qué creéis? Cuando escribe, ¿se dirige a sí misma o a su padre? —preguntó Gordon.

—Creo que en eso debemos buscar la ayuda de los que mejor la conocieron en aquellos años.

—Hay que volver a hablar con las hermanas, entonces. Puede que ellas sepan lo que ocurrió durante los años en los que las frases cambian de pronto.

Carl hizo un gesto afirmativo.

Gordon había recuperado su palidez habitual. Por lo visto, cuando mejor se sentía era cuando parecía estar enfermo. Carl nunca había pensado en eso.

—¿Y si recurrimos a un psicólogo para interpretar los cambios de Rose? Así podrá comunicar los resultados de su reconocimiento a los psiquiatras de Glostrup —propuso Gordon.

—Sí, buena idea. Entonces habrá que subir a hablar con Mona, ¿no, Carl?

Por una vez, Assad borró de su rostro la sonrisa irónica que solía adoptar al hablar de ella.

Carl juntó las manos y apoyó el mentón entre los nudillos. Aunque Mona y él trabajaban en el mismo edificio, hacía ya un par de años que no hablaba con ella. Y pese a que lo deseaba, a distancia le parecía tan inaccesible y vulnerable que lo consideraba una empresa arriesgada. Claro que le preguntó a Lis si Mona estaba enferma; ella se lo desmintió.

Carl intentó no fruncir el ceño, pero no lo consiguió.

—¡De acuerdo, Gordon! Tú telefonea a las hermanas, ahora que tienes una buena relación con ellas. Tal vez podamos convencer a alguna para vernos, si es que disponen de tiempo. Y tú, Assad, encárgate de coordinarlo. A poder ser, mañana, ¿no? Habla con Mona y ponla en antecedentes.

Entonces apareció la sonrisa irónica de Assad.

—¿Y tú, qué, Carl? ¿Vas a irte a casa a verlas venir o prefieres subir al segundo piso a husmear sobre el caso Zimmermann? —preguntó con una sonrisita burlona escondida entre la barba crecida.

¿Por qué coño preguntaba, si ya sabía la respuesta?

20

Martes 24 de mayo de 2016

Llevaban tiempo delante del espejo del cuarto de baño. Jazmine y Denise delante, y Michelle en medio, algo más atrás, parloteando como viejas amigas, mientras hacían comentarios sobre el peinado de las otras y se ahuecaban un poco el cabello con las manos. Estaban guapísimas. Si Michelle no hubiera vivido con ellas, las habría imitado. La técnica de Jazmine de remarcar sus pronunciados pómulos con un pincel blando, la manera superguay que tenía Denise de subirse los pechos, todo tipo de cosas que, en su opinión, las distinguía en cuestiones importantes.

—Mi novio me dio cuatro mil ayer —anunció Denise—. ¿Y el tuyo, Jazmine?

Jazmine se encogió de hombros.

—Al principio no quería darme nada. De hecho se puso como una fiera y dijo que no era una página de citas de esas, pero de todas formas después me dio dos mil, porque estaba caliente. Pero cuando le pasé un condón, el muy idiota quiso que le devolviera mil, y se las tuve que devolver, por la cuenta que me traía.

Michelle asomó la cabeza entre ellas.

—Decías que ibas a intentar quedarte embarazada de él, ¿no?

Jazmine arqueó una ceja en el espejo.

—Con ese no, era demasiado feo. Y no es que sea importante, pero me gustaría que me hubiera pagado más.

Michelle se observó el rostro. ¿Podría hacer lo que hacían las otras dos? ¿Iba a quererla alguien con la pinta que tenía? Cardenales en ambos ojos, esparadrapos en una oreja y en la nuca. El ojo derecho inyectado en sangre.

—¿Creéis que esto va a desaparecer? —preguntó, y después recalcó a qué se refería—. He oído que si la sangre del blanco de los ojos no desaparece rápido, el blanco se queda marrón.

Denise se giró con el lápiz de ojos suspendido en el aire.

—¿De dónde diablos has sacado eso? ¿Crees también en los gnomos?

Se apoderó de Michelle la sensación desagradable de haber quedado como una tonta. ¿También ellas iban a humillarla? ¿Acaso no era tan lista como ellas? ¿Es que no la apreciaban? Si no hubiera tenido la suerte que había tenido, no estaría allí, sino en un ataúd. ¿Es que no pensaban en eso? ¿No pensaban que ella no tenía nada, y que no era como ellas? Desde luego, no podía acostarse con desconocidos como hacían ellas. ¿Eso hacía que fuera una tonta?

De alguna manera, Michelle ya sabía que no tenía muchas luces, a pesar de las maravillas que decían sus padres sobre ella. A lo mejor tampoco ellos eran tan listos como pensaban. Al menos, su infancia en la humilde casita de hormigón aligerado la había protegido contra la realidad de que mientras ella deambulaba por su pequeño mundo de princesas y pensaba en su cutis, sus peinados y en ponerse ropa adecuada, muchas de las chicas de la calle habían salido de forma casi imperceptible del mundo de fantasía y estaban terminando sus estudios.

La primera vez que su autoestima sufrió un duro golpe fue cuando sostuvo con total seriedad que Ébola era una ciudad de Italia, y después, la misma noche, que el pasado había sido en blanco y negro, que ella lo había visto muchísimas veces en películas. Aquello trajo como consecuencia comentarios crueles y lamentables acerca de su intelecto, y las miradas bastaron para enviarla al profundo hoyo de la vergüenza que tantas veces había visitado antes. Se expresaba a menudo con palabras que eran lógicas para ella, pero que no existían. Y cuando la reprendían por sus disparates, había aprendido a desarmar las críticas con una carcajada que, al menos para ella, expresaba autoironía y saber estar. No obstante, la realidad era que tales golpes le causaban profundas heridas, y con el tiempo Michelle había aprendido a hablar solo de cosas de las que sabía y sobre todo a estar callada si no conocía a la gente.

176

Y entonces se dejaba llevar por sus fantasías.

En ellas venía el guapo príncipe montado en su caballo blanco. Abundaban las riquezas, y todos la adoraban y la trataban como a una reina. Y es que se daba perfecta cuenta de que era guapa y simpática, que era lo que buscaban todos los príncipes. Lo sabía por las novelas románticas, que, mientras desayunaba con Denise y Jazmine, trataba de contar con alegría y orgullo. Si ellas hablaban de prostituirse de un modo u otro, ella tendría que enseñarles otro camino.

Denise levantó la mirada del yogur.

—¿El príncipe? ¿Crees de verdad que existe? —preguntó—. Porque yo no lo creo; ya no.

—Pero ¿por qué no? ¡Hay muchos tíos majos en el mundo! —protestó Michelle.

—Pronto cumpliremos treinta años, Michelle. No nos queda mucho tiempo, ¿vale?

Michelle sacudió la cabeza. Aquello era inaceptable, la ponía en el disparadero.

Enderezó la espalda.

—¿Jugamos a decir la verdad? —dijo para cambiar de tema, y apartó el plato de tostadas con una sonrisa.

—Te refieres a decir la verdad y, si no, quitarse una prenda, ¿no? —preguntó Jazmine.

—No, no, nada de prendas, eso solo es divertido cuando juegas con hombres. Solo la verdad.

Soltó una risa.

—¿Puedo empezar yo? La que dé la peor respuesta friega los platos.

—¿La peor respuesta? ¿Y quién decide eso? —preguntó Denise.

—Lo sabremos cuando la oigamos. ¿De acuerdo?

Las otras asintieron.

—Vale. Jazmine, ¿qué es lo peor que has hecho en tu vida, aparte de lo de tener hijos y darlos en adopción?

Vio que el rostro de Jazmine se contraía, tal vez no debiera haber dicho lo último, pero es que era para asegurarse de que Jazmine no iba a volver a mencionar el tema.

—Paso de responder —dijo Jazmine.

Ya se habían cargado el juego, y Michelle no estaba nada segura de que vivir con ellas fuera a convenirle. Pero ¿qué iba a hacer, si no?

—Venga —la apremió Denise—. Dilo, Jazmine.

Jazmine tamborileó con las yemas de los dedos sobre la mesa, y después hizo una honda inspiración.

—Acostarme con el novio de mi madre. Fue el primero con el que me quedé embarazada.

Luego echó la cabeza atrás y sonrió con ironía.

—Halaaa... —soltó Michelle, mientras miraba la ceja arqueada de Jazmine—. ¿Se enteró tu madre?

Jazmine asintió en silencio, y sus hoyuelos se acentuaron.

—Y ahí se terminó la historia, ¿verdad? —rio Denise.

Jazmine asintió de nuevo.

—¡Ya lo creo! Y para las dos, no te creas.

Michelle estaba feliz. Con aquel juego se intimaba mucho.

—¿Y tú, Denise? ¿Qué es lo peor que has hecho?

Estaba claro, viendo cómo examinaba sus uñas de carmín encendido, que tenía que pensarlo bien.

—¿Peor para mí o para los demás? —preguntó con la cabeza ladeada.

—Tú misma. El juego no tiene esa clase de reglas.

—Creo que muchas cosas. Si puedo, les robo a mis *sugardaddies*. Ayer, por ejemplo, le robé una foto de su esposa al tipo con quien me acosté. A veces, si quiero librarme de ellos, los chantajeo con fotos, y entonces ellos pagan, se las devuelvo y se largan.

—No parece ser lo peor que se te podría ocurrir —dijo Jazmine con voz seca.

Una ola de pícaros hoyuelos se extendió por la máscara matutina de Denise.

—Di tú lo peor que has hecho, Michelle; ya vendré luego con algo mejor.

Michelle se mordió el labio inferior. No sabía cómo decirlo.

—¡Es que me da vergüenza...!

—Venga, te toca —la instó Jazmine, irritada, mientras empujaba su plato sucio hacia ella—. Si no lo dices, vas a tener que fregar.

—Vale, ya voy.

Ocultó la boca con una mano.

—Si consiguiera un trabajo de modelo desnuda, creo que me acostaría con el fotógrafo, eso lo haría como más completo.

—Pero ¿qué chorradas dices, Michelle? Hala, ya puedes ponerte a fregar. —Jazmine la miró con dureza—. Nos has hecho decir la verdad y ahora vienes con esa pijada. ¿Qué crees que haríamos las demás en esa situación? ¿Piensas acaso que fue divertido para mí follar anoche con aquel pavo horrible y después exigirle dinero a cambio?

—Fue mejor que quedarte embarazada otra vez, ¿no? —la tentó Denise.

Jazmine asintió en silencio.

—Venga, Michelle, no te pongas borde. ¿Qué es lo peor, o lo que más vergüenza te ha dado hacer?

Michelle miró a otra parte.

—Me encanta ver *Paradise Island*.

—Oye, señorita finolis, te estás pasando, no me...

—Y suelo soñar con participar.

Jazmine se incorporó a medias.

—Hala, a fregar.

—Y mientras lo veo, y si Patrick no está en casa, me masturbo sin parar. Me desnudo y me acaricio durante toda la emisión, no me corto nada.

Jazmine se sentó.

—¡Vale, chiflada! Creo que con eso te has librado, putita. —Sonrió.

Michelle había recuperado su estatus.

—Ya sé que es porque estaba hasta las tetas de Patrick. Sí, en este momento lo odio, de alguna manera. Toda la noche, mientras vosotras estabais a lo vuestro, he estado pensando en cómo vengarme de él. En chivarme al patrón que le roba cables y enchufes para usarlos cuando hace algún trabajo en negro. O pincharle las ruedas del coche, que es su verdadero amor. O simplemente rayarlo todo. O podría ocuparme de que quede en ridículo en la discoteca donde trabaja. Esto último no iba a gustarle nada, es...

—Bueno —la interrumpió Jazmine con tono desagradable—. ¿Vas a decirnos algo, Denise?

Denise asintió en silencio, mientras pensaba.

—¿Lo peor que haya hecho? Creo que es que miento todo el tiempo. Que nadie puede fiarse de mí, vosotras tampoco.

Michelle arrugó el entrecejo. Pues vaya simpleza.

—Pero bueno, voy a decir algo que es lo bastante perverso.

—¡Pues suéltalo! —Era evidente que las expectativas de Jazmine eran enormes, pero las de Michelle no. Al fin y al cabo, Denise acababa de decir que mentía sin parar. ¿Para qué escucharla, entonces?

—Creo que debemos ayudar a Michelle.

Michelle frunció el ceño. ¿Le estaba tomando el pelo? ¿Iba a quedar en ridículo otra vez?

—Bien, de acuerdo. Pero ¿qué tiene que ver eso con el juego? —preguntó Jazmine.

—Si Michelle está de acuerdo con la broma, has perdido tú, Jazmine.

Giró el rostro hacia Michelle.

—Tal como están las cosas, no contribuyes con nada aquí, ¿verdad, Michelle? Ahora hablo de dinero, ¿eh? Así que dinos cómo conseguir ese dinero y, digas lo que digas, lo haremos.

Michelle estaba desconcertada.

—¿Qué puedo deciros yo? No sé cómo podemos conseguirlo; si lo supiera, ya lo habría hecho. Patrick me ha echado...

—Di cualquier cosa, Michelle. Has propuesto que robemos a Anne-Line Svendsen. ¿Nos animamos?

—No, solo era...

—¿Vamos al piso de Patrick y nos llevamos todo lo que tenga?

Michelle aspiró hondo.

—No, joder, se daría cuenta de que he sido yo.

—¿Y qué, Michelle? Yo estoy dispuesta a hacer lo que digas, incluso si es algo fuerte.

Jazmine rio, no había duda de que estaba enganchada en el juego. A Michelle aquello no le gustaba nada. ¿Qué podía responder?

—Antes has dicho que Patrick le roba al patrón. Tal vez puedas hacerle chantaje —propuso Jazmine.

—¡Ni hablar! —Michelle sacudió la cabeza—. No me atrevo. Si hago algo así, me mata.

—Vaya tío más simpático, ese Patrick. Pero ¿en qué discoteca está de gorila? ¿Y cuándo? —preguntó Jazmine.

Michelle sacudía la cabeza cada vez con más fuerza.

—Va los miércoles y viernes, pero ¿de qué nos sirve eso? No me da nunca dinero, si es lo que creéis, y tampoco podemos hacerle nada, porque hay cámaras y toda la pesca.

—Te he preguntado en qué discoteca trabaja.

—No es una discoteca de verdad; es más bien un club nocturno.

—¿Qué club nocturno, Michelle?

—El Victoria, en el Puerto Sur.

Jazmine se recostó en la silla y encendió otro cigarrillo.

—¡Victoria, vale! He ido muchas veces allí en busca de tíos. Han inventado un concepto de puta madre, porque está abierto también de lunes a jueves. Son los únicos, a excepción de un par de clubes nocturnos y sitios para gays del centro. Hay que tomar consumición, pero si pides un zombi puedes pasar la noche dándole sorbitos, a menos que aparezca un tío que pague. ¿Cuánto tiempo lleva Patrick trabajando ahí? No recuerdo haberlo visto.

Michelle trató de recordar. Lo del tiempo se le hacía difícil.

—Da igual. —Denise pasó por alto la pregunta—. Cuéntanos todo lo que sepas. Dónde está la entrada, por dónde se va a la oficina. Cuándo abren y cierran, cómo suele estar, por ejemplo, un miércoles. ¿Hay muchos clientes? ¿Y qué clase de gente son? Cuéntanos todo, lo que podemos encontrar en internet y lo que no está en internet. Después puedes añadir tú lo que sepas, Jazmine.

—¿Para qué queréis saberlo? ¿Habéis pensado robar allí? Sonrió. Todo aquello era una broma, ¿verdad?

Pero el silencio de Denise y Jazmine duró demasiado.

21

Martes 24 de mayo de 2016

Después de una larga noche con Morten, que se venía arriba y abajo sin parar, tanto Carl como Hardy estaban derrengados. ¿Cómo explicar a un tipo rechoncho un tanto ingenuo, pero con cuarenta kilos de más, que puede llegar un momento en la vida en el que si no quieres perder a un amante culturista, musculoso, lleno de testosterona y conocimientos enciclopédicos, y de lo más encantador, el único remedio es una importante pérdida de peso? Ya se sabe que todos los caminos llevan a Roma, pero hay por lo menos otros tantos recovecos en el corazón infeliz y repudiado de un hombre hipersensible. Encontraran lo que encontrasen Carl y Hardy para distraer la dolida mente obsesiva de Morten, era como pinchar con muchas agujas de vudú sus voraces celos y su, por lo visto, incurable pesar.

Por eso fue muy comprensible que Hardy, tras una noche en la que cada diez minutos subían del sótano sollozos desgarradores, terminara quemado.

—Voy a darme una vuelta —anunció antes de que amaneciera—. Dile a Morten que voy al mercadillo a cargar la batería de la silla y que no volveré a casa hasta la hora de cenar.

Carl asintió. Un hombre sabio.

Por eso, también Carl estaba algo cansado cuando, en su primera tarea del día, subió las escaleras de la planta circular de Jefatura hasta el segundo piso, para ver si podía sonsacar algo de información sobre el caso Zimmermann.

Cuando un caso nuevo con posibilidades de ser investigado y resuelto aterrizaba en el Departamento de Homicidios, uno se percataba de ello del mismo modo irracional en el que el olfato y la nitidez del aire anuncian nieve justo antes de que empiece a caer. Los buenos compañeros levantaban la cabeza de manera insignificante, la espalda se enderezaba un poco, los ojos se entornaban un sí es no es. A pesar de la escasísima base sobre la que apoyarse, en el Departamento de Homicidios flotaba la intuición más o menos colectiva de que andaba suelto un loco que mataba a la gente atropellándola. En los pasillos se percibía la determinación y el deseo de actuar, porque, si el instinto no se equivocaba, un esfuerzo eficaz y bien dirigido podría salvar vidas humanas.

—¿Qué carajo sabéis, que es tan espantoso? —preguntó Carl cuando se cruzó en el pasillo con Bente Hansen. Recién nombrada comisaria de policía, y una de los pocos compañeros de Jefatura por quien Carl sentía un gran respeto.

—Buena pregunta, pero no hay que desdeñar el olfato de Terje Ploug. Ha montado dos grupos con gente de las otras brigadas para buscar paralelismos entre los dos atropellos con fuga, y han descubierto bastante ya.

—¿Como qué?

—Como que en ambos casos se ha utilizado un Peugeot rojo, lo más seguro un modelo 106, el que es más cuadrado, y que bien podría tratarse del mismo coche en los dos casos. Que en el último atropello fue evidente una actuación consciente por parte del conductor. Que no había huellas de frenazos en ninguno de los dos casos. Que los vecinos de la zona del primer atropello dicen que vieron un coche como el descrito aparcado durante cierto tiempo en la calle, a una buena distancia del bordillo de la acera. Que las víctimas se parecían por su ropa y aspecto personal, eran de la misma edad y receptoras de ayudas sociales.

—Bien, pero de esas hay sin duda un montón en la Dinamarca actual, y las tiendas venden la ropa que venden. Dime de un hogar donde no haya alguna prenda de H&M colgada del armario.

Bente asintió en silencio.

—Pues eso, que están buscando ese coche. Todas las patrullas deben dar parte si ven un Peugeot rojo algo antiguo y con posibles marcas en la carrocería que pudieran sugerir un atropello.

—De modo que ¿hay diez policías de Homicidios esperando a eso?

Bente Hansen le dio un codazo en la tripa.

—Tan mordaz e irónico como siempre, Carl Mørck. Joder, menos mal que queda alguien en este país que no cambia según sople el viento.

¿Aquello era un halago, o qué?

Sonrió a su compañera y se encaminó directo hacia la parte del mostrador que no ocultaba el rostro avinagrado de la señora Sørensen. ¿Por qué estaba sentada, y por qué justo allí?

—Además de con Pasgård, ¿con quién puedo hablar del caso Zimmermann? —preguntó con ingenuidad.

Con gesto desafiante, la mujer apartó un par de papeles.

—Esto no es un servicio de información para funcionarios públicos que pasan de seguir la cadena de mando, ¿verdad, Carl Mørck?

—¿Gert está en el grupo de Pasgård?

La señora Sørensen alzó la cabeza otro poquito, con el flequillo pegado a la frente y el labio inferior encorvado hacia abajo, de forma que enseñaba los dientes de la mandíbula inferior. Irritación no era una palabra adecuada para describir el estado en el que Carl suponía que se encontraba.

—¿Cómo diablos quieres que te lo diga, Carl? ¿Te lo escribo en un cartón, con letras de neón, lo cincelo en bloques de mármol o sueldo una escultura con letras de un metro de altura? SIGUE LA CADENA DE MANDO, ¿VALE?

Fue en aquel momento rugiente cuando Carl se dio cuenta de qué era lo que pasaba. La señora Sørensen tenía una vez más sofocos, y sus pies estaban metidos en una palangana de agua helada, bien cubierta por el mostrador. Era al mismo tiempo un dragón suelto, una bruja y una manada de hienas salvajes sedientas de sangre. Puro veneno.

Carl retrocedió. En adelante, y hasta que terminase aquel infierno de la menopausia, iba a tratar de esquivar con estilo a aquella furia.

—¡Hola, Janus! —gritó cuando el jefe de Prensa de Jefatura salió trotando al pasillo en traje de gala. Parecía haber llegado la hora de coordinar sus opiniones y las del inspector jefe acerca de cómo reaccionar ante las teorías publicadas sobre las víctimas del conductor dado a la fuga–. ¿Puedes resumirme cómo van las cosas en el caso Zimmermann, Janus? Abajo, en el sótano, oímos campanas, pero...

–Habla con Pasgård, es el que lleva el caso. –Saludó con la cabeza a la señora Sørensen, que le devolvió una mirada cansada. Tal vez fuera su forma de mostrarle respeto.

Y allí estaba Carl con expresión humilde cuando Lis salió contoneándose del despacho de Lars Bjørn y sujetó la puerta con gracia para que pasara Janus Staal.

–Lis, ¿sabes cómo va la investigación del caso Zimmermann? –preguntó.

Lis soltó una risa ahogada.

–¿Y quién te ha dicho que acabo de estar tomando notas sobre eso? Pasgård está reunido con Bjørn.

Miró a la señora Sørensen, que dejó caer las manos con impotencia.

–Escucha, Lis. Estamos con un caso que tal vez se cruce con este otro, y ya sabes cómo nos llevamos Pasgård y yo.

Lis asintió con la cabeza.

–¿Sabes, Carl? La investigación se desarrolla en varias direcciones, y Pasgård ya sabe que hace bastantes años hubo una agresión parecida a la de Rigmor Zimmermann. Por eso acaban de hablar por teléfono con Marcus Jacobsen, que les ha contado que tú y él habíais hablado sobre las circunstancias de ambos homicidios. Y Pasgård está que trina, para que lo sepas. De manera que yo en tu lugar me apresuraría a hacer lo que me toca, porque va a salir dentro de veinte segundos.

Vale. Ya se encargaría él de recoger aquel guante. Pero qué putada que el Departamento de Homicidios hubiera metido a Marcus en el caso. Bueno, menos mal que no le había contado a Marcus lo que habían descubierto en el parque de Kongens Have. En lo sucesivo iba a tener que racionar la información para que no le quitaran el caso por la cara.

Pasgård llevaba una nube de humo sobre la cabeza cuando abrió la puerta. Un milisegundo después de haber detectado que

185

Carl lo esperaba con los brazos cruzados, detonó su proverbial falta de encanto.

—No metas las narices en mis asuntos, payaso. Voy a hacerte la vida imposible, y verás, Bjørn te tiene preparada una bronca tan grande como... —Se detuvo a pensar.

—¿Como tu ego, pasmarote? —propuso Carl.

No solo achicó los ojos: crispó todo el careto, de forma que boca, nariz y ojos se hicieron uno. Carl no tenía ni idea de qué fue lo que soltó después de un tirón y a voz en grito. Pero fue suficiente para que Bjørn abriera la puerta del despacho.

—Ya me encargo yo, Pasgård —dijo con calma, y con un gesto invitó a entrar a Carl.

El jefe de Prensa estaba sentado junto al escritorio y asintió con neutralidad cuando Carl tomó asiento y se preparó para recibir un rapapolvo de los buenos.

—Janus me ha dicho que hay algunos problemas con nuestro proyecto común —dijo después.

Carl frunció el ceño. ¿Proyecto común? ¿Qué se traía entre manos ahora?

—Carl, debes comprender que Olaf Borg-Pedersen me informa puntualmente. El Departamento de Prensa y el director de la Policía te han escogido para ayudarles cuando hagan el reportaje para *La comisaría 3,* que va a desviarse un poco de su línea habitual, en la que los periodistas siempre toman partido por el delincuente.

Carl tragó saliva.

—Sí, tú suspira; pero a partir de mañana has de mostrarte más amable con el equipo de la tele, ¿de acuerdo?

¿Qué carajo iba a responder a aquello? Ahora sí que iba a mezclarse todo.

—A ver, lo que ocurrió fue que el de la tele quiso acompañarme a un interrogatorio junto con su equipo, y por ahí no paso.

El jefe de Prensa asintió.

—Pues claro que no, pero en vez de rechazarlo todo, debes ofrecerles también algo constructivo, ¿no, Mørck?

—No entiendo.

186

—Les dices: no, no podéis entrar aquí, pero mañana podemos hacer esto o lo otro. Así les das algo en lo que pensar, ¿no?

Carl dio un suspiro.

—Carl, ya sabemos que te entrometes en el trabajo de Pasgård —dijo Bjørn—. ¿Por qué, si no, estuviste con Tomas Laursen en Kongens Have, en el lugar del hallazgo del caso Zimmermann? Bueno, ¿y qué has encontrado?

Carl miró por la ventana. La vista era lo mejor del despacho.

—¡Vamos, Carl!

—Vale, vale. —Suspiró—. Hemos conseguido una explicación de la orina que los peritos encontraron en la víctima, y, a la vez, suponemos que la víctima se vio perseguida por el agresor.

—Justo lo que te decía, Janus —comentó Bjørn.

Se hicieron una seña y sonrieron. ¿Qué diablos era lo que se traían entre manos? ¿Tal vez querían resolver el caso?

—Dentro de diez minutos tenemos hora con Mona, Carl —comunicó Assad en cuanto Carl se sentó en su despacho—. ¿Has averiguado algo arriba?

—Sí, que hemos sido elegidos de manera no oficial para investigar el caso Zimmermann porque somos los únicos en quienes confían para mantener a raya al equipo de *La comisaría 3*. Los de la tele han pedido hacer un seguimiento de ese caso, y claro, Pasgård debe de ser el último que pensarían poner delante de una cámara. Después, todo el mundo odiaría a la Policía.

El labio inferior de Assad cayó.

—Creen también que, con el paso de los años, has ganado cierto estatus como nuestro niño prodigio inmigrante, y ya es hora de que la gente vea nuestras divergencias.

Assad arrugó el entrecejo. Aquella palabra era también difícil.

—Quieres decir nuestra diversidad, ¿verdad, Carl?

Esta vez fue la mandíbula de Carl la que cedió a la fuerza de la gravedad. ¿Diversidad? ¿Se decía así?

—Pues tendremos que hacer lo que dicen, Carl. Con mi encanto, lo lograremos.

Assad rio un instante y examinó el rostro de Carl.

—Oye, ¿estás bien?

—Ostras, no, Assad. Paso de llevar a remolque a esos pueblerinos durante las próximas dos semanas.

—No me refería a eso. Quería decir que vas a encontrarte con Mona.

—¿Qué dices que vamos a hacer?

—Ya me parecía a mí que no oías lo que te decía. Mona nos está esperando. Y una de las hermanas de Rose, Yrsa, nos espera también con ella. Las otras dos están en el trabajo.

22

Martes 24 de mayo de 2016

Los titulares de los tabloides del quiosco eran bastante llamativos. Los diarios, y uno de los vespertinos, apenas mencionaban los episodios de atropello y fuga, pero el periódico digital *Avisen DK* echó mano de todos sus contactos en su seguimiento de la noticia sobre las mujeres atropelladas. Nadie podía dudar de cuál era el tema del día. Rojo y amarillo abundante, y bien de drama.

Presentaban las mismas fotos de Michelle Hansen y Senta Berger, pero eran muy engañosas. Los lectores veían a dos jóvenes sanas y llenas de vida, de cuyos accidentes parecidos hablaba el diario como si hubieran provocado gran pena y sensación.

«Desempleada», ponía otra vez junto a sus nombres. Anneli soltó un bufido, porque no estaba de acuerdo. En realidad, no eran más que un par de gorronas repugnantes por quienes nadie debería preocuparse. La indignaba que por su mediación hubieran alcanzado la fama a todas luces inmerecida que, durante toda su vida, las chicas habían pregonado que les estaba reservada.

¿Por qué no decían sin rodeos qué tipo de chicas eran aquellas? ¿Que eran unas sanguijuelas, unas vividoras y chupópteras de lo peor que había? ¿Parásitos que habría que aplastar y olvidar enseguida? ¿Por qué no investigaban los periodistas a las personas sobre quienes escribían y las describían de verdad, antes de lanzarse a redactar sus paparruchas sobre lo guapas y simpáticas que eran?

No eran en absoluto simpáticas. Al menos, para ella no. ¿Para quién, entonces?

Hoy, después de la sesión de radioterapia, había pasado la mañana tras el escritorio, piensa que te piensa. ¿Y si Jazmine o Michelle habían visto los malditos titulares y les entraban ganas de hablar con la Policía? Trató de imaginarse que de pronto dos agentes fueran a hablar con ella. Pero ¿la confrontación de la víspera con Jazmine no había dejado claro que era capaz de resistir esa presión? Ella creía que sí. Si la Policía se ponía dura con ella, no tenía más que responder que no sabía nada, y mostrarse tan conmocionada como los demás si deducían que los atropellos habían sido intencionados. También se acordaría de decir que aquello la afectaba mucho, porque conocía a las dos. Que hacía años que trabajó con Senta Berger y que era una chica simpática que no merecía aquel destino.

Anneli rio para sí al pensarlo, y se tapó la boca con la mano para que nadie la oyera desde el pasillo. Solo faltaba que quisieran preguntarle qué era aquello tan divertido. Porque en esa sección no se oían muchas risas.

Anneli sopesaba cuál debería ser su próximo movimiento y trataba de quitarse de encima la desagradable sensación que le producía la posibilidad de que surgiera demasiado interés por ella y sus actos.

En realidad, había decidido que iba a matar a su próxima víctima aquella misma noche; además, ya sabía quién iba a ser. No era una chica guapa, lo que suponía romper con el parecido establecido por el periódico entre el aspecto encantador de las otras dos. No, con los años, su nueva víctima había pasado de ser una chica normal, pero exigente, con ideas demasiado elevadas sobre sí misma, testaruda y perseverante, a ser una proletaria poco simpática y obesa, maleducada y con un gusto por la ropa que hasta los rusos de la época soviética habrían rechazado por anticuado.

Se hacía llamar Roberta, para ocultar el menos halagador Bertha, y era, entre las muchas aversiones de Anneli, la que, sin merecerlo, había recibido más dinero del sistema en el tiempo que ella llevaba trabajando como asistenta social. Solo por la cantidad de botas que la chica había pedido porque las viejas se le agrietaban debido a sus sobredimensionadas pantorrillas. O por su extraordinaria capacidad de no hacer caso de las notificaciones y después llamarlo «olvidos». Ningún plan de activación provocaba en ella más que quejas. Aceptó impasible cuarentenas sin subsidio y las prestaciones más bajas, pero pedía dinero prestado a diestro y siniestro cuando conseguía convencer a alguien. Y a lo tonto, a lo tonto, con esfuerzo, había logrado acumular una deuda de más de millón y medio para cuando Anneli pidió el traslado. Hacía cuatro años de aquello, de modo que en el entretanto la deuda se habría doblado o triplicado; lo contrario sería extraño.

Una búsqueda rápida en las páginas blancas, y la encontró. Seguía viviendo en la misma transversal de Amagerbrogade, en una manzana de pisos pequeños con variedad de bares en los alrededores. Anneli estaba segura de poder encontrarla en alguno de aquellos pubs, desparramada en un taburete, con flojera en las muñecas y un muro de humo de cigarrillo como tabique separador entre su vaso de cerveza y el hombre que tuviera al lado, a quien seguro que cobraría.

Una sola vez, hacía muchos años, acordó una visita a la casa de la tal Bertha Lind, pero se encontró la puerta cerrada. Después de una vuelta por los bares, al final dio con ella en el café Nordpolen, donde tuvieron una breve discusión sobre el incumplimiento de lo acordado. A partir de entonces, Anneli no se tomó la molestia de hacer nada especial por ella.

Bertha Lind no era ningún dechado de virtud, tampoco ningún ejemplo a seguir por nadie. Lo más probable era que no recibiera el mismo espacio destacado en las portadas que las víctimas anteriores, más atractivas.

El problema era que la cobertura mediática de los atropellos parecía haber abierto la caja de Pandora, e iba a tener que replantear el plan. Bertha tendría que esperar todavía un poco.

Cuando salió del trabajo, tomó una decisión firme y se dirigió en bici hacia el Puerto Sur, donde vivía Jazmine.

A la media hora se encontraba inspeccionando el edificio rojo y los alrededores. Cuando atropellara a Jazmine, no debía hacerlo allí. Por una parte, Borgmester Christiansens Gade era una calle muy transitada, incluso en aquel extremo cerrado; y, por otra, había un montón de gente, haciendo compras en el súper de enfrente o rondando por la plaza. De modo que Anneli iba a tener que seguir su plan original: no perder de vista a la chica, y después improvisar. En algún momento, Jazmine desvelaría alguna pequeña costumbre, buena o mala, que dejara al descubierto su vulnerabilidad y le diera a ella una idea sobre dónde podría ocurrir el atropello.

Alzó la mirada al tercer piso, donde Jazmine había estado empadronada durante aquellos años. Aparte de ella vivía allí, según el padrón, una tal Karen-Louise Jørgensen, la madre de Jazmine. Desde luego, aquella mujer había visto de todo en la vida, y había sido testigo de los embarazos de Jazmine dentro de cuatro paredes. Pero ¿la tal Karen-Louise Jørgensen no crio acaso a aquel diablillo y contribuyó a que se convirtiera en lo que era? Así que a Anneli no le daba la menor pena.

Pero ¿y si Jazmine ya no vivía allí? ¿Si, como tanta otra gente, aprovechaba la dirección de sus padres y vivía con algún tío que no quería perder parte de su subsidio por vivienda? En tal caso, quizá tuviera la suerte de que Jazmine se hubiera mudado a un barrio más apartado y menos concurrido.

Buscó en el *smartphone* el número de teléfono de la madre y lo tecleó. Tras un breve instante, se estableció la comunicación.

—Quería hablar con Jazmine —dijo con la voz desfigurada.

—Vaya. ¿Y quién eres tú? —Sonó muy artificial. Era un tono extraño en aquel barrio de trabajadores.

—Eh... Soy su amiga Henriette.

—¿Henriette? Nunca le he oído hablar de ninguna Henriette. Pero bueno, llamas en vano, Henriette. Jazmine ya no vive aquí.

Anneli movió la cabeza arriba y abajo, su intuición era cierta.

—Oh, qué pena; ¿de verdad? Pero ¿dónde vive ahora?

—Eres la segunda chica que llama hoy preguntando por Jazmine, pero al menos tú hablas un danés como es debido. ¿Por qué la buscas? ¿Para qué quieres hablar con ella?

Era una pregunta muy directa. ¿Y a ella qué diablos le importaba? Jazmine era una mujer adulta.

Vio que la madre de Jazmine avanzaba y se acercaba a la ventana con el móvil en la mano. Todavía llevaba puesta la bata a aquella hora del día. Menudo ejemplo.

—Le pedí prestado dinero para comprar regalos de Navidad, y ahora que ya tengo algo quería devolvérselo.

—Qué raro, Jazmine nunca tiene dinero. ¿Cuánto?

—¡¿Disculpe?!

—¿Cuánto dinero le debes?

—Dos mil doscientas coronas —improvisó Anneli.

Se produjo una breve pausa.

—¿Dos mil doscientas, dices? —se oyó después—. Escucha, Henriette, Jazmine me debe mucho dinero, de manera que puedes dármelo a mí.

Anneli estaba perpleja. Desde luego, aquella bruja era una mujer resuelta.

—Vale, de acuerdo. Pero entonces tengo que telefonear a Jazmine para decírselo.

—Pues adelante, llámala. Adiós. —La mujer sonó enojada.

«No, no, no cuelgues, no me habrá valido de nada», gritó el interior de Anneli.

—Yo vivo en Vanløse —se apresuró a decir—. ¿Jazmine vive cerca de allí? Podría decírselo en persona.

—No sé si está cerca. Se acaba de mudar a Stenløse, y no tengo ni idea de dónde está eso, ya se lo he dicho a la otra que ha llamado. Que yo sepa, las cartas para Jazmine llegan a esta dirección, de manera que en algún momento vendrá a por ellas, y entonces puedo decirle que me has dado el dinero a mí.

—¿Stenløse? Ah, sí, es verdad, ya había oído algo. Vive en Lilletoftvej, ¿verdad? —No tenía ni idea de si existía una calle con ese nombre en Stenløse, pero ¡quien no se arriesga no gana!

—No, no es ahí. Tampoco me lo ha dicho directamente, ¿por qué habría de hacerlo? Al fin y al cabo, no soy más que su madre. Pero la oí hablar con alguien por teléfono. Algo de sandal no sé qué, por lo que oí. Pero recuerda darme a mí el dinero, ¿de acuerdo? No tienes que llevárselo a ella.

Cuando Anneli hizo una búsqueda cruzada de Sandal y Stenløse, solo apareció Sandalsparken, y cuando estuvo allí vio con sus propios ojos que era un complejo bastante grande. Dos manzanas alargadas con casas retranqueadas en los extremos, de unas cien viviendas cada una. ¿Cómo demonios iba a saber dónde vivía Jazmine, si no estaba empadronada allí, a no ser que saliese a bailar a los pasillos exteriores? Merodear por los bloques de viviendas hasta que se hiciera de día no era una buena idea. ¿Debería llamar a la pava y contarle alguna historia de oferta para el móvil, o algo así? El riesgo de que no picara era grande, y podría sembrar sospechas.

Miró cansada hacia el primer bloque. Nombres en todas las puertas, tal como exigían los estatutos de la asociación de propietarios, pero había muchísimos. Pensó que tal vez pudiera buscar los nombres en internet, pero se dio cuenta enseguida de que Jazmine no había tenido tiempo para empadronarse en aquella dirección. Por supuesto que Anneli podía entrar en todos los portales y buscar buzón por buzón, pero la probabilidad de que Jazmine hubiera puesto su nombre junto al del propietario del piso era muy remota.

Anneli suspiró, porque existía la posibilidad, claro, y sería mejor que nada.

Empezó por el portal A, en un extremo del bloque más cercano, y examinó los nombres escritos en los buzones de correo plateados que colgaban en grupos en la parte trasera de la entrada. Cuando, tras aquel intento, estaba a punto de arrojar la toalla porque no era un vecindario en el que la gente pusiera rótulos improvisados, en el portal B su mirada se posó en algo que hizo que se le detuviera el corazón.

Dos pájaros de un tiro, pensó al instante.

Porque el nombre que aparecía escrito en mayúsculas junto a la rendija del buzón era «Rigmor Zimmermann».

Un apellido que, desde luego, no era el de Jazmine, pero que, por otra parte, se encontraba por lo menos igual de arriba en la lista mortal de Anneli.

23

Martes 24 de mayo de 2016

Incluso en el exterior de su despacho, el perfume era inconfundible. Días y meses de sensualidad pasada golpearon la pituitaria de Carl y pusieron su cerebro en estado de alarma. ¿Por qué no se había puesto una camisa más bonita? ¿Por qué no había arramblado con uno de los desodorantes con aroma a vainilla de Morten y se había rociado las axilas con él? ¿Por qué no...?

—Hola, Carl; hola, Assad —sonó la voz que en otra época hacía que le temblaran las rodillas.

Mona los recibió en una estancia sin escritorio, pero con butacas elegantes, sonriendo con sus labios rojos como si se hubieran visto la víspera.

Carl saludó con la cabeza a ella y a Yrsa, pues no podía hacer otra cosa, y después se sentó con un nudo en la garganta tan grande que pensó que iba a costarle articular el menor sonido.

Mona no había cambiado mucho, pero sí que parecía diferente. Su cuerpo se veía casi igual de esbelto y atractivo, pero le dio la impresión de que su rostro se había transformado, aunque los cambios eran mínimos. Los labios rojos se habían vuelto más delgados, las arrugas finas sobre el labio superior, más profundas, la piel del rostro, más floja, pero también más tentadora para acariciar.

Era su Mona, que había envejecido. Su Mona, que llevaba años sin vivir con él. ¿Qué huella había dejado en ella el tiempo transcurrido?

Se aferró un corto segundo a la breve pero aún intensa sonrisa que les dirigió, y jadeó en busca de aire. Fue como si hubiera recibido un golpe en el cuerpo que casi le dolió.

¿Se habría dado cuenta ella de su reacción? Desde luego, no era algo que él deseara.

Se giró hacia la hermana de Rose, que estaba sentada en una butaca junto a Mona.

—Yrsa y yo hemos repasado la lista de Gordon Taylor y el cronograma correspondiente a cuándo cambia de frase Rose Knudsen en sus cuadernos llenos de mantras, por así llamarlos. Yrsa tiene mucho que decir al respecto, por lo que he oído. Cuando quieras, Yrsa. De vez en cuando te apoyaré o haré algún comentario para dar mi opinión.

La imitación pelirroja de un personaje de película de Tim Burton asintió en silencio, al parecer bastante afectada por la situación. «Perdonad si me echo a llorar», decía su mirada. Luego inspiró hondo y se puso a hablar.

—Muchas de estas cosas las conocéis de antemano, por supuesto, pero, como no sé con exactitud qué es lo que sabéis, os lo contaré todo. Es muy raro, pero, de hecho, hasta ahora no había entendido bien lo que escribe Rose. Ahora me doy cuenta de que lo que ha observado Gordon tiene su lógica.

Puso ante ellos el papel con las frases. Carl se las sabía casi de memoria.

—Mi padre empieza a acosar a Rose cuando yo tengo siete años, Vicky, ocho, Lise-Marie, cinco, y Rose, nueve. No sé por qué, pero fue como si hacia 1989 empezara algo que hizo que arremetiera contra ella. De 1990 a 1993, la cosa fue de mal en peor. Cuando Rose empieza a escribir en el 93 que tiene miedo, debe de ser el momento en el que comienza a encerrarse en su cuarto. De hecho, hubo un período en el que también cerraba la puerta con llave y solo nos abría a Vicky y a mí. Nosotras le llevábamos comida, porque algo tenía que comer. Debíamos llamar a la puerta varias veces y asegurarle que nuestro padre no estaba fuera para que abriera. La verdad es que solo salía para ir a la escuela o al baño; y esto último, cuando todos dormían.

—¿Puedes dar algunos ejemplos del terror psíquico al que tu padre sometía a Rose? —preguntó Mona.

—Bueno, lo hacía de muchas maneras. Rose era incapaz de hacer nada bien a los ojos de él, y aprovechaba la menor oportunidad para aplastarla sin compasión. La machacaba diciéndole que era fea, que no había en el mundo quien la quisiera y que más le habría valido no haber nacido. Cosas así. Las demás nos tapábamos los oídos, porque era insoportable; así que muchas de las cosas que decía están borradas de nuestra memoria, por desgracia. Lise-Marie, Vicky y yo hemos hablado al respecto, pero no nos acordamos de casi nada, es como si...

Tragó saliva un par de veces seguidas para reprimir el llanto, pero la mirada expresaba con claridad lo triste que estaba por la poca atención que habían prestado a la desgracia de Rose.

—Continúa con el relato, Yrsa —la animó Mona.

—Vale. En el 95 se ve que Rose pasa al contraataque. ¿No se nota al leer la frase «no te oigo»? —Les dirigió una mirada inquisitiva.

—Entonces, ¿crees que todas esas frases son una especie de diálogo interior con vuestro padre, y que continúa después de morir él? —preguntó Carl.

Yrsa hizo un gesto afirmativo.

—Sí, sin ninguna duda. Y en el 95, Rose pasa de estar aterrorizada a atreverse a hacer cosas. Casi seguro que ocurre por una chica nueva que entró en su clase mediado el curso anterior. Por lo que recuerdo, se llamaba Karoline, y era una chica guay que escuchaba rap y hip-hop, como 2Pac, Shaggy y Eightball, mientras que las demás estábamos locas por grupos de chicos como Take That y Boyzone. Era de Vesterbro, pasaba de todo, y se lo contagió a Rose. De pronto, nuestra hermana empezó a vestirse con la ropa que más irritaba a nuestro padre y se tapaba los oídos con las manos en cuanto él la atacaba.

Carl lo vio con nitidez.

—Y aun así, ¿no le pegaba?

—No, nuestro padre era más sofisticado que eso. Se le podía ocurrir prohibir a mi madre que hiciera limpieza en el cuarto de Rose, o la castigaba retirándole la paga y favoreciéndonos a las demás de muchos modos.

—¿Y a las demás os parecía bien? —inquirió Carl.

Yrsa se alzó de hombros, evasiva.

—Entonces nos parecía que a Rose no le importaba. Que se las arreglaba a su manera.

—¿Y vuestra madre? —preguntó Assad.

Yrsa apretó los labios. Pasó medio minuto hasta que se serenó lo bastante para continuar. Su mirada se movía en todas direcciones para evitar establecer contacto con ellos, y siguió así un buen rato después de continuar hablando.

—Se ponía siempre del lado de nuestro padre. No es que se pusiera de su lado, pero la verdad es que nunca lo contradecía ni tomaba partido por Rose. Y cuando por fin una vez se le enfrentó, él volcó su tiranía sobre ella, fue el precio de la rebelión de Rose. Se ve en 1996, cuando nuestra madre al final desistió y, al igual que nuestro padre, empezó también a acosar a Rose. Visto en retrospectiva, fue como si ella estuviera en la estela de los duros ataques de nuestro padre.

—De modo que es por eso por lo que pide ayuda a su madre en el cuaderno de ese año. Pero ¿la obtuvo?

—No, se marchó, y Rose se quedó casi indefensa. Desde entonces ha odiado a nuestra madre.

—Escribe «puta cerda» cuando se marcha tu madre.

Yrsa lo confirmó con un gesto y miró al suelo.

Entonces intervino Mona.

—De ahí en adelante Rose se siente peor. Y aunque sacaba buenas notas en el instituto, el acoso se hizo cada vez más duro. Al final, solo se atrevía a hacer lo que le exigía su padre. Y cuando después de pasar la selectividad le pidió que pagara por vivir en casa, aceptó un empleo de oficinista en la acería donde trabajaba también su padre. Medio año más tarde, él muere en un trágico accidente en el tajo, y Rose está a su lado y ve cómo un bloque de acero aplasta a su padre. «Ayúdame», escribe después.

—¿Por qué crees que lo hacía, Yrsa?

Yrsa volvió la mirada hacia Carl; parecía extenuada. Tal vez se diera cuenta con toda crudeza del papel pasivo que habían desempeñado ella y sus hermanas. Lo cierto es que no pudo responder.

Una vez más, fue Mona quien acudió en su ayuda.

—Yrsa me ha explicado que ella y sus hermanas no lo saben con seguridad, porque Rose se muda por esa época. Pero no cabe duda de que Rose se encuentra en una situación de conmoción permanente, y cae en una depresión. Por desgracia, no se deja tratar, de manera que se hunde más y más. Una especie de pesimismo y mala conciencia por todo, lo que la obliga a hacer cosas extrañas. Empieza a ir a bares en busca de hombres. Se acuesta con cualquiera. Tiene muchas historias de una noche. Y en esas relaciones interpreta papeles. De hecho, ya no quiere ser ella misma.

—¿Tendencias suicidas? —preguntó Carl.

—Quizá al principio no, ¿verdad, Yrsa? —añadió Mona.

La chica sacudió la cabeza.

—No. Se encerraba en sí misma, y empezó a vestirse como nosotras, sus hermanas. Jugaba a que era otra, tal vez porque nuestro padre no nos acosaba a nosotras, y las hermanas teníamos una vida familiar bastante normal, y todo gracias a Rose, porque siempre estaba en medio y se enfrentaba a él por nosotras —dijo en voz baja—. Lo peor fue el cambio de milenio. Las cuatro hermanas, por una vez, estábamos juntas. Las demás teníamos a nuestros novios, pero Rose estaba sola, y seguro que no se sentía muy bien. Después de cantar todos un himno al Año Nuevo, Rose nos dijo que ya había aguantado bastante y que aquel año iba a ser el último para ella. Varias semanas más tarde, el día del cumpleaños de Lise-Marie, la vimos jugando con unas tijeras, como si fuera a cortarse las venas con ellas.

Dio un suspiro.

—Aquella vez solo fue una amenaza, no como cuando la ingresaron en Nordvang el año pasado porque casi se las corta de verdad. —Se secó las lágrimas y recuperó la compostura—. Al menos aquella vez conseguimos que fuera al psicólogo. Sí, la verdad es que fue mérito de Lise-Marie, la pequeña, a la que Rose había estado siempre muy apegada.

—Vaya. Tal vez el psicólogo que la trató entonces quiera ayudarnos a comprenderlo —comentó Carl—. ¿Recuerdas su nombre, Yrsa?

—Mis hermanas trataron de hablar con él, pero se escudó bajo el secreto profesional, Carl. Yrsa me ha contado quién era. Un tal Benito Dion, de hecho yo lo conocía. Era listo, nos dio clase de psicología cognit...

—Dices «era». ¿Ya no vive?

Mona sacudió la cabeza.

—Si viviera, hoy tendría algo más de cien años.

¡Qué putada!

Carl aspiró hondo y miró la lista de frases de Rose.

—Veo que los años siguientes vuelve poco a poco a una situación más normal, de «infierno negro» a «oscuridad» y después a «gris». Luego se anima seguramente a sí misma a «no pensar» y a no existir. «No soy», escribe. Pero ¿qué ocurre entonces en 2004, cuando se oyen nuevos sones con «luz blanca»? ¿Lo sabes, Yrsa?

—No, pero creo que Gordon lo ha descubierto. Ingresó en la Academia de Policía y aprobó los exámenes, y estaba contenta con todo hasta que suspendió el examen de conducir de la academia.

De todas formas no era del todo normal, pensó Carl. ¿Acaso no le habían contado cómo su conducta promiscua en la academia se convirtió al final en una carga? ¿Que era un polvo fácil legendario?

—Pero no vuelve directa al «infierno» cuando sale de la academia. Parece más estable, ¿no crees? —preguntó.

—Es que le dieron un buen puesto de oficinista en la comisaría del centro, ¿no te acuerdas? —Assad lo sacó de sus elucubraciones. Carl había olvidado por completo que estaba allí.

—En un momento dado, se queda «sorda» ante tu padre, por lo que veo. —Carl señaló el año 2007—. Respecto al resto de las frases, creo que podemos adivinar más o menos lo que esconden, pero quizá ya lo haya hecho Gordon.

Mona asintió.

—Su contratación por el Departamento Q, en 2008, le da fuerzas, y para entonces casi desprecia a su padre. «Se acabó la risa, ¿eh?», y todavía más explícito en 2009: «Largo, pedazo de mierda».

—No sé si lo recordarás, pero al año siguiente viene a trabajar vestida de Yrsa, y nos hace ese teatro durante varios días. La verdad es que nos engañó por completo, de lo bien que representó el papel. ¿Aquello fue un puro teatro para tomarnos el pelo o lo interpretas como una recaída, Mona?

Era la primera vez en varios años que se dirigía a ella por su nombre. Qué extraño sonaba en su boca. Lo sentía casi como intimidatorio. Demasiado íntimo. Demasiado... ¿Qué diantres pasaba allí?

—Pero ¿no recuerdas que el otro día estuvisteis peleándoos, Carl? —intervino Assad—. Reaccionó como si hubieras estado acosándola.

—Yo no la acosé, ¿no?

Mona sacudió la cabeza.

—Eso no llegaremos a saberlo. Pero, visto desde fuera y aparte de todo lo demás, trabajar con vosotros tenía un efecto de lo más beneficioso para ella —dedujo—. Y entonces os llega un caso, Gordon ya nos lo ha explicado, en el que un tal Christian Habersaat, que se suicida en Bornholm, se parece tanto a su padre que Rose casi se hunde. A largo plazo podría haberse convertido en un efecto beneficioso, pero entonces ocurre lo fatal, que acudís a un hipnotizador y de repente todo lo reprimido sale a la superficie y hace que termine en tratamiento psiquiátrico, por primera vez desde que empezó a trabajar aquí. ¿No es cierto?

Carl frunció los labios. Aquello no estaba siendo nada agradable.

—Sí, pero yo creía que sería una especie de histeria o uno de esos humores extraños de Rose y que se le pasaría rápido. Hemos pasado por varias experiencias duras a lo largo de los años. ¿Cómo iba yo a saber que era tan grave?

—Escribe «me ahogo», de manera que aquel episodio la afectó más de lo que pensabais, Carl. No se os puede reprochar nada.

—No, pero es que ella tampoco decía nada.

Se inclinó hacia delante y examinó su memoria. ¿Era verdad lo que había dicho? ¿Era cierto que ella no dijera nunca nada?

—Después de visto, todo el mundo es listo, pero me da la sensación de que Assad estaba siempre más atento.

Se volvió hacia él.

—¿Tú qué dices, Assad?

El testa rizada vaciló un momento y frotó un par de veces la mano derecha contra el velludo antebrazo izquierdo. Era evidente que trataba de responder con tanta suavidad como pudiera.

—Traté de pararte cuando le pediste que escribiera el informe sobre el caso Habersaat, ¿no te acuerdas? Pero yo tampoco sabía todo esto, porque de otro modo habría insistido un poco más.

Carl asintió en silencio. Y ahora estaba negro sobre blanco en todas las paredes del piso de Rose: «Largo de aquí». Su padre había regresado a su vida.

Las consecuencias de su tiranía eran interminables.

—Y ahora ¿qué, Mona? —preguntó, bastante desesperado.

Ella ladeó un poco la cabeza, en un gesto que casi irradió ternura.

—Con lo que sabemos, voy a hacer un informe para el psiquiatra de Rose, y tú haz lo que mejor se te da: encuentra a la chica que le enseñó a ser rebelde. Averigua qué tipo de acoso psíquico ejercía su padre sobre ella, tal vez la amiga sepa qué fue lo que desencadenó todo. Y para terminar, tú y Assad debéis hacer todo lo posible por descubrir qué ocurrió realmente en la acería.

24

Miércoles 25 de mayo de 2016

–Dices que no vienes a trabajar; pero, entonces, ¿para qué vienes? –le preguntó la jefa con un tono de desconfianza apenas oculta.

Anneli la miró, inexpresiva. ¿Y ella? ¿Cuál fue el último día que trabajó tanto como para merecer la aprobación de los compañeros? En el puesto que ocupaba ahora, al menos, nunca. De hecho, las cosas iban mejor cuando la señora estaba en uno de sus habituales cursillos en algún lugar exótico, junto con el resto de bandidos municipales, porque entonces había sosiego para acometer los trabajos duros. Anneli, con el paso de los años, ya había tenido un par de jefas como ella, pero esta se llevaba el premio. Antipática, indiferente y con un terrible desfase en cuanto a circulares y legislación, lo que se podía y lo que no se podía. En suma, era la más prescindible, pero nunca jamás te librabas de ella.

–Trabajo un poco en casa, así estoy más o menos al día, pero esta vez tengo que mirar unas cosas en la oficina –anunció Anneli, con la mente puesta en los expedientes de varias de sus víctimas potenciales.

–Así que trabajas en casa, ¿eh? Sí, porque por lo demás, últimamente has tenido varias..., digamos que pequeñas ausencias, Anne-Line.

La jefa entornó los ojos hasta que las pestañas ocultaron sus pupilas. En momentos así había que andar con pies de plomo. Apenas hacía cinco semanas que la tipeja había vuelto de un cursillo carísimo sobre eficiencia en Suecia, y había aprendido lo que una política consecuente con los compañeros podía significar para aumentar su popularidad a los ojos de sus jefes, y qué señales había que enviar para atemorizar a los subordinados.

Cuatro colegas habían sido degradados a puestos chungos; a Anneli podía tocarle en cualquier momento.

–Bueno. Anne-Line, creo que hemos llegado al punto en el que deberás ir al médico, si crees que tienes problemas para afrontar una semana laboral normal.

Sonrió un poco, eso también lo había aprendido.

–Por supuesto que puedes acudir a mí si quieres contarme algo. Pero eso ya lo sabes, ¿no?

Sabía bien que esa sugerencia no acarreaba ningún riesgo.

–Gracias. Es que he trabajado bastante en casa mientras trataba de recuperarme de la gripe, y no creo estar retrasada en nada.

En ese momento, la por lo demás insignificante sonrisa de la jefa de sección desapareció.

–No, Anne-Line, pero la gente quiere que estés en la oficina cuando tiene hora contigo, ¿no?

Anneli asintió.

–Por eso he organizado un par de entrevistas por teléfono –mintió.

–¿Ah, sí? Pues quiero un informe por escrito sobre esas entrevistas, ¿vale? –advirtió, a la vez que se levantaba y enderezaba el rótulo con el nombre de Anneli.

De aquella iba a tener más noticias, sin duda.

Anneli miró por la ventana, donde unos rayos de sol cegadores luchaban duro por atravesar aquellos cristales sucios y penetrar en esa tierra de Sísifo sin objetivos. Las pequeñas discusiones y los chismes que se producían en los despachos contiguos al suyo ya no le interesaban en absoluto. Percibía a los compañeros como sombras que ocultaban la luz; esa era la imagen que le venía a la cabeza cuando estaba tendida en el camastro para recibir su cuarto de hora diario de radioterapia. Por supuesto que trabajaba con personas buenas, que necesitaban ayuda de verdad y que colaboraban como podían para mejorar su situación, muchas veces desesperada. Pero ahora no había mucha gente así. Con el paso de los días, los asuntos que tenía sobre la mesa le parecían más y más irrelevantes porque, después del diagnóstico de cáncer y de su nuevo proyecto, Anneli no estaba ya para soluciones chapuceras.

Los últimos días, en contra de su voluntad, había tenido que obligarse a bajar el ritmo y sentarse en la silla de la oficina, ya que la planificación y los preparativos para los siguientes asesinatos llevaban su tiempo. Solo encontrar un coche adecuado le había llevado cinco horas la víspera, pero ahora también eso estaba listo. Desde luego, el Honda Civic negro lleno de arañazos que encontró en Tåstrup era fantástico para su cometido.

Era un coche humilde, bajo y oscuro, con lunas tintadas, casi el arma asesina perfecta. De hecho, aquella misma mañana había pasado inadvertida dentro del Honda en un aparcamiento cercano a Sandalsparken, donde estuvo una hora observando los movimientos del barrio.

En aquella calma dichosa, llegó a la conclusión de que en el fondo no tenía importancia que hubiera testigos cuando atacase. ¿Qué le importaba que identificaran el coche y el número de matrícula si ya había podido utilizarlo una vez? Sabía que después del atropello tenía que alejarse rápido, y también dónde podía dejar el coche, a unos cinco kilómetros de allí.

En general, creía estar bien preparada, como una profesional, y pensar en todo aquello le provocaba embriaguez. Por supuesto que iba a golpear en el momento en que tuviera la oportunidad de matar a la chica Zimmermann o a Jazmine, no tenía la menor duda. Como era natural, podrían surgir dilemas, porque ¿qué iba a hacer, por ejemplo, si aparecían las dos chicas juntas, tal vez paseando del brazo? Era el tipo de cosas que solían hacer aquellas muñecas amaneradas. En tal caso, el impacto causaría daños importantes en la parte delantera, y se arriesgaba también a que uno o ambos cuerpos saltaran por encima del capó y destrozasen el parabrisas, no sería la primera vez.

Sonrió, porque creía que también estaba prevenida ante esa posibilidad. Llevaría la cabeza y el cuello cubiertos por un pañuelo y gafas de sol para proteger los ojos. Ya podía volar el parabrisas.

Sí, creía haber pensado en todo. Aunque había leído mucho sobre atropellos de animales que atravesaban el parabrisas y aterrizaban en la cabina, dejando al conductor maltrecho, aquella situación era diferente. Los ciervos reaccionaban al pánico poniéndose a saltar, pero sospechaba que ni Denise ni Jazmine serían capaces de un esfuerzo tan atlético. Sobre todo, si las embestía por detrás.

Se lo estaba imaginando.

Aquella misma noche, después del trabajo, entró marcha atrás en el aparcamiento que había frente a la casa para poder ver bien el piso, que daba al pasillo exterior. Entrasen o saliesen las chicas, le daba igual: iba a pillarlas bien pilladas.

Rio un poco por aquella ruindad y pensó que en aquel momento no podía haber cosa más importante que estar en ese lugar abandonado de la mano de Dios, dentro de un coche robado, con la radio a volumen mínimo y la vista clavada en el primer piso. Porque allí vivían dos de las chicas que Anneli deseaba matar con todas sus fuerzas.

Un par de veces vio actividad en el pasillo exterior. El plan de Anneli era que, si aparecía una de las chicas, pondría en marcha el coche y lo dejaría en punto muerto. Era un ronroneo estético y potente, un sonido que anunciaba acción. Solo el vuelo de enormes helicópteros militares sobre la jungla cerrada proporcionaba el mismo nivel de tensión sonora. Aquel sonido cíclico de muerte aportaba el pulso de fondo de la guerra de Vietnam. Poético, rítmico y también tranquilizador, se podía afirmar en caso de encontrarse en el bando conveniente. Cerró los ojos un instante para recordar las escenas, por eso no advirtió al transportista de UPS hasta que aparcó justo delante de ella y le bloqueó la salida, tapándole también, y eso era igual de importante, la vista del piso de las chicas y de su acera.

Cuando el mensajero pasó junto al piso de ellas por el pasillo exterior de la primera planta, una figura salió por la puerta detrás de él. Anneli no llegó a ver si era Denise o Jazmine, pero debía de ser una de las dos, a juzgar por la llamativa vestimenta.

Mierda, no podía salir.

Frustrada, apretó el cuerpo contra el volante un par de veces, como si eso fuera a acelerar el regreso del mensajero.

Cuando por fin volvió, se sentó en la cabina de la furgoneta y anduvo revolviendo unos papeles antes de arrancar y desaparecer.

Anneli desistió de conducir en la dirección en la que había desaparecido la chica del piso. El centro comercial de Egedal se encontraba solo a unos minutos de allí, de manera que ya habría sido absorbida por el laberinto de tiendas.

Lo que sí hizo fue conducir hasta la calzada, para que la situación anterior no se repitiera.

Luego se rascó la zona donde la radioterapia le había lastimado la piel, y esperó.

No vio acercarse la figura con las bolsas de la compra hasta que una señora mayor atravesó el aparcamiento con su perro. Justo allí, como cumpliendo una orden, el perro se detuvo y se puso a hacer sus necesidades en la acera, al lado de Anneli.

Puto chucho, pensó, mientras la señora buscaba en el bolsillo la bolsa para excrementos y la chica se acercaba.

—Lárgate de una vez y deja el cagarro ahí —dijo, recostándose en el asiento. Las bolsas que llevaba la chica le golpeaban las piernas, pese a estar casi vacías. Era un espectáculo grotesco, aquella chiquita con sus altísimos tacones y una chaqueta cuyas motas jamás habían estado cerca de un leopardo.

Siempre vestida de fiesta, hasta para hacer la compra, pensó, cuando la chica dirigió la vista hacia ella.

Anneli contuvo el aliento un rato. Era Michelle.

Se quedó de piedra. ¡Ostras! Así que Michelle también vivía allí, pensó mientras se daba cuenta de la gravedad de la situación. Que las tres vivieran en el mismo piso podía resultar una combinación peligrosa.

¿Qué les había contado Michelle a las otras? ¿Sospecharían todavía de ella? Y, en tal caso, ¿cuál iba a ser la consecuencia?

Bastaría una palabra de cualquiera de las tres a las autoridades para que la atención recayera en Anneli. Claro que podía negarlo todo y aducir la mala fe de las chicas y su aversión hacia ella, pero, llegado el momento, ¿de qué le serviría? Porque su entrometida jefa podía confirmar que en los últimos tiempos había cambiado su comportamiento. En nada de tiempo averiguarían que había tenido relación durante años con las chicas a las que atropelló. Sus supuestas amigas del trabajo podían explicar que no había ido a la última clase de yoga y podrían añadir lo mucho que odiaba a aquella clase de clientas. Los peritos policiales enseguida registrarían su ordenador y encontrarían sus búsquedas, por mucho que tratase de ocultarlas. Incluso era posible que se encontrasen restos de ADN en el Peugeot, aunque lo hubiera limpiado a conciencia.

La verdad era que aquellas chicas podían provocar consecuencias desagradables.

Anneli apagó el motor y analizó la situación.

Al parecer, Michelle había dejado a su novio, de modo que en el frente doméstico quizá se hubieran producido diferencias de opiniones, lo que podría atraer las sospechas hacia él si a Michelle o a una de las otras les ocurría algo malo.

¿Michelle habría dejado a Patrick por eso? ¿Sospechaba quizá que el imbécil de su pareja quisiera deshacerse de ella? ¿Era Anneli en absoluto objeto de su atención?

Por un momento se imaginó que las tres chicas salían a la calle juntas; si fuera así, aquella situación se resolvería de una vez por todas. Una aceleración rápida y un atropello limpio, ese era el plan. Por supuesto, no podría matar a las tres con el vehículo ligero que se había agenciado, por eso tendría que dar marcha atrás un par de veces para rematarlas.

Anneli sonrió y se puso a reír al pensarlo. Era de lo más irrisorio imaginarse a las tres niñatas aplastadas sobre la calzada. Su risa fue en aumento, hasta que todo su cuerpo se estremeció.

Entonces se vio en el retrovisor: la boca abierta, los dientes visibles, una mirada histérica en los ojos. Aquello moderó su diversión.

Su mirada se deslizó hacia abajo y se dio cuenta de que su cuerpo tenía ahora vida propia. Las manos le tamborileaban contra los muslos, las rodillas se entrechocaban como pistones, los pies se removían sobre la alfombrilla como baquetas. Aquello parecía una locura, pero no le era nada desagradable, lo sentía más bien como algo placentero, como si hubiera tomado un afrodisíaco.

¿La metástasis se me ha extendido al cerebro? ¿Estoy volviéndome loca?, pensó, y echó a reír de nuevo. Aquello era cómico y fantástico en grado extremo. Una vieja asistenta social a quien nadie hacía caso. Menudo poder tenía de repente. Menudo poder indiscutible y decisivo.

Dirigió la mirada al techo. El estado eufórico en el que se encontraba exigía acción. Si no eran las tres putas chicas del piso, podría encontrar rápido a alguna otra.

Puso a prueba su idea, y le pareció que era correcta y adecuada. La verdad era que no recordaba haberse sentido mejor nunca.

Miró el reloj. Se había hecho bastante tarde, pero si se marchaba ahora, Bertha Lind podía convertirse en la siguiente.

Una sombra oscura se deslizó delante del coche cuando un taxi se detuvo a escasos metros del Honda. Entonces se abrió una puerta del primer piso y las tres jóvenes salieron.

En el momento en el que se metieron en el taxi, Anneli estuvo segura. Pese a que dos estaban irreconocibles con tanto maquillaje y el pelo teñido de negro, no podían ser otras. Se trataba de Denise, Jazmine y Michelle, preparadas para la juerga.

Cuando arrancó el taxi, Anneli Svendsen metió la marcha y lo siguió.

25

Miércoles 25 de mayo de 2016

—Madre, ¿te importa dejar de telefonearme cuando estás borracha? ¿Cuántas veces tengo que decírtelo? Me llega la peste por la línea.

—¿Por qué dices esas cosas, Denise? Lo que pasa es que estoy triste. —Se sorbió las lágrimas para recalcarlo.

—Eres repulsiva. ¿Qué quieres?

—¿Dónde estás? Hace varios días que no tengo noticias tuyas, y ha estado aquí la Policía. Querían hablar contigo, yo no sabía dónde estabas.

—¿La Policía? ¿Por qué? —Denise contuvo el aliento y se recostó en la silla.

—Solo querían hablar contigo acerca de la abuela.

—No voy a hablar de la abuela con nadie, ¿está claro? No tengo nada que ver con eso, así que no me mezcles. ¿Qué les has contado?

—De ti, nada. ¿Dónde estás, Denise? Puedo ir a dondequiera que estés.

—No, no puedes. Me he mudado a la casa de un hombre en... Slagelse, y no metas las narices en eso.

—Pero...

Denise cortó la comunicación y miró a Michelle, que salía, resignada, de su cuarto. Sin maquillaje, parecía de lo más ordinaria. Los ojos más pequeños, los contornos del rostro más vagos. Cuando envejeciera, iba a ser una sombra de sí misma. Engordaría por comer mal, parecería una vaca vestida con ropa para la que era demasiado vieja. Una auténtica pena.

—Hola, Denise.

Michelle trató de sonreír, pero, después de las discusiones de la víspera, iba a hacer falta algo más para establecer una intimidad de verdad entre las dos. Jazmine, por el contrario, estaba en su misma onda. Entendía la situación y lo jodidas que estaban, a menos que cambiaran de vida. Que el tren de las niñas ya había salido, que la realidad, sus elecciones equivocadas, su falta de educación y sus aptitudes desaprovechadas les pedían cuentas. Una pobre diablo como Michelle nunca lo entendería.

—Qué guay que hayas elegido a Coldplay, Denise —dijo Michelle cuando la madre de Denise la llamó al móvil.

Denise sacudió la cabeza y colgó enseguida, buscó los ajustes del teléfono y bloqueó el número para siempre.

Otro capítulo dejado atrás. Otro libro cerrado. Se acabó.

—¡Cállate, Michelle! Ya sé que hay diferencias entre un hurto, un robo simple y un robo a mano armada. Pero no va a salir mal si haces lo que te decimos. De manera que déjate de chorradas.

Michelle tenía los ojos embadurnados: no solo el párpado ofrecía un tono gris ceniza, también el borde de los ojos, las pestañas y las patas de gallo. A lo más que se parecía era a una estrella del cine mudo enferma de tuberculosis. Si aquella noche iba a tener ese aspecto, desde luego que cumpliría la exigencia de atraer toda la atención.

—Ya nos has explicado cómo funciona todo. Cómo es el despacho del encargado, dónde reúnen el dinero de las entradas y luego de los bares, y cómo se sube a la oficina. Andaremos con cuidado, Michelle, te lo aseguro. Esperaremos hasta que no haya moros en la costa y actuaremos rápido. Va a ser un hurto, sí, pero nada más.

—Y si entra alguien, ¿qué? ¿Qué vais a hacer entonces?

—Lo amenazaremos, por supuesto.

—Pero eso es robo.

Señaló el iPad.

—¡Mirad! En Wikipedia pone que el que comete un robo va a la cárcel hasta seis años. ¡Seis años! Saldremos a los treinta y tantos, la vida se nos habrá esfumado.

—Ya, pero deja de creerte todo lo que pone en Wikipedia, Michelle.

Jazmine le quitó el iPad y miró el artículo.

—Nunca nos han condenado, así que nos iremos de rositas.

—Ya, pero lee un poco más abajo.

Michelle casi temblaba. Era un mal presagio para el plan de la noche. Miró a Denise.

—Ya vi cómo le zurrabas al albañil aquel, Denise, y no me extrañaría que volvierais a hacerlo; pero esto es más grave. Puede llegar a diez años de condena, para que lo sepas.

Denise la agarró del brazo.

—Tómatelo con calma, Michelle, no ha pasado. ¿Y qué relación tienes tú con lo de esta noche? ¡Ninguna! Estarás hablando con Patrick mientras nosotras trabajamos, ¿vale?

Michelle desvió la mirada.

—¿Y dices que, si sale mal, asumiréis toda la culpa?

—Por supuesto. ¿Cómo, si no?

Denise miró a Jazmine, más le valía estar de acuerdo.

Y Jazmine asintió en silencio.

—Vale, entonces está decidido. Y ahora vamos a jugar a la caza del tesoro.

—¿Caza del tesoro? —Michelle no lo pillaba.

—Mi abuelo tenía una pistola, y seguro que mi abuela la tiene escondida, lo que pasa es que no sé dónde. Tiene que estar en algún lugar de este piso.

La verdad era que Denise no conocía tan bien el piso de su abuela. Las pocas veces que las invitó a su madre y a ella, la casa estaba llena de viejas amigas chismosas que lo controlaban todo, así que no podía fisgar. Pero ahora los armarios no estaban protegidos, y Denise sacó montones de trajes sastre horribles y de chaquetas de lana de otros tiempos.

—Echadlo todo al suelo, luego lo meteremos en bolsas de plástico —indicó—. Lo venderemos a las tiendas de segunda mano de Østerbro, si es que lo quieren.

Ella lo dudaba.

—Creo que es repugnante revolver en la ropa vieja de otros. Huele a bolitas de naftalina, y he oído que no es bueno para la piel —terció Michelle.

Jazmine, por el contrario, se puso a trabajar duro. De los armarios salieron volando cajas de zapatos, sombreros, ropa interior, cajas con papel de seda, medias de nailon agujereadas y ligueros de todos los tamaños. Jazmine andaba a la caza del tesoro, el resto no era más que basura.

Buscaron debajo de las camas, en un armario de costura, tiraron de cajones, apartaron muebles de las paredes, y cuando terminaron todos los cuartos se sentaron y miraron alrededor. Lo que era el hogar de una señora mayor se había convertido en una más que evidente y vergonzosa acumulación de objetos y una falta total de realismo por parte de una señora mayor.

—¿Los viejos por qué guardan tanta mierda que no vale para nada? —fue el lacónico resumen de Jazmine.

Denise estaba irritada. ¿Podía alguien imaginarse en serio que su abuela se hubiera deshecho de las reliquias de su abuelo? ¿De las fotos de la guerra, la pistola, las medallas y las condecoraciones del uniforme? Y si así fuera, ¿con qué iban a amenazar aquella noche si las pillaban con las manos en la masa y cagando y sin papel? Aquello era una mierda. Esperaba haber encontrado por lo menos algún estuche con joyas, acciones, moneda extranjera en una bolsa de plástico, de cuando la abuela andaba de chárter en chárter con su anciano marido. Pero aquello no era más que mierda, como había dicho Jazmine.

—Solo nos falta mirar ahí. —Michelle señaló el balcón trasero, que parecía un vertedero de tiestos, plantas y muebles de jardín cubiertos con plástico, a la espera de días templados que la propietaria nunca llegaría a conocer. Muchos años atrás, su abuela hizo instalar unas ventanas correderas, a fin de que de vez en cuando se pudieran descorrer. Ahora estaban oscuras por la suciedad y la falta de atenciones.

—¡Déjame a mí! —exclamó Jazmine.

Denise la miró con asombro creciente. Comparada con Michelle, parecía muy flaca y delicada, pero si alguien tenía tanta energía como Denise, era Jazmine.

En un momento desapareció tras las ventanas del balcón. El ruido de revolver cosas, bien acompañado por descargas verbales muy poco femeninas, era la prueba evidente de que estaba trabajando en serio.

−Creo que lo que hacemos no está bien −repitió Michelle.

Pues lárgate con Patrick, pensó Denise. Si al menos se estuviera callada. Sí que era cierto que se habían conocido gracias a Michelle, pero en aquel momento su papel parecía haber acabado.

En cuanto terminaran el robo de la puta discoteca, iba a tener que hablar con Jazmine sobre el papel de Michelle.

Se oyó un suspiro en el balcón, y Jazmine se puso en pie con el pelo revuelto y el carmín corrido hacia una mejilla.

−Venid a ayudarme −les dijo.

Los trastos estaban ocultos en una caja de madera alargada y descolorida, en la que ejemplares de revistas del corazón de los años ochenta tapaban algo muy diferente.

Se arrodillaron en torno a la caja y observaron el botín de Jazmine. Denise nunca había visto aquella caja, pero se olía lo que guardaba.

−Esto sí que es viejuno −afirmó Jazmine, mientras sacaba de la caja un montón de *Neues Volk*, *Der Stürmer*, *Signal* y *Das Schwarze Korps*−. ¿No son cosas nazis? ¿Por qué guardaba algo así?

−Porque mi abuelo era nazi, por eso −replicó Denise. Desde aquella vez que se lo dijo sin querer a un profesor cuando tenía diez años y recibió a cambio un par de cachetes no reglamentarios, no se lo había contado a nadie. Era curioso que en aquel momento no le importara nada. Había pasado el tiempo, y ahora era ella quien decidía la reputación de los muertos.

−¿Y tu abuela? −preguntó Michelle.

−Eso, ¿y ella? No sería...

−Qué asco, mirad esto.

Jazmine dejó caer al suelo varias fotografías, y Michelle retrocedió.

−Qué repugnante, no debemos mirar eso −gimió.

—Es mi abuelo —aclaró Denise mientras señalaba una foto en la que su abuelo colocaba la soga al cuello de una joven subida a un taburete—. Un tipo simpático, ¿verdad?

—No me gusta, Denise. No me gusta estar aquí, donde antes ha vivido gente así.

—Vivimos aquí, Michelle. Venga, cálmate.

—No sé si voy a poder hacer lo de esta noche, me da miedo. ¿Tenemos que hacerlo?

Denise la miró, cabreada.

—No te queda otra alternativa. ¿Quieres vivir de mi dinero y del de Jazmine? ¿Crees que nos divierte hacer lo que hacemos para que tú puedas llevarte comida a la boca? ¿O prefieres abrirte de piernas por nosotras, Michelle?

La aludida sacudió la cabeza. Por supuesto que no quería eso, la pequeña timorata.

—Aquí hay una bandera —dijo Jazmine—. Joder, Denise, es una bandera nazi.

—¿Una qué? —preguntó Michelle.

—Hay algo dentro, algo pesado.

Denise hizo un gesto.

—Déjame.

Extendió con cuidado la bandera sobre el suelo de la sala y dejó al descubierto una granada con mango de madera, un cargador para cartuchos vacío, una caja llena de cartuchos y una pistola grasienta envuelta en un paño.

—Mirad —indicó Jazmine.

Sostuvo en el aire un pedazo de cartón con dibujos de la pistola que acababan de desempaquetar. «Pistole 08», ponía en la parte superior.

Denise examinó con atención la sección cruzada de la pistola y las instrucciones, y sostuvo ante sí el cargador vacío con sitio para siete cartuchos. Lo sopesó en la mano y luego lo introdujo en la culata. Se oyó un nítido clic, y de pronto le pareció que el arma se equilibraba.

—Es la pistola que usa ahí —comentó, y señaló con el dedo una foto en la que su abuelo ejecutaba a un prisionero de un tiro en la nuca.

—Ostras, es repugnante —se quejó Michelle—. Ni se os ocurra llevarla esta noche.

—No tiene cartuchos, Michelle. Es solo para dar miedo.

—¡Mira! —exclamó Jazmine, y señaló un dispositivo basculante en la parte superior izquierda de la pistola.

—En el cuadro pone que es una «sicherung», así que si queremos asustar a alguien, Denise, la aleta tiene que estar arriba.

Denise encontró el seguro y lo basculó arriba y abajo. Cuando estaba abajo, aparecía la palabra «gesichert» grabada en el metal, era muy fácil y muy guay. La sopesó en la mano una vez más; se sentía de cine, era como estar en la cima del mundo y poder decidirlo todo.

—Es una pistola de verdad, Denise —advirtió Michelle entre sollozos—. Si amenazas a alguien con una cosa así, vas a la cárcel. No iréis a llevarla, ¿verdad?

Pero la llevaron.

En el taxi, Michelle iba callada y apretaba su bolso debajo del pecho. Cuando se apearon a unos cientos de metros del viejo edificio de la fábrica, que ahora albergaba la discoteca Victoria, expresó por fin su estado anímico.

—Me siento fatal. No llego a entender lo que estamos haciendo. ¿No es mejor que volvamos a casa antes de que sea demasiado tarde?

Ni Jazmine ni Denise respondieron. Lo habían discutido hasta el aburrimiento, ¿qué se había pensado?

Denise miró a Jazmine. Los labios pintados, las pestañas postizas, un par de cejas tupidas y negras como el carbón, el pelo teñido y cardado, una cantidad enorme de lápiz de ojos y otro tanto de maquillaje hacían casi imposible ver quién estaba detrás. Era una máscara muy efectiva y bonita lograda con pocos medios.

—Estás superguay, Jazmine. ¿Qué tal estoy yo? —Denise alzó el rostro hacia la luz de una farola.

—Perfecta. Guapísima, como una estrella de cine de los ochenta.

Rieron, mientras Michelle señalaba el bolso de Denise.

–¿Estáis seguras de que la pistola no está cargada? Si lo está y la cosa sale mal, son por lo menos cinco años más entre rejas. ¡Por lo menos!

–Pues claro que no está cargada, ya has visto que el cargador estaba vacío –respondió Denise, mientras enderezaba el pañuelo del cuello y miraba el tráfico de la calle. Si seguía siendo tan intenso como ahora, pillarían un taxi en cuestión de minutos, una vez terminado todo.

–Ya sé que he dicho que Patrick y los demás no suelen cachear a las chicas, pero esto no me gusta, no me gusta nada... –insistió Michelle durante los siguientes cincuenta metros. Ya podía tragarse la lengua, ya le valía a la tía gallina.

Cuando torcieron por la esquina, se incorporaron a la corriente que llevaba a la entrada. El ambiente estaba a tope, y muchos reían. De modo que los previos habían hecho efecto entre los amantes de la fiesta de Copenhague.

–Joder, me parece que somos las más viejas –suspiró Jazmine.

Denise asintió. A la luz de las farolas parpadeantes, muchos parecían tener justo la edad suficiente para las autoridades y la mirada de halcón de Patrick.

–Nos viene bien que Patrick esté atareado comprobando carnés –declaró Denise. Se giró hacia Michelle–. Espero que tengas razón y que no nos reconozca del hospital.

–Deberíais veros. Estáis irreconocibles. Pero si me equivoco, entonces nos marchamos, ¿verdad?

Jazmine dio un suspiro.

–Hemos hablado de eso cientos de veces, Michelle. Por supuesto que nos marchamos. ¡No somos tontas!

–Vale, perdona. Pero bueno, Patrick es bastante miope, aunque no quiere reconocerlo, por eso nunca lo he visto con gafas. Si os subís un poco el pañuelo y enseñáis bien la delantera, como hemos acordado, no va a ver otra cosa.

Se quedó meditando la frase.

–Cabrón de mierda –añadió después.

Jazmine miró la hora.

–Son solo las doce, Michelle. ¿Estás segura de que a esta hora hay algo en la caja?

Michelle asintió en silencio.

—Es miércoles, y como la mayoría tienen que levantarse temprano mañana han abierto a las once.

Señaló las cámaras con un gesto de advertencia. Dentro de pocos segundos iban a estar controladas.

En la entrada, Patrick trabajaba sin descanso, algo amenazante, como una fortaleza contra clientes no deseados para eso lo habían contratado. Los tatuajes destellaban en sus antebrazos desnudos, llevaba las mangas de la camisa remangadas hasta los bíceps, una especie de advertencia si alguien quería pelea. Completaban el uniforme unos guantes negros y unas botas con las que nadie querría que lo echasen a la calle.

Aquel robot carente de empatía dejaba entrar a los clientes de uno en uno, cacheaba a algún chico, examinaba bolsas de plástico y de vez en cuando pedía el carné. A los que ya conocía les hacía un gesto con la cabeza para que pasaran. No debía haber la menor duda acerca de su autoridad.

—¡Espera!

Michelle asió a Denise por la manga.

—Creo que esos nos van a venir bien —susurró, y señaló hacia atrás, hacia un grupo de chicos inmigrantes muy decididos que cruzaban la calle. Tal vez uno de ellos tuviera la edad para poder entrar, pero los demás no. Denise sabía por experiencia que la barba incipiente casi siempre equivalía a falta de madurez, y al parecer Patrick pensaba lo mismo.

Era evidente que ya había detectado el problema, de modo que por instinto dio un paso al frente, sacó un *walkie-talkie* del bolsillo y se puso a hablar por él.

—Venga, ahora. Seguidme adentro —susurró Michelle—. Hola, Patrick —dijo en voz alta y clara, como si hubiera superado el nerviosismo.

En el decidido rostro de Patrick se abrió paso un desconcierto evidente, porque dos problemas tan diferentes eran por lo visto más de lo que podía manejar al mismo tiempo, y Jazmine y Denise aprovecharon para entrar.

Unos pocos pasos y se metieron en el vestíbulo, mientras Michelle se quedaba fuera para distraer a Patrick.

El local que las rodeaba tenía un aspecto gris y desangelado. Era difícil decir para qué se utilizó en el pasado, porque ahora no parecía más que un almacén mugriento con paredes de cemento desnudas. Donde antes había puertas, ahora había solo huecos. Habían retirado las barandillas y las habían reemplazado por tablas de revestimiento. El mobiliario y el resto de objetos de valor habían desaparecido.

Van a derruir todo esto antes de un año, pensó Denise. En términos generales, la era del Puerto Sur, con sus pequeñas empresas autónomas, era un capítulo cerrado. Al estar tan cerca del puerto y sus refrescantes brisas, los terrenos se habían puesto por las nubes.

Compraron las entradas y se escurrieron entre la gente que bailaba hasta llegar a la pista de baile. Muchos chicos les dirigieron miradas, pero esta vez el plan de ellas era otro, por supuesto.

El DJ ya estaba descontrolado. La masa humana y el suelo de hormigón casi hervían bajo la descarga de rayos de los cañones de láser. Allí dentro, la onda expansiva del sonido impedía cualquier intercambio significativo de información, de manera que Denise se limitó a seguir la estela de Jazmine a través de la masa.

Jazmine les había contado que unos años atrás había estado en la oficina con el encargado suplente, quien con sumo gusto aceptó su generosa oferta de una hora de amor.

Después supo que había terminado en el cementerio tras un consumo exagerado y descontrolado de metanfetamina y cocaína, así que menos mal que no se quedó embarazada de él, como era, por cierto, su intención. Concluyó que seguro que aquello habría dañado al feto. Y no era tan fácil deshacerse de niños con algún problema. ¿Quién deseaba correr ese riesgo?

Abandonaron la pista de baile y pasaron a un corredor helado de diez metros de altura, iluminado por tubos fluorescentes, donde las hicieron parar.

El guardia, que por la estatura parecía un clon de Patrick, pero que no tenía su mirada alerta, les cerró el camino y preguntó qué hacían allí, más o menos como habían previsto.

−¡Vaya! Menos mal que te hemos encontrado.

Denise le señaló el *walkie-talkie*.

−¿No has oído que Patrick necesita ayuda fuera? ¡Hay bronca con un grupo de inmigrantes!

La cara del guardia reflejaba desconfianza, pero la urgencia del rostro de Denise hizo que de todas formas echara mano del *walkie-talkie*.

−¡Mueve el culo, grandullón! −gritó Jazmine−. ¿Crees que tiene tiempo para conversaciones?

Y el vigilante puso su rollizo cuerpo a la carrera.

Jazmine señaló con un gesto una escalera metálica al fondo del pasillo.

−En este momento hay por lo menos una persona en la oficina mirando los monitores de vigilancia, así que puedes estar segura de que ya nos han detectado −informó Jazmine. Luego hizo un gesto hacia el techo−. No mires arriba, pero hay una cámara. La última vez que estuve aquí la saludé con la mano.

Denise asió la barandilla metálica y, al igual que Jazmine, cubrió con el pañuelo la parte baja de su rostro.

En cuanto abrieron la puerta de la oficina las recibió un barullo infernal. Había una pareja estrechamente abrazada en la pared del fondo, con las bocas atornilladas, y las manos vivas y eficaces de ella no daban ninguna muestra especial de pudor.

Denise dirigió una mirada rápida alrededor y se movió con la agilidad de un felino hacia la pareja. La fila de monitores de la pared lateral parecía un papel pintado parpadeante, y en uno de ellos se veía con claridad que los problemas de la entrada de la discoteca estaban bajo control. En medio de la imagen de la pantalla aparecía Michelle con rostro contrito al lado de su ex, mientras él dividía su amenazante atención profesional entre ella y el flujo constante de clientes.

A pesar de sus quejas, Michelle parecía estar actuando como debía, menos mal.

Los monitores registraban ahora que el vigilante con quien acababan de tropezar había llegado a la entrada. Gritó algo a Patrick, quien sacudió la cabeza, desconcertado, y señaló a otro vigilante que estaba algo más allá.

El tipo parecía frustrado. Dentro de nada iba a estar de vuelta en su puesto del pasillo, lo más seguro para tratar de evitar que interrumpieran a su jefe en lo que estaba haciendo.

—¡ABRE LA CAJA! —gritó Denise de pronto al oído del hombre consumido de amor, de manera que tanto él como la mujer a quien besaba dieron un brinco. La dentadura de la mujer mordió la lengua del hombre, y este se giró de golpe con una mirada rabiosa y la sangre chorreando por sus comisuras.

«¿Quién hostias eres tú?», debía de significar su bufido inarticulado, mientras trataba en vano de retirar el pañuelo que cubría la parte baja del rostro de Denise.

—¡¿No has oído lo que he dicho?! —insistió ella—. ¡Pero YA!

La chica reía histérica tras él, pero se calló enseguida cuando Denise plantó en la cara del tipo una pistola negra y quitó el seguro con toda claridad.

—Abre la caja, mi colega sacará el dinero. Vamos a ataros antes de salir, así que, si sois buenos, sobreviviréis —concluyó, mientras sonreía detrás de la máscara perfecta que le ocultaba el rostro.

Cinco minutos más tarde estaban de vuelta en el pasillo, con los pañuelos al cuello; el bolso rebosante de billetes sugería que había merecido la pena.

Algo bullía en la cabeza del vigilante, que las esperaba otra vez en su puesto habitual, pero Denise se mostraba fría como un témpano.

—El jefe me ha dicho que eres un tío cojonudo. ¿Has ayudado a Patrick?

El hombre pareció desorientado, pero asintió con la cabeza.

Cuando volvieron a la entrada, la pequeña riña entre Patrick y Michelle había bajado de tono. Una sola mirada entre Denise y Michelle lo dejó claro. Michelle ya podía terminar la pantomima.

—Tienes razón, Patrick —dijo cariñosa, mientras Jazmine y Denise los esquivaban y se alejaban hacia la calle. Luego musitó—: Pasaré mañana y te daré lo que falta del dinero, ¿vale, cari?

Habían convenido que las tres iban a encontrarse en el callejón que separaba la sala Victoria del siguiente edificio, y allí se quedaron esperando, diez metros callejón adentro, bajo una luz escasa y velada y un hedor a pis.

Denise descansó aliviada la cabeza en la pared de hormigón, que vibraba por el ruido de la pista de baile.

—¡Esto sí que es una fiesta! —jadeó, mientras sentía la adrenalina bullir en la sangre. Ni cuando ligó a su primer *sugardaddy* y se llevó a la cama a aquel perfecto desconocido se lo había pasado tan bien.

Se llevó la mano al pecho.

—¿Late tu corazón también a toda leche, Jazmine? —jadeó.

Su amiga respondió con una risa extática.

—¡Joder, sí! Hostias, creo que me he meado en las bragas cuando ha intentado quitarte el pañuelo.

—Bueno, sí, podría haber salido mal, pero ha salido bien, Jazmine. —Rio—. ¿Has visto la cara que ha puesto cuando he quitado el seguro de la pistola? Joder, vaya pinta de gilipollas. Y ahora están ahí arriba con cinta americana y bridas de plástico por todas partes, tratando de adivinar qué carajo ha sucedido.

Se llevó la mano a la tripa. Solo habían necesitado cinco minutos para llevarlo a cabo.

Les había salido de puta madre.

—¿Cuánto crees que nos hemos llevado, Jazmine? —preguntó.

—Ni idea, pero he vaciado la caja. Muchos miles, creo. ¿Miramos?

Metió la mano en el bolso y sacó un montón desordenado de billetes. La mayoría de doscientas coronas, pero también muchos de quinientas y de mil.

Jazmine rio.

—Ostras, creo que hay más de cien mil, ¡mira!

Denise la acalló. Entre los edificios, iluminada por una farola en segundo plano, emergió una silueta negra bien nítida. Alguien las había visto, una figura más delgada y más pequeña que Michelle.

—¿Qué hostias os traéis entre manos, zorras? —gritó una voz con acento, mientras la figura de mujer avanzaba hacia ellas.

Denise la había visto antes: era Birna.

Jazmine jadeó una vez en busca de aire y Denise comprendió por qué. Jazmine no había tenido la suficiente presencia de espíritu para meter el dinero en el bolso y ahora estaba expuesta, como un delincuente a quien hubieran pillado con las manos en la masa.

La mirada de Birna se clavó en los billetes.

—Me parece que ese dinero no es vuestro —dijo con dureza, y avanzó otro paso hacia ellas—. Ya estáis dándomelo todo. ¡Venga! —las instó, y les hizo un gesto con la mano para meterles prisa.

¿Esta tía se cree que soy tonta?, pensó Denise mientras, provocadora, se llevaba una mano al oído.

—Mira, no te oigo con este ruido. ¿Qué dices, punki?

—¿Esta guarra es dura de oído, Jazmine? —reaccionó la punki—. ¿O crees que me está provocando?

Luego se giró hacia Denise.

—Os parecéis a mí más que yo misma, con todo ese carbón que os habéis dado alrededor de los ojos. ¿Es para que no se sepa quiénes sois? —Sonrió con ironía—. Pues yo lo sé, así que, si no queréis tener problemas, más os vale aflojar la pasta.

Señaló a Denise con una garra negra.

—Y tú, zorra, si vuelves a hacerte la lista, te vas a enterar. Venga, dame el dinero.

Denise sacudió la cabeza. Desde luego, aquello no entraba en los planes.

—No sé qué crees que sabes, pero no te pongas borde, ¿vale, Birna? Te llamabas así, ¿no?

Metió la mano en el bolsillo.

—¿No te tengo dicho que no te acerques a nosotras?

Al segundo, la sonrisa de la punki se había esfumado.

—Vale, si lo quieres así, peor para ti.

Se volvió hacia Jazmine.

—Vamos, Jazmine, ya me conoces. Dile a esta cerda que más le vale respetarme.

Después sacó con calma una navaja automática del bolsillo y la abrió.

—Porque de lo contrario va a arrepentirse. Díselo, Jazmine.

No esperó la respuesta. Avanzó hacia Denise y agitó la navaja hacia su abdomen. La hoja era de doble filo y estaba afilada como un punzón; penetraría sin ninguna resistencia en caso de que cumpliera su amenaza, Denise se dio cuenta enseguida.

—¿Qué haces tú aquí, Birna? No eres de las que van a discotecas, ¿no? —preguntó Denise con frialdad y sin apartar la mirada de la navaja.

—¿Qué dices, cacho mierda? Este es nuestro territorio, aquí mandamos nosotras. Jazmine lo sabe bien, ¿verdad, Campanilla?

Denise miró hacia la calle. ¿Vendrían refuerzos de la banda de Birna? Ni por el forro. De modo que la punki no tenía cubiertas las espaldas. Y Denise tampoco estaba dispuesta a aceptar sus amenazas, ni hablar. Lo habían planeado y realizado todo al pie de la letra, y no iba a venir ahora un repelente ser asexuado a poner problemas.

—Lo siento, pero hoy no es tu día, Birna —dijo, mientras sacaba con calma la pistola del bolso—. Si quieres salvar tu pellejo de mierda, te daré mil aquí mismo y puedes largarte. Y si dices una sola palabra a alguien, voy a ir a por ti, ¿lo pillas?

La punki retrocedió hacia la pared y observó un rato la monstruosa antigualla que sostenía Denise. Luego esbozó una sonrisa leve y levantó la cabeza, como si se hubiera dado cuenta de que aquello no podía ser de ningún modo una amenaza.

—¡Eh! ¿Qué pasa? —se oyó una voz asustada procedente de la calle. Era Michelle, candorosa y fuera de lugar, con el bolso al hombro.

—¡Ostras! ¿Ella también está en el ajo? Joder, me sorprendéis. —La punki rio. Y sin previo aviso se abalanzó con un grito contra Denise, con la navaja apuntando a su vientre.

—Voy a disparar —trató de advertirla Denise, sin que ello hiciera detenerse a Birna, y a continuación apretó el gatillo por instinto, como si eso fuera a valerle de algo.

El estampido que resonó entre las paredes de hormigón, provocando una nube de residuos de pólvora y un agujero del tamaño de una moneda de corona en el pecho de la islandesa, quedó ahogado por el ruido de la discoteca ya antes de que la punki se desplomara.

La mano de Denise estaba en posición vertical por el retroceso. No lo entendía. ¿Había un cartucho en la recámara? ¿Por qué no lo había comprobado? En el esquema de la caja se veía cómo funcionaba todo.

Jazmine y Denise enmudecieron y observaron el cuerpo inerte y la sangre que manaba sobre el asfalto seco.

—¿Qué coño ha pasado? ¡Dijiste que no estaba cargada, Denise! —sollozó Michelle, casi paralizada, mientras se tambaleaba hacia ellas.

—¡Hay que largarse de aquí! —gritó Jazmine.

Denise intentó sacudirse de encima la conmoción. Aquello era grave. El agujero de la pared, la sangre en los zapatos, la pistola humeante en su mano, la chica, que aún respiraba mientras la sangre fluía de una de sus axilas.

—La bala la ha atravesado —balbuceó.

—¡Vamos! ¿No veis que todavía respira? Tenemos que arrastrarla hasta la acera, si no va a desangrarse —suplicó Michelle.

Con un movimiento mecánico, Denise metió la pistola en el bolso, se agachó y agarró a Birna por un pie, mientras Jazmine asía el otro, y de ese modo la arrastraron hasta la entrada del callejón, de manera que la luz de la farola caía sobre sus piernas.

Cuando desaparecieron hacia la calle principal, no miraron atrás.

Lo último que dijo Michelle antes de que se metieran en un taxi fue que aquello era espantoso, y que se sentía tan rara que estaba a punto de vomitar. Que todo le daba vueltas en la cabeza y que por un instante había creído ver a Anne-Line.

26

Esto es más la regla que la excepción, pensó Carl.

La sábana bajera se había salido de debajo del colchón. La almohada yacía en el suelo. Todo lo que había sobre la mesilla había desaparecido como por encanto. Llevaba tiempo sin dormir tan mal y tan inquieto, y esta vez la culpa era de Mona.

Aquella mujer se negaba a salir de su mente. De manera especial, la reunión de la víspera con ella y sus transformaciones visibles habían removido algo fundamental en él. La suave piel floja del cuello y junto a las comisuras. Las caderas, que se habían ensanchado, las venillas, ahora visibles, del dorso de la mano. Todo aquello lo agitó y lo mantuvo despierto. Era la enésima vez en los últimos años que se derrumbaba a causa de ella, y, pese a sus innumerables intentos, no lograba sacársela del cuerpo. Había tenido relaciones esporádicas en bares y cafés, brevísimas en congresos y cursillos y pruebas más prolongadas de relaciones más estables. Todo aquello carecía de importancia en cuanto pensaba en Mona.

A saber qué pensará de mí, era lo que le daba vueltas por la cabeza. Ya era hora de saberlo con certeza.

—He encontrado más cosas de Jesper en el sótano. ¿Puedo subirlas también al desván? —preguntó Morten cuando daba de desayunar a Hardy en la mesa de la cocina.

Carl asintió, pero en su fuero interno sacudió la cabeza. A pesar de las súplicas de Carl, su hijo postizo seguía teniendo un montón de trastos en la casa. De hecho, el chaval había cumplido veinticinco el mes pasado. Había terminado el curso preparatorio y estaba a punto de diplomarse en la Escuela de Comercio. Entonces, ¿qué edad debía tener tu supuesta descendencia para que se te permitiera exigir que se marchara de casa de verdad?

—¿Habéis encontrado algo que conecte el caso Zimmermann y el homicidio de Stephanie Gundersen, Carl? —preguntó Hardy entre sorbos.

—Estamos en ello —respondió Carl—, pero el caso y el estado de Rose nos quitan mucho tiempo. Porque resulta que estamos muy unidos a ella. A veces, ese tipo de cosas no las sabes hasta que ha sucedido la catástrofe.

—Claro. Pero creía que para ti era importante resolver esos casos antes de que lo haga Pasgård.

Carl se permitió una sonrisa.

—Mientras Pasgård siga gastando su energía en buscar al hombre que meó sobre el cadáver, tendremos calma.

—En mi opinión, deberías hacer un pequeño esfuerzo, Carl. Marcus Jacobsen telefoneó ayer para preguntar hasta dónde habías llegado. Espero que te des cuenta de que juega a dos caballos. Para él, el esclarecimiento del caso Stephanie es lo más importante.

—Pero ¿no te parece que le da demasiada importancia, Hardy? Me cuesta quitarme esa pregunta de encima.

Hardy reflexionó un momento y susurró algo para sus adentros. Era lo que hacía siempre que dudaba algo. Una silenciosa discusión de pros y contras.

—¿Sabes qué? Creo que deberías telefonear a la hija de Rigmor Zimmermann —dijo después—. Mencionaste en algún momento que Rigmor había sacado diez mil coronas antes de que la matasen. Creo que Birgit Zimmermann debe de saber algo más acerca de qué pensaba hacer su madre con tanto dinero. Pero sácala de la cama esta misma mañana. Si he entendido bien a Marcus, le gusta visitar bares por la noche.

—¿Cómo sabe eso Marcus?

Hardy sonrió.

—¿No crees que hasta a un viejo caballo de circo le gusta darse una vuelta por la pista de vez en cuando?

¿Estaba hablando de sí mismo? Lo contrario sería extraño.

Carl le dio un apretón en el hombro. No porque su cuerpo paralizado fuera a sentirlo, pero bueno.

—¡Ay, cuidado! —fue la inesperada reacción de Hardy.

Carl se quedó helado, y Hardy parecía asustado.

No era posible. Hardy llevaba casi siete años paralizado de cuello abajo, a excepción de un par de dedos de la mano. ¿Cómo...?

—Era una broma, Carl... —rio Hardy.

Carl tragó saliva dos veces.

—Perdona, tronco. Es que no he podido contenerme.

Carl suspiró.

—No vuelvas a hacerlo, Hardy. Menudo susto me has dado.

—Hay que echar mano de cualquier cosa para divertirse un poco —se defendió con aspereza mientras Carl miraba a Morten, que subía del sótano tambaleándose con los brazos llenos de cosas abandonadas por Jesper. Sí, Hardy tenía razón. Últimamente no había grandes alegrías en aquella casa.

Carl hizo una aspiración honda. Por una fracción de segundo se había puesto muy contento, porque habría sido fantástico si Hardy...

Después se aclaró la garganta y sacó el móvil. Era bastante optimista pensar que iba a poder pillar a Birgit Zimmermann tan temprano, pero de todas formas hizo lo que le aconsejaba Hardy.

Tras un instante sorprendentemente breve, el ruido y tintineo de botellas que llegó por el receptor indicó que se había establecido comunicación.

—¿Sí...? ¿Diga...? —arrastró las palabras una voz al otro lado de la línea.

Carl se presentó.

—¿Sí...? ¿Diga...? —repitió ella—. ¿Hay alguien ahí?

—Creo que la tipa tiene el auricular al revés —explicó, resignado.

—¡Eh! ¿A quién has llamado tipa? ¿Quién es? —llegó la voz malhumorada.

Carl cortó la comunicación con calma.

—Ja, ja, ese comentario ha sido un tanto idiota, ¿verdad? —Hardy rio, fue bonito verlo. Después continuó—: Déjame a mí. Llama, activa el altavoz y ponme delante el móvil.

Hardy hizo un gesto cuando la mujer atendió la llamada con una retahíla de improperios que parecían haber desaparecido del vocabulario danés.

—Oh, creo que se equivoca, señora Zimmermann. No sé quién piensa que soy, pero está usted hablando con el jefe de departamento Valdemar Uhlendorff, de la notaría. En este momento estamos tramitando la herencia de su difunta madre, Rigmor Zimmermann, y deseábamos hacerle un par de preguntas al respecto. ¿Tendría la amabilidad de ayudarme?

En el silencio que siguió pudo percibirse con claridad la perplejidad de la mujer y lo duro que luchaba por sacudirse de encima los vapores etílicos.

—Por supuesto... Lo intentaré... —La voz sonó artificial.

—Gracias. Sabemos que su madre sacó del banco diez mil coronas antes de su desgraciada muerte, y, según dice usted, las llevaba encima cuando la visitó poco antes de la fatal agresión. ¿Tiene usted la menor idea de en qué iba a gastarse ese dinero? En esta casa siempre tememos pasar por alto alguna deuda, y sería una pena que hubiera algo así en relación con su madre, por eso estamos haciendo pesquisas. ¿Cree que su madre debía dinero? ¿Tal vez a alguien a quien pensaba pagar ese mismo día, o tal vez pensara hacer alguna compra especial que no llegó a realizar? ¿Lo sabe?

Esta vez el silencio fue notablemente largo. ¿Se había dormido, o solo escrutaba su abotargado cerebro?

—Alguna compra, creo —respondió al final—. Tal vez un abrigo de pieles del que había hablado.

No sonaba nada convincente, porque ¿dónde se compra un abrigo de pieles a esas horas?

—Sabemos que solía usar su tarjeta Visa, de modo que se nos hace extraño que llevara encima tanto dinero en efectivo. Pero ¿quizá le gustaba llevar dinero encima? ¿Era por eso?

—Sí —fue la rápida respuesta.

—Pero ¿diez mil coronas? No es moco de pavo.

—No, pero me temo que no puedo ayudarle —dijo con voz trémula. ¿Se había puesto a llorar?

El clic posterior apenas se oyó.

Los dos se miraron.

—Buen trabajo, Hardy.

—Ya sabes lo que se dice de los niños y los borrachos. Ha mentido, pero ya lo sabes, ¿no?

Carl asintió.

—¿Comprar un abrigo de pieles en efectivo? Desde luego, la hija es creativa, hay que reconocerlo.

Sonrió. Habían sido dos minutos de dulce nostalgia ver al hombre trabajar como en los viejos tiempos.

—¿Le has dicho que te llamabas Uhlendorff? ¿De dónde diablos lo has sacado?

—Conozco a un tipo que se ha comprado una casa de veraneo en la que antes vivía un tal Uhlendorff. Pero está claro que tenéis que comprobar movimientos anteriores en las cuentas de Rigmor y Birgit Zimmermann. Podría haber una relación de correspondencia entre retirada de fondos y depósitos.

Carl asintió.

—Sí, puede que el dinero fuera para su hija. Pero entonces ¿por qué lo llevaba encima después de haber estado en casa de su hija? ¿Puedes responder a eso?

—Oye, Carl, ¿soy yo o eres tú quien cobra por hacer un trabajo policial? Pregunto.

Giraron el rostro hacia Morten, que, medio oculto detrás de varias bolsas negras de basura, estaba en la escalera que conducía a la primera planta, jadeando.

—He encontrado en el sótano unos chándales viejos de Mika. ¿Puedo subirlos también al desván, Carl? —preguntó, con la cara roja después de haber andado arriba y abajo por la escalera.

—Claro, si encuentras sitio.

—Hay sitio suficiente. Aparte de los bártulos de Jesper y un montón de puzles de Vigga y cosas así, arriba solo quedan un par de esquís y una maleta cerrada con llave. ¿Tienes alguna idea de lo que puede contener, Carl?

Carl frunció el ceño.

—Debe de ser también de Vigga. Ya lo miraré. No creo que tengamos en casa un cadáver descuartizado sin saberlo, ¿verdad? —Rio ante la reacción de Morten. Aquel, al menos, tenía la fantasía intacta.

—¿Qué prefieres hacer hoy, Assad? ¿Patear con Gordon las calles traseras de Kongens Have en busca de lugares en los que Rigmor Zimmermann pudo haber mostrado su abundante dinero o buscar a un empleado de la acería que conozca las circunstancias del accidente del padre de Rose?

Assad lo miró con ojos tristes.

—¿Crees que no sé lo que te traes entre manos, Carl? ¿Soy acaso una madre camello que ha perdido a su cría?

—Eh... Me parece que no...

—Cuando una madre camello está triste, no produce leche, se tumba en el suelo y no hay nada en el mundo que la haga levantarse. Hasta que se le da una buena palmada en el culo.

—Eh...

—Por supuesto, lo segundo, Carl.

Carl estaba perdido.

—Encuentro a ese hombre de la acería, ¿no? Y de lo de Gordon ya puedes olvidarte. Hizo la ronda ayer, en cuanto salimos del despacho de Mona. ¿No dijo que iba a hacerlo?

Carl se quedó mudo.

—Sí, es verdad —asintió Gordon al minuto siguiente en la sala de emergencias—. Estuve en todos los quioscos, bares y restaurantes, en el puesto de salchichas y en todas partes entre Store Kongensgade y Kronprinsessegade, por un lado, y entre Gothersgade y Fredericiagade, por otro. Les mostré una foto de Rigmor Zimmermann y un par de personas la reconocieron con ciertas reservas, pero llevaban bastante tiempo sin verla. No había ninguna explicación de a quién podía haberle restregado las narices con sus billetes.

Carl estaba impresionado, el tipo debía de haberse movido pitando de un sitio a otro en tan poco tiempo. De manera que, por una vez, era una ventaja tener unas piernas tan largas.

—Estoy tratando de encontrar a la amiga de Rose de los tiempos de la escuela —continuó—. He llamado al instituto, y en la secretaría me han confirmado que en 1994 llegó una chica nueva a la clase de Rose. Se llamaba Karoline, tal como dijo Yrsa en el despacho de Mona. No les quedaban archivos de aquella época, pero uno de los maestros recordaba tanto a Rose como a Karoline. Incluso se acordaba de que su apellido era Stavnsager.

Carl levantó el pulgar en el aire.

—Bueno, todavía no la he encontrado, pero lo conseguiré, Carl. Se lo debemos a Rose, ¿no?

Pasada una hora, Assad estaba ante la puerta entreabierta de Carl.

—He encontrado a un antiguo empleado de la acería. Se llama Leo Andresen y es miembro de una asociación de trabajadores retirados que analizan la historia de la fábrica. Va a tratar de encontrar a alguien que estuviera cerca de la nave W15 cuando sucedió lo del padre de Rose.

Carl alzó la vista de sus papeles.

—Desde entonces han pasado muchas cosas allí, Carl. La fábrica la compraron los rusos en 2002. La planta se ha dividido en diferentes empresas, y en lo que es la acería solo quedan trescientos trabajadores de los miles que había antes. Me ha dicho que se hicieron inversiones de miles de millones y que muchas cosas han cambiado desde aquella época.

—No es de extrañar. El accidente se produjo hace diecisiete años, Assad. Pero ¿qué hay de la nave que has mencionado? ¿Sigue igual? Eso nos permitiría inspeccionar el lugar del accidente.

Assad se encogió de hombros; al parecer no había preguntado sobre la nave. No estaba muy en forma.

—Leo Andresen quería verlo todo. Recordaba con claridad el accidente, aunque no tenía relación con la gente que estuvo cerca. Trabajaba con corrientes de alta tensión, creo que dijo, en otra sección. Es que la fábrica es enorme.

—Entonces, toquemos madera para que encuentre a alguien que sepa algo más.

Carl puso los papeles delante de Assad.

—Aquí hay dos extractos de banco, y no me preguntes cómo los he conseguido.

Marcó círculos en torno a diferentes cifras a primeros de mes en ambos documentos.

—Mira aquí, y aquí, y aquí.

Carl señaló varios círculos.

—Este es el extracto de Rigmor Zimmermann desde el uno de enero. Como ves, hay una retirada de fondos mayor todos los principios de mes. Y mira aquí.

Señaló un par de cifras en el otro extracto.

—Esta es la cuenta de la hija. Es curioso que en el mismo período se ingrese una cantidad un poco inferior a principios de mes; de modo que Birgit Zimmermann recibía el dinero en metálico de su madre antes de ingresarlo en su cuenta, y tenía domiciliados los alquileres de ella y de su hija, los gastos de calefacción y cosas por el estilo. Es lo que se desprende de estos documentos.

Los ojos de Assad casi se llenaron de lágrimas.

—Bingo —dijo en voz baja.

Carl asintió con la cabeza.

—Exacto. Bingo. ¿Y qué nos hace pensar eso? ¿Rigmor Zimmermann sostenía por sistema a su hija y a su nieta?

—Y este mes no lo ha hecho, claro, porque la mataron el veintiséis de abril. —La mirada de Assad mostró el mismo centelleo sereno que cuando se levantaba de su alfombra de orar.

Contó con los dedos mientras recitaba los hechos.

—UNO. Por lo que nos ha dicho Birgit Zimmermann, la madre llevaba el dinero consigo cuando la visitó el veintiséis de abril.

»DOS. El dinero no ha sido ingresado en la cuenta de Birgit, y por eso hay un montón de facturas sin pagar del mes de mayo.

»TRES. Por tanto, puede concluirse que la hija no recibió el dinero el día que mataron a Rigmor Zimmermann.

»CUATRO. Aquel día ocurrió algo para que Rigmor Zimmermann decidiera no entregar el dinero a su hija, como acostumbraba.

»CINCO. ¡Y no sabemos por qué!

—Así es, Assad. Y SEIS: ¿De qué nos vale esto si no sabemos qué relación había entre Birgit y Rigmor Zimmermann?

—Por supuesto que debemos plantearle a Birgit todo esto, pero creo también que deberías investigar algo más el pasado de su madre. ¿Quién era en realidad Rigmor Zimmermann? ¿La razón de que ayudara a su hija era que esperaba conseguir algo a cambio? ¿Y el veintiséis de abril se abstuvo de pagar porque no había recibido lo que debía recibir? ¿Se trataba de una forma de chantaje? ¿O se trataba más bien de que por alguna razón decidió usar otro procedimiento?

—¿A qué te refieres?

—¿Por qué se le da a otra persona dinero en efectivo? Porque quien lo recibe no tiene que pagar impuestos por ello, pienso yo. Pero ¿y si a Rigmor Zimmermann le entró canguelo? Quizá se diera cuenta de pronto de que nuestro mismo razonamiento lo podía realizar la Agencia Tributaria con la mayor facilidad. Y no se atrevió a volver a hacerlo. Puede que pensara que no tenía por qué pagar la multa por el fraude social de su hija y de su nieta.

—¿Podría llegar a tanto?

—Tal vez, si la cantidad era muy elevada. Pero no, no lo creo, aunque quizá ella sí lo creía. Pudiera ser también que Rigmor Zimmermann hubiera decidido ingresar el dinero directamente en la cuenta de su hija. Quizá supiera de sus problemas con el alcohol y no quería arriesgarse a que malgastara el dinero.

—¿Y Birgit Zimmermann no podía sacar dinero después y gastárselo en alcohol?

Tenía razón, por supuesto. En aquella ecuación, por lo demás tan sencilla, había muchas incógnitas.

—Al menos, la madre tenía dinero para ayudar a su hija y a su nieta, por lo que veo.

Assad señaló el saldo final. Había más de seis millones de coronas.

Carl hizo un gesto afirmativo. Solo eso era ya un motivo para desear su muerte.

—¿Sospechamos de Birgit Zimmermann, Carl?

—No lo sé, Assad. Investiga su historia, la de su madre y la de la nieta. Descubre algo, y dame también el número de teléfono del trabajador de la acería. Ya me encargo yo de él.

—Se llama Leo M. Andresen, y antes fue enlace sindical y jefe de departamento. Así que sé amable con él, Carl.

¡Esa sí que era buena! ¿Acaso no era siempre amable con la gente?

La voz del ex enlace sindical Leo M. Andresen sonaba joven, a pesar de estar jubilado, y su jerga, más joven aún; en suma, que era imposible calcular su edad por teléfono.

—Podemos reunirnos aquí cuando haya encontrado a alguien que sea un poco espabilado, Carl Mørck. No creas que es tan fácil, con tanto granuja como anda por aquí, ja, ja. Bueno, pero si hay suerte nos damos un voltio por la fábrica y echamos un ojo al sitio donde la palmó.

—Eh... ¡Gracias, de acuerdo! Pero entonces, ¿el lugar del accidente sigue existiendo? Tenía entendido que se habían hecho muchos cambios.

El hombre rio.

—Sí, la nave W15 la han ampliado por aquí y por allá, eso es verdad. Ahora los palastros llegan directos de Rusia, porque ya no hay fundición en la acería; por eso, las necesidades de espacio son diferentes. Pero la parte de la nave en la que Arne Knudsen ascendió a los cielos sigue casi igual que antes.

—¿Palastros? ¿Qué es eso? ¿Palas de astros?

—Ja, ja, sí, podría ser. No, son los bloques de acero que nos mandan los rusos y que se laminan en la acería para hacer planchas.

—Vaya, de modo que ¿es lo único que se hace en la acería?

—Lo único, lo único... No te pienses que es poco, son unos bichos pesados. Nosotros recibimos en bloques el acero de

Rusia, lo calentamos a unos mil doscientos grados y lo aplastamos para hacer planchas de todos los tamaños, según los pedidos.

Carl tenía más preguntas que hacer, pero alguien gritó desde atrás «Leo, ya está el café», y el hombre se despidió.

Está claro: en la vida de un jubilado, las prioridades pueden cambiar de modo drástico de un segundo a otro.

27

Jueves 26 de mayo de 2016

Michelle estaba sentada en el borde del sofá con la cabeza entre las manos. Todo era tan espantoso que había pasado la mayor parte de la noche llorando. En cuanto llegaron a casa trató por todos los medios de hacerles comprender la gravedad del asunto. Que habían perpetrado un robo a mano armada y después disparado a una chica.

Que en la radio no hablaban de otra cosa.

Pero las otras se rieron de ella, brindaron con champán tibio y le dijeron que si volvía al piso de Patrick con las dos mil coronas que decía que le debía y después lo escuchaba como si acabase de caerse de la luna cuando él le contara lo ocurrido en la discoteca, desde luego nadie sospecharía de ella.

Y en cuanto a lo de Birna, no tenía que pensar en eso. Al fin y al cabo, se lo había buscado. Pero Michelle no estaba tranquila, y no solo a causa de aquello. Apenas seis días antes había estado a punto de morir atropellada, y era puro milagro que, pese a los dolores y contusiones, hubiera salido tan bien parada. Pero ¿sus dos amigas habían tenido alguna consideración con ella? No, en absoluto. Llevaban tres días viviendo en el piso, ¿y qué había pasado? Pues que Michelle no hacía otra cosa que limpiar lo que ellas iban dejando. ¿Eso estaba bien, teniendo en cuenta que era ella, y no las otras, la que había estado en el hospital y aún tenía dolores de cabeza de vez en cuando? A ella le parecía que no.

Había ropa tirada por todas partes. Las tapas de los tarros de maquillaje estaban sin enroscar. Había pasta de dientes en el espejo, pelos en el lavabo, números de teléfono sin borrar de los *sugardaddies* en los azulejos de la pared. Nunca tiraban de la cadena del váter. Las otras dos no cocinaban, lo hacía Michelle, y también debía ocuparse de fregar la vajilla. En general, aquellas dos chicas no eran como ella creía que eran. Las chicas guay que conoció en la Oficina de Servicios Sociales eran unas cochinas en casa, por lo que veía.

Además, Denise llevó a uno de sus *sugardaddies* a la casa, ya de noche, a pesar de que habían acordado no hacerlo, y entonces tenía que intentar dormir con aquello al lado. Y le daba más dolor de cabeza. La verdad, no podía aguantarlo.

¡Y, encima, lo sucedido la víspera! Al contrario de lo que le habían asegurado, aquello terminó muy mal. Y, para empeorar las cosas, no parecían estar nada preocupadas. La pistola la volvieron a dejar tal cual en la caja del balcón. Pero ¿no habían pensado que, si Birna moría, la pistola era un arma homicida? Si Jazmine pudo encontrarla en la caja, la Policía también lo haría. Aquello se le hacía insoportable.

Miró la pantalla del televisor y se echó a temblar, pensando en las consecuencias. Esas dos tías estaban dormidas en sus cuartos, a pesar de que ya habían dado las diez, y en TV2 News no se hablaba de otra cosa que del robo y de la mujer tiroteada. No decían nada acerca de si Birna estaba viva o muerta. ¿No solían decirlo?

Y había billetes por todas partes, porque Jazmine y Denise, en su borrachera, los lanzaron al aire y los dejaron caer como si fueran copos de nieve. El dinero era legal, por supuesto, pero ¿cómo iba a explicarle a Patrick que de repente podía pagarle lo que le debía? Era final de mes, cuando solía estar sin un céntimo, y ¿no la conocía lo bastante como para saber que debía de haber gato encerrado? Sí, seguro que sí.

Cuando se ponía a pensar en él y en el tiempo que llevaban juntos, no podía contener el llanto. ¿Por qué lo había dejado? ¿Y por qué no aceptó aquel trabajo en la lavandería cuando era lo que él deseaba?

En la pantalla apareció un reportero vestido con una parka gris delante de la sala Victoria. Llevaba un micrófono en la mano y sus labios se movían, y se veían tomas de diversos ángulos.

Michelle subió el volumen.

—Las dos mujeres, que ocultaban el rostro con pañuelos, escaparon con un botín de más de ciento sesenta y cinco mil coronas.

238

Las cámaras de vigilancia han captado imágenes y, aunque al parecer ellas sabían dónde estaban colocadas y tenían los rostros cubiertos, ya se conocen más detalles de su edad y constitución. Los expertos de la Policía creen, partiendo del modo de caminar y de la ropa, que debe de tratarse de dos danesas hijas de inmigrantes, de unos veinte años, con figura atlética y una altura de más o menos un metro setenta en un caso, y tal vez algo más en el otro. Según el encargado agredido y uno de los vigilantes, ambas tenían los ojos azules.

Michelle miró conteniendo la respiración los abundantes vídeos de Denise y Jazmine vistas desde arriba, de lado y a distancia. Menos mal que no se les veía la cara, como decía el reportero, y la ropa que vestían podía llevarla cualquiera; aquello la consoló un poco.

—Se está tratando de realizar una identificación más detallada con uno de los vigilantes, que fue el único en verlas sin pañuelo.

El reportero giró la cabeza hacia la otra cámara.

—Se cree que desaparecieron por Sydhavnsgade, y, a fin de saber adónde se dirigieron después, la Policía está interrogando a las compañías de taxi y revisando imágenes de las cámaras de vigilancia de las estaciones de suburbano próximas y en sus cercanías.

Después se giró de nuevo hacia la primera cámara.

—La relación entre el robo y el tiroteo junto a la discoteca continúa sin aclararse, pero según el encargado de la sala Victoria, que fue agredido por las dos mujeres, emplearon una pistola de tipo Parabellum, llamada también Luger, un icono de nueve milímetros de la Segunda Guerra Mundial, que se corresponde con el calibre de la bala que impactó en la mujer.

Luego mostraron una foto del tipo de pistola, y Michelle la reconoció. En la caja del balcón trasero había una idéntica a aquella.

—La joven que ha recibido un balazo es conocida por la Policía. Se trata de Birna Sigurdardottir, de veintidós años, detenida en varias ocasiones por violencia y disturbios callejeros. Por eso, la Policía no descarta que fuera cómplice, e incluso que quizá fuera la organizadora del robo. En este momento, la Policía interroga a dos mujeres que cree son miembros de una banda liderada por Birna Sigurdardottir. Junto a ella, ambas han llevado a cabo varias agresiones contra mujeres, sobre todo en el barrio del suroeste de Copenhague, donde se produjo también el robo.

Michelle sacudió la cabeza. Cuánta gente las buscaba. ¿Qué dirían su madre y su padrastro si se enteraban de que había participado en aquello? Se quedó helada de solo pensarlo. ¿Y cómo iban a mirarla sus conocidos si supieran que de alguna manera había sido cómplice de aquello?

–Birna Sigurdardottir se encuentra en estado muy grave, según los médicos del Hospital Central; hasta ahora ha sido imposible interrogarla, y lo más probable, si el diagnóstico es acertado, es que no puedan hacerlo.

Michelle miró al vacío. Si moría, era asesinato. Y si no, Birna sabía quiénes eran. Al menos podría señalar a Jazmine, y entonces lo descubrirían todo porque, si la Policía encontraba a Jazmine y la interrogaba, no estaba segura de que fuera a aguantar callada.

Ocurriera lo que ocurriese, la situación no podía ser peor.

Miró el reloj. El reportero iba a terminar la transmisión, porque eran casi las once y ahora venían los anuncios.

–La Policía ha concluido que, ya que las autoras conocían el local, han podido contar con la complicidad de algún empleado. En ese contexto, varios de ellos están siendo interrogados. Volveremos cuando tengamos más noticias del caso.

Michelle se recostó en el sofá. ¡Santo cielo! ¿Y si interrogaban a Patrick?

Apretó los labios. Tenía que marcharse de allí. A casa de Patrick, lejos.

Mientras recogía sus cosas, pensó en cuántos billetes podría llevarse, porque no habían hablado del reparto. Tal vez las otras se pusieran intratables si se llevaba algo.

Al final decidió llevarse las veinte mil que había en un montón sobre la mesa baja; no eran gran cosa comparadas con las ciento sesenta y cinco mil, y, si las guardaba bien y solo le daba un poco a Patrick, tampoco iba a pasar nada.

Llamó a la puerta del cuarto de Denise y entró, aunque no parecía haber señales de vida.

Estaba tendida en la cama, medio inconsciente, vestida, con la boca abierta y la almohada embadurnada de maquillaje; parecía una puta. La otra almohada la tenía bien apretada entre las piernas, y había billetes desparramados sobre la cama y por el suelo. Michelle estaba escandalizada.

—Me voy, Denise —anunció—. Y no voy a volver, ¿vale?

—*Mmmale* —masculló Denise. Ni se molestó en abrir los ojos.

En la calle, Michelle trató de pensar en cosas positivas en medio de aquella maldita situación.

Lo primero y lo mejor era que Patrick podría testificar que ella no participó en el robo y que nadie sabía que ella y las otras dos chicas se conocían. Luego había otro aspecto positivo: que Denise se había ocupado de que no se pudieran seguir las huellas del taxi. El primero las llevó hasta Rådhuspladsen, desde allí caminaron hasta Ørstedsparken, donde arrojaron los pañuelos y chaquetas delante de una sin techo que dormía como un tronco en un banco. De allí fueron en autobús hasta la estación de Østerport y después continuaron hacia Stenløse en un taxi de otra compañía.

Dutante el trayecto, Jazmine y Denise hicieron como si nada, y hablaron entusiasmadas de lo bien que habían cenado en un restaurante de la zona. El taxista las dejó al otro lado de la estación de Stenløse, desde donde fueron hasta casa andando. No estaba mal.

Por último, aunque no en importancia, Michelle dudaba que alguien pudiera sospechar que una chica a la que habían intentado atropellar días antes fuera a estar envuelta en un robo.

Por otra parte, claro, estaban Jazmine y Denise. Si aquella Birna despertaba, o si la Policía de alguna manera las encontraba, ¿serían capaces de aguantar los interrogatorios o empezarían a cantar? Y si lo hacían, ¿la arrastrarían también en la caída, pese a haber prometido que no lo harían?

Michelle sintió vértigo. Casi había llegado a la estación. ¿Debería dar la vuelta y regresar a casa para aclarar las cosas? Se detuvo y sopesó pros y contras. Ellas mismas habían dicho que debía ir al piso de Patrick a liquidar la deuda; ¿no era lo que debía hacer?

Pero ¿y si la Policía se lo había llevado para interrogarlo y no estaba en casa? Eso tenía que saberlo antes que nada.

Sacó el móvil del bolso. Si respondía el teléfono, buena señal. Así podría anunciar su llegada y decirle que llevaba el dinero, y así él tampoco estaría desprevenido. Michelle sonrió. Tal vez incluso se pusiera contento, tal vez estuviera esperándola para convencerla de que se quedara. La víspera ¿no hubo un pequeño destello de esperanza entre ellos? A ella le pareció que sí.

Entonces oyó un ruido seco que hizo que se volviera hacia un coche negro que se precipitaba hacia ella.

Lo último que llegó a registrar fue que detrás del volante apareció otra vez un rostro conocido que no debería estar allí.

28

Jueves 26 de mayo de 2016

Rose miró fijamente la pared.

Cuando mantenía la mirada clavada en la superficie amarillenta y se quedaba quieta del todo, se sentía rodeada de un vacío que despojaba de conciencia a su cuerpo. En aquel estado, no se sentía ni despierta ni dormida. Su respiración era imperceptible y su aparato sensorial estaba en hibernación. Era como una muerta viviente.

Pero cuando, después, los sonidos del pasillo la despertaban, varias ideas encadenadas la atravesaban y, pese a su insignificancia, la dejaban desfallecida. El clic de una puerta, un gemido de otro paciente, un paso..., no hacía falta más para que Rose tuviera que boquear en busca de aire y se echara a llorar.

Le habían recetado medicinas que podían interrumpir sus procesos mentales. Medicinas que la dejaban atontada y medicinas que la arrastraban a un profundo sopor sin sueños. Y aun así, reaccionaba al menor estímulo.

Antes de que la ingresaran, pasó semanas en las que apenas dormía por la noche. Una acumulación casi inhumana de horas sombrías que solo podía reprimir si se torturaba de modos variados.

Rose sabía bien por qué debía ser así. Porque, si tenía un solo momento de descuido, se encontraba indefensa, arrojada a una cascada de reencuentros con la boca de su padre chillando y sus ojos parpadeantes, casi asombrados, en el momento de morir. Y en esas horas, sin poderlo evitar, Rose gritaba al techo que la dejara en paz y se arañaba la piel para que el dolor ahogara por unos segundos aquellas ideas obsesivas.

—Largo de aquí —empezó a mascullar, pasado un tiempo. Y cuando, tras muchas horas, la voz dejó de obedecerle, se puso a pensarlo mientras lo escribía.

Cuando pasaron cuatro días sin haber dormido ni comido, pidió que la ingresaran.

Como casi siempre, Rose sabía dónde estaba, pero le costaba controlar el tiempo. Le habían dicho que llevaba allí casi nueve días, pero igual podían haber sido cinco semanas. Y los médicos, a quienes conocía desde su último ingreso, insistían en asegurarle que, fuera cual fuese su percepción del tiempo, carecía de importancia. Siempre que notara algún avance, por insignificante que pudiera parecer, no había que preocuparse por nada.

Y Rose sabía que mentían. Que esta vez iban a hacer todo lo posible por no prestar atención a su integridad y acelerar e intensificar el tratamiento para al fin tener un control total sobre ella.

Veía en sus rostros la distancia cuando se deshacía en llanto, y a las enfermeras les costaba mantener la cara de póquer. No expresaban compasión ni simpatía, como la última vez, sino más bien la irritación que puede sentir un profesional cuando las cosas no fluyen como deben.

En las entrevistas, abogaban siempre por una voluntad íntegra y le decían que debía contarles como pudiera y le apeteciera lo de su soledad y el acoso, y lo de sentirse traicionada por su madre y haber echado a perder su infancia.

Por supuesto, nunca iban a acceder al nivel más profundo de su sombrío interior, porque era suyo y solo suyo. En aquel espacio se encerraba la verdad de la muerte de su padre, y no había que remover en la vergüenza y la conmoción causadas por su participación en la tragedia.

No, Rose mantuvo la distancia, era su especialidad. Si eran capaces de dar con un medicamento que hiciera desaparecer su odio, su sentimiento de culpa y su dolor, se daría por satisfecha.

Fueron a buscarla a la sala común cuando estaba llorando, y ella creyó que iban a llevarla a su habitación para que no molestara al resto de pacientes; pero la condujeron al despacho del jefe de servicio.

Junto al jefe de servicio estaban un ayudante que a ella no le gustaba nada, la enfermera de la sección y también uno de los médicos jóvenes que se ocupaban de la medicación. Tenían un aspecto serio, y Rose supo que había llegado el día en el que, una vez más, iban a hacerle otra oferta de electrochoque.

Lo único que pasaba era que nadie en este mundo iba a hurgar en el cerebro de Rose. Lo que había conocido en su vida no lo iban a retirar de su memoria. No iban a adormecer lo que le quedaba de chispa vital e ideas creativas. Si no podían encontrar la medicina que la tranquilizase, no quería estar allí. Había cometido delitos y hecho cosas de las que no estaba orgullosa, y eso no podían borrarlo.

Tendría que acostumbrarse a ello. No quedaba otra.

El jefe de servicio la observó con esa mirada sosegada que se adquiere con la práctica. La manipulación se expresaba de muchas maneras, pero, aunque lo intentaras con todas tus fuerzas, no podías engañar a una policía acostumbrada a las mentiras y a la maldad.

—Rose —dijo con voz aterciopelada—. He pedido que subas al despacho porque ha llegado a nuestro conocimiento cierta información que podría afectar nuestra percepción de tu estado y de lo que debemos hacer para mejorarlo.

Le tendió un paquete de pañuelos desechables, pero ella lo rechazó.

Rose frunció el ceño y se secó los ojos con el dorso de la mano, se giró hacia la pared y la miró con intensidad mientras trataba de bajar el pulso. Aquello no lo había visto venir. ¿Información, decía? Pero no debían hablar de otra información que de la que ella les suministrara, eso desde luego.

Se medio incorporó y pensó que era hora de volver a la habitación a mirar la pared. Después ya vería lo que debía hacer.

—Rose, siéntate, por favor, y escucha. Ya sé que puede parecer muy intimidatorio, pero la gente que te rodea te desea lo mejor, ya lo sabes, ¿no? Y ahora tus hermanas han venido con información sobre algunos de tus cuadernos que después tus compañeros de la Jefatura de Policía han analizado. Han creado, por así decir, una secuencia temporal de tu vida desde que tenías diez años, basándose en tus mantras cambiantes.

245

Rose se sentó, mientras su mirada se desenfocaba y se sentía helada. Los conductos lagrimales se bloquearon, sus mandíbulas se apretaron.

Se giró con lentitud hacia él: por muy receptivo y amable que pareciera, ella lo tenía bien calado. Aquel mierda la había traicionado. Había evitado informarla de antemano sobre los descubrimientos, y declinó contarle que habían recibido información sobre cuyo uso ella debía dar su conformidad. Llevaba días martirizada, y ahora él la llevaba hasta la mismísima sala de tortura.

—Voy a enseñarte un papel en el que aparece un resumen de las frases que has escrito en tus cuadernos desde que eras joven, Rose. Échale un vistazo y dime qué sientes.

Rose no escuchaba. Solo pensaba que debería haber quemado los cuadernos a tiempo y después haberse suicidado, antes de que la demencia se agravara. Porque en aquel momento la acechaba más que nunca, muchas cosas apuntaban en esa dirección.

Junto a ella había un armario con puertas de cristal. A saber qué guardaba el médico dentro, pero Rose no se atrevía a mirarlo, ese era el estado anímico en el que se encontraba. Dos días antes había girado la cabeza hacia el armario, y al ver su imagen reflejada en él se asustó de lo irreal que se sintió. ¿Era realmente ella esa de ahí, la que pensaba las ideas que ahora registraban que era su rostro el que se reflejaba en la puerta de cristal? ¿Eran sus ojos los que absorbían esa impresión en el cerebro, que también era parte de ella? Estaba volviéndose loca con aquellas preguntas imposibles. Lo incomprensible de su existencia la mareaba, como si estuviera bajo los efectos de algo.

—Rose, ¿estás ahí? —El jefe de servicio gesticulaba hacia ella, y Rose giró la cabeza en su dirección. Casi le pareció que la frente de él tocaba la suya y que la estancia era más pequeña que nunca.

Es porque estamos dentro, pensó para sí. La estancia es como suele ser. Lo es.

—Pero escucha, Rose. Por medio de las frases que escribías, ha quedado claro que tratabas de protegerte contra las agresiones allí, se había establecido un vínculo; no una decidida amistad, más bien una especie de relación entre madre e hija que, al contrario de la que Rose había conocido, le daba cierta seguridad y confianza. Había pasado bastante tiempo desde la última vez, pero, en el estado en el que se encontraba, le pareció correcto avanzar hacia la puerta y tocar el timbre.

Se quedó un buen rato junto a la puerta cerrada, hasta que una vecina subió la escalera y se dirigió hacia ella.

—¿Quieres entrar en casa de Zimmermann, Rose?

Rose hizo un gesto de asentimiento.

—No sé dónde has estado últimamente, pero debo darte una mala noticia: Rigmor ha muerto. —Vaciló un momento—. La han matado, Rose. Hoy hace tres semanas. ¿No lo sabías? Tú eres policía, ¿no?

Rose alzó la mirada. Hacia el cielo. Hacia lo infinitamente incomprensible. Por un instante desapareció del mundo. Cuando volvió a él, fue como si el mundo hubiera desaparecido para ella.

—Sí, es algo terrible —la consoló la mujer—. Terrible, lo sé. Y luego la joven que han atropellado aquí al lado, esta mañana, un coche que se ha dado a la fuga. ¿Tampoco sabías eso?

psíquicas de tu padre por medio de diálogos internos con él. Sabemos más o menos cuándo y por qué ibas cambiando las frases, pero no sabemos con precisión qué es lo que se movía en tu interior. Creo que probablemente buscabas alguna respuesta que pudiera ayudarte a salir de la oscuridad en la que te encontrabas. Y es eso lo que debemos controlar de una vez por todas, para que puedas librarte de esas ideas obsesivas. ¿Quieres hacer la prueba, Rose?

«Prueba», decía, como si fuera un juego.

Los brazos de Rose yacían flácidos en su regazo cuando deslizó la mirada por encima del papel y siguió hacia el techo. Percibía con enorme nitidez a las cuatro personas que la miraban con expectación. Tal vez esperasen que toda aquella mierda la hiciera derrumbarse. Tal vez creyesen que con aquellos métodos iban a lograr que les contara lo que nunca había contado, y que allí iban a encontrar respuesta a las razones de su estado actual. Como si sus maniobras fueran a hacer que revelase lo que la medicina, la charla almibarada, los avisos, las advertencias y las oraciones no habían podido. Como si fuera un suero de la verdad, auténtica escopolamina en forma de papel.

Rose conectó su mirada velada con la del jefe de servicio.

—¿Me quieres? —le preguntó con exagerada claridad.

El jefe de servicio no fue el único que mostró perplejidad.

—¿Me quieres, Sven Thisted? ¿Puedes decir que me quieres?

Él buscó las palabras. Balbuceó que por supuesto que la quería, igual que quería a todas las personas que le confiaban sus ideas más íntimas. Como los que necesitaban ayuda, como los...

—Venga, deja ya ese puñetero tono paternalista, ¿quieres? —Se volvió hacia los demás—. ¿Qué decís vosotros? ¿Tenéis alguna respuesta mejor?

Fue la enfermera la que hizo las veces de oráculo.

—No, Rose, y tampoco puedes pedirnos algo así. La palabra «querer» es demasiado grande, demasiado íntima, ¿no lo comprendes?

Rose asintió, se levantó, se dirigió hacia la mujer y la abrazó. La enfermera, por supuesto, lo malinterpretó y le dio unas palmadas consoladoras en el hombro, pero no era eso lo que Rose quería. La abrazó, de modo que el contraste fue notable cuando se giró hacia los tres médicos y les habló entre dientes, tan cerca que sus rostros se vieron rodeados de una nube de saliva.

—¡Traidores, eso es lo que sois! Y NADA en el mundo va a hacerme regresar al lugar donde unos curanderos brillantes, bien pagados y sabihondos, que no me quieren, tienen en mente unas ideas que son más peligrosas para mí que las mías propias.

El jefe de servicio intentó mostrarse indulgente, pero su actitud cambió cuando Rose avanzó hacia él y le dio una bofetada que hizo que los otros dos se echaran atrás en sus sillas.

Cuando pasó junto a la mesa de la secretaria que había en el pasillo, la mujer alcanzó a decir que un tal Assad estaba al aparato y quería hablar con ella.

Rose se giró hacia ella de un tirón.

—¡Ah, ¿sí, eh?! —gritó—. ¡Pues dile que se vaya a tomar por saco y que me dejen en paz!

Le dolió muchísimo, pero quienes la habían traicionado y husmeado en su vida ya no pertenecían a su mundo.

Cincuenta minutos más tarde, Rose iba de camino a la parada de taxis frente al hospital de Glostrup. Estaba demasiado débil para aquello, lo sabía, porque la medicina que seguía teniendo en el cuerpo hacía que su entorno se moviera a cámara lenta y ella fallara en el cálculo de las distancias. Le parecía que, si vomitaba, caería al suelo y no se levantaría, de modo que se apretó el cuello con la mano que le quedaba libre y eso, por extraño que parezca, por lo visto le ayudó.

Pero se encontraba mal. Visto con frialdad, lo más probable era que nunca volviera a funcionar con normalidad, así que iba de puta pena, por decirlo suave. Entonces, ¿por qué no terminar con todo? Durante los últimos años había acaparado pastillas suficientes para quitarse la vida. Bastaría un vaso de agua y el movimiento de tragar durante unos segundos, y todas aquellas odiosas ideas desaparecerían con ella.

Dejó al taxista quinientas coronas de propina, y el trato le proporcionó un instante de felicidad. Luego, mientras subía las escaleras a su piso, pensó en un pobre mendigo de piernas deformes que vio una vez en la plaza de la catedral de Barcelona.

Ya que de todas formas iba a dejar este mundo, co[...] cirse, ¿no podría hacer que sus recursos se repart[...] gente desgraciada como él? No es que tuviera much[...] pero, por ejemplo, ¿y si, en lugar de echar a perder su[...] con pastillas para dormir, se cortara las venas? Dejaría [...] al lado en la que habría escrito que donaba sus órganos [...] ría a una ambulancia mientras se desangraba. ¿Cuánto [...] antes de perder la conciencia podía llamar sin riesgo de [...] garan a tiempo para salvarla? Esa era la cuestión.

Entró en el piso y cerró con llave, desconcertada por [...] aquellas posibilidades y dificultades, después miró la pared s[...] cargada con sus escritos. ¡LARGO DE AQUÍ!, ponía. Largo de [...]

Las palabras la golpearon como un martillazo. Ahora ¿q[...] hablaba a quién? ¿Era ella quien maldecía a su padre o er[...] padre quien la maldecía a ella?

Dejó caer al suelo la bolsa de viaje y se llevó la mano al p[...] cho. Una presión interior empujaba la lengua contra el palad[...] la garganta se le cerraba. La sensación de ahogo era tan pronun[...] ciada que el corazón le latía como un taladro neumático par[...] llevar oxígeno al organismo. Miró alrededor con los ojos abier[...] tos de par en par y observó cómo la habían traicionado. Reno[...] vando las velas de los candelabros. Cubriendo la mesa con u[...] mantel limpio. Apilando los blocs de notas de sus casos del De[...] partamento Q en un montón cuadrado sobre la cómoda, debaj[...] del espejo. De pronto las sillas estaban de pie. Habían pasado l[...] bayeta por las manchas pegajosas de su equipo de música y d[...] las paredes y las alfombras.

Apretó los puños y jadeó en busca de aire. No debería per[...] mitirse a nadie entrar en la casa de otra persona y decidir qu[...] era normal y cómo debía comportarse entre sus propias cuatro[...] paredes la persona que vivía allí. Su ropa sucia y los platos sir[...] fregar, la basura, los papeles del suelo y la marcada impotenci[...] eran suyos y solo suyos, nadie debía enredar en sus cosas.

¿Cómo carajo iba a poder funcionar en aquel piso esterili[...] zado y violentado?

Cuando empezaron a dormírsele las piernas, se encaminó ha[...] cia la puerta de su vecina. Durante los años que llevaba viviendo[...]

29

Jueves 26 de mayo de 2016

Carl encontró a un Assad afligido ocupado en enrollar la alfombra de orar sobre el suelo del minúsculo despacho.

—Pareces triste, Assad. ¿Qué ocurre? —preguntó.

—No me ocurre nada, Carl, ¿por qué preguntas?

Sacudió la cabeza.

—He llamado a la planta de Rose para preguntar cómo le iba, y la he oído gritar en segundo plano que me fuera a tomar por saco y que la dejáramos en paz.

—¿La has oído?

—Sí, por el teléfono de la secretaria. Quería saber cuándo podíamos visitarla. Ha debido de pasar al lado cuando he llamado.

Carl dio una palmada en el hombro a su escudero; no merecía de ninguna manera palabras tan duras.

—Pues vamos a tener que respetarlo, Assad. Si Rose empeora por ponernos en contacto con ella, no le hacemos ningún favor insistiendo.

Assad agachó la cabeza. Lo estaba pasando mal, la apreciaba mucho, sin duda. Carl iba a tener que sacarlo de aquel estado que no le convenía a nadie.

—¿Te ha contado Assad lo que le ha gritado Rose?

El rostro alargado de Gordon se arrugó un poco. De modo que se lo había contado.

—Es culpa mía que haya reaccionado así —dijo en voz baja—. No debí insistir en lo de los cuadernos.

—Se recuperará, Gordon. Ya hemos pasado por cosas parecidas antes.

—Lo dudo.

Carl también lo dudaba, sin embargo dijo:

—Tonterías, Gordon, hiciste lo que debías; pero yo, no. Debí consultar con ella antes de ir a su piso y de entregar tus notas a esos psiquiatras. No fue nada profesional.

—Si se lo hubieras preguntado, ¡ella te habría dicho que no!

Carl lo señaló con el índice.

—Exacto. No eres tan tonto como aparentas, Gordon, que ya es decir.

Gordon alisó sus apuntes con aquellos dedos largos capaces de asir sin problema un balón de baloncesto. La fina capa de grasa almacenada en su cuerpo los últimos años había desaparecido a la velocidad del rayo en cuanto ingresaron a Rose. Las bolsas rosáceas bajo sus ojos se habían amoratado, y la piel tachonada de pecas estaba blanca como la cal. Nadie diría que tenía un aspecto atractivo.

—Como ya sabemos —continuó con los datos—, el marido de Rigmor Zimmermann fue dueño de una zapatería en Rødovre y tenía la exclusiva para Dinamarca de una buena firma de zapatos. Cuando murió, en 2004, dejó una gran suma de dinero. Rigmor Zimmermann vendió el negocio, la representación, la casa, los coches y demás trastos y se mudó a un piso. Desde entonces ha cambiado de casa varias veces, aunque, cosa extraña, está empadronada donde vive su hija. Creo que es algo antiguo, que no ha cambiado de dirección.

Carl miró a Gordon.

—¿Por qué estás investigando tú a Rigmor Zimmermann? ¿No ibas a buscar a Karoline, la amiga de Rose? ¿Esto no era cosa de Assad?

—Compartimos un poco el trabajo, Carl. No nos queda otra, ahora que no está Rose. Assad comprueba la historia de Fritzl Zimmermann, y hemos encomendado al registro civil que encuentren a Karoline. Van a respondernos dentro de poco.

—¿Por qué investiga Assad al hombre? Joder, no tiene nada que ver con el caso.

—Es que es justo eso lo que quiere investigar Assad. Le parece extraño que muriera al día siguiente de que asesinaran a Stephanie Gundersen en el parque de Østre Anlæg.

—¡¿Cómo dices?!

—¿Lo ves, Carl? Assad reaccionó igual cuando se enteró. Mira.

Aparecieron de nuevo los dedos palillo.

—Stephanie Gundersen apareció muerta el siete de junio de 2004, y Fritzl Zimmermann murió ahogado el ocho de junio de 2004.

—¿Ahogado?

—Sí, en Los Lagos. Cayó de cabeza con su silla de ruedas, ochenta y seis años. Se desplazaba en silla de ruedas desde que medio año antes sufrió un infarto. Por lo que dicen, tenía la mente lúcida, pero le faltaban fuerzas para maniobrar la silla de ruedas.

—¿Y cómo llegó hasta allí?

—La mujer lo sacaba a pasear al anochecer, pero había ido a casa en busca de un jersey para él. Cuando volvió, la silla estaba volcada en el agua poco profunda y el hombre flotaba algo más allá.

—¿Cómo cojones puede ahogarse uno en el agua poco profunda de Los Lagos, que deben de estar llenos de gente en esa época del año?

—En el informe policial no se dice nada sobre eso. Ella fue a casa a por un jersey, de modo que haría fresco aquella noche. Es posible que hiciera demasiado fresco para dar un paseo en mangas de camisa.

—Compruébalo.

—Eh..., de acuerdo. Pero ya lo he hecho. El verano de 2004 fue muy frío y lluvioso. De hecho, hubo que esperar hasta principios de agosto para el primer día veraniego de verdad. Un récord bastante triste.

Carl trató de recordarlo. Fue el año anterior a que Vigga lo dejara. Se suponía que iban a ir de vacaciones de cámping a Umbría, pero entonces surgió un problema y acabó alquilando, para gran descontento de Vigga, una casa de veraneo en Køge. Sí, recordaba muy bien aquel verano, y, a decir verdad, no fue muy romántico. Si lo hubiera sido, quizá habría tenido más posibilidades de no perderla.

—Carl, ¿me escuchas? —oyó un eco por encima.

Levantó la cabeza hacia el careto pálido de Gordon.

—Su esposa dijo que lo aparcó junto a la orilla, como tantas otras veces. No podía descartar que tal vez el hombre de alguna manera soltara el freno, y por eso la Policía no pudo desechar la posibilidad de un suicidio. Al fin y al cabo, tenía ochenta y seis años y ya no podía llevar su negocio. En una situación así es fácil arrojar la toalla, creo yo.

Carl asintió en silencio; pero ¿qué diablos tenía que ver aquello con el resto? Daba la sensación de que andaban un tanto descaminados en aquella historia.

Menos mal que entonces sonó el teléfono.

—Mørck —dijo con voz autoritaria, e hizo señas a Gordon para que saliera.

—¿Eres policía?

—Creo que sí. ¿Con quién hablo?

—¿Qué pasa? ¿No vas a querer hablar conmigo si no te digo quién soy?

Carl se inclinó hacia delante. La voz sonaba apagada y grave, casi como si estuviera tapando el micrófono del receptor.

—Depende de lo que quieras decirme. —Tomó un bloc de notas—. Inténtalo.

—He oído que has hablado con Leo Andresen sobre el accidente de Arne Knudsen, y solo quiero decirte que no hay nada que investigar. Aunque todos nosotros odiábamos al cabrón de Arne Knudsen y cada uno de nosotros rio en su fuero interno cuando murió aplastado, fue un accidente.

—¿Qué te hace pensar que creamos algo diferente? —respondió Carl, pero todo él estaba en alerta—. Verás, estamos investigando el caso para ayudar a un compañero a quien, por lo visto, le afectó mucho.

—Hablas de Rose Knudsen, ¿verdad?

—No puedo pronunciarme al respecto mientras no sepa quién eres y por qué llamas.

—Rose era una chica amable y simpática. De verdad. Era la Rose de todos, aunque no del canalla de su padre.

—Bueno, no es seguro...

—Por supuesto que fue una conmoción para ella, ya que vio cómo sucedía. Ninguna investigación va a remediarlo, espero que lo comprendas. Creía que debías saberlo.

Y colgó.

¡Anda la osa! ¿El tipo aquel no acababa de intentar convencerlo de que fue un accidente? ¿Y por qué lo hacía? La experiencia le decía que eso se hacía en el caso contrario. ¿El hombre con quien había hablado escondía algo? ¿Temía acaso que se sospechara de Rose? ¿O estaba más implicado en el caso de lo que daba a entender?

Mierda. En aquel momento le habría venido bien Rose. Nadie conocía como ella los numerosos misterios de las redes telefónicas internas de Jefatura.

En su lugar, telefoneó a Lis, la secretaria.

—Ya sé que en realidad es trabajo de Rose, pero ¿podrías decirme quién acaba de telefonearme, Lis?

Parecía estresada, pero a los tres minutos ya había encontrado lo que buscaba.

—El abonado se llama igual que uno de mis ídolos, Carl.

—Ajá, de manera que se llama Carl Mørck. Menuda coincidencia.

Lis rio, y Carl sintió un cosquilleo. No había cosa más *sexy* que la risa de una mujer.

—Noo. Se llama Benny Andersson, como el de Abba. Ahora está algo fofo, pero cuando cantaba era de lo más encantador. No tenía más que haberme llamado cuando él y Anni-Frid rompieron, me habría presentado allí al instante.

Dio a Carl el nombre y dirección de quien había llamado, mientras él trataba de quitarse de encima las asociaciones.

—¡Nos vamos de paseo, Assad! —gritó por el pasillo.

—¿Recuerdas el proceso de Núremberg, Carl?

Carl movió la cabeza arriba y abajo. No era difícil recordar las imágenes en blanco y negro de los jefazos alemanes sentados en hileras con los auriculares de baquelita puestos y escuchando a los fiscales hablar de sus repugnantes crímenes de guerra. Göring, Ribbentrop, Rosenberg, Frank, Streicher y todos los demás que esperaban el patíbulo. No había Navidades en casa de la tía Abelone en las que no sintiera escalofríos por las fotografías de *El mundo en texto e imágenes,* que mostraban los cadáveres en todo su horror. Curiosamente, a pesar del tema, eran dulces, buenos recuerdos de una infancia desvanecida, cuando se ponía a pensarlo.

—Hubo muchos procesos así a criminales de guerra, aunque no tantos acusados, por todo el mundo después del conflicto; pero eso ya lo sabrás.

Carl miró el GPS. Quedaban un par de kilómetros.

—Sí, los hubo en todas partes donde habían ocurrido desmanes. Los Balcanes, Japón, Polonia, Francia y también Dinamarca. Pero ¿por qué lo mencionas, Assad?

—Porque Fritzl Zimmermann fue uno de los que intentaron ajusticiar los polacos.

Carl arqueó las cejas y miró a Assad.

—¿El marido de Rigmor Zimmermann?

—¡Sí!

—¿Qué había hecho?

—No pudieron probar nada porque debió de ser uno de los que hicieron limpieza total después de las barbaridades que había cometido. No había supervivientes, punto.

—¿Qué era lo que no pudieron probar, Assad?

—Que Fritzl Zimmermann era la misma persona que el *sturmbannführer* Bernd Krause, que fue cómplice directo en las ejecuciones de soldados aliados encarcelados en Francia, y después de civiles en Polonia y Rumanía. He leído que había abundantes pruebas contra él en forma de fotos y declaraciones de testigos.

Bajó las piernas del salpicadero y rebuscó en la carpeta que había en el suelo.

—No lo entiendo. ¿Declaraciones de testigos? ¿No acabas de decir que hizo limpieza y que no hubo ningún superviviente para documentar su participación?

—Sí, pero los testigos principales eran otros dos oficiales de las SS, y la defensa de Fritzl Zimmermann convenció a los jueces de que la declaración de testimonio era nula, porque los dos oficiales deseaban limpiar sus crímenes de guerra con otro, y el caso se archivó. Crímenes por los que los otros dos fueron ahorcados en 1946.

—¿Y las fotografías que testificaban contra Fritzl Zimmermann?

—He visto un par, pero yo en tu caso me las ahorraría, Carl. Se trataba de ejecuciones brutales. La defensa demostró que varias de esas fotos estaban retocadas y que el hombre que aparecía en ellas era otro. Y salió absuelto.

—¿Absuelto, sin más?

—Sí. Y más tarde apareció un certificado de defunción que decía que el *sturmbannführer* Bernd Krause falleció de difteria el veintisiete de febrero de 1953 en un campo para prisioneros de guerra en los Urales.

—¿Y mientras tanto Fritzl Zimmermann se había convertido en dueño de una zapatería?

—Sí. Empezó discretamente en Kiel y fue progresando con la apertura de dos tiendas en el sur de Jutlandia, antes de establecerse en el suburbio de Rødovre en Copenhague.

—¿Y de dónde has sacado todo eso, Assad? Has tenido poco tiempo para buscar la información.

—Conozco a alguien que tiene contactos cercanos en el Centro Simon Wiesenthal de Austria.

—Pero eso es un centro de documentación de crímenes contra judíos, ¿no?

—Sí, y muchas de las víctimas de Bernd Krause eran judías. Disponen de todos los datos históricos, y te aseguro que en el centro están convencidos de la culpabilidad de Fritzl Zimmermann y de que él y Bernd Krause eran la misma persona.

—¿Lo anduvieron buscando mientras vivía y trabajaba en Dinamarca?

—No se aprecia de forma explícita en los documentos, pero mi amigo pensaba que «alguien» —y marcó las comillas en el aire— había forzado dos veces su villa para encontrar pruebas de su culpabilidad. Y cuando ese «alguien» no las encontró, dieron carpetazo al asunto.

—¿Forzado una villa, en Rødovre?

—Los israelíes son gente eficiente. ¿Recuerdas cuando secuestraron a Adolf Eichmann en Argentina y lo llevaron por la fuerza a Israel?

Carl asintió. Primero tenía que pasar el semáforo, que estaba en rojo, y luego torcer a la derecha.

—¿De qué nos vale todo eso, Assad? —preguntó, y puso el coche en punto muerto.

—Entre las fotos que me han enviado está esta. Mírala y entenderás.

Le pasó un folio impreso para que pudiera verla de cerca.

En una imagen muy bien enfocada, se veía de espaldas a un oficial vestido de negro. Con las dos manos sujetaba con fuerza una porra corta, y tenía los brazos alzados, en el segundo anterior a que la porra golpease la nuca de la pobre víctima que estaba de espaldas ante él con las manos atadas detrás.

En el suelo, a la derecha del verdugo, yacían tres cuerpos con la parte trasera de la cabeza destrozada. A la izquierda de la víctima, otros dos hombres maniatados esperaban su destino.

—Uf, qué horror —susurró Carl.

Tragó saliva y apartó la foto. En un tiempo se creía que era imposible que una maldad como aquella se repitiera, pero recordaba a la realidad actual en muchas partes del mundo. ¿Cómo podía permitirse que sucediera una y otra vez?

—¿En qué piensas, Assad?

—Que Stephanie Gundersen y Rigmor Zimmermann fueron asesinadas del mismo modo, ¿qué más puedo decir? ¿Que es una coincidencia?

Señaló adelante.

—Está verde, Carl.

Carl alzó la vista. De pronto, una ciudad de provincias así parecía estar lejísimos de todo.

—Pero a Stephanie Gundersen la mataron en 2004; entonces Fritzl Zimmermann tenía ochenta y seis años y estaba achacoso, atado a una silla de ruedas, de modo que es imposible que fuera él el asesino —pensó en voz alta—. Por no hablar de que pudiera matar a su esposa, porque ella ha muerto más de diez años después.

—Lo único que digo es que hay una relación, eso es todo. Puede que Marcus tenga razón.

Carl asintió en silencio. Habían descubierto bastante en poco tiempo. Y ahora que lo pensaba, toda la información se la había dado en un danés fluido. Era extraño que hablara tan bien de pronto.

Miró a Assad, que con una extraña mirada pensativa observaba las casas que iban apareciendo. Lleno de sabiduría vital.

¿Quién diablos eres realmente, Assad?, pensó, y torció a la derecha.

El número de teléfono desde el que hicieron la llamada anónima al Departamento Q estaba registrado en una dirección de uno de los barrios más humildes de las cercanías de la acería. Un vistazo rápido al estado de la casa y al desorden que la rodeaba fue suficiente para despertar los prejuicios de Carl.

—¿Crees que es chatarrero? —fue la apreciación de Assad.

Carl asintió en silencio. ¿Qué atractivo tenía todo aquel revoltijo de bicis y cortacéspedes desechados, restos de coche y otros vehículos oxidados para que apelasen al instinto coleccionista de cierta clase de hombres?

El tipo que abrió la puerta encajaba a la perfección con aquel desastroso batiburrillo de mal gusto. Nunca se había visto un chándal con más necesidad de recambio, ni una melena tan grasienta. Era evidente que, por razones de salubridad, era más seguro mantenerse a distancia.

—¿Quiénes sois? —El hombre los recibió con un aliento capaz de quemar la vegetación circundante. Carl retrocedió un paso para que el hombre les pudiera dar con la puerta en las narices si le daba la gana.

—Soy la persona a la que has telefoneado hace... —Carl miró el reloj de pulsera—. Hace exactamente cincuenta y dos minutos.

—¿Telefoneado? No sé de qué me hablas.

—Te llamas Benny Andersson, y mi compañero Assad está analizando lo que has dicho en un programa de reconocimiento de voz. Enséñale la grabadora, Assad.

Dio un codazo a Assad, y el testa rizada tuvo los suficientes reflejos para ocultar su desconcierto y sacar el *smartphone* del bolsillo.

—Un momento, está en ello —anunció, mientras la mofeta miraba el móvil con evidente desconfianza—. Sí, en efecto. Es el que grabamos en Jefatura —declaró Assad con la mirada clavada en la pantalla apagada del móvil—. Así que estás identificado, Benny.

Lo dijo sin levantar la vista del teléfono. Apretó unas teclas, haciendo como que desconectaba el aparato, y se metió el móvil en el bolsillo.

—Bueno, Benny —dijo Carl con una autoridad en la voz raras veces empleada—. Hemos comprobado que has sido tú quien hace una hora ha telefoneado de forma anónima a un compañero de la Jefatura de Policía, y estamos aquí para averiguar si hay alguna razón delictiva para tu llamada. ¿Podemos entrar para hablar, o prefieres acompañarnos a la Jefatura de Policía de Copenhague?

El hombre no tuvo oportunidad de decir que no, teniendo en cuenta que Assad empujaba la puerta con todo el peso de su cuerpo.

Carl boqueó un par de veces en busca de aire cuando entró en la casa mal ventilada, pero tan pronto como se acostumbró al hedor empezó a trabajarse a aquel Benny Andersson. Al cabo de dos minutos, ya había descargado toda su artillería. Acusaciones de mala voluntad, de tener un programa oculto, de insinuaciones y secretos que no soportaban la luz del día, y que bien podrían apuntar a él. Después levantó un poco el pie del acelerador.

—¿Dices que apreciabas a Rose? Pero ¿eso qué relación tiene con la muerte de su padre? ¿Puedes decírmelo?

El hombre estiró un par de dedos tiznados de negro, encontró una colilla de purito en un cenicero rebosante y la encendió.

—¿El subcomisario ha trabajado alguna vez en una acería?, pregunto yo.

—No, claro que no.

—No, ¿verdad? Por eso nunca entenderás qué es la acería. Los violentos contrastes a los que nos empujaba el trabajo diario: las naves infinitas en las que pequeñas personas vulnerables trataban de dominar las enormes máquinas; la lucha contra el calor, que a veces era tan intenso que lo sentías como una opresión y debías salir a refrescarte con el viento del fiordo; la conciencia de que el trabajo era peligroso y en pocos segundos podía quitarte de en medio, comparada con la sensación de la suave mejilla de tu hijo dormido contra las encallecidas yemas de tus dedos. No comprendes la brutalidad de la acería si no lo has vivido. Y, claro, algunos de nosotros se volvieron tan duros como el acero que trabajábamos, mientras que otros se reblandecieron como la mantequilla.

Carl se quedó pensando lo sorprendentemente bien que se expresaba. ¿Habría estudiado retórica de joven?

—Me parece que no deberías menospreciar los trabajos de los demás, Andersson. Ser policía puede ser también bastante duro, de manera que claro que comprendo lo que dices.

—Sí, o soldado destacado en el frente. O conductor de ambulancia, o bombero —intervino Assad.

—Tal vez, pero de todas formas no es lo mismo, porque allí hay que estar preparado ante lo que va a ocurrir, pero en una fábrica como esta no todos lo están. Al menos, no creo que Rose lo estuviera. Y en ese ambiente, era una bendición para nosotros tenerla a ella. ¿Lo veis? Otra vez el contraste. Porque cuando una joven vulnerable como Rose aterriza en un sitio tan brutal, donde todo es tan violento, el acero, la laminadora, el calor, y donde los hombres están tan endurecidos, a veces el contraste resulta excesivo. Rose era demasiado joven y no estaba preparada para aquel sitio, es lo único que puedo decir.

—¿Qué puesto tenías en la acería, Benny? —quiso saber Carl.

—A veces estaba en la cabina de mando y me ocupaba de la laminadora con el viejo panel de control. Otras, inspeccionaba los puestos de trabajo.

—Parece un puesto de bastante confianza.

—Todos los compañeros tienen puestos de confianza. Un lugar de trabajo así se puede volver muy peligroso si alguien mete la pata.

—¿Y el padre de Rose metió la pata?

—Eso pregúntaselo a otros, yo no vi lo que pasó.

—Pero ¿qué fue exactamente lo que pasó?

—Pregunta a otros, ya te he dicho que no lo vi.

—¿No es mejor llevarlo a Jefatura, Carl? —preguntó Assad.

Carl asintió.

—Ya sé que, al igual que muchos otros, has recibido información de que estamos investigando el caso y que deseamos saber más sobre el accidente. Lo que no entiendo es qué interés puedes tener en él. Por qué has hecho una llamada anónima y por qué estás tan a la defensiva. De manera que te propongo, Benny Andersson, que colabores con nosotros y te quedes aquí respirando los deliciosos aromas de tu casa, como acostumbras; en caso contrario, te pones la chaqueta, te sientas en el asiento trasero de nuestro coche y te olvidas de todo eso de «hogar, dulce hogar» las próximas veinticuatro horas. ¿Qué prefieres?

Por favor, no elijas el paseo en coche, se dijo Carl, pensando en el asiento trasero recién limpiado.

—¿Vais a detenerme? ¿Por qué?

—Ya se nos ocurrirá algo. Pero nadie nos hace una llamada anónima como has hecho tú sin que haya detrás algo inconfesable. Por teléfono has sugerido que Rose tenía algo que ver con la muerte de su padre, pero ¿a qué te referías? —lo presionó.

—Yo no he dicho tal cosa.

—A nosotros nos lo ha parecido.

Assad se inclinó con audacia sobre la pegajosa mesa baja.

—Pues has de saber que Rose es nuestra querida compañera y que no le deseamos ningún mal. Así que voy a hacer una cuenta atrás desde seis o siete y, si antes de terminar no nos has dicho lo que sabes, voy a sacar esos viejos huesos de pollo que tienes flotando en esa salsa aguada y te los planto en el careto. Seis, cinco, cuatro...

—Ja, ja, suenas como un imbécil. ¿Crees que puedes amenazarme con eso, especie de...?

Seguro que tenía el comentario racista en la punta de la lengua cuando Assad terminó la cuenta atrás y se dirigió hacia la carcasa de pollo.

—¡Eh! —gritó Benny Andersson cuando Assad tomó varios huesos de ala puntiagudos—. Ya vale. Tenéis que preguntar a otros por lo que ocurrió, porque yo no lo vi, ya lo he dicho. Solo puedo decir que Arne Knudsen estaba debajo de la grúa de travesaño en la antigua nave cuando uno de los electroimanes falló mientras transportaba un bloque de acero de diez toneladas.

—Creía que se lo había tragado una máquina.

—No, eso lo escribieron en el periódico, no sé de dónde coño lo sacaron, pero lo que pasó fue que falló el electroimán.

—¿Le cayó encima el bloque de acero? —preguntó Carl, mientras Assad soltaba los huesos de ave y regresaba a su asiento pringoso.

—Sí, lo aplastó del todo de aquí para abajo.

Señaló un lugar justo debajo del esternón.

—¿Y murió al instante?

—A juzgar por los chillidos, no. Pero no vivió muchos segundos. Al fin y al cabo, tenía toda la parte baja del cuerpo destrozada.

—No debió de ser agradable. ¿Y qué hacía Rose en aquella nave? Nunca nos lo ha contado. Su hermana me dijo una vez que estaba haciendo una sustitución.

El hombre rio.

—¿Una sustitución? No, nada de eso. Estaba como aprendiz de encajista.

Tanto Carl como Assad hicieron un gesto de extrañeza. ¿Encajista?

—Es la persona que decide qué palastros hay que meter en el horno antes de que los transporten a la laminadora.

—Palastros son los bloques de acero que hay que laminar —explicó Carl a Assad, recordando las palabras de Leo Andresen—. Y en ese proceso, ¿dónde estabas tú, Benny?

—Cuando el palastro salía al rojo vivo en el otro extremo del horno, a veces me ocupaba yo de la laminadora.

—¿Lo hiciste aquel día?

Asintió en silencio.

—¿Y no viste cómo se produjo el accidente?

—Estaba al otro lado del horno, ¿cómo iba a verlo?

Carl suspiró mientras intentaba en vano imaginarse la escena, y le costaba.

Pues no quedaba otro remedio. Aquel Leo Andresen tendría que ofrecerles una visita guiada.

30

Jueves 26 de mayo de 2016

Rose se empleó a fondo. Rompió tazas por desesperación, barrió recuerdos de las estanterías por frustración, destrozó muebles por rabia. Tardó pocos minutos en destrozar la mayor parte de la sala, y debería sentirse bien, pero no se sentía bien, porque veía sin cesar el rostro de Rigmor Zimmermann ante sí.

¿Cuántas veces no le había ayudado Rigmor cuando la soledad se hacía demasiado evidente? ¿Cuántas veces se había ocupado de las compras cuando Rose pasaba todo el fin de semana sin molestarse en subir las persianas? Y ahora que la necesitaba más que nunca, no estaba. ¿Y por qué?

¿Asesinada, decían? Pero ¿cómo? ¿Y por quién?

Recogió su portátil del suelo, lo encendió y comprobó con un alivio algo irracional que, a pesar de tener la pantalla rota, podía conectarse a la red. Después tecleó el código de la página web de la Policía.

La información que había sobre su vecina era escasa, pero comprobó no solo que Rigmor había muerto, sino también dónde y cómo.

«Grave lesión en vértebras cervicales y nuca», ponía con absoluta frialdad. ¿Y dónde estaba ella cuando ocurrió? ¿Había pasado dos semanas en el piso contiguo, ensimismada de forma enfermiza, sin advertir el silencio en casa de Rigmor?

—¿En qué tipo de persona te has convertido, Rose? —se preguntó a sí misma, pero sin llanto. Ni siquiera eso podía invocar.

Cuando sonó el móvil en su bolsillo trasero, ya había vuelto a donde estaba media hora antes. Harta de vivir, desfasada respecto a la vida.

El móvil sonó cinco veces durante los minutos siguientes, hasta que por fin lo sacó y miró la pantalla.

Era su madre, que llamaba desde España. Era la persona con la que menos ganas tenía de hablar del estado de las cosas. De modo que el hospital se había puesto en contacto con ella, y para cuando se diera cuenta habría llamado a sus hermanas.

Rose miró el reloj. ¿Cuánto tiempo le quedaría? ¿Entre veinte y veinticinco minutos antes de que sus hermanas se presentaran pidiendo explicaciones por su huida del hospital?

−¡Ni hablar! −gritó, y pensó en arrojar el móvil contra la pared con tal fuerza que los circuitos electrónicos se pulverizaran.

Hizo una inspiración profunda mientras pensaba qué escribir. Luego abrió «Mensajes» y tecleó:

Querida madre: en este momento estoy en el tren a Malmö y hay poca cobertura, por eso te envío este sms. No te preocupes por mí, estoy bien. Me he marchado del hospital porque una buena amiga sueca de Blekinge me ha ofrecido una estancia en su preciosa casa. Me hará bien. Me pondré en contacto contigo en cuanto vuelva a casa. Rose.

«Shuup», hizo el móvil, y envió el mensaje. Después Rose dejó el teléfono delante. Sabiendo que su madre no la llamaría, sacó de un cajón un par de folios y un bolígrafo, que dejó ante sí. Luego fue al cuarto de baño, abrió el armario y miró el contenido. Pastillas antidepresivas, paracetamol, medio frasco de somníferos, cafiaspirinas, las tijeras con las que solía cortarse el pelo, maquinillas de usar y tirar, la vieja Gillette, un par de pastillas de opiáceos de su madre, jarabe contra la tos Liquor Pectoralis con sabor a regaliz, que había guardado durante casi veinte años. Empleado con esmero y en la dosis adecuada, aquel arsenal iba a constituir un cóctel mortal que ella podía usar o no. Luego arrojó los bastoncillos de algodón y tampones de la cestita de plástico a la basura, buscó en su botiquín casero, las pastillas y brebajes inofensivos siguieron el mismo camino que los artículos de higiene y llenó la cestita de plástico con el resto de medicamentos.

Pasó cinco minutos junto al lavabo, mientras sus ideas vagaban de una muerte a la otra y a los caprichos de la vida. Su mente era un caos. En aquella situación desesperada, se le ocurrían unas ideas que no tenían ni pies ni cabeza.

Al final asió la maquinilla Gillette, que había retirado de las pertenencias de su padre después de su muerte para afeitarse el vello púbico, aunque nunca llegó a hacerlo.

Desenroscó la maquinilla y contempló un instante la sucia cuchilla de afeitar. Entre los restos de jabón quedaban unos pocos pelos cortos de la barba de su padre. La repugnancia que sintió casi la hizo desplomarse.

¿Los restos de su maldito padre iban a meterse en su herida mortal? ¿Su sangre iba a limpiar la cuchilla de afeitar de aquel cabrón?

Estaba a punto de vomitar, pero se obligó a limpiar la cuchilla en el fregadero, donde las cerdas del cepillo le arañaron las yemas de los dedos hasta hacerse sangre.

—¡Llegó la hora! —constató agotada y con lágrimas en los ojos cuando la cuchilla brilló límpida ante ella. Solo le quedaba escribir unas frases en el folio de la sala, para que sus hermanas no tuvieran dudas de que hacía aquello por propia voluntad y de que sus pertenencias debían ser para ellas.

¿Cómo voy a hacerlo?, pensó.

Antes, las lágrimas le ayudaban a sobrellevar la pena por la vida que le había tocado en suerte, pero, ahora que había que liquidar cuentas, lo único que hacían era reforzar la sensación de impotencia, arrepentimiento y vergüenza; creaban ríos de tedio vital cuya corriente sombría se le extendía por el cuerpo.

Dispuso con cuidado la cuchilla de afeitar sobre la mesa del comedor, junto a los folios y el bolígrafo y la cesta con los medicamentos, abrió el mueble bar y desenroscó la tapa de todas las botellas de licor. El jarrón de encima de la estantería estaba sin usar, por la sencilla razón de que nunca le habían regalado flores, pero de todas formas su valor utilitario se restableció cuando vació todos los restos en él y los mezcló hasta conseguir un cóctel marrón, indeterminado, pero de olor penetrante.

Y mientras bebía y dejaba vagar la mirada de la cesta de plástico hasta la pantalla del ordenador, por un momento, aunque parezca paradójico, sus ideas se hicieron más claras y precisas.

Sonriendo, miró el desorden que la rodeaba en la sala y supo que iba a ahorrar a sus hermanas tener que decidir qué debían tirar y qué guardar.

Tomó el primer folio y escribió:

Queridas hermanas:

Mi maldición no tiene fin, así que no desesperéis por mi muerte. Ahora estoy donde la paz ya no puede verse amenazada, adonde han ido mis pensamientos durante bastante tiempo, y eso es bueno. Aprovechad vuestras vidas y, pese a todo, pensad en mí con un poco de amor y amistad. Os quise y respeté a todas. Sigo haciéndolo, también en este momento decisivo. Perdonad mi solemnidad, es que hasta ahora no he tenido oportunidad de decíroslo. Perdonadme el daño que he causado, y recibid con humildad mis bienes terrenales para repartirlos entre vosotras. Que os vaya bien.

Os quiero,
Rose

Después puso fecha a la carta de despedida, la leyó un par de veces, y la puso ante sus ojos. Qué manera de decir las cosas más patética y lamentable, pensó; hizo una pelota con el folio y lo tiró al suelo.

Se llevó el jarrón a la boca y dio varios tragos, lo que le ayudó a serenarse.

—Tendrá que ser así —suspiró, y recogió la bola de papel, la abrió y la alisó con la mano.

Luego tomó el otro folio, y esta vez escribió con letra grande:

Stenløse, jueves 26/5/2016

Mediante la presente, dono mi cadáver y órganos para trasplantes e investigación científica. Un cordial saludo, Rose Knudsen.

Le temblaban las manos cuando apuntó su número de registro civil, firmó y dejó el folio en un lugar visible de la mesa del comedor. A continuación, alcanzó el móvil y tecleó el número de emergencias. Y, mientras sonaba, se observó las venas de la muñeca izquierda y calculó a qué altura tendría que cortar. El pulso era firme y nítido en toda la zona, de manera que no importaría. Cuando por fin comunicó con la persona de guardia, no podía estar más decidida y preparada. Iba a decir las cosas como eran: que a los pocos minutos iba a morir, de modo que tendrían que darse prisa si querían aprovechar sus órganos. Terminaría diciendo que debían traer bolsas de congelación y luego colgaría y se haría un corte limpio y profundo en ambas muñecas.

En aquel momento, cuando la voz de la persona de guardia repitió la pregunta de quién era y desde dónde llamaba, se oyó un fuerte golpe contra la pared en el piso de Rigmor Zimmermann.

Rose jadeó, falta de aire. ¿Qué era aquello? ¡¿Justo en aquel momento?!

—Perdone, me he equivocado —balbuceó, y cortó la llamada. Su corazón palpitaba tan fuerte que le dolía la cabeza, porque su sosiego y su seguridad se habían visto interrumpidos. Estaba conmocionada. Entonces, la policía Rose se impuso. ¿Qué ocurría en el piso de al lado, el de Rigmor Zimmermann? ¿Estaba ya tan colocada que sus sentidos le estaban jugando una mala pasada?

Cubrió las pastillas y sus dos notas de despedida con la chaqueta y salió a la entrada.

De allí también se oían con claridad ruidos procedentes del piso de Rigmor Zimmermann. ¿Eran risas o gritos?

Frunció el ceño. En los años que llevaban siendo vecinas, solo una vez oyó una voz de hombre. Voces algo agitadas, nada más. Por lo que ella sabía, era la única de todo el edificio que se molestaba en tener relación con Rigmor Zimmermann. Cuando iban juntas a hacer la compra al centro comercial, Rose se había dado cuenta de que, de hecho, la gente intentaba evitarla dando un rodeo.

Pero si no era Rigmor Zimmermann, ¿quién estaba en el piso?

Tiró del cajón del mueble de la entrada y sacó las llaves de Zimmermann. Un par de veces, Rigmor necesitó pedir ayuda a su hija cuando se le olvidaban las llaves, pero unos meses atrás dijo que no iba a volver a hacerlo y le dio a Rose una copia de la llave.

Se deslizó algo tambaleante al otro lado de su puerta, que dejó abierta, y fue de puntillas hasta la de Zimmermann. Se quedó un rato en el pasillo exterior, escuchando. Dentro se oían varias voces. Dos chicas, concluyó, por su tono y manera de hablar.

Entre brumas alcohólicas, llamó a la puerta un par de veces. Cuando, para su sorpresa, nadie respondió, metió la llave en la cerradura y la giró.

31

Jueves 26 de mayo de 2016

Gordon parecía agotado; claro que los trabajos repulsivos que le asignaba Carl tampoco eran los más apropiados para su pulcra educación y sus orígenes.

—¿Has conseguido todo lo que tenían en el Centro Simon Wiesenthal? —preguntó Carl.

—Parece que sí. Y, tal como me pediste, le he enseñado a Tomas Laursen un par de fotos de cómo ejecutaba Fritzl Zimmermann a presos con un fuerte porrazo en la nuca. Tomas no ha podido más que confirmar que Stephanie Gundersen y Rigmor Zimmermann seguramente fueron asesinadas así.

—Bueno, algo es algo. ¡Gracias!

—A Stephanie Gundersen la mataron en 2004, y no hace falta insistir en que Fritzl Zimmermann aún vivía.

—¡Mm! —gruñó Carl mientras hojeaba aquellas barbaridades—. No, no hace falta. Sin embargo, no vivía cuando mataron a su esposa hace un mes.

Gordon lo señaló con un dedo blanco como la nieve.

—¡No, y eso es un bingo! —exclamó. No era una expresión que Carl recomendaría usar en aquel contexto; en realidad, en ningún contexto.

Carl bajó el volumen del televisor.

—Pero, querido Gordon, entonces la pregunta es quién lo hizo. ¿Piensas tal vez en Birgit Zimmermann o en su hija Denise? De momento son las únicas que sabemos que pudieran tener un motivo. Por mí, decide tú a por quién vas a ir.

—Eh... ¡Gracias! De la nieta no sé nada, pero la hija por lo menos tiene un motivo, un consumo enorme de alcohol, por lo que dice Assad, y eso cuesta dinero.

Carl asintió.

—Sí, es cierto. ¿Y crees que fue corriendo por la calle mientras diluviaba, persiguiendo a su madre con una cachiporra? ¿Y que Rigmor Zimmermann, aterrorizada, se escondió en un matorral lleno de cagadas de perro? Es una escena extraña, si te pones a pensarlo, ¿no?

El ánimo de Gordon se hundió hasta el suelo, pero así era el trabajo policial. Continuas paradojas, alegrías, decepciones, y siempre dudas.

—Y ahora ¿qué hago, Carl?

—Busca a la hija de Birgit Zimmermann. ¿Cómo se llamaba?

—La bautizaron Dorrit Zimmermann, pero ahora se llama Denise Zimmermann.

—Pues busca a las dos.

Carl sintió pena por él mientras lo acompañaba con la mirada hasta la puerta. Si la situación de Rose seguía invariable, no iba a levantar cabeza.

—¿Qué le pasa a Gordon, Carl? —preguntó Assad a los pocos segundos—. Parecía un auténtico aspecto.

Carl sacudió la cabeza.

—Aspecto no: espectro, Assad. Se dice espectro.

El testa rizada se quedó asombrado.

—¿Estás seguro? ¿Espectro? ¿Y por qué espectro? A mí me parece que sería más lógico decir aspecto.

Carl dio un suspiro.

—Gordon está triste, Assad. Lo de Rose lo ha dejado hecho polvo.

—Y a mí.

—A todos nosotros, Assad. La echamos de menos, pese a todo.

Aquello era quedarse corto. La verdad era que Carl sentía un vacío muy grande.

Quizá tan grande como la aversión de Rose por el tabaco, pensó Carl, y buscó un cigarrillo.

—¿Cómo va lo de encontrar a la vieja amiga de la escuela de Rose, Assad? ¿Has hecho algún progreso?

—Por eso estoy aquí. La he encontrado.

Arrojó sobre la mesa varias hojas impresas en color; desde la primera de ellas los miraba sonriente una mujer exuberante y velluda como un trol, vestida toda de lila. «Kinua von Kunstwerk», ponía en mayúsculas sobre la foto, y debajo de ella había un texto informativo sobre su última exposición.

—Es pintora, Carl, de cuadros.

—A juzgar por su nombre artístico, no es de extrañar.

—Por lo visto, es muy conocida en Alemania, aunque no entiendo por qué.

Lo ilustró retirando la hoja y apuntando a una imagen de su última exposición en la hoja siguiente. Desde luego, era chillona.

—Ostras —fue el comentario espontáneo de Carl.

—Vive en Flensburgo, Carl. ¿Quieres que vaya allí?

—No, iremos juntos —replicó Carl con aire ausente, atrapado por lo que ocurría en la pantalla del televisor, donde aparecían en la parte inferior teletextos más largos que de costumbre—. ¿Estás informado de lo que ocurre, Assad? —preguntó.

—No tengo ni idea.

—¡Eh! ¿Habéis visto esto? —se oyó justo en ese momento desde la puerta, en donde el larguirucho señalaba la pantalla—. Lleva así una hora, y Lis dice que en el segundo piso está la cosa que arde.

Se quedó en el umbral removiendo los pies con nerviosismo.

—Hay reunión informativa en este momento. —Los miró suplicante—. ¿Qué? ¿No vamos a subir?

—Mira, creo que deberías ir, si tantas ganas tienes. Pero recuerda que, de hecho, esos casos no son nuestros.

Gordon pareció decepcionado, no debía de estar muy de acuerdo con la última frase.

Carl sonrió. Gordon había adelantado mucho. No solo había empezado a mostrar audacia, también tenía ambiciones.

—Creo que deberíamos subir —insistió Gordon.

Carl rio y se levantó de un tirón.

—Bueeno, pues vamos. Con algo hay que entretenerse.

Por lo menos veinte miradas de desaprobación convergieron en ellos cuando irrumpieron en plena reunión informativa del Departamento de Homicidios.

—Perdonad, acabamos de verlo en la tele —se disculpó Carl—. Haced como si no estuviéramos.

Pasgård bufó.

—Va a ser difícil de cojones —fue su comentario, y un par de policías que tenía al lado lo confirmaron con un gesto.

Lars Bjørn levantó la mano.

—¡Hola, amigos! Con el mayor respeto para nuestro compañero del sótano —entonces hizo una pausa teatral en la que varios sacudieron la cabeza—, voy a hacer un breve resumen.

Miró a Carl.

—Hemos encontrado el Peugeot rojo que con toda probabilidad se empleó en el atropello de Michelle Hansen el veinte de mayo y de Senta Berger el veintidós de mayo. Uno de los antiguos agentes de la brigada, ahora desmantelada, que antes buscaba coches robados para las compañías de seguros lo ha encontrado con la luneta del asiento del conductor rota y el dispositivo de arranque forzado. Estaba aparcado en una esquina de Griffenfeldsgade, con un viejo resguardo de aparcamiento en el parabrisas y multitud de multas bajo los limpiaparabrisas, de modo que no es difícil averiguar cuándo lo dejaron allí. Los peritos han encontrado restos de sangre y pelos en el capó, pero parece ser que el interior está limpio. Eso lo mostrarán las posteriores investigaciones de los peritos.

—¡Vaya! ¡Una semana entera aparcado en el centro de Copenhague sin que nadie lo viera! Bien por la Policía de uniforme —gruñó Carl.

—Si dejas de soltar tus comentarios avinagrados, podréis quedaros en la sala —continuó Lars Bjørn.

Se giró hacia la pantalla plana de la pared y pasó a la siguiente imagen.

—Hace dos horas y media, más o menos a la una menos veinte, Michelle Hansen ha muerto atropellada por un coche que se ha dado a la fuga cerca de la estación de Stenløse. Aquí tenéis el lugar del accidente. Según dos escolares que venían caminando de la estación, el vehículo, por lo que sabemos, era esta vez un Honda Civic que, justo después del atropello, ha girado hacia la derecha y se ha dado a la fuga. Las descripciones del vehículo y del conductor son muy vagas, teniendo en cuenta la edad de los niños (el mayor solo tiene diez años) y la conmoción causada por el accidente. Por lo demás, los niños creían que el conductor del vehículo, a quien solo vieron como una sombra, «no era muy alto», en sus propias palabras.

Se volvió hacia el grupo.

—La cuestión, señoras y señores, es que si relacionamos los anteriores atropellos con este, nos enfrentamos a un asesino que comete sus fechorías con premeditación. La pregunta es, entonces, si tiene pensado cometer más. Si la respuesta es que sí, nuestra eficacia para pararle los pies se convierte en una cuestión de vida o muerte. ¿Entendido?

Assad miró a Carl y alzó un poco los hombros. Por lo visto, para impresionarlo hacía falta algo más que un potencial asesino en serie descontrolado.

—Las últimas veinticuatro horas han pasado muchas cosas, y debo pedir disculpas por apartar a la gente de la investigación del homicidio de Rigmor Zimmermann. Eso va también por ti y por Gert, Pasgård.

—Pobre Rigmor —susurró Carl lo bastante alto como para que los ojos de Pasgård centelleasen.

—Después del atropello de Michelle Hansen, deducimos que el homicidio se ha llevado a cabo con premeditación, pero también que las circunstancias apuntan en diversas direcciones, y eso se debe, entre otras cosas, a que hemos encontrado en el bolso de Michelle Hansen veinte mil coronas en billetes usados. Sabemos por el extracto de su cuenta que su economía no iba muy boyante, y como Michelle Hansen es idéntica a la mujer que la pasada noche estaba en la entrada de la discoteca Victoria discutiendo con su exnovio, el portero Patrick Pettersson, mientras se llevaba a cabo un robo en la oficina del encargado, podría suponerse que haya tenido relación con el robo. ¿Alguna pregunta al respecto?

—¿Ese Patrick Pettersson sigue detenido? —preguntó Terje Ploug.

Carl hizo un gesto con la cabeza. Como pusieran a Ploug al frente de la investigación del caso, que no le pasara nada a Patrick, porque Ploug era bueno. Tenía mal aliento, pero si no lo tenías enfrente, no había un colega más competente que él.

—No, ha sido puesto en libertad a las once y treinta y dos, porque la explicación que ha dado de sus movimientos ayer por la noche ha sido confirmada por las cámaras. Pero no lo dejamos libre sin más, claro, le hemos retenido el pasaporte. Estamos esperando la orden judicial para registrar su casa. De modo que lo tenemos bajo sospecha en varios contextos, aunque por el momento no tengamos nada concreto contra él.

—En principio, ¿Pettersson podría haber sido el conductor del vehículo que ha atropellado a Michelle Hansen?

—Así es.

—¿Sabemos si esos dos han estado en contacto justo antes del atropello? —preguntó Bente Hansen, que, aparte de ser tratable y de tener buen humor, también era una excelente policía, de sobresaliente.

—No. El teléfono móvil de Michelle Hansen estaba en la mano aplastada, hecho trizas entre los huesos. Los peritos lo tienen, pero la tarjeta SIM está destrozada, de manera que tendremos que hablar con el operador de telefonía para mirar sus llamadas. Sobra decir que el cadáver estaba muy maltrecho. Por lo que dijeron los niños, el coche casi se la tragó.

—¿Y el teléfono móvil de Patrick Pettersson?

—Se ha mostrado dispuesto a colaborar y nos ha dejado comprobar su historial de llamadas. Michelle Hansen le había enviado un mensaje de texto diciendo que iba a su piso, pero no menciona de dónde salía. No obstante, pudieron haberse puesto en contacto por otros medios, y es posible que él supiera dónde vivía ella. En caso de que fuera él...

—Fue él —gruñó Pasgård. Estaba claro que necesitaba un esclarecimiento rápido.

—Además, tenemos la fuerte sospecha de que Birna Sigurdardottir, la mujer que ingresaron en el Hospital Central a las cero cero treinta y dos minutos con un balazo grave en la región pectoral, producido en el callejón contiguo a la discoteca, tiene relación directa con el robo de la pasada noche.

—¿En qué se basa esa sospecha? —se oyó decir a Ploug.

—En su historial delictivo. En su presencia junto a la discoteca. En su temperamento violento, que varias veces la ha llevado a una violencia extrema. Cuando la encontraron, llevaba una navaja en la mano, lo que podría indicar una disputa entre ella y una de las ladronas. Ya conocemos el calibre del arma utilizada, que es el mismo, nueve milímetros, que el de la Luger con la que amenazaron al encargado de la discoteca. Y también se ve que le dispararon en el callejón diez metros más allá de donde la encontraron. El rastro que va desde el muro hasta el borde de la acera es muy claro, así que debemos suponer que alguien quiso salvarla. Creemos que el autor o los autores han sido mujeres como las que realizaron el robo, y que de alguna manera pueden haber tenido relación con la víctima del tiroteo.

—¿Eso no era la mayor tontería que podía hacerse? ¿Dejarla medio muerta en un sitio donde otros pudieran encontrarla? ¿No temen que Birna desvele la identidad del autor o de los autores? —preguntó Bente Hansen.

—Puede que sí, pero las jóvenes de las que sospechamos, que pertenecen a la banda de chicas de Sigurdardottir, The Black Ladies, no son las más listas del mundo.

Varios de ellos rieron, pero Bente Hansen, no.

—¿Hay algo que sugiera una relación directa entre Patrick Pettersson y esa banda?

—No. Y, en ese contexto, hay que recalcar que Pettersson no tiene antecedentes policiales.

—Pero ¿y Michelle Hansen?

—No, tampoco hemos podido probar una relación directa entre ella y la banda.

—¿Se sabe si Birna Sigurdardottir va a sobrevivir?

Lars Bjørn se encogió de hombros.

—No parece muy probable, pero por supuesto que confiamos en ello.

Carl hizo un gesto de asentimiento. Joder, también sería la manera más sencilla de solucionar el caso.

—Si la chica no sobrevive, ahí arriba van a tener que ponerse las pilas —comentó Assad mientras bajaban las escaleras.

—Así nos darán un respiro.

Carl esbozó una sonrisa irónica mientras pensaba en Pasgård, que ahora tendría que aparcar el caso Zimmermann hasta que avanzara el del conductor asesino.

Pero la sonrisa desapareció un segundo después, porque a los pies de la escalera esperaban, no solo Olaf Borg-Pedersen, de *La comisaría 3,* sino también dos de sus compañeros. Uno que casi le incrusta la cámara en el morro y otro que manejaba un cañón de luz que hizo que sus conductos lagrimales bombeasen como locos.

—Apaga esa mierda —alcanzó a decir antes de darse cuenta de que Borg-Pedersen sujetaba un micrófono a dos centímetros de sus labios.

—Nos hemos enterado de que hoy se han dado avances en el caso del conductor asesino —empezó el periodista con determinación—. ¿Tienes algo que comentar sobre el coche que han encontrado en Griffenfeldsgade, y sobre el asesinato de Michelle Hansen en Stenløse?

—Que yo no llevo ese caso —refunfuñó. ¿Cómo diablos se había enterado? ¿Por Bjørn?

—La teoría de la Policía es que el mismo conductor ha matado con alevosía primero a Senta Berger y a continuación a Michelle Hansen. Entonces, ¿la Policía supone que se trata de un asesino en serie, o se inclina más por un ajuste de cuentas entre bandas? ¿Esos asesinatos pueden estar relacionados con el robo de ayer por la noche y con la mujer que recibió un tiro?

—Pregunta en el Departamento de Homicidios —replicó Carl. ¿Aquel tío era tonto, o qué?

Borg-Pedersen se giró hacia el cámara.

—Hay muchos datos bajo secreto de sumario en este caso. Varios departamentos policiales han rehusado hacer comentarios, pero la población danesa debe preguntarse si hemos de sentirnos seguros cuando ya no podemos frecuentar lugares públicos sin temer por nuestras vidas. Decenas de miles de vehículos pasan a nuestro lado a diario cuando caminamos por la calle. ¿Y si el próximo coche es un arma, y tú la víctima? Eso es lo que desearíamos saber. Y volvemos a plató.

¿De qué iba el tipo aquel sembrando el pánico? ¿Ahora trabajaba también en las noticias?

Borg-Pedersen se volvió hacia Carl.

—Vamos a seguiros tres días, de manera que dime cuál es vuestro programa —alcanzó a decir antes de que Carl se girase sobre los talones y entrara en su despacho dando un portazo, seguido de Assad y Gordon.

—No vamos a llevarlos a Flensburgo, ¿verdad, Carl? —preguntó Assad.

—¡Por encima de mi cadáver! No, todo lo relativo a Rose es nuestro caso.

—Pero ¿qué vas a decirle al equipo de la tele? Están esperando en el pasillo —aseguró Gordon.

—Ven —ordenó, y lo presentó sonriendo al equipo de la televisión—. Ya podéis estar contentos, porque nuestro mejor asistente, Gordon Taylor, va a llevaros de ronda por el barrio de Borgergade, algo importante para el trabajo de investigación.

La cabeza de Gordon dio un cuarto de vuelta hacia Carl.

—P-pero...

—La última ronda de Gordon Taylor duró un par de horas, pero podéis calcular que la de mañana os llevará todo el día.

Los hombros de Gordon se hundieron del todo.

—Aseguraos de que todas las personas con las que entra en contacto Gordon den permiso para que grabéis, pero vosotros sois especialistas en esas cosas, ¿verdad?

Borg-Pedersen arqueó las cejas.

—¿Y vosotros dónde vais a estar, si puede saberse?

Carl lució una amplia sonrisa.

—Claro que puede saberse, faltaría más. Vamos a pasar el día sentados en el escritorio revisando papeles aburridos. Nada interesante para la tele.

Borg-Pedersen no parecía satisfecho.

—Escúchame bien, Carl Mørck. Nos ganamos la vida haciendo televisión con un toque de entretenimiento, y el inspector jefe de Homicidios ha señalado este departamento como el más interesante, y debemos atenernos a eso, ¿no?

—Sí, exacto. Os prometo que vamos a pensar mucho en qué puede daros la mejor perspectiva de nuestro trabajo, Borg-Pedersen. Entendemos muy bien lo que queréis.

El hombre debió de ver que Gordon sacudía la cabeza con cuidado, pero el ambiente estaba bastante relajado cuando se marcharon.

—¿Qué diablos voy a hacer con ellos? —preguntó Gordon, nervioso.

—Vuelve a hacer la ronda, Gordon. Visita de nuevo los quioscos, restaurantes y personas con quienes estuviste la última vez. Pero ahora lleva contigo fotos de Denise y de Birgit Zimmermann. Enséñaselas a la gente, y pregúntales si saben algo del paradero de las dos mujeres o de su economía. Si madre e hija salen juntas. Si han visto a Rigmor Zimmermann con ellas en fechas recientes. Decide tú lo que vas a preguntar, ya se te ocurrirá algo. Eso es un bingo, ¿no?

Gordon pareció algo desconcertado. ¿No conocía su propia expresión?

—Acabo de hablar con un jefe de taller de la acería —hizo saber después—. Está de acuerdo en ofreceros una visita guiada con Leo Andresen el lunes. Os estarán esperando en la puerta principal a las diez. ¿De acuerdo?

Carl asintió.

—¿Conocía a Rose?

—Sí, la recuerda con claridad, a ella y a su padre, pero no ha hablado mucho del accidente. Solo ha dicho que Rose estaba allí, y que vio morir a su padre. Lo ha descrito como algo raro y muy violento, de modo que no es de extrañar que después se pusiera histérica. Recuerda que reía y chillaba a la vez, como si estuviera poseída. No sabía nada más, pero iba a procurar informarse entre los antiguos compañeros de fábrica.

—Bien, Gordon, gracias.

Se volvió hacia Assad.

—A las seis de la mañana aquí, ¿te parece?

—Por supuesto. ¡A quien madruga, Dios le apura, que se dice!

–Eh... No, Assad, no se dice así. ¡Se dice «A quien madruga, Dios le ayuda»!

–¡¿Le ayuda?! –Miró a Carl con duda–. En mi país, desde luego, no, te lo aseguro.

–Antes de que te vayas, Carl –terció Gordon–. Ha llamado Vigga. Dice que si no visitas a tu exsuegra hoy, van a rodar cabezas. También dice que la anciana está algo tocada, y que ha preguntado por ti.

Carl llenó los carrillos de aire.

Ya le habían jodido la vuelta a casa.

Delante de la residencia, un minibús estaba descargando un grupito de viejecillos chochos que, en cuanto tocaban el suelo, se desperdigaban en todas direcciones a gran velocidad. Al personal no le faltaba trabajo.

Solo una figura permaneció quieta mientras sacudía la cabeza ante el espectáculo. Era Karla.

Carl respiró aliviado. Debía de ser uno de los días buenos de su exsuegra. Como siempre, Vigga había exagerado para obligarlo a ir.

–Hola, Karla –saludó–. Vaya, habéis salido de excursión. ¿Dónde habéis estado?

Ella se volvió poco a poco hacia él, lo inspeccionó un momento y luego dirigió con un gesto teatral la mano hacia sus indómitos compañeros.

–*Didn't I warn them! Look how these children are running around. Don't say I didn't tell them how dangerous the traffic is here in Rio de Janeiro.*

Vaya, vaya, creo que la he sobreestimado un poco, pensó Carl, mientras la tomaba con cuidado del brazo y la conducía hacia la entrada.

–*Careful* –dijo Karla–. *Don't twist my arm.*

Carl hizo un gesto con la cabeza a uno de los pedagogos, que había recuperado a un par de ancianos.

–¿Qué habéis hecho con ella? Solo habla inglés.

Recibió una sonrisa cansada.

281

—Cuando la señora Alsing tiene los oídos taponados y oye todo como apagado, cree que le hablamos en inglés. Si quieres que te responda en danés, tienes que gritarle.

Carl captó el mensaje. De todas formas, Karla no estaba muy bien de la cabeza, porque durante todo el trayecto hasta su habitación le hizo, en un inglés perfecto, una pintoresca descripción de la excursión: los violentos chaparrones, árboles caídos en carreteras de montaña, y el conductor, que se pegó un tiro en la frente cuando se salieron de la carretera y el minibús rodó al abismo.

Cuando por fin se instalaron en la habitación, se llevó la mano al pecho por la experiencia, cosa comprensible.

—¡Una excursión terrible, por lo que dices! —le gritó Carl a pleno pulmón—. ¡Menos mal que has vuelto sana y salva!

Ella lo miró, sorprendida.

—Siempre vuelvo —respondió en danés, y sacó una colilla de debajo de uno de los cojines del sofá—. Greta Garbo no fallece así como así hasta que el director lo decide —lo reprendió, mientras la introducía en una boquilla.

Carl arqueó las cejas. ¿Greta Garbo? Eso era nuevo.

—¡Vigga dice que has preguntado por mí! —trató de encauzar el tema a voz en grito.

Karla encendió e inhaló un par de profundas bocanadas que dilataron sus pulmones hasta dejarlos a punto de reventar.

—¿Ah, sí?

Se quedó medio minuto con la boca abierta y despidiendo humo. Después movió la cabeza arriba y abajo.

—¡Ah, sí! Me ha dado esto el chaval de Vigga. ¿Cómo se llama?

Carl tomó el móvil. Un *smartphone* Samsung, bastante más nuevo que el que le regaló a él Jesper dos años antes. ¿Qué íbamos a hacer en la vida sin los aparatos electrónicos usados de nuestros hijos?

—¡Se llama Jesper, Karla! —atronó al oído de ella—. Es tu nieto. ¿Para qué quiero esto?

—Tienes que ayudarme a hacer *selfies,* como hacen las jovencitas por internet.

Aunque sorprendido, Carl asintió en señal de conformidad.

—¿*Selfies*? ¡Vaya, Karla, estás hecha una moderna! —siguió gritando—. Pues tienes que apretar aquí, con el objetivo vuelto hacia ti, y mantenerla a d...

—No, no, eso no. Eso ya me lo ha enseñado Jesper. Solo quiero saber qué tengo que hacer.

Tal vez no oyera bien, después de todo. Así que esta vez Carl adoptó el tono de mando, como en una detención violenta.

—¿QUÉ TIENES QUE HACER? ¡APUNTA HACIA TI Y APRIETA!

—Vale, no hace falta que grites, que no estoy sorda. Dime lo más importante. ¿Me quito los trapos enseguida, o más tarde?

32

Jueves 26 de mayo de 2016

Jazmine estaba inmersa en una neblina onírica. Un tejido vaporoso, el calor de cuerpos de hombres extraños y los rayos del sol la envolvían. La fragancia de piñones y lavanda, mezclada con la de algas frescas, la embriagaba. Oía los embates de las olas y música, manos cuidadosas en sus hombros, que de pronto la sacudían y agarraban hasta hacerle daño.

Jazmine abrió los ojos y se encontró frente al rostro desconcertado de Denise.

—Michelle se ha largado. —La siguió sacudiendo.

—Estate quieta, me haces daño. —Se medio incorporó y se restregó los ojos—. ¿Qué dices? ¿Quién se ha largado?

—Michelle, tonta. Había un fajo de billetes de mil sobre la mesa, y ya no están. Se lo ha llevado ella; ha recogido sus cosas y ha debido de salir con prisas, porque se ha dejado olvidado el iPad.

Lo señaló, en la estantería junto a la mesa del comedor, donde también estaba la granada de mano.

Jazmine se levantó.

—¿Cuánto se ha llevado?

—No sé, creo que veinte o treinta mil. No he juntado los billetes para contarlos.

Jazmine se desperezó.

—Bueno, pero qué más da, ¿no? Si solo se ha llevado treinta, queda más a repartir. ¿Qué hora es?

—¿Eres tonta, o qué? Si se ha llevado sus cosas, no va a volver. Ha regresado con ese inútil, Jazmine, así que no podemos fiarnos de ella. Vamos a por ella. ¡Ya!

Jazmine observó su propio aspecto. Llevaba la misma ropa del día anterior, el sudor le había manchado las axilas de la blusa, le picaba la cabeza.

—Tengo que ducharme y cambiarme.

—¡Ahora mismo! ¿No te das cuenta? Es tardísimo, hemos dormido casi todo el día, y es posible que Michelle nos haya jodido pero bien. Hemos robado y tal vez matado a alguien, y vete a saber lo que se le puede ocurrir decir para protegerse. Como intente salvar su culo, podemos terminar las dos comiéndonos el marrón. Al fin y al cabo, ella no participó en el robo ni le disparó a Birna.

A Jazmine se le heló la piel.

—Joder, Denise, yo tampoco —se le escapó, y se arrepintió al instante.

El rostro de Denise se endureció, y la expresión de sus ojos se volvió de pronto desagradable y hostil. No se sabía si solo estaba furiosa por la observación o si estaba tomando carrerilla para enzarzarse en una pelea, pero a Jazmine le entró miedo. ¿Acaso no había visto de lo que era capaz Denise?

—No, perdona, ha sido una tontería, Denise —dijo con énfasis—. No quería decirlo. Ya vi que Birna te atacaba con una navaja, y no sabíamos que la pistola estaba cargada, ¿no? Así que estamos juntas en esto, te lo prometo.

Se santiguó. No porque fuera religiosa, sino porque le parecía que así resultaba más serio.

Denise aspiró hondo, y después respiró. La mirada agresiva se hizo más temerosa.

—Jazmine, no sabemos si Birna ha muerto —explicó—. No sabemos qué ha sido de ella. Si está muerta, es una putada, pero si está viva también lo es. ¿Por qué coño nos emborrachamos anoche al venir a casa? ¿Cómo hemos podido dormir tanto y dejar que Michelle se escapara? Estamos bien jodidas.

—Si Birna ha muerto, lo veremos en TV2 News —dijo Jazmine, y arrastró a Denise detrás.

El espectáculo de la sala casi las hizo caer de espaldas. No porque la estancia pareciera destruida por elefantes salvajes, ni a causa de la cera derramada de las velas y las manchas de vino tinto en alfombras y muebles o los restos de galletas saladas esparcidos como polvo por todas partes. No, se quedaron petrificadas porque el televisor sonaba a todo volumen y porque ocupaba la pantalla la imagen de alguien que, por desgracia, conocían demasiado bien. No era Birna, como cabía esperar; era Michelle. Y abajo, en «Últimas Noticias», corría el siguiente mensaje:

Mujer atropellada y muerta por conductor en fuga. Misma mujer que la embestida el 20 de mayo. Posible relación entre este hecho y el tiroteo de la víspera junto a la discoteca Victoria de Copenhague.

Empezaron a arrojar objetos, que impactaban en las paredes, y a gritarse, y después Jazmine se quedó como paralizada, mientras que la reacción de Denise fue del todo diferente. Su fuero interno le pedía acción a gritos, mientras recordaba y recalcaba a Jazmine lo dicho por Michelle en dos ocasiones. ¿Acaso no le pareció ver a Anne-Line en un coche frente a la discoteca? ¿Y no dijo lo mismo cuando la atropellaron la primera vez?

—Pero cuando estuviste en la oficina de la arpía intentando que reconociera que era ella a quien Michelle había visto, llegaste a la conclusión de que no creías que fuera así. Y ahora ¿qué carajo crees, Jazmine?

—¿Qué quieres que hagamos? —respondió con la voz ahogada por el llanto—. Michelle está muerta, y es posible que la Policía la relacione con nosotras. Y si de verdad era Anne-Line Svendsen a quien vio Michelle ayer, entonces debió de vernos salir del callejón y puede que se vaya de la lengua.

Denise torció el hocico.

—Eres demasiado tonta, Jazmine. ¿No crees que sería lo último que se le ocurriría hacer? Joder, es una asesina, y puede que seamos las únicas que pueden descubrirla. Yo creo que es lo que está pensando en este momento.

Las largas uñas de Jazmine rasgaron el celofán de una cajetilla de Prince, y, cuando la abrió, arrojó cuatro o cinco cigarrillos sobre la mesa y encendió el primero. Denise la miraba con una seriedad que Jazmine no le había visto nunca. Era incomprensible que fuera la misma que la noche anterior estuvo de celebración o que el otro día estuvo retozando en la habitación contigua con uno de sus *sugardaddies*.

—Hostias, Jazmine —saltó Denise—. También yo estoy alterada por esto. Por la muerte de Michelle y porque en la tele no hacen otra cosa que hablar de nosotras. Es demasiado, joder. Y la historia de Anne-Line Svendsen me tiene acojonada. Yo, en su lugar, me ocuparía de que nosotras fuéramos las siguientes en palmar. Debe de saber dónde vivimos; ¿qué hacía, si no, en Stenløse?

El miedo se apoderó de Jazmine. Porque Denise tenía razón. Tal vez Anne-Line estuviera fuera acechándolas.

—¿Qué vamos a hacer, si viene?

—¿Cómo que qué vamos a hacer? —repuso Denise con dureza—. Hay cuchillos en la cocina, y la pistola del abuelo está en el balcón.

—No creo que pueda hacerlo, Denise.

Denise la miró, pensativa.

—No creo que Anne-Line se atreva a volver aquí tan poco tiempo después de lo de Michelle. Debe de haber muchos policías en los alrededores. Estarán preguntando de puerta en puerta si alguien ha visto algo. Debemos andar con mucho cuidado y estar alerta con todo. Con la Policía, con Anne-Line...

Dirigió una mirada avispada a Jazmine.

—Y entre nosotras, Jazmine.

Jazmine cerró los ojos. Quería regresar al sueño de antes, lejos de todo aquello.

—Denise, creo que tenemos más de setenta mil coronas cada una, con eso podemos marcharnos lejos. ¿Por qué no nos vamos? —La miró suplicante—. ¿Qué dices? Podríamos volar a algún lugar de Sudamérica. Eso está lejos. ¿No te parece que está lo bastante lejos?

Denise asintió, condescendiente.

—Claro, es que el español se te da de puta madre, ¿verdad? Me refiero al español que hay que saber para hacerle una paja a cualquier viejo arrugado. Porque va a ser eso, con suerte, lo que vas a tener que hacer para vivir cuando se termine la pasta en el otro extremo del globo, te lo aseguro. ¿Es lo que quieres?

En la frente de Jazmine aparecieron un par de arrugas de desesperación. Miró a Denise, herida.

—No lo sé. ¿No es acaso lo que hacemos ahora? Al menos, la Policía y Anne-Line no nos perseguirán en Sudamérica, ¿no?

—Anne-Line no va a perseguirnos más si de mí depende, porque le tomaremos la delantera, ¿de acuerdo? Somos dos; ella, solo una. Pensamos un plan y la pillamos. Tal vez en su casa, en plena noche, cuando menos lo espere. La amenazamos, hacemos que firme una confesión y después la matamos de manera que parezca un suicidio. Y si hay dinero en efectivo en la casa, que creo que lo hay, se lo robamos también. Luego podemos hablar de escaparnos a alguna parte.

Jazmine se calló de golpe y le ordenó silencio, y Denise se calló y escuchó también. Era cierto, habían llamado a la puerta, y ahora alguien había abierto con llave.

—¿Qué hacemos? —alcanzó a susurrar Jazmine antes de que una mujer apareciera tambaleante ante ellas, pálida como un muerto y con los ojos tan pintados que apenas se le veían los párpados.

—¿Quiénes diablos sois? —preguntó la mujer en tono agresivo, mientras su mirada vagaba por la estancia.

—No es asunto tuyo —replicó Denise—. ¿De dónde has sacado esas llaves?

—No os conozco. Si no me decís quiénes sois, voy a deteneros por allanamiento de morada.

Jazmine trató de captar la mirada de Denise. La mujer, a pesar de su estado, parecía hablar en serio; pero Denise no se mostraba muy alterada. Parecía más bien dispuesta a abalanzarse sobre la mujer.

—Y una mierda —dijo entre dientes—. Soy la nieta de Rigmor, y tengo derecho a estar aquí, y tú no, ¿vale? Así que dame esas llaves y lárgate, o te arreo y luego llamo a la Policía.

La mujer que tenían enfrente frunció el ceño y se quedó un rato oscilando sobre su centro de gravedad hasta que lo encontró.

—¿Eres Dorrit? —preguntó con un tono más normal—. He oído hablar de ti.

Jazmine estaba confusa. ¿Dorrit?

—Dame las llaves —la conminó Denise, y tendió la mano abierta hacia ella; pero la mujer sacudió la cabeza.

—Las llaves me las quedo hasta que haya averiguado qué pasa aquí —decretó, mientras su mirada abarcaba el piso—. ¿Qué ocurre aquí realmente? Han asesinado a Rigmor y aquí hay dinero por todas partes. ¿Qué creéis que pensaría un policía? Desde luego, voy a aclarar qué está pasando aquí. Y vosotras no os mováis, ¿entendido?

Luego giró sobre sus talones, siguió por el pasillo haciendo eses y salió al exterior.

—Jodeeer —gimió Jazmine—. ¿Has oído lo que ha dicho? Y el dinero.

Miró alrededor y se cubrió la boca con la mano. Todos aquellos billetes esparcidos constituían una auténtica confesión.

Denise permanecía en jarras con los puños cerrados y la mirada ensimismada. Su actitud recalcaba la gravedad de la situación, y también que Denise la percibía.

—Mi abuela me dijo una vez que su vecina trabajaba en la Policía Criminal; debía de ser la trompas esta —dijo en voz baja mientras hacía gestos afirmativos para sí.

Jazmine estaba cada vez más apurada.

—¿Qué hacemos, Denise? Si llama a la Policía, pueden presentarse en cualquier momento. Tenemos que largarnos.

Jazmine miró alrededor. Tardarían diez minutos en recoger los billetes, y si se ponía cualquier trapo y recogía el resto en la bolsa, podían estar fuera en un cuarto de hora.

Denise sacudió la cabeza.

—No: vamos a por ella —decidió.

—¿A por ella, para qué? Si ya ha visto el dinero. No vas a conseguir que nos deje en paz, se le veía en la cara.

—¡Exacto! Y por eso mismo vamos a pararle los pies, ¿verdad?

¿Voy a dejar este caos como reflejo de mi vida?, pensó Rose, de vuelta en su piso, mientras miraba alrededor.

Giró la mirada hacia la chaqueta que cubría la carta de despedida, el cesto de plástico, el testamento de donante y la cuchilla de afeitar, y sintió pena por su solitaria vida malgastada.

Unos minutos antes, al oír voces en casa de Rigmor Zimmermann, había percibido un atisbo de luz en la oscuridad y, en su borrachera, pensó por un instante que tal vez pudiera seguir viviendo.

Así son los desvaríos, pensó. Podían crear milagros e imponer falsas sensaciones de seguridad e ilusiones que enseguida lo cambiaban todo. Después, para su decepción, siempre se imponía la realidad.

Por supuesto que aquellas dos jóvenes no deberían estar en el piso de Rigmor; claro que, al fin y al cabo, ¿qué le importaba a ella? ¿Que robaran a una mujer muerta? ¿Que vivieran en su piso?

Dejó caer la cabeza y se sentó con pesadez en la única silla del comedor que seguía en pie. El caos se estaba adueñando de todo.

Así debe de ser el último día de una persona, pensó, y le entraron ganas de vomitar. Su interior suplicaba acabar de una vez con aquello. Llamar a emergencias y decir que se había cortado las venas, y que pasaran a recoger sus órganos. Le importaba un carajo lo que pudiera pasar al otro lado de la pared. Si se entrometía, le iban a atizar, eso para empezar. Vendría la Policía, cosa que no deseaba. No iba a venir nadie de Jefatura a desbaratar sus planes, tampoco ninguna de sus hermanas ni nadie del hospital de Glostrup.

—Que les den. Que les den a las de al lado, y que le den al mundo —dijo en voz alta, asió una punta de la chaqueta, destapó lo que había debajo y esperó. Una llamada rápida, un par de cortes rápidos y todo habría terminado.

Cuando llamaron a la puerta, ya había tecleado las primeras cifras del número de emergencias.

¡Largo!, gritaba su interior. Y cuando volvieron a llamar, esta vez con más fuerza, se llevó las manos a los oídos y apretó. Estuvo un minuto así, pero cuando aflojó la presión y oyó que seguían aporreando la puerta, al final se levantó, cubrió otra vez los medicamentos con la chaqueta y se dirigió con paso vacilante hacia la puerta.

—¡¿Sí...?! —gritó hacia el otro lado.

—Soy Denise Zimmermann —respondió la voz del exterior—. ¿Podemos entrar un momento? Es que queremos explicar...

—¡Ahora no! —gritó de vuelta Rose—. Volved dentro de media hora.

Para entonces, ya estaría todo hecho.

Y mientras observaba la puerta de entrada, se le ocurrió que tal vez los ambulancieros tardasen demasiado en entrar si dejaba la puerta cerrada con llave. Que tal vez los órganos quedaran inservibles. ¿Quién diablos sabía esas cosas?

Oyó que al otro lado las chicas daban su conformidad, y pasos que se alejaban de la puerta. Y cuando ya no se oía nada fuera, asió la manilla y descorrió el cerrojo para que los enfermeros pudieran entrar.

Apenas se había girado cuando la puerta se abrió de pronto a su espalda. El fuerte golpe que recibió en la nuca hizo que la oscuridad se adueñara de todo.

33

Jueves 26 de mayo y viernes 27 de mayo de 2016

¿Quién eres realmente, Anneli?, pensó cuando captó su mirada demoníaca en el espejo. Acababa de matar, pero sonreía como una enamorada. Había pecado contra las leyes más severas de Dios y de las personas, y había matado, pero nunca lo había pasado mejor que en el maravilloso instante en el que el rostro jadeante de Michelle Hansen desapareció bajo el coche; le destrozó el cuerpo con tal fuerza que el coche dio un salto de medio metro. Por supuesto que, al igual que la vez anterior, esperaba algo de goce, pero no aquella euforia inmensa que se instaló en todas sus células como un elixir vital.

Tras detener el coche unos segundos para asegurarse de que el cuerpo aplastado de Michelle jamás volvería a levantarse, aceleró el Honda con calma y puso rumbo hacia Ølstykke y el aparcamiento escogido. Hizo el trayecto casi temblando de excitación y felicidad. Nunca había reído con tantas carcajadas de alivio, ahora que la misión estaba cumplida.

Pero nada más sentarse en el sofá de su casa, con las piernas recogidas y una copa de vino blanco fresco en la mano, tuvo que reconocer que algunos acontecimientos a veces se desarrollan con mayor rapidez de la que habías calculado.

Después del asesinato de Senta Berger, la prensa estuvo dividida. ¿Había sido un accidente o un asesinato? ¿Existía alguna relación directa entre Berger y el anterior atropello de Michelle Hansen? Los canales de televisión y algún periódico de la mañana mencionaron la posibilidad, y la pregunta quedó en el aire.

No obstante, los acontecimientos se estaban desarrollando de modo diferente esta vez, porque la muerte de Michelle Hansen no solo ocupaba las portadas de los diarios digitales, sino también de todos los canales de televisión, como pudo comprobar ante la pantalla cambiante de su televisor.

La información policial sobre el conductor dado a la fuga era, por suerte, escasa. Pero, siguiendo la costumbre, eso no impedía que los entrometidos presentadores aportaran sus propias teorías ni que, a medida que avanzaba la tarde y luego la noche, los análisis e hipótesis se hicieran cada vez más disparatados. Al final, Anneli se vio superada por una sensación irracional de agravio porque hacían caso omiso de ella. Pues ¿no estaban diciendo en un programa que el robo de la noche anterior guardaba relación con el asesinato de hoy? ¿Estaban ciegos o qué?

Se sirvió otra copa y sopesó la situación.

Desde luego que debía estar contenta porque se dirigía la atención al lugar equivocado; pero eso no cambiaba el hecho de que su misión aún no estuviera cumplida. Aquel dominio sobre la vida y sobre la muerte se había apoderado de ella como un narcótico, y la sed de continuar exterminando a aquellos seres anodinos era casi mayor que la alegría por haber salvado el pellejo.

Pero ¿podía dejar de matar? Esa era la verdadera pregunta que había que responder.

La víspera siguió de cerca al taxi que las llevó del aparcamiento junto a su piso en Stenløse hasta la discoteca, aunque para eso se saltó un par de semáforos. Aparcó el coche frente al local y esperó con paciencia a que salieran las chicas. Como los acontecimientos de las últimas horas ya se habían hecho públicos, logró componerse una idea de lo que había presenciado el día anterior. Aquellas muñecas coquetas y presumidas habían cometido crímenes tan graves que, sin duda, en un régimen totalitario habrían merecido la pena de muerte. Vio a Denise y Jazmine meterse en la discoteca mientras Michelle distraía al portero, a quien Anneli reconoció como el novio de Michelle, y luego vio a las chicas salir y refugiarse en el callejón de al lado. Qué fácil era deducir, cuando las televisiones no se cansaban de repetir que las autoras del robo eran dos mujeres jóvenes, que se trataba de Jazmine y Denise.

También sabía algo del balazo a Birna. Observó con asombro que aquella chica horripilante aparecía por la discoteca, y no perdió de vista su reacción cuando al poco tiempo Jazmine y Denise desaparecieron en el callejón. Birna las siguió, y Anneli vio que al rato Michelle seguía el mismo camino. Pasaron unos minutos en los que Anneli no supo qué ocurría. Intentó escuchar, pero el ruido de la discoteca era ensordecedor y lo único que logró oír por encima de los ritmos machacones fue un sonido sordo que no supo identificar. Luego Denise, Michelle y Jazmine aparecieron de nuevo, discutiendo y arrastrando el cuerpo inerte de Birna, que dejaron bajo una farola.

Después las chicas cruzaron la calle hacia el coche de Anneli, que tuvo que echarse atrás en el asiento y alejarse del brillo de la luz. A aquella corta distancia, vio que sus rostros estaban petrificados y por un momento le pareció que Michelle reaccionaba al pasar junto a su coche. Miró directa hacia ella, pero ¿vio también que era ella quien estaba al volante? Anneli creía que no, porque había algo de vaho en las ventanillas, y su rostro estaba oculto en la oscuridad.

No obstante, ¿podía estar segura de eso?

Se dice que el orden de los factores no altera el producto, pero ¿era cierto en aquel caso? ¿Y si decidía parar sus actividades sin más y dejar que los chacales de las noticias y la Policía se excitasen y señalasen a aquel grupo chiflado como parte de algo mayor y más organizado? ¿Si los asesinatos de Michelle Hansen y Senta Berger se interpretaban como resultado de divergencias internas? En ese caso, sus propios actos quedarían anulados. Pero si no hacía nada, ¿no corría el riesgo de que Denise y Jazmine se fueran de la lengua si las detenía la Policía? ¿Que dijeran que Michelle había identificado a la persona que iba al volante del Peugeot rojo en el primer intento de atropello? Porque eso era lo que había insinuado Jazmine la última vez que estuvo en la oficina de Anneli.

No, no podía ser. Si las chicas cantaban, a la Policía se le iban a ocurrir nuevas teorías sobre el curso y origen de los acontecimientos, e iba a llegar a la conclusión de que los diversos delitos no tenían ninguna relación entre ellos.

De pronto, la euforia de Anneli fue reemplazada por la duda y por un dolor cada vez más intenso en el pecho, que hasta entonces no le había dado mucha guerra. El miedo psíquico podía llegar a percibirse físicamente, ya había oído hablar de eso. Pero ¿qué significaba cuando dolía tanto de pronto? ¿Ocurría algo malo?

Tomó una ligera sobredosis de somníferos y se masajeó con cuidado la cicatriz de la operación. Como no se sentía mejor, aumentó el efecto anestesiante de las pastillas con otro par de copas de vino.

A Anneli no le gustaba nada el dilema que le había surgido.

A la mañana siguiente estaba aturdida y con la cabeza pesada, por la ingesta de vino de la víspera y por lo mal que había dormido; pero, y eso era lo peor, se sentía confusa a más no poder.

De lo que más ganas tenía era de tomar más pastillas y quedarse en la cama, sin más. Por otra parte, también tenía ganas de saltar y desfogar las frustraciones. Romper algo de porcelana, tirar el suelo de la cocina, desgarrar cuadros de las paredes y tirar al suelo todas las cosas de su escritorio.

Tenía ganas de hacer cualquier cosa menos lo que parecía más sensato, es decir, tomárselo con calma y dejar que discurrieran los acontecimientos, antes de adoptar nuevas decisiones.

Hoy voy a ir a la oficina después de la radioterapia, y luego veremos qué ocurre, decidió tras sopesar todas las posibilidades.

Cuando apareció en la oficina la recibieron con saludos corteses. También alguna sonrisa desmañada, otra demasiado irónica, y algún rostro neutro acompañado de un pequeño gesto comedido.

Dijo en la administración que estaba dispuesta para atender a los ciudadanos, que era el ridículo nombre que se les daba ahora a los clientes.

Anneli miró el interior de su despacho. Alguien había estado allí, porque ya no había papeles sobre la mesa y habían retirado las flores marchitas del alféizar. ¿Habían pensado que, poco a poco, iba a dejar de trabajar?

Sonrió. En tal caso, tenían razón. Cuando terminara su expedición justiciera con otro par de homicidios, iba a desaparecer de la faz de la Tierra; Jazmine, Denise y Michelle habían acelerado el plan sin saberlo. En la red se leía que el botín de la discoteca había sido de ciento sesenta y cinco mil coronas, y había pensado en arramblar con aquel dinero. Una vez que hubiera matado a Denise y Jazmine, no debería ser difícil. Y a pesar de no tratarse de una suma enorme, calculaba que podría vivir por lo menos diez años en algún lugar de África central, a menos que el cáncer se la llevara antes por delante. En tren a Bruselas, luego un avión a Yaundé, en Camerún, y habría desaparecido del mapa. Nadie iba a hacerle creer que la Interpol podría encontrarla una vez que la jungla se hubiera cerrado en torno a ella.

Absorta en aquella idea, y con jóvenes negros y sol sin límites llenando su imaginación, no llegó a oír el asunto por el que acudía la joven que entró en la oficina. Solo oyó su nombre.

Anneli examinó la tarjeta de la chica. Mediada la veintena, femenina, un pequeño tatuaje, cosa previsible, en el dorso de la mano, entre el pulgar y el índice. En suma, echar vino nuevo en pellejos viejos: otra puta gorrona con trenzas.

Durante el minuto siguiente, la chica, cosa extraña, se mostró muy educada, casi rayando en el servilismo, y, además, tan relajada, en el tono y modo de hablar, que Anneli no estaba preparada para lo que vino.

—Pues eso, he dejado los estudios y he perdido mi subsidio de estudiante —manifestó con su insistente mirada azul de gato—. De modo que no tengo para pagar mi habitación, mi comida ni mi ropa. Ya sé, claro, que no te dan el subsidio mínimo sin más, pero si no me lo dan, voy a suicidarme.

Y no dijo nada más. Se alisó el pelo igual que las otras pavas, como si lo más importante en este mundo fuera tener la melena presentable. Miró a Anneli con gesto engreído, como pidiendo una bofetada. Seguro que creía que su exigencia era de todo punto irrefutable, siendo como era una tonta del bote. Seguro que era de las que adulaban y flirteaban para conseguir buenas notas en el instituto y entrar en la universidad. ¿No se le ocurrió que el nivel de exigencia sería mayor? ¿Que no podría olvidarse de que debía asistir a clases y seminarios, y mostrar resultados? Y ahora que había dejado la universidad y perdido el subsidio se presentaba allí con cara de tonta.

La piel del rostro de Anneli se tensó. La irritación, las reticencias, el odio y el desdén no eran más que la punta del iceberg.

Alzó la mirada hacia la joven. ¿Aquella tía estaba amenazándola de verdad con suicidarse? Pues era una pena, pero no había acudido a la persona adecuada.

—¡Vaya, dices que vas a suicidarte! Pues ¿sabes una cosa? Creo que deberías irte a casa y terminar con todo de una vez, amiguita —declaró, y giró media vuelta en la silla. La audiencia había terminado.

Tras Anneli, la voz sonó indignada y escandalizada.

—Voy a denunciarte ante el jefe de centro por animarme a que me suicide —oyó la advertencia detrás—. Eso es punible, lo sé; de modo que, por tu propio bien, ¡más vale que me concedas una prestación de cinco mil coronas ahora mismo, z...!

¿Había estado a punto de terminar la frase con un «zorra»?

Anneli giró sin prisa la silla hasta el punto de partida y miró con frialdad a la chica. Acababa de encaramarse a lo alto de la lista donde se proclamaban las penas de muerte. De hecho, iba a ser un verdadero placer apagar la luz de aquellos ojos bellos y muy maquillados y aplastar esa carita de muñeca tan pronto como pudiera.

Sacó el móvil del bolso y pulsó la aplicación del dictáfono.

—Son las nueve y diez minutos del veintisiete de mayo de 2016 —dijo—. Me llamo Anne-Line Svendsen y soy asistenta social del municipio de Copenhague. Tengo delante a una cliente de veintiséis años, Tasja Albrechtsen, que exige que se le paguen cinco mil coronas. Si no lo hago, dice que va a suicidarse.

Luego pasó la grabadora a la chica.

—¿Quieres repetir tu exigencia, Tasja Albrechtsen, y de paso darme tu número de registro civil para tener algunos datos en tu historial?

Anneli no pudo saber si fue la grabación, la acusación de chantaje o el propio desarrollo de la situación lo que hizo que la mirada de la chica vacilara, porque sonó el teléfono y las interrumpió. Y mientras Anneli descolgaba el receptor, la chica se puso en pie y salió de la oficina sin hacer ruido.

Anneli sonrió. Una pena que no hubiera podido sacarle más información. Su dirección, por ejemplo. Aquello habría facilitado las cosas para cuando le llegase el turno.

—Hola, Anne-Line, soy Elsebeth —dijo una voz conocida en el otro extremo de la línea—. Menos mal que he dado contigo.

Anneli vio ante sí a su antigua compañera de Gammel Køge. Una de las buenas chicas que se tomaban el trabajo con la suficiente seriedad como para pasar de sus superiores. Era una pena que ya no se vieran.

Un par de frases de cortesía, y llegó la razón de su llamada.

—Te acuerdas de Senta Berger, ¿verdad?

Anneli arrugó el entrecejo.

—Sí, Senta. ¿Cómo olvidar a la pequeña diva?

—Fue cliente mía después de estar contigo, y está muerta. ¿Lo sabías?

Anneli se lo pensó antes de contestar.

—Sí, lo leí en el periódico. Un accidente, ¿no?

—Esa es la cuestión. La Policía acaba de estar aquí preguntándome por ella. Si tenía enemigos, si yo tenía problemas con ella, y si conocía a alguien que tuviera un Peugeot rojo o un Honda negro. Ha sido espantoso, casi como si sospechasen de mí y quisieran sonsacarme un montón de cosas. Menos mal que no tengo carné de conducir, pero bueno.

—Vaya, pobre. Pero ¿por qué me llamas a mí, Elsebeth? —preguntó, mientras el malestar se adueñaba de su estómago. ¿Habían detenido a las chicas y ya habían cantado? No estaba preparada para eso.

—Me han preguntado a ver quién la atendía antes, y he tenido que decir que eras tú. Han preguntado también si habías tenido desavenencias con ella.

—No, mujer. No era más que una clienta entre cientos. ¿Y qué les has respondido?

—Nada. ¿Cómo iba yo a saberlo?

¡Imbécil!, pensó Anneli. Podías haber ayudado un poco en la dirección adecuada, ¿qué te costaba decir que no, una palabra corta?

—No, claro que no podías saberlo; pero no había desavenencias entre nosotras.

—Ahora van para allá, he oído que se lo decían a la jefa de centro. Así que estás advertida. Era solo eso.

A continuación, Anneli se quedó un rato mirando el receptor.

Luego apretó el interfono.

—Que pase la siguiente —ordenó. Desde luego, no la iban a encontrar mirando al vacío.

Por lo visto, los dos policías llevaban un buen rato allí, lo más seguro para explicar la razón de su visita a la jefa de Anneli. El caso es que esta le dirigió una mirada acusadora cuando irrumpieron en el despacho de Anneli.

—Perdón —se disculpó la jefa ante la cliente—, pero tienes que salir un momento a la sala de espera.

Anneli saludó con la cabeza a los policías, y luego miró a la clienta.

—No hay problema; de todas formas, estábamos terminando, ¿verdad? —Sonrió a la clienta y se dieron la mano.

Después se sentó, recogió con calma sus papeles y los metió en una carpeta, antes de dirigir la mirada a los dos hombres.

—¿En qué puedo ayudarles? —Arqueó las cejas con una sonrisa hacia el que parecía mandar. Señaló las dos sillas de enfrente—. Siéntense, por favor.

La arpía se tuvo que quedar de pie.

—Me llamo Lars Pasgård —dijo el jefe, y le tendió su tarjeta. Anneli la miró. «Comisario de policía», ponía.

Anneli asintió, aprobadora.

—Vienen de la Jefatura de Policía. ¿En qué puedo ayudarles? —preguntó con total calma.

—Investigan dos homicidios, dos atropellos en los que el conductor se dio a la fuga —dijo su jefa con una mirada fría.

El comisario se volvió hacia ella.

—Gracias, pero preferimos informar nosotros a la señorita Svendsen, si tiene la amabilidad.

Anneli hizo un esfuerzo por no inmutarse. ¿Cuál había sido la última vez que vio que humillaban a su jefa, y que oyó que a ella la llamaban señorita?

Anneli miró al comisario.

—Creo que ya sé de qué se trata.

—Vaya.

—Hace media hora me ha telefoneado una antigua compañera de Gammel Køge. Ustedes acababan de hablar con ella. Elsebeth Harms. ¿No es así?

Los dos policías se miraron. ¿Le habrían dicho que estuviera callada? En tal caso, el problema era de Elsebeth.

—Me gustaría ayudarles, pero me temo que no sé nada.

—Déjenos decidir eso a nosotros, señorita Svendsen.

La jefa de sección sonrió tras ellos. Iban empatadas a uno.

—Usted tiene un Ford Ka, ¿verdad?

Anneli asintió en silencio.

—Sí, desde hace casi cinco años. Un coche bueno y económico. Además, se puede aparcar en casi cualquier sitio.

Se permitió reír, pero su risa no tuvo eco en ninguno de ellos.

—Senta Berger y Michelle Hansen han sido clientas de usted, ¿no es así?

Anneli sonrió levemente.

—Sí, pero suponía que Elsebeth y mi jefa ya se lo habrían mencionado.

—¿Algún comentario sobre el hecho de que ambas hayan sido atropelladas? —preguntó el otro policía.

Qué pregunta más estúpida, pensó mientras miraba al hombre. ¿Sería nuevo en el oficio?

Hizo una inspiración honda.

—Lo he seguido en las noticias, y por supuesto que me entristecí cuando oí que habían atropellado a Michelle Hansen la primera vez. Al fin y al cabo, es mi clienta; bueno, lo era, y era una chica simpática. Que le haya ocurrido lo mismo a Senta Berger, y de nuevo a Michelle, me ha afectado mucho. En lo más profundo. ¿Tienen alguna pista que seguir?

El llamado Lars Pasgård pareció molesto por la pregunta, pero tampoco la respondió.

—Sí, los medios se han movido —resumió—. El caso es que su jefa nos ha informado hace poco de que los últimos días ha tenido usted varias ausencias. En fechas que concuerdan bastante con esos sucesos.

Anneli levantó la vista. La expresión de su jefa no le gustó.

—Sí, he faltado varios días, es cierto, pero ya estoy de vuelta.

—Y no ha aclarado la razón de sus ausencias. ¿Estaba enferma?

—Estoy enferma, sí.

—Vaya. ¿Y qué le ocurre, si es que puede saberse? ¿Algo que explique sus idas y venidas?

Dentro de poco van a preguntarme sobre momentos concretos y no deben hacerlo, pensó.

Se levantó con lentitud.

—No he informado sobre mi enfermedad, no, ya veo que debería haberlo hecho. Pero para mí ha sido una temporada terrible. He tenido muchos dolores y he estado muy deprimida, pero ahora voy mejor.

—Pero ¿qué...? —llegó a decir su jefa cuando Anneli se sacó la blusa por la cabeza. Les enseñó el vendaje que sobresalía de su sujetador, y luego levantó el sujetador, dejando su pecho al aire.

—Cáncer de mama —informó, mientras las tres cabezas que tenía delante retrocedían unos centímetros por instinto—. No hace mucho me dijeron que tengo posibilidades de sobrevivir, y eso es lo que me ha ayudado a recuperarme. Todavía debo tomármelo con calma, pero creo que me incorporaré al trabajo a jornada completa dentro de una o dos semanas. Aunque tendré que seguir en tratamiento durante algunas semanas más.

Después se volvió a poner con cuidado el sujetador y la blusa.

—Lo siento —se excusó ante la superiora—. Es que no era capaz de hablar de ello.

La jefa de sección asintió. Si había algo que hacía actuar con humildad a las mujeres, era tener cerca un cáncer de mama.

—Lo comprendemos —dijo el comisario, algo afectado. Los dos policías se miraron. Anneli no supo cómo interpretar sus miradas, pero no parecían expresar nada malo.

Pasgård hizo una inspiración honda, y Anneli se sentó. Tras ellos, la jefa de sección se apoyó en la estantería. ¿Estaba a punto de desmayarse? Por ella, adelante.

—He pensado mucho sobre ello —explicó Anneli—, y me alegro de que hayan venido. Debo guardar secreto profesional, espero no decir algo que lo viole.

Se mordió el labio superior. Esperaba que lo interpretasen como que todavía debía luchar un poco consigo misma.

—Ayer oí por la tele que Michelle Hansen tal vez estuviera relacionada con un robo. También vi que su novio era portero de la discoteca que robaron. Al menos, lo reconocí como el mismo Patrick Pettersson que Michelle traía a la oficina de vez en cuando. Un joven bastante provocador, en mi opinión. Electricista, lleno de tatuajes por todas partes. Parece evidente que toma esteroides, lo que tal vez pueda explicar su temperamento violento. La última vez que Michelle lo trajo, él le dijo a gritos que se pusiera las pilas. Era porque Michelle se había ido a vivir al piso de Patrick sin informar a las autoridades sociales. Patrick estaba furioso porque iba a tener que devolver el subsidio para vivienda y porque Michelle había cometido un fraude social a sus espaldas. Pero eso yo no me lo creí. Se le veía un tipo bastante calculador.

Pasgård parecía satisfecho mientras tomaba apuntes.

—¿Cree que podría guardar relación con los asesinatos?

—No lo sé, pero sí sé que le encantan los coches y que presionaba mucho a Michelle. Supongo que por temas de dinero, porque estaba claro que él era muy avaricioso, y tenía un poder absoluto sobre ella.

—¿Sabes si Senta Berger y Michelle Hansen se conocían?

De pronto la tuteaba. ¿Habrían llegado por fin a estar en la misma onda?

Anneli sacudió la cabeza.

—Ya he pensado sobre eso, pero no creo. Al menos, ahora mismo no lo recuerdo.

Hizo una larga pausa para recalcarlo.

—Pero, ya que están aquí, tal vez debiera añadir otra cosa.

—¿Sí...?

—Birna Sigurdardottir es también una de mis clientes. Es a la que dieron un balazo... Creo que fue en una discoteca.

El comisario se inclinó un poco más sobre la mesa.

—Así fue, sí. También queríamos preguntar sobre eso.

Anneli asintió en silencio. Lo había mencionado en el momento adecuado.

—Creo que Michelle Hansen y Birna Sigurdardottir se conocían.

—¿Qué te hace pensarlo?

Anneli se giró hacia la pantalla del ordenador y tecleó.

—Miren. La última vez que Michelle estuvo aquí, entró justo después de Birna. Seguro que coincidieron en la sala de espera, y también creo recordar que no era la primera vez, pero de eso no estoy tan segura.

—¿Y qué deduces de eso?

Anneli se recostó en la silla.

—Que tal vez fueran amigas. Que había más relación entre ellas de lo que yo creía.

El comisario Pasgård hizo un gesto afirmativo con los ojos entornados. Parecía más que satisfecho. Casi entusiasmado.

—Gracias por la información, Anne-Line, ha sido una gran ayuda. Bueno, creo que hemos terminado; perdonen la molestia.

Pasgård se levantó antes que su ayudante.

—Vamos a analizar los movimientos de Patrick Pettersson durante las últimas semanas, debería ser fácil; es decir, si su jefe lleva al día la agenda y el libro de pedidos.

Anneli disimuló su alivio.

—Ah, otra cosa que no he contado: Michelle Hansen y Patrick Pettersson planeaban irse de vacaciones. Era una de las razones para que viniera Michelle. Por supuesto que me negué: acababa de descubrirse su fraude social. Pero es posible que él no haya trabajado en ese período.

El ayudante dio un silbido al oírlo, e hizo un gesto sereno con la cabeza a su jefe.

Pobre Patrick Pettersson.

—Escucha, Anne-Line, me da mucha pena lo que has tenido que pasar sin que yo lo supiera. Ha sido embarazoso para mí que tuvieras que desvestirte, ya me perdonarás.

Anneli asintió en silencio. Si jugaba bien sus cartas, podría conseguir un par de días libres más.

—No hay nada que perdonar, ha sido culpa mía. Pero nunca sabes cómo vas a reaccionar en estos casos, ¿verdad? Así que soy yo la que pide perdón; debí contártelo todo, ahora me doy cuenta.

Su jefa sonrió, parecía conmovida. Era la primera vez que la veía conmovida en la oficina.

—Bien, pues olvidémoslo todo y sigamos adelante. Te comprendo muy bien, Anne-Line. Tampoco yo creo que me hubiera gustado que todo el mundo estuviera al corriente, si me pasara.

Sonrió y puso cara de boba.

—¿Te encuentras bien? —añadió.

—Algo cansada, pero estoy bien.

—Tómatelo con calma hasta que te sientas más estable, ¿de acuerdo? Si necesitas un día de descanso, basta con que lo hagas saber a las secretarias, ¿vale?

Anneli trató de parecer conmovida. Siempre era mejor compartir esos sentimientos.

¿No era lo que últimamente se llamaba «conexión emocional»?

34

Viernes 27 de mayo de 2016

¿Quién coño había decidido salir tan temprano? ¿No fue Assad?, se preguntó mientras rodaban hacia el sur. Aquel bandido barbudo llevaba roncando a su lado los últimos ciento cincuenta kilómetros. ¿Qué era aquello?

—¡Despierta, Assad! —gritó, con lo que el pavo se golpeó la frente contra las rodillas.

Assad miró alrededor, incapaz de orientarse.

—¿Qué hacemos aquí? —preguntó con los párpados cerrados.

—Estamos a mitad de camino, y voy a dormirme si no me hablas.

Assad se frotó los ojos y vio los paneles indicadores colgados sobre la autopista brillante.

—¿No hemos pasado Odense todavía? Creo que voy a echar otro sueñecito.

Carl le dio un codazo en el costado, lo que no impidió que su compañero se durmiera al instante.

—Eh, despierta, Assad. Estoy pensando algo, presta atención.

Assad soltó un suspiro.

—Ayer estuve con mi exsuegra. Tiene casi noventa años, es un poco rara y está retirada del mundo, pero cada vez que la visito me viene con algo nuevo.

—Ya lo has mencionado antes, Carl —informó Assad, y cerró los ojos.

—Es que ayer quería aprender a hacer *selfies*.

—¡Mmm!

—¿Has oído lo que he dicho?

—Creo que sí.

—Se me ha ocurrido que seguro que el móvil de Michelle está lleno de fotos. No me extrañaría que se hubiera hecho *selfies* con las chicas que cometieron el robo, siempre que la hipótesis de la Policía de que estaba metida en el ajo sea cierta.

—Pareces olvidar que el caso no es nuestro, Carl. Además, el móvil estaba destrozado. La tarjeta SIM, la tarjeta SD, todo. Hecho pupila, Carl.

—Papilla, Assad. Pero da igual. Porque tenía un iPhone.

Assad abrió los ojos de mala gana y miró a Carl con apatía.

—¿Quieres decir...?

—Que todo se puede ver en la nube. O en su ordenador o iPad o lo que tenga. O en Instagram, en Facebook, en...

—El grupo encargado lo habrá mirado, ¿no?

Carl se alzó de hombros.

—Seguro. Terje Ploug controla casi todo, pero tal vez debiéramos darle un toque, ¿no?

Asintió para sí y giró la cabeza hacia Assad. Pero, lo que son las cosas, estaba otra vez dormido.

Después de vivir con Vigga y pasar muchos años en la calle entre prostitutas y macarras, Carl creía tener cierta tolerancia adquirida de manera natural, pero cuando entró en la galería desnuda que Kinua von Kunstwerk tenía en el puerto de Flensburgo tuvo que poner a prueba su liberalismo. No podía decirse que fuera pornografía, pero andaba cerca, porque lo que decoraba las enormes superficies de las paredes era una serie de representaciones clínicas muy detalladas de los órganos sexuales femeninos, en composiciones de varios metros de altura y coloreadas con tonos fuertes.

Carl acababa de registrar la dilatación de los ojos observadores de Assad cuando una llamativa mujer hizo su entrada en el local, con un vestido que ilustraba a la perfección el tipo de paleta de color con la que trabajaba aquella artista. Se movía sobre sus altísimos tacones como un ave zancuda, que recordó a Carl que Rose no pudo librarse de cierta inspiración de aquella amiga de la infancia.

—*Willkommen, bienvenus, welcome,* queridos amigos —dijo a tal volumen que todos los sospechosamente ensimismados clientes de la galería se sintieron bienvenidos.

Besó en las mejillas a Carl y Assad unas cuatro o cinco veces de más sobre los estándares habituales del norte de Alemania, y sus ojos castaños de cervatillo los miraron tan insinuantes que Carl temió que Assad se desplomara.

—¿Estás bien? —le preguntó por si acaso, mientras veía la yugular de Assad bombeando a toda velocidad, pero el testa rizada no contestó. En su lugar, concentró su energía en guiñar los ojos hacia la mujer como para defenderse de un deslumbrante sol tropical.

—Hemos hablado por teléfono —explicó Assad, con una voz tan suave que haría palidecer de envidia a Julio Iglesias.

—Es sobre Rose —interrumpió Carl, antes de que se impusiera el ambiente romántico.

Karoline, alias Kinua, achicó los ojos y asintió.

—Tengo entendido que lo está pasando muy mal —dijo.

Carl miró la tentadora máquina de Nespresso, en una vitrina de cristal bajo un cuadrito de color púrpura y lila que representaba una vagina durante el parto.

—¿Podríamos retirarnos un rato? —preguntó Carl algo distraído—. Para tomar un café, quiero decir. El trayecto desde Copenhague se hace largo.

En la decoración algo más discreta de la oficina, aquel autodesignado icono de la pintura se moderó hasta un nivel normal.

—Sí, hace ya muchos años que Rose y yo perdimos contacto, y es una pena porque éramos buenas amigas de verdad; lo que pasa es que éramos muy diferentes.

Miró al vacío, atrapada por un momento en los recuerdos, y después hizo un gesto afirmativo.

—Y teníamos que ocuparnos de nuestras carreras, que eran muy distintas.

Carl estaba de acuerdo. No hacía falta que Kinua insistiera en aquella diferencia.

—Como comprenderás, debemos llegar hasta el corazón del problema en lo relativo a la situación actual de Rose —indicó—.

Pero quizá puedas contarnos con algo más de detalle lo que ocurría entre Rose y su padre. Sabemos que la tiranizaba, y debió de ser duro, pero ¿cómo lo hacía? ¿Puedes darnos un par de ejemplos?

Por un instante, cosa sorprendente, Karoline adquirió un aspecto normal mientras intentaba buscar un modo de expresar lo que le pasaba por la cabeza.

—¿Ejemplos? —preguntó por fin—. ¿Cuánto tiempo tenéis?

Carl se alzó de hombros.

—Tú habla sin miedo —respondió Assad.

Ella sonrió, pero solo por un segundo.

—No miento si digo que Rose jamás oyó una palabra positiva o elogiosa de su padre. Era frío como el hielo con ella y, peor aún, se ocupaba también de que la madre de Rose no se atreviera a decirle nada agradable a su hija.

—Pero ¿no actuaba así con el resto de las hermanas?

Kinua sacudió la cabeza.

—Ya sé que Rose, cuando se fue haciendo mayor, trataba de aplacarlo de diversas maneras, pero si ella preparaba la cena para la familia, podía estar segura de que su padre iba a vaciar la jarra de agua en el plato, por repugnancia, nada más probarla. Si pasaba el aspirador, él era capaz de vaciar el cenicero en el suelo si encontraba la menor pelusa.

—No suena muy agradable.

—No; pero eso no es nada. Escribía notas al director de la escuela con mentiras, como que despreciaba a los profesores y hablaba mal de ellos en casa. Incluso les pedía que impusieran un poco más de respeto.

—¿Y no era verdad?

—Por supuesto que no era verdad. Cuando su madre le compraba ropa, él se carcajeaba, señalaba a Rose con el dedo y gritaba que era más fea que un pecado y que el espejo iba a rajarse si se ponía delante. Si un libro estaba algo inclinado, tiraba todas las cosas de Rose de la estantería, para que aprendiera a guardar más el orden de su cuarto. Si ella se retraía cuando él la acosaba, la mandaba a comer al cuarto de baño. La llamaba cerda apestosa si se atrevía a usar la colonia de Yrsa o de Vicky.

Assad masculló unas palabras en árabe. Raras veces solían significar nada bueno para la persona de la que hablara.

Carl asintió.

—En definitiva, que era un cabrón.

Karoline bajó la cabeza.

—¿Cabrón? No conozco la palabra exacta para expresar lo que era. Cuando Rose iba a hacer la confirmación, tuvo que ponerse un vestido viejo, porque su padre pasaba de gastar dinero en ella. No le hicieron ninguna fiesta, y ¿por qué gastar dinero para hacerle regalos si después no sabía cuidarlos? ¿Crees que cabrón es una descripción adecuada para un padre que actúa así?

Carl sacudió la cabeza. Había muchas maneras de erosionar la autoestima de un niño, todas ellas indefendibles.

—Entiendo lo que dices, pero ¿explica eso lo que te he contado antes? ¿Que todos los días expresaba su odio hacia su padre por medio de frases escritas en sus cuadernos?

Kinua von Kunstwerk no pareció dudar.

—Has de saber que, tan pronto como él regresaba a casa del trabajo, no había un solo segundo que no la acosara. Por ejemplo, le encantaba hacerle preguntas imposibles a las que, claro, Rose no sabía responder, y después se burlaba de ella porque era una tonta. Y si respondía y había otros niños presentes, era mejor que ella no supiera responder. Me contaba que cuando tuvo que aprender a montar en bici, porque tuvo que hacerlo cuando la cambiaron de escuela, su padre le decía que le ayudaría a mantener el equilibrio, pero claro, en cuanto ella daba el menor bandazo, él soltaba la bici y Rose se caía y se hacía heridas.

La mujer miró a Carl y trató de reponerse.

—Es difícil de recordar, pero en cuanto empiezo acuden muchas imágenes. Recuerdo que su padre la obligaba a quedarse en casa si la familia iba de excursión en coche, porque no quería ver la cara avinagrada de Rose cuando iban a divertirse. Y favorecía tanto a las otras hermanas que, al final, ella desapareció del todo.

»Siempre que, muy de vez en cuando, veía una posibilidad de sacudirse los traumas, entonces él la arrinconaba; como, por ejemplo, aquella vez, justo antes del examen de selectividad, en que su padre se pasó la noche haciendo ruido para que ella no pudiera dormir. Rose me contaba también que la atormentaba diciéndole que iba a morirse cuando solo tenía un leve resfriado o se sentía indispuesta. Y cuando se ponía más malicioso, por ejemplo, actuaba con amabilidad, señalaba las fresas de la huerta y le decía de qué hilera debía recogerlas. Y cuando ella, feliz y contenta, lo hacía, entonces él se ponía como loco y le gritaba que había cogido las de la hilera equivocada, que estaba tratada con paratión, y que iba a morirse entre terribles dolores.

Carl miró al vacío. Pobre Rose.

—¿No recuerdas nada que pudiera ser conciliador? —preguntó.

Karoline sacudió la cabeza.

—Su padre nunca pedía perdón. Eso sí, obligaba a Rose a pedirlo una y otra vez cuando cometía el menor fallo.

—Pero ¿por qué, Karoline? ¿Lo sabes?

—Tal vez porque estaba ya en el vientre de su madre cuando se conocieron; al menos, esa es mi teoría. Aparte de eso, era un psicópata de tomo y lomo, y la odiaba porque Rose nunca jamás lloraba cuando él la hostigaba.

Carl asintió. Desde luego, era lógico. Sabe Dios si sus hermanas estarían al corriente.

—¿Y entonces entraste en su vida? —constató Assad.

Ella sonrió.

—Así fue, sí. Y conseguí que se riera de su supuesto padre cuando él la acosaba. Aquello lo ponía furioso, pero también suavizaba un poquito sus embestidas. Era de los que no soportan que se rían de ellos. Luego le dije que no tenía más que matarlo si volvía a las andadas. Nos reímos mucho a cuenta de eso.

Después se interrumpió y permaneció callada, como si ahora viera las cosas con algo más de perspectiva.

—¿En qué piensas, Karoline? —preguntó Carl.

—En que al final ganó él.

Carl y Assad la miraron, inquisitivos.

—Ella quería seguir estudiando, pero él la metió en la acería. Donde él trabajaba, ¿dónde, si no? No tenía la menor intención de relajar su control sobre ella de ninguna manera.

—¿Por qué no se fue a vivir a otra ciudad? ¿Lejos de su acosador?

Kinua von Kunstwerk se ciñó el quimono. Había vuelto al presente. Donde ya no era su problema. Donde el timbre de la sala de exposiciones estaba de pronto muy activo.

—¿Por qué? —Se encogió de hombros—. Supongo que porque para entonces ya la habría doblegado.

—Su padre le arruinó la vida, ¿no crees?

Carl arrugó la frente. Cómo deseaba haber sabido unos años antes lo que acababa de oír.

—¿Crees que Rose mató a su padre? —continuó Assad.

Carl frunció el ceño.

—Si fuera cierto, no ha quedado probado.

—¿Y si pudiéramos probarlo? Entonces, ¿qué?

Carl dirigió la mirada por la ventanilla lateral hacia un mar amarillo intenso. ¿No era demasiado pronto para que los campos de colza estuvieran florecidos? La verdad era que nunca lo recordaba.

—¿Qué dices, Carl? Entonces, ¿qué?

—Ya has oído a Kinua. Creo que lo mejor que podemos hacer por Rose es guardárnoslo para nosotros.

—Bien, Carl. Yo también soy de esa opinión.

De hecho, parecía bastante aliviado.

Siguieron un buen rato en un silencio que no se rompió hasta que de pronto sonó el teléfono. Assad apretó el icono verde del teléfono del salpicadero.

Era Gordon.

—¿Cómo ha ido la ronda? —preguntó Carl—. ¿Te has quitado de encima al equipo de la tele?

Sonó como si se riera, pero con Gordon nunca sabías a qué atenerte.

—Sí —respondió, no obstante—. Se han largado a los diez minutos porque no ocurría nada. Han dicho que pasaban de hacer una ronda que yo ya había hecho. Por cierto, me preguntan sin parar sobre el caso de la discoteca y los casos del conductor huido. Me parece que no les hace ninguna gracia lo de Zimmermann.

Carl sonrió. Justo lo que esperaba.

—Pero se han marchado demasiado pronto, porque en uno de los cafés de Store Kongensgade me he topado con un tío que vive en Borgergade y con quien ya había hablado antes. Al parecer, comentó lo que había hablado conmigo con su novia, que celebraba su cumpleaños el día que asesinaron a Zimmermann, así que recordaba que aquel día vio en Borgergade a un tipo grandullón, que se movía arrastrando un poco los pies, que le dio la impresión de... Bueno, no podía definir la palabra, pero le pareció «muy intenso». Como si estuviera indignado o enfurecido por alguna cosa, algo así.

—¿Por qué no acudieron a nosotros?

—Querían hacerlo, pero se les pasó.

Carl asintió. Siempre la misma canción.

—¿Recordaba sobre qué hora fue eso?

—Lo recordaba. Iba a casa de una amiga que le había organizado una fiesta de cumpleaños a las ocho.

—¿Qué hacía el hombre que vio?

—Estaba en la acera, a un par de portales de la casa de Birgit Zimmermann, y resultaba extraño, porque era como si no se diera cuenta de la que estaba cayendo.

—¿Pudo dar una descripción?

—Lo describió como bastante bien vestido, aunque sucio, y con pelo largo grasiento. Puede que se fijara en él por eso. Dijo que le pareció que ambas cosas no encajaban.

—¿Lo recordará lo bastante bien como para que nuestro dibujante pueda hacer un retrato?

—La cara, no tanto, pero el cuerpo y la postura, sí.

—Pues adelante, Gordon.

—Eso está hecho. Pero hay más, Carl. He encontrado otro testigo. Alguien que vio a Rigmor Zimmermann poco antes de que muriera. De hecho se lo mencionó a los policías del Departamento de Homicidios, pero no lo han vuelto a llamar.

—¿Cuándo acudió a nosotros?

—El día después del asesinato.

—¿Lo pone en el informe?

—No. Su declaración es lo que no consigo encontrar.

Assad puso los ojos en blanco, y Carl estuvo de acuerdo. Si el grupo de Pasgård resolvía aquel caso, iba a ser de milagro.

—¿Y qué vio el testigo?

—Vio a Rigmor Zimmermann parada en una esquina, mirando hacia atrás; de pronto se asustó y echó a correr.

—¿Sabes con exactitud dónde fue eso?

—En la esquina de Klerkegade y Kronprinsessegade.

—Bien. Eso está a solo cien metros del parque de Kongens Have.

—Sí, y ella corrió en esa dirección. Pero el testigo no vio más, porque iba en el otro sentido de la calle.

—¿Qué pensó el hombre al ver aquello?

—Que tal vez a ella le pareciera que llovía demasiado, o que de pronto recordara que iba a llegar tarde a algún sitio. No lo sabía.

—¿Dónde lo has encontrado? —preguntó Assad mientras plantaba las piernas sobre el salpicadero, en una postura que cualquier profesor de yoga repudiaría.

—Me ha encontrado él. Me ha oído interrogar a algunas personas donde él trabaja.

—Muy bien, Gordon —lo felicitó Carl—. Cítalo en Jefatura y escuchemos la historia otra vez, ¿vale? Podemos estar de vuelta dentro de media hora. ¿Crees que lo convencerás para que vaya a Jefatura?

—Puedo intentarlo, pero no creo que tengas tiempo, Carl, porque el director de la Policía en persona ha estado husmeando en el sótano. Ha dicho que subas a su despacho tan pronto como vuelvas. Parecía bastante serio, de modo que más te vale. Ha dicho que al equipo de la tele había que darle algo.

Carl y Assad se miraron. Entonces iban a tardar bastante más de media hora en volver.

—Dile que hemos pinchado y estamos tirados en el arcén.

Siguió una larga pausa. Por lo visto, Gordon no se tragaba aquel cuento chino.

35

Viernes 27 de mayo de 2016

Lo primero que notó cuando por fin despertó de su estado inconsciente fue una sensación cortante en la parte trasera de los muslos. Imágenes y ruidos confusos destellaban en su cerebro brumoso. Un golpe, manos que manipulaban su cuerpo, voces estridentes, un sonido de desgarrón, como si rompieran un paño en jirones.

Abrió los ojos poco a poco hacia un débil brillo blanco que aparecía bajo una puerta junto a ella.

No parecía conocer la estancia, tampoco sabía sobre qué estaba sentada.

Entonces sintió las punzadas dolorosas de la nuca y la presión del cerebro. ¿Era por el alcohol, o qué había sucedido? No lo entendía y quiso pedir ayuda, pero el sonido no traspasó sus labios porque le habían tapado la boca con algo que no la dejaba hablar.

Con un tirón del torso, constató enseguida su situación. No sabía cómo, pero la habían atado en una postura sentada, con los brazos encima de la cabeza y las manos amarradas a algo frío. Los tobillos también estaban atados, la parte baja de la espalda sujeta contra algo pulido, el cuello atado, de manera que no podía inclinarse hacia delante más de unos pocos centímetros.

No comprendía qué había ocurrido.

Al otro lado de la puerta oyó dos voces agudas discutiendo. Las mujeres parecían jóvenes e histéricas, y las palabras eran inconfundibles. Discutían sobre ella. Sobre si debía vivir o morir.

Seáis quienes seáis, matadme, pensó. Ocurriera de un modo u otro, el resultado sería que por fin conseguiría sosiego.

Rose cerró los ojos. Mientras el dolor de cabeza fuera tan intenso, esperaba mantener a distancia aquellas ideas obstinadas.

Las inevitables fantasías e imágenes mentales del cuerpo aplastado de su padre. El brazo que sobresalía del coloso de metal y aquel índice acusador dirigido hacia ella. La sangre rojo oscuro, que se desplazaba como una cascada hacia sus zapatos. Y, cuando la ambulancia la llevó a casa más tarde, vio que su madre sonreía. La Policía estaba ya frente a la casa, de modo que su madre debía de saber lo que había ocurrido; pero ¿por qué sonreía? ¿Por qué se contentaba con sonreír, por qué no llegaba nunca una palabra de consuelo?

¡ALTO!, gritó en su interior. Aun así, las ideas permanecían. Y Rose sabía perfectamente que, si no se andaba con cuidado, aquello no iba a ser más que una obertura a más imágenes y palabras malvadas que pronto se precipitarían sobre ella como un torrente.

Imágenes más sombrías que antes, palabras peores, recuerdos imparables.

Tiró de lo que mantenía sus brazos atados. Gemía tras lo que le tapaba la boca y le impedía hablar.

Presionó fuerte, ganó un par de centímetros y lo que le apretaba el cuello estuvo a punto de ahogarla. Mantuvo esa postura hasta que se desmayó una vez más.

Cuando volvió en sí, la custodiaban las dos mujeres de antes. Una de ellas, la nieta de Rigmor Zimmermann, tenía una mirada observadora y un objeto afilado en una mano que parecía un punzón; la otra, un rollo de cinta americana gris.

¿Vas a matarme a punzadas?, pensó, y desestimó la idea al momento. ¿Para qué tenía la otra la cinta adhesiva?

La mirada de Rose vagó por la estancia, y entonces la reconoció. Estaba en el cuarto de baño de Rigmor, y era a la taza del retrete adonde la habían atado. Por eso sentía aquella sensación cortante en los muslos.

Aunque lo intentó, no podía mirar hacia abajo por el lazo que tenía al cuello, pero si miraba de reojo a su izquierda, hacia el lavabo y el espejo, alcanzaba justo a ver algo de lo que habían hecho con ella.

316

Tenía los pantalones y las bragas bajados hasta las rodillas, y la prieta cinta americana unía sus muslos a la taza del retrete; y también había cinta adhesiva sujetando su cuerpo a la cisterna de atrás. Las manos estaban levantadas y sujetas con varios cinturones de Rigmor a los dos asideros que estaban atornillados a la pared. Uno de los cinturones se lo había regalado ella por Navidad. Era uno estrecho y dorado que Rigmor, más por educación que por placer, usó aquellas vacaciones navideñas y nunca volvió a ponerse.

Rose tenía la boca cubierta con adhesivo, y le rodeaba el cuello una cadena de pañuelos de seda anudados que estaban unidos a los dos asideros de la pared por los extremos.

Recordó que había intentado ahorcarse, y tuvo que reconocer que, por mucho que se esforzara, nunca lo iba a conseguir. Porque tan pronto como perdiera la conciencia se deslizaría hacia atrás, la presa del cuello se aflojaría y la sangre regresaría a su cerebro.

Si le hubiera sido posible, les habría dicho a las dos chicas que podían soltarla. Que no le importaban lo más mínimo y que no entendía por qué era necesario hacer lo que hacían con ella. De modo que trató de mostrar complacencia con la mirada, pero no le prestaron atención.

¿Qué podían haber hecho para que constituyera tal amenaza para ellas?

—¿La dejamos ahí hasta que nos larguemos, Denise? —dijo la de la cinta adhesiva.

¿Denise? Rose trató de concentrarse. ¿No se llamaba Dorrit? Tal vez Rigmor le contara que su nieta se había cambiado el nombre, seguro que se lo contó.

—¿Tienes alguna otra propuesta? —respondió Denise.

—Y, cuando pase todo, llamamos a alguien para decir dónde está, ¿verdad?

Denise asintió con la cabeza.

—Si está sentada ahí, ¿dónde vamos a hacer pis? —preguntó la otra.

—Tendrá que ser en el lavabo, Jazmine.

—¿Con ella mirando?

–Haz como si no estuviera. Es lo que debes hacer, en general. Soy yo quien se ocupa de ella, ¿de acuerdo?

–Pero no puedo hacer lo otro en el lavabo.

–Entonces tendrás que ir al piso de al lado; la puerta no está cerrada.

Denise miró a los ojos a Rose.

–Te daremos algo de beber de vez en cuando, y mantén la calma, porque si no te golpearé de nuevo, ¿entiendes?

Rose pestañeó un par de veces.

–Lo digo en serio. Y te pegaré más fuerte, ¿entendido?

Rose pestañeó de nuevo.

Entonces Denise levantó el objeto punzante hacia la cinta adhesiva que cerraba la boca de Rose.

–Voy a hacer un agujero. Separa los labios, si puedes.

Rose hizo lo que pudo, pero cuando el punzón atravesó la cinta, sintió al momento el sabor de la sangre.

–¡Perdona! –exclamó Denise cuando salió sangre por el agujero–. Es para esto, para que puedas beber –le explicó, blandiendo una pajita como las que usan en los hospitales.

La introdujo en el agujero, y Rose cerró los ojos cuando la piel desgarrada del labio superior se deslizó en su boca. Tragó sangre varias veces antes de aspirar el agua del vaso de los cepillos de dientes.

Mientras le dieran agua, la dejarían vivir, razonó.

Aunque el país llevaba varias semanas bajo lo que en términos daneses se denomina ola de calor, en el baño hacía fresco y al cabo de unas horas Rose empezó a sentir frío, quizá sobre todo por la pérdida de sangre.

Si no puedo moverme, sufriré embolias, pensó, y tensó las pantorrillas para que al menos el bombeo de las venas no se detuviera. En suma, su situación era de puta pena, de eso ya se daba cuenta. En aquella postura sobreviviría algunos días, pero a lo mejor las chicas no necesitaban más antes de desaparecer. Después iban a llamar a alguien para que la encontraran, era lo que habían dicho. ¿Qué sucedería luego?

¿La ingresarían otra vez? La persona a la que telefoneasen las chicas se pondría en contacto con su madre o sus hermanas, y estas acudirían enseguida, y ¿quién podía evitar que encontraran la carta de suicidio y las cuchillas de afeitar? Aquello no le convenía. Porque si había llegado tan lejos como para desear suicidarse, los psiquiatras no iban a permitir que se marchara la próxima vez. Por tanto, ¿no era mejor morir allí?

Me quedaré quieta. Entonces llegarán las embolias, antes o después. Esas tías no saben nada de eso.

Y esperó, mientras su aliento silbaba por la pajita y se extrañaba de que la pulcra Rigmor hubiera dejado ropa sucia en la lavadora y de que, a pesar de su edad, hubiera unas compresas en la estantería de encima del tambor secador, y de que guardara unos pantis en uno de los ganchos, a pesar de que tenían una gran carrera. ¿Repararía ella misma las medias de nailon cuando se hacía carreras? ¿Eso se podía hacer?

Cerró los ojos para imaginarse cómo y, en medio de la imagen de manos hábiles tratando de enfilar las fibras finas como telarañas, apareció el rostro de su padre con saliva en las comisuras y una mirada de odio.

«Ven conmigo cuando te lo diga», decía entre dientes. «Ven conmigo, y si te digo que te vayas, te vas, ¿entendido?»

La cara crecía y crecía, y las palabras colgaban del aire en una repetición eterna, y el pánico hizo que el corazón de Rose latiera con fuerza, que se le hincharan los carrillos y que el silbido de la pajita alcanzara un tono que se convertía en el grito que Rose quería soltar, pero que nunca llegaba.

Y vació la vejiga en el retrete. Justo como aquella vez, aquel día espantoso, cuando notó las vibraciones de su buscapersonas en el bolsillo.

La siguiente vez que Denise le llevó agua, estaba bañada en sudor.

—¿Tienes demasiado calor? —preguntó, y bajó el termostato del radiador a cero antes de abandonar el baño y dejar la puerta entreabierta.

Aún se veía luz en la entrada, aunque débil. En aquella época del año era difícil saber qué hora era, porque no oscurecía del todo hasta cerca de las once. Pero tampoco era tan tarde.

—Siguen con lo mismo, Denise —dijo Jazmine algo después desde la sala—. Llevan todo el día enseñando esas imágenes de Michelle.

—Pues ¡apaga la tele, Jazmine!

—Saben que ella estaba en la discoteca cuando cometimos el robo y Birna recibió un balazo, y saben que estuvo con dos mujeres. Sospechan de Patrick, y él sabe nuestros nombres, Denise. Los oyó en el hospital.

—¿Ah, sí? Pero no es seguro que los recuerde, ¿verdad?

—Puede describirnos, de eso estoy convencida. La Policía nos busca. Lo sé, Denise.

—Vamos, Jazmine. No saben dónde estamos, y nadie podrá reconocernos cuando terminemos con esto, ¿verdad? Hala, vamos al baño.

En algún lugar del caos interno de Rose penetró el significado de las palabras. Usando su experiencia como policía, bloqueaba las malas ideas y aprovechaba cualquier oportunidad para hacerlas desaparecer.

Jazmine había mencionado un robo y a alguien llamada Birna que había recibido un balazo junto a una discoteca. ¿Creían las chicas que ella sabía algo sobre eso?

Rose rebobinó y se fijó en el momento en el que había entrado en el piso de Rigmor. ¿Qué fue lo último que les dijo a las chicas? Que iba a denunciarlas por haber entrado allí.

De manera que sería por eso. Le tenían miedo. Era el enemigo, por eso estaba allí sentada. Cuando se fueran, la dejarían allí. Nadie iba a llamar a ninguna parte, esa era la conclusión más segura.

Las dos chicas entraron al baño a la vez, y Rose cerró un poco los ojos y se hizo la dormida. No le convenía que sospecharan que había oído lo que habían dicho.

Denise se sentó a orinar en el lavabo, mientras Jazmine se desvestía y entraba en la ducha.

Ambas se habían cortado el pelo muy corto. Estaban completamente irreconocibles.

—Estoy feísima, Denise. Me ha costado más de cinco años dejarme el pelo tan largo, me entran ganas de llorar —se quejó Jazmine mientras se daba tinte y corría la cortina de la ducha.

—Cuando estemos en Brasil vas a poder comprar todas las extensiones que quieras por cuatro perras. Así que deja de gimotear —dijo Denise, riendo, mientras se bajaba del lavabo. Después arrancó papel higiénico, se secó la entrepierna y lo echó al cubo con pedal donde solía estar la ropa sucia. Sería la causa de que la ropa sucia de Rigmor estuviera en la lavadora.

Rose siguió todos sus movimientos por la rendija que dejó entre los párpados, aunque Denise no se dignó a mirarla. ¿Estaría ya muerta para ellas, o es que creían que estaba dormida?

Luego Denise se giró y observó sus cortos mechones mientras agitaba el frasco de tinte. Rose abrió los ojos un poco más. Tres profundos arañazos atravesaban la espalda de la chica; no era bonito de ver en un cuerpo tan perfecto.

—¿Estás segura de que Anne-Line no va a reconocerte, Denise? ¿Y si no te quiere abrir la puerta? —se oyó detrás de la cortina de la ducha.

—He engañado a gente más lista que ella, Jazmine. Ya me ocuparé de neutralizarla antes de que pueda reaccionar —respondió Denise, y se giró de golpe.

Como si hubiera sentido la mirada de Rose a sus espaldas, ahora la miró directamente.

Y Rose no tuvo tiempo de cerrar los ojos.

36

Domingo 29 de mayo y lunes 30 de mayo de 2016

Marcus Jacobsen hizo un gesto de rechazo cuando Carl le puso delante una lata de cerveza en la mesa de jardín de su casa.

—No, gracias. He dejado de beber alcohol y de fumar. A partir de ahora, voy a intentar cuidarme un poco.

Carl asintió y encendió un cigarrillo. Según las estadísticas, milagros así se producían de vez en cuando. Pero no importaba, porque la cerveza era buena; se la bebería él.

—Bueno, Carl, ¿has leído mis apuntes?

Carl apretó los dientes y meneó un poco la cabeza.

—Pues todavía no, pero lo haré, te lo prometo. Están preparados en mi escritorio.

Carl miró a Marcus, que parecía decepcionado, y no le faltaban razones para estarlo. Porque fue él quien enseñó a Carl casi todo lo relativo al trabajo policial; y ahora Carl no se tomaba en serio su solicitud. Marcus no se merecía eso.

—De acuerdo, Marcus, más vale que lo reconozca. Tenía mis dudas acerca de ti y de ese caso. Le dedicaste tanto tiempo que pensé que podría ser una obsesión tuya lo de relacionar ambos casos. Pero, como decía, te prometo mirarlo; en realidad, te he invitado por eso.

—¡Mm! Vaya, de modo que no es por mi cara bonita. ¿Y cuál es tu idea?

Carl suspiró de un modo teatral, pero puede que funcionara.

—Como sabes, estos días andamos algo liados por lo de Rose, y había pensado que tal vez nos viniera bien que nos echaras un cable.

Marcus sonrió.

—En un caso que en realidad no es tuyo, supongo.

Carl siguió con la mirada el camino del humo hacia arriba. Por supuesto que sabía que Marcus no iba a atacarlo por la espalda, pero no era muy agradable oír un comentario tan directo.

—Ya sabes cómo funciona esto, Marcus. Recibes un montón de intuiciones contradictorias que te desconciertan, y no lo soporto. Y luego está lo de Rose. En circunstancias normales, siempre nos ayuda cuando queremos ahondar en las cosas, pero ahora no está. La echamos de menos mucho más de lo que creíamos.

Marcus lució una sonrisa torcida.

—¿Y en qué cosas quieres que «ahonde», Carl? ¿Qué te dice la intuición?

—Que tengo que saber todo lo posible sobre la familia Zimmermann y su historia. Sabemos bastante del marido de Rigmor, que, por cierto, no era ningún angelito.

Resumió varios hechos del turbio pasado de Fritzl Zimmermann, de su vida posterior y de su muerte.

Marcus Jacobsen asintió en silencio.

—Desde luego, reconozco que no era ningún dechado de virtud. Pero ahora que lo mencionas, creo que el caso del hombre que se ahogó en Los Lagos pasó por nuestro departamento. ¿Así que era él?

Oyeron un vago zumbido en la puerta de la calle y en la entrada. De manera que Morten y Hardy habían vuelto a casa.

Marcus sonrió; estaba claro que había deseado aquel reencuentro. Se puso en pie y acudió a su encuentro en el hueco de la puerta. Era conmovedor ver a su intransigente antiguo jefe agacharse y abrazar a su antiguo subordinado.

—¿Te ha gustado el paseo, tronco? —preguntó Marcus después de que Hardy condujera la silla de ruedas eléctrica hasta la mesa de jardín.

—Buenooo... —respondió Hardy de forma casi inaudible, mientras Morten, con los ojos hinchados y la voz ahogada en llanto, preguntó si podía hacer algo.

Carl hizo un gesto de rechazo.

—Gracias, Morten, ya nos las arreglaremos.

—Bueno. Pues entonces... voy a bajar a acostarme un rato —dijo sorbiéndose la nariz.

—¿Qué le pasa? —preguntó Marcus cuando ya no se oyeron pasos en las escaleras al sótano.

Hardy parecía cansado.

—Mal de amores. En el mes de mayo no hay que salir de paseo si no quieres ver a los enamorados vagando por las calles. Ha estado berreando como una foca huérfana todo el tiempo.

—Uno ya casi no recuerda cómo solía ser en otros tiempos el amor no correspondido. Ay...

Marcus sacudió la cabeza un par de veces, después se giró hacia Carl. Había recuperado el papel de policía.

—¿Y qué sabemos del marido de Birgit Zimmermann?

—Nada. Pero es una de las cosas que pensamos que podrás averiguar en cuanto hagas algunas pesquisas.

Tal como habían convenido, se encontraron en la acería el lunes, a las diez de la mañana, en la sala que había a la izquierda del portón de entrada. Detrás de Leo Andresen esperaban un hombre mayor y una mujer más joven, de manera que, al parecer, se habían tomado en serio su petición de una visita guiada.

Leo señaló sonriente al hombre huesudo.

—Polle P. es el más veterano, yo trabajé aquí durante treinta años antes de jubilarme y Lana es la incorporación más reciente, así que entre los tres deberíamos poder responder a muchas cosas de diversas épocas, si es necesario.

Carl y Assad les dieron la mano a los tres.

—Polle y yo nos encargaremos de la visita guiada y Lana es nuestra encargada de seguridad, va a traeros cascos y calzado de seguridad. ¿Qué número calzan los señores?

Los tres miraron a los pies de Assad y Carl.

—¿Qué tal un 45 para ti, Carl, y un 41 para Assad? —continuó Leo.

—Como quieras —replicó Assad—, pero si no me das un 42 es mejor que me mates al momento.

Fue el único que rio.

Abandonaron la sala mientras Carl los informaba sobre su encuentro con Benny Andersson. A juzgar por la expresión reservada que mostraron, se trataba de un hombre que no necesitaba más presentación.

—Es uno de los que recibieron indemnizaciones por envenenamiento de manganeso —gruñó Polle—. No sé cómo eran los otros casos, pero desde luego que Benny no estaba envenenado por manganeso, si quieres saber mi opinión.

—Pero menos mal, porque al fin se fue —añadió Leo; en cierto modo, su comentario era comprensible.

—Ya, no parece ser ningún rompecorazones —comentó Carl—. Pero me dio la impresión de que le gustaba Rose, y eso atenúa un poco mi juicio. ¿Sabéis qué relación había entre ellos?

—Yo creo que ninguna. Simplemente, le gustaban las mujeres, y además odiaba de todo corazón a Arne Knudsen.

—¿Sabéis por qué?

—La mayoría lo odiábamos, porque Arne no era amable con nadie, y mucho menos con Rose, cualquiera que se acercara a ellos lo notaba. Rose no debió trabajar tan cerca de su padre —aseguró Polle, mientras les mostraba la zona haciendo gestos con la mano.

El espacio abierto entre los edificios estaba despejado y sorprendentemente desierto, teniendo en cuenta las enormes cantidades de acero laminado que pasaban por aquel complejo de industria pesada. ¿Dónde estaban las trescientas cuarenta personas que trabajaban allí? No se veía a nadie. La zona tendría el tamaño de una de las islas menores de Dinamarca, y las naves eran inmensas, como hangares de aviones, y tenían capacidad para albergar a miles de empleados, así que trescientos podían desaparecer con facilidad; pero de todas formas... Carl había imaginado montañas de chatarra, ruido por doquier y, sobre todo, hombretones fuertes vestidos con mono por todas partes.

Leo Andresen rio.

—No, eso ha cambiado. Ahora es una planta que funciona de modo totalmente electrónico. Compañeros con estudios universitarios manipulan palancas de mando, aprietan botones y miran pantallas, y ha sido así desde que dejamos de fundir chatarra. Ahora es una planta exportadora propiedad de los rusos, y...

—Y en 1999, cuando murió Arne Knudsen, ¿cómo era? —interrumpió Carl.

—Muy, muy diferente, pero no tanto —explicó Polle—. Para empezar, éramos más de mil empleados. Ahora hay otra planta cerca, pero en aquella época todo estaba bajo el mismo paraguas, propiedad de grandes inversores daneses como A. P. Møller y ØK. Luego pasó lo del maldito manganeso y otras cosas, todo a la vez, que hicieron que bajase la rentabilidad de la planta. En el año 2002 fuimos a la quiebra y aquella época terminó.

Señaló una serie de montones de grandes bloques de acero colocados sobre una cubierta de cemento a cielo abierto.

—Antes éramos una planta de reciclaje que compraba ochocientas mil toneladas de chatarra al año y la fundía para elaborar planchas de acero, acero en barra y acero para armaduras. Suministrábamos material para puentes, laterales de túneles y un poco de todo. Hoy recibimos los palastros de acero rusos que veis ahí, enviados por los dueños rusos con el objetivo de que los laminemos y los convirtamos en planchas.

Abrió la puerta de una nave tan colosal que Assad se agarró al casco. Allá dentro Carl no podía calcular las distancias.

—¿El accidente ocurrió aquí?

Señaló la cinta transportadora que trasladaba los bloques que luego levantaban unas grúas con enormes electroimanes y depositaban en otros sitios.

—¿Fue un bicho de esos lo que cayó sobre Arne Knudsen? —preguntó.

Polle sacudió la cabeza.

—No, sucedió en la parte antigua de la nave W15. Estos palastros pesan veinte toneladas, pero el que mató a Arne solo pesaba la mitad.

Se alzó de hombros. De todos modos, fue suficiente.

—Si Rose hubiera seguido trabajando, hoy estaría en esa oficina —dijo, y mostró un rincón de la nave donde una ventana de cristal marcaba la separación entre el imponente y desnudo espectáculo de la fábrica y una oficina típica. Señaló a una joven atractiva vestida con un mono azul que observaba una pantalla de ordenador. Se saludaron con la mano.

—Se llama Micha y es encajista, era para lo que estaba Rose de aprendiz con su padre. Porque él también era encajista. Son los responsables de que los bloques numerados se trabajen en un orden determinado. Todo lo que hay aquí está encargado. Sabemos con exactitud cuándo y qué hay que suministrar a quién y dónde. Escribimos esas cifras y letras blancas, calentamos los bloques y los laminamos hasta lograr planchas del grosor y dimensiones deseados; ahora lo veréis.

A medida que se acercaban al fondo de la nave, la iluminación cambiaba de la luz fría y eficaz hacia tonos más tenues y amarillentos.

Aquella parte de la nave W15 presentaba un aspecto mucho más primitivo, y se parecía bastante más a la fábrica que Carl se había imaginado. Ingeniosas construcciones de hierro, puentes, tubos, escaleras de acero, dispositivos de izado, carriles de deslizamiento y, por fin, el horno, que parecía una versión en miniatura de los silos de grano que había en la granja de su padre.

Leo Andresen señaló la grúa que se alzaba sobre ellos, colgada de multitud de cables de acero, un monstruo de la marca DEMAG.

—Levanta los bloques y los deposita sobre la cinta transportadora, que los lleva hasta los hornos de fundido. Mirad, ahora se abre la trampa, ¿notáis el calor? Calentamos los palastros hasta los mil doscientos grados; la temperatura hace que los bloques se pongan al rojo vivo.

El grupo permanecía callado, mirando el electroimán.

—Ese fue el que dejó caer el palastro sobre Arne Knudsen —informó Polle—. Se dijo que fue un corte casual de corriente, pero no sé yo si fue muy casual.

—Vaya. ¿Y quién maneja un cacharro así? —preguntó Carl mientras retrocedía ante las casi insoportables oleadas de calor del horno. Ahora entendía mejor que el otro extremo de la nave estuviera sin cerrar.

—Lo hacen los que están en los paneles de la cabina de mando, al otro lado del horno.

—¿Y quién estaba allí el día que ocurrió? —preguntó Assad.

—Bueno, esa es la cuestión. Sucedió en un cambio de turno, y la verdad es que no debería poder ocurrir algo así. Lo cierto es que no sabemos con precisión quién estaba allí.

—Le preguntamos a Benny Andersson, y nos dijo que él no estaba en la cabina de mando.

—Bueno, de eso no me acuerdo. Por aquella época, Benny solía andar un poco por todas partes.

—Si Rose y Arne Knudsen solían estar en la oficina que nos has enseñado, como aquella joven, ¿por qué estaban en esta parte cuando ocurrió?

—No, creo que no has entendido bien. Esa parte de la nave con la nueva oficina del encajista, donde hemos visto a Micha, no existía. Entonces solo estaba esto.

Se giró hacia un edificio de madera a sus espaldas.

—Trabajaban ahí arriba, en la oficina. Y de vez en cuando bajaban a los montones de palastros y marcaban los bloques que había que transportar por la cinta hasta el horno.

Carl miró alrededor.

—¿Qué dices, Assad? ¿Ves algo que te llame la atención?

Miró el informe policial.

—Solo pone que el electroimán falló y que Arne Knudsen infringió todas las normas de seguridad al ponerse bajo un bloque mientras la grúa lo izaba. No se encontró responsable del accidente, que se calificó de fortuito, a pesar de que la corriente fallaba en contadísimas ocasiones. Se consideró responsabilidad del propio Arne Knudsen, y el castigo definitivo fue que murió.

—¿Rose estaba en la oficina cuando ocurrió?

—No. Algunos se acercaron corriendo desde fuera al oír los gritos de Arne, y encontraron a Rose junto al cuerpo de su padre, que estaba agonizando. Se quedó como petrificada, con los brazos caídos a los costados, callada y con los ojos dilatados por el horror.

—¿Vosotros no estabais?

—No —respondió Andresen—. No pasó en mi turno.

—Y yo estaba trabajando en el puerto, que está a un buen trecho de aquí —fue el comentario de Polle.

—Leo, tú que trabajabas a diario en el suministro de corriente, ¿puedes explicar cuál fue la causa del corte?

—Existen programas informáticos que deberían ser capaces de describirlo con precisión, pero en este caso no pudieron. Mi opinión personal es que lo provocó alguno de los currantes, porque el corte duró lo justo para que el electroimán soltara el bloque, ni un segundo más. Demasiado bien planeado, en mi opinión.

—¿Crees que fue premeditado?

—Eso no lo sé, pero es una idea muy tentadora.

Carl dio un suspiro. Habían pasado diecisiete años. ¿Cómo carajo podía pedir más detalles, cuando ni el informe policial ni el de la Inspección de Trabajo de entonces los daban?

Tal vez llegue un momento en el que podamos preguntarle a Rose sobre todo el asunto —dijo Carl cuando volvieron a su despacho.

Assad sacudió la cabeza.

—¿Has oído cuando les he preguntado si la propia Rose podría haber empujado a su padre debajo del bloque? Han puesto una cara muy rara.

—Sí, ya te he oído. Pero han puesto una cara aún más rara cuando has sugerido que podría haber estado confabulada con alguien. Leo Andresen ya había dicho que el corte de corriente podría haber sido premeditado, así que no podían evadir la cuestión.

—Pero ¿cómo lo organizaron, Carl? Donde estaban no había ningún interfono, tampoco teléfonos móviles. Fue cosa de una fracción de segundo, ¿no?

Una sombra elevada apareció en la puerta.

—¡Hola! El director de la Policía me ha pedido que lo avisara cuando volvierais. No le he dicho que ya estabais aquí.

—Gracias, Gordon, bien pensado. Dile que tendremos algo para su equipo de la tele más tarde o mañana, y que seremos amables y corteses con ellos.

Gordon no parecía del todo contento.

—Bueno, pero ya he hablado con el tipo que vio a Rigmor Zimmermann pararse en una esquina y mirar hacia atrás antes de reanudar su carrera, y lo que ha dicho no era muy sólido. Apenas recordaba nada.

—¡Qué lástima! ¿Y has conseguido averiguar dónde para Denise Zimmermann?

—No, tampoco. Desapareció de su casa hace una semana, el veintitrés de mayo. He estado hablando con quienes viven en las buhardillas, algunos de ellos tipos bastante curiosos. Y también he hablado con su madre. Bueno, hablar es mucho decir, porque estaba para el arrastre. Apenas le he entendido palabra de lo que me decía.

—¿Cómo que desapareció?

—Denise le dijo a su madre que se iba a vivir con un tipo de Slagelse.

—¿Hace siete días?

Carl abrió los brazos. ¿Iban a tener que extender las redes por todo el país? No era de extrañar que a veces se sintiera rendido.

Entonces sonó el teléfono.

—Vosotros dos, montad en el tablón un resumen de los casos que tenemos entre manos, y vamos a estudiarlo enseguida.

Después respondió el teléfono.

—Sí, soy yo —se oyó una voz cansada al otro extremo de la línea. Era Marcus Jacobsen—. ¿Has leído mis apuntes, Carl?

—Sí, eh... Un poco.

—¿Quieres hacer el favor de mirarlos ahora? Esperaré.

Carl rebuscó en el escritorio hasta que encontró uno de los folios. Escrito con la letra angulosa pero fácil de leer de Marcus Jacobsen, ponía:

Apuntes sobre el caso de Stephanie Gundersen:

1) Hardy tomó nota de una mujer llamada Stephanie Gundersen entre los asistentes a la conferencia para padres y madres de alumnos.
2) Volver a comprobar la lista de padres y madres de las clases de 2.º y 4.º de secundaria.

3) Las conversaciones de S. Gundersen y el tutor de la clase con los padres de los alumnos terminan en discusión: dos veces con un padre y una madre, ¡y una vez con una madre soltera!

4) ¿Qué hacía S. G. en el parque de Østre Anlæg? Se suponía que iba a un entrenamiento de bádminton.

—Sí, tengo aquí delante uno de los folios. Es una lista de cuatro puntos.

—Bien. Son las cuatro cosas que no exploramos hasta el fondo durante la investigación. Habíamos empleado ya una gran cantidad de tiempo y personal en el caso, y por aquella época estaban entrando bastantes casos graves, de modo que tuve que valorar la situación como que habíamos cumplido todos los protocolos en torno al homicidio de Stephanie Gundersen y no podíamos avanzar en aquel momento. Por eso, la conclusión fue que debíamos dejar de lado el caso, aunque yo lo hice de mala gana. Ya sabes lo terrible que es dejar casos de lado, porque en el fondo sabes que van a caer en el olvido.

»Bueno, lo cierto es que encontré los apuntes al limpiar el despacho cuando dejé de trabajar. Desde entonces han estado sujetos con unos imanes a la puerta del frigorífico, para gran enfado de mi esposa, mientras vivió. "¿Por qué no lo olvidas de una vez, Marcus?", decía siempre. Pero no puedo.

Carl estaba de acuerdo. No había tenido que abandonar muchos casos como aquel, pero habían sido unos cuantos.

—Para mí, sobre todo el punto número cuatro salta a la vista. ¿A qué te referías cuando lo escribiste?

—Seguro que a lo mismo que tú ahora: ¿por qué dejas el entrenamiento de bádminton para dar un paseo por el parque? Por razones románticas, por supuesto.

—Pero ¿no controlabais con quién se veía Stephanie?

—No. Por extraño que parezca, nada daba a entender que tuviera un novio por aquella época. Era una chica discreta, ya sabes. No de las que presentan al novio en casa a la primera de cambio.

Carl conocía a aquel tipo de chica, y suspiró.

—¿Y qué hay del punto número uno? ¿Qué fue lo que vio Hardy cuando conoció a Stephanie?

—Le había tocado uno de esos aburridísimos trabajos obligatorios en reuniones entre profesores, servicios sociales y policía, y de pronto vio a la mujer más guapa que había visto en su vida, sonriéndole con simpatía desde el fondo de la clase. Decía que casi no podía concentrarse. Cuando la mataron, pasó varios días rebosando frustración, pena y rabia por que alguien pudiera arrebatar la vida a un ser tan encantador. Deseaba ayudar con toda su alma, pero, como sabrás, bastante tenía con vuestros casos.

—Stephanie era guapa, lo sé.

—Era capaz de desequilibrar a cualquier hombre, me lo dijo Hardy, pregúntale.

—¿Has guardado la lista de padres y madres de las clases de segundo y cuarto de secundaria que mencionas en el segundo punto?

—Mmm. Carl, ya veo que no has mirado el material que te pasé. Esa lista de nombres la tienes en el otro folio que te di en el restaurante. Échale un vistazo, tal vez encuentres algo.

—Perdona, Marcus, qué bochorno. Es que lo de Rose me tiene absorbido.

Miró otra vez el folio con los cuatro puntos.

—¿Y qué hay del punto número tres de la lista? Debe de ser bastante normal que haya discrepancias en las reuniones con padres de alumnos, ¿no? Recuerdo algunas en las que Vigga y yo nos enfrentamos con los profesores de Jesper.

—Sí, claro, y las dos parejas que causaron la discusión, los Carstensen y los Willumsen, se mostraron muy receptivas cuando las interrogué. En el fondo, en los dos primeros casos el problema era el mismo. Según el tutor de la clase, no fue una discusión agradable, aunque sí atípica. En el tercer caso, el de la madre soltera, era algo más personal, pero había matices que el tutor no podía evaluar. La mujer, que se llamaba Birthe Frank, se quejaba de que Stephanie prestaba demasiada atención a su hija. El tutor dijo que la madre parecía celosa.

—Entonces, ¿Stephanie era demasiado guapa?

Marcus rio hasta enronquecer y tosió un par de veces al otro extremo de la línea. De manera que los pitillos no estaban del todo abandonados.

—Vaya, no eres tan tonto, Carl. Las dos primeras parejas de padres tenían chicos que estaban de la cabeza. A uno de ellos lo pillaron masturbándose con la foto de la clase, y eran de la opinión de que Stephanie debía disimular un poco su feminidad.

—¿Y adónde te lleva eso?

—¿Adónde? Mira, en más de la mitad de asesinatos, el sexo juega un papel mayor o menor, como bien sabes. Y me pareció que la existencia de Stephanie era en sí un desafío en ese aspecto.

—¿Quieres decir que debo buscar a alguien que tenía o quería tener sexo con ella?

—No tengo ni idea. Pero queda anotado.

—No la violaron, ¿verdad?

—No, le golpearon por detrás y la mataron. Punto final.

—Vale, y gracias, Marcus. Siento no haberme informado de todo esto antes, cuando me pasaste los papeles.

Jacobsen se rio.

—Llevaban en casa doce años, de manera que no me importaba esperar una semana más. Ya sabía que llegaríamos a ello en algún momento, Carl.

Después de colgar, Carl removió un poco el caos de su escritorio. ¿Dónde diablos se había metido la segunda hoja?

—¡GORDON! ¡ASSAD! ¡Venid un momento! —gritó.

Se oyeron unos gruñidos en el pasillo antes de que aparecieran.

—El otro día Marcus Jacobsen me pasó dos folios, y no consigo encontrar uno de ellos. ¿Lo habéis visto? Era igual que este, rayado.

Les enseñó la lista con los cuatro puntos.

—Oye, Carl, creo que deberías acompañarnos a la sala de emergencias —dijo Assad—. Gordon ha estado trabajando.

El larguirucho se disculpó por haber sacado copias de algunas de las hojas que Carl tenía encima del escritorio, aunque no sabía dónde estaba el original del otro papel.

—Pero tranquilo, todas las copias están colgadas aquí.

Carl lo siguió, y nada más entrar en la sala vio las cinco hojas de tamaño A3 alineadas en el tablón de aglomerado.

—Son los cinco casos que tenemos entre manos en este momento —explicó Gordon.

¿Cinco casos, decía? ¿Cómo podían ser tantos?

La mirada de Carl se deslizó por las hojas.

A la izquierda, Gordon había colocado una hoja a la que llamaba «El caso de Rose». «El padre de Rose fallece el 18 de mayo de 1999», era lo único que ponía en el papel. Después estaban el caso Zimmermann, el caso Stephanie Gundersen, el caso del conductor asesino y el caso de la discoteca, con el robo y el balazo a la mujer islandesa, y en todas las hojas aparecían pequeños apuntes sobre el momento de la muerte de las víctimas y algunos otros datos.

—¿Qué carajo pintan ahí el caso del conductor asesino y el caso de la discoteca? —preguntó Carl—. No tienen que ver con nosotros.

Gordon sonrió.

—Sí, sí, ya lo sé. Pero es que soy yo quien tiene que vérselas con los del equipo de la tele y responder a sus extrañas preguntas, y se me ha ocurrido que podría tener los casos colgados aquí, para no perderme.

Carl gruñó. Desde luego, aquel hombre era algo especial. Si tantas ganas tenía de contribuir al esclarecimiento de aquellos dos casos, ¿por qué no subía al segundo piso? Ya se lo habían ofrecido, ¿no?

—Bueno, mientras no haya malentendidos con Bjørn, supongo que estará bien. ¿Dónde está el folio de Marcus?

—He colgado los dos folios con sus apuntes bajo el caso Stephanie, como puedes ver —indicó Gordon, no sin cierto orgullo.

Assad no pudo contenerse.

—Antes de mirar la lista del papel, tienes que ver esta foto, Carl.

Colocó ante él una fotografía en color ampliada.

—Mira. Acabamos de recibirla. Es de 2003, de una clase de cuarto de secundaria de la escuela Bolmans Friskole. Échale una ojeada.

Carl hizo lo que se le pedía. Era una de esas fotos de clase anodinas que a los pocos años odiabas de todo corazón y muchos años más tarde te arrepentías de haber tirado. ¿Qué tenía de especial?

—Stephanie Gundersen aparece detrás de los alumnos, junto al resto de profesores —comunicó Gordon, y la señaló.

Carl hizo un gesto afirmativo, la había reconocido.

—No cabe duda de que era la más guapa de todos —reconoció—. Pero ¿adónde quieres llegar?

—Ahora no tienes que mirarla a ella, sino a la que está delante, con la mano de Stephanie en el hombro.

Carl achicó los ojos. Era una chica con el pelo cardado, lápiz de labios azul y una mirada que era audaz y sonriente a la vez.

—Se llama Dorrit Frank, según la lista de nombres de abajo.

—Exacto. —Assad sonrió.

¿Por qué sonreía?

—Dilo, no consigo... ¿Quieres decir que...?

—En efecto, Dorrit es Denise, ya sabemos que cambió de nombre.

Carl sintió un escalofrío en la columna.

—¿En serio? Pero ¿y el apellido?

—Denise se llama Denise F. Zimmermann. La F corresponde a Frank, lo he comprobado. Y mira la lista de padres y madres de la clase.

Carl examinó la lista. Allí estaba. No Birthe Frank, como recordaba Marcus, sino Birgit Frank. Birgit Frank Zimmermann.

Entonces Gordon hizo un comentario seco.

—Me di cuenta del nombre en la segunda ronda que hice por el barrio de Borgergade, Carl. Una sola inicial puede cambiar mucho las cosas.

Gordon tenía razón. De hecho, era algo sensacional que hacía que dos casos parecidos pudieran al fin conectarse entre sí. El motivo, las personas, el método. Pero ¿para qué? ¿Y cómo?

—Tengo que contar esto enseguida a Marcus.

Entró zumbando en su despacho, y esta vez consiguió que Marcus respondiera al tercer tono.

—¡Marcus, escucha! La madre soltera que discutió con Stephanie Gundersen en la reunión de la escuela no era Birthe Frank, sino Birgit Frank, cuya hija se llamaba Dorrit, y después Denise —dijo a modo de presentación—. Por tanto, el nombre completo de la madre era y es Birgit Frank Zimmermann, aunque por aquella época, por causas desconocidas, o tal vez solo en la escuela, empleaba el apellido Frank.

Se oyó un suspiro en el otro extremo. La liberación fue audible.

—¡Que sí, joder, Marcus! —insistió Carl—. De modo que ahora tienes la conexión entre Stephanie Gundersen, Birgit Zimmermann y su madre, Rigmor Zimmermann, ¿estás contento? Las tres estaban relacionadas de alguna manera, y dos de ellas, con años de distancia, fueron asesinadas por el mismo procedimiento. ¿Crees que puede ser fruto de la casualidad, jefe?

Durante un momento hubo un silencio sepulcral en el otro extremo; y después llegó el estallido.

—Birgit Zimmermann tiene un primer apellido que empieza por efe, carajo. ¿Cómo se nos pudo escapar? Es incomprensible. Al fin y al cabo, fue objeto de nuestra atención cuando investigamos el caso de Stephanie Gundersen.

37

Domingo 29 de mayo y lunes 30 de mayo de 2016

La suerte volvió a acompañar a Anneli, porque tampoco esta vez hubo testigos ni coches en la cercanía cuando cometió su atrocidad.

Tras el terrible atropello, la culona se rompió el cráneo contra una farola, y debió de terminar desnucada, porque la cabeza quedó bastante separada del cuerpo.

Resultó que en muchos aspectos Roberta –alias Bertha– Lind tenía costumbres inalterables, de manera que hasta el trayecto en bici dos veces por semana desde su casa hasta el gimnasio –lo más seguro es que lo considerara suficiente para meterse en una talla 44– fue justo como acostumbraba, y como Anneli se había imaginado.

Aquel domingo hacía un calor achicharrante, toda Dinamarca jadeaba. Por eso, Bertha se había puesto una camiseta diminuta que muy pronto trepó por su espalda pegajosa y reveló formas que no habían surgido de la nada. Durante el trayecto, al menos diez veces alternó entre enviar mensajes por el móvil y llevarse la mano al lomo para bajarse la camiseta. La undécima vez fue ya demasiado: en una curva abierta hacia la izquierda, perdió la concentración y dio un tirón brusco al manillar, con lo que tomó la curva de forma demasiado cerrada.

Anneli conducía en segunda, a los casi veinte kilómetros por hora necesarios para no acercarse demasiado a Bertha, a fin de que no oyera el coche. Pero en el momento en el que la bici se desvió un poco de su rumbo, aceleró con fuerza y lanzó el lateral del coche contra el cuerpo de la chica.

Es curioso a cuánta distancia puede volar un cuerpo tan pesado, pensó Anneli mientras apretaba el freno a tope y seguía por el retrovisor el recorrido del cuerpo.

—No le he visto los ojos, pero, de todas formas, misión cumplida —dijo para sí de inmediato. Luego aparcó el pequeño Renault en una calle desierta y lo abandonó allí tras las habituales tareas de limpieza general.

Tal como esperaba Anneli, en las noticias de la tele no clasificaron aquel atropello y fuga como los demás. Pero la atención prestada fue considerable, porque también aquella vez se trataba de un conductor que había dejado una víctima mortal. De todas formas, se consideraba que en aquel caso a la mujer podía haberla atropellado un vehículo mayor y que su conductor tal vez ni sintiera el impacto.

A la mañana siguiente, Anneli oyó en las noticias de la radio que los peritos de la Policía habían llegado a la conclusión de que Bertha se había desplazado hacia el centro de la calzada y lo más probable era que rozase algún camión que pasaba, tras lo que debió de ser la violencia de la caída, combinada con el cuerpo tan pesado, y no el atropello en sí, lo que la mató. Había sido un suceso trágico, pero no era comparable a los accidentes producidos al girar hacia la derecha, una de las mayores amenazas de Copenhague para las riadas de ciclistas.

Anneli estaba muy contenta. De momento, se ajustaba al plan, y la sensación de cumplir una misión importante, cuyo objetivo era librar al mundo de sabandijas humanas, seguía creciendo en ella. Como era natural, la inmediata sensación de embriaguez y placer había perdido algo de su intensidad, pero es que ya estaba convirtiéndose en una rutina. Y tres blancos en solo ocho días generaban cierta autoestima.

Aquel lunes por la mañana se sintió casi una especie protegida. Nadie le dijo nada, pero era evidente que todos conocían la gravedad de su problema, y sabían que había ido directa a la oficina después del tratamiento de radio. La discreción de la jefa había brillado por su ausencia.

No obstante, Anneli estaba contenta. Lo importante para ella era poder dedicarse a sus próximos objetivos y calcular el riesgo que entrañaban.

Por aquellas fechas, con el Parlamento a punto de iniciar las vacaciones, los medios agradecían cualquier otra cosa sobre la que escribir. Aparte del caso del conductor asesino, que ocupaba varias páginas en todos los periódicos, fue sobre todo la muerte de Birna en el Hospital Central lo que acaparó las noticias del día. Y la batida de la persona que ahora llamaban «el asesino de la discoteca» estaba en marcha.

Aunque denunciar a las que habían matado a la joven podría parecer tentador y también lógico, había dos cosas que se lo impedían. Lo que más deseaba era matarlas; el problema era que no podría hacerlo si estaban en la cárcel. A eso había que añadir que, si las chicas caían en manos de la Policía, existía un riesgo de que en una de esas, tal vez para lograr una reducción de pena, soltaran sus sospechas sobre la participación de Anneli en la muerte de Michelle. De modo que, pasara lo que pasase, la muerte de Birna podía, de forma indirecta, convertirse en la razón decisiva de que la soga en torno a su cuello se estrechara. La Policía estaba interrogando a Patrick, el novio de Michelle, y al final iban a atar cabos y a relacionar a las tres chicas. Y cuando la Policía las detuviera, su estatus de especie protegida terminaría.

Miró el reloj. Acababa de tener una clienta amable, que pedía una suma modesta para los diez días que le quedaban antes de volver a tener trabajo, y por eso la envió a la sección de ayudas de subsistencia; pero a los pocos minutos le tocó el turno a su extremo opuesto. Aquella mujer solía presentarse más o menos una vez cada cinco días, siempre con nuevos deseos, y era curioso, porque todos ellos sumaban mil quinientas coronas, suma que Anneli no estaba autorizada para pagar. No había nada abiertamente malo en ella, pero en aquel momento Anneli tenía cosas más importantes de las que ocuparse. Las consecuencias de los casos del robo y del asesinato de Birna eran imprevisibles, y había que intervenir a toda costa. Por eso, debía concentrarse en deshacerse de los dos cabos sueltos, que se llamaban Denise y Jazmine.

Emplear un coche como arma mortal ya no parecía apropiado. Seguro que las chicas estaban muy alerta, y por eso apenas iba a tener oportunidad de acercarse a ellas lo suficiente. Quiso la suerte, sin embargo, que en la última época hubiera una serie de tiroteos en Copenhague y en los suburbios con mayor delincuencia. Si pudiera conseguir un arma y hacer que los tiros parecieran un ajuste de cuentas entre bandas, era probable que la Policía empezara a mirar en otras direcciones diferentes; y si, de todas formas, todo se torcía, habría conseguido un arma con la que podría suicidarse con rapidez y sin dolor.

Anneli se levantó, salió a la sala de espera y canceló con disculpas la cita de los dos clientes que esperaban. Parecieron descontentos y defraudados, sobre todo la que seguro que había ido para mendigar las mil quinientas coronas habituales, pero Anneli se mantuvo fría.

—Tengo al teléfono a una persona que amenaza con suicidarse —explicó, y giró sobre los talones antes de cerrar la puerta de su oficina. Tras un rato de búsqueda, encontró el número de un cliente que, en principio, debía acudir a mediados de semana. Se llamaba Amin, y era uno de los numerosos somalíes de Vesterbro que había encontrado un modo de vida que, en paralelo con el subsidio, le permitía mantener sin problemas a una familia que no paraba de crecer.

Amin había estado un par de veces en el trullo por tenencia ilícita de armas, robo y un poco de trapicheo con hachís, pero nunca había mostrado tendencias violentas, y cuando estaba con Anneli irradiaba alegría de vivir y agradecimiento por la pequeña ayuda que ella le podía suministrar.

Apareció después del almuerzo y dejó sobre la mesa de Anneli dos revólveres bastante gastados para que eligiera. Ella tomó el que parecía más nuevo y fácil de manejar, y recibió de regalo una caja de cartuchos. Amin mostró su pesar por no haber podido conseguir un silenciador, pero le dio unas indicaciones para amortiguar el ruido. Tras una breve instrucción en torno al seguro, carga, retirada de cartuchos vacíos y limpieza del arma, acordaron que, además de las seis mil coronas en metálico, iba a conseguir ropa nueva para la familia, y que Anneli se encargaría de retrasar las entrevistas de empleo que lo esperaban a la vuelta de la esquina. También acordaron, bajo juramento, que en aquella reunión solo se había hablado de la falta de ropa para la familia, y que el objetivo real del encuentro jamás iba a llegar a conocimiento de otros.

Acababa de guardar el revólver cuando su jefa entró en su despacho a ofrecerle ayuda psicológica.

—La verdad, estoy espantada por que hayas tenido que llevar ese peso tú sola, Anne-Line. No solo por el terrible diagnóstico de cáncer, sino también porque en un plazo de pocos días has perdido a dos clientas de esa manera tan horrible.

¿Ha dicho ayuda psicológica?, pensó Anneli. ¿Quién coño necesitaba ayuda psicológica? Lo que más necesitaba en aquel momento era un silenciador.

Después de que la jefa se marchara tras ofrecerle todo tipo de apoyo y solidaridad, Anneli comunicó a la secretaria que se había dado cuenta de que debía poner al día varios historiales tras su ausencia, y que por eso iba a cerrar la puerta a los clientes durante el resto del día.

Sin nadie que la molestara, pasó varias horas navegando por la red y leyendo artículos sobre ajustes de cuentas entre bandas. Cuando pensó que tenía suficiente información, decidió sobre la mejor manera de simularlos. Lo más importante en los ajustes de cuentas era entrar y salir con rapidez. Un solo tiro en la nuca a cada una de las chicas, y después arrojar el revólver a las aguas del puerto de Copenhague. No era más que eso.

Más difícil era resolver el problema del silenciador que le faltaba, pero en la red también había consejos al respecto.

El barrio de Webersgade destacaba por sus encantadoras casitas, cada una de las cuales en otra época debía albergar dos o tres familias de trabajadores. Pero, durante las últimas décadas, se había convertido en lugar codiciado, y los precios habían subido más de lo razonable, porque la clase media de pronto los encontraba atractivos, a pesar de la escasez de metros cuadrados, los cuartos diminutos y las escaleras nada prácticas entre los pisos. La realidad de las casas de Webersgade era que se encontraban en un entorno muy poco apropiado, debido al denso tráfico que pasaba al lado y que enlazaba la parte vieja de la ciudad con la salida hacia el norte de Selandia. Anneli conocía bien aquellas viviendas manchadas por la polución, comparables con las casas polvorientas de las ciudades mineras inglesas. Llevaba media vida viviendo de alquiler en una casa así, disponiendo de un desván húmedo y de la mitad de la primera planta. Al dueño, que vivía en la planta baja, no lo veía nunca, porque era maquinista naval y prefería los calores del trópico, lo que tenía la desgraciada consecuencia de que nunca invirtió una corona en el mantenimiento de la casa.

Cuando el dueño se ausentaba durante más tiempo, Anneli quedaba al cargo de echar un vistazo a su vivienda, por lo que tenía una copia de la llave de su casa. En cuanto llegara a casa por la noche, se encerraría en la vivienda del maquinista, donde había reunido sus cajas de trastos y largas estanterías metálicas llenas de cachivaches de motores y máquinas. En aquel cofre del tesoro lleno de cacharros iba a buscar un filtro de aceite, que, según internet, era ideal para utilizar como silenciador. Un filtro de aceite no tenía agujero de salida, pero en cuanto lo encajabas en el cañón del revólver y disparabas, la bala encontraba por sí sola el camino. Al menos, en el vídeo que había visto así era.

Después iría a Stenløse, aparcaría su Ford Ka en el aparcamiento habitual y vería si se apreciaban señales de vida tras las cortinas del piso de las chicas. Si estaban dentro, llamaría a la puerta, entraría en cuanto abrieran, las pondría de rodillas y terminaría de una vez.

38

Lunes 30 de mayo de 2016

Tenían delante a una mujer que, en el transcurso de unos pocos días, había pasado de parecer estar a punto de hundirse a haber conseguido por fin su objetivo.

El tufo a tabaco y alcohol era brutal, penetrante, y si el licor no acababa con ella en poco tiempo, lo harían todos los cigarrillos que había consumido entretanto.

—No entiendo lo que dice —susurró Assad, pero Carl había conocido cosas peores. Por lo menos, respondía a las preguntas.

—Dice usted que no recuerda a Stephanie Gundersen, que fue profesora sustituta en la clase de su hija. Pero debieron de tener alguna discusión, por lo que hemos oído. Parece ser que discutieron a voz en grito en una reunión con padres y madres de alumnos. ¿No lo recuerda, Birgit?

La mujer sacudió la cabeza, algo aturdida.

—Era la profesora sustituta de la Bolmans Friskole, la que asesinaron en el parque de Østre Anlæg. De hecho, mi superior de entonces la interrogó a usted en relación con ello. Fue en 2004.

Entonces Birgit Zimmermann levantó el índice en el aire y asintió. Por fin había comunicación.

—¿Recuerda por qué se enfadó en aquella reunión? ¿Qué había entre usted y Stephanie?

La mujer sacudió ligeramente la cabeza en su delirante borrachera. Luego levantó otra vez el índice en el aire.

—Ya sé lo que buscan, ja, ja. Deben de pensar que soy idiota y que pueden endosarme algo. Pero le puedo decir que si quiere saber algo de lo que me pregunta, debería hablar con mi madre.

—Va a ser algo difícil, ya que su madre ha muerto, Birgit.

343

–Vaya. Caramba, lo había olvidado. Pues entonces pregunte a mi hija. Y de paso puede preguntarle quién mató a mi madre.

–¿A qué se refiere? ¿Está sugiriendo que Denise mató a su abuela?

–Ja, ja, ya estamos otra vez con lo mismo. –Se carcajeó con voz áspera–. Creen que soy idiota; eso que dice no lo he dicho yo. Es algo que ha inventado usted.

–¿Puedo interrumpir un momento? –preguntó Assad. Nadie creía que tuviera pensado obedecer si le hubieran dicho que no.

Ella lo miró desconcertada, como si fuera la primera vez que lo veía; parecía que trataba de recordar de dónde lo conocía.

–Puede deducirse de sus palabras que su hija no tenía una relación muy buena con su abuela, ¿no es así? –preguntó Assad.

La mujer sonrió.

–Oh, qué listo. Se detestaban, créame.

Assad abrió mucho los ojos castaños, y ella no pudo evitar su mirada.

–¿Y a qué se debía eso, Birgit? ¿No fue porque de pronto Denise dio la espalda a la familia, algo a lo que contribuyó Stephanie Gundersen?

Assad había esperado alguna reacción, era evidente, pero no que Birgit contuviera la respiración, para después soltarle a la cara una risotada llena de saliva.

–Digamos que sí, piel de chocolate –dijo con voz nasal–. Suena todo perfecto.

Luego cayó redonda hacia atrás en el sofá y perdió el conocimiento.

La audiencia había terminado.

–No nos ha salido muy bien, Carl –reconoció Assad de vuelta en Jefatura. Aquel «nos» sobraba.

Carl saludó con la cabeza a los compañeros del cuerpo de guardia.

–Os lo leo en la cara –dijo–. ¿Tengo que subir otra vez al despacho de Lars Bjørn?

Sacudieron la cabeza.

—No, esta vez es al despacho del director de la Policía —le hizo saber uno de ellos, riendo.

Carl se giró hacia Assad.

—Estamos de acuerdo en que vamos a seguir con este caso hasta el final, ¿no, Assad?

Assad hizo un gesto afirmativo.

—Tú y Gordon indagad todo lo que podáis en torno a la familia Zimmermann, ¿vale? Quiero saberlo todo. ¿Cuándo se casó Birgit? ¿Qué ocurrió con su marido? ¿Cuánto tiempo asistió Denise a la Bolmans Friskole? ¿Dónde está la profesora que estaba en aquella reunión con Stephanie y Birgit Zimmermann? ¿Qué valor tiene el testamento de Rigmor Zimmermann? Detalles de ese tipo, para poder hacernos una idea más precisa de esa extraña familia. Ah, y otra cosa: encontrad a Denise Zimmermann, aunque para ello tengáis que ir hasta Slagelse.

El director de la Policía no estaba solo, porque Marcus Jacobsen estaba ya junto a su mesa de cristal, sentado en una de las extraordinarias sillas de cuero con tres patas. Lo saludó con camaradería.

—Siéntate, siéntate —lo invitó el director.

Qué sensación más extraña, pensó Carl. Por fin había llegado el momento en el que, tras muchos años de servicio en Jefatura, podía entrar en aquel sanctasanctórum, con sus cuadruchos de los antecesores del director mirándolo con insistencia a la nuca.

—Iré al grano, Carl Mørck —continuó el director—. Lo siento, estaba equivocado en relación con el porcentaje de casos resueltos por tu departamento, ha sido un malentendido; pero ya está arreglado, de manera que podéis seguir trabajando como hasta ahora.

Hizo una señal con la cabeza a Carl.

—Aparte de eso, te sugiero que establezcas una relación mejor con el equipo de la tele que tiene que preparar un programa para La comisaría 3. Van a seguirte el resto del día, y propongo que les des algo interesante para poder trabajar.

Carl asintió. Por supuesto, iba a darles lo que querían.

—Marcus me dice que en tu departamento habéis establecido una conexión entre el viejo caso de Stephanie Gundersen y el asesinato de Rigmor Zimmermann.

Carl miró irritado a Marcus, pero este sacudió la cabeza, en un gesto tranquilizador.

—En realidad, el caso pertenece al departamento de Lars Bjørn, y dudo mucho que lo suelte; pero el problema es que bastante trabajo tiene su departamento con los casos del conductor asesino, y, además, soy yo quien decide quién hace qué. Así que el caso es tuyo, Carl.

Buena venganza contra Lars Bjørn por haberlo puesto en evidencia delante de la Comisión de Justicia, pensó Carl. Y el arquitecto de la maniobra estaba allí, sentado junto a él.

Guiñó el ojo a Marcus en agradecimiento.

—Informa al equipo de la tele sobre cómo habéis llegado a relacionar los casos, y luego dales unas buenas imágenes, porque queremos ver la efectividad policial cuando emitan el programa. Por último, debo añadir que Marcus Jacobsen ha accedido a integrarse en el personal de la Jefatura de Policía como asesor externo. No dudo que en muchos aspectos va a demostrar ser un refuerzo para nosotros poder contar con su experiencia cuando se presente la necesidad.

Carl hizo un gesto afirmativo hacia Marcus. Qué excelente noticia. Pero Marcus le hizo saber por gestos que Carl debía tomar la iniciativa. No entendió al momento lo que el hombre quería decirle, pero Marcus, con pequeños movimientos de cabeza hacia el director de la Policía, le hizo comprender que las cuentas del día estaban sin liquidar del todo.

Carl carraspeó.

—Pues gracias; haremos lo que podamos para esclarecer los casos de Stephanie Gundersen y de Rigmor Zimmermann. También quiero presentar mis excusas al director de la Policía por mi comportamiento en su despacho el otro día. No volverá a repetirse.

Una sonrisa, cosa rara, se extendió por el rostro de su máximo superior.

Se había restablecido el equilibrio deseado.

Qué delicia fue pasar junto al despacho de Lars Bjørn. Si se decía que la venganza era dulce, eso era poco decir. La venganza era francamente divina.

Saludó con la cabeza a Lis y a la señora Sørensen por su colaboración indirecta, y seguía sonriendo cuando casi chocó con Mona. Se quedaron un instante a una distancia de medio metro, y Carl reparó enseguida en lo cansada que parecía.

—¿Habéis descubierto algo más sobre Rose? —preguntó la psicóloga con cortesía, pero su cabeza estaba en otra parte. Irradiaba de nuevo vulnerabilidad, con la piel casi transparente y ese tipo de tristeza que producen las oportunidades perdidas.

—¿Te encuentras bien, Mona? —preguntó por reflejo, con la esperanza de que, sollozante, se echara a sus brazos y reconociera lo desgraciada que había sido cada segundo desde que rompieron.

—Sí, gracias —respondió, seca—. Aunque creo que no debería haber comido gambas en la cantina. Las gambas y yo nunca nos hemos llevado bien.

Carl se dio cuenta de que su sonrisa se congelaba cuando ella se dirigió a su despacho.

—Su hija está muy enferma, Carl —lo informó Lis—. Bastantes preocupaciones tiene con eso.

39

Lunes 30 de mayo de 2016

El equipo de Olaf Borg-Pedersen ya había montado un par de cámaras, que estaban en medio del pasillo con los pilotos rojos encendidos y registraban el descenso de un Carl agotado a la zona del sótano. También había una cámara dentro del despacho, y allí estaba el productor de la tele en persona, sentado a la mesa de Carl junto al técnico de sonido y el cámara, esperando como esperan los buitres el último aliento.

—Y el subcomisario Carl Mørck es un hombre atareado —se oyó por fin comentar sobre él cuando entró—. Aun así, han dejado al equipo de *La comisaría 3* seguir durante un par de días lo que ocurre detrás de bastidores cuando la Policía trabaja para que nuestra sociedad sea un lugar mejor donde vivir.

Hizo una seña al cámara, que se apresuró a desmontar la cámara del trípode.

—Entre la gente normal ocurren a diario cosas horribles que destrozan la vida de personas inocentes.

No siempre son tan inocentes, pensó Carl mientras trataba de evitar que la cámara que andaba suelta captase nuevos ángulos de su rostro, ya de por sí bastante irritado.

—Un conductor asesino anda suelto, y varias jóvenes lo han pagado con sus vidas. En *La comisaría 3* deseamos contribuir a pararle los pies. Es posible que Carl Mørck se haya metido en un callejón sin salida y que nuestros espectadores puedan sacarlo de ahí.

Eres tú quien está en un callejón sin salida, gracioso. El caso ni siquiera es nuestro, así que haz tu trabajo como es debido, pensó Carl mientras asentía y se le ocurría una idea nueva y sólida que iba a irritar más aún al inspector jefe de Homicidios y al director de la Policía.

—Sí —dijo con tono serio—. El público es a menudo nuestro mejor colaborador. ¿Qué haríamos sin la atención y la visión de la gente ordinaria ante situaciones y sucesos insólitos?

Dirigió la vista hacia la cámara.

—Pero mientras nuestro sistema interno me impida trabajar en investigaciones asignadas a otros compañeros, no puedo ayudar en ese caso concreto.

—¿Te refieres a que es otro departamento el que lleva el caso?

—En efecto. Y no es intención del Departamento Q inmiscuirse en casos actuales, aunque tal vez podamos arrojar alguna luz sobre ellos.

—Esa es la tendencia a pensar en términos de compartimentos estancos. ¿También ha llegado a la Policía?

Carl asintió. Tal como deseaba el director, el programa tenía ahora algo sólido con lo que trabajar. A Olaf Borg-Pedersen casi se le caía la baba.

—Entonces, ¿hay que entender que te han cortado las alas en el último caso del conductor asesino?

¿El último caso del conductor asesino? Carl no tenía ni idea de qué estaba hablando.

—Un momento —interrumpió—. Debo ir en busca de mi ayudante. Las tomas tienen que ser realistas, ¿no? Él también suele estar presente cuando repasamos los acontecimientos de las últimas veinticuatro horas.

Encontró a Gordon y Assad charlando en la sala de emergencias, al parecer nada afectados por el jaleo en el que estaba metido Carl.

—¿Cómo te ha ido con el director? —preguntó Assad.

Carl saludó con la cabeza.

—Muy bien, gracias. Pero ¿qué diablos ocurre? ¿Ha habido otra muerte por atropello?

—Todavía no lo sabemos —replicó Gordon—. No es como los otros atropellos, parece más bien un accidente desafortunado.

—Decidme lo que sepáis, rápido. Los buitres de ahí van a querer...

—Y aquí tenemos la sala de emergencias del Departamento Q —se oyó desde la puerta entreabierta, y Carl se llevó un susto. Se giró hacia Olaf Borg-Pedersen, que, con el cámara pegado al culo, sostenía el micrófono muy cerca de la boca–. Por lo que hemos entendido, es en esta sala donde los diferentes casos se relacionan y se investigan en detalle; aquí tratan de lograr una visión general –continuó, y apuntó el micrófono directo hacia Carl.

»Vemos aquí arriba, en el tablón de aglomerado de la pared, los casos que llevan en este momento, por lo que me dicen. ¿Puede explicarnos lo que estamos viendo, Carl Mørck?

–Lo siento –se disculpó Carl, y se movió hasta tapar casi todo el tablón. No tenía ni puta gana de que los del segundo piso vieran cómo marchaba el caso Zimmermann. Sería una molestia innecesaria–. Por el bien de la investigación en curso, no podemos mostrar en el programa nuestro proceso de trabajo.

–Lo comprendo. –Olaf Borg-Pedersen hizo un gesto afirmativo, pero parecía dispuesto a conseguir las imágenes que tenía en mente–. Antes hemos hablado de los asesinatos del conductor fugado. Hace solo cuatro días, la joven Michelle Hansen fue masacrada en Stenløse ante un par de niños inocentes como testigos. Antes de eso, Senta Berger fue asesinada en circunstancias parecidas, y ayer mismo murió Bertha Lind, en Amager. ¿Qué tenéis que decir al respecto? En este momento, ¿puede el Departamento Q relacionar este último suceso terrible con los demás? –preguntó.

–Bueno... –intervino Gordon–. Al contrario de los demás casos, aún no sabemos si a Bertha Lind la atropellaron con premeditación. Y para poder establecer una relación entre ese caso y los otros deberían aparecer huellas de frenado con dibujos idénticos de neumático o la misma clase de goma que en los anteriores.

Carl dirigió al larguirucho una mirada reprobadora. Tampoco era cuestión de tomarse aquello demasiado en serio.

–Sí –interrumpió–. En nuestra opinión, haya o no huellas de frenado, da la sensación de que un asesino en serie anda suelto, y ya es hora de que la prensa reciba algo más que la escasa información que hemos podido dar hasta ahora. No obstante, de eso se encargan el Departamento de Prensa y su portavoz Janus Staal, de manera que vais a tener que subir una vez más al segundo piso.

Olaf Borg-Pedersen se puso de puntillas.

—De todas formas, veo con mi siempre activo periscopio que en el tablón, junto a este caso, habéis colocado el denominado caso de la discoteca. ¿Existe en realidad alguna relación entre los dos?

Carl suspiró para sí. Valiente idiota, ¿por qué, si no, iban a estar juntos los casos?

—No podemos descartarlo sin más. La joven que acaba de fallecer de modo tan trágico, Birna Sigurdardottir, recibía un subsidio, al igual que las víctimas de los atropellos, y era más o menos de la misma edad. ¿Existía alguna relación entre ellas? ¿Estaban confabuladas o aliadas? Esa es la cuestión. Tal vez puedan ayudar los espectadores de *La comisaría 3*. Por cierto, que disfrutéis con las entrevistas con el Departamento de Prensa. Podrías también introducir el tema de la política imperante en la Policía, según la cual la colaboración transversal entre departamentos y casos no se produce de manera automática.

Después de que el equipo de la televisión se marchara, Carl se tomó un merecido café en el despacho mientras se permitía una risa estentórea y liberadora. Qué cantidad de chorradas había soltado. No era exactamente eso lo que se habían imaginado Bjørn y el director de la Policía; algunos lo llamarían sin duda emboscada, pero lo importante era que por fin se había librado de aquellos payasos.

Entonces oyó un tumulto en el pasillo. Apenas un segundo después, Assad y Gordon casi chocaron al presentarse a la vez en el despacho.

Gordon fue el primero, parecía que le faltaba el aire.

—Los peritos han llegado a la conclusión de que en el primer atropello de Michelle se empleó el Peugeot rojo, y de que fue el mismo coche que atropelló y mató a Senta Berger —dijo casi exultante—. Muchísimos indicios, como el pelo y la sangre del parabrisas y parachoques.

Assad estaba junto a él, resollando.

—Todo me da vueltas en la cabeza como en un carrusel, Carl. ¿No podéis...?

—Michelle Hansen participó casi seguro en el robo de la discoteca —continuó Gordon como una apisonadora—. He hablado con uno de los que han interrogado a Patrick Pettersson, el novio de Michelle, y Patrick asegura que no tuvo parte en aquello y se ha mostrado dispuesto a colaborar. Aun así, Pasgård no está satisfecho y lo ha hecho llamar para interrogarlo por tercera vez. En este momento tratan de sonsacarle más detalles e información. Creo que esta vez lo soltarán dentro de poco, y pensaba que tal vez pudiéramos pillarlo y traerlo aquí antes de que desaparezca.

¿Pillarlo?, pensó Carl. Gordon estaba de lo más exaltado; claro que, por otra parte, si podía molestar a Pasgård, ¿por qué no?

—¿Puedo interrumpir un momento? ¿No deberíamos saber antes qué hemos descubierto en el caso Zimmermann? —intervino Assad—. Carl, tú has hecho muchas preguntas y ahora me gustaría responderlas.

Carl asintió en silencio. ¿Así era como rivalizaban los chavales?

Assad miró su bloc de notas.

—Preguntabas cuándo se casó Birgit Zimmermann. Supongo que te refieres a la boda con el padre de Denise Zimmermann.

—Sí. ¿Hubo más hombres aparte de él?

—Sí que los hubo. Birgit se casó con un inmigrante yugoslavo en 1984, con dieciocho años, y se divorció a los tres meses. En 1987 volvió a casarse, esta vez con un excapitán del Ejército de Estados Unidos, que en aquel momento era camarero en la Ruta de la Muerte de Copenhague. Aquel mismo año se quedó embarazada de Denise, a quien bautizaron como Dorrit cuando vino al mundo en 1988. El norteamericano se apellidaba Frank, de nombre completo James Lester Frank, nacido en 1958 en Duluth, Minnesota, ahora ya lo sabemos. No ha pagado impuestos en Dinamarca desde 1995, y supongo que regresó a Estados Unidos. Puedo seguirle la pista, si te parece.

Parecía muy ansioso por seguir en ello.

—Gracias, pero creo que debes pasarle el balón a Marcus. Por lo que sé, está investigando el caso —respondió Carl.

—Y en cuanto a la segunda cuestión, Denise había ido a la escuela en Rødovre, pero entró en la Bolmans Friskole en quinto de primaria, y salió en cuarto de secundaria, en junio de 2004.

—Es decir, unas semanas después de que fuera asesinada Stephanie Gundersen, ¿no es así? —comentó Carl.

Assad asintió.

—Sí. Y la profesora que estaba en la reunión con Stephanie cuando ella y Stephanie discutieron con la madre de Denise unos meses antes sigue trabajando en la escuela, pero no recordaba ni la reunión ni a la madre de Denise. Lo que sí recordaba con claridad era que a la sustituta la mataron en plena época de exámenes y las molestias que eso supuso.

—¿Porque pasó en época de exámenes?

—Pues sí. Tuvo que trabajar de examinadora en el examen final, sustituyendo a la difunta, y no parecía que en aquella época sintiera mucha pena por ella.

—Hace falta ser cínica —dejó caer Gordon.

Assad asintió en silencio.

—Sí, sonaba como una auténtica arpa.

—Se dice arpía, Assad —lo corrigió Carl—. Un arpa es un instrumento musical, y una arpía es una arpía.

Assad miró a Carl como si estuviera mal de la cabeza. No importaba cómo se dijera, importaba el contenido.

—Ha sido difícil hablar con Hacienda y la Oficina de Sucesiones, no han estado nada cooperativos; pero Lis me ha ayudado, es una verdadera ancha, Carl.

¿Ancha?

—Quieres decir que es un hacha, ¿verdad?

El rostro oscuro de su ayudante se tiñó un poco de rojo.

—¿Quieres dejar todo el tiempo de interrumpirme, Carl?

Carl asintió.

—Sí, pero «Quieres dejar todo el tiempo de interrumpirme» no suena bien. Suena mejor decir «Quieres dejar de interrumpirme todo el tiempo».

Fue la gota que desbordó el vaso.

—¡Joder, qué más da!

No hizo caso a los meneos de cabeza de Gordon y Carl, y siguió con lo suyo, cabreadísimo.

—Te lo he aguantado durante muchos años, Carl, pero voy a pedirte que en lo sucesivo te abstengas de corregirme TODO EL TIEMPO.

Carl arqueó las cejas. ¿Tanto lo corregía? Quiso protestar, pero no dijo nada cuando advirtió que Gordon daba una palmada en el hombro a Assad. Dos contra uno en un lunes insulso: pasaba de luchar.

Assad inhaló una gran bocanada de aire y hundió la mirada en sus apuntes.

—Lis ha descubierto que Rigmor Zimmermann era una mujer acaud... —Estuvo pensando un momento—. Acaud... alada.

Dirigió una mirada intensa hacia Carl, que tuvo ganas de hacer un gesto afirmativo, pero no se atrevió.

—Aparte de los seis millones que sabíamos que guardaba en el banco, tenía valores por cuatro millones, y además era dueña de tres pisos. Uno en Borgergade, donde vive Birgit Zimmermann, otro en Rødovre, encima de la antigua zapatería que había sido de su marido. Y luego otro en Stenløse.

Carl emitió un silbido.

—Una señora rica, sin duda. Y dices que tenía un piso en Stenløse, qué curioso: Rose también vive allí.

Assad movió la cabeza arriba y abajo.

—Sí, Carl.

Se volvió hacia Gordon.

—Tampoco tú sabes lo que voy a decir, porque acabo de descubrirlo.

Gordon se alzó de hombros. ¿A qué se refería?

—No vais a creerlo, pero la vecina de Rose se llama ni más ni menos que Zimmermann: ¡Rigmor Zimmermann, para ser exactos!

40

Lunes 30 de mayo de 2016

—Todos los de la fábrica te odian, Rose. Todos, te lo digo yo. Te sonríen, pero a tus espaldas se mueren de risa por lo mal que haces tu trabajo. ¡JA, JA, JAAA!, se ríen, pero también están inquietos, porque saben lo peligroso que es tener a alguien como tú en la acería. Así que ya va siendo hora de que espabiles, antes de que pase algo grave.

Su padre miró su papel, marcó de blanco un par de planchas y dirigió hacia ella sus dedos amarillos. Cuando aparecían aquellos dedos con sus acusaciones, nunca se sabía cómo iba a terminar, porque los cabreos del padre de Rose no seguían ningún esquema, cada vez eran diferentes. Vivía y respiraba por el placer que le proporcionaba denigrarla, y toda maldad era poca.

Rose ya sabía que la mayoría de las cosas que decía su padre eran mentiras, pero no podía más. La inseguridad de no saber cuándo iba a llegar el siguiente ataque la dejaba sin energía, y unos días antes había decidido que aquello debía terminar.

—Deberías estar agradecida por ser yo quien te lo diga, antes de que lo oigas por otros. Pero has de saber, Rose, que solo yo te defiendo, eso también debes saberlo. Y tienes que ganar dinero, piensa en tu madre.

Pareció emocionarse por su ocurrencia, pero luego cambió de opinión, siempre lo hacía, y su rostro se endureció.

—Nunca nos ha resultado barato tenerte en casa; pero seguro que eso tu pequeño cerebro no puede entenderlo, ¿verdad?

Retrocedió unos pasos cuando el electroimán asió el siguiente bloque de acero, y en el mismo instante se dio cuenta de que Rose iba a protestar. El blanco de sus ojos empezó a irradiar placer y odio, y su boca se agrandó hasta dimensiones insospechadas. Sus dientes eran como pedestales de metros de altura, y las gotas de saliva que formaban como una nube en torno a él la hicieron retroceder.

—Y además hay que hacerte el trabajo, deberían saberlo en administración. Tampoco es que les vaya muy bien, de modo que quizá les haga un favor si les digo qué me parece tu manera de trabajar. Entonces, ¿qué crees que debería hacer, eh? Y también has de saber...

Rose asió con fuerza el busca del bolsillo. Con gran esfuerzo, cerró los oídos al sermón de su padre y llenó los pulmones hasta estar a punto de reventar, para que las palabras, que estaban siempre al acecho, salieran disparadas hacia él a pleno volumen.

—¡COMO NO TE CALLES, PEDAZO DE CABRÓN, VOY A...!

Y, como esperaba, su padre se calló. El mundo que lo rodeaba desapareció, mientras una sonrisa de felicidad se instalaba en su repulsivo careto. Aquella clase de cosas constituían los mejores momentos de su vida, Rose lo sabía. Nada podía compárasele.

—Vaaaya, ¿qué vas a hacer, entonces?

Cuando las alucinaciones llegaban a ese punto entre la inconsciencia y la realidad, Rose intentaba liberarse de su postura forzada. Desde que las chicas la ataron hacía más de tres días, la asediaba una y otra vez la misma secuencia de sueños. En aquel estado, era como si las palabras se deslizaran hasta la negrura, mientras recordaba los sonidos de la presión explosiva de la acería al otro lado del horno. Llevaba tres días así. Cada vez que trataba de volver a la realidad, continuaba la pesadilla con el sonido sibilante del rapidísimo enfriado con agua de la plancha laminada. Aquel sonido sibilante que desde entonces no soportaba oír.

—No vas a hacer nada —gesticulaba la enorme boca de su padre en la niebla—. Nunca haces nada. —Percutía el dedo índice hacia ella.

Después Rose tocó el buscapersonas mientras, por última vez, absorbía en unos segundos todo el desprecio que su padre rezumaba hacia ella.

Aquel momento iba a ser su triunfo definitivo. La felicidad de ver que el dedo acusador de su padre detenía de pronto su movimiento cuando la sombra que se cernía sobre él se desenganchó.

Más tarde, no recordaba el sonido que se produjo cuando el electroimán soltó el bloque, solo el sonido del cuerpo de su padre en el momento en que el coloso de acero le golpeó y le rompió todos los huesos de la parte inferior del cuerpo.

Se despertó a pequeñas sacudidas al sentir el sudor concentrado en sus pestañas. Abrió un ojo, y comprobó una vez más dónde se encontraba, y cómo la extenuación consumía su vida poco a poco.

Las piernas le dolían una barbaridad. El menor temblor de las pantorrillas martilleaba su sistema nervioso como agujas aceradas. Por otra parte, llevaba más de dos días sin sentir nada desde el empeine hasta los dedos del pie, y lo mismo le ocurría en axilas y manos. Por supuesto que trató de zafarse de la cinta adhesiva que la aprisionaba. Si solo pudiera liberar una mano del cinturón que la sujetaba al asidero de la pared, tendría una oportunidad, lo sabía. Pero cuanto más tiraba, más le cortaba la piel el cinturón.

La primera vez que Rose se dio cuenta de que la gélida estancia le enfriaba el cuerpo, supo que el estómago iba a reaccionar. La experiencia le decía que cuando su abdomen y su bajo vientre desnudos pasaban frío, le entraba diarrea. Le ocurría todos los años cuando, tras la insistencia de sus hermanas, iban de pícnic al parque de Dyrehaven cuando florecía el espino albar. En época tan temprana el suelo estaba muy frío, a pesar de la manta que llevaban, y Rose siempre se ponía enferma, para gran delicia de su padre, porque entonces podía acosarla por ello y obligarla a aguantarse hasta que ya no podía más. La consecuencia eran varios días con diarrea, gastroenteritis y otros desórdenes que le impedían asistir a la escuela, cosa que también irritaba a su padre. Allí, en el baño de Rigmor Zimmermann, llevaba varios días sintiendo frío de cintura para abajo. También era verdad que hacía tiempo que no comía nada, no tenía casi nada en el intestino que pugnara por salir; pero, de pronto, algo salió como un torrente entre sus piernas atadas.

Tal como temía, empezó a escocerle muchísimo. Si hubiera conseguido que le retirasen la cinta adhesiva de la boca, les habría suplicado que le limpiaran el trasero. Pero ambas cosas eran una utopía, ya lo había entendido. Lo único que hacían por ella era darle algo de beber, y eso cuando se acordaban. La más fuerte de las chicas, la que se llamaba Denise, se dignó a concederle a la otra la gracia de darle de beber con una pajita. Mencionaban a gritos a una tercera chica, pero Rose no estaba segura de lo que decían, porque pasaba la mayor parte del tiempo entre alucinaciones y nunca se enteraba muy bien de lo que sucedía alrededor.

La noche anterior Denise orinó en el lavabo, como acostumbraba antes de irse a dormir, y fue la primera vez que se dirigió a ella, aparte de cuando le daba de beber.

—A lo mejor te preguntas qué hacemos aquí —le dijo, y le contó que Rigmor era su abuela, que era una bruja y un diablo a la vez, y menos mal que estaba muerta—. Así que ya ves que es razonable que usemos su piso, ¿no?

Tal vez quisiera que Rose se mostrara de acuerdo, y, al no hacerlo, la expresión de Denise cambió.

—Igual piensas que era una buena mujer, ¿verdad? ¿Lo piensas? —preguntó con voz fría cuando Rose desvió la mirada—. Era una peste, y me arruinó la vida. ¿No me crees? Mírame.

Sus labios lucían un rojo vivo de carmín y sus dientes eran blancos como la nieve, pero su boca era tan repulsiva y gesticulante como la del padre de Rose. El odio parecía igual de pronunciado. Tal vez fuera ella quien mató a su abuela, pensó Rose. Ese tipo de crímenes se cometían muchas veces dentro de la familia. Padres que mataban a sus hijos, niños que mataban a sus padres y abuelos. Lo sabía mejor que nadie.

—¿Oyes lo que te digo, pasma? —dijo desde el lavabo, mientras se secaba.

Pero Rose no oía.

Estaba inspeccionando la estancia mientras había luz. En el respiradero de la pared había un ventilador, que solo funcionaba cuando la luz estaba encendida. Pero allí, en la primera planta del edificio, era como si se terminara el mundo. Si hubiera vivido alguien arriba, quizá hubiera podido gemir, y que la oyeran por la abertura del respiradero, aunque la probabilidad era pequeñísima; pero arriba no vivía nadie, en aquel momento el piso estaba vacío. Aparte de esa posibilidad, no había ningún otro modo de comunicarse con el mundo circundante.

Torció ligeramente la cabeza para verse la mano derecha, donde le parecía que el cinturón no le apretaba tanto la muñeca, pero tampoco aquella vez lo consiguió. En suma, que era incapaz de salir de esa situación por sí misma, y la posibilidad de que la mujer de enfrente mostrase piedad era probablemente nula.

—¿Te he hablado de la vez que estuve con el abuelo en una subasta y rompí una vasija china? ¿Crees que la abuela se puso contenta cuando volvimos a casa y dijimos que había costado treinta mil coronas? ¿Y crees que mi madre salió en mi defensa?

Rose se dejó ir. Toda su vida había sido muy sensible a historias como aquella. No podía ver películas en las que los niños eran unos incomprendidos. No soportaba a los adultos que trataban de justificar su mal comportamiento. No aguantaba a los hombres con los dedos manchados de nicotina, a los hombres con la raya a la derecha, a los hombres que empezaban las frases con «Es que has hecho...», ese maldito «es que» sabihondo cuyo único objetivo era aumentar la distancia entre ellos y una misma. Y, por encima de todo, tampoco toleraba a las mujeres que no defendían a sus hijos como leonas.

Y ahora aquella chica hurgaba en la llaga. No iba a admitirlo.

En ese momento, la otra chica gritó desde la sala a Denise que se acercara, que había más noticias, y Denise saltó del lavabo y arrojó al suelo el papel higiénico usado. Debía de ser algo que estaban esperando, porque esta vez Denise no tuvo tiempo de cerrar la puerta del baño.

Les importo un pimiento. Ya no tienen ningún cuidado con lo que dicen. Rose abrió los ojos y dirigió una mirada inexpresiva alrededor.

Sabía bien que iban a dejarla morir. Y, por primera vez en varias semanas, no era lo que deseaba.

Durante un rato, llegó desde la sala un profundo silencio, aparte del débil murmullo del televisor.

Pero cuando apagaron el aparato y se acercaron a la mesa, Rose podía, si se concentraba de verdad, captar alguna palabra suelta, y, de vez en cuando, si Jazmine alzaba un poco la voz, incluso frases enteras.

No entendía muy bien de qué se trataba, pero una cosa era segura: que las chicas, más que nada Jazmine, empezaban a sentir inquietud, incluso tal vez miedo.

Las preocupaba un tal Patrick. Decían que la Policía quizá pudiera relacionar entre sí a Birna, Michelle, Bertha y Senta por culpa de él. Que habían interrogado a las miembros de la banda de Birna, y que habían mencionado a una tal Jazmine, y también a Michelle, la muerta atropellada.

Rose aguzó el oído. La voz de Jazmine empezó a temblar, y la respiración de Rose se hizo más profunda; pequeñas burbujas de saliva circulaban atrás y adelante por la pajita por la que respiraba. Hablaban de un balazo, de la difunta Michelle y de la Policía, y de un robo en una discoteca. Y entonces oyó con enorme claridad lo que decía Denise.

—Nos hacen falta pasaportes nuevos; Jazmine, ocúpate de eso. Yo, mientras tanto, entraré en el piso de Anne-Line. Si tiene dinero, me lo llevo. Si no lo tiene, la espero hasta que vuelva a casa.

Luego se hizo el silencio. Lo que habían hablado suponía un cambio radical que ninguna de las dos había previsto, y ahora iban a huir.

Y allí estaba ella. A su merced.

Hubo una pausa larga hasta que Jazmine reaccionó.

—Anne-Line va a matarte, Denise.

Denise rio.

—Si llevo esto, no.

Y debió de enseñar algo.

—¡No lleves la granada de mano, Denise! ¿Tienes alguna idea de cómo usarla? Ni siquiera sabes si aún funciona.

—Sí, es bastante fácil. Hay que desenroscar la base, debajo hay una bola con una cuerda que hay que sacar y tirar de ella. Tienes cuatro segundos, y después ¡BUUM!

—No irás a usarla, ¿verdad?

Denise rio de nuevo.

—Qué ingenua eres, Jazmine. Haría un ruido enorme; además, ya sé lo que puede hacerle a una persona, mi abuelo me enseñó muchas fotos, es un auténtico caos. No, me llevaré la pistola, ya he llenado el cargador. Ahora ya sabemos que funciona. Así que puedes echar mano de la granada si no te sientes segura sola.

—Deja de reírte de mí. Voy a ir contigo, Denise. No quiero quedarme con esa de ahí dentro.

¿De qué tiene miedo?, pensó Rose. ¿De que adelgace treinta kilos en diez minutos y pueda escurrirme entre las ligaduras? ¿De que salte de pronto y le arree un par de coces en la oreja? ¿De que le caigan encima todas las variantes de *kickboxing*?

Rose no pudo evitar entornar los ojos y emitir una risa hueca tras la cinta americana, y dejó de hacerlo cuando se dio cuenta de que de repente las chicas estaban en la puerta entreabierta, mirándola.

Entonces gruñó un poco, como si estuviera bajo la influencia de algún sueño.

Lo siguiente lo dijo Denise con voz seca.

—Tú te quedas aquí vigilándola hasta que yo vuelva. Después ya me encargaré de que nadie vuelva a oírla.

41

Lunes 30 de mayo de 2016

Anneli entró en su casa y dejó el bolso en el recibidor de la planta baja, de lo ansiosa que estaba. Había visto en la red por lo menos treinta tipos de filtros de aceite que eran apropiados como silenciadores improvisados, y el que buscaba tenía que ser bastante grande. Encendió los tubos fluorescentes de la sala del maquinista naval y, tras un vistazo a la estancia, comprendió que el hombre raras veces volviera a los pastos hogareños. Había estanterías hasta el techo rebosantes de cachivaches que, en opinión de Anneli, no eran más que chatarra. Componentes y piezas de repuesto cuyo objeto y uso desconocía por completo.

El filtro de aceite adecuado lo encontró en el fondo de una caja, junto a otros veinte filtros, por lo menos. Rojo, redondo, perfecto, con un agujero en el extremo en el que la boca del revólver encajó bastante bien al primer intento.

Agitó un poco el arma y su apéndice, y a duras penas consiguió resistirse a dispararla para poder comprobar si el silenciador funcionaba de verdad. De hecho, estaba a punto de apretar el gatillo mientras apuntaba a un saco de cordel de embalar, o miraguano, o como diablos se llamara, cuando llamaron a la puerta.

Anneli se quedó sorprendida. ¿Sería una colecta? Médicos sin Fronteras se habían pasado por su casa días antes. ¿O sería la Cruz Roja o algo por el estilo? Sacudió la cabeza. En tal caso, llegaban un día tarde, porque ¿quién hacía colectas un lunes? ¡Nadie!

Arrugó el entrecejo, porque no tenía ni vecinos ni amigos que fueran a visitarla sin avisar. ¿Tal vez fuera alguna persona que deseaba saludar al maquinista naval? En tal caso, iba a aconsejar al interesado que buscase en internet un billete de avión a Venezuela, Laos o donde diablos estuviera en aquel momento.

Avanzó hacia la cortina y la ladeó con cuidado para ver quién estaba en el umbral.

Era una mujer con el pelo negro azabache que llevaba un maquillaje barato, oscuro y poco femenino. Nunca la había visto, y no le habría abierto la puerta de no ser por la absurda combinación de su atuendo, que estimuló su curiosidad. Dejó el revólver sobre una estantería a la entrada de la sala y abrió la puerta con una sonrisa que desapareció al instante.

La mujer del umbral tenía una mirada fría y una pistola con la que la apuntaba con discreción al pecho. A pesar de la máscara, a tan poca distancia no había ninguna duda de quién era.

—Denise —dijo sorprendida. No fue capaz de añadir nada más.

Cuando la chica la empujó con el cañón de la pistola, ella retrocedió hacia el interior. Parecía muy dura y decidida, y estaba muy lejos de la perezosa y obstinada Denise ante la que llevaba años arrugando la nariz.

—Sabemos que fuiste tú quien mató a Michelle —empezó la chica—. Y si no quieres pasar entre rejas el resto de tu vida, vas a tener que prestar mucha atención, ¿de acuerdo, Anne-Line Svendsen?

Anneli asintió en silencio. «Entre rejas», había dicho. De manera que no había ido a matarla con aquella pistola que parecía muy efectiva. Por tanto, para empezar podía intentar hacer de tripas corazón.

—Perdona, pero no sé de qué me hablas, Denise. ¿Y por qué tienes ese aspecto? No te he reconocido. ¿Ha ocurrido algo que crees que debo saber? ¿Puedo ayudarte en algo?

Supo al momento que había exagerado su actuación; el culatazo que recibió en la mandíbula se lo confirmó. Se tragó el aullido de dolor e intentó poner cara de no entender, pero Denise no se tragó el anzuelo.

—No sé qué es lo que quieres de mí —dijo Anneli con gran humildad.

—Tienes que darme todo el dinero, ¿vale? Sabemos que ganaste mucho en la lotería, así que ¿dónde lo tienes? Si lo tienes en el banco, vas a transferirlo por internet a mi cuenta, ¿entiendes lo que te digo?

Anneli tragó saliva. ¿Aquella vieja patraña iba a causarle problemas después de tantos años? Era como para echarse a reír, si la situación no fuera tan grave y peliaguda.

—Me temo que no estás bien informada, Denise. Eso de que gané la lotería es una leyenda urbana. Te enseñaré con gusto mi saldo, pero te va a decepcionar. ¿Qué ha ocurrido para que hagas esto, Denise? No es propio de ti. ¿Te importa apartar el arma? Te prometo que quedará todo olvid...

El segundo culatazo le hizo daño de verdad. Una vez un tipo le golpeó fuerte en la cara con el puño cerrado, y allí se acabó la relación, pero esto era mucho peor.

Se llevó la mano a la mejilla mientras la chica exigía que sacara el dinero de su escondite, ya que no lo tenía en el banco.

Anneli suspiró y asintió con la cabeza.

—Está en la habitación de al lado —informó, y abrió la puerta de la sala del maquinista naval—. Tengo unos miles de coronas ahí, por si debo salir rápido —dijo, y asió el revólver de la estantería con su silenciador aún sin probar.

Cuando se giró de improviso, dirigió el revólver con el filtro de aceite hacia la frente de Denise y disparó, comprobó con notable alivio que el artilugio, por no hablar del revólver, funcionaba de maravilla.

Un plof apenas audible, y se acabó.

Denise estaba bien muerta.

42

Lunes 30 de mayo de 2016

—El piso de Rose es el que más cerca está de la escalera, ¿verdad?

Carl miró a Assad y asintió con un gesto; pero ¿por qué diablos hablaba de ello?

—Carl, ya sabes que aquí soy yo quien compra el azúcar, ¿verdad?

Carl estaba desconcertado, ¿de qué carajo hablaba Assad?

—Sí, Assad, también sé que ha sido un día largo, pero ¿no estás mezclando las cosas?

—Y compro café y el resto de cosas, además. ¿Y por qué crees que lo hago?

—No será porque es parte de tu trabajo, ¿verdad? Pero ¿por qué me cuentas eso? ¿Estás presionándome para que te suba el sueldo? Porque, en ese caso, ya iré yo al súper a comprar café la próxima vez.

—No lo entiendes, Carl. Pero en retrospectiva, a veces surgen algunas cosas que pueden darle a tu arrugado cerebro un buen puntapié.

¿Era verdad que había dicho «en retrospectiva»? Antes siempre decía «en retroperspectiva». Desde luego, estaba aprendiendo mucho danés últimamente.

—Pues tienes razón, ¡no entiendo ni pijo!

—Bueno, pues es bastante lógico. Compro café y cosas de esas porque Rose no lo hace, pese a tenerlo acordado entre los dos. Se le olvida, Carl, es por eso.

—Vete al grano, Assad, que tenemos mucho que hacer. De alguna manera voy a tener que hacer que Rose hable, y responda preguntas sobre Rigmor Zimmermann. Quizá sepa algo sobre los movimientos de su vecina que pueda ayudarnos.

Assad lo miró con apatía.

—Es justo de eso de lo que te estoy hablando, ¿no te das cuenta? A Rose se le olvidan siempre las compras para el Departamento Q, y varias veces le he tomado el pelo diciendo si también se le olvida hacer compras para casa. Y ella me ha hablado de su buena vecina, que siempre le presta azúcar y leche, copos de avena y cosas así, cuando le faltan.

Carl frunció el ceño. Vaya, de modo que ahí quería llegar Assad.

—Y ahora sabemos que, ya que su vecina era Zimmermann, y ya que era su única vecina, porque vivía junto a la escalera, entonces Rigmor Zimmermann era la persona a quien acudía cuando le faltaba algo. Era ella su buena vecina, de la que tanto hablaba, y el asesinato que investigamos es el suyo.

Apoyó la conclusión con movimientos de cabeza.

—Por eso sabemos ahora que Rose la conocía bien, Carl. Incluso muy bien.

Carl se frotó la frente con ambas manos. Aquello era bastante raro. De modo que asió el teléfono y tecleó el número de la planta en la que estaba ingresada Rose.

—¿Desea hablar con Rose Knudsen? —respondió la enfermera de guardia—. Lo siento, ya no está en la planta. Se marchó el..., veamos...

Carl la oyó teclear en segundo término.

—Sí, aquí está. En su historial dice que se fue el veintiséis de mayo.

Carl creyó haber oído mal. El veintiséis de mayo fue cuatro días antes. ¿Por qué no los había llamado?

—¿Le dieron el alta para que se marchara?

—Me temo que no. Al contrario, se la veía muy introvertida y agresiva; pero Rose no había ingresado a la fuerza, de modo que pidió el alta voluntaria, aunque es algo indefendible desde un punto de vista médico. Es probable que volvamos a tener noticias suyas. Suele pasar en estos casos.

Carl colgó intentando dominarse.

—Se marchó del hospital el jueves, Assad. Hace cuatro días, y sin decirnos palabra. Aquí pasa algo.

Assad lo miró, horrorizado.

—Eso fue el día que soltó un grito mientras yo hablaba por teléfono con la enfermera de la planta. ¿Dónde está ahora? ¿Lo has preguntado?

Carl sacudió la cabeza.

—No creo que lo sepan.

Tomó de nuevo el teléfono y tecleó el número de Rose.

Un par de tonos, y luego saltó el contestador automático: «El teléfono al que ha llamado está apagado o fuera de cobertura en este momento», se oyó.

Carl miró a Assad.

—Apagado —gruñó, y se giró hacia la puerta del pasillo—. ¡GORDOOON! —gritó.

Tanto el espectro larguirucho del Departamento Q como las hermanas de Rose, a quienes telefonearon, mostraron su consternación cuando oyeron las últimas noticias sobre Rose. Todo aquello los pillaba por sorpresa.

Tras discutir entre ellas, las hermanas telefonearon a su madre, en España, y esta pudo confirmarles que le habían comunicado que Rose se había marchado del hospital, pero que cuando telefoneó a Rose solo recibió un mensaje de texto como respuesta.

Tras alguna dificultad y minuciosas instrucciones, lograron que la madre les reenviara el mensaje a ellas y a Carl.

Carl se lo leyó a Gordon y Assad:

Querida madre: en este momento estoy en el tren a Malmö y hay poca cobertura, por eso te envío este sms. No te preocupes por mí, estoy bien. Me he marchado del hospital porque una buena amiga sueca de Blekinge me ha ofrecido una estancia en su preciosa casa. Me hará bien. Me pondré en contacto contigo en cuanto vuelva a casa. Rose.

—¿Habéis oído alguna vez que Rose tuviera una amiga en Blekinge? —preguntó Carl.

Nadie lo había oído.

—Entonces, ¿qué pensáis del mensaje?

Assad fue el más rápido con el gatillo.

—Si conocía a alguien en Blekinge, es raro que en el caso del mensaje en la botella no lo mencionara cuando fuiste a Hallabro, que está cerca.

—Pero su amiga pudo haberse mudado allí más tarde —la defendió Gordon.

Carl era de otra opinión.

—¿Creéis de verdad que este es el estilo de Rose? Dice «querida madre», pero sabemos cómo la odia. Recordad lo que llamaba a su madre cuando se marchó de la casa de las hermanas. ¡Puta cerda! Y escribe que envía un mensaje de texto porque hay mala cobertura en el tren de Malmö. ¡Menuda trola! Y menciona la supuesta «preciosa casa» de su amiga. ¡La misma Rose que pasa del orden y de la estética en su propia casa!

—¿Quieres decir que el sms es una maniobra de distracción?

Carl miró por el ojo de buey que era su ventana y echó un vistazo al tiempo. Lucía el sol, el cielo estaba límpido. No había razón para llevarse la chaqueta.

—Venga. Vamos a su casa.

—¿No podéis esperar media hora? —lo interrumpió Gordon. Parecía atormentado—. Es que tenemos visita dentro de poco, ¿lo has olvidado?

—Eh... ¿De quién?

—Ya dije que iba a intentar pillar a Patrick Pettersson cuando saliera del interrogatorio de Bjørn. Y también tengo una cosa para ti.

Carl se dejó caer en la silla mientras Gordon le ponía delante el dibujo de un hombre vestido con un abrigo elegante.

—Es la impresión que sacó el dibujante de la Policía de la persona que aquella mujer de Borgergade vio el día de su cumpleaños. El día que mataron a Rigmor Zimmermann.

Carl miró el dibujo. Desde el punto de vista artístico era un buen dibujo, con líneas claras y ejecutado con pulcritud, pero desde el punto de vista policial parecía, por desgracia, inútil e irreconocible.

–¿Eso era todo lo que recordaba del hombre? Solo es un abrigo con un par de piernas debajo y visto desde atrás. Podría ser cualquier vagabundo de las caricaturas de Storm P. De todas formas, gracias, Gordon, había que intentarlo.

Gordon asintió en silencio. Era difícil no estar de acuerdo.

–Ah, y otra cosa, Carl.

–¿Qué?

–Tiene que ver con el parquímetro del aparcamiento de Griffenfeldsgade. Un compañero genial del Departamento de Homicidios, pongamos que se llama Pasgård, ha tenido la original idea de que la persona que aparcó el primer coche huido tal vez pagara el ticket con monedas, y es posible que así fuera, ya que sería demasiado imprudente emplear una tarjeta de crédito. Y, en consecuencia, han vaciado el dispensador que expidió el resguardo.

–¿Ahora vas a decirme que están buscando huellas dactilares en las monedas?

Gordon asintió, y Carl no pudo reprimir una carcajada.

De modo que el superpolicía Pasgård tal vez esperaba que eso lo llevara hasta el asesino. ¿Una única huella dactilar entre quizá cientos de ellas iba a revelar a simple vista el nombre del conductor huido? Y además en una moneda, con todos sus relieves. Era para partirse de risa.

–Gracias, Gordon. Joder, esa ha sido la noticia del día.

Gordon pareció adulado, y trató de reír como Carl.

Sí, desde luego los del segundo piso tenían problemas con aquel caso. Tal vez pudiera ayudarles con un interrogatorio profesional.

Carl divisó a un muchachote macizo por la rendija de la puerta de la sala de emergencias, donde lo había citado. Enormes antebrazos y unos tatuajes comparados con los cuales los adornos garabateados de la desinhibida fauna televisiva parecían grafitis caseros.

Se llevó a Gordon aparte y le preguntó en voz baja si se le había ido la olla: ¿cómo se le ocurría invitar a un eventual sospechoso y cómplice a la sala donde colgaban de la pared fotos y apuntes del caso? Pero Gordon estaba prevenido.

—He cubierto el tablón con una sábana, Carl. Tranquilo.

—¿Una sábana? ¿De dónde coño has sacado una sábana?

—Es la que usa a veces Assad cuando se queda a dormir aquí.

Carl se giró y dirigió una mirada inquisitiva a Assad para saber si iba a volver a pasar la noche en el despacho, pero, por lo visto, no era un tema que Assad pensara comentar.

Carl saludó con la cabeza a Patrick Pettersson cuando se sentó frente a él. Se le veía pálido, cosa normal después de un par de horas de interrogatorio, pero era un tipo bastante sólido, de mirada calma, tras la que no se ocultaba un cerebro como el de Einstein, claro. Sin embargo, contestó rápido y con franqueza las preguntas introductorias de Carl.

—Seguro que te han preguntado estas cosas docenas de veces, pero vamos a probar otra vez, Patrick.

Hizo una seña a Gordon y puso tres fotos delante de Patrick mientras Assad le ponía al tipo una taza de café delante.

—No es tu mezcla especial, ¿verdad, Assad? —preguntó por si acaso.

—No, no, es Nescafé Gold.

Carl señaló las fotos.

—Las de las fotos son Senta Berger, Bertha Lind y Michelle Hansen. Todas atropelladas durante los últimos ocho días por un conductor que se dio a la fuga. Entiendo que puedes dar cuenta de tus movimientos mientras ocurrían esos asesinatos y que, por tanto, no estás bajo sospecha.

¿Fue agradecimiento lo que vio en los ojos de Patrick mientras se llevaba la taza de café a la boca?

—No sabemos de ninguna relación directa entre las tres mujeres, pero, si no estoy equivocado, Michelle estaba relacionada con otras dos jóvenes, llamémoslas amigas, aunque no te consta que las conociera desde hacía mucho tiempo, ¿no es así?

—Sí.

—¿Michelle sabía guardar un secreto?

—No, no creo. La verdad es que era bastante simple.

—Pero aun así dices que te dejó unos días antes de morir. ¿No fue una sorpresa enorme para ti?

El hombre agachó la cabeza.

—Nos habíamos peleado, porque le dije que acudiera a la Oficina de Servicios Sociales para arreglar sus asuntos.

—¿Qué asuntos?

—Había mentido en cuanto al domicilio, yo no lo sabía. De modo que tenía que acordar un plan para devolver el dinero a plazos a Servivios Sociales y aceptar el trabajo que le habían ofrecido.

—¿Lo hizo?

Patrick se encogió de hombros.

—Me la encontré unos días más tarde en la discoteca en la que trabajo de portero, y me dijo que iba a pagarme lo que me debía, de modo que supuse que ya lo había arreglado.

Contempló con ojos melancólicos la foto de Michelle.

—¿La echas de menos? —preguntó Assad.

El hombre lo miró, sorprendido, tal vez por la suavidad de la pregunta, tal vez porque se lo preguntara Assad, e hizo un gesto afirmativo.

—Yo creía que había algo entre nosotros. Pero entonces aparecieron esas dos putas chicas.

La escasa humedad que se concentraba en sus ojos desapareció. Tomó un sorbo de la taza de café y la dejó suspendida en el aire.

—No sé en qué la metieron, pero no era nada bueno.

—¿En qué te basas para decirlo?

—He visto los vídeos de vigilancia del robo de la discoteca, me los han enseñado los de Homicidios. Apenas se ve a las chicas, porque se cubren con un pañuelo, pero creo que las reconozco. Y también me han enseñado el *selfie* que han encontrado.

—No entiendo. ¿Qué *selfie*?

—Uno que se sacó Michelle con las dos chicas. Las reconocí como las mismas que vi en el hospital donde ingresaron a Michelle. Además, los policías con los que he hablado me han dicho que han identificado el lugar donde está sacada la foto: es el canal, a la altura de Gammel Strand. La hicieron el once de mayo, es decir, antes de que me dejara. Y no me había contado nada de ese día, así que está claro que no quería que me enterase.

—¿Dices que viste a las dos chicas en el hospital?

—Sí, después del primer atropello de Michelle. Fue en la sala de espera, el día que le dieron el alta.

Carl frunció el ceño.

—De modo que ¿Michelle conocía a las dos chicas que cometieron el robo y tal vez dispararon a Birna Sigurdardottir?

—Sí.

—Entonces voy a permitirme suponer que Michelle era su cómplice, y que había ido a la discoteca para distraerte. ¿Qué te parece?

Patrick dejó caer la cabeza un momento. De repente comprendió la realidad, su rostro expresó vergüenza y rabia, y apretó los puños. Con un movimiento sorprendente, se alejó de la mesa de un empujón y arrojó con todas sus fuerzas la taza de café contra la pared opuesta, donde colgaba la sábana, mientras soltaba a gritos sus frustraciones.

Carl habría reaccionado de todos modos, pero cuando la sábana, marrón de café, se soltó de los tornillos y dejó al descubierto las actuales investigaciones del Departamento Q, el tipo se puso en pie y pidió disculpas.

—Pagaré por la taza y por eso —dijo cohibido, y señaló la sábana del suelo—. Es que estoy muy triste. Perdón por la mancha de las fotos, no...

Se quedó paralizado y arrugó la frente, como si lo que veía le estuviera jugando una mala pasada.

—Creo que no... —empezó a decir Gordon cuando Patrick rodeó la mesa y se acercó a las fotos colgadas.

—¡Ahí está otra vez! —exclamó, y señaló con el dedo la ampliación de la foto de clase de la Bolmans Friskole—. Joder, es la misma chica que la del *selfie* de Michelle, la misma que vi en el hospital. Y seguro que es una de las dos mujeres de los vídeos de vigilancia de la discoteca, pondría la mano en el fuego, aunque ahora es mayor.

Los tres se quedaron mirándolo como si acabara de descender de un platillo volante.

Después Carl pidió a Patrick que esperase en el cuarto de Gordon, mientras él trataba de analizar la información reciente; luego tal vez tuviera algunas preguntas para él.

Assad, Gordon y Carl se quedaron un buen rato mirándose hasta que Assad tomó al fin la palabra.

–No lo entiendo, Carl. Es como si de pronto todos los casos estuvieran relacionados. Michelle, la del caso del conductor huido, conoce a Denise y a su otra amiga del caso de la discoteca, y Denise conoce a Stephanie Gundersen y, por supuesto, a su abuela, Rigmor Zimmermann, ¡a quien también conoce Rose porque es su vecina de al lado!

Carl oyó lo que Assad decía, pero sin hacer comentarios. Los tres estaban asombrados. En su vida como policía nunca había visto una cosa así, era algo extraño e inusual.

–Vamos a tener que pedir a Bjørn que baje, Carl. Me temo que te espera una buena bronca –indicó Gordon.

Carl vio el panorama. Cuestiones disciplinarias, actos de venganza y rabia profunda, todo mezclado con la indignación de los compañeros y el sentimiento de abandono. Pero si no se hubieran ocupado de aquellos casos ni los hubieran colgado del tablón de aglomerado, entonces ¿qué?

Hizo una seña a los otros dos, tomó el teléfono y le pidió a Lis que enviase enseguida a Lars Bjørn al sótano. Ellos se quedaron esperando y trataron cada cual de descubrir cómo diablos podían tener un común denominador aquellos casos tan diferentes.

La entrada de Bjørn en la estancia justificó su apellido en todos los sentidos.* Después de mirar un segundo el tablón, sacó las garras de oso; ocupaba mucho espacio en aquel cuartito tan espartano.

Carl indicó por señas a Gordon que fuera en busca de Patrick, y, cuando Bjørn vio al portero de la discoteca en el vano de la puerta, su rostro enrojeció a más no poder. Llevaba encima un cabreo de mil pares.

---

* *Bjørn* significa oso en danés. *(N. del T.)*

—¿Qué puñetas hace mi testigo aquí, y qué cojones hacen en el Departamento Q el caso del conductor fugado, el caso de la discoteca y el caso Zimmermann? De modo que era de esto de lo que hablaba el payaso de Olaf Borg-Pedersen; no daba crédito a lo que oía.

Se volvió hacia Carl y lo apuntó con la afiladísima uña del dedo índice a diez centímetros de su frente.

—Esta vez te has pasado de la raya, Carl Mørck, ¿no lo entiendes?

Carl aprovechó la ocasión y detuvo su verborrea tapándole la boca con la mano. Después se giró con calma hacia Patrick.

—¿Tendrías la amabilidad de contar al inspector Lars Bjørn lo que nos has dicho antes?

Bjørn sacudió los brazos.

—No, no debemos implicarlo en esto, Carl. ¡Sacadlo de aquí!

Pero Patrick se acercó al tablón y señaló a la chica de la foto de la clase.

—Esta es Denise —dijo.

Bjørn se frotó los ojos y enfocó la mirada.

—Es verdad, Lars. Esa chica es Denise Frank Zimmermann, y detrás de ella está Stephanie Gundersen, que fue asesinada en 2004. De uno u otro modo, todos los casos del tablón están relacionados.

Necesitaron diez minutos cada uno para informar a su jefe de las relaciones, y cuando terminaron Bjørn estaba petrificado cual estatua de sal ante Sodoma y Gomorra. Era un hombre obstinado, pero tenía intacta su alma de policía. En aquel momento le pasaba como a ellos. No le entraba en la cabeza, y al mismo tiempo se sentía aliviado.

—Siéntate y tómate un café, Lars, y hablemos sobre cómo avanzar —propuso Carl. Hizo una seña a Assad, que salió en busca de provisiones.

—¡Los casos están relacionados entre sí! —dijo Bjørn. Su mirada vagó de un caso a otro—. ¿Qué pasa con Rose? ¿Qué hace ahí?

—En este momento, Rose está de baja, y ahora resulta que Rigmor Zimmermann era su vecina. Luego vamos a casa de Rose a preguntarle por su relación con ella.

–¿Rose está metida en esto, Carl?

Carl frunció el ceño.

–No, no hay nada que lo indique. Es una coincidencia que vivieran puerta con puerta, de modo que ¿por qué no aprovechar las declaraciones de una magnífica agente sobre la víctima?

–¿Habéis hablado con ella sobre eso?

–Eh... No. En su móvil salta el contestador automático; creo que se le ha agotado la batería.

Bjørn sacudió la cabeza. Aquello era demasiado para él.

–¿Sabe Marcus algo de esto?

–No, esto último, no.

Patrick Pettersson le dio un toque en el hombro a Carl. Lo habían olvidado por completo.

–¿Puedo marcharme ya? Llevo todo el día aquí. El patrón va a empezar a hacerme preguntas mañana por la mañana si no arreglo los coches que me ha adjudicado.

–Pero no te vas de Copenhague, ¿verdad? –preguntó Bjørn.

Patrick sacudió la cabeza.

–Primero me decís que no puedo salir de Dinamarca. Ahora, que no puedo salir de Copenhague. ¿Qué va a ser lo siguiente, que no pueda salir de mi propia casa?

Bjørn sonrió con ironía y lo despachó. Cuando Patrick se fue, rebuscó en el bolsillo y sacó el móvil.

–¡Lis! –llamó–. Reúne a la gente que no esté en la calle y mándamelos aquí abajo. ¡Sí, ahora, te digo! Sí, sí, ya sé que es muy tarde. Sí, a donde Carl.

Luego se giró hacia Carl.

–Dos preguntas. ¿Tenéis alguna idea de quién puede ser el conductor asesino?

Carl sacudió la cabeza.

–Es una lástima. Pero ¿sabéis al menos dónde se encuentra esta mujer, esa tal Denise Zimmermann?

–No, tampoco. Me temo que no la hemos buscado lo suficiente. Pero, por lo que decía su madre, no está en su casa. Tal vez esté con un novio en Slagelse, eso dijo.

Bjørn dio un profundo suspiro.

—No sé cómo cojones arreglar lo vuestro, pero voy al baño, y lo pensaré mientras tanto.

Carl se rascó la barba crecida e hizo un gesto a Assad cuando este entró con el café para el inspector jefe.

—Vamos a tener que esperar una hora antes de ir a casa de Rose. Primero tenemos que dar la información a esos imbéciles del segundo piso.

—Bien. Y luego, ¿qué, Carl? ¿Está Bjørn cargando las pilas para la gran bronca?

—A saber qué cosa repulsiva se le ocurre.

Assad rio e hizo que Gordon riera también. ¿Cómo lo conseguiría?

—Sí, tal vez sea repulsivo, pero es justo.

—¿Y eso...?

—Sí, porque es igual de repulsivo con todos.

43

Lunes 30 de mayo de 2016

—Escucha, Carl, estoy muerto de hambre. ¿Por qué no paramos en algún sitio de camino a Stenløse donde den algo de comer?

Carl asintió. A él le pasaba justo lo contrario. Mientras le rondara la cabeza todo aquello de Rose, no tenía ningún apetito.

Puso en marcha el coche, y la radio se encendió con las noticias.

—Vaya, desde luego la búsqueda de Denise se ha extendido, ¿eh? —comentó Carl. Nunca se había dado una orden de búsqueda del testigo de un caso de forma tan masiva. Aparecía en todas las noticias de radio y televisión, así que sería lo que buscaban Lars Bjørn y el jefe de Prensa Janus Staal. Pero qué diablos, si tenían la suerte de esclarecer tres casos de una vez, habría merecido la pena.

Assad miró su móvil, que sonaba bajo.

—Es para ti —dijo, y apretó el botón del altavoz.

—Sí, Carl Mørck al aparato —se presentó, mientras una persona tosía con fuerza en el otro extremo de la línea.

—Perdona, Carl. —Volvió el tono de voz normal—. Es que desde que dejé de fumar no paro de toser.

Era Marcus Jacobsen.

—Tal como convinimos, he investigado acerca del marido de Birgit Zimmermann y he encontrado un par de cosas sobre él que me parecen interesantes. ¿Te lo leo?

¿No puede esperar hasta mañana?, pensó Carl. Era tarde ya, y hacía tiempo que se le habían agotado las pilas.

—Estamos saliendo de la ciudad, de manera que adelante —fue, sin embargo, lo que dijo.

Marcus se aclaró la garganta.

—James Lester Frank nació en 1958 en Duluth, Minnesota, y se casó con Birgit Zimmermann en 1987, es decir, el año anterior a que naciera Dorrit, alias Denise Frank Zimmermann. El matrimonio se separó en otoño de 1995, y se divorciaron a los pocos meses. La custodia de Denise Zimmermann recayó en la madre, y su marido regresó a Estados Unidos aquel mismo año.

Carl achicó los ojos. ¿Cuándo llegaba lo interesante?

—También sé que después reingresó en el Ejército y estuvo destinado fuera varias veces, primero en Irak y luego en Afganistán. En 2002 desapareció durante una misión en la que varios de sus soldados perdieron la vida. Lo daban por muerto, pero después un oficial de enlace lo reconoció en Estambul, y desde entonces lo buscan por desertor.

Parece un tipo inteligente, pensó Carl. ¿Quién no preferiría que lo buscaran a estar muerto?

Entonces llegó.

—Hace un mes, un tal Mark Johnson se cayó en la acera y lo llevaron al hospital de Herlev, donde los análisis revelaron unas cifras astronómicas de transaminasas, así como varios órganos muy dañados. Los médicos no se anduvieron con rodeos y comunicaron al hombre que había sufrido daños irreparables por el alcohol.

—¿Mark Johnson? ¿Ese era el que reconoció a Frank en Turquía? —propuso Carl.

—No del todo, pero ahora viene cuando lo matan; porque al tal Mark Johnson le pidieron la documentación y, como no tenía, llamaron a la Policía.

—Una pena, con el hombre tan enfermo —comentó Assad.

—Sí, cierto, pero, cuando redactas un historial, es conveniente saber sobre quién es dicho historial, Assad.

—Claro. ¿Y qué pasó? —preguntó Carl.

—Que encontraron una serie de tatuajes en el cuerpo del tío; el primero, un *meat-tag* que le habían tatuado debajo del brazo, y que lo identificaba.

—¿*Meat-tag*? Me suena. ¿Qué es eso? —preguntó Carl.

—Es una chapa tatuada en la piel —se oyó a Assad.

378

—Exacto —retomó el hilo Marcus–. Pone el nombre y el apellido del soldado, y la inicial del segundo nombre, si lo tiene, y, en este caso, en el que el hombre pertenecía al Ejército de Estados Unidos, también su número de identificación del Departamento de Defensa, el grupo sanguíneo y la religión. Había muchos que se hacían el tatuaje antes de ser enviados a primera línea. Creo que hoy en día el Ejército norteamericano sigue otra política de tatuajes, de manera que no sé si todavía se permite, pero para el soldado significaba que podían identificarlo en caso de caer en acto de servicio y haber perdido la chapa de identificación.

—¿Y el *meat-tag* reveló que era James Lester Frank? —preguntó Carl.

—Eso es. «Frank L. James», ponía; lo que significa que el exmarido de Birgit Zimmermann está vivo, aunque no en muy buen estado, pero tal vez dure un par de meses. Le han dado el alta y, mira tú por dónde, vive en el piso que en otro tiempo perteneció a la zapatería de Fritzl Zimmermann, en Rødovre, cuyo propietario sigue siendo... Sí, imagínate: Rigmor Zimmermann.

—¿De modo que está en Dinamarca?

Assad parecía no entender nada.

—A ver, Marcus, no lo entiendo. He mirado en todos los registros y no he podido encontrarlo. El hombre no consta en ningún registro del país.

—No, porque lleva viviendo de manera ilegal desde 2003, al parecer bajo su falsa identidad de Mark Johnson. Ya me habría gustado saberlo cuando investigamos el asesinato de Stephanie Gundersen.

—¿Por qué no lo arrestaron en el hospital, Marcus? —preguntó Carl.

—Qué sé yo. Quizá porque está muy enfermo y no va a escaparse a ninguna parte. La gente de la Dirección de Extranjería lo tiene controlado, por supuesto, porque la Policía, después de interrogarlo, les pasó el caso. Pero la práctica suele ser no deportar de inmediato a una persona en tan mal estado de salud;

además, los trámites de Extranjería llevan su tiempo. Están sobrecargados, deberíais daros una vuelta por allí.

—¿Sabes de qué se ha alimentado todos estos años?

—No, creo que él es el único que lo sabe. Es probable que haya sobrevivido como un vagabundo, como un pobre diablo. Pero, en mi opinión, no ha cometido ningún delito, porque seguro que no quería arriesgarse a que lo detuvieran y lo deportaran a un país dispuesto a acusarlo de deserción.

—Claro, porque tenemos un acuerdo de deportación con Estados Unidos, ¿verdad? —preguntó Carl.

—Sí, y, por desgracia para Frank, se firmó en 2003. En Suecia tienen también un acuerdo así, pero no expulsan a gente acusada de delitos políticos y militares, como hacemos aquí. Si lo hubiéramos deportado, los norteamericanos lo habrían metido en el agujero más oscuro que pudieran encontrar. Los desertores nunca han sido populares en Estados Unidos. En general, el destino que espera a muchos veteranos de guerra, tanto aquí como allí, no es muy glamuroso.

Assad asentía sin cesar. De eso sabía más que los demás.

Carl agradeció a Marcus el trabajo realizado. Era increíble que James Frank estuviera en Dinamarca.

Después redujo la velocidad un momento.

—¿Puedes esperar un poco para comer, Assad? —preguntó, sin esperar a la respuesta—. Después de oír esta información, me gustaría hacerle una visita a ese tal James Lester Frank. Creo que Denise Zimmermann podría estar viviendo en casa de su padre. Eso sería la bomba.

La antigua zapatería que tenía Fritzl Zimmermann en Rødovre no era sino una sombra de lo que fue. Se trataba de un edificio bastante destartalado con un escaparate vacío y abundante suciedad tras él. El viejo cartel se adivinaba todavía, a pesar de un montón de intentos chapuceros de taparlo. Por lo que veía Carl, al menos cinco tiendas diferentes habían tenido que cerrar desde los días de Zimmermann.

Assad señaló la vivienda que había encima de la tienda. Solo un balcón daba a la calle, de modo que debía de ser un piso de una habitación, pero los dependientes y sirvientes no estaban acostumbrados a nada mejor en la Dinamarca de entonces.

«Mark Johnson», había escrito alguien con rotulador negro sobre la puerta con molduras, que no habría pasado la inspección contra incendios. Llamaron.

—Adelante —se oyó una voz con fuerte acento americano.

Esperaban un desorden indescriptible, como en casa de Benny Andersson, pero se equivocaban. El olor a suavizante que se mete en la lavadora cuando toca lavar ropa de niño había invadido todo el piso y los guio, tras pasar junto a unas cajas de cerveza pintadas en la entrada, hasta la sala amueblada con sofá y mesa baja, un televisor, una cómoda y poca cosa más.

Carl miró alrededor. Si Denise Zimmermann se escondía en algún lugar de la sala, debía de haber encogido.

Indicó a Assad por señas que se ocupara del resto.

—Sois de la Policía —dijo el hombre desde el sofá, con la piel amarilla y bien envuelto en un edredón, aunque la temperatura exterior se acercaba a los treinta grados—. ¿Habéis venido a detenerme?

Una introducción cuando menos sorprendente.

—No, no somos de la Dirección de Extranjería, somos del Departamento de Homicidios de Copenhague.

Carl tal vez pensara que aquello iba a provocar en el hombre un gran malestar, ocurría a menudo; pero, en lugar de eso apretó los labios y asintió en conformidad.

—Hemos venido porque estamos buscando a tu hija.

Assad volvió a la sala, y por medio de gestos notificó que la chica no estaba en la cocina ni en el baño.

—¿Puedes decirme cuándo viste a Denise por última vez, James? ¿O prefieres que te llame Mark?

El hombre se alzó de hombros. No debía de importarle mucho cómo lo llamara.

—¿Denise? Bueno, para mí sigue siendo Dorrit. Pero la vi por última vez en 2004. Y hoy he oído que la buscan. Y me ha dolido, espero que lo comprendáis.

Acercó la mano a un vaso que había sobre la mesa. Al parecer, contenía agua.

—Estamos investigando el asesinato de tu exsuegra, y estamos obligados a sospechar de toda la gente con la que se relacionó antes de morir. Por eso queremos interrogar a tu hija sobre sus movimientos.

El hombre enfermo tomó un sorbo y después reposó el vaso sobre la tripa.

—Ya sabéis que corro peligro de que me expulsen del país, ¿verdad?

Carl y Assad hicieron un gesto afirmativo.

—Cuando un desertor como yo cae en la red de los militares americanos, les alegra el día. En el momento de desertar, estaba a punto de que me ascendieran a comandante. Tenía tantas medallas que casi caminaba inclinado. No sé en cuántas misiones he estado, porque en mis años jóvenes fueron muchas, pero ninguna de ellas fue gloriosa, os lo aseguro. Por eso están tan ansiosos por que vuelva allí, para tenerme bajo control. No podemos hablar de nada, sobre todo si tenemos medallas en el pecho y hemos alcanzado el rango de comandante.

Sacudió la cabeza.

—Y los militares norteamericanos nunca olvidan a un desertor. Acaban de pedir a Suecia que expulse a uno, a pesar de que lleva viviendo allí veintiocho años, y tiene familia y todo. Así que pregunto: ¿qué puede impedir que los daneses me entreguen? ¿Mi enfermedad?

Carl asintió con la cabeza. ¿No sonaba bastante verosímil?

—Vaya, eso es lo que crees; pues ya puedes ir olvidándote, porque los norteamericanos declararán bajo juramento que velarán por mí los mejores médicos, y para cuando me dé cuenta el avión estará listo para despegar.

—Bien, pero ¿qué tiene que ver eso con el motivo por el que hemos venido? —preguntó Carl. Joder, no era un sacerdote católico ni un director espiritual.

—¿El motivo? Te estoy diciendo que hay una cosa que va a impedir mi expulsión, y me alegro.

—¿Qué cosa es esa?

—Pues que he hecho algo mucho peor que desertar, que es algo que les importa un bledo a los daneses.

Al oírlo, Assad se acercó.

—¿Por qué regresaste a Estados Unidos cuando tenías familia aquí?

—Ya llegaré a eso.

—¿Por lo que ocurrió en 1995?

El hombre asintió en silencio.

—Ya sabéis que estoy muy enfermo, ¿verdad?

—No conocemos los detalles.

—No hace falta que penséis en mi próximo regalo de Navidad, si era vuestra intención.

Se rio de su propio chiste.

—Y por eso no quiero volver allí, a pudrirme en una cárcel norteamericana mientras voy muriéndome poco a poco. Prefiero morir aquí, en Dinamarca; aquí te cuidan bien cuando se acerca la muerte. También en la cárcel.

Carl proyectó el labio inferior; aquel tipo le había encendido todas las alarmas.

—James, voy a contarte una cosa: hace unos días, saqué a patadas de mi despacho a un hombre que venía a confesar un asesinato que era imposible que hubiera cometido. Si es lo que pretendes, te lo advierto: no va a servirte de nada.

El hombre sonrió.

—¿Cómo te llamas?

—Carl Mørck.

—Bien. Pues entonces no eres el policía más tonto que he conocido, porque era justo eso lo que quiero contarte. No puedo ser entregado a Estados Unidos porque he cometido un asesinato aquí, en Dinamarca. Lo creas o no.

Todo empezó como un juego entre James y su suegro. Ambos habían sido soldados y habían participado en acciones de guerra, con todo lo que eso podía implicar. Sus orígenes e historia eran poco habituales, y a Fritzl Zimmermann le gustaba su yerno por esa razón. Para Fritzl, el servicio militar era algo honorable y símbolo de hombría e iniciativa. Con insensibilidad manifiesta, sonsacaba a James información sobre las campañas militares en las que había participado, desde Zaire a Líbano o Granada, porque a Fritzl le encantaban las guerras. Y cuantos más detalles daba James, más se despertaba la curiosidad de Fritzl. Fue de ahí de donde surgió el juego.

—Si digo la palabra bayoneta, ambos tenemos que contar cómo la hemos empleado, y después le toca al otro decir otra palabra —propuso Fritzl—. Palabras buenas como emboscada, por ejemplo... O fuego. De hecho, fuego es una palabra fantástica.

Al principio, James vacilaba. Fuera cual fuese el tema, Fritzl superaba de largo sus historias, y le divertía hablar de ello. Los ataques brutales se volvían una cruzada. Los ahorcamientos se convertían en defensa propia. Hablaba de la solidaridad para con sus compañeros en el frente, de camaradería y de hombres que luchaban hombro con hombro; y, poco a poco, James, para su sorpresa, fue reconociéndose en él.

Solían reunirse un par de horas los sábados, cuando James había dormido las alegrías del viernes tras la barra y Birgit se ocupaba de la hija, Rigmor, de las labores de la casa, y Fritzl y él convertían el pasado en presente en las laberínticas estancias de la planta baja. Allí podía sopesar una Parabellum y ver qué armas tan eficaces podían hacerse con los objetos que tuvieran a mano.

Todo aquello podría haber continuado durante años, de no ser porque una casualidad hizo que se reavivara el odio entre James y Rigmor Zimmermann. En realidad, todo empezó como una tertulia de sábado con cena temprana, cuando una pregunta asombrosa de su suegro sacó al león de su jaula.

La pregunta era inapropiada, porque Dorrit seguía sentada a la mesa, pero eso no le preocupó a Fritzl.

—¿Qué crees que es lo peor que puede cometer un soldado? ¿Ejecuciones ocasionales o infidelidades ocasionales?

Por un momento, James supuso que se trataba de uno de sus juegos, y le dijo a su hija que saliera a jugar al jardín hasta que la llamasen. Seguro que era otra más de las ideas dementes y enfermizas de Fritzl; pero cuando, tras pensarlo un poco, dijo que por supuesto que eran peores las ejecuciones ocasionales, Rigmor Zimmermann le atizó tal bofetada que su cabeza giró a un lado.

—¡Cabrón! —gritó, mientras Fritzl se reía a la vez que daba golpes en la mesa.

James se quedó atónito, y cuando llevó aparte a su mujer para pedirle una explicación, ella le escupió a la cara.

—Has caído en la trampa, imbécil. He contado a padre y madre lo de tus mujeres y tus escapadas. ¿Creías que ibas a irte de rositas?

Entonces él mintió sobre sus aventuras y lloró y juró que no era cierto, y que solo salía por la noche cuando tenía que hacer la contabilidad. Pero ella le dijo que estaban bien informados.

—Te odia por mil razones, James. Porque me engañas. Porque te emborrachas varias veces a la semana. Porque haces que padre hable de cosas de las que no hay que hablar.

Aquel día, Rigmor Zimmermann le enseñó a Fritzl su verdadera naturaleza, y también quién mandaba en la casa. Los papeles que iban a disolver el matrimonio estaban ya dispuestos sobre la mesa, firmados por Birgit.

James rogó a su esposa que los rompiera, pero ella no se atrevió. Además, Rigmor y Fritzl le habían prometido ocuparse de ella cuando él hubiera desaparecido.

Y eso fue lo que pasó, que de pronto desapareció en sentido literal.

Más tarde trató de chantajear a Rigmor para que lo anulara todo: de lo contrario, contaría a las autoridades lo de los crímenes de Fritzl durante la Segunda Guerra Mundial, y esta vez seguro que lo encerrarían. Porque él tenía las pruebas.

La reacción llegó unos días más tarde, en forma de oferta de ciento cincuenta mil dólares si regresaba a su país y desaparecía para siempre. El dinero sería transferido a su cuenta en Estados Unidos en tres plazos, y el asunto quedaría olvidado. James aceptó. Aquella suma de dinero no era habitual para un joven trabajador de Duluth, Minnesota.

Pero el problema surgió cuando no notificó sus ingresos a las autoridades fiscales norteamericanas, y, entre juicios y multas, de repente desapareció el dinero, y más.

Por eso, James Lester Frank tuvo que reengancharse en el Ejército. Como recompensa, los militares lo enviaron a misiones ininterrumpidas de varios años, y tan cerca de los talibanes que él y sus hombres empezaron a parecer talibanes y a oler como ellos.

—Éramos como animales. Cagábamos donde dormíamos. Comíamos lo que cazábamos. Y moríamos como animales, ya se encargaban de eso los talibanes. Al último de mis compañeros que vi matar le cortaron primero los brazos.

»Entonces me largué. Pasé once meses viviendo en las montañas, y cuando por fin estuve lejos, se acabó el asesinar para Estados Unidos y su Ejército.

—Pero luego te vieron en Estambul —recordó Carl.

El hombre asintió con la cabeza y se subió el edredón hasta el cuello.

—Trabajaba en un bar para turistas, la mayoría de los cuales eran americanos, y fue una estupidez. Aunque llevaba la cabeza afeitada y barba crecida, aquel oficial me reconoció al instante. Menos mal que ese mismo día había conocido en el bar a un matrimonio danés que tenía una autocaravana y que aceptó llevarme en su viaje de vuelta a Dinamarca. Les conté mi historia tal como era, que había sido soldado y había desertado, pero para ellos no supuso un problema. Más bien al contrario, diría yo. No era fácil encontrar a pacifistas como aquellos.

—Mmm, es una buena historia —comentó Assad con cierta ironía—. Pero ¿qué quieres contarnos con ella?

Sus tripas gruñeron de forma audible. La falta de aporte energético empezaba a producirle una irritación creciente. En cuanto a Carl, se había olvidado del todo de la comida. Y si fumaba un cigarrillo podría aguantar varias horas más.

—Cuando volví a Dinamarca no tenía papeles ni dinero, de modo que la única solución que vi fue buscar a Rigmor y a Fritzl y contarles que había pensado quedarme y pedirles ayuda.

Se quedaron aterrados, porque ellos y Birgit le habían dicho a Denise que su padre había muerto.

»Me puse tan furioso al oírlo que, aunque trataron de impedirlo, entré en la estancia secreta de Fritzl y arramblé con todo lo que pude, para tener pruebas contra ellos. Hice fotos de la habitación, y también de ellos gritando. Por último, agarré el machete de campaña de Fritzl y puse la hoja contra el cuello de Rigmor, y le dije que ya sabía el sonido que iba a producirse cuando le rebanara el pescuezo. Eso y otras amenazas hicieron que obedecieran.

»El acuerdo fue que me dejarían vivir en este piso y cuidarían de que los gastos estuvieran siempre cubiertos, y que en adelante me pasarían doce mil coronas al mes. Debí pedir más, por supuesto, pero no fui lo bastante listo.

Rio y gimoteó a la vez, y dio la impresión de que estaba a punto de caer dormido. Tenía los ojos amarillos como los de un hombre lobo. No se encontraba nada bien.

—A cambio, yo no debía tener la menor relación con Birgit ni con Denise. Rigmor me aseguró que si me ponía en contacto con ellas le importaba un pimiento lo que yo pudiera contar a las autoridades acerca de Fritzl, porque ella se encargaría de que me detuvieran y deportaran, y lo decía en serio. Prefería sacrificar a Fritzl y el buen nombre de la familia que sacrificar a las chicas.

—Pero creo que no respetaste el acuerdo —le recordó Carl.

El hombre sonrió.

—Sí, en cierto modo sí que lo respeté. No tengo ni idea de las veces que me oculté tras los troncos de los árboles del lago Sortedam, vigilando la entrada principal de la Bolmans Friskole, pero sin establecer contacto con Denise. Lo único que esperaba era tener una visión fugaz de mi hija al salir de la escuela.

—¿Y Birgit?

—Por pura curiosidad, traté de encontrarla, pero no tenía ninguna dirección. Mi plan consistió en seguir los pasos de Denise camino a casa.

—¿Fue lo que hiciste? —preguntó Carl.

Assad le dio una palmada en el hombro y gimió.

—Carl, en serio, ¿crees que tengo jorobas, o qué?

—Dentro de veinte minutos, Assad, podrás comer lo que quieras. Nada de chistes de camellos ahora, ¿vale?

Assad gimió en voz aún más alta. Veinte minutos parecían una eternidad.

—¿Así que le seguías los pasos a Denise?

—No, no llegó a tanto. Pero la vi varias veces salir de la escuela. Estaba muy guapa y animada, me fascinaba mirarla.

Se llevó de nuevo el vaso a la boca para beber, y pareció como si fueran a fallarle las fuerzas.

—Pero no tanto como Stephanie Gundersen, ¿verdad, James?

Un poco de agua resbaló por su comisura, y unas gotas colgaron de su mentón. La mirada ardiente expresaba sorpresa.

—¿Por qué mataste a Stephanie? —llegó, inevitable, la pregunta de Carl.

El hombre depositó el vaso en la mesa y se aclaró la garganta un par de veces, como si se le hubiera atragantado el agua.

Después sacudió la cabeza con tenacidad.

—¿He dicho antes que eras un buen policía? Pues lo retiro.

Se oyó una risa sofocada de Assad. ¿Una protesta más contra la falta de comida?

—¿Por qué dices eso?

—Porque yo estaba enamorado de Stephanie. La elegí a ella en vez de a Birgit y a Denise, así de sencillo. La vi un día salir de la escuela, y aquello fue la perdición para ambos. Nos vimos durante nueve meses, nos reuníamos en el centro. De hecho, nos juntábamos varios días a la semana.

—¿Y por qué tanto secretismo?

—Porque era la profesora de Denise. Si Denise nos veía juntos y me reconocía, entonces... Porque le habían dicho que yo estaba muerto. El acuerdo entre Rigmor y yo se rompería. Me detendrían y me deportarían.

Se quedó mirando al vacío en la anodina estancia gris, y de pronto se echó a llorar en silencio. Sin sollozar ni sorberse las lágrimas.

—No fui yo: fue Rigmor quien mató a Stephanie. —Le tembló la voz—. Estoy seguro de que esa bruja me vio con Stephanie en el centro, y matarla fue su venganza. Después, cuando le planteé mis sospechas, sostuvo a gritos que no fue ella quien asesinó a Stephanie; pero no la creí, claro que no la creí. Yo sabía que no podía hacer nada contra ella y que iba a echarme la culpa a mí. Que iba a hacerme quedar como un chantajista extranjero e ilegal, además de asesino profesional.

—Así que empezaste a beber y a callarlo todo, y te quedaste en este piso y aceptaste su dinero. ¿Cómo se puede ser tan miserable?

Carl miró a Assad. Bueno, ¿no es este el final de la historia?, preguntaba su mirada. Pero Assad estaba con los ojos cerrados, dormido como un tronco. Las últimas horas sin comida ni bebida habían pinchado el globo.

—Fritzl murió ahogado al día siguiente. Un par de semanas después dejé de ver a Rigmor, porque vendió la tienda y la casa y se mudó a Copenhague, a Borgergade —continuó.

—¿Y tú?

—¿Yo? No me quedaba nada por lo que vivir, así que me hundí en la bebida.

—Y pasaron muchos años hasta que te vengaste, ¿verdad?

—Pasé doce años a borrachera diaria. Era lo único que deseaba. Y por doce mil coronas al mes, no era exactamente champán francés lo que bebía.

Emitió una risa seca. Fue entonces cuando Carl advirtió que no le quedaba ni un piño en la boca.

—¿Y qué fue lo que cambió la situación?

El hombre se dio unas palmadas en el vientre.

—Esto, que me puse enfermo. Ya había visto a un compañero de borrachera enfermar, no aguantó mucho. Igual que él, sentía un cansancio mortal todo el tiempo. Vomitaba sangre. Pasaba de comer. Me salieron manchas rojas en el torso, la piel amarilleó y me picaba a rabiar, me salían moratones por todas partes, tenía calambres en las piernas y no se me ponía tiesa. Si no pasaba el día dormido, me caía por la calle. Sí, sabía *damned well* lo que me estaba pasando.

—Así que había llegado el momento, ¿verdad?

El hombre asintió en silencio.

—Aunque estaba enfermo, no dejé de beber, siempre llevaba encima una botella de vino de cereza. Sabía que estirar la pata era cuestión de tiempo, y no importaba el acuerdo que tenía con Rigmor. Joder, podían hacer conmigo lo que quisieran los *fucking army men,* fue lo que pensé, con tal de vengarme. Así que fui a la biblioteca, busqué a Rigmor en Google y comprobé que su dirección seguía en Borgergade.

—Pero no vivía allí.

—No, ya me di cuenta. En la puerta ponía «Birgit y Denise F. Zimmermann». Joder, qué contento me puse al ver aquella F, porque significaba que no me habían olvidado del todo. Pensé en tocar el timbre, pero no lo hice. Tenía un aspecto terrible, iba sin afeitar y llevaba más de una semana sin lavarme, no quería que me vieran en aquel estado. Así que pasé a la acera de enfrente y miré hacia las ventanas, con la esperanza de tener una visión fugaz de una de ellas. Por primera vez en muchos años, me sentía eufórico. Y entonces salió Rigmor del portal.

—¿Te reconoció?

—No, hasta que crucé la calle hacia ella. Entonces echó a correr bajo la lluvia. Se giraba hacia mí y me gritaba que me fuera a tomar por culo. Arrojó un puñado de billetes de mil al suelo mojado, pero aquello no me detuvo; al contrario, me puso de una mala hostia terrible.

—¿Y echaste a correr tras ella?

—Estaba pedo, tío. Y la bruja aceleró por una lateral hacia Kronprinsessegade. Llegué justo a ver que entraba en Kongens Have, pero para cuando llegué a la entrada, había desaparecido.

Carl dio un empujón a su ayudante.

—¡Assad, despierta! James tiene algo que contarnos.

El testa rizada miró alrededor, desconcertado.

—¿Qué hora...? —alcanzó a decir antes de que el rugido de sus tripas ahogara el resto.

—Dices que Rigmor Zimmermann había desaparecido cuando llegaste a Kongens Have. ¿Qué pasó después, James?

Miró a Assad.

—¿Estás escuchando, Assad?

Él asintió, malhumorado, y señaló el móvil. Lo había grabado todo.

—Me quedé mirando alrededor junto a la entrada. Rigmor no estaba, y no podía haber llegado al otro lado y salido del parque en tan poco tiempo. Vamos, que tenía que estar en alguna parte. Empecé a reconocer el terreno, lo aprendí en la guerra de los Balcanes, en la que los serbios se escondían a la perfección en campo abierto. Allí había que fijarse sobre todo en los matorrales; no como en Irak, donde tenías que fijarte en la carretera, el arcén, montoncillos ocasionales en senderos, aceras y atajos. En los Balcanes eran los matorrales: si no estabas alerta, te arriesgabas a que te mataran.

—¿Así que encontraste a Rigmor Zimmermann en los matorrales?

—Sí y no. Salí a Kronprinsessegade y me planté frente a la verja, de modo que no me viera si abandonaba su escondite. A los cinco minutos, vi que algo se movía en el matorral detrás del aparcamiento de bicis.

—¿Ella no te vio?

El hombre sonrió.

—Volví rápido a la entrada sin que me viera y me coloqué detrás de ese estúpido panel en el que te dan la bienvenida a Kongens Have y te dicen que muestres consideración hacia los demás visitantes, para que todos tengamos una visita agradable. Antes solía reírme de ese panel. Pensé para mí que debía mostrar la mayor consideración posible hacia mi exsuegra, y matarla de un solo golpe.

—De modo que ¿fue premeditado?

El hombre asintió en silencio.

—Ciento diez por cien premeditado, sí. No tengo razón para decir otra cosa.

Carl miró a Assad.

—¿Lo estás escribiendo todo?

Assad hizo un gesto afirmativo y adelantó otra vez el móvil.

—¿Y el asesinato en sí? ¿Dejaste que corriera hacia el restaurante?

—No, la maté delante del matorral. Se puso a chillar cuando me vio aparecer entre las ramas, y entonces la saqué de allí y la golpeé con la botella de vino en medio de las cervicales, así de sencillo. Un solo golpe, y cayó muerta.

—¿Y no la dejaste allí?

—No. Me quedé un rato mirándola, y, con la cogorza que llevaba, pensé que no estaría bien dejarla en aquel sitio pestilente adonde van a mear los alcohólicos.

—¿Moviste el cadáver?

—Sí.

—Bastante temerario, si quieres saber mi opinión.

El hombre se encogió de hombros.

—No había nadie en el parque, hacía un tiempo de perros, así que me eché el cuerpo al hombro y lo arrojé sobre el césped un poco más allá. Estaba cerca de la siguiente entrada por Kronprinsessegade, y pude alejarme rápido.

—¿La mataste con una botella de vino de cereza?

—Sí. —Mostró una sonrisa desdentada—. Estaba casi llena, pero una hora más tarde ya no, y la arrojé a una papelera. Luego me fui a casa a pie. A pie, digo, porque en aquel momento era increíble la energía que había acumulado. Aquello duró tal vez unos veinte minutos, y luego me desplomé. Y allí me encontraron.

—No has bebido desde entonces. ¿Por qué?

—Porque no quiero presentarme delante del juez y parecer un enajenado. Quiero estar sobrio para poder declarar y testificar ante un jurado danés. No quiero volver a Estados Unidos.

—¿Y por qué no confesaste tu crimen a los policías que te interrogaron en el hospital? —terció Assad, enfadado. Sonó como si pensara que eso le habría ahorrado su casi inminente muerte por inanición.

El tipo se encogió de hombros.

—Entonces me habrían detenido; pero antes quería encontrar a Denise y hablar con ella. Me lo debía a mí mismo y a ella.

Carl asintió y miró a Assad. Había tomado bastantes apuntes, y la grabadora del teléfono seguía encendida. Les habían servido todo en bandeja, ¿cuántas veces ocurría eso? Sonrió, y bien podía permitírselo, porque habían acudido en busca de Denise pero se marchaban con un asesinato o dos resueltos.

Y sí, Assad iba a llenar pronto sus jorobas.

—¿Qué hiciste luego? —preguntó Assad. Quería tenerlo todo grabado.

—Estuve ayer en casa de Birgit. La vi salir del portal con varias botellas de vino vacías. Se tambaleaba por la acera y no me reconoció, de lo borracha que estaba. Quería decirle que aún sentía afecto por ella, pero cuando la vi no tuve fuerzas para hacerlo.

Igual fue algo mutuo, pensó Carl.

—Y nada más. Ahora ya lo sabéis todo. Yo me quedo aquí, hasta que alguien venga a buscarme.

El *shawarma* hizo que Assad pusiera los ojos en blanco. Verlo llevarse aquel pedazo de bocadillo oriental a la boca era como ver a un niño comerse un polo a treinta grados de temperatura. Alivio fue la palabra en la que pensó. Ya podían haberle regalado un yate, que no iba a ponerse más contento que entonces.

Carl masticó con cuidado su kebab. Seguro que era de los mejores de la zona, pero un buen perrito caliente le habría venido mejor a un hombre como él.

—¿Has creído todo lo que nos ha contado James Frank? —preguntó su compañero con la boca llena.

Carl apartó el kebab.

—Creo que él lo cree, y el resto tendremos que hacerlo encajar.

—¿Que mató a Rigmor Zimmermann? ¿Que no es algo que ha inventado para que no lo deporten?

—Sí, eso sí lo creo. Estoy seguro de que van a confirmarlo las huellas de su ropa, que están analizando los peritos. Puede que haya también huellas de Rigmor en la ropa que llevaba él aquel día. Es probable.

Las cejas de Assad se arquearon hasta bien entrada la frente.

—¿Y dónde falla la historia, entonces?

—No sé si falla. Me sigue pareciendo de lo más extraño que Fritzl Zimmermann fuera a morir justo al día siguiente que Stephanie Gundersen. ¿Qué pudo ocurrir entre las dos muertes? Eso es lo que me pregunto.

—¿Y crees que Birgit Zimmermann puede saberlo?

Carl miró a su compañero, que pidió otro *shawarma*. Era una buena pregunta, pero eso lo diría el tiempo, cuando hubiera acabado de masticar. Ahora iba a telefonear a Marcus, y después irían a Stenløse.

44

Lunes 30 de mayo de 2016

Faltaba poco para las siete, y Anneli había trabajado como una loca durante por lo menos una hora limpiando la sangre de las paredes, estanterías, piezas de motor y el suelo. Después se puso a velar el cadáver de Denise. La chica, que yacía entre piezas de motor desechadas con una expresión de sorpresa en el rostro, le inspiraba una gran satisfacción. Aquella mirada terca y ardiente estaba del todo apagada, y el tiempo empleado en adornos y ostentación había resultado inútil.

—¿Dónde vamos a arrojar a una chica tan encantadora como tú, pequeña Denise Zimmermann? ¿Vamos a dejar que imperen las ironías del destino y abandonarte entre las demás putas de Vesterbro, o seguimos el camino seguro y te dejamos en uno de los parques de la clase alta, en los que de todas formas no se ve un alma después de las ocho? ¿Qué te parece el parque de Bernstorff, Denise? ¿Detrás de uno de esos setos podados con tanto estilo? Así te podrá encontrar uno de los elegantísimos perros de Charlottenlund cuando los saquen a orinar por la mañana, ¿no?

Anneli rio.

Parecía haber salido bien del apuro. Escondió la pistola de Denise y puso en su mano el revólver, para que las huellas de ambas quedaran impresas en él, y después planeó hacerse la conmocionada, en caso de que alguien hubiera oído el disparo y llamado a la Policía. Iba a decir que había sido un accidente. Que la mujer la amenazó con aquel revólver que tenía esa cosa tan rara en el extremo. Que era una de esas personas chifladas que echaban la culpa de su falta de talento y de su pésima situación a la asistenta social, quien, por lo demás, trataba de ayudarle con su mejor voluntad. La Policía ya sabría que, de manera incomprensible, clientes enajenados habían asesinado a sus benefactores; había ocurrido varias veces durante los últimos años. E iba a añadir que el ataque había disipado cualquier duda que pudiera tener de que Denise Zimmermann estaba loca de atar.

Iba a reconstruir para la Policía cómo llegaron a las manos la chica y ella cuando Denise Zimmermann tocó el timbre. Diría que entraron forcejeando hasta el piso de la planta baja en una lucha a vida o muerte, en la que ella trató con todas sus fuerzas de quitarle el revólver, que se disparó por accidente.

Iba a llorar un poco, diciendo con labios temblorosos que era lo peor que le había sucedido en su vida.

Pero la Policía no apareció.

Anneli rio y sacó la pistola de Denise de su escondite provisional. Iba a dejarla donde estaba, luego iría a Stenløse y enviaría también a Jazmine al otro mundo.

Miró un rato el revólver con el silenciador improvisado en la mano de Denise.

Ambas armas de fuego se habían empleado para matar, no tenía la menor duda. La cuestión era si podía aprovecharse algo de eso.

Se sintió a gusto llevando la idea hasta el final. ¿No era acaso el mejor de todos sus movimientos y planes? Sí que lo era.

Cuando apareció el primer panel que indicaba el camino a Stenløse, Anneli casi temblaba por dentro. Se alegraba como un niño ante la perspectiva de ver el rostro de Jazmine cuando le abriera la puerta.

¿Anne-Line Svendsen no estaba muerta?, se imaginó que sería lo primero que cruzaría la mente de aquella niñata. Se quedaría confusa, desconcertada y sorprendida por que Anneli supiera dónde vivían. Y se preguntaría qué había sido de Denise.

Sí, Jazmine iba a darse un buen susto cuando se diera cuenta de que le había llegado la hora.

Después Anneli la obligaría a entrar en la sala y la mataría a quemarropa con el silenciador puesto. Sin más historias, pondría la pistola de Denise en la mano de Jazmine y lo organizaría todo de modo que pareciera que había habido una pelea entre Jazmine y Denise cuyo resultado fue la muerte de Jazmine. La gente pensaría que la vieja Luger hallada en la mano de Jazmine no pudo defenderla. Y después descubrirían que era precisamente aquella pistola la que había matado a Birna.

Después era solo cuestión de ir en busca del cadáver de Denise, colocarlo en el asiento de copiloto del Ford Ka y llevarlo al parque de Bernstorff. Colocaría el revólver con silenciador en la mano de Denise, para que pareciera un suicidio, *et voilà*, habría matado a muchos pájaros de un tiro. La Policía encontraría a Jazmine en algún momento, y comprobaría que el revólver que la había matado era el mismo con el que se había suicidado Denise.

El círculo se cerraba, era sencillamente genial.

Anneli no pudo reprimir una risa demencial, porque era perfecto. Y, pensándolo bien, tal vez pudiera incluso relacionar a Denise con los asesinatos del conductor fugado. La Policía descubriría asimismo que Michelle también había vivido en el piso, y de ahí podrían elaborar unas teorías interesantes. Si conseguía todo eso, saldría bien parada. Podría, con la conciencia tranquila, hacer un descanso en los asesinatos y concentrarse en sus tratamientos y en procurar curarse. Un año o dos sin asesinatos, y luego podría retomar su misión sin prisas. Mientras tanto, tendría que contentarse con inventar nuevos métodos para matar. Leería libros sobre cómo hacerlo con veneno, fuego, electricidad y agua, toda clase de accidentes que no pudieran conectarse entre sí ni con los asesinatos del conductor fugado.

Encendió la radio del coche: una sensación de euforia tal debía estar acompañada de música. Solo faltaban unas velas y una copa de vino tinto para que fuera perfecto, pero cada cosa a su tiempo. Cuando todo hubiera terminado, algo más tarde, tendría que volver rápido a casa para preparar el escenario entrañable, poner las piernas sobre la mesita y ver una serie. Decían que *True Detective* era muy buena.

Entró en el aparcamiento de Sandalsparken con las últimas estrofas de *Viva la vida* de Coldplay, ¡qué ironía! Y aparcó en el

mismo sitio que la última vez, más dispuesta que nunca a acometer aquel penúltimo acto de la emocionante obra de teatro
sobre la vida y la muerte que había puesto en marcha unas semanas antes.

Justo cuando iba a salir del coche, un vehículo de aspecto
bastante oficial con la luz azul del techo apagada se metió en la
plaza de delante y aparcó tan cerca que Anneli pudo ver con
claridad que aquella singular pareja no estaba de fiesta.

Proclamaban a gritos que eran policías.

Los siguió con la vista hasta el piso que había a la izquierda
del de Jazmine y Denise.

Tengo que hacerme invisible mientras estén aquí, pensó, y
se deslizó a una postura más cómoda.

—Tonterías. La paciencia es buena consejera —citó para sí
mientras empezaban las noticias en Radio 24/7, la primera de
las cuales era que se buscaba a una tal Denise Frank Zimmermann como testigo de un asesinato. Decían que cualquiera que
tuviera información sobre su paradero debía comunicárselo a la
Policía—. Pues tendréis que mirar mañana temprano en el parque de Bernstorff —dijo para sí con una risa sofocada.

45

Lunes 30 de mayo de 2016

–¿Cuál de las hermanas va a estar para recibirnos?

Assad bajó las piernas del salpicadero mientras Carl aparcaba y le enseñaba una llave.

–Ninguna. Pero tengo la llave que Vicky le dio a Gordon. Si Rose no quiere abrirnos, podemos usarla.

La verdad era que aquello le producía una extraña sensación.

–Sí que estoy algo nervioso por lo que pueda decir Rose cuando aparezcamos sin avisar –explicó Carl. Porque no solo era Rose, toda la situación era muy delicada y especial; pero Rose era su compañera, y, además, muy mujer. ¿Por qué tenía que haber tantos problemas con ellas? ¿Cuántas veces había tenido que reconocer que, en general, no comprendía a las mujeres? Puede que las chicas liberadas del norte de Jutlandia, que tanto lo marcaron en su juventud, le hicieran creer que todas las mujeres eran igual de liberadas que ellas. Hardy le aconsejó un par de veces que buscara un *coach* o un grupo de hombres que pudieran ayudarle a entender mejor el sexo opuesto. Tal vez fuera una idea que mereciera la pena tener en cuenta. Lo que pasaba era que nunca se convertía en realidad.

–Ya sé, Carl, yo también estoy nervioso –confesó Assad–. He estado muy triste desde que oí sus gritos en el teléfono.

Tocaron varias veces el timbre, pero no hubo ninguna señal de vida.

–¿Estará dormida? –preguntó Assad–. Es posible que esté tomando medicamentos; en esos casos puedes abstraerte del mundo.

–Bueno. Y ahora ¿qué? –gimió Carl. Prefería enfrentarse a dos macarras drogados y furiosos cuchillo en mano, porque con aquellos ya sabías a qué atenerte. Pero ¿quién podía saber el riesgo que corrían entrando sin más?–. Si al menos supiéramos que está dentro. Imagina que...

–¿Imaginar, qué?

–Nada, Assad. Llama a la puerta con fuerza, puede que el timbre no se oiga en toda la casa.

–Bueno, podríamos preguntarle a ella si la ha visto –propuso Assad después de dar varios golpes en la puerta.

–¿A quién? –preguntó Carl, y miró alrededor.

–A la que ha mirado tras las cortinas del piso de al lado, el de Zimmermann.

–¿En el piso de Zimmermann? Yo no he visto a nadie. ¿Estás seguro?

–Bueno, creo que sí. Mira, ahora la cortina está movida.

–Pues vamos –ordenó Carl.

Tocó el timbre de la casa vecina, pero no sucedió nada.

–¿Estás seguro, Assad? Pero ¿quién iba a haber dentro? Ostras, Rigmor Zimmermann no ha resucitado.

Assad se alzó de hombros y golpeó la puerta con fuerza; y, cuando tampoco aquello tuvo ningún efecto, se arrodilló en el felpudo y gritó fuerte por la rendija del correo:

–¡Te hemos visto! ¡solo queremos hacerte un par de preguntas!

Carl sonrió. El felpudo, con sus adornos, le hizo pensar que Assad estaba en la alfombra de orar y rezaba por la rendija.

–¿Ves a alguien dentro? –preguntó Carl.

–No. La entrada está vacía.

Carl se inclinó hacia delante y miró por la rendija de la cortina de la cocina. No se veía gran cosa, solo unos platos sucios y unos cubiertos sin recoger. Claro que Rigmor Zimmermann tampoco podía saber que nunca iba a volver a casa a fregar los platos.

Entonces tamborileó con las uñas en el cristal, y Assad gritó otro par de veces que querían hablar con la persona que había mirado tras la cortina.

–Me temo que has visto mal, Assad –indicó Carl tras varios golpes y timbrazos en vano–. Si hubiéramos andado despiertos, habríamos recordado traer la llave que nos dio Birgit.

–Tengo una pistola ganzúa en el coche, Carl.

Carl sacudió la cabeza.

—Eso se lo dejaremos a los compañeros de Homicidios. De todas maneras, tienen que regresar al piso a revisarlo una vez más. Vamos a entrar en el piso de Rose para ver si está dentro.

Assad sacó la llave, pero, cuando iba a introducirla, la puerta se abrió sola.

Mal asunto, pensó Carl.

Assad parecía un gran signo de interrogación. Abrió la puerta con cuidado y gritó un par de veces el nombre de Rose, para que no se asustara de verlos allí.

Pero un silencio sepulcral le respondió.

—Vaya, vaya, no cabe duda de que ha estado aquí, Carl —informó Assad. Parecía conmocionado, y no le faltaba razón para ello. Todo lo que podía haber estado en las estanterías, muebles y alféizares había aterrizado en el suelo. El sofá estaba cubierto de tierra de tiestos, había tazas y platos destrozados por todas partes y varias sillas rotas contra el suelo. Un auténtico caos.

—¡ROSE! —gritó Assad mientras husmeaba en las habitaciones contiguas. Unos segundos más tarde tuvo que reconocer—: Aquí no está. Pero ven al cuarto de baño, Carl.

Carl arrancó la mirada del ordenador portátil de la mesa y salió.

—¡Mira! —Assad señaló desesperado un cubo lleno de esparadrapo, envases, cajas de tampax, bastoncillos de algodón y diversas medicinas.

—Uf, tiene mala pinta, Assad.

—¿Era a lo que te referías antes? —Assad dio un suspiro—. ¿Que tal vez se haya suicidado?

Carl no supo responder, apretó los labios y volvió a la sala. Tampoco él lo sabía.

Olisqueó el jarrón de encima de la mesa. Había contenido licor, una mezcla difícil de identificar. Luego observó de nuevo la pantalla del portátil de Rose.

—Mira esto, Assad. Rose ha entrado en la página web de la Policía, y en nuestra intranet.

Señaló la maltrecha pantalla.

—No hay duda de que se ha interesado por el caso Zimmermann, de modo que está informada. Me temo que eso puede haberla trastornado.

Abrió una por una las pestañas de sus últimas búsquedas.

—Estas búsquedas son muy superficiales. Es como si hubiera querido conocer las líneas generales del asesinato —comentó.

—Eso está bien, Carl. Entonces, no creo que fuera ella quien mató a Rigmor Zimmermann —dijo Assad en voz baja.

Carl lo miró sin comprender. ¿A qué se refería?

—No porque pudiera tener razones para creerlo; claro que también era casualidad que fuera su vecina, ¿no?

—Joder, Assad, no debes pensar esas cosas, ¿vale?

El testa rizada proyectó el labio inferior. Ya lo sabía.

—Por desgracia, también he encontrado esto en el baño.

Depositó una maquinilla de afeitar sobre la chaqueta que había en la mesa.

—Le falta la cuchilla. La han sacado.

Carl sintió una punzada en el corazón. No podía ser.

La examinó y luego la dejó caer sobre la chaqueta. Se oyó un ligero clic cuando aterrizó.

Carl se sorprendió, asió la chaqueta y la levantó de la mesa.

Allí estaban el móvil de Rose y muchas otras cosas que los dejaron de piedra. Una cesta de plástico con medicamentos que podrían mezclarse para hacer un cóctel mortal, la cuchilla de la maquinilla y, lo más siniestro: una carta escrita por Rose.

—Oh, no —susurró Assad, tras lo que rezó una breve oración en árabe.

Carl tuvo que obligarse a leerle la carta a Assad. «Queridass hermanas: mi maldición no tiene fin, así que no desesperéis por mi muerte», decían las primeras líneas. Apenas respiró mientras leía el resto.

Se miraron un minuto sin decir nada. ¿Qué podían decir?

—Lleva fecha del veintiséis de mayo, Carl. —Por fin Assad rompió el silencio. Carl nunca lo había oído hablar con tan poca energía—. Eso fue el jueves, el mismo día que se marchó del hospital, no creo que haya vuelto desde entonces.

Dio un suspiro.

—Puede estar muerta en cualquier sitio, Carl. Y puede que lleve varios d... —No pudo terminar la frase.

Carl miró alrededor. Era como si hubiera querido reflejar la ruina de su mente con aquellos destrozos. Como si hubiera querido enseñar al mundo que no había nada por lo que sentir pena, nada de lo que extrañarse.

—Era lista y astuta, Carl, no creo que la encontremos nunca.

Sus patas de gallo se habían tensado, le temblaban las cejas, al igual que los labios.

Carl le puso la mano en el hombro.

—Es muy triste, Assad. Muy, muy triste, amigo mío.

Assad giró el rostro hacia él. Su mirada era de una suavidad infinita, casi de agradecimiento. Movió la cabeza arriba y abajo, y tomó la carta para leerla de cerca.

—Hay un papel debajo, Assad —constató Carl. Lo tomó en las manos y lo leyó en voz alta:

Stenløse, jueves 26/5/2016
Mediante la presente, dono mi cadáver y órganos para trasplantes e investigación científica. Un cordial saludo, Rose Knudsen.

—No lo entiendo, Assad. ¿Por qué había de desaparecer para suicidarse si deseaba donar sus órganos y su cuerpo para fines médicos?

Assad sacudió la cabeza. Se miraron, mientras la actividad cerebral intentaba acelerarse.

—Si alguien quiere donar sus órganos, no los envenena con medicamentos mortíferos, y desde luego que no se esconde del mundo. Entonces, ¿qué significa esto? —Agitó el papel con la mano.

Assad se hurgó el pelo, como si eso fuera a ayudarle a razonar.

—No lo entiendo. Tal vez se haya arrepentido por el camino y lo haya hecho en otra parte.

—¿Eso te parece lógico? ¿Qué haces si quieres suicidarte, pero también quieres donar tus órganos para ayudar a otros? Te ocupas de que te encuentren enseguida, y eso es lo que quiero suponer. Pero entonces ¿dónde está? ¿Y por qué no se ha llevado el móvil para poder decir dónde estaba? No tiene ninguna, pero que ninguna lógica.

Carl tomó el móvil y apretó el botón de encendido. La batería estaba muerta de verdad, tal como había hecho creer a Lars Bjørn.

—Ya me gustaría conocer su contenido. ¿Tendrá un cargador en algún lado?

Miraron entre aquel caos. Era imposible, algo comparable de verdad a buscar la famosa aguja en el pajar.

—Tiene un cargador en el despacho, Carl.

Carl asintió. Allí no podían hacer mucho más.

—Han estado en casa de Rose, ¿verdad? ¿Está bien? —preguntó una mujer del pasillo exterior cuando cerraron con llave y salieron.

—¿Y usted quién es, ya que pregunta? —quiso saber Carl.

La mujer le dio la mano.

—Me llamo Sanne y vivo al fondo del pasillo.

Señaló dónde vivía.

—¿Se conocen?

—Bueno, no mucho, pero nos saludamos, y la vi el otro día, cuando le dije que Zimmermann había muerto. ¿Está enferma? Creo que llevaba algún tiempo fuera, parecía cambiada.

—¿Cuándo fue eso?

—El jueves. El día que Kevin Magnussen destrozó su bólido Renault contra un muro. Me encanta la Fórmula 1, sobre todo Kevin, y acababa de enterarme cuando me encontré con Rose, lo recuerdo bien.

—Rose no está en casa. ¿Tiene alguna idea de dónde podemos encontrarla?

La mujer sacudió la cabeza.

—No. Que yo sepa, no tenía trato con el resto de inquilinos, aparte de Rigmor. Además, he pasado el fin de semana fuera. —Señaló una maleta con ruedas—. He estado visitando a la familia.

Sonrió, y pareció esperar que le preguntaran por el motivo, pero la cosa no llegó a tanto.

—¿No vamos a emitir una orden de búsqueda? —preguntó Assad camino del coche.

—Sí, deberíamos hacerlo. Pero...

Vaciló un momento. Al igual que Assad, estaba afectado por el hallazgo de la carta de despedida de Rose y el documento de donación de órganos. Pese a que, gracias al cielo, parecía haber cambiado de opinión, nunca podía saberse cómo actuaría una enferma mental, y Rose lo era. Quisieran reconocerlo o no. Carl miró a Assad con seriedad.

—Pero si lo hacemos, va a saberse todo lo de Rose, y la verdad es que podría estar en algún hotel tratando de reponerse. Arruinaríamos su carrera.

—¿Tú crees? —Assad sonó sorprendido.

—Sin duda. Va a costarle mucho reincorporarse a su antiguo trabajo si sus secretos salen a la luz. Bjørn jamás lo aceptaría, con lo que le gusta cumplir las normas.

—No me refería a eso, Carl. ¿Crees que podría existir la posibilidad de que esté en algún lugar tratando de encontrarse a sí misma? Porque si es el caso, Carl, puede que siga con la idea de suicidarse. Creo que debemos emitir esa orden de búsqueda.

Assad tenía razón, pero era un dilema repulsivo, de modo que Carl dio un profundo suspiro al pasar entre los automóviles aparcados, donde una mujer dormía en su pequeño Ford Ka un par de coches más allá.

Ojalá pudiera cambiarse por ella, pensó.

46

Jazmine no sabía qué hacer. Denise llevaba horas fuera sin dar noticias. ¿Qué carajo hacía, que no llamaba? ¿Y qué pensaba Denise que debía hacer ella? Le había prohibido telefonearla, porque eso podría delatarla si estaba escondida. Pero ¿qué iba a hacer? La mujer del baño se quejaba, tenía la piel de un color feo, manchas rojas en los muslos y los dedos amoratados.

A decir verdad, tenía miedo de que, si intentaba darle agua, pudiera ahogarse, de lo débil que parecía.

Jazmine no quería pensar en ello, ya que, si la mujer moría, iban a ser culpables de doble asesinato. Les caería cadena perpetua, lo que significaba que la vida habría terminado para ellas. Porque ¿qué haría cuando la soltaran con cuarenta y cinco años, sin estudios y con antecedentes penales que nada podría borrar? ¿Sería capaz de ahorrar en la cárcel para, por ejemplo, un billete al otro extremo del globo o algo por el estilo? ¿Podría dedicarse a algo que no fuera la prostitución? Desde luego que no quería eso, pero entonces ¿qué? Si Denise no volvía al cabo de una o dos horas, se escaparía de allí. Se llevaría todo el dinero y se largaría al quinto coño. Denise se lo había buscado.

Juntó el dinero y lo metió en una bolsa de lona de las que las señoras mayores creían que eran guays treinta años antes. Nadie sospecharía que pudiera contener otra cosa que trastos inútiles. Luego tomaría el tren suburbano hasta la Estación Central y después el autobús para Vejle. Había uno a las diez, tenía tiempo de sobra.

Una vez en Jutlandia, había muchas más posibilidades para seguir hacia el sur sin que la descubrieran, y el sur era su destino. Fuera del país, muy lejos. Para desaparecer y no regresar nunca. Un billete a Berlín con la compañía de autobuses Abildskou solo costaba ciento cincuenta coronas, y desde ahí podía volar a cualquier rincón del mundo. En aquel momento la tentaba Italia, más que nada. Allí había montones de hombres guapos a quienes les gustaban las chicas como ella, y los nombres de lugares como Cerdeña y Sicilia le sonaban muy prometedores.

La mujer seguía gimiendo en el baño, pero se la oía cada vez más débil.

Los ojos de Jazmine se dirigían a todas partes, como si buscara en la sala algo que desviara su atención de lo que sucedía en el cuarto de baño.

–Le doy, no le doy... –dijo en voz baja para sí varias veces, y después fue a la cocina en busca de un vaso de agua. Iba a ser la última ración, luego que decidiera el destino.

Acababa de inclinarse sobre el fregadero para llenar el vaso cuando alguien llamó a la puerta de la vecina.

Apartó un poco la cortina de la cocina, pero retrocedió al instante cuando un hombre moreno miró en su dirección desde el pasillo exterior.

Contuvo la respiración y se refugió en el rincón del frigorífico. ¿Me habrá visto?, pensó, y se quedó allí. Luego pasó una sombra junto a la cortina. Oía bastante bien lo que decían. Su corazón casi dejó de latir, del miedo que tenía. Eran dos voces de hombre, una decía que no había visto nada. Luego sonó el timbre.

La mujer del baño gimió otra vez, de forma muy débil, pero Jazmine lo oía. ¿Lo oirían también desde fuera?

Los hombres del pasillo conversaban.

Se asustó y se estremeció cuando de pronto golpearon la puerta con fuerza y uno de los hombres gritó por la rendija del correo que la había visto. Decía a voces que quería hacerle unas preguntas, pero Jazmine no estaba para que le preguntaran por nada, de manera que no respondió.

¡Largaos!, gritó en su interior cuando el otro hombre preguntó si se veía algo por la rendija del correo. Menos mal que no se había acercado a la entrada, porque entonces todo habría acabado para ella.

Pareció que la sombra tras la cortina se movía otra vez, como si alguien intentara mirar en la cocina, y se oyeron unos golpes contra el cristal. Jazmine miró la mesa de la cocina, que estaba frente a la ventana. Había unos platos sucios y vasos con cubiertos. ¿Qué podía el hombre deducir de eso?

—Me temo que has visto mal, Assad —le oyó decir a uno cuando el otro dejó de golpear el cristal. Lo dijo con gran claridad, y también dijo que deberían haber llevado la llave del piso, y el otro respondió que tenía una pistola ganzúa en el coche.

Jazmine estuvo a punto de desplomarse. Si iban a por la pistola ganzúa, su vida había terminado. La mujer del cuarto de baño debía de seguir viva, pero aun así. Jazmine se había visto rodeada de colores cálidos y de hombres apasionados de pelo negro, pero no fue más que una ilusión. Aquello iba a ser duro.

Luego el primer hombre dijo que se lo dejarían a sus compañeros de Homicidios, y después las voces se fueron apagando. Jazmine creyó oír que entraban en el piso de al lado. Sí, ahora se oían sus voces tenues al otro lado de la pared. Eso significaba que se había librado, aunque por poco tiempo. Uno de ellos había dado a entender que irían los de Homicidios. Pero ¿qué sabían en realidad? ¿Tenía que ver con Denise? ¿Y ella por qué no llamaba? Era para volverse loca. Porque era muy simple. Denise solo tenía que presionar a Anne-Line y, si era necesario, hacer con ella lo que habían hecho con la mujer del baño. Mantenerla presa hasta que entregara sus ganancias de la lotería. Pero bien podía telefonear, ¿por qué no lo hacía?

La muy estúpida se lo había buscado, porque Jazmine no podía quedarse allí. Si se llevaba todo el dinero del robo, Denise podría quedarse con el dinero de Anne-Line Svendsen, no le importaba. Al fin y al cabo, se suponía que iban a repartírselo todo cuando regresara Denise.

Arrugó la frente y volvió a reflexionar. ¿Qué significaba que acudieran los de Homicidios? ¿Habría pasado algo en casa de Anne-Line? ¿Era por eso?

Habían acordado que, si Denise no aparecía, Jazmine debía llamar a la Policía y delatar a Anne-Line Svendsen, pero ¿se atrevería? Podrían rastrear su llamada, era facilísimo con un móvil. Puede que Denise no hubiera pensado en ello.

Tal como se iban desarrollando los acontecimientos, a Jazmine le daba igual, siempre que la culpa no recayera en ella. ¿No había hecho acaso lo que debía hacer? ¿No lo había organizado de forma que tuvieran los pasaportes con nuevos nombres para recoger, camino de la estación de autobuses? Por desgracia, Denise no iba a poder recoger el suyo.

La mujer del baño gimió de nuevo.

–Cierra el pico –dijo entre dientes al pasar junto a la puerta del baño. Si aparecía la Policía, que le dieran ellos agua. Apestaba a pis y a mierda, aquello era demasiado para Jazmine.

Tardó cinco minutos en hacer la maleta.

Tras una mirada rápida por la ventana, comprobó que tenía vía libre. Las voces apagadas de los hombres seguían oyéndose al otro lado de la pared, de manera que debía actuar con rapidez.

Se echó al hombro la bolsa de lona con el dinero, asió la maleta y entreabrió otra vez la cortina de la cocina.

Miró hacia el aparcamiento, por si acaso. Al parecer, no había más policías esperando abajo, porque solo se veía un coche con la luz azul en el techo; el resto eran coches normales. No la iban a llevar de paseo en coches así cuando estuviera en Italia. Sonrió para sí. Iban a ser descapotables tapizados de cuero blanco. Era lo que siempre había deseado.

Entonces se abrió de pronto la puerta del piso de la vecina, y los dos hombres la cerraron y mantuvieron un breve diálogo con una mujer que había fuera.

Espera a que se hayan ido, Jazmine, y tendrás vía libre, pensó mientras seguía con la vista sus movimientos.

Se oyeron unos gemidos ahogados procedentes del cuarto de baño, como si la tal Rose se hubiera echado a llorar. Era una pena por ella, por supuesto, pero ¿qué podía hacer? Quizá Denise la matara cuando volviera y viese que Jazmine había huido. Se imaginaba cómo iba a tomárselo cuando se diera cuenta de que no había ningún pasaporte falso esperándola y de que la mujer del baño era muy peligrosa, porque sabía demasiado.

Pero sería una decisión de Denise, no suya.

Vio que el coche de la Policía se alejaba. Corrió la cortina a un lado, para estar segura de que se iba de verdad.

Entonces se fijó en que una figura se movía en un pequeño coche cerca de donde había estado el de la Policía. Y cuando se quitó las gafas de sol y levantó la mirada hacia ella, Jazmine se quedó helada.

¡Era Anne-Line, la asistenta social! Pero entonces ¿dónde estaba Denise?

Jazmine notó que la acidez le subía por el esófago. ¿Qué iba a hacer ahora?

La mujer del coche miró directo hacia ella, y su mirada era elocuente. Anne-Line Svendsen no tenía miedo. Estaba viva, luego Denise no podía haber cumplido su propósito. Pero entonces ¿dónde estaba? Jazmine tuvo un mal presentimiento y le entró el pánico.

Tenía que largarse y solo había un camino, aparte de salir por el portal: saltar por el balcón de atrás.

Entró corriendo al dormitorio y sacó todas las sábanas del armario ropero.

Ató un par de ellas y confió en que bastaran para llegar hasta el suelo, luego corrió a la sala, ató la sábana a un picaporte, deslizó la ventana del balcón, dejó que la sábana y la maleta llegaran al suelo, se echó la bolsa al hombro y empezó a descender.

Los dedos le escocían, pero Jazmine nunca había presumido de tener músculos fuertes. ¿Para qué los quería?

Mientras bajaba, miró alrededor. Había vía libre, el jardín estaba desierto y menos mal que parecía no haber nadie en el piso inferior. Luego se dio cuenta de que la maleta se había abierto en la caída y la ropa había quedado desperdigada a diestro y siniestro.

No voy a tener tiempo de recogerla, gimoteó para sí cuando se encontró en el suelo y echó a correr.

Atravesó el complejo y comprobó con alivio que la acera que llevaba a la estación del suburbano estaba despejada. Entonces supo que estaba segura.

Vio que la hierba del borde de la calzada estaba arrancada.

Aquí debieron de matar a Michelle, alcanzó a pensar antes de oír un coche que aceleraba a su espalda.

47

Lunes 30 de mayo de 2016

—¡Venga, Rose, soy Vicky! Ya puedes salir, padre ha ido a trabajar, esta semana tiene turno de noche.

Sus dedos temblorosos se dirigieron a la llave de la puerta de su dormitorio, pero no la agarró. ¿Estaba de turno de noche? ¿Ya era jueves? ¿Y quién gritaba allá fuera?

Por la voz parecía Vicky, aunque no era cierto: era ella misma. Pero entonces ¿por qué hacía creer la de fuera que era Rose? ¿Quién podía tener ganas de ser Rose? Nadie la apreciaba; pero Vicky... era otra cosa.

Cuando pueda salir, me pondré una camisa, pensó. Hoy va a ser una camisa de leñador a cuadros amarillos y negros, bien abierta para enseñar el canalillo. Emitió una risa ahogada. La iban a mirar con los ojos como platos.

Pero me limitaré a sonreír cuando miren, y diré que mi plan es casarme con ese actor famoso. En este momento no recuerdo su nombre, pero tampoco importa. Él sabe bien que soy yo quien será suya. Ya lo creo que lo sabe.

Dicen que Vicky es muy guapa, así que también yo soy guapa. Rose es solo Rose, es una pena, no puede hacer nada al respecto, ella es así. Padre lo ha dicho muchas veces y tiene razón. Por eso estoy contenta de no ser ella.

¿Quién puede desear ser ella? Por cierto, ¿lo he dicho antes? Bueno, pues yo, desde luego, no. Y padre está de turno de noche, así que voy a salir a bailar. Menos mal que no pueden inmiscuirse en eso. Nadie.

Entonces volvió a sentir la cercana y penetrante sensación en el esófago. No sabía si respondía a lo que estaba pensando, esperaba que no, porque todo iba bien en aquel momento.

Hacía tan solo un segundo no le dolía nada, pero ahora el dolor estaba de vuelta.

¡Ay, otra vez el reflujo! ¿Cómo puedo evitarlo?

¡Ay, ay, ay!

Abrió los ojos. Cuanto la rodeaba estaba velado. Tenía los ojos secos, y le dolía todo el cuerpo. ¿O no? ¿No era solo el esófago lo que le escocía? ¿Y la lengua?

Un poco lejos se oía una voz de mujer maldiciendo. ¿Era la realidad o no era más que otro sueño?

¿Estoy volviendo a encerrarme en mí misma? Lo había hecho muchas veces durante muchas horas. Había perdido la noción del tiempo, solo sabía de forma superficial dónde se encontraba.

Lo principal era que estaba atada y que le escocían el vientre y el esófago, y apenas sentía el resto de su cuerpo. Por lo que recordaba, llevaba al menos veinticuatro horas sin sentir las manos ni las piernas. ¿O era más?

La mujer de allí fuera habló otra vez, parecía muy cabreada. Juraba y maldecía a la tal Denise. Pero entonces aquello era la realidad, y si era así, esperaba permanecer en ella. Cuando desaparecía del mundo real, veía a su padre tendido en el suelo con la carne y los huesos aplastados y luciendo una amplia sonrisa. Aquella mirada fija, que la marcaba y jamás palidecía, sino que lucía con mayor intensidad cada vez que caía en el sopor. Sus hermanas acudían siempre en su ayuda, ya lo sabía. De pronto estaban en su interior y ella en el interior de ellas, y entonces lograba la paz. Y lo único que buscaba era paz. Bajo la apariencia de lo que fuera.

—¿Dónde coño se ha metido? —se oyó otra vez desde la sala.

¿Cómo se llamaba la que estaba hablando? ¿Era Michelle? No, esa era la que decían que estaba muerta. ¿O era quizá algo que había soñado?

—Mmmm —gruñó tras la cinta americana, para dar a entender que tenía sed; pero la voz de mujer dominaba la suya y seguía su curso. Tampoco era la que solía darle de beber con la pajita, tanto como eso ya podía recordar. Puede que lo hiciera una sola vez, eso fue todo.

El estómago se le contrajo en espasmos, de modo que todavía era capaz de reaccionar. Al instante sintió de nuevo escozor en el esófago. Todo parecía estar relacionado.

Entonces abrió mucho los ojos. Fue la última oleada de reflujo la que la sacó por fin del sopor.

Miró alrededor. La luz del sol había perdido su brillo en la entrada. ¿Eso significaba que era por la mañana temprano o el atardecer? Era difícil acertar, porque en aquella estación había luz la mayor parte del día. El verano estaba a la vuelta de la esquina y los ojos de la gente se fundían en una sola mirada y el cuerpo se ponía a bailar por dentro. Lo había experimentado una vez en la realidad, y estaba contenta de ello. Se hablaba a menudo del enamoramiento como algo que podía surgir sin más, y eso una y otra vez. Rose no lo vivió así, pero el baile interior ya lo había probado, aunque su padre se había encargado de destrozarlo.

La mujer de fuera volvió a hablar, casi a gritos.

Rose frunció el ceño. No, no era cierto, no era una mujer la que gritaba. Miró por la puerta entreabierta. Allí no había nada, pero aun así había una voz que llenaba toda la entrada. La voz era grave, mucho más grave que la de la mujer, y Rose la conocía. Era la voz de Assad, ¿no? ¿Y por qué la oía de repente? ¿Por qué gritaba que ya sabía que había alguien dentro y que solo quería hacer unas preguntas?

¿Estaba soñando, o Assad quería decirle de verdad que sabía que estaba dentro? ¿Y quería hacerle unas preguntas? ¿Por qué no entraba a preguntar? Respondería con gusto a Assad, al fin y al cabo era su amigo.

—Mmmm —gruñó de nuevo; esta vez significaba que pedía a Assad que se acercara. Que entrara al baño y le despegara la cinta de la boca, para que pudiera escupir el reflujo y responder a sus preguntas. Lo haría con muchísimo gusto.

Ven a preguntarme algo, Assad, pensó, mientras sus ojos secos se humedecían un poco y su pecho provocaba una especie de llanto dentro de ella. Fue una buena sensación.

Ahora oía también otra voz muy lejos, que podría sonar como la de Carl. De hecho, se emocionó al oírla, se emocionó tanto que brotaron lágrimas de verdad. ¿Todo aquello era real? ¿Estaban allí fuera en alguna parte, y sabían que ella estaba dentro?

Entonces, ¿tal vez forzaran su entrada en la casa para verla allí en toda su humillación y, a pesar de todo, la abrazaran?

Ojalá lo hicieran.

Estuvo un buen rato escuchando, tratando de emitir sonidos que fueran más audibles y más comprensibles que aquellos simples gemidos inarticulados. Estaba alerta. Su cuerpo se elevaba de forma inesperada hacia otra realidad, impulsado por la bomba de adrenalina o alguna otra cosa sobre la que no tenía influencia.

Y de repente llegó galopando el dolor desde los hombros y la espalda. Era un flujo violento de reprimidas protestas de articulaciones y músculos. Todos sus nervios despertaron, y Rose gimió en voz alta tras la cinta americana.

La sombra de la mujer se deslizó junto a la puerta del baño. Se movía de manera diferente a la habitual. Parecía febril y tensa.

—Cierra el pico —le dijo entre dientes al pasar a su lado, y unos minutos más tarde oyó ruido procedente de la sala. Fue un clic y varios ruidos sordos, luego se hizo el silencio.

Un silencio absoluto.

48

Lunes 30 de mayo de 2016

Anneli atravesó más fases de agitación, conmoción y reconocimiento durante la última hora que durante toda su vida adulta.

Si hubiera llegado a Sandalsparken solo cinco minutos antes, todo habría terminado ya. La habrían sorprendido en el piso de Denise con las manos en la masa, y la habrían detenido.

Estaba a punto de salir del Ford Ka cuando el coche de policía con los dos agentes se detuvo junto a ella. Anneli se hundió un poco en el asiento, y luego los siguió con la mirada y observó lo que hacían. Primero se colocaron ante la puerta del piso de la vecina, como si fueran a entrar, y después cambiaron de parecer y llamaron a la puerta del piso de las chicas y gritaron algo por la rendija del correo. Después golpearon también el cristal de la ventana. Parecía muy extraño, y al mismo tiempo espantoso.

¿Qué se habían olido? ¿Que las chicas eran culpables de robo y asesinato? Pero ¿cómo podían saberlo? ¿O estaban allí solo para interrogar a alguien? Tal vez hubieran descubierto que Michelle había vivido allí, vete a saber. La chica podría tener encima una factura o un número de teléfono que llevase de forma indirecta al piso. Pero entonces ¿por qué abandonaron su propósito y desaparecieron en el piso de al lado? ¿Qué relación tenía con el resto?

Anneli contuvo el aliento al ver por fin a los hombres abandonar el edificio y pasar a un par de metros de ella. Cuando el más alto giró la cabeza en su dirección y la miró por la ventanilla del coche, creyó que iba a detenerse. Que iba a preguntarle por qué seguía allí. Se hizo la dormida, y el tipo debió de creérselo.

Tras las gafas de sol lo veía todo. También que la cortina de la ventana del piso de las chicas se movió cuando los polis se largaron. Un rostro asomó por la rendija y Anneli se quitó las gafas, pero de todas formas, con aquel ángulo, no pudo reconocer si se trataba en efecto de Jazmine. Aunque apenas quedó un resquicio de duda cuando el cuerpo de la mujer retrocedió de repente, como si hubiera visto algo que la había asustado. Lo más seguro era que no la viera a aquella distancia, pero Jazmine sabía que Anneli tenía un Ford Ka, ella misma se lo había dicho.

Anneli sopesó la situación. Jazmine no había querido abrir la puerta a los policías, pero ¿tan fácil era engañarlos? ¿No habrían ido a por refuerzos?

La sensación de que el tiempo apremiaba la hizo salir del coche a toda velocidad. La Providencia le había ayudado muchas veces, y no iba a empezar a enfrentarse a ella ahora.

Habría subido directa desde el portal hasta el pasillo exterior, pero había una mujer recogiendo el correo y ¿cómo saber si iba a subir o a salir? Si subía al pasillo, Anneli tendría que esperar a tener vía libre.

Por eso, hizo como si fuera a atravesar el portal y salir por la puerta trasera, que llevaba a la zona ajardinada entre los dos edificios.

Nada más salir, vio una maleta abierta con su contenido esparcido sobre la hierba. Anneli saltó al césped y dirigió la mirada hacia el piso de las chicas; no le extrañó ver un par de sábanas atadas colgando del balcón.

Miró a ambos lados, y allí, a la izquierda del extremo del edificio, una delgada figura femenina corría con todas sus fuerzas.

Era Jazmine, sin duda. Misma ropa y mismos movimientos. Todo coincidía. Anneli maldijo la imprudencia que acababa de cometer y volvió al coche corriendo todo lo que le permitía su cuerpo en baja forma.

Va hacia la estación del suburbano, pensó, y recordó cómo era el camino, porque fue en aquel tramo donde atropelló y mató a Michelle.

La vio unos cientos de metros por delante, casi en el mismo lugar donde Michelle perdió la vida, pero esta vez la acera no estaba desierta como entonces. Salía de la estación un grupo de chicos ruidosos que se habían anticipado al ambiente veraniego con las chaquetas ondeando en el aire y una lata de cerveza en la mano, lo que hacía imposible el atropello.

416

Pero no era eso lo que deseaba.

Buscó la pistola de Denise en el bolso y, cuando la encontró, aceleró. Ante ella, los estudiantes empezaron a empujarse unos a otros. De pronto echaron a correr sobre el césped mientras pateaban un par de latas de cerveza.

Anneli pasó junto a Jazmine el segundo siguiente y frenó en seco diez metros delante de ella. Se lanzó al asiento del copiloto y abrió la puerta de par en par.

La mirada de Jazmine se apagó en cuanto vio la pistola de Denise apuntándola.

—Tenemos que hablar, Jazmine —dijo Anneli mientras ponía los pies en el borde de la acera—. Tengo a Denise en casa. Como puedes ver, le he quitado la pistola. Y ahora quiero saber con todo lujo de detalles qué es lo que habéis tramado.

Con un gesto de cabeza hizo que Jazmine se acercara.

—¡Entra! —ordenó.

Jazmine se transformó en una chica diferente a la odiosa niñata que no hacía mucho la había puesto a parir en la sala de espera y la había llamado cerda y bruja fea y ridícula. Sí, muy diferente a la que la había desafiado en su propia oficina.

—No te he hecho nada —se disculpó la chica en voz baja, mientras Anneli daba media vuelta y regresaba al aparcamiento.

—Ya lo sé, Jazmine; pero ahora vamos a volver al piso y a recoger tu maleta. Después subimos a tomar una taza de té y hablamos de esto antes de ir a donde Denise, ¿de acuerdo?

Jazmine sacudió la cabeza.

—No quiero volver al piso.

—Bueno, he decidido que sí, y me da igual lo que quieras.

—Yo no he hecho nada, fue Denise —cuchicheó sin motivo aparente. Anneli no sabía muy bien a qué se refería, pero tampoco le importaba.

—Por supuesto que fue Denise, Jazmine —respondió, diplomática—. Soy vuestra asistenta social, por eso sé distinguiros a una de la otra.

La chica iba a decir algo, pero se contuvo, y a Anneli le importaba un bledo. Al fin y al cabo, dentro de diez minutos el mundo se habría librado de ella.

Jazmine se detuvo en el pasillo exterior, unos metros antes de la puerta.

—No sé cómo vamos a entrar —dijo, contundente—. He saltado por el balcón, y la puerta está cerrada por dentro con llave.

Anneli entornó los ojos. ¿Le estaba tomando el pelo?

—Tendremos que ir a otro sitio. ¿No podemos ir a tu casa?

¿Estaba ganando tiempo, o era verdad? Anneli ya había visto que la llave no estaba en la maleta cuando recogieron su contenido esparcido sobre el césped.

—Vacía los bolsillos —la conminó, y Jazmine obedeció la orden. Un par de billetes de cien y un condón, eso era todo. Luego Anneli quiso ver el contenido de la bolsa de lona que llevaba al hombro, pero esta no la dejó y la miró con dureza mientras le decía entre dientes que no tenía la puta llave y que por qué no la creía.

Anneli la creía porque era lógico, ya había visto las sábanas colgando en la parte trasera. El problema era que, en aquel momento y por una vez, no tenía ni idea de cuál iba a ser el siguiente paso. Todo su plan con el asesinato y el suicidio de las chicas se iría al garete si la muerte de Jazmine no se producía detrás de aquella puerta. Todo lo demás no valdría de nada.

Entonces su mirada se posó en el pasillo exterior, comprobó su aspecto desnudo. No había plantas flanqueando las puertas ni a lo largo de la barandilla; de hecho, no había adorno alguno en ningún sitio, solo aquel felpudo frente a la puerta de las chicas.

—Retrocede un poco, Jazmine —dijo por intuición, y levantó el felpudo. Allí estaba la llave—. ¿Creías que ibas a engañarme, Jazmine? —preguntó con una sonrisa.

Jazmine parecía perdida. Fue casi como si su sorpresa fuera mayor que la de Anneli.

La empujó dentro del piso y percibió al instante el inconfundible olor a excrementos y orines; pero en las últimas semanas Anneli se había endurecido. El cáncer, la operación, la radioterapia, el proceso de planear los asesinatos y sobre todo de materializarlos…, todo eso había borrado su viejo yo, y nada parecía poder agitarle ni hacerla cambiar el rumbo.

Sin embargo, cuando vio que la puerta del baño estaba abierta y que el hedor procedía de una mujer que estaba sujeta a la taza del retrete entre su propia mierda y pis, se quedó conmocionada.

—¿Quién es? —gimió.

Jazmine se disculpó encogiéndose de hombros.

—No lo sé. Lo hizo Denise. No sé por qué.

Anneli tocó el cuerpo de la mujer, que no reaccionó.

—Está muerta, ¿verdad?

—No lo sé —aseguró Jazmine, y apretó contra sí la bolsa de lona. A Anneli le pareció bastante sospechoso en aquella situación.

—Dámela, Jazmine —dijo, cabreada, y adelantó la mano, pero la chica no la soltó. Entonces Anneli le golpeó con la pistola en el rostro; el efecto fue extraordinario.

Jazmine soltó la bolsa y chilló, mientras se llevaba ambas manos a la cabeza. Su belleza era la última baza que le quedaba. Una cicatriz se lo arrebataría todo.

—Ahora haz lo que te diga, ¿vale? Porque si no, te vuelvo a pegar.

Arrastró la bolsa de lona hacia sí y miró dentro.

—¿Qué? —exclamó. Desde luego, aquel día estaba lleno de sorpresas. Luego preguntó—: ¿Cuánto hay? Si es el dinero del robo, entonces ya sé que es mucho.

Jazmine asintió detrás de las manos. ¿Estaba llorando?

Anneli sacudió la cabeza. Menuda suerte, todo encajaba. Tenía a la chica donde quería, y además tenía el dinero.

Posó la mirada en la flácida figura del baño. ¿Qué efecto podía tener en sus planes que estuviera allí? Si estaba muerta, quedaría como un misterio, pero si no lo estaba podía convertirse en un problema. Como decía uno de sus ex, el más insulso de todos: «La suerte solo existe para que nos sea arrebatada si no la defendemos con todas nuestras fuerzas». Era posible que no anduviera tan descaminado. Desde luego, ya había pasado demasiado tiempo, de modo que tendría que acabar con Jazmine, porque de lo contrario la racha de suerte podría terminarse de pronto.

—Ven al comedor, Jazmine —ordenó, y vio toda la escena en su mente. Después de matar a Jazmine con el revólver, iba a

419

ponerle la pistola de Denise en la mano. El plan era que la Policía dedujera que había habido una pelea entre ambas y que Jazmine no había llegado a disparar con la pistola a Denise porque esta la mató con el revólver con silenciador. El mismo que iba a aparecer junto al cadáver de Denise.

—Siéntate junto a la estantería, Jazmine —dijo, mientras deslizaba la pistola dentro del bolso y sacaba el revólver.

El rostro de Jazmine se ensombreció y sus cejas depiladas se arquearon.

—¿Qué vas a hacer con eso? —preguntó, nerviosa—. ¿No íbamos a hablar? Es lo que has dicho.

—Claro que sí, Jazmine. Y vas a contármelo todo, ¿entendido? ¿Por qué creías que fui yo quien atropelló a Michelle?

Anneli ocultó el revólver bajo la mesa y buscó el silenciador.

—Nos dijo que te había visto antes de que la atropellaras.

Anneli asintió en silencio.

—Pero se equivocó, Jazmine, no era yo.

Aparecieron arrugas en la frente tersa de la chica.

—Y también te vio la vez que...

—¿La vez que qué, Jazmine? Te aseguro que se equivocaba. Debía de ser alguien parecido a mí.

La mirada de Jazmine se dirigió al borde de la mesa y a un lado. Era evidente que se daba cuenta de que pronto iba a suceder algo drástico, y ahora el maldito filtro de aceite no quería encajar en el cañón del revólver.

—¿Qué estás haciendo debajo de la mesa, Anne-Line? —preguntó Jazmine, y sin previo aviso se levantó y asió un objeto con aspecto de maza que había en un estante de madera de teca encima de la cómoda.

Me va a golpear con eso, pensó Anneli, que dejó a la vista el revólver y pasó del silenciador.

—¡QUIETA, Jazmine! —gritó, mientras la chica retiraba una tapa del extremo de la maza, tiraba de una bolita con su cordel y al instante la arrojaba hacia Anneli por encima de la mesa, a la vez que se echaba a un lado y corría a la seguridad de la sala.

Anneli miró horrorizada el objeto, y se arrojó al suelo por instinto mientras Jazmine continuaba hacia la entrada del piso.

Era una granada de mano.

Pero no pasó nada, el trasto no funcionó.

Anneli se levantó y llevó la mano al hombro, que se había golpeado al caer. Oyó que Jazmine trataba de abrir la puerta de entrada.

—¡Ahórrate el esfuerzo, Jazmine! —gritó hacia el pasillo—. He cerrado la puerta con llave.

Después recogió del suelo el revólver y el silenciador y se dirigió a la entrada mientras se tomaba su tiempo para encajarlos.

Jazmine comprendió al momento sus intenciones y, espantada, saltó al cuarto de baño y cerró con llave, como si fuera a valerle de algo.

Anneli apuntó a la puerta y apretó el gatillo. Dejó un agujero bastante modesto, pero el chillido que se oyó al otro lado no tuvo nada de modesto.

Se la oye demasiado bien, pensó Anneli, y disparó de nuevo; y entonces el chillido cesó.

Y ahora ¿qué? Tenía que ver si la chica estaba malherida, pero la puerta estaba cerrada con llave. Podía abrirla a patadas, claro, porque era una de esas puertas baratas, pero después tendría que borrar la huella del zapato. En suma, iba a tener que revisarlo todo y eliminar las manchas. ¿Por qué no se había acordado de llevarse unos guantes?

Entonces dio una patada a la cerradura y la puerta quedó entreabierta.

Se metió por la estrecha abertura y luego miró al suelo, donde Jazmine jadeaba. Sus ojos eran negros y grandes, y la sangre teñía de rojo el suelo de terrazo.

La inclinación del suelo es perfecta, pensó, y siguió con la vista el reguero de sangre que iba hacia el desagüe.

Después se giró hacia el espejo y se vio de cuerpo entero.

Allí estaba ella, Anneli Svendsen, una mujer de mediana edad con ojeras y la boca abierta. Era la segunda vez que se veía tan fría, cínica e impasible. Se sobresaltó al verse. ¿Quién era ella para estar tan tranquila mirando a aquel pequeño ser que se desangraba? ¿Acaso se estaba volviendo loca? Era muy posible.

Luego dirigió la vista hacia las piernas de Jazmine, sacudidas por espasmos mientras la vida se le escapaba. Hasta que no se quedó quieta, con la mirada vacía orientada al techo, Anneli no se giró hacia la mujer que estaba atada a la taza del retrete.

Asió el cuerpo con el brazo y tiró de la cadena. Falta hacía.

—Bueno —explicó—, seas quien seas y estés aquí por lo que estés, ya te he vengado.

Después acarició el cabello de la pobre mujer, enrolló un montón de papel higiénico en su mano derecha y recorrió el piso, limpiando con cuidado los lugares que había tocado.

Por último, asió con precaución la pistola de Denise con un trozo de papel higiénico y salió del baño para colocarla en la mano de Jazmine. Pero ¿cuál de las dos debería escoger? ¿La izquierda sanguinolenta o la derecha, que seguía limpia? ¿Qué mano solía utilizar Jazmine? ¿Arrojó la granada con la derecha?

Anneli cerró los ojos y trató de recordar la escena previa. La verdad era que no lo sabía.

Luego apretó la mano derecha limpia de Jazmine contra la culata de la pistola y dejó caer la mano al suelo, apagó la luz del baño y dejó la puerta entreabierta.

Tras meter sus cosas en el bolso, se forró las manos con papel higiénico, dejó la maleta de Jazmine sobre la cama del dormitorio y la abrió. Si alguien las había visto junto a la maleta en el césped, cosa que no creía, seguro que describirían a Jazmine como una chica loca a la que ayudaba una señora mayor. Y cuando la Policía preguntara quién era la señora, responderían que no la conocían del barrio.

Por lo tanto, la chica estaría deshaciendo la maleta cuando se vio interrumpida por la discusión con Denise. En su opinión, aquella historia debería convencer a la Policía, porque era lo bastante completa y simple a la vez.

Anneli sonrió. Tal vez hubiera visto demasiadas películas policíacas en la tele, pero ¿no le había venido bien en aquella situación? Ella creía que sí.

Iba a abandonar el piso cuando su mirada se posó en la granada de mano. Menuda suerte había tenido cuando no estalló.

La tomó con cuidado y la analizó.

Vor Gebrauch Sprengkapsel Einsetzen, ponía en letras grandes en el cilindro del extremo.

«Antes de usar, insertar el detonador», tradujo. No se sabía si alguien lo había hecho.

No haberlo comprobado te ha costado la vida, Jazmine, es una pena, pensó Anneli, y rio al pensarlo. Lo más seguro era que aquella chica perezosa nunca aprendiera alemán.

Puso la base de la granada ante sí y metió de nuevo el cordel y la bola en el mango hueco. Una cosa era que no funcionara, pero si ella se había asustado, cualquiera se asustaría.

Quizá sea demasiado larga, pero sirve, pensó, mientras volvía a enroscar la base y depositaba la granada en la bolsa de lona con el dinero.

Si tengo necesidad de saber cómo armarla, siempre puedo buscar en internet, pensó. Y es que tal vez un día pensara un plan en el que la mejor manera de matar fuera con un arma así.

Cuando salió al pasillo exterior y limpió la llave con papel de cocina antes de dejarla otra vez debajo del felpudo, pensó que nada le había salido tan bien en la vida como la misión que había llevado a cabo a lo laro de las últimas semanas. Solo faltaba un pequeño paseo en coche con el cadáver de Denise, y se habría ganado unas buenas vacaciones.

Dio un par de palmadas satisfechas en la bolsa de lona y regresó al coche.

Cuando terminara la radioterapia, un crucero de un par de semanas por el Mediterráneo le sentaría estupendamente.

49

Lunes 30 de mayo de 2016

Carl tardó un minuto en poner a Gordon en antecedentes sobre lo que habían encontrado en casa de Rose, y el pobre hombre se quedó callado como un muerto al otro extremo de la línea.

Carl dirigió una mirada triste a Assad, que no tenía energía ni para plantar los pies en el salpicadero.

Iba a ser una noche larga para todos.

—¿Sigues ahí, Gordon? —preguntó Carl.

¿Decía que sí?

—Por desgracia, no tenemos ni idea de dónde puede estar Rose, ¡pero no pierdas la esperanza! ¿De acuerdo?

Ninguna reacción.

—Estamos pensando en emitir una orden de búsqueda, pero creo que antes debemos procurar pensar dónde puede estar.

—¡Vale! —dijo con voz apenas audible.

Luego le habló de la visita a James Frank y de la revelación de su confesión en el caso Zimmermann.

No pareció que aquello mejorase nada el humor de Gordon, que estaba muy afectado. Era comprensible.

—A Assad y a mí nos queda otra tarea, aunque va a ser duro por lo afectados que estamos por lo de Rose. Vamos a volver a visitar a Birgit Zimmermann, porque hay cosas que debemos aclarar. ¿Tú qué tal? ¿Estás dispuesto a seguir trabajando?

—Por supuesto que sí. Dime lo que tengo que hacer.

Sonó como si estuviera recuperándose de la conmoción.

Carl se imaginó el rostro de Gordon. Sabía bien lo que significaba Rose para él. Ella era tal vez la única razón de que Gordon siguiera trabajando en el Departamento Q. Así suele pasar con la novia con la que siempre sueñas y quizá nunca consigas.

—Voy a pedirte que telefonees a sus hermanas y las pongas al corriente de la situación, pero no dramatices demasiado si puedes evitarlo.

Carl dudaba que eso fuera posible.

—Pregúntales si tienen alguna idea de dónde podría haber ido. Por ejemplo, ¿tiene relación con alguien en Malmö o en la región sueca de Escania? ¿Hay alguna casa de veraneo, o algún exnovio a cuya casa pudiera huir? Perdona que lo mencione, pero hay que hacerlo.

Gordon no hizo ningún comentario, claro.

—Estaremos en contacto, ¿de acuerdo, Gordon? Veamos qué puedes descubrir, luego ya pensaremos qué decisión tomar respecto a la orden de búsqueda.

Pese a que fuera aún había luz, parecía como si todas las lámparas que colgaban de los altos techos del piso de Birgit Zimmermann estuvieran encendidas. Debía de significar que estaba en casa.

Llamaron al portero automático y, para su sorpresa, la puerta se abrió a los pocos segundos.

—La verdad, ya esperaba que apareciera alguno de ustedes —dijo con la mirada aletargada, que, por una vez, no podía atribuirse a la ingesta de alcohol. Parecía más sobria que cuando la habían visitado por la mañana para hablar sobre Stephanie Gundersen. Les pidió que se sentaran antes de decir nada—. ¿Han encontrado a Denise? ¿Vienen por eso?

—¿Sabe que hemos emitido una orden de búsqueda después de haber estado aquí?

—Sí, la Policía me ha telefoneado varias veces. ¿La han encontrado?

—Pues no, lo siento. Esperábamos que pudiera ayudarnos a dar con ella.

—Estoy asustada —confesó—. Denise es una niñata, pero no quiero que le pase nada malo. ¿Creen que mató a la chica islandesa y que participó en el robo, como dan a entender los medios?

—De eso no sabemos nada, se lo aseguro, Birgit. Pero es sospechosa, y debemos encontrarla para saberlo. La Policía de Slagelse ha peinado la ciudad y preguntado a la gente si la ha visto por allí, pero no han sacado nada en claro. Nos da la impresión de que tampoco usted cree que esté allí, ¿me equivoco?

—Si estuvo en la discoteca del Puerto Sur aquella noche, no pudo estar en Slagelse a la vez, ¿no?

Carl asintió en silencio. La mujer estaba mucho más lúcida de lo que acostumbraba, menos mal.

—Tenemos que hacerle unas preguntas muy concretas, Birgit. Por la mañana me ha parecido que usted sugería que Denise podría saber algo sobre el asesinato de su abuela Rigmor. Me gustaría preguntarle por qué lo ha dicho.

—¿Y por qué cree que tengo ganas de hablar de eso con ustedes? Estaba borracha, ¿verdad? Ya deberían saber que se dicen tonterías cuando una ha bebido.

—Es cierto. Vamos a dejar el tema. La cuestión es que hemos localizado a su exmarido.

La reacción fue increíble. Las venas del cuello se tensaron y los labios se separaron. Tomó aliento y lo retuvo, se retorció las manos. No había duda de que era expresión de auténtica sorpresa, y que estaba intentando controlarla.

—Está en Dinamarca, Birgit. Seguramente creía que habría desaparecido cuando sucedió lo de Stephanie Gundersen, ¿verdad?

Ella no respondió, pero la agitación de su pecho indicaba lo conmocionada que estaba.

—Supongo que su madre le contó que Frank se escapó después del asesinato. Que si había algún sospechoso, ese era él. Que estaba dispuesta a contar a la Policía lo que había pasado, en caso de que las presionaran, ¿verdad? Debía de tener una historia preparada.

Birgit sacudió la cabeza, cosa extraña.

—James vive en el antiguo piso de los empleados de la zapatería, pero tal vez usted no lo supiera.

La mujer sacudió otra vez la cabeza.

—Birgit, escuche, no voy a fatigarla con la historia de James, pero nos ha hablado de un acuerdo entre él y Rigmor. Desertó del Ejército norteamericano en la guerra de Afganistán, volvió a Dinamarca en 2003 y prometió mantenerse alejado de usted y de Denise. Su madre le pasaba dinero a cambio, claro que eso ya lo sabrá usted.

La mujer no reaccionó, así que no era seguro.

—James cree que Rigmor los vio a Stephanie Gundersen y a él en el centro. Él decía que fue una casualidad, pero yo no lo creo. Es verdad que la casualidad interviene a menudo en los crímenes, pero me da la impresión de que fue usted quien vio a James con Stephanie Gundersen en la escuela de Denise y que se lo contó a su madre. Imagino que después su madre los siguió, pero James la vio; ¿y sabe usted por qué creo que la mayor parte de este asunto tiene su origen en usted? Pues porque tuvo una discusión con Stephanie acerca del trato con hombres en aquella reunión de la escuela. Intuyo que este caso tiene que ver con una mujer herida, frustradísima y de un modo extraño celosa, que de pronto ve a la guapa profesora de su hija junto a su exmarido. Usted ya odiaba a Stephanie Gundersen, porque Denise estaba entusiasmada con ella, y para mí que fue presa de la desesperación, ¿me sigue, Birgit? Sintió no solo que su rabia y sus celos de tiempos pasados brotaban de nuevo. Vio también que un exmarido y una profesora respetada podían robarle a su hija con la mayor facilidad, y no quería correr ese riesgo.

Birgit, nerviosa, buscó su paquete de cigarrillos sobre la mesa, pero Assad se le adelantó, los recogió, le ofreció uno y se lo encendió. Buena jugada.

—Sentimos tener que darle un susto así, Birgit —continuó Assad—. Debe de ser horrible oír que su exmarido de pronto ha entrado otra vez en su vida. De hecho, ayer vino a visitarla. La vio en la calle, pero estaba tan borracha que se le quitaron las ganas de hablar con usted.

Assad calló, y ambos estudiaron la reacción de Birgit. Acabaría hablando, pero de momento se limitó a apoyar el codo en la mano, ponerse el cigarrillo entre los labios y aspirar el humo con calma.

—¿Quiere oír mi versión de todo esto? —preguntó Carl.

Ninguna reacción.

—James solía esperar a Stephanie a la salida de la escuela. Muchas veces se escondía tras un árbol de Los Lagos y vigilaba la salida. Lo que no sabía era que también usted pasaba por allí de vez en cuando si tenía ganas de ir a buscar a su hija a la escuela. Iba por Borgergade, a veces tomaba Dag Hammarskjölds Allé, y después caminaba junto al lago para esperar a Denise en el mismo lugar donde ahora estaba James. Stephanie Gundersen salió de la escuela y se besaron con ternura mientras usted, conmocionada, se escondía detrás de los árboles. Su exmarido había vuelto de pronto a Dinamarca y estaba demasiado cerca, ¿estamos de acuerdo?

Entonces, por fin, hubo una reacción. Birgit Zimmermann hizo un gesto afirmativo.

—James estaba convencido de que fue Rigmor quien mató a Stephanie. Creo que lo decía por el modo en que sucedió. Porque su padre fanfarroneaba de los daños que podía causar un porrazo en la nuca. ¿No cree que su madre también lo sabría?

La mujer apartó la vista. ¿Se estremecieron sus labios? Si lo hicieron, iban por buen camino.

Después giró la cabeza hacia ellos. Tenía lágrimas en los ojos y un leve temblor en los labios. ¡Era el momento!

—Hoy mismo James nos ha contado que fue él quien mató a Rigmor. Fue un acto de venganza por haber matado a Stephanie, ni más ni menos. Pero ¿sabe qué creo yo, Birgit?

La mujer contrajo el rostro. Carl había acertado.

—En realidad, mató a la persona equivocada, ¿no le parece?

Algo pareció detonar en el interior de la mujer al oír la pregunta. Podría ser impotencia, pero también alivio. Podría ser rabia, pero también una especie de alegría. Carl y Assad se miraron y esperaron. Esperaron hasta que ella se limpió los mocos de la barbilla y pudo enderezarse y mirarlos a la cara.

—De hecho, usted creía que fue Denise quien mató a su abuela, ¿verdad, Birgit? Pero ¿por qué lo creía?

La mujer vaciló un momento antes de responder.

—Porque mi madre y Denise acababan de tener otra vez una espantosa discusión. Se odiaban, aunque por lo general solían contenerse. Pero aquel día madre no quiso darnos el dinero del alquiler, como acostumbraba, y Denise se puso como loca. Cuando encontraron a madre y no llevaba el dinero encima, pensé que se lo habría quitado Denise. Sobre todo porque vi a Denise salir de casa con una botella en la mano unos minutos antes de que saliera madre. Era una botella de Lambrusco, pesada; y créanme, mi madre no era la única a quien mi padre entretenía contando lo que podía hacerse con un objeto así. Todas pasamos por eso cuando tuvimos edad; también yo, y Denise. Mi padre estaba loco de atar, ya lo creo.

Carl arrugó la frente. Si James hubiera llegado a la casa de Borgergade unos minutos antes, habría visto salir a su hija y, en tal caso, muchas cosas habrían cambiado. Se habría dirigido a ella, tal vez Rigmor no habría muerto y el viejo caso de Stephanie Gundersen no habría salido a la luz.

—Gracias, Birgit —concedió Carl.

Se la veía algo aliviada, pero también parecía pensar que con aquello quedaba todo dicho. Como si creyera que no había razón para continuar la conversación. Se mostraba quizá demasiado segura.

—Birgit, su padre murió al día siguiente de morir Stephanie. Se ahogó en medio metro de agua. Por lo que sabemos de su carácter, parece muy improbable que se suicidara. Un hombre que esquivó con astucia las peores acusaciones de las que uno puede ser objeto. Un hombre que tenía un instinto de supervivencia lo bastante fuerte como para librarse de la soga del verdugo. ¿Estamos de acuerdo en que se había convertido en un experto en aferrarse a la vida?

La mujer tomó otro cigarrillo, pero esta vez Assad no se lo encendió.

—Conozco a los de su clase —comentó Assad—. Esos cabrones están presentes en todas las guerras de todos los tiempos.

Carl asintió en silencio.

–Cierto. Pero también es cierto que un hombre como su padre siempre se descubre cuando se siente seguro. Fue una estupidez por su parte no olvidarse del pasado. Tener que seguir alardeando de su maldad y astucia tantos años después. Y enseñar a su propia familia cómo podía emplearse la maldad en cualquier momento con todos los medios al alcance fue casi imperdonable.

Ella asintió en silencio. Estaba de acuerdo.

–Su madre cuidaba de su padre, creo que tenían un acuerdo basado en la discreción. Porque su madre sabía que, si él quedaba al descubierto, estaban perdidos. Nadie debía saber quién era él, porque podían perderlo todo. El negocio, su buena vida, todo.

Carl hizo un gesto hacia el paquete de Prince, y ella le devolvió el gesto. Él siempre sentía lo mismo cuando estaba a punto de terminar un trabajo. Hambre de nicotina.

–Birgit, estoy seguro de que su madre sacrificó a su padre por usted. Se había hecho viejo. Era difícil cuidarlo y vivir con él. Había cumplido con su misión, que era mantener a una familia, y ahora llegaba el turno de su madre. El hombre era capaz de ponerse a gritar en medio de la calle quién se había cargado a Stephanie; y entonces su madre tomó una decisión rápida y lo empujó al lago. ¿Estoy en lo cierto?

Birgit dio un profundo suspiro. No había nada que decir sobre el asunto.

–No fue su madre quien mató a Stephanie Gundersen, ¿verdad, Birgit? No era con su madre con quien fanfarroneaba su padre, sino con usted, ¿verdad? Porque su padre estaba muy orgulloso. Orgulloso de su hija, que mostró tal energía y aniquiló a la persona que atormentaba su vida.

La mujer miró a lo lejos y estuvo un rato largo sin afirmarlo ni negarlo. Después giró sin prisa la cabeza hacia ellos y la alzó, digna, como si quisiera decir la última palabra.

–Entonces, ¿cómo le va a James? –fue, sin embargo y de forma sorprendente, lo que preguntó.

Carl se inclinó hacia el cenicero y sacudió la ceniza del cigarrillo.

430

—Está muriéndose, Birgit. Era un moribundo que no soportaba que el mundo continuara si había en él alguien como Rigmor Zimmermann.

La mujer asintió.

—Firmaré mi confesión cuando encuentren a Denise. Ni un minuto antes —afirmó después.

50

Lunes 30 de mayo de 2016

Cuando Anneli dobló la esquina de Webersgade, tuvo una sorpresa desagradable, porque no había ningún sitio libre para aparcar delante de las viviendas. ¿Qué diablos daban por la tele para que todos hubieran decidido quedarse en casa a la misma hora? Aquello no era solo un error de cálculo: era casi fatal.

No puedo aparcar en segunda fila, arrastrar a Denise por la acera y el carril bici y después entre dos coches aparcados; es demasiado arriesgado, pensó, mientras el coche avanzaba en punto muerto hasta el final de la calle.

Por eso, se arriesgó y se metió con el coche en el carril bici, antes de que empezaran los aparcamientos, y desde allí observó el trayecto hasta su casa.

Menos mal que el coche no es ancho, pensó, y siguió adelante con una rueda en el carril bici y la otra en la acera. Era una maniobra arriesgada, pero si lograba llegar hasta el final, podría aparcar a un metro de su portal.

Por favor, vecinos, no os enfadéis, pensó mientras rodaba en silencio. Si seguían en sus casas, lo único que podía temer era que pasara un coche patrulla. Sonrió irónica un momento al pensarlo. ¿Coches patrulla en Copenhague? En aquellos tiempos de recortes permanentes, no debían de quedar muchos.

Aparcó tal como había pensado, muy cerca del portal, y entró. Por raro que parezca, tuvo que hacer un esfuerzo antes de entrar en la sala del maquinista naval, donde el cadáver de Denise yacía cruzado junto a la estantería a la derecha de la puerta.

Habían pasado varias horas desde que la mató, y una simple mirada bastó para aumentar su inquietud.

El *rigor mortis* estaba avanzado.

Con cierto desagrado, apartó el cadáver de la estantería para comprobarlo. La cabeza de Denise estaba ladeada, y el cuello había girado hacia atrás y se había quedado fijo de una manera que no podía llamarse normal. Anneli asió la cabeza con la punta de los dedos e intentó ponerla en su sitio, pero, a pesar de los repulsivos crujidos de la columna y los músculos agarrotados, no lo consiguió. Aspiró hondo y agarró el cadáver por las axilas, y comprobó, sorprendida, que también los hombros estaban rígidos. Con cierta dificultad, apretó primero el silenciador y después el revólver contra la mano de Denise, y presionó con cuidado el índice del cadáver contra el gatillo. Ya estaban las huellas dactilares.

Debo deshacerme de ella antes de que el cuerpo se quede rígido; de lo contrario, no voy a poder meterla ni sacarla del coche, pensó.

Para su asombro, le pareció triste ver a una chica tan ágil y vivaz tendida en una postura tan desmañada.

A Denise no le habría gustado nada el espectáculo, fue la absurda idea que se le ocurrió. Aunque eran ya las diez y media de la noche, había casi tanta luz como en pleno día, pero así eran las estaciones por aquellas latitudes.

¿Significaba eso que iba a tener que esperar a que anocheciera? Para entonces sería casi medianoche y el cuerpo estaría tieso del todo.

No, no podía esperar.

Sacó el cadáver a rastras de la caótica sala del maquinista naval y lo empujó por la pared hasta la puerta de entrada, para poder remolcarlo rápido hasta el coche.

A aquella hora, por Webersgade seguía habiendo tráfico, pero, siempre que no aparecieran los maderos, saldría bien. Bastaba con que vigilara a ciclistas y peatones. Luego, en cuanto se interrumpiera un poco el tráfico, arrastraría el cadáver hasta el Ford Ka y lo sentaría a empujones.

Dejó entreabierta la puerta de la calle, y vio por la abertura que la gente seguía circulando con sus bicis. ¿Por qué carajo tenían que andar en bici a aquellas horas? ¿La gente no sabía quedarse en casa?

Se oyeron unas risas alegres procedentes de la esquina, y un par de amigas enfilaron hacia la casa de Anneli. Una arrastraba una bici, mientras la otra caminaba a su lado; iban charlando, no parecían tener prisa.

Putas crías, pensó. Las dos niñatas parlanchinas se dirigían directas hacia su coche.

Mirad por dónde andáis, pensó. ¿Es que no podían cruzar por el otro lado?

Cerró más la puerta cuando la chica que caminaba golpeó con la rodilla la puerta del maletero del Ford Ka.

—Mierda, ¿quién es el idiota que ha aparcado en la acera? —gritó, y luego aporreó el techo del coche varias veces mientras daba la vuelta alrededor.

Anneli mantuvo la calma con los labios apretados y observó la línea de abolladuras del techo.

¡Maldita cría! Debería saber lo que solía hacer con gente como ella.

Mientras tanto, las chicas juraban como condenadas y miraron varias veces alrededor haciendo una peineta. Hasta que no estuvieron lejos, Anneli no se atrevió a agarrar a Denise por las axilas y arrastrarla hasta la puerta del coche.

Cuando quiso empujar el cadáver dentro, el torso estaba ya en una postura rígida, de modo que tuvo que desplazar completamente hacia atrás el asiento del copiloto y empujar el cadáver con todas sus fuerzas, para que el brazo izquierdo pudiera entrar por el hueco de la puerta.

Por eso, el cadáver caía casi sobre la palanca de cambio cuando Anneli cerró la puerta del copiloto y se sentó en el asiento del conductor.

Era evidente que aquella postura torcida en la que estaba el cadáver haría reaccionar a cualquiera que pasara al lado.

Por eso, por si alguien veía aquello, debía darse prisa.

Apretó el brazo tieso y empujó el cuerpo a la vez hasta dejarlo en una postura más o menos erguida.

Observó el resultado sin perder detalle. Aparte de las piernas enredadas, los ojos abiertos y el ángulo algo forzado del cuello y la cabeza de Denise, en realidad parecía bastante normal.

Anneli saltó del coche y abrió la puerta del copiloto para ponerle el cinturón de seguridad al cadáver, pero también aquello fue problemático.

Cuando lo acopló, advirtió a un joven que observaba la escena desde la acera opuesta.

Permanecieron un rato como estatuas de sal, mirándose.

¿Qué hago?, pensó Anneli. ¡Me ha visto manipular el cadáver!

Hizo un gesto afirmativo para sí, tomó una decisión, volvió a su puerta y le dirigió una amplia sonrisa.

—¿Está bien? —gritó el chico.

Anneli asintió con la cabeza.

—Pero de un lavado de estómago no la libra nadie. —Anneli rio, a la vez que su pulso galopaba desbocado.

El chico devolvió la sonrisa.

—¡Por suerte, el Hospital Central está a la vuelta de la esquina! —gritó, y continuó caminando.

Anneli se llevó la mano a la cara y se secó el sudor de las mejillas. Luego se acomodó en el asiento y miró hacia la hilera de casas. Si quería salir de la acera y el carril bici a la calzada, tendría que rodar unos cien metros a escasa distancia de las casas.

Si alguien abre la puerta de repente, va a darse de bruces con el coche, pensó, consciente de los daños que podía causar.

Avanzó en primera a lo largo de las fachadas, y vio por primera vez una señal de prohibido aparcar colocada entre la acera y el carril bici, justo donde terminaban los aparcamientos. Si podía meter el coche por la abertura, estaría de vuelta en la carretera.

Había llegado a un parquímetro, a veinticinco metros de la abertura, cuando un coche de policía le tocó el claxon.

Anneli detuvo el coche frente a una casa de puertas azul cielo y bajó la ventanilla. Trató con todas sus fuerzas de mantener la calma entre los destellos azules del techo del coche patrulla.

—Sí, ya lo sé, ¡perdone! —gritó—. Es que tengo que llevar a mi suegra a la casa de al lado. Le cuesta caminar.

435

El policía del asiento del copiloto iba a salir del coche, pero su compañero lo retuvo por el hombro. Cruzaron unas palabras, y el policía hizo un gesto con la cabeza.

–No vuelva a hacerlo, señora, termine pronto y márchese antes de que venga algún compañero.

Anneli observó el coche patrulla hasta que desapareció, y luego empujó un poco el cadáver con el codo, para asegurarse de que llevaba bien puesto el cinturón de seguridad. Después soltó el pie del embrague.

Cuando por fin llegó a Lyngbyvej, respiró aliviada. Ahora solo se trataba de ir por Bernstorffsvej hasta llegar al parque, que era el objetivo. A aquella hora, seguro que los paseantes de perros se habían retirado y las zonas de aparcamiento del parque estarían casi desiertas. Por supuesto que Denise no era ningún peso pluma para llevar a rastras, pero si ahora daba la vuelta en la rotonda de Femvejen, el morro del coche apuntaría en la dirección correcta y la puerta del copiloto se abriría hacia el parque. Entonces no quedaba más que acarrear el cadáver por encima del carril bici y la acera y dejarlo en un sendero.

Después haría la operación en dos etapas. Primero, arrastraría el cadáver de arbusto en arbusto, deteniéndose para recuperar el aliento y comprobar que tenía vía libre. Y en cuanto se alejara lo suficiente de la carretera, lo dejaría junto con el revólver en el matorral más tupido que encontrara. Por supuesto que algún perro lo olfatearía por la mañana temprano y lo encontrarían, pero así debía ser. Ni una pareja de apasionados amantes ni un corredor ni nadie debía encontrarlo hasta que ella hubiera vuelto a la ciudad, lavado el coche, arrojado sus zapatos a un contenedor y estuviera arrebujada bajo el edredón.

Un par de semáforos más y estaría allí. Rio al pensar en lo bien que le estaba saliendo todo.

–Ahora la tía Anneli va a llevarte de paseo al parque, Denise, ¿no estás contenta? –preguntó, mientras le daba una buena palmada en el hombro; pero no debió hacerlo, porque, en contra de todas las leyes de la gravedad, el cadáver giró con pesadez hacia ella y la cabeza de Denise se apoyó contra su pecho, con aquella mirada fija y atontada.

Trató de empujar el cuerpo a su posición original con una mano, pero el cadáver parecía clavado en aquella postura.

Cuando quiso hacer un último intento y una vez más dio un fuerte codazo al hombro del cadáver, se dio cuenta de que el cinturón de seguridad estaba mal ajustado.

Se giró un poco a un lado para poder aflojar la correa del cinturón y colocar bien el cadáver. Cuando por fin lo consiguió, atravesaba el cruce de Kildegårdsvej a setenta por hora y con el semáforo en rojo.

Oyó demasiado tarde el chirrido de frenos del otro coche y vio la sombra oscura que se fundió con el lateral del capó del Ford Ka con un estruendo metálico sobrenatural. Saltaron cristales rotos en todas direcciones y se propagó el olor de la catástrofe definitiva, mientras las carrocerías empotradas giraban como una pareja de baile. Por un instante, Anneli perdió el sentido cuando el airbag golpeó su cuerpo y el cinturón de seguridad le apretó las costillas y le vació los pulmones. Oyó el siseo y el crepitar del coche que la había embestido, y entonces fue consciente de la magnitud de los problemas a los que se enfrentaba.

Miró a su lado por instinto, y se dio cuenta, para su espanto, de que el airbag del copiloto estaba pinchado, y de que el cadáver de Denise ya no estaba en su sitio, junto a ella.

Presa del pánico, se liberó del airbag, soltó el cinturón y percibió un tufo de gasolina, goma quemada y aceite.

Salió a la acera, porque ambos coches habían girado ciento ochenta grados y estaban casi pegados a una fachada.

Anneli miró alrededor, confusa.

Estoy en Bernstorffsvej, recordó. En aquel momento la calle estaba desierta, pero en los pisos superiores había actividad y se abrieron varias ventanas.

Se oyeron voces inquietas desde lo alto mientras Anneli, por reflejo, se pegaba a la fachada y pasaba junto al destrozado Golf negro que la había embestido. El conductor, un hombre joven, seguía con el cinturón abrochado tras el airbag blanco. Tenía los ojos cerrados, pero gracias a Dios se movía.

Anneli no podía hacer nada. Tenía que largarse.

Cuando dobló la esquina de Hellerupvej con la bolsa de lona al hombro y miró atrás, pudo distinguir los contornos del cadáver de Denise que, como un perro atropellado, yacía sobre el capó del coche negro.

51

Lunes 30 de mayo de 2016

Carl estaba cansado, pero contento consigo mismo. El largo día había resultado fructífero y se habían resuelto tres casos, de manera que la insólita sensación de que, pese a todo, su trabajo no estaba mal se mezclaba con la inquietud y preocupación por Rose. Assad debía de sentirse por el estilo, aunque su reacción se expresaba de forma algo diferente, porque, al menos en aquel momento, estaba tendido y roncaba como una morsa en el camastro de su diminuto despacho.

–¿Qué te parece, Gordon? ¡Tres casos en un día! A eso lo llamo yo un buen trabajo de equipo.

Dejó los apuntes de Assad ante Gordon, que, con extrema palidez, se había sentado al otro lado del escritorio de Carl.

–Sí, es fantástico.

No parecía que aquello lo sacara de su estado deprimido. De todas formas, era mejor que descansaran un poco; el día siguiente iba a ser duro. Hasta que no encontraran a Rose, no iban a poder dormirse en los laureles.

–Cuéntame qué has estado haciendo por la tarde. ¿Hay alguna pista que podamos seguir?

No pareció muy orgulloso de tener que responder a aquello.

–Tal vez. Le he pedido a uno de la Unidad de Informática y Comunicaciones que entrase en la dirección del correo privado de Rose.

–Eh... De acuerdo.

Carl no estaba seguro de querer oír los detalles. A la Oficina de Reclamaciones no iba a gustarle nada en caso de que saliera a la luz.

–Tranquilo, Carl. Me ha costado mil coronas, no va a decir nada.

Aquello era casi peor.

—No me des más detalles, Gordon. ¿Y qué has encontrado en sus mensajes?

—Preferiría que no me hubieras dado ese trabajo, Carl. Se me revuelven las tripas al pensar que vas a saberlo.

Aquello le daba mala espina.

—Me tienes preocupado, Gordon. ¿Qué es lo que has descubierto?

—Que no conozco en absoluto a una Rose que...

—¿Que qué, Gordon?

—¿Te das cuenta de la cantidad de direcciones de correo de hombres que hay? ¿Cuántos mensajes ha intercambiado con ellos? ¿Y con cuántos de ellos ha acordado tener sexo? Lo escribe sin tapujos, Carl.

Sacudió la cabeza.

—Solo en el tiempo que hace que la conozco, ha... —Era evidente que casi no podía decirlo—. Ha tenido relaciones sexuales con por lo menos ciento cincuenta hombres, según mis cálculos.

Carl no sabía qué pensar. Tal vez estuviera algo impresionado por el nivel de actividad, pero era un enigma de dónde había sacado Rose tiempo para ello. Miró a Gordon, que se mordía la mejilla para no dejarse dominar por sus sentimientos.

—Siento tener que preguntártelo, pero ¿te da la impresión de que pueda haber tenido una vinculación más estrecha con alguna de esas personas?

Gordon arrugó la nariz.

—Con un par de ellos, sí. Es decir, si te refieres a que folló con ellos más de una vez.

—No sé a qué me refiero. A alguien a quien volvió a ver por una u otra razón.

—Sí, había algunos, cuatro para ser exactos, y los he llamado a los cuatro.

—Bien hecho, Gordon.

—Les he dado un buen susto. Creo que a un par de ellos les he interrumpido la velada familiar delante de la pantalla del televisor. Han salido rápido a la cocina o a otro lugar al preguntarles, pero no se han atrevido a no responder cuando me he presentado como policía de Homicidios.

Sonrió un segundo por su frivolidad, antes de que volviera la tristeza.

—Rose no estaba en casa de ninguno de ellos, y tres han dicho «menos mal». Decían que era una maníaca sexual. Que los trataba como a esclavos, y que era tan dominante y dura que les costaba días recuperarse.

—¿Y el cuarto?

—No se acordaba de ella. «Ni por el forro», ha dicho. Joder, había follado con tantas tías que haría falta un ordenador potente para llevar la cuenta.

Carl suspiró. La clase de desilusión que estaba presenciando le desgarraba el corazón. Allí estaba aquel hombre que quería tanto a Rose, y que de pronto sentía que lo empujaban por un precipicio. Tras cada frase que decía, debía hacer una pausa y apretar los labios para no perder el control de sus sentimientos. Estaba claro que no había sido la persona adecuada para aquel trabajo, pero ya era demasiado tarde.

—Lo siento, Gordon. Ya conocemos tus sentimientos por Rose, esto ha debido de ser duro para ti. Pero ahora sabes en qué caos mental ha vivido ella durante años, y estoy seguro de que se ha metido en esos asuntos para olvidar.

Gordon parecía amargado.

—Me parece una manera muy extraña de hacerlo. JODER, PODÍA HABER HABLADO CON NOSOTROS, ¿NO? —gritó, irritado.

Carl tragó saliva.

—Tal vez, Gordon. Tal vez contigo, pero no con Assad ni conmigo.

Las cejas del gigante se pusieron oblicuas, no podía contener las lágrimas.

—¿Por qué lo dices, Carl?

—Porque tanto Assad como yo somos demasiado peligrosos, Gordon. En cuanto tenemos sospechas de alguien o de algo, nos ponemos a investigar a fondo, y Rose lo sabe mejor que nadie. Pero contigo es diferente, porque no sois solo compañeros, sino que tenéis otra clase de relación. A ti sí puede confiarse, y, si lo hubiera hecho, tú la habrías escuchado y consolado. Y es posible que aquello le hubiera ayudado. Creo que tienes razón.

Gordon se secó las lágrimas, y su mirada se agudizó.

—Te leo en la cara que me ocultas algo sobre Rose. ¿Qué es, Carl?

—En el fondo, ya lo sabes, ¿no, Gordon? Porque cada vez me doy más cuenta de que hay una enorme probabilidad de que Rose matara a su padre. No sé si de forma consciente o inconsciente, directa o indirecta, pero no es inocente del todo.

—¿Qué piensas hacer al respecto?

—¿Hacer al respecto? Descubrir la verdad y ayudarle a seguir, ¿no es lo que debemos hacer? Darle una oportunidad de poder vivir una vida mejor, creo.

—¿Lo dices en serio?

—Sí.

—¿Y Assad?

—Lo mismo.

Una pequeña sonrisa se instaló en su rostro sombrío.

—Debemos encontrarla, Carl.

—De modo que ¿tampoco tú crees que esté muerta?

—No. —Le temblaban los labios—. No puedo creerlo.

Carl asintió.

—¿Hay alguno de los ciento cuarenta y seis restantes que la recuerde?

Gordon suspiró.

—He pensado lo mismo después de hablar con los cuatro que me parecían más probables. Pero no sabía por dónde empezar, así que he llamado a todos, y casi todos estaban en casa. Un minuto cada uno. Solo decía: «Departamento de Homicidios; creemos que una persona que está en búsqueda, Rose Knudsen, puede haber intentado refugiarse en su casa. ¿Es eso cierto?».

—Pueden haber mentido al responder.

—Ni hablar. Ni uno de ellos parecía lo bastante listo para ocultármelo. Puede que sea lo que más me ha herido. Aparte de los tres primeros, parecía que todos los demás pensaran con la polla. Ya te digo que eran unos tontos del culo. No habrían podido engañarme.

–Vale.

Carl estaba atónito. No había visto de cerca aquella clase de seguridad desde que, con dieciséis años, se miró en el espejo y se dio cuenta de que tenía patillas.

–¿Había algún contacto sueco entre sus mensajes?

–Ni uno. Y, puestos a eso, tampoco ningún nombre claramente sueco.

–¿Y los mensajes más normales? Reservas de hotel, contactos con las hermanas y la madre, o con Rigmor Zimmermann, por nombrar unos cuantos.

–Nada que condujera a ninguna parte. Los pocos mensajes que escribía a Rigmor Zimmermann no trataban de nada. De alguna receta que le pedía Rose, o tal vez al revés, de Rigmor para saber si Rose sabía algo sobre esto o lo otro. Si quería guardar una llave de Rigmor... Sí, había mucho sobre llaves, por lo visto Rigmor Zimmermann era un desastre con las llaves. Y también sobre estrenos de cine, sobre la comunidad de propietarios, si iba a acudir a tal reunión y quería que la acompañara..., cosas así. Nada que nos conduzca a ninguna parte. Ni siquiera sobre las pequeñas quejas de la Zimmermann sobre su hija y nieta, ni sobre los quebraderos de cabeza que le causaban.

Carl le dio una palmada en el hombro. El hombre estaba consumido por los celos y la tristeza; claro que, de alguna manera, era también la segunda vez en nada de tiempo que debía decir adiós a la persona que amaba.

Carl acababa de entrar en casa cuando Morten se lanzó a su encuentro.

–Llevo horas llamándote, Carl, ¿tienes el móvil sin batería?

Carl lo sacó del bolsillo. Muerto y bien muerto.

–¿Te importa cargarlo? Es una putada no poder ponerse en contacto contigo. Esta noche Hardy está muy mal, para que lo sepas.

¡Oh, no! ¿Qué pasaba ahora? Carl hizo una profunda aspiración, no le quedaba energía para más malas noticias.

—Se ha quejado de fuertes dolores en el brazo izquierdo y en parte del pecho del mismo lado. Decía que eran como descargas eléctricas. Como no te encontraba, he tenido que llamar a Mika. Es que tenía miedo de que fuera un ataque al corazón, ¿qué otra cosa podía hacer?

Le quitó, desafiante, el móvil de la mano y lo enchufó en el cargador de la entrada.

—¿Qué diablos hacéis vosotros dos aquí tan tarde? —Carl trató de bromear un poco al entrar en la sala. Era evidente que Mika había hecho lo posible para que el ambiente fuera relajado. Aunque no había tapicería de terciopelo, podría haber sido un restaurante pakistaní de Londres. Varas de incienso, velas y eso que llamaban *world music,* con multitud de sitares y flautas–. ¿Qué ocurre, Mika? —preguntó al atleta vestido de blanco, mientras miraba con cierto nerviosismo el rostro dormido de Hardy, que asomaba justo bajo el borde del edredón.

—Hardy ha estado a punto de tener un ataque de ansiedad, y es comprensible —informó—. Estoy seguro de que esta vez ha sentido auténticos dolores en su cuerpo, no solo dolores fantasma. Luego he visto que, en sueños, movía un poco el hombro, como si quisiera aliviar la presión del colchón. Y mira esto.

Carl permaneció en silencio cuando Mika levantó un poco el edredón. En el hombro izquierdo de Hardy se apreciaban unos pequeños movimientos, como si fueran tics oculares.

—¿Qué va a pasar, Mika? —preguntó con voz seria.

—Pues que mañana voy a ponerme en contacto con un par de buenos neurólogos que he conocido en un cursillo. Es posible que Hardy esté recuperando la sensibilidad en ciertos grupos de músculos secundarios. Al igual que tú, no lo entiendo, porque en principio debería ser imposible, según el diagnóstico que le hicieron. He tenido que darle una fuerte dosis de calmantes para que se durmiera. Lleva una hora de sueño profundo.

Aquello era casi demasiado para Carl.

—¿Crees que...?

—No creo nada, Carl. Lo único que sé es que para Hardy es de lo más violento y agotador tener de pronto contacto con partes del cuerpo que llevaban nueve años muertas para él.

—He encendido tu móvil y está sonando, Carl —se oyó a Morten desde la cocina.

¿Llamaban al móvil a aquella hora? ¿Qué coño le importaba a él?

—En la pantalla pone «Lars Bjørn» —añadió Morten.

Carl miró a su amigo en la cama; era desgarrador ver que, aun dormido, tenía el rostro contraído por el dolor.

—¿Sí? —dijo cuando se llevó el aparato a la oreja.

—¿Dónde estás, Carl? —preguntó Lars Bjørn con tono seco.

—En casa. ¿Dónde quieres que esté a estas horas?

—He encontrado a Assad en Jefatura, lo tengo al lado.

—Ya. Entonces quizá te haya contado lo de nuestro descubrimiento. Pensaba decírtelo en per...

—¿Qué descubrimiento ni qué leches? Estamos en Bernstorffsvej, en el cruce con Hellerupvej. Tenemos delante a cierta Denise Zimmermann, a la que busca toda Dinamarca. Está encima del capó de un Golf negro, y bien muerta. ¿Crees que podré convencerte para que vengas hasta aquí a toda velocidad?

Había cantidad de destellos azules en aquel cruce, y llevaban allí varias horas, por lo que le dijo el agente que lo dejó traspasar el cordón policial.

—¿Qué ha pasado? —preguntó cuando divisó al grupo que se encontraba junto a los restos de los coches y vio a los peritos trabajando a tope. Estaban Terje Ploug, Lars Bjørn, Bente Hansen y, junto a ellos, Assad. Imposible encontrar compañeros más competentes juntos.

Bjørn lo saludó con la cabeza.

—Uno de los accidentes más espectaculares que he visto —gruñó.

Carl miró los vehículos empotrados. El Golf había impactado contra el guardabarros izquierdo, dejando el motor al descubierto, y después los dos coches habían girado. El parabrisas del Ford Ka estaba destrozado, los airbags se habían activado y

445

la mujer que yacía muerta en el capó debió de salir disparada por la luna delantera.

—Debió de morir al instante —dedujo Carl en voz alta.

Bjørn sonrió.

—En efecto, pero no aquí, porque puedo asegurarte que el balazo se lo dieron antes.

—No lo entiendo.

—Le han pegado un tiro, Carl, y lo han hecho unas cuantas horas antes del accidente, porque la rigidez del cadáver es total. El accidente ha sucedido hace apenas dos horas, pero el forense dice que llevaba muerta por lo menos siete.

¿Un tiro? Carl rodeó el cadáver y pasó junto al perito que le estaba tomando las huellas dactilares. El modo de erguirse el brazo en el aire daba a entender que era imposible que fuera el accidente lo que la había matado. Se inclinó y observó más de cerca los ojos abiertos de la chica. Desde luego, estaba bien muerta.

—Hola, Carl —oyó que decía Assad. Era imposible tener un aspecto más adormilado. Señaló tras el hombro a modo de advertencia, y Carl siguió la dirección. Increíble: allí estaba Olaf Borg-Pedersen, con todo su equipo de *La comisaría 3,* saludándolo.

—Por eso te he llamado, Carl —dijo Bjørn—. Ve a entretener a ese grupito, y esta vez creo que debes hacerlo como es debido, ¿de acuerdo?

Bjørn lucía una sonrisa demasiado amplia para un muermo como él.

—Y luego puedes divagar con que lo más interesante de este caso es que la dueña del coche es Anne-Line Svendsen. Y si no recuerdas quién es, Pasgård, que está ahí sonriendo para sí, te contará que era la asistenta social de Michelle, Denise y las otras dos chicas muertas por atropello. Habla con ellos y dile a Borg-Pedersen que, si esperan un poco, tendrán más información cuando la consigamos nosotros.

Dio una inesperada palmada a Carl en el hombro.

—Cuando volvamos a Jefatura, vamos a bajar a lo que llamáis sala de emergencias. Me ha hecho pensar mucho el modo en el que habéis conectado varios casos. Pero ahora, al equipo de la tele, Carl.

Carl frunció el ceño. Si tenía algo que decir a los idiotas de la cámara, era que más les valía dirigirse al héroe del día llamado Pasgård. Porque él no sabía nada de nada.

—Otra cosa, Lars. ¿Qué habéis dicho a la prensa sobre la identidad de la difunta?

—La verdad: que es la Denise Zimmermann que buscábamos.

Carl se imaginó a la madre de Denise, Birgit Zimmermann, cuando supiera que su hija había muerto. ¿Estaría dispuesta a firmar su confesión así, sin más?

Dedicó un saludo breve a los compañeros y se llevó aparte a Assad.

—¿Qué más sabes de esto?

Assad señaló la cabina del Ford Ka.

—Que hay un revólver con un silenciador casero bajo el asiento del copiloto, y que no tienen ni idea de dónde han salido. Creen que el silenciador es un filtro de aceite, y que tendrá las huellas dactilares de la muerta; pronto lo confirmarán.

—¿Dónde está el conductor?

Assad se alzó de hombros.

—Los del edificio dicen que una mujer ha salido del coche dando una patada a la puerta y que se ha ido por ahí —explicó, y señaló la esquina.

—¿Era la asistenta social?

—No lo sabemos con certeza, pero en este momento es lo que suponemos. La Policía ha ido a su vivienda hace media hora, y no estaba. Nuestra gente está en ello, pero aún no se ha hecho oficial la orden de búsqueda.

—¿Y el conductor del Golf?

—Está ingresado con una conmoción en el hospital de Gentofte.

—Vale. ¿Qué has dicho a los otros sobre Birgit Zimmermann y James Frank?

Assad pareció sorprendido por la pregunta.

—Nada, Carl. Nada de nada. ¿Corre prisa?

Durmieron unas horas en Jefatura, cada uno en su silla, hasta que Lars Bjørn les dijo que subieran. También él andaba falto de sueño, pero ¿a quién le importaban unas ojeras y que fueran las cero cinco cuarenta y cinco, en la fase en la que iba a esclarecerse un caso y otros hacían cola?

—Tomaos un café —dijo con una amabilidad sorprendente, mientras señalaba un termo del que se había desparramado la mitad de su contenido.

Ambos declinaron la oferta.

—¡Venga, soltadlo, que os lo leo en la cara! —exclamó, expectante.

Carl lució una sonrisa torcida.

—Pero entonces no quiero ninguna bronca por haberme inmiscuido.

—Depende de hasta dónde hayáis llegado.

Carl y Assad se miraron. Al parecer, esta vez no iba a haber ninguna bronca.

Se tomaron su tiempo con las explicaciones, y Bjørn no dijo palabra. Solo su lenguaje corporal expresaba lo demencial que resultaba todo aquello. ¿Quién lo había visto alguna vez con los ojos como platos y la boca tan abierta que casi se le caía la baba? Hasta se había olvidado del café.

—Es una locura —fue su seco comentario cuando terminaron.

Se dejó caer hacia atrás sobre la silla de cuero de su despacho.

—Habéis hecho un buen trabajo policial. ¿Se lo habéis contado a Marcus? —preguntó.

—No, primero queríamos informarte a ti, Lars —dijo Carl.

El hombre pareció casi conmovido.

—Pero ¿todavía no habéis detenido a Birgit Zimmermann ni a ese James Frank?

—No. Creemos que el honor debe ser tuyo.

Su mirada se iluminó.

—Vale. Entonces, en correspondencia, os concederé el honor de arrestar a Anne-Line Svendsen, de modo que toma y daca. Dos contra una, ja, ja.

—¿Sabemos dónde está?

—No, y eso es lo bueno: así tenéis algo que hacer.

¿Se estaba riendo en su cara?

Llamaron a la puerta y, sin esperar respuesta, apareció Pasgård en el vano.

–Vaya, ¿estáis aquí? –constató avinagrado cuando vio a Assad y a Carl–. Pero bueno, no os vendrá mal presenciar cómo consigue sus objetivos un buen policía.

Carl estaba ansioso por oírlo.

–¡Aquí está, señores! Aquí tenemos la confesión completa de los asesinatos de Stephanie Gundersen y Rigmor Zimmermann. Firmada y todo. Llevo la noche entera escribiéndola.

Arrojó sobre la mesa un informe muy delgado. Tres hojas como mucho.

Lars Bjørn miró el montoncito, y después hizo un gesto de aprobación a su subordinado.

–Magnífico, Pasgård, debo reconocerlo. ¿Quién es el asesino, y cómo lo has encontrado?

Pasgård meneó la cabeza con cierta coquetería.

–Bueno, podría decirse que ha venido por su propio pie, pero he atado cabos rápido y puesto los hechos en perspectiva.

–Bravo. ¿Y el nombre del autor?

–Mogens Iversen. Residente en Næstved en la actualidad, pero conectado con Copenhague.

Lo decía con la mayor seriedad.

Carl sonrió y recordó la mirada del mismo Mogens Iversen cuando prometió por lo más sagrado no volver a molestarlos con falsas confesiones. Luego sonrió con ironía a Bjørn y Assad, que contenían la respiración mientras sus rostros viraban del pálido matutino al rojo y luego al violeta.

Cuando ya no pudieron contenerse y rompieron en carcajadas como nunca se habían oído en aquel despacho, Pasgård se quedó patidifuso. No entendía nada.

52

Lunes 30 de mayo de 2016

Anneli lloraba por el susto y la frustración.

Los segundos en los que se soltó de un tirón el cinturón de seguridad y huyó estaban borrados de su memoria, y solo le quedó la visión del joven inconsciente y el cuerpo inerte de Denise sobre el capó.

Había corrido como nunca en su vida. No podía decirse que fuera especialmente ágil, pero la pesadez y flojera que sentía de pronto en el cuerpo casi le daban miedo.

Es por la radioterapia, trató de convencerse, mientras sudaba a mares y le ardía la garganta.

¿Cómo pudo ocurrir? ¿Y cómo pudo un solo segundo de distracción destrozar su futuro para siempre? Era incomprensible, ni más ni menos. Ahora resultaba que todas sus precauciones, sus intenciones y visiones habían sido en vano. Su propia soberbia le había golpeado como un bumerán y allí estaba, en medio de un barrio residencial desierto, sin saber qué hacer.

¿Por qué he usado mi coche para esto?, se recriminó. ¿Por qué no me he detenido en el arcén para sujetar bien el cadáver? ¿Por qué me he dejado llevar por la euforia?

Se sentó en una de las cajas grises que llevaban la banda ancha a las casas, y buscó como una desesperada soluciones que pudieran salvarla, explicaciones que pudieran sostener el desarrollo de los acontecimientos, medidas que condujeran a soluciones.

Había transcurrido un cuarto de hora desde el accidente y las sirenas de los coches patrulla y de las ambulancias se elevaban por encima de los tejados de las casas. No había tiempo que perder.

Encontró una vieja furgoneta de color beis algo más allá, forzó la puerta y puso el motor en marcha en menos de tres minutos con una lima de uñas. Al menos le quedaban todavía algunas de sus muchas habilidades básicas.

Junto a ella, en el asiento del copiloto, estaba la bolsa de lona con la granada de mano y mucho dinero, y aquello la consoló un poco de vuelta a su casa.

Mañana iré al hospital para la radioterapia, y luego me piro, se dijo. Les pediré que me entreguen el historial médico, y continuaré el tratamiento en otro lugar del mundo. Ese era su plan de emergencia número uno. Primero, volar lejos, y después, una vida distanciada de todo.

Sintiendo calor en el cuerpo el resto de mi vida, pensó mientras hacía la maleta, y devolvió los jerseys de lana al armario. Lleva solo lo mejor de lo que tengas. Si te falta algo, ya lo comprarás allí.

Iba pensando todo eso mientras hacía la maleta, hasta que sacó el pasaporte de entre sus cosas y vio que estaba caducado.

Tantos años sin ir de vacaciones o a la aventura se habían vengado. No iba a poder largarse.

Se hundió en el sofá y se cubrió el rostro con las manos. Y ahora ¿qué? Por lo que sabía, sin pasaporte no podía ir ni a Suecia. Los inútiles de los políticos también tenían la culpa de aquello, de alguna manera.

Pues tendrá que ser la cárcel, pensó, y trató de activar la indiferencia que le provocaba antes esa posibilidad, pero no lo consiguió. A veces, la realidad se presentaba bajo otra luz cuando te alcanzaba.

Pero ¿había otra alternativa? Ni siquiera tenía la pistola ni el revólver para poder pegarse un tiro.

Sacudió la cabeza y se echó a reír. Desde luego, aquello era de lo más cómico.

Después se enderezó.

Podía guardar el dinero para más tarde. Si lo dejaba en la furgoneta junto con la granada de mano y después borraba las huellas del piso de las últimas semanas en las que planeó aquellos asesinatos, tal vez pudiera salvarse. Podía denunciar el robo de su coche, ¿por qué no? Si esperaba a primera hora de la mañana, quizá pareciera más verosímil. Podría decir que estaba de baja, que se sintió mal, llevaba medio dormida desde la víspera y no se había dado cuenta del robo hasta la mañana, cuando se asomó a la ventana de la sala.

Seguro que le preguntaban si tenía una coartada; entonces, iba a decir que por la noche había visto por enésima vez su película favorita para mantener a distancia el dolor, y que se quedó dormida. Que tenía el DVD, y que seguía en el reproductor.

Se levantó, eligió con cuidado *Love Actually* y lo introdujo en el reproductor.

Esa era la coartada.

Luego miró alrededor. Volvió a colocar la ropa en los armarios y guardó la maleta. Retiró los recortes y folios impresos que pudieran relacionarse con los accidentes del conductor asesino y los robos de coches, fue a la furgoneta y lo dejó todo en la parte trasera, junto con la bolsa de lona y la granada de mano.

A continuación se cambió de ropa y calzado, lo metió todo en un saco y salió por segunda vez al vehículo para depositarlo allí.

Si se marchaba tan pronto como pudiera, tendría tiempo de distribuir todos aquellos efectos entre los contenedores de basura de la ciudad y los suburbios. Todo desaparecería.

Luego quedaba el ordenador. Tendría que sacrificarlo también. Aunque pensaba arrojarlo a algún lago, antes tenía que borrar todos los datos. De manera que, por última vez, tendría que entrar en la red y enterarse de cómo demonios se hacía eso.

Cuando, pasada una hora, terminó de borrar todo y comprobó que no quedaba nada en el piso que pudiera delatarla, arrancó y se marchó.

Cuando me pregunten si sospecho de alguien, les presentaré con total seriedad la hipótesis que también conté a la Policía la vez anterior que me interrogaron: es decir, que las chicas, y tal vez sus novios, querían echarme la culpa de todo, pensó. Iba a decir que ya sabía que la odiaban, pero que nunca creyó que fuera para tanto.

Anneli regresó a casa a las dos y veinticinco. Se tumbó en la cama, pensando que en adelante se trataba de actuar con sangre fría y asegurarse unas horas de sueño para poder afrontar los desafíos del día siguiente. Colocó el iPad sobre el edredón, junto a ella, y repitió varias veces para sí: «Se me ha averiado el ordenador, y por eso debo ir a la oficina de vez en cuando para poner al día los expedientes. Para lo demás, me las apaño con esto».

Puso el despertador para que sonara a las cinco y media; entonces denunciaría el robo de su coche, y después dejaría la furgoneta en el quinto pino y regresaría a la ciudad en suburbano.

Luego iba a alquilar una bici con cesta, para poder transportar la bolsa de lona con el dinero y la granada de mano. En Gasværksvej había una tienda de alquiler de bicis que abría a las nueve; después iba a preguntar a los vigilantes de aparcamientos que encontrase en Copenhague si habían visto su coche. A algunos de ellos les daría cincuenta coronas y su número de móvil, para que pudieran llamarla en caso de que apareciera el Ford Ka en alguna parte; también intentaría aprenderse de memoria algunos de sus nombres mientras se alejaba pedaleando.

Debo recordar llamar al trabajo para decir que me han robado el coche y que no apareceré hasta después de la radioterapia, a la una, pensó. En tal caso, lo más seguro era que la Policía la esperase en la oficina. Era lo más probable.

Sonrió al pensarlo. Desde luego, el policía que estaba al cargo del caso, el que la interrogó en la oficina, no era motivo de preocupación.

Si lo contaba todo con calma, el tipo se lo tragaría, en especial la conmovedora historia de la señora enferma de cáncer que había recorrido en bici todo Copenhague para encontrar su querido coche.

53

Martes 31 de mayo de 2016

Carl y Assad estaban frente a la puerta de la casa de Anneli en Webersgade, con el dedo en el timbre, a las seis y veinte, esperando que alguien les abriera.

Hacía diez minutos que les habían notificado de Jefatura que Anne-Line Svendsen había denunciado el robo de su coche, aunque por desgracia no podía dar detalles sobre cuándo ocurrió. Debió de ser en torno a las ocho o las nueve de la noche de la víspera; no podía ser más precisa.

Claro que la cuestión era si la denuncia era real.

Después de que Bjørn, Assad y él se divirtieran de lo lindo a costa de la plancha de Pasgård con la falsa confesión, este se tomó la revancha diciendo que hacía tiempo que investigaba a Anne-Line Svendsen, y que ya la había interrogado una vez. Y, aunque había varias cosas que la relacionaban con las cuatro chicas muertas, todo parecía indicar que era «trigo limpio». Fue la expresión que usó Pasgård, nada que ver con la jerga en la que se comunicaban los policías.

Entonces, Pasgård recomendó concentrarse en la chica que al parecer tenía relación con Denise Zimmermann y Michelle Hansen. Se llamaba Jazmine Jørgensen y, según declaró en el interrogatorio Patrick Pettersson, la había visto con Michelle Hansen y Denise Zimmermann, tanto en el hospital como en el *selfie* de Michelle.

Además, tampoco podía descartarse que Jazmine pudiera ser una de las dos chicas que llevaron a cabo el robo de la discoteca Victoria, como dijo Pasgård. Observó de modo harto razonable que seguían faltando ciento cuarenta y cinco mil coronas. Seguro que había alguien dispuesto a matar por ese dinero, pero ¿dónde estaba? En suma, ¿no era lógico que ahora centrasen las pesquisas en Jazmine Jørgensen?

Pero el problema era que nadie tenía la menor idea de su paradero. Habían llamado a su domicilio. La persona que atendió el teléfono dijo que era su madre y que estaba harta de que la gente preguntara dónde estaba Jazmine, porque no tenía ni idea. ¿Qué se pensaban? ¿Que era una especie de oficina de información?

Pasgård admitió que hasta el momento tampoco habían buscado en profundidad, pero dijo que se pondrían a ello por la mañana, después de que el personal se hubiera retirado a casa a dormir unas horas. Ahora que la búsqueda de Denise Zimmermann ya no era necesaria, podían emitir en su lugar una orden de búsqueda de Jazmine Jørgensen.

—Esta tía no está en casa, Carl —constató Assad después de pasar un buen rato mirando la puerta de la casa de Anne-Line Svendsen—. Desde luego, ha madrugado. ¿Crees que habrá ido al trabajo?

Carl sacudió la cabeza y consultó de nuevo el reloj. ¿Por qué había de ir tan temprano a trabajar? ¿En una oficina pública? No, lo más probable era que estuviera en casa y no quisiera abrirles la puerta. Pero si tenían que conseguir una orden judicial de registro, iban a tener que esperar un par de horas, hasta que los funcionarios del juzgado comenzaran la jornada.

Estuvo un rato rumiando las hipótesis. ¿Cuál podía ser la razón de que no quisiera abrirles la puerta? Antes se había mostrado dispuesta a colaborar, y como había denunciado el robo del Ford Ka las sospechas hacia ella se aligeraban un poco. La verdad era que nadie había visto quién salió del coche después del accidente de la víspera. Solo que era una mujer.

—Puede que no haya pasado la noche en casa, Carl, al fin y al cabo es una mujer adulta —comentó Assad—. ¿Cuándo fue a buscarla la Policía anoche?

—Dicen que antes de la medianoche.

—¿Después no vigilaron la casa?

—No.

—Entonces, repito, no creo que haya estado en casa.

Carl retrocedió hasta la acera sin volverse y trató de poner sus ideas en claro a pesar de las pocas horas dormidas.

—Pues mientras esperamos a que abran las oficinas, busquemos a esa tal Jazmine Jørgensen. ¿Qué te parece?

Assad se alzó de hombros. Lo más seguro era que se viera a sí mismo bien dormido en el asiento del copiloto dentro de cinco minutos; pero Carl no iba a consentirlo, aunque para ello tuviera que poner la radio a todo volumen.

—¿Qué tenemos contra ella? —preguntó Assad, sorprendentemente despierto, cuando Carl se disponía a encender la radio del coche.

—¿Qué tenemos? Pues, en realidad, nada, pero la jefa de Anne-Line Svendsen le dio a Pasgård una lista de sus clientes el día que estuvo interrogándola. Había estado acumulando polvo en su despacho, pero Lars Bjørn le ordenó escanear la lista y enviarla enseguida por correo electrónico a todos los policías que participaban en la investigación, junto con el *selfie* de Michelle que los de Informática y Comunicaciones habían conseguido extraer. Le recalcó, para irritación de Pasgård, que nos enviara también a nosotros el material, así que mira en el móvil.

A los pocos segundos, Assad asentía con la cabeza mientras examinaba el documento.

—De hecho, hay dos Jazmine en la lista, pero aquí está —aseguró—. Lo único que consta es el número de registro civil, un número de móvil y el domicilio, y hay una observación que dice que el número de móvil es el de su madre, con quien también comparte dirección.

—¿A qué esperamos? ¿Dónde es?

—En el Puerto Sur. Pero ¿no basta con llamarla por teléfono?

Carl lo miró de arriba abajo. Era evidente que Assad quería terminar aquello cuanto antes para poder volver a Jefatura a echar un sueñecito hasta que llegara la orden de registro.

–¡No, Assad! Porque, si Jazmine se encuentra en esa dirección, y si tiene razones para evitar a la Policía, ya puedes contar con que el mensaje de la madre siga siendo que no tiene ni idea de dónde está su hija; y si Jazmine teme que se nos ocurra presentarnos, imagino que se marchará a toda velocidad. De modo que ¿no crees que es mejor llamar a la puerta sin más?

–Pero entonces puede huir por la escalera trasera, ¿no?

Carl dio un suspiro.

–Bueno, pues aparcamos tan cerca de la puerta delantera como podamos y la mantenemos bajo observación mientras hacemos la llamada. No se irá por la escalera trasera si cree que estamos llamando desde otro lugar, ¿verdad?

Entre la barba crecida de Assad se percibió un enorme bostezo.

–Venga, Carl, estoy demasiado cansado para esto. Haz lo que te dé la gana.

¿Cuándo había dicho Assad nada semejante?

Habría unos veinticinco metros al portal del gran edificio, una distancia que podrían cubrir corriendo si aparecía Jazmine en la puerta.

Pero ¿cómo es la chica?, pensó Carl. Debía de estar más cansado de lo que pensaba.

–Enséñame ese *selfie*, Assad.

Assad le tendió el móvil.

–Qué extraño –dijo mientras lo miraba–. Es de hace apenas dos semanas, y dos de ellas están muertas. Eso de que mueran jóvenes es algo a lo que no consigo acostumbrarme en esta profesión.

Sacudió la cabeza.

–Un día tan soleado, unas mujeres jóvenes y guapas que lo están pasando en grande y de repente ya no están. Menos mal que las personas no conocemos el futuro.

–Jazmine es la de la derecha, la del pelo más largo. ¿Crees que es auténtico?

Carl dudó, pero Assad tenía razón. Debían andar con los ojos bien abiertos, porque las chicas como aquella podían ser verdaderos camaleones. Un día rubias, al siguiente, morenas, con tacones de aguja, con sandalias, incluso el color de los ojos había dejado de ser un dato invariable.

—Estoy seguro de que la reconocería en cualquier circunstancia. —Assad se tocó la punta de la nariz de forma expresiva; habría que fiarse de él.

Carl llamó al número de móvil que aparecía en la lista de clientes. Pasó un buen rato hasta que respondieron.

—¡Que aún no son las siete! —se oyó una voz de mujer acusadora y cabreada.

—Lo siento, señora Jørgensen. Está hablando con el subcomisario Carl Mørck, espero que pueda ayudarnos a encontrar a su hija.

—Hala, vete al pedo —fue lo único que dijo antes de colgar.

Entonces pasaron un cuarto de hora esperando sin perder de vista el portal, que siguió cerrado a cal y canto.

—Adelante —ordenó Carl, y las piernas de Assad dieron un brinco. Así que había echado su pequeña siesta.

Encontraron el nombre de Karen-Louise Jørgensen en el portero automático, y estuvieron apretando el timbre unos minutos sin que sucediera nada. Aquello hizo crecer las sospechas.

—Vigila la puerta del patio y quédate allí hasta que yo te diga, Assad.

Luego llamó a otros timbres. Al final los dejó entrar alguien a quien le entró el canguelo cuando Carl le dijo quién era.

Cuando Carl se colocó ante la puerta con un rótulo que decía «Jørgensen», en la escalera había ya varias mujeres en bata.

—¿Le importa tocar el timbre? —preguntó a una señora mayor con canas que asía con fuerza el cuello de su quimono multicolor—. Estamos muy preocupados por la hija de la señora Jørgensen, y queremos pedirle ayuda para encontrarla. Pero parece que su relación con la Policía es algo tensa, así que nos sería de gran utilidad.

Sonrió como le habían enseñado, y sacó la placa del bolsillo para facilitar la comprensión.

La señora mayor asintió, amable y comprensiva, y apretó con cuidado el timbre.

—Karen-Louise —llamó, con la mejilla pegada al panel de la puerta y la voz más dulce que Carl había oído nunca—. Soy yo, Gerda, la del cuarto.

Fuera como fuese, el caso es que funcionó. La mujer del interior debía de tener los oídos de un murciélago, porque un momento después se oyó un tintineo de llaves, un par de clics, y la puerta se abrió.

—Ha venido a ayudarte con Jazmine —dijo la mujer sosegada, sonriendo. Su sonrisa no fue correspondida cuando apareció Carl y le enseñó la placa de policía.

—Joder, sois unos imbéciles incansables —le espetó cabreada, con una mirada desaprobadora a la señora mayor—. ¿Eres tú quien me ha llamado al móvil?

Carl hizo un gesto afirmativo.

—¿Y el que ha jugado a tocar la sirena con el portero automático?

—Sí, lo siento. Pero tenemos que saber dónde está Jazmine, señora Jørgensen.

—Déjate de señoras Jørgensen. ¿Es que no entendéis lo que digo? No sé dónde está.

—Si está en casa, dígalo, haga el favor.

—¿Estás sordo? Por supuesto que sabría el paradero de mi hija si estuviera en mi casa, ¿no te parece?

La señora mayor tiró de la manga de Carl.

—Es verdad. Jazmine lleva sin aparecer desde...

—Gracias, Gerda, creo que es mejor que vuelva a su casa.

La señora Jørgensen alzó la cabeza hacia el resto de curiosos, apoyados en la barandilla.

—Y lo mismo os digo a los demás. ¡ADIÓS!

Sacudió la cabeza.

—Vale, pues adelante, que los cotillas tengan algo de lo que largar —continuó. La jerga del Puerto Sur, de cuando la zona era el baluarte de la clase trabajadora, por lo visto sobrevivía a la muerte del barrio—. ¿Qué es lo que ha hecho Jazmine para que os tenga a todos encima? —preguntó a través de la humareda del primer cigarrillo del día.

Carl la miró con respeto. La probabilidad de que aquella mujer hubiera debido trabajar duro por la familia era grande. Tenía las manos ásperas, y sus rasgos faciales estaban marcados por el trabajo nocturno, la limpieza de escaleras, años en la caja del súper o algo parecido. No eran patas de gallo lo que surcaba su rostro, eran arrugas de disgustos y continuas frustraciones.

—Nos tememos que Jazmine haya sido cómplice de una serie de delitos graves, pero debo recalcar que no sabemos nada con seguridad. Puede que estemos equivocados, suele ocurrir, pero para poner las cosas en claro, y también por el propio bien de Jazmine...

—No sé dónde está —repuso la mujer—. En algún momento llamaron un par de mujeres. Una decía que debía dinero a Jazmine, así que le dije que se había mudado a Stenløse, a algo que se llamaba... algo con Sandal. Es lo único que sé, y no se lo he dicho a nadie más.

Carl no pudo evitar que la información lo dejara tan anonadado que la mujer se sobresaltó y sus rasgos faciales se dulcificaron.

—¿Qué es lo que he dicho? —preguntó, extrañada.

—Ha dicho lo que debía decir, Karen-Louise Jørgensen. Justo lo que debía decir.

—Ostras, Carl, sabía que era ella a quien vi tras la cortina de la cocina. Lo sabía. Debimos entrar con nuestra llave.

—Sí que debimos entrar. —Carl asintió en silencio y pensó si convendría encender la sirena—. Pero, por desgracia, algo me dice que es demasiado tarde. Que el pájaro ha volado.

—Carl, esto me da muy mala espina.

—A mí también.

—Joder, la puerta de Rose estaba abierta. No es normal, y menos aún en Rose. Y ahora se la ha tragado la tierra. Y esa Jazmine ha estado todo el tiempo en el piso de al lado, y seguro que la nieta de Rigmor Zimmermann, Denise, también.

Fue aquella observación la que hizo que Carl activase la sirena y la luz azul. Luego apretó a fondo el acelerador.

Cuando llegaron, dejó el coche subido a la acera. Assad fue más rápido que él, y para cuando Carl apareció jadeando en el pasillo exterior ya había metido la pistola ganzúa en la cerradura.

Luego Carl sacó la pistola y se colocó en posición de ataque junto a la puerta cuando Assad la abrió.

—Jazmine Jørgensen, ¡Policía! Sal a la entrada con las manos en alto. ¡Tienes veinte segundos! —gritó Carl. Y, cuando pasaron diez, ambos entraron en tromba, dispuestos a disparar antes de preguntar.

El piso parecía abandonado, y dominaba un fuerte olor a orina. En la entrada había ropa desperdigada por el suelo, y desde allí se veía parte de la sala, donde había una silla volcada sobre la alfombra. Aquello no era normal.

Permanecieron un rato en silencio frente a uno de los dormitorios, escuchando. No se oía nada.

Entonces Carl avanzó hacia la puerta de la sala, se deslizó dentro y apuntó con la pistola en todas direcciones. Tampoco allí había nada.

—Ocúpate del balcón, Assad; yo voy al comedor y a los dormitorios.

Carl entró en el dormitorio del fondo y observó la cama deshecha y la abundante ropa sucia dispersa por el suelo. Se disponía a abrir los armarios cuando Assad le gritó desde el balcón que sí, que el pájaro había volado.

—Hay una sábana colgando de la ventana, Carl —fue lo que dijo.

—¡Joder, joder, joder!

Estuvieron un rato mirándose en la sala. Assad llevaba la contrariedad pintada en el rostro, y Carl sentía lo mismo. La vista y la intuición de Assad no habían errado, pero Carl no lo tuvo en cuenta.

—Lo siento, Assad. Otra vez confiaré más en lo que dices que ves.

Carl observó en torno a sí la sala y el comedor contiguo.

Había blusas, zapatos y cubiertos sucios por todas partes. Se veían señales claras de alboroto. Había un par de sillas volcadas, y el mantel de la mesa estaba tirado en el suelo.

—Voy a ver el último dormitorio —indicó, y enseguida reparó en una pequeña maleta sobre la cama, preparada para el viaje—. ¡Ven un momento, Assad! —gritó.

Señaló la maleta.

—¿Qué opinas de eso?

Assad emitió un profundo suspiro.

—Que a alguien le han chafado sus planes. Espero que no fuera por nuestra culpa.

Carl asintió.

—Sí, sería bastante enojoso.

—¿Qué significa enoj...? Vaya, mira eso, Carl.

Señaló debajo de la cama. Carl apenas veía lo que era, hasta que Assad asió aquello con las puntas de los dedos. Era un billete de banco hecho una pelota.

—¿Estamos de acuerdo en que estas quinientas coronas vienen de la discoteca Victoria, Carl?

Assad lo agitó un poco.

—Seguramente.

—Bien. ¿Qué hacemos ahora?

—Pues telefonear a Jefatura y decirles que intensifiquen la búsqueda de Jazmine Jørgensen. Todo parece indicar que hay un asesino identificado en fuga.

Sacó el móvil del bolsillo camino de la puerta de la calle. Si Assad estaba irritado, él lo estaba diez veces más. No solo habían estado cerquísima de atrapar a la persona buscada, sino que lo más probable era además que hubieran evitado el asesinato de Denise Zimmermann. Lo que había ocurrido tras la fuga por la ventana y lo que había ocurrido entre Denise y Jazmine Jørgensen era un enigma para él. Tan solo esperaba detener a Jazmine para poder resolverlo.

–Espera un poco, Carl, voy a mear antes de salir –dijo Assad.

Se detuvo ante la puerta del baño, que estaba entreabierta en la oscuridad, y luego se puso rígido.

–Mira. –Señaló un par de agujeros en la puerta.

Carl metió el móvil en el bolsillo.

Luego Assad encendió la luz del baño y abrió la puerta de un empellón.

La imagen que presenciaron los dejó anonadados.

54

En el aparcamiento había por lo menos diez vehículos con luces destellantes en el techo. La actividad era muy intensa, y acudieron varios compañeros, unos para mantener a raya a los curiosos, otros para analizar el lugar de los hechos hasta que llegaran los peritos.

Assad y Carl, con la inquietud pintada en los rostros, estaban junto a Rose cuando introdujeron la camilla en la ambulancia. El médico parecía serio y sacudía la cabeza. Aunque Rose respiraba levemente, muchos detalles indicaban que aquello no podía terminar bien.

Assad estaba inconsolable, y no paraba de hacerse reproches. «Si hubiéramos entrado en el piso ayer...», decía una y otra vez.

Sí, ojalá lo hubieran hecho.

—¡Manténganos informados! —gritó Carl al médico, y la ambulancia partió. Con Rose.

Saludaron con un gesto al médico de urgencias, que salía por el portal.

—Ha muerto por disparos, y debe de llevar por lo menos doce horas muerta. El forense dará una aproximación más exacta.

—En teoría, podría ser que Jazmine matase a Denise, pero entonces ¿quién ha matado a Jazmine? —dijo Assad con voz calma.

—En el cadáver no hay ni sombra de restos de pólvora, así que ella no ha sido —explicó el médico con una sonrisa irónica—. En mi opinión, encontraréis los restos de pólvora en el exterior de la puerta del baño.

Carl estaba de acuerdo.

Después asió la mano de Assad y lo miró a los ojos.

—Al menos, sabemos que no pudo ser Jazmine Jørgensen quien llevaba en el coche el cadáver de Denise Zimmermann. Por otra parte, sabemos con seguridad que el conductor del coche era una mujer, de manera que no necesitamos saber más. Vámonos.

Assad nunca había tenido un aspecto tan triste.

—Vale. Pero prométeme que en cuanto podamos iremos al hospital.

—Pues claro, Assad. He llamado a Gordon; estaba muy afectado por esto, pero ha ido al Hospital Central a esperar la llegada de la ambulancia. Dice que podemos ponernos en contacto con él cuando queramos.

—Hay cuatro cosas que debes hacer, Assad —dijo Carl camino de Copenhague—. Encárgate de que en Jefatura pongan a alguien a vigilar la casa de Anne-Line Svendsen. Después ponte en contacto con Lars Bjørn y hazle un resumen detallado de lo que ha ocurrido, y dile que suspenda la orden de búsqueda de Jazmine Jørgensen. Dile que vamos a la casa de la asistenta social y que tenga preparada la orden de registro para cuando lleguemos. A continuación, telefonea a la oficina donde trabaja Anne-Line Svendsen y pregunta si está.

Assad asintió con la cabeza.

—Y, para terminar, llamo a alguna de las hermanas de Rose, ¿verdad?

Carl trató de sonreír. Pasara lo que pasase, siempre se podía contar con Assad.

Había ya un agente uniformado ante el domicilio de Anne-Line Svendsen, y era uno de los antiguos compañeros de Carl de la comisaría 1, que habían transferido hacía poco a Jefatura. Saludó con reserva a Carl y confirmó que la orden de registro había llegado; luego observó con atención cómo Assad accedía a la casa con la pistola ganzúa.

En el letrero del exterior ponía que Anne-Line Svendsen vivía en la primera planta, y que una empresa llamada Ultimate Machines ocupaba la planta baja.

No había cerradura en la puerta que conducía a la sala de la primera planta, y tampoco había nadie en la casa. Entraron y lo encontraron todo ordenado en el piso más alto, así como en la sala de estar de la planta inferior. Carl olfateó, porque había un olor especial que asoció con el de algunos de los dormitorios de mujeres en los que lo había pasado bien. Nunca llegó a saber si era jabón y lavanda en hermosa unión.

Vieron que los platos estaban fregados, que la cama estaba hecha, que todo parecía organizado y, sobre todo, que habían limpiado a conciencia toda la casa del tipo de detalles que todo policía busca siempre.

—Lo ha ordenado y limpiado todo, Carl —indicó Assad cuando trataron de hacerse una composición de lugar—. La cesta de la ropa sucia está vacía, y la papelera y el cubo de la basura también.

—Mira. La puerta de la habitación de aquí atrás está cerrada con llave. ¿Entramos a mirar?

Assad apareció con los utensilios y abrió la puerta.

—Qué extraño —observó Carl cuando entraron al cuartito lleno de estanterías metálicas en todas las paredes con tornillos, clavos, herrajes y demás ferretería.

—Creo que este cuarto no está alquilado a Anne-Line Svendsen. Ya has visto en el letrero de la entrada a qué se dedica el otro inquilino —replicó Assad.

—Entonces, me temo que no vamos a encontrar nada aquí —concluyó.

Pidió a Assad que volviera a cerrar la puerta con llave.

—Cuando miras alrededor, ¿qué te parece que falta o que está de más? —preguntó cuando estuvieron de nuevo en la sala.

—Muchas cosas, de hecho. Para empezar, falta un ordenador, porque ahí en el suelo hay una pantalla. Y es raro que lo único que no está recogido en la casa sea un DVD, como si estuviera puesto para que sea lo primero que se ve. Normalmente se dejan junto al televisor o en la mesa baja, ¿no?

—Creo que intenta demostrar que su coartada es verdad. También me he fijado en que en su tablón de corcho cuelga una llave con la matrícula del Ford Ka. Debe de ser una llave de repuesto, pero me hace pensar en si anoche estaban puestas las llaves en el coche.

—Sí que estaban. De hecho, hablamos de ello, pero a Ploug no le pareció prueba suficiente de que fuera la dueña del coche quien lo conducía. Nos entretuvo con que hay gente tan tonta y descuidada que les roban las llaves del coche del bolso, o de la entrada de su casa, mientras duermen, y cosas de esas.

Carl ya lo sabía, pero había que preguntarlo.

Registraron los cajones y armarios, pero, aparte de algunos informes médicos, encontraron bien poca cosa de naturaleza personal. La verdad, aquello no era nada normal.

—Ya sé que la orden de registro no cubre la planta baja, y que no entra dentro de su alquiler, pero ¿no deberíamos echar un vistazo? ¿Qué dices? —preguntó, y miró alrededor en busca de Assad, que ya estaba en las escaleras.

Entraron en la sala del maquinista naval y la encontraron llena de piezas de máquinas. Carl no comprendía cómo una persona adulta podía vivir así.

—No debe de parar mucho en casa —concluyó Assad. Era muy probable.

Revolvieron un poco en los montones, e iban a dejarlo cuando apareció una caja clasificadora con multitud de filtros de aceite no muy diferentes del que estaba encajado en el revólver del Ford Ka.

—¡Ahí va la pera! —exclamó Carl.

Se miraron un rato con la certeza pintada en los rostros, y luego Assad sacó el móvil.

—Voy a llamar otra vez a su trabajo. Ya habrán abierto, ¿no?

Carl asintió, y abarcó el local con la mirada. Nada en el mundo iba a quitarle la convicción de que Anne-Line Svendsen había estado probando filtros de aceite para encontrar el que mejor funcionara como silenciador. Era increíble que siguiera sorprendiéndose ante el grado de malicia y cinismo de algunas personas.

¿Iba a resultar que aquella anodina asistenta social era el asesino más despiadado con quien se las había visto hasta entonces?

Notó que Assad, que seguía con el móvil pegado al oído, intentaba guiar su atención hacia algo que había junto a la puerta.

Carl movió la cabeza de lado a lado. No apreció nada a primera vista.

—Gracias —dijo Assad a la persona con la que hablaba. Después se giró hacia Carl—. Anne-Line Svendsen acaba de llamar al trabajo y les ha dicho que no iba a aparecer hasta la tarde. Que tiene sesión de radioterapia en el Hospital Central a la una.

—Bien. Ya la tenemos. ¿Ya le has dicho que era confidencial y que no debe contárselo a nadie hasta que lo digamos nosotros? —preguntó Carl.

—Por supuesto. Pero es extraño, porque Anne-Line Svendsen también le ha dicho a la secretaria que estaba dando vueltas en bici por todo Copenhague en busca de su coche, porque se lo habían robado.

Carl arqueó una ceja.

—Sí, por un segundo también yo he pensado que estábamos equivocados, pero entonces he visto eso.

Assad señaló una vez más hacia la estantería que había un poco a la izquierda de la puerta.

Carl se agachó, y entonces lo vio.

Era una mancha oscura de unos pocos centímetros cuadrados que había salpicado la pared trasera entre unos estantes con piezas de motor. Los peritos podrían decir con exactitud cuándo había aparecido la mancha, de qué ángulo había llegado la salpicadura, y, lo más seguro también, que era sangre reciente.

—Esa salpicadura no debió de verla Anne-Line Svendsen —bromeó Assad.

Carl se pasó la mano por la nuca.

—¡Santo cielo!

Aquello era definitivo, por si quedaba alguna duda. De modo que el paseo en bici y aquello de que buscaba su coche robado solo era de cara a la galería, al igual que el DVD de encima del escritorio. Qué mujer más astuta.

Carl estaba contento. Tenían a la verdadera autora de los hechos, no cabía duda.

—Buena vista, Assad.

Volvió a mirar el reloj.

—Nos quedan tres horas hasta la sesión de radioterapia de Anne-Line Svendsen —anunció, y tecleó en el móvil el número de Gordon con el altavoz activado.

Como era de esperar, el chico sonaba triste, aunque había en su voz un brillo de esperanza.

—Han conseguido reanimar a Rose, pero por desgracia hay muchas complicaciones. En este momento trabajan duro para que su situación no empeore. Están muy preocupados porque ha tenido cantidad de embolias, y temen que los brazos y las piernas hayan sufrido daños irreversibles.

Su respiración sonaba pesada al otro lado de la línea, y parecía estar llorando. Rose debería saber de la preocupación y el cariño que sentía por ella.

—¿Puedes enviarnos una foto suya, Gordon?

—No sé. ¿Por qué?

—Es por su bien, así que inténtalo. ¿Es posible comunicar con ella?

—Lo que se dice *comunicar*, no. Tienen algo de contacto con ella, pero dicen también que en el aspecto psíquico está inabordable. Han convocado a los psiquiatras del hospital, que han hablado con sus terapeutas de Glostrup. Dicen que Rose tiene que trabajar su antigua experiencia traumática, porque en caso contrario, además de los traumas que ya tiene, corre el riesgo de pasar el resto de su vida en la oscuridad.

—«Trabajar su antigua experiencia traumática», dices. ¿Han dicho algo acerca de cómo piensan hacerlo?

—Que yo sepa, no —respondió Gordon. Luego se quedó callado, quizá para calmarse, quizá porque estaba pensando. A continuación, habló—. Pero supongo que quieren que se quite ese peso de encima.

Assad miró a Carl.

—Debemos intentar aclarar lo que sucedió en la acería, ¿no es así?

Carl hizo un gesto afirmativo. Eran casi «dos ideas y un solo corazón», como lo habría expresado Assad.

Leo Andresen tenía una tostada en la mano cuando les abrió la puerta. Aquello era el paraíso matinal del jubilado. La programación mañanera atronaba en un televisor en alguna parte, siempre con anodinos y superfluos programas de cocina como ingrediente principal, la máquina de café gorgoteaba, las zapatillas de su esposa chancleteaban y los folletos de propaganda yacían esparcidos sobre la mesa, tal vez el mayor entretenimiento de la semana.

—Debemos llegar al fondo de esto, Leo, y te lo digo sin rodeos: nos importa un carajo a quién le cuelgas el mochuelo, porque el único objetivo de nuestra visita es ayudar a Rose. De modo que suelta ahora mismo lo que sepas. ¿Entendido?

Leo miró de reojo a su esposa, y, pese a esforzarse en ocultarlo, Carl vio que ella sacudía la cabeza con lentitud.

Se giró hacia ella y le dio la mano.

—En la puerta pone Gunhild Andresen. ¿Eres tú?

El pequeño espasmo en la comisura debía de pasar por una sonrisa y una confirmación.

—Hola, Gunhild. ¿Sabes que acabas de condenar a tu marido?

La sonrisa desapareció.

—Le acabas de enviar el mensaje de que cierre el pico, y eso, en mi mundo, significa que sabe más de lo que nos ha contado y que se ha convertido en uno de los principales sospechosos del asesinato de Arne Knudsen ocurrido el dieciocho de mayo de 1999.

Se volvió hacia el rostro conmocionado de Leo Andresen.

—Leo Andresen, son las diez y cuarenta y siete de la mañana, y estás detenido.

Assad estaba ya soltando las esposas que llevaba al cinto, y el efecto en la pareja fue enorme. Terror, impotencia y casi desvanecimiento.

—Pero... —empezó a decir Leo mientras Assad le ponía las manos a la espalda y cerraba las esposas en torno a sus muñecas.

Después Carl se giró hacia la mujer conmocionada a la vez que echaba mano de sus propias esposas.

—Gunhild Andresen, son las diez y cuarenta y ocho de la mañana, y estás detenida por tratar de evitar que logremos la información necesaria para esclarecer un asesinato.

Entonces sí que se desvaneció.

Cinco minutos más tarde, los dos estaban con la cabeza agachada y temblando en sus sillas junto a la mesa de la cocina, con las manos esposadas a la espalda.

—Ahora nos espera un día muy largo y fatigoso. Lo comprendéis, ¿verdad?

La pregunta no insufló ninguna vida en ellos.

—Bueno, antes de nada vamos a ir a la Jefatura de Policía de Copenhague; allí os leeré los cargos. Luego os haremos un interrogatorio, y a continuación pasaréis la noche bajo arresto. Mañana temprano os pondremos a disposición judicial y el juez deberá decidir sobre nuestra petición de prisión provisional, y cuando la conceda, pasen varias semanas y hayamos continuado con la investigación, veremos qué ocurre en el juicio. Vuestro abogado ya os... Por cierto, ¿tenéis abogado?

Ambos sacudieron la cabeza, no les quedaban fuerzas para más.

—Vale; entonces tendréis un abogado de oficio. ¿Habéis entendido cómo son los trámites?

La mujer rompió a llorar sin freno. Era imposible que aquello estuviera pasando. Siempre habían vivido como gente decente y cumplido sus obligaciones. ¿Por qué ellos?

—¿Lo oyes, Leo? «Por qué nosotros», dice Gunhild. ¿Significa eso que estuvisteis varios en el ajo, Leo? —preguntó Carl—. Porque si la responsabilidad es compartida, la pena podría reducirse un poco.

A Leo se le desató la lengua.

—Haremos lo que nos pidas —rogó—. Pero no...

Pensó lo que iba a decir.

—Pero no... Tenemos tres nietos que jamás entenderían algo así.

Miró a su esposa, que estaba destrozada, con la mirada perdida mientras asentía para sí.

—Si os lo contamos todo, ¿eso nos ayudará? —preguntó—. ¿Podemos estar seguros de que lo que has dicho antes no va a suceder?

—Sí, te doy mi palabra.

Carl hizo un gesto a Assad, que se mostró de acuerdo.

—Si nos lo cuentas todo, tienes también mi palabra —fue su propuesta.

—¿Y tampoco les va a caer nada a los otros?

—No, te lo prometemos. Cuéntanoslo todo, saldrá bien.

—¿Te importa soltarme las esposas? —rogó Leo—. Así podemos ir a casa de Benny Andersson. No vive lejos de aquí.

Se oyó el tono de llamada del móvil de Carl. Era Gordon, que enviaba una foto del rostro de Rose.

Al verla, Carl se olvidó de respirar un momento. Era algo desgarrador. Luego le tendió el teléfono a Leo.

El hombre no pareció nada contento cuando abrió la puerta y vio el rostro pálido de Leo Andresen al frente de la delegación.

—Lo saben, Benny —espetó Leo—. Lo que no saben es el cómo.

Si Benny hubiera podido cerrarles la puerta en las narices, lo habría hecho.

—Empieza con lo del envenenamiento por manganeso, Benny —lo instó Leo cuando todos estuvieron sentados en torno a la mesa baja tapizada de ceniza y masa grasienta—. Digas lo que digas, el subcomisario Mørck me ha jurado por lo más sagrado que no va a emplearse ni contra ti ni contra ninguno de nosotros.

—¿Y ese qué dice? ¿Está de acuerdo? —preguntó, a la vez que señalaba a Assad.

—No sé si será por lo más sagrado, pero me lo puedes preguntar directamente —fue la cáustica respuesta.

—No me fío de ellos —fue el comentario de Benny—. Ya me pueden llevar a la Jefatura de Policía o hacer lo que quieran; no voy a decir ni pío, y tampoco tengo nada que ocultar.

Leo Andresen había sido en otra época quien tomaba las decisiones en su sección de la fábrica, e iba a demostrarlo.

—¿Eres tonto, o qué? Vas a obligarme a delatarte, Benny —aseguró, cabreado.

Benny rebuscó un poco en los bolsillos hasta que encontró las cerillas. Pestañeó un par de veces al encender el purito.

—Es mi palabra contra la tuya, Leo. No puedes demostrar ni hostias, y tampoco hay nada que demostrar.

—¡Eh! —intervino Carl—. Esto no tiene que ver para nada con vosotros y con lo que hayáis hecho o dejado de hacer, Benny. Tiene que ver solo con Rose, y en este momento las está pasando canutas.

Benny Andersson vaciló un poco, pero después se encogió de hombros, como diciendo que no le sería de ayuda a Rose si él salía perdiendo.

—Entonces, ¿cómo fue lo del envenenamiento por manganeso, Leo? —inquirió Carl.

Leo aspiró hondo.

—Debemos retroceder a antes del cambio de siglo, cuando un médico laboral y un neurólogo descubrieron que era peligroso para la salud trabajar en la acería debido a las partículas resecas de manganeso en suspensión. Se le añade manganeso al acero porque fija el azufre y elimina el oxígeno para lograr un acero inoxidable y más fuerte, pero los médicos dijeron que hacía enfermar a la gente; los síntomas eran parecidos a los del párkinson, aunque en realidad era otra zona del cerebro la que resultaba dañada.

»Hubo unas discusiones importantes entre aquellos dos médicos y algunos colegas suyos, que sostenían que aquello era una majadería.

»Al final, bastantes trabajadores lograron una compensación por daños sufridos en el trabajo, entre ellos Benny, y la fábrica no pudo soportarlo, porque al mismo tiempo surgieron muchos problemas coyunturales.

Leo miró a Benny con una desconfianza indisimulada pintada en el rostro, lo que hacía ver que la discusión sobre si estaba o no envenenado no iba a terminar jamás.

—Arne Knudsen ya había muerto para entonces, pero mientras vivió sostuvo una y otra vez que también él había sufrido daños, y nos lo hizo creer a todos. Cuando dirigimos la vista atrás, vemos que algunos trabajadores como Arne y, perdona que lo diga, también tú, Benny, en última instancia contribuisteis a que la fábrica fuera a la quiebra.

Benny Andersson dejó la colilla del purito en el cenicero.

—Eso no es verdad, Leo, lo estás retorciendo todo.

—Bueno, pues lo siento. El caso es que las cosas iban de mal en peor con Arne y el manganeso, y para entonces ya estaba Rose. Cada vez que se enzarzaba en una discusión con nosotros y lo reñíamos, porque sabíamos que él nunca había estado cerca del polvo de manganeso, después iba a donde Rose y se vengaba con la mayor violencia. Creo que trataba de ganarse a Benny como aliado, pero Benny no lo soportaba.

Se volvió hacia el hombre.

—¿Acaso no es verdad?

—Sí, joder. Detestaba a aquel pavo. Era un hijoputa, y no se había envenenado, solo era un cabronazo que nos amargaba la vida a los que sí estábamos enfermos.

—Y Rose lo pasaba muy mal debido al maltrato psicológico de su padre, todos lo veíamos. De manera que había muchas razones para que quisiéramos mandar a la mierda a Arne Knudsen, lejos de nuestra vida.

—¿También tú querías que desapareciera, Benny?

—¿Estáis grabando esto? —preguntó.

Carl sacudió la cabeza.

—No. Pero escucha, hay dos cosas que queremos que veas antes de seguir adelante. Ya se las he enseñado a Leo.

Y puso sobre la mesa una foto del cadáver de Arne Knudsen, tendido en una camilla de acero del depósito de cadáveres.

—¡Hostias! —soltó Benny cuando vio al hombre con la parte baja del cuerpo machacada. Sin haber conocido las circunstancias, era difícil saber que lo que tenían delante había sido un ser humano.

—Y luego está esta foto. La he conseguido hace media hora.

Le enseñó la foto de Rose sacada con el móvil.

Benny Andersson buscó y rebuscó la cajetilla de puritos, con el rostro atormentado. Aquello le llegó al alma.

–¿Es Rose? –preguntó, alterado.

–Sí. El tiempo transcurrido entre estas dos fotos ha sido una larga pesadilla para ella, estarás de acuerdo. Durante diecisiete años, ha vivido cada día de su vida con la imagen de su padre destrozado en la mente y se ha culpabilizado por su muerte. Pero en este momento su estado es muy, muy grave. Si vosotros dos no nos ayudáis, va a morirse por dentro. ¿Me crees cuando ves esta cara?

Benny y Leo se retiraron a hablar cinco minutos. Cuando volvieron, ninguno de los dos parecía satisfecho con la situación.

Fue Leo quien empezó.

–Hemos decidido decir que no nos arrepentimos de lo que contribuimos a hacer, y estoy convencido de que ninguno de los demás está arrepentido. Para que lo sepáis: Arne Knudsen era una peste; sin él, el mundo se convirtió en un sitio mejor para todos.

Carl hizo un gesto afirmativo. No eran más que un par de tipos que se habían tomado la justicia por su mano, unos asesinos que le amargaron la vida a Rose. Nada podía justificar su repulsiva venganza; pero, si aquello se hacía público, a Rose no iba a hacerle ningún bien.

–No vais a conseguir que diga que lo que hicisteis estuvo bien, pero una promesa es una promesa.

–Es duro decirlo. Nos aprovechamos de la ingenuidad de Rose, aunque suene mal.

–Por eso, entre otras cosas, al principio yo estaba en contra, porque tenía una relación más personal que los demás con Rose –explicó Benny–. Pero, cuando Arne empezó a tocarnos las pelotas a todos, cedí. No podéis haceros una idea de lo insoportable que podía ser.

Carl no estaba tan seguro de eso.

–Venga, soltadlo, y rápido, que no tenemos todo el día. Assad y yo tenemos cosas que hacer, y no debemos llegar tarde por nada del mundo –lo apremió Carl.

–De acuerdo. Rose era la única que podía hacer que su padre se cabreara de verdad, hasta el punto de no pensar en nada más. Sencillamente, disfrutaba aquellas situaciones, eran casi como un orgasmo para él —explicó Leo Andresen.

—El plan lo ideamos cinco del tajo —intervino por fin Benny Andersson—. Leo no estaba en la fábrica aquel día, pero «casualmente» —remarcó con las manos las comillas de la última palabra— apareció al poco tiempo del accidente.

—Me ocupé de que nadie me viera en la portería, y después desaparecí otra vez igual de rápido —completó Leo—. El objetivo era que pudiera borrar los datos acerca del corte de corriente; habíamos instruido a uno de nuestros compañeros para que se produjera en el preciso instante en el que recibiera un mensaje en su busca. Porque nuestro mayor problema no era el corte de corriente, sino cuándo provocarlo.

—Acordamos que uno de nuestros capataces, que por desgracia ya no se encuentra entre nosotros, justo antes del accidente debía contarle al padre de Rose la mentira de que Rose andaba poniéndolo como un trapo a sus espaldas, cosa que ella jamás se hubiera atrevido a hacer en realidad —dijo Benny.

—Así que él estaba que trinaba cuando el hombre que manejaba la grúa de travesaño en la antigua nave dijo que estaba listo. Entonces Benny fue a donde Rose y le explicó que iban a darle a su padre un escarmiento bien merecido; lo único que debía hacer era estar en un sitio concreto de la nave W15, junto a la cinta transportadora que iba al horno de fundido, cuando su padre empezara a acosarla. Debía ir allí cuando su busca empezara a vibrar. Era lo único que sabía. No tenía ni idea de las consecuencias que iba a tener aquel escarmiento. Los demás lo llamamos «un accidente», le dijimos que no era eso lo que habíamos planeado, pero Rose se derrumbó por completo —terminó Leo.

—De modo que ¿erais cinco?

—Sí, cinco y Rose.

Assad no parecía satisfecho con la explicación.

—No lo entiendo, Leo. La última vez dijiste que no creías que fuera un accidente fortuito, sino que fue algo intencionado y premeditado. ¿Por qué no te callaste? Debías de saber que no íbamos a olvidarlo.

Leo agachó la cabeza.

—Si no nos denunciáis, que todo salga a la luz del día es lo mejor que podría ocurrirme. Puede que creáis que Rose es la única que ha sufrido después de lo ocurrido, pero no es así. Yo pasé años sin poder dormir, y los demás también tuvieron problemas. Joder, la conciencia se hizo sentir, siempre lo hace cuando no la tienes limpia. Se lo conté a mi mujer, algunos de los otros hicieron algo parecido. Benny se divorció, y ya veis cuál ha sido el resultado.

Señaló la basura y la suciedad dispersas, cosa que no pareció preocupar a Benny.

—Y el jefe de taller, que por lo demás era un tipo honrado y decente, se suicidó. De esas cosas nunca sales bien parado, así que, cuando me llamasteis, los escrúpulos de conciencia tiraban en una dirección y la esperanza de librarme del castigo en la otra.

Los miró, suplicante.

—¿Tiene sentido lo que digo?

—Sí —contestó Assad, escueto. Desvió la mirada un momento, como si quisiera mantener algo a distancia, y después se volvió hacia los dos hombres—. ¿Cómo vamos a quitarle a Rose el peso de la culpa? Dadnos una solución.

Como si fuera la palabra clave que había estado esperando, Benny Andersson se levantó, sorteó varios montones de periódicos y cachivaches de medio metro de altura, y de una cómoda sacó un cajón lleno de cartones y embalajes de plástico.

Anduvo rebuscando entre las cosas y extrajo un pequeño objeto.

—Toma —dijo, y depositó un busca en la mano de Carl—. Este era el busca que tenía Rose aquel día. Se le cayó al suelo cuando vio a su padre aplastado. Si se lo entregáis y la saludáis de parte de Benny Andersson, podéis contarle vosotros mismos el resto de la historia, ¿no?

55

Martes 31 de mayo de 2016

—Soy Olaf Borg-Pedersen —dijo el hombre al teléfono; cualquier otra presentación resultaba superflua.

Assad puso los ojos en blanco, algo terrible, de lo grandes que eran.

—Lo siento, Borg-Pedersen —se excusó Carl—, pero ahora no podemos hablar.

—Lars Bjørn me dice que habéis descubierto un montón de cosas, así que nos gustaría grabar algunas imágenes mientras tú y Assad explicáis a nuestros telespectadores lo ocurrido desde la última vez.

Aquel Bjørn no paraba quieto.

—Bien, pero tendrás que esperar hasta mañana.

—Mañana es el día de la emisión, debemos tener el material editado varias horas antes, así que...

—Ya veremos —dijo Carl, dispuesto a colgar.

—Hemos oído que la dueña del coche del accidente de ayer, Anne-Line Svendsen, ha denunciado su robo, de manera que hemos tratado de ponernos en contacto con ella para oír sus comentarios, pero no está en casa, y en su trabajo dicen que está de baja. No sabréis por casualidad dónde está, ¿verdad?

—¿De quién hablas?

—De la dueña del Ford Ka de ayer.

—No sabemos dónde está, ¿por qué habríamos de saberlo? Como dices, ha denunciado el robo del coche.

—Sí. Pero nosotros trabajamos con la tele, así que necesitamos imágenes y entrevistas, y cuando los crímenes tienen consecuencias para la gente normal, como es el caso de Anne-Line Svendsen, que ha perdido el coche en un accidente tan violento, esas cosas siempre les interesan a nuestros telespectadores. Anne-Line Svendsen es también una especie de víctima, ¿no?

Assad sacudió la cabeza, resignado. Haciendo un gesto de degüello, le indicó a Carl que cortase la comunicación.

—Si hay alguna noticia sensacional, serás el primero a quien llamaremos, Borg-Pedersen.

Assad y Carl se partieron de risa durante medio minuto a cuenta de aquella mentira. ¿Quién diablos se pensaba que era aquel tipo?

Carl se metió el móvil en el bolsillo y miró sorprendido la calle, y después alzó la vista hacia las enormes construcciones que se desplegaban en torno al Hospital Central. ¿Llevaba tanto tiempo sin pasar por allí?

—¿Dónde diablos está radioterapia? La entrada debería estar ahí. —Señaló un caos de casetas y vallas de obra provisionales.

—Creo que está en alguna parte de ese revoltijo, por lo menos hay un letrero —indicó Assad.

Carl entró en el aparcamiento y estacionó el coche medio subido a la acera.

—Tenemos tiempo, Anne-Line no llegará hasta dentro de un cuarto de hora.

Miró el reloj.

—Va a ser tan fácil como cazar una gallina ciega.

Se adentraron en el laberinto de casetas de obra, y siguieron los letreros hacia la entrada 39 y la sección de radioterapia.

—¿Has estado aquí antes, Carl? —preguntó Assad. Parecía incómodo ante la situación mientras bajaban dos pisos por la amplia escalera de caracol hasta la sección de rayos X, y Carl lo entendió. La palabra «cáncer» colgaba amenazante en el aire.

—Aquí viene la gente solo cuando lo necesita —respondió. Y esperó no necesitarlo nunca.

Apretaron el botón para abrir la puerta y penetraron en la amplia recepción. Si se hacía caso omiso de la razón por la que la gente acudía allí, era una estancia casi entrañable. Un acuario enorme en la pared del fondo, columnas de cemento de color verde menta, bonitas plantas y cantidad de luz natural suavizaban la impresión. Carl y Assad se dirigieron al mostrador.

—Hola —saludó Carl a las enfermeras, y sacó su placa—. Somos del Departamento Q de la Jefatura de Policía, hemos venido a detener a una de sus pacientes que va a llegar dentro de pocos minutos. No va a ser nada dramático, no queremos provocar un alboroto innecesario, es para que estéis informadas.

La enfermera lo miró como diciendo que no debía ir allí a molestar a sus pacientes.

—Vamos a rogarles que la detención se produzca fuera de la zona de radioterapia —hizo saber—. Nuestros pacientes están en una situación crítica, tengan la amabilidad.

—Eh... Me temo que debemos quedarnos aquí. No podemos arriesgarnos a que la paciente nos vea antes de llegar.

La enfermera llamó a una compañera y estuvo un rato cuchicheando con ella.

Entonces la otra enfermera se dirigió a ellos.

—¿De qué paciente se trata?

—Anne-Line Svendsen —replicó Carl—. Tiene hora a la una.

—Anne-Line Svendsen está ya en la sesión. Hemos tenido una cancelación, y la hemos hecho pasar en cuanto ha llegado. Está en la sala 2, y debo rogarles que esperen. Sugiero que lo hagan junto a la puerta de entrada y sean discretos en lo que tengan que hacer.

Señaló la puerta por la que habían entrado.

Durante diez minutos, las enfermeras les dirigieron con regularidad miradas severas. Tal vez debiera haber dicho cuál era el motivo de la detención de Anne-Line Svendsen; en tal caso, era posible que el tono hubiera cambiado.

Anne-Line salió de la sala con una gran bolsa de lona al hombro y siguió directa hacia la entrada. Era una mujer ordinaria e insulsa, con el pelo desgreñado y carente por completo de carisma. Una de esas personas que te cruzas en la calle sin saber si es hombre o mujer, o incluso sin verla. En aquel momento no sabían con exactitud cuántas vidas humanas cargaba en su conciencia, pero, por los datos de los que disponían, eran al menos cinco.

La mujer los miró sin tener ni idea de quiénes eran. Si no hubiera sido por la inquietud que reinaba tras el mostrador y las miradas nerviosas que le enviaban las enfermeras, todo habría sucedido sin ningún problema.

Pero se paró a diez metros de distancia y arrugó el ceño, mientras miraba hacia el mostrador y a ellos un par de veces.

Assad iba a adelantarse para realizar el arresto, pero Carl lo retuvo. La mujer ya había disparado armas de fuego, y tenía toda la pinta de poder volver a hacerlo.

Carl sacó con lentitud la placa del bolsillo y la mantuvo en el aire para que ella la pudiera ver a distancia.

Entonces sucedió algo extraño: les sonrió.

—Vaya, ¿han encontrado mi coche? —preguntó con una mirada que se suponía que irradiaba alegría y expectación.

Se acercó.

—¿Dónde lo han encontrado? ¿Le ha pasado algo? —preguntó. Menudo brindis al sol. ¿Creía de verdad que se iban a tragar que aceptara sin más que dos policías fueran a buscarla allí solo para informarla de que habían encontrado su coche?

—Usted es Anne-Line Svendsen, ¿verdad? Se trata de un Ford Ka azul y negro —la tentó Carl para que la mujer se acercara más, mientras no quitaba ojo a sus movimientos. ¿Metía la mano dentro de la bolsa de lona? ¿Rebuscaba en su interior? ¿Toda aquella palabrería era solo para distraerlos?

Carl avanzó unos pasos para alcanzarla, pero esta vez fue Assad quien lo retuvo por el brazo.

—Creo que es mejor que la dejemos ir, Carl —opinó Assad, y señaló con un gesto de la cabeza la tapa que la mujer dejó caer en la bolsa de lona con ademán desafiante.

Carl se quedó quieto. Vio cómo Anne-Line Svendsen tiraba con lentitud de un mango de madera que al principio no se sabía qué era, pero de pronto comprobó que se trataba de una granada de mano de las que usaron los alemanes en la Segunda Guerra Mundial.

—Tengo la bola en la mano —avisó la mujer, que sostenía en la punta de los dedos una bolita de porcelana—. Si tiro de ella, a los cuatro segundos toda esta sala va a parecer un matadero, ¿entendido?

No había la menor duda.

—Apartaos de la puerta —dijo, y avanzó hacia el cordel que colgaba en un lateral. Tiró del mango negro en forma de bola y la puerta de cristal se abrió—. Si os acercáis a mí, tiraré de la bola y os lanzaré la granada. No subáis las escaleras, quedaos abajo hasta estar seguros de que estoy lejos. Podría estar vigilándoos arriba, en la entrada.

Parecía hablar en serio. La señora gris de minutos antes se había convertido en un diablo capaz de todo. Sus ojos irradiaban auténtica maldad, intransigencia, falta de empatía y, por encima de todo, una ausencia de miedo a todas luces incomprensible.

—Anne-Line Svendsen, ¿adónde va? —preguntó Carl—. La vamos a seguir. No va a poder ir a ninguna parte sin que algunas personas la reconozcan. No creo de ninguna manera que disfrazándose vaya a poder esconder quién es. No podrá usar el transporte público ni atravesar fronteras, tampoco sentirse segura escondida en una casa de veraneo ni a cielo abierto. Así que ¿por qué no suelta la bola, antes de que se produzca alguna desgracia? Entonces podremos...

—¡ALTO! —La mujer gritó a tal volumen que todos los presentes levantaron la mirada. Tiró otra vez del dispositivo para abrir la puerta y salió al rellano de la escalera—. Si me siguen, morirán. Me da igual cuántos más mueran, ¿entendido?

Y salió y desapareció.

Carl asió el móvil al instante e hizo señas a Assad de que abriera la puerta de cristal para poder salir.

En unos segundos, Carl avisó al servicio de emergencias de Jefatura, y después colgó.

Oyeron ruido de pasos corriendo escalera arriba. Cuando estos enmudecieron, se miraron y acometieron los escalones de dos en dos.

En la planta baja, vieron al otro lado de la puerta de entrada de cristal un vallado verde y un contenedor azul al lado; pero no había ni rastro de Anne-Line Svendsen.

Carl sacó la pistola.

—Ponte detrás, Assad. Si se me pone a tiro, intentaré darle en las piernas.

Assad sacudió la cabeza.

—No debes *intentar* darle, Carl, *tienes que* darle. Dame la pistola.

Agarró sin más el cañón de la pistola y tiró de él con cuidado.

—Yo no lo intento —dijo con calma—. Le doy, y ya está.

¿Qué coño...? ¿Ahora era también campeón de tiro?

Salieron al exterior y siguieron el sendero que había entre el vallado y un muro bajo de piedra. Anne-Line Svendsen ya no estaba allí, claro; pero lo que no habían esperado era que Olaf Borg-Pedersen se encontrara en la esquina del vallado con el cámara y el técnico de sonido, que grababan como locos.

Borg-Pedersen les sonrió.

—Gracias a mi buena labia y a cambio de unas perras, la secretaria nos ha dicho que a lo mejor estabais aquí todav...

—¡Apartaos! —gritó Assad, y se apartaron cuando vieron la pistola apuntando hacia ellos.

Carl y Assad doblaron la esquina y divisaron al final del vallado verde a Anne-Line Svendsen, que arremetía contra una señora mayor que estaba aparcando su bicicleta.

—¡Le está robando la bici! —gritó Carl—. ¡Se nos va a escapar!

Los pulmones de Carl silbaban cuando se detuvieron al final de la valla y vieron los taxis que esperaban, el tráfico de la calle y un montón de gente aterrorizada que salía de la entrada principal del Hospital Central y se topaba con un hombre moreno que parecía furioso y llevaba un arma de fuego en la mano. Algunos gritaron y se arrojaron a los lados, otros se quedaron paralizados.

—¡Policía! —anunció Carl, y saltó a la calzada con Assad.

Detrás venía Borg-Pedersen corriendo con su equipo, mientras gritaba que tenían que grabarlo todo y que aquello era acción en directo de verdad.

—Está ahí —constató Assad, mientras señalaba una transversal a unos cien metros más allá.

Entonces, Anne-Line Svendsen se paró en una esquina y soltó una risa demencial. Era evidente que creía estar a salvo.

—¿Puedes darle a esta distancia? —preguntó Carl.

Assad sacudió la cabeza.

—¿Qué hace? —preguntó Carl—. ¿Nos saluda con la granada de mano?

Assad asintió en silencio.

—Creo que quiere decirnos que es una granada de pega. Mira, ha asido la bola y ahora deja caer la granada. Mierda, Carl, era de pega, nos...

La explosión que se produjo de pronto y pulverizó todos los cristales de la esquina, aunque no ensordecedora, sí que fue suficiente para que los taxistas que conversaban en la parada se arrodillaran por instinto y miraran alrededor desesperados.

Oyeron a Olaf Borg-Pedersen soltar un suspiro de satisfacción a sus espaldas. *La comisaría 3* lo había grabado todo. Los billetes pulverizados flotando en el aire como una nube nuclear mezclados con pedazos de carne que habían sido una mujer llamada Anne-Line Svendsen.

Epílogo

Martes 31 de mayo de 2016

Olaf Borg-Pedersen se puso rojo de furia cuando Lars Bjørn le hizo saber con voz helada que, por muchos informes del Defensor del Pueblo, investigaciones internas, comités de redacción, declaraciones judiciales, calumnias de la prensa, diversos enredos políticos y todo tipo de pegas que pudiera haber, *La comisaría 3* jamás tendría permiso para emitir la última media hora de la grabación. Tenían que entregar las tarjetas de memoria, a la voz de ya.

Carl sonrió. Parecía que, a pesar de todo, el deseo de colaboración de Lars Bjørn tenía sus límites. Debía de pensar en las reacciones del inspector jefe de la Policía y del jefe de Prensa cuando tuvieran que explicar en un canal nacional cómo era posible que Assad, un miembro de la Policía sin autorización, hiciera apartarse a un equipo de televisión con una pistola, justo antes de que empezaran a llover pedazos de carne y billetes de banco.

—¿Has detenido a James Frank y Birgit Zimmermann? —susurró. Bjørn hizo un gesto afirmativo.

—¿Y han confesado?

Asintió una vez más.

—Pues negocia con Borg-Pedersen y sírvele los casos en bandeja de plata. Dos asesinatos resueltos deben de ser mejor que nada.

Bjørn entornó los ojos un momento, luego hizo señas al presentador para que se acercara.

—Tengo una propuesta para ti, Borg-Pedersen —le oyeron decir.

Assad y Carl se giraron y estuvieron un rato mirando los enormes edificios del Hospital Central.

485

—Vamos a visitarla, ¿no? —preguntó Assad.

Carl no lo tenía claro. Una cosa era que antes tuvieran que identificar un par de pedazos de carne como la mujer a la que acababan de perseguir, y otra subir a enfrentarse con una persona a quien tenían mucho cariño y que solo era una sombra de sí misma.

Permanecieron callados mientras subían en el ascensor, tratando de prepararse para el espectáculo y la tristeza que iba a provocarles.

Gordon estaba más pálido que nunca cuando los recibió en la puerta del ascensor. Sin embargo, era la primera vez que parecía extrañamente adulto.

—¿Cómo está la situación? —preguntó Carl casi de mala gana. Cuando no se tienen ganas de oír la respuesta, ¿por qué se pregunta?

—No creo que os dejen entrar.

Señaló el pasillo del área de cuidados intensivos.

—Hay un par de enfermeras y un médico junto a los monitores que están fuera de la habitación, y tendréis que preguntarles. Rose está en el primer box.

Carl golpeó con cuidado la luna del cuarto de control y mantuvo la placa pegada al cristal.

Enseguida salió una enfermera.

—No pueden interrogar a Rose Knudsen. Está muy débil y sufre alucinaciones.

—No venimos a interrogarla. Es una compañera a la que queremos mucho, venimos a contarle algo que creemos que puede ayudarle.

La enfermera frunció el ceño, con esa firmeza que tiene la gente que gobierna los destinos de los otros.

—Creo que en esta fase no podemos aceptarlo. Tendrán que esperar un rato. Antes he de hablar con mis colegas. Pero no les aseguro nada.

Carl asintió. Llegó a vislumbrar la cabeza de Rose sobre la almohada.

—Ven, Carl —dijo Assad a la vez que tiraba de él—. En este momento no puedes hacer nada.

Los tres se quedaron en fila sin hablar mientras el ascensor subía y bajaba y todos los de bata de la planta luchaban, cada uno por su paciente.

—Carl —oyó una voz sobre él.

Estaba preparado para recibir la sentencia de la enfermera, pero cuando levantó la cabeza vio ante sí el bello rostro de Mona y sus ojos brillantes. ¿Eran lágrimas?

—Estaba aquí y he oído que Rose estaba ingresada —dijo en voz baja—. De modo que la has encontrado.

Carl hizo un gesto afirmativo.

—Bueno, ha sido gracias al trabajo de los tres —explicó, e hizo un gesto hacia sus dos fieles ayudantes—. Me temo que no van a dejarnos hablar con ella. Pero, tenemos algo que creemos que podría serle de mucha ayuda, Mona.

Trató de esbozar una sonrisa irónica, aunque no pudo.

—Ya sé que no debería pedírtelo, pero es posible que te escuchen a ti, que eres psicóloga y conoces el caso. ¿Podrías explicarles a los de dentro que queremos lo mejor para Rose, y que lo que hemos pensado solo puede ayudar? ¿Lo harás por nosotros, Mona?

Ella permaneció en silencio y lo miró a los ojos. Después movió la cabeza arriba y abajo y le acarició la mejilla con tal suavidad que él apenas lo notó.

Carl cerró los ojos y se dejó caer en la silla. El contacto despertó muchos sentimientos. Sobre todo, aunque pareciera extraño, pena y una vulnerabilidad incomprensible.

Notó una mano sobre la suya, y se dio cuenta de que respiraba de forma entrecortada. Tras los increíbles éxitos de los últimos días, su cuerpo reaccionaba de manera irracional, con sacudidas y una sensación de ardor en la piel.

—No llores —oyó que lo consolaba Assad—. Mona va a ayudarnos.

Carl abrió los ojos y vio el mundo a través de un velo de lágrimas que lo hacía irreal. Buscó en su bolsillo, sacó el busca y se lo entregó a Assad.

—Yo no puedo —dijo—. Si nos dan permiso, ¿entrarás a contárselo todo, Assad?

Assad se quedó mirando el busca como si fuera un cáliz sagrado que fuera a evaporarse y desaparecer para siempre si lo tocaba. Sus pestañas brillantes de pronto parecieron muy largas y llenas de vida; Carl nunca había reparado en aquello.

Entonces Assad soltó la mano de Carl y se levantó. Tras alisarse un poco la camisa y pasarse la mano por el pelo rizado, se dirigió a la entrada de la sección. Estuvo un rato delante de la puerta, como si tuviera que concentrarse, luego entró.

Se oyeron voces que expresaban descontento, pero a continuación oyó la voz de Mona limando asperezas, y después se hizo el silencio.

Pasado un minuto, Gordon y Carl se levantaron. Se miraron durante un momento como para darse ánimos antes de entrar en la sección. Por las paredes de cristal veían la espalda de Mona en el cuarto de los monitores, pero Assad no estaba.

–Ven, Carl –dijo Gordon–. Creo que podemos entrar.

Se quedaron un momento en el hueco de la puerta del box, y, como nadie reaccionaba, entraron.

Desde allí vieron con claridad lo que estaba ocurriendo. La enfermera que los había rechazado antes estaba en la habitación de Rose con Assad, mirando con lupa todo lo que él hacía. Carl veía cómo miraba Assad a Rose mientras sus labios se movían sin cesar. Su rostro reflejaba todo tipo de emociones, su mirada era intensa, al igual que los gestos de sus manos. El relato de un día, hacía mucho tiempo, en el que el padre de Rose murió, se convirtió en una pantomima de palabras y sentimientos que Carl podía descifrar y reconocer sin esfuerzo. Assad narraba el relato con extraordinaria paciencia, y la enfermera asentía en silencio mientras lo miraba como si estuviera hechizada.

Después le tendió el busca a Rose. Carl vio con nitidez que la enfermera estaba conmovida por la suavidad y cuidado que mostraba Assad hacia su paciente.

Entonces sucedió algo que hizo que Mona diera un grito ahogado y Gordon se apoyara en el hombro de Carl.

De pronto, se vio en el monitor que el pulso de Rose subía de manera apreciable y que levantaba un poco el brazo por encima del edredón. Era evidente que no era capaz de más. Entonces, Assad la asió del brazo y depositó el busca en su palma extendida.

Allí se quedó un rato, mientras Assad terminaba su explicación.

Después los dedos de Rose se doblaron poco a poco sobre el aparato, mientras el brazo caía otra vez sobre el edredón, y el médico y la enfermera fijaron la mirada en la imagen de la pantalla, que mostraba que el pulso bajaba poco a poco.

Los presentes cruzaron gestos afirmativos, como si se hubieran liberado de una tensión.

Assad estuvo a punto de desvanecerse cuando entró en la sala de espera y Mona le dio un largo abrazo, antes de sentarse con pesadez en la silla, con aspecto de poder quedarse dormido allí mismo.

—¿Lo ha entendido todo, Assad? —preguntó Carl.

Assad se secó las lágrimas.

—Nunca pensé que pudiera estar tan débil, Carl. Tenía miedo de que fuera a perderla. De que cerrara los ojos para no abrirlos nunca más. Qué miedo he pasado, de verdad.

—La hemos visto agarrar el busca. ¿Crees que ha entendido su significado? ¿Que los demás abusaron de su confianza? ¿Y que ese busca era un símbolo de su inocencia?

Assad asintió.

—Lo ha entendido todo, Carl. Lloraba sin parar. Yo casi no me atrevía a continuar, pero la enfermera me animaba con gestos, así que he seguido.

Carl miró a Mona.

—¿Crees que tiene alguna posibilidad?

Mona sonrió, mientras las lágrimas surcaban sus mejillas.

—Por lo menos nos habéis dado esperanza, Carl, pero el tiempo dirá. De todas formas, estoy convencida de que en el aspecto psíquico puede haber una mejoría clara.

Carl asintió en silencio. Sabía que Mona no podía decir otra cosa que lo que parecía la realidad.

De golpe, Mona arrugó la frente, y su rostro se contrajo por un dolor que Carl nunca le había visto en la cara. Entonces lo recordó de repente. ¿Por qué no había pensado en ello un poco antes?

—¿Cómo es que estás en el hospital, Mona? ¿Es por tu hija?

Mona desvió la mirada y parpadeó mientras apretaba los labios. Después hizo un gesto afirmativo y lo miró a los ojos.

—Abrázame, Carl. —No dijo más.

Y Carl supo que aquel abrazo tendría que ser firme y prolongado.

Agradecimientos

Mi agradecimiento a mi esposa y compañera del alma, Hanne, por su fantástico y amoroso apoyo, y sobre todo por sus magníficos comentarios.

Gracias a Linda Lykke Lundgaard por aportar sus conocimientos y por su inspiración a la hora de elegir el tema de la novela.

Gracias a Henning Kure por su visión general y por una rapidísima redacción previa.

Gracias a Elisabeth Ahlefeldt-Laurvig por su trabajo de investigación, su laboriosidad y su saber hacer.

Gracias también a Elsebeth Wæhrens, Eddie Kiran, Hanne Petersen, Micha Schmalstieg y Karlo Andersen por sus juiciosas correcciones previas.

Muchísimas gracias a mi insustituible y fantástica compañera en la editorial Politiken, la editora Anne C. Andersen, por su lealtad, su buen ojo y nivel de exigencia.

Gracias a Lene Juul y Charlotte Weiss de la editorial Politiken por su eterna fe, esperanza y paciencia. Gracias a Helle Wacher por el trabajo de relaciones públicas en torno a la novela.

Gracias a Gitte y Peter Q. Rannes y al Centro Danés para Escritores y Traductores de Hald por su hospitalidad durante el proceso de redacción.

Gracias al comisario de policía Leif Christensen por sus correcciones relativas a la Policía.

Gracias a Kjeld S. Skjærbæk por aligerar y hacer más bella nuestra vida cotidiana.

Gracias a Nya Guldberg por nuestra colaboración durante muchos años, y gracias a Rudi Rasmussen por adoptarme y tomar el relevo.

Gracias a Laura Russo y a sus fantásticos compañeros de Bilbao, Madrid y Barcelona por la ayuda prestada en momentos problemáticos.

Gracias a Johan Daniel «Dan» Schmidt y a Daniel Struer por su trabajo informático.

Gracias a Benny Thøgersen y a Lina Pillora por haber creado para mí el nuevo entorno para escribir en Rørvig.

Gracias a Ole Andersen, Abelone Lind Andersen y Pelle Dresler por la magnífica visita guiada y la introducción al proceso de trabajo y a los productos finales de la acería de Stålvalseværket. Gracias a Tina Wright, Zainap Holm y Erik Pedersen por los detalles adicionales.

Gracias a Eva Marcussen por la visita guiada al piso de Sandalsparken.

Gracias a Malene Thorup y a Cecilie Petersen, de la Dirección de Extranjería.

Los casos del DEPARTAMENTO Q

La mujer que arañaba las paredes

El primer caso de Carl Mørck,
jefe del Departamento Q.

Los chicos que cayeron en la trampa

Un asesinato brutal,
un grupo de estudiantes elitistas,
una investigación irregular.

El mensaje que llegó en una botella

Dos jóvenes desaparecen sin dejar rastro.
Pero nadie denuncia su desaparición...

Expediente 64

Carl Mørck y sus ayudantes se enfrentan a un misterio relacionado con un oscuro episodio de la historia danesa.

El efecto Marcus

Un adolescente oculta la clave de una peligrosa trama internacional.

Sin límites

Una trepidante investigación lleva al Departamento Q hasta la isla sueca de Öland y el controvertido líder de un grupo esotérico.

Por el mismo autor

La Casa del Alfabeto

1941. El avión de unos pilotos ingleses es derribado por los alemanes. James y Bryan, dos supervivientes, llegan a la Casa del Alfabeto, un psiquiátrico donde deberán simular que son enfermos mentales.